BESTSELLER

[!]

Biblioteca

JOHN GRISHAM

Tiempo de matar

Traducción de
Enric Tremps

Tiempo de matar

Título original: *A time to Kill*

Primera edición en España: agosto, 2008
Primera edición para Estados Unidos: octubre, 2008

D. R. © 1989, John Grisham
D. R. © Enric Tremps Llado, por la traducción, cedida por Editorial
Planeta, S. A.

Diseño de la portada: Departamento de diseño de Random
House Mondadori / Yolanda Artola

Ilustración de la portada: © Robert Blombäck. Age Fotostock

D. R. © 2008, Random House Mondadori, S. A.
    Travessera de Gràcia, 47-49. 08021 Barcelona

D. R. © 2008, derechos de edición mundiales en lengua castellana:
    Random House Mondadori, S. A. de C. V.
    Av. Homero núm. 544, Col. Chapultepec Morales,
    Del. Miguel Hidalgo, C. P. 11570, México, D. F.

www.randomhousemondadori.com.mx

Comentarios sobre la edición y contenido de este libro a:
literaria@randomhousemondadori.com.mx

ISBN 978-030-739-252-7

Impreso en México / *Printed in Mexico*

Distributed by Random House, Inc.

A Renée,
mujer de insólita belleza,
amiga absolutamente leal,
crítica compasiva,
madre ciegamente enamorada,
esposa perfecta

1

De los dos fanáticos sureños, el menor y el menos corpulento era Billy Ray Cobb. A los veintitrés años había cumplido ya una condena de tres en la penitenciaría estatal de Parchman por posesión de drogas con intención de traficar. Era un granuja flacucho y de malas pulgas que había sobrevivido en la cárcel a base de asegurarse un suministro regular de drogas, que, a cambio de protección, vendía, y a veces regalaba, a los negros y a los carceleros. En el año transcurrido desde que lo pusieron en libertad ganó dinero y su pequeño negocio de narcotráfico le había convertido en uno de los racistas sureños más prósperos de Ford County. Era un hombre de negocios con empleados, obligaciones y contratos; todo menos impuestos. En el concesionario Ford de Clanton se le conocía como el único individuo en los últimos tiempos que había pagado al contado una camioneta nueva. Dieciséis mil dólares contantes y sonantes por una lujosa camioneta Ford de color amarillo canario, personalizada y con tracción en las cuatro ruedas. Las caprichosas llantas cromadas y los neumáticos todo terreno eran producto de un intercambio comercial, y la bandera rebelde que colgaba de la ventana posterior la había robado a un compañero borracho en un partido de fútbol de Ole Miss. Su camioneta era la propiedad que más enorgullecía a Billy Ray. Sentado sobre la cola de la caja, tomaba una cerveza, se fumaba un porro y contemplaba a su amigo Willard, que disfrutaba de su turno con la negrita.

Willard era cuatro años mayor que él y unos doce años más atrasado. En general, era un individuo inofensivo que nunca había tenido un empleo estable, pero tampoco ningún lío grave. Alguna noche en la comisaría después de una pelea: nada digno de mención. Se autodefinía como talador de árboles, pero el dolor de espalda solía mantenerlo alejado del bosque. Se había lastimado la espalda en una plataforma petrolífera de algún lugar del Golfo y había recibido una generosa recompensa de la empresa, que perdió cuando su ex esposa lo dejó sin blanca. Su principal vocación consistía en trabajar de vez en cuando para Billy Ray Cobb, que pagaba poco pero era generoso con la droga. Por primera vez en muchos años, Willard la tenía siempre a mano. Y siempre la necesitaba. Le ocurría desde que se había lastimado la espalda.

La niña tenía diez años y era pequeña para su edad. Se apoyaba sobre los codos, unidos y atados con una cuerda de nailon amarillo. Tenía las piernas abiertas de un modo grotesco, con el pie derecho atado a un vástago de roble y el izquierdo a una estaca podrida de una verja abandonada. La cuerda le había lastimado los tobillos y tenía las piernas empapadas de sangre. Su rostro estaba hinchado y sangriento, con un ojo abultado y cerrado y el otro medio abierto, por el que veía al hombre blanco sentado en la camioneta. No miraba al que tenía encima, que jadeaba, sudaba y echaba maldiciones. Le hacía daño.

Cuando terminó, la abofeteó y se rió. El otro individuo también se rió y ambos empezaron a revolcarse por el suelo junto a la camioneta, como si estuvieran locos, soltando gritos y carcajadas. La niña volvió la cabeza y lloró quedamente, procurando que no la oyeran. Antes la habían golpeado por llorar y gemir, y habían jurado matarla si no guardaba silencio.

Cansados de reírse, se subieron a la caja de la camioneta, donde Willard se limpió con la camisa de la negrita, que estaba empapada de sudor y sangre. Cobb le ofreció una cerveza fría de la nevera e hizo un comentario relacionado con la humedad. Contemplaron a la niña, que sollozaba y hacía extraños y discretos ruidos hasta que se quedó tranquila. La cerveza de Cobb estaba medio vacía y bastante caliente. Se la arrojó a la niña. Le dio en el vientre, que cubrió de espuma, y siguió rodando por el suelo hasta acercarse a un montón de latas vacías, todas procedentes de la misma nevera. Le habían arrojado a la niña, entre carcajadas, una docena de latas a medio consumir. A Willard le resultaba difícil alcanzar el objetivo, pero los disparos de Cobb eran bastante certeros. No es que les gustara desperdiciar la cerveza, pero era más fácil dominar las latas con un poco de peso, y les divertía enormemente ver cómo se desparramaba la espuma.

La cerveza caliente se mezclaba con la sangre y le corría por el cuello y la cara hasta formar un charco junto a su cabeza. La niña permanecía inmóvil.

Willard preguntó a Cobb si creía que estaba muerta. Este abrió otra cerveza y le respondió que no lo estaba, porque, para matar a un negro, generalmente no bastaba con unas patadas, una paliza y la violación. Se necesitaba algo más, como un cuchillo, una pistola o una cuerda, para deshacerse de un negro. A pesar de que nunca había participado en ninguna matanza, había vivido con un montón de negros en la cárcel y lo sabía todo acerca de ellos. No dejaban de matarse entre sí, y siempre utilizaban algún tipo de arma. Los que solo recibían una paliza o eran violados nunca morían. Algunos de los blancos apaleados y violados habían fallecido. Pero nunca un negro. Tenían la cabeza más dura. Willard parecía satisfecho.

Preguntó a su compañero qué pensaba hacer ahora que habían acabado con la niña. Cobb dio una calada al porro, tomó un sorbo de cerveza y respondió que todavía no había acabado con ella. Se apeó de un brinco y cruzó haciendo eses el pequeño claro en el bosque, hacia el lugar donde la niña estaba atada. Le chilló y echó maldiciones para despertarla antes de verter la cerveza fría sobre su cara mientras reía como un loco.

Ella vio que daba la vuelta al árbol y se detenía para mirarla fijamente entre las piernas. Cuando comprobó que se bajaba los pantalones, ladeó la cabeza y cerró lo ojos. Volvía a hacerle daño.

Miró hacia el bosque y vio algo: a un hombre que corría como un loco entre la maleza y los matorrales. Era su papá, que, dando gritos, corría desesperadamente para salvarla. Lo llamó, pero él desapareció. Se quedó dormida.

Cuando despertó, uno de los individuos estaba acostado bajo la caja de la camioneta y el otro bajo un árbol. Ambos dormían. Tenía las piernas y los brazos paralizados. La sangre, la cerveza y la orina se habían mezclado con el polvo para formar una pasta pegajosa que sujetaba su pequeño cuerpo al suelo, que crujía cuando se movía y se contorsionaba. Debo escapar, pensó, pero con el mayor de los esfuerzos solo logró moverse unos centímetros a la derecha. Sus pies estaban atados tan arriba que sus nalgas apenas tocaban el suelo. Las piernas y los brazos, entumecidos, se negaban a moverse.

Miró hacia el bosque en busca de su padre y lo llamó sin levantar la voz. Esperó y volvió a quedarse dormida.

Cuando despertó por segunda vez, ambos individuos estaban levantados y dando vueltas. El más alto se le acercaba haciendo eses, con un pequeño cuchillo en la mano. La agarró del tobillo izquierdo y atacó furiosamente la cuerda hasta cortarla. A continuación le soltó la pierna derecha y la niña se dobló en posición fetal, de espaldas a ellos.

Cobb arrojó una cuerda por encima de la rama de un árbol e hizo un nudo corredizo en un extremo de la misma. Agarró a la niña por la cabeza, le colocó la cuerda alrededor del cuello, cogió el otro extremo de la misma y se dirigió a la cola del vehículo, donde Willard fumaba un nuevo porro con una sonrisa en los labios por lo que Cobb estaba a punto de hacer. Este tensó la cuerda y le dio un brutal tirón, arrastrando el pequeño cuerpo desnudo hasta detenerse bajo la rama. Puesto que la niña tosía y jadeaba, tuvo la amabilidad de aflojar un poco la cuerda para concederle unos minutos de gracia. La ató al parachoques de la camioneta y abrió otra lata de cerveza.

Permanecieron sentados en la cola del vehículo mientras bebían, fumaban y contemplaban a la niña. Habían pasado la mayor parte del día junto al lago con unas chicas a las que suponían presa fácil, pero resultaron ser intocables. Cobb había sido generoso con las drogas y la cerveza, y, sin embargo, las chicas no correspondieron. Habían abandonado el lago frustrados y conducían sin rumbo fijo cuando se encontraron casualmente con la niña. Andaba por un camino sin asfaltar con una bolsa de víveres cuando Willard le dio en la nuca con una lata de cerveza.

—¿Piensas hacerlo? —preguntó Willard con los ojos empañados e irritados.

—No. Dejaré que lo hagas tú —titubeó Cobb—. Ha sido idea tuya.

Willard le dio una calada al porro y escupió.

—No ha sido idea mía. Tú eres el experto en matar a negros. Hazlo tú.

Cobb desató la cuerda del parachoques y dio un tirón. La niña, que ahora los observaba atentamente, quedó cubierta de pequeños fragmentos de corteza de olmo. Tosió.

De pronto, oyó algo: un coche cuyos tubos de escape hacían mucho ruido. Ambos individuos se volvieron para observar el camino en dirección a la lejana carretera mientras blasfemaban y se movían de un lado para otro. Uno de ellos golpeó la caja de la camioneta y el otro se acercó corriendo a la niña. Tropezó y cayó cerca de ella. Sin dejar de blasfemar, la agarraron, le retiraron la cuerda del cuello, la arrastraron hasta la camioneta y la arrojaron sobre la caja. Cobb la abofeteó y amenazó con matarla si no se quedaba quieta y guardaba silencio. Dijo que la llevaría a su casa si no se movía y obedecía, pero que de lo contrario la mataría. Cerraron las puertas y salieron a toda velocidad. Regresaba a su casa. Perdió el conocimiento.

Cobb y Willard saludaron con la mano a los ocupantes del Firebird de sonoros tubos de escape cuando se cruzaron en el estrecho camino. Willard volvió la cabeza para asegurarse de que la negrita permanecía oculta. Llegaron a la carretera y Cobb aceleró.

—¿Y ahora qué? —preguntó Willard intranquilo.

—No lo sé —respondió, indeciso, Cobb—. Pero debemos hacer algo antes de que me deje el vehículo lleno de sangre. Fíjate en ella, sangra por todas partes.

—Arrojémosla desde el puente —propuso orgullosamente Willard después de vaciar su lata de cerveza.

—Buena idea. Una idea excelente —dijo Cobb al tiempo que daba un frenazo—. Dame una cerveza.

Willard se apeó obedientemente y se dirigió a la caja en busca de dos latas.

—Incluso la nevera está manchada de sangre —comentó después de que reemprendieran la marcha.

Gwen Hailey intuyó algo horrible. Normalmente habría mandado a uno de sus tres hijos a la tienda, pero su padre los había castigado a limpiar de malas hierbas el jardín. No era la primera vez que Tonya iba sola a la tienda, situada apenas a un kilómetro y medio de la casa. Nunca había sufrido percance alguno. Pero, transcurridas un par de horas, Gwen mandó a sus hijos en busca de su hermanita. Suponían que se habría quedado a jugar en casa de los Pounder, que tenían muchos hijos, o que tal vez habría ido un poco más allá de la tienda para visitar a su mejor amiga, Bessie Pierson.

En la tienda de ultramarinos, el señor Bates les dijo que había estado allí hacía una hora. Jarvis, el hijo mediano, encontró una bolsa de víveres en el camino.

Gwen mandó un recado a su marido a la fábrica de papel, subió al coche acompañada de su hijo Carl Lee y empezó a recorrer los caminos cercanos a la tienda. Llegaron hasta un viejo asentamiento en la plantación de Graham para consultar a una tía. Se detuvieron en los almacenes Broadway, a un par de kilómetros de la tienda de Bates, donde un grupo de negros les dijeron que no la habían visto. Recorrieron todos los caminos en un radio de cinco kilómetros cuadrados alrededor de la casa.

Cobb no encontraba, al pasar, ningún puente en el que no hubiera negros pescando. En todos ellos había cuatro o cinco hombres de color con sombreros de paja y cañas de pescar, y, bajo los mismos, grupos semejantes con sus correspondientes cañas y gorros, sentados sobre unos cubos, que solo se movían para ahuyentar alguna mosca o mosquito.

Ahora tenía miedo. No podía contar con la ayuda de Willard, puesto que este no dejaba de roncar, y debía decidir él solo cómo deshacerse de la niña para que nunca pudiera contar lo ocurrido. Willard había perdido el conocimiento mientras Cobb conducía frenéticamente por caminos y carreteras en busca de algún puente o terraplén desde donde pudiera arrojar a la niña sin ser visto por media docena de negros con sombreros de paja. Miró por el retrovisor y vio que ella intentaba levantarse. Dio un frenazo y la niña se precipitó contra la parte frontal de la caja, debajo de la ventana. Willard cayó del asiento al suelo, donde siguió roncando. Cobb los maldijo a ambos.

El lago Chatulla no era más que un cenagoso estanque artificial de escasa profundidad, rodeado de terreno pantanoso a lo largo de su kilómetro y medio de longitud. Estaba situado en el extremo sudoeste de Ford County. En primavera se distinguía por constituir la mayor masa líquida de Mississippi. Pero a finales de verano, después de una prolongada sequía, el sol había calentado el agua y el lago estaba casi seco. Sus orillas se acercaban entre sí, separadas por un charco castaño rojizo de escasa profundidad. Estaba alimentado por innumerables torrentes, riachuelos, charcas e incluso un par de corrientes lo suficientemente caudalosas para merecer el apelativo de ríos. Gracias a la existencia de tantos afluentes, numerosos puentes rodeaban el lago.

La camioneta amarilla circulaba frenéticamente por la zona, en busca de un lugar adecuado donde deshacerse de su pasajera. Cobb estaba desesperado. Conocía otro puente estrecho y de madera. Sobre Foggy Creek. Al acercarse, vio a un grupo de negros con sus cañas. Salió por un camino lateral y paró el vehículo. Abrió la puerta posterior de la caja, tiró de la niña y la arrojó por un pequeño barranco cubierto de espinos.

Carl Lee Hailey no se apresuró en regresar a su casa. Gwen era bastante asustadiza y lo había llamado en numerosas ocasiones a la fábrica, cuando creía que los niños habían sido secuestrados. Marcó la hora de salida en su tarjeta y tardó la media hora habitual en llegar a su casa. Empezó a inquietarse al acercarse y ver un coche de policía aparcado frente a la puerta. Había también numerosos coches pertenecientes a parientes de Gwen alrededor de la casa, y un vehículo que no reconoció, con cañas de pescar que salían de sus ventanas y no menos de siete sombreros de paja acomodados en el mismo.

¿Dónde estaban Tonya y los chicos?

Cuando abrió la puerta, oyó a Gwen que lloraba. A su derecha, en la pequeña sala de estar, había un corro de gente alrededor de una pequeña figura acurrucada en el sofá. La niña estaba cubierta de toallas húmedas y rodeada de parientes que no dejaban de llorar. Al acercarse al sofá cesó el llanto y le abrieron paso. Solo Gwen permaneció junto a la niña, sin dejar de acariciarle suavemente el cabello. Carl Lee se arrodilló junto al sofá y tocó el hombro de su hija. Le habló y ella intentó sonreírle. Su rostro ensangrentado estaba cubierto de

cortes y contusiones. Tenía ambos ojos cerrados por la hincha-
zón y sanguinolentos. A Carl Lee se le llenaron los ojos de lágrimas al contemplar el cuerpecito de su hija envuelto en toallas
y cubierto de sangre de la cabeza a los pies.

Preguntó a Gwen qué había ocurrido. Ella empezó a estre-
mecerse entre sollozos y su hermano la condujo a la cocina.
Carl Lee se puso en pie, se dirigió a los presentes y exigió que
le contaran lo ocurrido.

Silencio.

Lo preguntó por tercera vez. Entonces se acercó el agente Willie Hastings, uno de los primos de Gwen, y le contó que
unos individuos que pescaban en Foggy Creek habían visto a
Tonya en el suelo. La niña les dio el nombre de su papá y la
trajeron a casa.

Hastings dejó de hablar y bajó la cabeza.

Carl Lee lo miraba fijamente, a la espera de que prosiguiese.

Todos los presentes permanecieron en silencio, con la mirada en el suelo.

—¿Qué ha ocurrido, Willie? —exclamó Carl Lee, sin desviar los ojos del agente.

Hastings habló despacio y, mirando fijamente por la ventana, repitió lo que Tonya había contado a su madre sobre los
blancos de la camioneta, la cuerda, los árboles, y el daño que
le habían hecho al acostarse sobre ella. Hastings dejó de hablar
cuando oyó la sirena de la ambulancia.

Todo el mundo salió respetuosamente al porche, desde
donde observaron a los enfermeros que se acercaban a la casa
con una camilla.

Se detuvieron frente a la puerta cuando esta se abrió y Carl
Lee salió con su hija en brazos. Le susurraba al oído palabras
tiernas mientras un torrente de lágrimas rodaba por sus mejillas. Se acercó a la parte posterior de la ambulancia y entró en
ella. Los enfermeros cerraron la puerta y separaron suavemente
a la niña de sus brazos.

2

Ozzie Walls era el único sheriff negro de Mississippi. En los últimos tiempos había habido otros, pero en aquellos momentos era el único. Era algo de lo que se sentía muy orgulloso, puesto que el setenta y cuatro por ciento de la población de Ford County era blanca y los demás sheriffs negros lo habían sido de condados donde la población negra era mucho más numerosa. Desde la reconstrucción, ningún negro había sido sheriff en un condado blanco de Mississippi.

Se había criado en Ford County y estaba emparentado con la mayoría de los negros, así como con algunos blancos. Después de abolirse la segregación a finales de los años sesenta, ingresó en el primer curso mixto del Instituto de Clanton. Quería jugar a fútbol en el cercano Ole Miss, pero ya había dos negros en el equipo, así que tuvo que iniciarse en Alcorn State, donde jugó como defensa para los Rams, pero una lesión en la rodilla le obligó a regresar a Clanton. Echaba de menos el fútbol, pero disfrutaba con su cargo de sheriff, especialmente durante las elecciones, cuando recibía más votos de la población blanca que sus rivales blancos. Los niños blancos lo admiraban porque para ellos era un héroe, una estrella del fútbol a quien habían visto por televisión y cuya fotografía aparecía en las revistas. Sus padres lo respetaban y votaban por él porque era un policía severo que no hacía distinciones entre los gamberros blancos y negros. Los políticos blancos le brindaban su apoyo, pues, desde que ocupaba el cargo de sheriff, el Departamento de Justicia no había tenido que inmiscuirse en los asuntos de Ford County. Los negros lo adoraban por tratarse de Ozzie, uno de los suyos.

En lugar de ir a cenar, esperó en su despacho a que Hastings regresara de la casa de Hailey. Tenía a un sospechoso. Billy Ray Cobb no era desconocido del sheriff. Ozzie sabía que traficaba, pero no lograba atraparlo. También sabía que Cobb era capaz de cometer barbaridades.

Su ayudante llamó a todos los agentes y, cuando se presentaron en su despacho, Ozzie les ordenó que localizaran a Billy Ray Cobb pero que no lo detuvieran. Había doce agentes en total, nueve blancos y tres negros, que se dispersaron por el condado en busca de una caprichosa camioneta Ford amarilla con una bandera rebelde en la ventana posterior.

Cuando regresó Hastings, se dirigieron juntos al hospital de Ford County. Como de costumbre, Hastings conducía y Ozzie daba órdenes por radio. En la sala de espera del segundo piso se encontraron con el clan Hailey: tías, tíos, abuelos, amigos y desconocidos apiñados en el pequeño aposento, y algunos en los pasillos. Se oían susurros y un discreto llanto. Tonya estaba en el quirófano.

Carl Lee estaba sentado en un ordinario sofá de plástico en un oscuro rincón de la sala, con Gwen a su lado y los niños junto a ella. Tenía la mirada fija en el suelo, sin prestar atención alguna al resto de la gente. Gwen apoyaba la cabeza sobre su hombro y sollozaba. Los niños estaban rígidos, con las manos sobre las rodillas, y de vez en cuando miraban a su padre como a la espera de algún comentario tranquilizador.

Ozzie se abrió paso entre la gente, al tiempo que estrechaba la mano de algunos, daba unos golpecitos en la espalda de otros y susurraba que atraparía a los culpables.

—¿Cómo está? —preguntó, después de agacharse frente a Carl Lee y Gwen.

Carl Lee ni siquiera lo vio. Gwen se echó a llorar con

mayor fuerza y los niños dieron bufidos y se enjugaron las lágrimas. Ozzie acarició la rodilla de Gwen y se incorporó. Entonces, uno de sus hermanos acompañó al sheriff y a Hastings al pasillo, lejos de la familia. Estrechó la mano de Ozzie y le agradeció que hubiera venido.

—¿Cómo está la niña? —preguntó el sheriff.

—No muy bien. Está en el quirófano y seguramente tiene para rato. Tiene huesos rotos y contusiones múltiples. Ha recibido una buena paliza. Tiene rozaduras de cuerda en el cuello, como si hubieran intentado colgarla.

—¿La han violado? —preguntó, seguro de conocer la respuesta de antemano.

—Sí. Le ha contado a su madre que se turnaban y le hacían mucho daño. Los médicos lo han confirmado.

—¿Cómo están Carl Lee y Gwen?

—Muy afectados. En estado de shock. Carl Lee no ha dicho palabra desde que llegamos.

Ozzie le aseguró que no tardarían en encontrar a los responsables y que, cuando lo hicieran, los encerrarían en lugar seguro. El hermano de Gwen le sugirió que, por su propia seguridad, los metieran en otra cárcel.

A cinco kilómetros de Clanton, Ozzie indicó un camino sin asfaltar.

—Para aquí —dijo a Hastings, que salió de la carretera para detenerse frente a un remolque abandonado.

Era casi de noche. Ozzie cogió la porra y golpeó violentamente la puerta de la vieja caravana.

—¡Abre la puerta, Bumpous!

Tembló el remolque y Bumpous corrió al cuarto de baño para arrojar al retrete un porro recién liado.

—¡Abre, Bumpous! —exclamó Ozzie sin dejar de golpear—. Sé que estás ahí. Si no abres, derribaré la puerta.

Bumpous abrió y Ozzie entró en el remolque.

—Es curioso, Bumpous, siempre que vengo a verte huelo algo extraño y oigo que alguien acaba de tirar de la cadena del retrete. Vístete, tengo un trabajo para ti.

—¿De qué se trata?

—Te lo explicaré en la calle, donde pueda respirar. Ponte algo y date prisa.

—¿Y si me niego?

—Estupendo. Mañana hablaré con las autoridades carcelarias.

—Tardaré solo un momento.

Ozzie sonrió y se dirigió al coche. Bobby Bumpous era uno de sus favoritos. En los últimos dos años, desde que había salido en libertad condicional, había ido generalmente por el buen camino, a excepción de alguna movida ocasional para ganarse un par de pavos. Ozzie, que lo vigilaba como un halcón, estaba al corriente de sus transacciones, y Bumpous lo sabía. Por consiguiente, siempre estaba dispuesto a echar una mano a su amigo: el sheriff Walls. Lo que Ozzie se proponía, a la larga, era utilizar a Bumpous para atrapar a Billy Ray Cobb por tráfico de drogas, pero, de momento, eso habría que posponerlo.

Al cabo de unos minutos salió del remolque, todavía arreglándose la camisa y abrochándose los pantalones.

—¿A quién busca? —preguntó.

—A Billy Ray Cobb.

—Eso es fácil. No me necesita.

—Calla y escúchame. Quiero que tú lo encuentres y pases un rato con él. Hace cinco minutos su camioneta fue vista en Huey's. Invítale a tomar una cerveza. Juega con él al billar, a los dados o a lo que te dé la gana. Averigua lo que ha hecho hoy, con quién ha estado y dónde. Ya sabes que le gusta charlar, ¿de acuerdo?

—De acuerdo.

—Llama a mi despacho cuando lo encuentres. Ellos me lo comunicarán. No estaré lejos. ¿Comprendes?

—Desde luego, sheriff. Pan comido.

—¿Algún problema?

—Sí. Estoy sin blanca. ¿Quién va a pagar los gastos?

Antes de marcharse, Ozzie le entregó un billete de veinte dólares. Los policías emprendieron el camino de Huey's, junto al lago.

—¿Está seguro de poder confiar en él? —preguntó Hastings.

—¿En quién?

—En ese Bumpous.

—Claro que confío en él. Ha demostrado ser muy responsable desde que le dieron la condicional. Es un buen chico que procura ir por el buen camino. Está siempre dispuesto a ayudar al sheriff y haría cualquier cosa que le pidiera.

—¿Por qué?

—Porque el año pasado lo atrapé con doscientos ochenta gramos de marihuana. Hacía un año que había salido de la cárcel cuando cogí a su hermano con veinticinco gramos y le dije que le esperaba una condena de treinta años. Pasó toda la noche llorando en la celda. Al día siguiente, estaba dispuesto a hablar. Me dijo que el suministrador era Bobby, su hermano. Entonces lo solté y fui a ver a Bobby. Mientras llamaba a la puerta oía cómo tiraba de la cadena del retrete. No me abría la puerta y la derribé. Lo encontré en paños menores, en el cuarto de baño, intentando desatascar el retrete. Estaba todo lleno de marihuana. No sé la que había tirado, pero una buena parte flotaba en el agua. Le metí tanto miedo que se meó en los calzoncillos.

—¿Bromea?

—No. Se meó encima. Fue todo un espectáculo verle con los calzoncillos meados, un desatascador en una mano, un puñado de marihuana en la otra y el baño inundado por el agua del retrete.

—¿Qué hizo entonces?

—Dije que lo mataría.

—¿Cómo reaccionó él?

—Se echó a llorar. Lloraba como un bebé. Lloraba por su mamá, por la cárcel y por todo lo imaginable. Prometió no volver a meter nunca la pata.

—¿Lo detuvo?

—No, fui incapaz de hacerlo. Le hablé muy severamente y volví a amenazarle. Le concedí la condicional en su propio cuarto de baño. Desde entonces trabajo muy a gusto con él.

Al pasar frente a Huey's vieron la camioneta de Cobb en el aparcamiento de gravilla, junto a otra docena de camionetas y vehículos con tracción en las cuatro ruedas. Aparcaron tras una iglesia negra, en una colina cercana a Huey's, desde donde vislumbraron perfectamente el tugurio, o antro, como preferían llamarlo cariñosamente sus parroquianos. Otro coche patrulla estaba oculto tras unos árboles, al otro lado de la carretera. Al cabo de unos momentos, llegó Bumpous a toda velocidad y entró en el aparcamiento. Después de dar un frenazo, con el que levantó una enorme nube de polvo y gravilla, retrocedió hasta detenerse junto a la camioneta de Cobb. Echó una ojeada a su alrededor y entró tranquilamente en Huey's. Al cabo de treinta minutos comunicaron a Ozzie desde su despacho que el informador había localizado al sospechoso, un varón blanco, en Huey's, un establecimiento situado en la carretera trescientos cinco, cerca del lago. Pocos minutos después, había otros dos coches de policía ocultos en los alrededores. Esperaban.

—¿Por qué está tan seguro de que es Cobb? —preguntó Hastings.

—No lo estoy. Es solo una corazonada. La niña ha dicho que era una camioneta con llantas cromadas y neumáticos todo terreno.

—Eso lo limita a unos dos mil vehículos.

—También ha dicho que era amarilla, parecía nueva y llevaba una bandera en la ventana posterior.

—Eso lo reduce a unas doscientas posibilidades.

—Puede que no tantas. ¿Cuántos de ellos son tan depravados como Billy Ray Cobb?

—¿Y si no ha sido él?

—Ha sido él.

—¿Y de lo contrario?

—Pronto lo sabremos. Habla por los codos, especialmente cuando ha bebido.

Esperaron durante dos horas, mientras observaban el ir y venir de las camionetas. Camioneros, taladores, obreros y labriegos aparcaban sus vehículos todo terreno y entraban en el local para tomar una copa, jugar al billar o escuchar música, pero sobre todo en busca de alguna mujer fácil. Algunos salían para entrar en Ann's Lounge, que estaba al lado, donde paseaban unos minutos antes de regresar a Huey's. Ann's Lounge era más oscuro, tanto por dentro como por fuera, y no tenía pintorescos anuncios luminosos de cerveza ni música en directo como Huey's, por lo que este era el preferido de los lugareños. Ann's era conocido por el tráfico de drogas, mientras que Huey's lo tenía todo: música, mujeres, buenos ratos, máquinas para jugar al póquer, dados, baile y abundantes peleas. Una de las refriegas llegó hasta el aparcamiento. Un grupo de exaltados sureños se arañaban y pateaban al azar, hasta que se cansaron y volvieron a entrar en el local para seguir jugando a los dados.

—Espero que no haya sido cosa de Bumpous —comentó el sheriff.

Los retretes del local eran pequeños y asquerosos, por lo que la mayoría de los clientes hacían sus necesidades en el aparcamiento. Esto era particularmente cierto los lunes, cuando la cerveza a diez centavos atraía a la chusma de cuatro condados y todos los vehículos del aparcamiento recibían por lo menos tres riegos. Aproximadamente una vez por semana, gente que iba de paso se asustaba por lo que veía en el aparcamiento, y Ozzie se veía obligado a detener a alguien. De lo contrario, los dejaba tranquilos.

Ambos locales infringían numerosas leyes. Permitían el juego, las drogas, el whisky clandestino, a los menores de edad, se negaban a cerrar a la hora establecida, etcétera. Poco después de ser elegido por primera vez, Ozzie cometió el error, debido en parte a una precipitada promesa durante la campaña, de cerrar todos los tugurios del condado. Fue una equivocación terrible. Aumentó enormemente la delincuencia en el lugar, la cárcel estaba abarrotada y se multiplicaron los sumarios en el juzgado. Los fanáticos sureños iban en caravana a Clanton y aparcaban en la plaza alrededor del edificio judicial. Eran varios centenares. Todas las noches invadían la plaza, bebían, peleaban, tocaban música a gran potencia y chillaban obscenidades a los aterrados ciudadanos. Por las mañanas, la plaza, cubierta de latas y botellas de cerveza, parecía un campo de batalla. Cerró también los antros de los negros, y en un mes se triplicaron los robos y ataques con arma blanca. Hubo dos asesinatos en una sola semana.

Por último, con la ciudad sitiada, un grupo de concejales se reunió en secreto con Ozzie para suplicarle que permitiera el funcionamiento de los tugurios. Él les recordó discretamente que, durante la campaña, habían insistido en que los cerrase. Admitieron haberse equivocado y le rogaron que cambiara de actitud. Sin duda le apoyarían en las siguientes elecciones. Ozzie cedió y la vida de Ford County volvió a la normalidad.

A Ozzie no le gustaba que aquellos establecimientos florecieran en su condado, pero estaba plenamente convencido de que los buenos ciudadanos estarían mucho más seguros mientras los tugurios permaneciesen abiertos.

A las diez y media, el sheriff recibió una llamada por radio desde su oficina para comunicarle que el informador estaba al teléfono y deseaba verle. Ozzie dio su posición y, al cabo de un minuto, vieron cómo Bumpous salía del local y se dirigía a su vehículo haciendo eses. Giraron los neumáticos, se levantó una nube de polvo y Bumpous aceleró en dirección a la iglesia.

—Está borracho —dijo Hastings.

Entró en el aparcamiento de la iglesia y dio un frenazo a pocos metros del coche patrulla.

—¡Hola, sheriff! —chilló.

—¿Por qué has tardado tanto? —preguntó Ozzie después de acercarse a la camioneta.

—Usted me ha dicho que disponía de toda la noche.

—Lo encontraste hace dos horas.

—Cierto, sheriff, pero ¿ha intentado alguna vez gastarse veinte dólares en cerveza a cincuenta centavos la lata?

—¿Estás borracho?

—No, solo me divierto. ¿Puede darme otros veinte?

—¿Qué has averiguado?

—¿Sobre qué?

—¡Cobb!

—Ah, sí, está ahí.

—¡Ya sé que está ahí! ¿Algo más?

Bumpous dejó de sonreír y echó una ojeada al tugurio.

—Bromea sobre el tema, sheriff. Lo cuenta como un chiste. Dice que por fin ha encontrado a una negra que era virgen. Alguien le ha preguntado qué edad tenía y Cobb ha respondido que unos ocho o nueve años. Todo el mundo se ha reído.

Hastings cerró los ojos y bajó la cabeza. Ozzie crujió los dientes y desvió la mirada.

—¿Qué más ha dicho?

—Está muy borracho. No recordará nada por la mañana. Ha dicho que se trataba de una negrita muy mona.

—¿Quién estaba con él?

—Pete Willard.

—¿Está también ahí?

—Sí, lo están celebrando juntos.

—¿Dónde están?

—A la izquierda, junto a las máquinas tragaperras.

—De acuerdo, Bumpous. Te has portado muy bien —sonrió Ozzie—. Ahora lárgate.

Hastings llamó al despacho del sheriff para comunicar los dos nombres. El telefonista transmitió el mensaje al agente Looney, que estaba aparcado frente a la casa del juez Percy Bullard. Looney llamó a la puerta y entregó al juez dos declaraciones juradas y dos órdenes de detención. Bullard firmó las órdenes y se las devolvió a Looney, quien le dio las gracias antes de marcharse. Al cabo de veinte minutos, el agente entregaba a Ozzie detrás de la iglesia los documentos firmados.

A las once en punto, la orquesta cesó de tocar a media canción, desaparecieron los dados, la gente dejó de bailar, pararon las bolas en las mesas de billar y alguien encendió las luces. Todo el mundo miraba fijamente al corpulento sheriff, que cruzaba lentamente la pista de baile seguido de sus hombres en dirección a una mesa junto a las máquinas tragaperras. Cobb y Willard estaban sentados con otros dos individuos, rodeados de latas vacías de cerveza. Ozzie se acercó a la mesa y sonrió a Cobb.

—Lo siento, señor, pero aquí no se permite la entrada a los negros —exclamó Cobb, y los cuatro soltaron una carcajada.

Ozzie no dejó de sonreír.

—¿Os estáis divirtiendo, Billy Ray? —preguntó el sheriff cuando cesaron las risas.

—Hasta hace un momento.

—Eso parece. Lamento estropearos la fiesta, pero tú y el señor Willard vais a venir conmigo.

—¿Adónde? —preguntó Willard.

—A dar un paseo.

—No pienso moverme de aquí —afirmó Cobb al tiempo que sus otros dos compañeros de mesa se levantaban para reunirse con los demás espectadores.

—Estáis los dos detenidos —dijo Ozzie.

—¿Tiene órdenes de detención? —preguntó Cobb.

Hastings sacó los documentos y Ozzie los arrojó sobre las latas de cerveza.

—Sí, tenemos órdenes de detención. Y, ahora, levantaos.

Willard miraba angustiado a Cobb, quien tomó un sorbo de cerveza y dijo:

—Yo no pienso ir a la cárcel.

Looney entregó a Ozzie la porra más larga y oscura jamás utilizada en Ford County. Willard estaba muerto de miedo. Ozzie la levantó, dio un porrazo sobre la mesa y las latas de cerveza se esparcieron en todas direcciones desparramando espuma. Willard se incorporó de un brinco, juntó las manos y se las ofreció a Looney, que esperaba con unas esposas. Lo sacaron del local para llevarlo a un coche patrulla.

Ozzie se golpeó la palma de la mano izquierda con la porra sin dejar de sonreír a Cobb.

—Tienes derecho a guardar silencio —dijo—. Todo lo que digas será utilizado contra ti ante los tribunales. Tienes derecho a un abogado. Si careces de medios, el tribunal nombrará uno de oficio. ¿Alguna pregunta?

—Sí. ¿Qué hora es?

—Hora de ir a la cárcel, fanfarrón.

—Vete a la mierda, negro.

Ozzie lo agarró por el cabello, lo levantó de la silla y le empujó la cara contra el suelo. Apoyó una rodilla en su espalda, le colocó la porra bajo la barbilla y tiró de la misma mientras presionaba con la rodilla. Cobb gimió hasta que la porra empezó a estrujarle la laringe.

Después de colocarle las esposas, Ozzie lo arrastró por el cabello a través de la pista de baile, lo sacó al aparcamiento y lo metió en la parte trasera del coche junto a Willard.

Pronto se divulgó la noticia de la violación. La sala de espera y los pasillos del hospital estaban cada vez más abarrotados de amigos y parientes. Tonya había salido del quirófano y su estado era crítico. Ozzie se acercó al hermano de Gwen en el pasillo y le comunicó las detenciones. Sí, eran ellos, estaba seguro.

3

Jake Brigance volteó por encima de su esposa y arrastró los pies hasta el pequeño cuarto de baño, a pocos metros de la cama, donde palpó en la oscuridad en busca del chirriante despertador. Lo encontró donde lo había dejado y lo paró inmediatamente de un manotazo. Eran las cinco y media de la madrugada. Miércoles, quince de mayo.

Permaneció unos momentos en la oscuridad, con la respiración entrecortada y el corazón acelerado mientras contemplaba los números fluorescentes que brillaban en la esfera de aquel reloj que tanto odiaba. Cada mañana, cuando sonaba, el sobresalto amenazaba con pararle el corazón. De vez en cuando, unas dos veces al año, lograba empujar a Carla fuera de la cama y ella lo paraba antes de meterse de nuevo bajo las sábanas. Pero en la mayoría de las ocasiones su esposa se negaba a colaborar. Creía que estaba loco por levantarse tan temprano.

El despertador estaba en la repisa de la ventana para que Jake tuviera que moverse un poco antes de silenciarlo. Una vez levantado, Jake se había prohibido a sí mismo volver a acostarse. Era una de sus normas. En otra época lo tenían sobre la mesilla de noche y a menor volumen. Pero Carla solía pararlo antes de que Jake despertara. Entonces se quedaba dormido hasta las siete o las ocho y le fastidiaba el día entero. Le impedía llegar a su despacho a las siete, que era otra de sus

normas. En cambio, situado en el cuarto de baño el despertador cumplía su cometido.

Jake se acercó al lavabo y se roció el rostro y el cabello con
agua fría. Encendió la luz y se miró horrorizado al espejo. Su
lacio cabello castaño salía disparado en todas direcciones y sus
entradas habían crecido por lo menos un par de centímetros
durante la noche. O puede que tuviera la frente más abultada.
Tenía los ojos hinchados, empañados y legañosos. Una arru-
ga de la manta le había dejado una cicatriz roja en la mejilla
izquierda. La tocó, la frotó y, a continuación, se preguntó si
desaparecería. Con la mano derecha se echó atrás el cabello e
inspeccionó sus entradas. A los treinta y dos años no tenía
ningún cabello blanco. Las canas no suponían un problema
para él. Lo que le preocupaba era la calvicie incipiente que había
heredado de ambos lados de la familia. Su ilusión habría sido
tener una frondosa cabellera que empezase a dos centímetros
de sus cejas. Carla le aseguraba que todavía tenía mucho cabello. Pero poco duraría al ritmo con que iba desapareciendo. Su
esposa también le decía que era tan apuesto como siempre, y él
se lo creía. Le había dicho que las entradas le daban un aire de
madurez, esencial para un joven abogado. También se lo creía.

Pero ¿y los abogados viejos y calvos, o incluso los que eran
calvos sin ser viejos? ¿Por qué no podía volver a tener cabello
cuando le salieran arrugas, con unas patillas canosas y aspecto de hombre maduro?

Jake se hacía estas preguntas en la ducha. Se duchaba, se
afeitaba y se vestía con rapidez. Tenía que estar en el café a las
seis de la mañana: otra de sus normas. Encendía las luces, abría
y cerraba cajones y daba portazos con el propósito de despertar
a Carla. Este era su ritual matutino durante el verano, cuando
ella no trabajaba como maestra. Le había explicado muchas
veces que durante el día podía recuperar el sueño perdido y que
era conveniente que pasaran juntos aquellos primeros momentos de la jornada. Ella protestaba y se cubría la cabeza con las
sábanas. Después de vestirse, Jake se arrojaba sobre la cama y

la besaba en la oreja, en el cuello y por toda la cara hasta que ella acababa por darle un empujón. Entonces retiraba las sábanas de un tirón y se reía cuando Carla temblaba acurrucada y suplicaba que le devolviera las mantas. Jake, con las mantas en la mano, admiraba sus piernas morenas, elegantes, casi perfectas. Su voluminoso camisón no cubría nada por debajo de la cintura y a su mente acudía un sinfín de pensamientos lujuriosos.

Aproximadamente una vez al mes, aquel ritual iba a más. Carla no protestaba y retiraban juntos las mantas. En dichas ocasiones, Jake se desnudaba todavía con mayor rapidez y quebrantaba por lo menos tres de sus normas. Así fue concebida Hanna.

Pero no aquella mañana. Cubrió a su esposa, la besó con ternura y apagó las luces. Carla respiró hondo y se quedó dormida.

Al fondo del pasillo, abrió cuidadosamente la puerta de la habitación de Hanna y se arrodilló junto a ella. Tenía cuatro años, era hija única y lo seguiría siendo. Estaba en la cama rodeada de muñecas y animales de peluche. La besó suavemente en la mejilla. Era tan hermosa como su madre y ambas eran idénticas tanto en su aspecto como en sus actitudes. Tenían unos ojos grandes de color gris azulado, capaces de llorar inmediatamente si era necesario. Peinaba su cabello oscuro del mismo modo, que les cortaba el mismo peluquero y en las mismas ocasiones. Incluso vestían igual.

Jake las adoraba. Eran las dos mujeres de su vida. Después de dar un beso de despedida a su hija, se dirigió a la cocina para preparar un café a Carla. Por el camino, abrió la puerta del jardín a su perra Max, que, mientras hacía sus necesidades, aprovechaba para ladrar al gato de la señora Pickle, su vecina.

Poca gente atacaba el día como Jake Brigance. Se dirigía a paso ligero al portalón del jardín y recogía los periódicos matutinos para Carla. Estaba todavía oscuro. El cielo despejado auguraba la llegada del verano.

Escudriñó la oscuridad de un lado a otro de Adams Street y, a continuación, se volvió para admirar su casa. Había dos edificios de Ford County en el Registro Nacional de Lugares de Interés Histórico, y uno de ellos era la vivienda de Jake Brigance. Pagaba una enorme hipoteca, pero valía la pena: se sentía muy orgulloso de su casa. Era de estilo victoriano, construida en el siglo diecinueve por un ferroviario jubilado que falleció en la primera Nochebuena en su nuevo hogar. La fachada era enorme, con un aguilón central y un amplio porche delicadamente cubierto por un pequeño pórtico bajo el alerón. Las cinco columnas sobre las que descansaba eran cilíndricas, de color blanco y azul pizarra. En cada una de ellas había un diseño floral esculpido a mano: narcisos, lirios y girasoles. Una afiligranada verja unía las columnas. En el primer piso, tres ventanas daban a una pequeña terraza, a la izquierda de la cual se levantaba una torre octogonal con vidrieras por encima del aguilón y coronada por una cúpula de hierro labrado. Debajo de la torre y a la izquierda del pórtico se extendía una ancha terraza con una verja ornamental, donde él y Carla aparcaban el coche. El muro de la fachada estaba adornado con guijas, conchas, escamas de pescado, diminutos copetes y minúsculos husillos.

Carla había llamado a un decorador de Nueva Orleans, y la mariposa había elegido seis colores originales, en tonos predominantemente azul, teca, melocotón y blanco. El trabajo duró dos meses y costó a Jake cinco mil dólares, sin contar las muchas horas que él y Carla pasaron encaramados en escaleras y limpiando cornisas. Por lo que, aunque algunos de los colores no le entusiasmaban, nunca se había atrevido a sugerir una nueva decoración.

Como toda estructura victoriana, la casa era gloriosamente única. Estaba dotada de un calor agradable y provocativo que emanaba de su porte alegre, ingenuo, casi infantil. Carla deseaba adquirirla desde antes de casarse, y cuando por fin falleció su propietario de Memphis y se cerró la finca la compraron muy barata porque nadie la quería. Había pasado veinte años abandonada. Pidieron un montón de dinero prestado a tres bancos de Clanton y pasaron los tres años siguientes sudando sobre su nuevo enclave para devolverlo. Ahora la gente la admiraba y tomaba fotografías de ella.

El tercer banco de la ciudad había financiado el coche de Jake: el único Saab de Ford County. Que además era rojo. Secó el rocío del parabrisas y abrió la puerta. Max todavía ladraba y había despertado a todo un ejército de arrendajos que vivía en el arce de la señora Pickle. Los pájaros lo despedían con su canto y él les devolvía una sonrisa y un silbido. Sacó el coche a la calle haciendo marcha atrás. A dos manzanas giró hacia el sur por Jefferson, que después de otras dos manzanas desembocaba en Washington Street. Jake se había preguntado muchas veces por qué en todas las pequeñas ciudades sureñas había calles llamadas Adams, Jefferson y Washington, pero ninguna Lincoln ni Grant. Washington Street iba de este a oeste, al norte de la plaza de Clanton.

Puesto que Clanton era la capital del condado, contaba con una plaza ancha y larga y, en el centro de la misma, se encontraba, naturalmente, el palacio de Justicia. El general Clanton había planificado meticulosamente la ciudad y en el jardín del palacio de Justicia había unos enormes robles cuidadosamente alineados. El palacio de Justicia de Ford County, construido después de que un incendio provocado por los yanquis destruyera el anterior, estaba en su segundo siglo de existencia. Su fachada miraba con desafío hacia el sur, como si estuviese diciendo discreta y eternamente a los norteños que le besaran el trasero. El edificio era antiguo y señorial, con columnas blancas a lo largo de la fachada y postigos negros en sus docenas de ventanas. Hacía mucho tiempo que el ladrillo rojo original había sido pintado de blanco, y todos los años los *boy scouts* agregaban una gruesa capa de esmalte, que constituía su tradicional proyecto veraniego. Varias emisiones de bonos a lo largo de los años habían permitido realizar ampliaciones y renovaciones. Los parterres que lo rodeaban estaban limpios y cuidados. Un equipo de presos los dejaban impecables dos veces por semana.

En Clanton había tres cafés, dos para blancos y uno para negros, todos en la plaza. No era ilegal ni inusual que los blancos comieran en Claude's, el café de los negros situado en el lado oeste. Y los negros que quisieran comer en el Tea Shoppe, situado en el lado sur, o en el Coffee Shop de Washington Street no corrían peligro. Sin embargo no lo hacían, a pesar de que ya en los años setenta se les había comunicado que tenían derecho a ello. Jake comía carne asada en Claude's todos los viernes, al igual que la mayoría de los liberales blancos de Clanton. Pero seis mañanas a la semana acudía fielmente al Coffee Shop.

Aparcaba su Saab frente a su despacho en Washington Street y caminaba tres puertas más allá hasta el Coffee Shop. El local abría una hora antes y cuando él llegaba estaba ya muy concurrido. Las camareras se apresuraban sirviendo cafés y desayunos sin dejar de hablar incesantemente con los mecánicos, granjeros y policías que frecuentaban el establecimiento. No era un lugar de reunión de funcionarios, que más tarde acudían al Tea Shoppe al otro lado de la plaza, donde discutían de política nacional, de tenis, de golf y sobre bolsa. En el Coffee Shop se hablaba de política local, de fútbol y de la pesca de la lubina. Jake era uno de los pocos funcionarios a los que se permitía frecuentar el Coffee Shop. Gozaba de aceptación y popularidad entre los obreros, la mayoría de los cuales habían pasado en algún momento por su despacho para formalizar un testamento, una escritura, un divorcio, resolver algún problema jurídico o solucionar cualquier dificultad. Le tomaban el pelo y contaban chistes de abogados corruptos, pero no le importaba. Durante el desayuno le pedían que explicara decisiones del Tribunal Supremo, además de otras particularidades jurídicas, y daba muchos consejos legales gratuitos. Jake sabía cómo prescindir de los detalles superfluos para entrar en el meollo de la cuestión. Sus interlocutores lo apreciaban. No siempre estaban de acuerdo con él, pero invariablemente recibían respuestas sinceras. A veces discutían, pero nunca se guardaban rencor.

Entró en el local a las seis y tardó cinco minutos en saludar a todo el mundo, estrechar manos, dar golpecitos en la espalda y piropear a las camareras. Cuando se sentó a la mesa, su chica predilecta, Dell, le había servido ya el café y su desayuno habitual de tostadas, mermelada y farro. Dell, que solía llamarle cariño y encanto, le acariciaba la mano y en general lo trataba con mucha deferencia. Con los demás clientes era indiferente y malhumorada, pero a Jake le dispensaba un trato especial.

Desayunó con Tim Nunley, un mecánico de la Chevrolet, y dos hermanos llamados Bill y Bert West, que trabajaban en una fábrica de zapatos al norte de la ciudad. Agregó tres gotas de tabasco al farro y lo mezcló concienzudamente con un poco de mantequilla. A continuación cubrió la tostada con un centímetro de mermelada casera de fresa. Cuando lo tuvo todo preparado, probó el café y empezó a comer. Apenas hablaban y cuando lo hacían era para comentar la pesca de la rueda.

En una mesa cerca de la ventana, a poca distancia de Jake, tres ayudantes del sheriff charlaban entre sí. El más corpulento, el agente Prather, volvió la cabeza y le preguntó en voz alta:

—Oye, Jake, ¿no defendiste a Billy Ray Cobb hace unos años?

Se hizo inmediatamente un profundo silencio en el café, con todas las miradas fijas en el abogado. Desconcertado, no por la pregunta, sino por la reacción que había provocado, Jake tragó el farro que tenía en la boca mientras intentaba recordar el nombre.

—Billy Ray Cobb —repitió en voz alta—. ¿De qué se trataba?

—Droga —respondió Prather—. Lo cogimos vendiendo droga hace unos cuatro años. Estuvo recluido en Parchman y salió el año pasado.

—No, yo no lo defendí —recordó Jake—. Creo que le representó un abogado de Memphis.

Prather parecía satisfecho y volvió a concentrarse en sus tortas.

—¿Por qué? —preguntó Jake después de una pausa—. ¿Qué ha hecho ahora?

—Lo detuvimos anoche por violación.

—¿Violación?

—Sí, a él y a Pete Willard.

—¿A quién violaron?

—¿Recuerdas a un negro llamado Hailey al que salvaste de una acusación de asesinato hace unos años?

—Lester Hailey. Claro que lo recuerdo.

—¿Conoces a su hermano Carl Lee?

—Por supuesto. Lo conozco bastante bien. Conozco a todos los Hailey. He representado a la mayoría de ellos.

—Pues se trata de su hija menor.

—¿Bromeas?

—No.

—¿Qué edad tiene?

—Diez años.

Jake se quedó sin apetito al tiempo que el ambiente del café volvía a la normalidad. Jugaba con su taza mientras escuchaba la conversación, que pasaba de la pesca a los coches japoneses y de nuevo a la pesca. Cuando los hermanos West se marcharon se trasladó a la mesa de los policías.

—¿Cómo está? —preguntó.

—¿Quién?

—La hija de Hailey.

—Bastante mal —respondió Prather—. En el hospital.

—¿Qué ocurrió?

—No conocemos todos los detalles. No ha podido hablar mucho. Su madre la mandó a la tienda. Viven en Craft Road, detrás de la tienda de ultramarinos de Bates.

—Sé dónde viven.

—De algún modo la subieron a la camioneta de Cobb, la llevaron a algún lugar del bosque y la violaron.

—¿Ambos?

—Sí, varias veces. Además la patearon y le dieron una terrible paliza. Algunos de sus parientes no la reconocieron de lo deformada que estaba.

—Es para ponerse enfermo —dijo Jake mientras movía la cabeza.

—Desde luego. Lo peor que he visto en mi vida. Intentaron matarla. La dejaron pensando que estaba muerta.

—¿Quién la encontró?

—Unos cuantos negros que pescaban en Foggy Creek. Vieron que se arrastraba en medio del camino. Tenía las manos atadas a la espalda. Logró decir unas palabras, les comunicó el nombre de su padre y la llevaron a su casa.

—¿Cómo supisteis que había sido Billy Ray Cobb?

—La niña dijo a su madre que se trataba de una camioneta amarilla con una bandera rebelde en la ventana posterior. Con eso le bastó a Ozzie. Lo tenía todo calculado cuando la niña llegó al hospital.

Prather procuraba no hablar demasiado. Le gustaba Jake, pero era abogado y se ocupaba de muchos casos penales.

—¿Quién es Pete Willard?

—Un amigo de Cobb.

—¿Dónde los encontrasteis?

—En Huey's.

—Lógico —comentó Jake mientras se tomaba el café y pensaba en Hanna.

—Lo pone a uno realmente enfermo —susurró Looney.

—¿Cómo está Carl Lee?

Prather se limpió la miel del bigote.

—No lo conozco personalmente, pero nunca he oído nada malo de él. Siguen en el hospital. Creo que Ozzie ha pasado la noche con ellos. Por supuesto los conoce muy bien; conoce a toda esa gente. Hastings está de algún modo emparentado con la niña.

—¿Cuándo tendrá lugar la vista preliminar?

—Bullard la ha fijado para la una de esta tarde. ¿No es así, Looney?

Este asintió.

—¿Se ha fijado alguna fianza?

—Todavía no. Bullard esperará hasta la vista. Si la niña muere, se enfrentarán a un caso de asesinato, ¿no es cierto?

Jake asintió.

—No les concederán la libertad bajo fianza si se trata de un asesinato, ¿verdad, Jake? —preguntó Looney.

—Puede concederse, pero nunca he visto que ocurriera. Estoy convencido de que Bullard no fijará ninguna fianza si se trata de asesinato, y si lo hiciera, sería superior a lo que ellos puedan permitirse.

—¿Cuánto les puede caer si la niña muere? —preguntó Nesbit, el tercer agente.

—Pueden condenarlos a cadena perpetua por violación —explicó Jake mientras los agentes escuchaban—. Pero supongo que también los acusarán de secuestro y agresión grave.

—Ya lo han hecho.

—Entonces pueden caerles veinte años por secuestro y veinte por agresión grave.

—Bueno, pero ¿cuánto tiempo pasarán en la cárcel? —preguntó Looney.

—Podrían conseguir la condicional en trece años —respondió Jake después de reflexionar unos instantes—. Siete por violación, tres por secuestro y tres por agresión grave, en el supuesto de que los hallen culpables de los tres cargos y reciban la condena máxima.

—¿Qué ocurrirá con Cobb? Tiene antecedentes.

—Sí, pero no se le considera delincuente habitual a no ser que tenga dos condenas previas.

—Trece años —repitió Looney, al tiempo que movía la cabeza.

Jake miró por la ventana. La plaza empezaba a cobrar vida

con la llegada de camionetas cargadas de frutas y verduras que aparcaban alrededor del palacio de Justicia y con la presencia de los agricultores y sus monos descoloridos. Ordenaban meticulosamente sus cestas de tomates, pepinos y calabacines sobre la puerta de la caja y el capó de sus camionetas, y, junto a las flamantes y polvorientas llantas, colocaron sandías de Florida antes de reunirse alrededor del monumento a Vietnam, donde se sentaban en unos bancos a chismorrear mientras cortaban y mascaban virutas de Red Man. Jake pensó que probablemente hablaban de la violación. Dio un abrazo a Dell, pagó la cuenta y, momentáneamente, pensó en regresar a su casa para asegurarse de que Hanna estaba bien.

A las siete menos tres minutos abrió la puerta de su despacho y encendió las luces.

A Carl Lee le resultó difícil dormir en el sofá de la sala de espera. Tonya estaba grave pero estable. La habían visto a medianoche, después de que el médico les advirtiera de que no tenía muy buen aspecto. Estaba en lo cierto. Gwen había besado el pequeño rostro vendado mientras Carl Lee permanecía al pie de la cama, sumiso, inmóvil, incapaz de hacer nada más que mirar en blanco a la criatura rodeada de máquinas, tubos y enfermeras. Después, a Gwen le administraron un sedante y la llevaron a casa de su madre en Clanton. Los hijos regresaron a su casa con el hermano de Gwen.

A la una, cuando todo el mundo se había marchado, Carl Lee seguía, solo, en el sofá. Ozzie llegó a las dos con café y unos buñuelos y contó a Carl Lee todo lo que sabía acerca de Cobb y de Willard.

El despacho de Jake estaba en uno de los edificios de dos plantas situados a lo largo del lado norte de la plaza, con vistas al palacio de Justicia y a poca distancia del Coffee Shop. Había sido construido por la familia Wilbank en la década de 1890, cuando la mayor parte de Ford County les pertenecía, y en el mismo siempre había ejercido como abogado algún miembro de esa familia desde su construcción hasta 1979, año de la expulsión de Lucien Wilbank del Colegio de Abogados. El edificio contiguo en dirección este lo ocupaba un agente de seguros al que Jake había llevado ante los tribunales por rechazar una reclamación de Tim Nunley, el mecánico de la Chevrolet. Hacia el oeste se encontraba el banco que había financiado el Saab. Todos los edificios de la plaza eran de dos plantas a excepción de los bancos. El del edificio contiguo, construido también por los Wilbank, era solo de dos plantas, pero el de la esquina sudeste tenía tres pisos, y el más nuevo, en la esquina sudoeste, tenía cuatro.

Jake trabajaba solo y llevaba haciéndolo desde 1979. Lo prefería, sobre todo porque no había ningún abogado en Clanton lo bastante competente para trabajar con él. Había algunos buenos abogados en la ciudad, pero la mayoría trabajaban en el bufete Sullivan, situado en el edificio del banco de cuatro pisos. Jake lo odiaba. Todos los abogados detestaban el bufete Sullivan; a excepción de los que trabajaban en él. Eran ocho en total, los ocho mequetrefes más ostentosos y arrogantes que Jake había conocido en la vida. Dos de ellos eran licenciados de Harvard. Sus clientes eran los grandes granjeros, los bancos, las compañías de seguros, los ferrocarriles y, en general, todos los ricos. Los otros catorce abogados del condado debían contentarse con las migajas y representaban a los seres humanos con alma y corazón palpitante, la mayoría de los cuales tenían muy poco dinero. Estos eran los «abogados callejeros», los que desde las trincheras ayudaban a las personas que tenían problemas. Jake se sentía orgulloso de ser un abogado callejero.

Su despacho era muy amplio. Solo utilizaba cinco de las diez salas del edificio. En la planta baja había un recibidor, una gran sala de conferencias, una cocina y un trastero de menores dimensiones. En el primer piso se encontraba su enorme despacho y otro más pequeño al que se refería como «sala de guerra»: no tenía ventanas, teléfonos ni distracción alguna. Quedaban tres salas vacías en el primer piso y dos en la planta baja. En otra época habían sido ocupadas por el prestigioso bufete de los Wilbank. El despacho de Jake, el principal del edificio, estaba en el primer piso; era inmenso, con techo de roble de tres metros del suelo, también de roble, y había una enorme chimenea y tres mesas: su propio escritorio, una pequeña mesa de conferencias en una esquina y un pupitre de cierre enrollable en otra bajo el retrato de William Faulkner. El antiguo mobiliario de roble tenía casi un siglo de existencia, al igual que los libros y estanterías que cubrían una de las paredes. La vista de la plaza y del palacio de Justicia era impresionante y se podía disfrutar plenamente saliendo al pequeño balcón, que colgaba sobre la acera junto a Washington Street. El despacho de Jake era, sin lugar a dudas, el más hermoso de Clanton. Incluso sus acérrimos enemigos del bufete Sullivan lo reconocían.

A pesar de su opulencia y dimensiones, Jake solo pagaba cuatrocientos dólares mensuales de alquiler a su propietario y ex jefe, Lucien Wilbank, expulsado del Colegio de Abogados en mil novecientos setenta y nueve.

Durante varias décadas, la familia Wilbank había mandado en Ford County. Eran gente orgullosa, rica, destacada en la agricultura, la banca, la política y especialmente en la abogacía. Todos los hombres de la familia Wilbank eran abogados, licenciados en las prestigiosas universidades de la costa Este. Habían fundado bancos, iglesias, escuelas, y algunos ocupaban cargos públicos. Durante muchos años, el bufete Wilbank & Wilbank había sido el más poderoso y prestigioso al norte del Mississippi.

Entonces llegó Lucien, el único varón en su generación de la familia Wilbank. Tenía una hermana y varias sobrinas, pero lo único que se esperaba de ellas era que encontrasen a un buen partido. Todos tenían grandes expectativas respecto de Lucien cuando era niño, pero a los ocho años ya estaba claro que no era como los demás Wilbank. Heredó el bufete en 1965, cuando su padre y su tío fallecieron en un accidente aéreo. A pesar de que ya tenía cuarenta años solo hacía unos meses que había acabado sus estudios de derecho por correspondencia. De algún modo, logró ingresar en el Colegio de Abogados. Se hizo cargo del bufete y los clientes empezaron a desaparecer. Las empresas importantes, como compañías de seguros, bancos y terratenientes acudieron al recién fundado bufete de Sullivan. Este había sido socio minoritario en el bufete de los Wilbank hasta que Lucien lo despidió y se marchó con los demás abogados jóvenes del bufete y la mayoría de los clientes. Entonces Lucien despidió al resto del personal: asociados, secretarias y administrativos; a excepción de Ethel Twitty, secretaria predilecta de su difunto padre.

Ethel y John Wilbank habían estado muy unidos a lo largo de los años. En realidad, ella tenía un hijo menor muy parecido a Lucien que se pasaba la mayor parte de la vida ingresado en diversos centros psiquiátricos. Para bromear, Lucien se refería a él como a su hermano retrasado. Después del accidente aéreo, el hermano retrasado apareció en Clanton y empezó a contar a todo el mundo que era hijo ilegítimo de John Wilbank. Ethel se sentía humillada, pero no podía controlarlo. Clanton estaba lleno de habladurías. El bufete de Sullivan acudió ante los tribunales en representación del hermano retrasado para reclamar parte de los bienes de la familia. Lucien estaba furioso. Durante el juicio, este defendió vigorosamente su honor, su orgullo y el nombre de la familia. También defendió vigorosamente los bienes de su padre, heredados en su totalidad por Lucien y su hermana. Durante el juicio, al jurado no le pasó inadvertido el extraordinario parecido entre Lucien y el hijo de Ethel, que era varios años menor. El hermano retrasado estaba sentado estratégicamente lo más cerca posible de Lucien. Los abogados de Sullivan le habían enseñado a caminar, hablar, sentarse y comportarse como Lucien. Incluso lo vistieron como él. Ethel y su marido negaron que el chico tuviera parentesco alguno con los Wilbank, pero el jurado no compartió su opinión. El tribunal lo declaró heredero de John Wilbank y le concedió un tercio de sus bienes. Lucien blasfemó contra el jurado, abofeteó al pobre muchacho y no dejó de dar gritos mientras lo sacaban de la audiencia para llevarlo a la cárcel. La decisión del jurado fue revocada y anulada por un tribunal de apelación, pero Lucien temía la posibilidad de otro juicio si algún día Ethel cambiaba su versión de los hechos. De ahí que Ethel siguiera en el bufete de los Wilbank.

Lucien estaba satisfecho cuando se desintegró el bufete. No era su intención practicar la abogacía al estilo de sus antepasados. Quería ser abogado criminalista y los clientes del antiguo bufete eran estrictamente corporativos. Él quería ocuparse de violaciones, asesinatos, abusos de menores y, en general, de los casos desagradables que a nadie apetecían. Quería ser un abogado liberal y defender los derechos civiles. Pero, por encima de todo, Lucien quería ser radical, defensor extremista de casos y causas que llamaran mucho la atención.

Se dejó crecer la barba, se divorció de su esposa, renegó de su Iglesia, vendió su participación en el club de campo, se afilió a las organizaciones antirracistas NAACP y ACLU, dimitió del consejo de administración del banco y, en definitiva, se convirtió en el justiciero de Clanton. Acusó de segregación a las escuelas ante los tribunales, al gobernador a causa de la cárcel, a las autoridades municipales por negarse a pavimentar las calles donde vivían los negros, al banco por no tener ningún cajero de color, al Estado por mantener vigente la pena capital y a las fábricas por negarse a reconocer las organizaciones laborales. Defendió y ganó muchos casos penales, y no solo en Ford County. Creció su reputación al igual que el número cada vez mayor de seguidores entre los negros, los blancos pobres y los pocos sindicatos existentes al norte del Mississippi. Cayeron en sus manos algunos casos muy lucrativos de accidentes personales y muertes evitables. Logró establecer acuerdos muy ventajosos. El bufete, es decir, él y Ethel, no había sido nunca tan próspero. Lucien no necesitaba el dinero. Había nacido rico y era algo en lo que nunca pensaba. Ethel se ocupaba de la contabilidad.

La abogacía era su vida. Al no tener familia, se entregó plenamente al trabajo. Lucien practicaba apasionadamente su profesión quince horas diarias, siete días por semana. No tenía otros intereses... aparte del alcohol. A finales de los años sesenta descubrió su afinidad con Jack Daniel's. A principios de los setenta era un borracho y cuando contrató a Jake en 1978 estaba del todo alcoholizado. Pero nunca permitía que el alcohol perturbara su trabajo: aprendió a beber y trabajar simultáneamente. Lucien estaba siempre medio borracho y en esas condiciones era un abogado muy peligroso. Audaz y corrosivo por naturaleza, era auténticamente aterrador cuando había bebido. En la Audiencia ridiculizaba a los abogados de la oposición, insultaba a los jueces, intimidaba a los testigos y, a continuación, se disculpaba ante el jurado. No sentía respeto por nadie y no tenía miedo a nada. Se le temía porque era capaz de decir y hacer cualquier cosa. La gente se le acercaba con cautela. A Lucien, consciente de ello, le encantaba. Cada vez era más excéntrico. Cuanto más bebía, más demente era su conducta y más habladurías provocaba, y ello le impulsaba a seguir bebiendo.

Entre 1966 y 1978, Lucien contrató y despidió a once colaboradores. Contrató a negros, a judíos, a hispanos, a mujeres, y ninguno de ellos pudo soportar el ritmo que les exigía. En el despacho era un tirano que no dejaba de regañar y gritar a sus jóvenes colaboradores. Algunos duraron menos de un mes. Uno de ellos aguantó dos años. Era difícil aceptar la locura de Lucien. Él era lo suficientemente rico para ser excéntrico, pero no sus colaboradores.

Contrató a Jake en 1978, recién salido de la facultad. Jake era de Karaway, una pequeña ciudad de dos mil quinientos habitantes, a treinta kilómetros de Clanton. Era un devoto presbiteriano de buenas costumbres, conservador, con una esposa atractiva que deseaba tener hijos. Lucien lo contrató con la esperanza de corromperlo. Jake aceptó el empleo con grandes reservas, solo porque no tenía otra oferta cerca de su casa.

Al cabo de un año, Lucien fue expulsado del Colegio de Abogados. Fue una tragedia para los pocos que lo apreciaban. El pequeño sindicato de la fábrica de zapatos al norte de la ciudad había convocado una huelga. El sindicato había sido organizado y representado por Lucien. La fábrica empezó a contratar a nuevos obreros para reemplazar a los huelguistas y se desencadenaron escenas de violencia. Lucien se unió a los piquetes para alentar a su gente. Estaba más borracho que de costumbre. Un grupo de esquiroles intentó cruzar la línea y se organizó una pelea. Lucien, que dirigía el ataque, fue detenido y encarcelado. El tribunal lo condenó por agresión y desorden público. Apeló y perdió, presentó un nuevo recurso y volvió a perder.

A lo largo de los años, Lucien había despertado el recelo del Colegio de Abogados. Ningún abogado del estado había sido objeto de tantas críticas como Lucien Wilbank. Ninguna de las amonestaciones privadas, amonestaciones públicas ni suspensiones del cargo habían surtido efecto alguno. El Tribunal de Quejas y la Junta Disciplinaria actuaron con rapidez. Se le expulsó del Colegio de Abogados por comportarse de un modo impropio de un colegiado. Apeló y perdió, presentó otro recurso y también perdió.

Estaba desolado. Jake se encontraba en el despacho de Lucien, el grande del primer piso, cuando llegó una comunicación de Jackson según la cual el Tribunal Supremo había ratificado la expulsión. Lucien colgó el teléfono y se dirigió al balcón que daba a la plaza. Jake lo observaba atentamente, a la espera de una perorata. Pero Lucien no dijo nada. Descendió lentamente a la planta baja, se paró para observar a Ethel, que estaba llorando, abrió la puerta, miró a Jake y dijo:

—Cuida de este lugar. Hasta luego.

Corrieron a mirar por la ventana y vieron cómo se alejaba velozmente en su viejo Porsche destartalado. Durante varios meses no se supo nada de él. Jake trabajaba laboriosamente en los casos de Lucien, mientras Ethel evitaba el caos en la oficina. Algunos casos se resolvieron, otros se entregaron a otros abogados y los restantes acabaron ante los tribunales.

Al cabo de seis meses, cuando Jake regresó después de una agotadora jornada en la Audiencia, se encontró a Lucien dormido sobre la alfombra persa del despacho principal.

—¡Lucien! ¿Estás bien? —preguntó.

Lucien se levantó de un brinco y se sentó en el gran sillón de cuero tras el escritorio. Estaba sobrio, moreno y relajado.

—Jake, amigo mío, ¿cómo estás? —preguntó cariñosamente.

—Bien, muy bien. ¿Dónde has estado?

—En las Islas Caimán.

—¿Qué hacías?

—Beber ron, descansar en la playa y perseguir a las jóvenes indígenas.

—Parece divertido. ¿Por qué lo has dejado?

—Acabó por aburrirme.

—Me alegro mucho de verte, Lucien —dijo Jake tras sentarse al otro lado del escritorio.

—Yo me alegro de verte a ti, Jake. ¿Cómo van las cosas por aquí?

—Mucho ajetreo. Pero supongo que bien.

—¿Solucionaste lo de Medley?

—Sí. Pagaron ocho mil.

—Eso está muy bien. ¿Estaba satisfecho?

—Sí, creo que sí.

—¿Fue a juicio el caso de Cruger?

—No, contrató a Fredrix —respondió Jake después de bajar la mirada—. Creo que el juicio se celebrará el mes próximo.

—Debí haber hablado con él antes de marcharme.

—Es culpable, ¿verdad?

—Sí, muy culpable. No importa quién lo represente. La

mayoría de los reos son culpables. No lo olvides —dijo Lucien antes de acercarse al balcón para contemplar el palacio de Justicia—. ¿Qué planes tienes, Jake?

—Me gustaría quedarme donde estoy. Y tú ¿qué planes tienes?

—Eres un buen hombre, Jake, y quiero que te quedes. Yo, no lo sé. Había pensado en trasladarme al Caribe, pero no lo haré. Es un buen lugar para ir de vacaciones, pero aburre. En realidad no tengo planes. Puede que viaje. Que gaste un poco de dinero. Sabes que tengo una fortuna.

Jake asintió. Lucien dio media vuelta y agitó los brazos.

—Quiero que te quedes con todo esto, Jake. Quiero que te quedes aquí y mantengas algún tipo de bufete en funcionamiento. Trasládate a este despacho y utiliza este escritorio que mi abuelo trajo de Virginia después de la guerra civil. Quédate con las fichas, los casos, los clientes, los libros y todo lo demás.

—Eres muy generoso, Lucien.

—La mayoría de los clientes desaparecerán. No es culpa tuya: algún día serás un gran abogado. Pero la mayoría de mis clientes están conmigo desde hace muchos años.

—¿Y el alquiler? —preguntó Jake, que prefería no conservar a la mayoría de sus clientes.

—Págame lo que puedas permitirte. Al principio tendrás dificultades económicas, pero saldrás adelante. Yo no necesito el dinero, pero tú sí.

—Eres muy amable.

—En realidad soy un buen tipo.

Rieron ambos forzadamente.

—¿Qué hacemos con Ethel? —preguntó Jake, después de dejar de sonreír.

—Depende de ti. Es una buena secretaria que ha olvidado más derecho del que tú puedas llegar a aprender. Sé que no te gusta, pero no te será fácil sustituirla. De todos modos, despídela si quieres. No me importa —dijo Lucien mientras se dirigía hacia la puerta—. Llámame si me necesitas. Estaré por ahí.

Quiero que te traslades a este despacho. Fue de mi padre y, antes, de mi abuelo. Guarda mis trastos en una caja; algún día los recogeré.

Cobb y Willard despertaron con jaqueca y los ojos hinchados e irritados. Ozzie les hablaba a voces. Estaban ambos en una pequeña celda individual. Separada por barrotes, había otra celda a la derecha en la que presos estatales esperaban su traslado a Parchman. Una docena de negros apoyados en las rejas observaban a los dos blancos, que se esforzaban en desempañarse los ojos. A la izquierda había otra celda, también llena de negros. Ozzie les chilló para que despertaran y no armasen ruido, con la amenaza de encerrarlos con los otros prisioneros.

El rato más tranquilo de Jake era desde las siete hasta las ocho y media, cuando llegaba Ethel. Utilizaba celosamente su tiempo. Cerraba con llave la puerta principal, hacía caso omiso del teléfono y se negaba a atender al público. Organizaba meticulosamente su jornada. A las ocho y media tendría bastante material dictado para mantener a Ethel callada y ocupada hasta el mediodía. A las nueve estaba en el juzgado o entrevistando a algún cliente. No aceptaba llamadas hasta las once, hora en que respondía a todos los mensajes de la mañana. Nunca dejaba llamadas pendientes: otra de sus normas. Jake trabajaba metódica y eficazmente, sin perder el tiempo. Estas no eran costumbres adquiridas en su relación con Lucien.

A las ocho y media, Ethel efectuaba su habitual y ruidosa entrada. Preparaba café y abría la correspondencia, como lo había hecho en los últimos cuarenta y un años. Tenía sesenta y cuatro años y aparentaba cincuenta. Estaba gordita, sin ser obesa; bien conservada, pero poco atractiva. Mientras leía la correspondencia de Jake, deglutía ruidosamente una grasienta salchicha y un bizcocho que se traía de su casa.

Jake oyó voces. Ethel hablaba con otra mujer. Consultó su agenda; no tenía ninguna cita hasta las diez.

—Buenos días, señor Brigance —dijo Ethel por el intercomunicador.

—Buenos días, Ethel —respondió Jake a sabiendas de que prefería que se la llamara señora Twitty.

Así era como la llamaban Lucien y todos los demás. Pero Jake la llamaba Ethel desde que no estaba Lucien.

—Hay una señora que desea verle.

—No tiene cita concertada.

—Lo sé, señor.

—Dígale que vuelva mañana a las diez y media. Ahora estoy ocupado.

—Sí, señor. Pero dice que es muy urgente.

—¿Quién es? —exclamó.

Siempre era urgente cuando se presentaban sin previo aviso, como cuando se acude a la funeraria o a la lavandería. Probablemente alguna duda urgente sobre el testamento del tío Luke o sobre la vista que tendría lugar tres meses después.

—Una tal señora Willard —respondió Ethel.

—¿Cuál es su nombre de pila?

—Earnestine Willard. Usted no la conoce, pero su hijo está en la cárcel.

Jake recibía sus visitas a la hora concertada, pero los que llegaban sin previo aviso eran harina de otro costal. El señor Brigance está muy ocupado, les decía la secretaria, pero puedo darle hora para pasado mañana. Esto impresionaba a la gente.

—Dígale que no me interesa.

—Insiste en que necesita un abogado. Su hijo tiene que presentarse ante el juez a la una de esta tarde.

—Dígale que hable con Drew Jack Tyndale, el abogado de guardia. Es bueno y gratuito.

—Señor Brigance —dijo Ethel después de transmitir el mensaje—, insiste en que quiere contratarlo a usted. Alguien le ha dicho que usted es el mejor criminalista del condado —añadió en un tono evidentemente jocoso.

—Dígale que es cierto, pero que no me interesa.

Ozzie esposó a Willard y lo condujo a lo largo del pasillo hasta su despacho, en la parte frontal de la cárcel de Ford County. Le quitó las esposas y le ordenó que se sentara en una silla de madera, en el centro de la abigarrada habitación. Ozzie se instaló en el sillón, al otro lado del escritorio, y contempló al acusado.

—Señor Willard, este es el teniente Griffin de la policía de tráfico de Mississippi. Aquí está el detective Rady de mi departamento, y estos son los agentes Looney y Prather, a quienes ya conoció anoche, aunque dudo que lo recuerde. Yo soy el sheriff Walls.

Willard movió temerosamente la cabeza, para verlos a todos. Estaba rodeado. La puerta estaba cerrada. Cerca del borde del escritorio del sheriff había dos magnetófonos.

—Deseamos formularle algunas preguntas, ¿de acuerdo?

—No lo sé.

—Antes de empezar, quiero asegurarme de que conoce sus derechos. En primer lugar, tiene derecho a guardar silencio. ¿Comprende?

—Sí.

—No tiene que decir nada si lo prefiere, pero si lo hace todo lo que diga podrá ser utilizado en su contra ante los tribunales. ¿Comprende?

—Sí.

—¿Sabe leer y escribir?

—Sí.

—Bien, entonces lea y firme esto. Dice que se le han notificado sus derechos.

Willard firmó y Ozzie pulsó el botón rojo de uno de los magnetófonos.

—¿Comprende que este magnetófono está grabando?

—Sí.

—¿Y que hoy es miércoles, quince de mayo, ocho cuarenta y cinco de la mañana?

—Si usted lo dice…

—¿Cuál es su nombre completo?

—James Louis Willard.

—¿Apodo?

—Pete. Pete Willard.

—¿Dirección?

—Carretera seis, apartado de correos catorce, Lake Village, Mississippi.

—¿Qué calle?

—Bethel Road.

—¿Con quién vive?

—Con mi madre, Earnestine Willard. Estoy divorciado.

—¿Conoce a Billy Ray Cobb?

Willard titubeó y se contempló los pies. Sus botas se habían quedado en la celda. Sus calcetines blancos estaban sucios y no cubrían los dedos gordos de sus pies. Pregunta inofensiva, pensó.

—Sí, lo conozco.

—¿Estuvo ayer con él?

—Sí.

—¿Dónde estuvieron?

—Junto al lago.

—¿A qué hora salieron?

—A eso de las tres.

—¿Qué vehículo conducía?

—Yo no conducía.

—¿En qué vehículo viajaba?

Titubeó y se contempló de nuevo los pies.

—Creo que no tengo nada más que decir.

Ozzie pulsó otro botón y paró el magnetófono.

—¿Ha estado alguna vez en Parchman? —suspiró.

Willard movió la cabeza.

—¿Sabe cuántos negros hay en Parchman?

Willard movió nuevamente la cabeza.

—Unos cinco mil. ¿Y sabe cuántos blancos?

—No.

—Aproximadamente mil.

Willard dejó caer la cabeza: Ozzie dejó que reflexionara unos instantes y guiñó el ojo al teniente Griffin.

—¿Puede imaginar lo que harán esos negros a un blanco que ha violado a una niña negra?

Silencio.

—Teniente Griffin, cuéntele al señor Willard cómo tratan a los blancos en Parchman.

Griffin se acercó al escritorio, se sentó al borde del mismo y miró a Willard.

—Hace unos cinco años, un joven blanco de Helena County, junto al delta, violó a una niña negra que tenía doce años. Lo esperaban cuando llegó a Parchman. Sabían que llegaba. La primera noche, unos treinta negros lo ataron a un bidón de ciento veinticinco litros y se subieron al mismo. Los carceleros miraban y se reían. Nadie compadece a los violadores. Recibió el mismo tratamiento todas las noches durante tres meses hasta que lo mataron. Lo encontraron castrado, dentro del bidón.

Willard se estremeció, echó la cabeza hacia atrás y suspiró mirando al techo.

—Escúchame, Pete —dijo Ozzie—, no es a ti a quien queremos. Queremos a Cobb. Lo persigo desde que salió de Parchman. No voy a permitir que se me escape. Tú nos ayudas a condenar a Cobb y yo te ayudaré tanto como pueda. No te hago ninguna promesa, pero el fiscal y yo tenemos una buena relación. Tú me ayudas a condenar a Cobb y yo te ayudaré con el fiscal. Cuéntanos lo que ocurrió.

—Quiero un abogado —dijo Willard.

—¿Qué puede hacer un abogado? —refunfuñó Ozzie, al tiempo que dejaba caer la cabeza—. ¿Sacarte a los negros de encima? Intento ayudarte y tú te haces el listillo.

—Tienes que escuchar al sheriff, hijo. Intenta salvarte la vida —dijo amablemente Griffin.

—Es posible que solo tengas que cumplir unos pocos años en esta misma cárcel —agregó Rady.

—Es mucho más seguro que la de Parchman —comentó Prather.

—Tú tienes la última palabra —dijo Ozzie—. Puedes morir en Parchman o quedarte aquí. Incluso consideraré la posibilidad de otorgarte ciertos privilegios si te portas bien.

—De acuerdo —respondió Willard después de agachar la cabeza y frotarse las sienes.

Ozzie pulsó el botón rojo.

—¿Dónde encontraron a la niña?

—En un camino sin asfaltar.

—¿Qué camino?

—No lo sé. Estaba borracho.

—¿Adónde la llevaron?

—No lo sé.

—¿Eran solo usted y Cobb?

—Sí.

—¿Quién la violó?

—Ambos. Billy Ray fue el primero.

—¿Cuántas veces?

—No lo recuerdo. Fumaba hierba y bebía.

—¿Ambos la violaron?

—Sí.

—¿Dónde la dejaron?

—No lo recuerdo. Juro que no lo recuerdo.

Ozzie pulsó otro botón.

—Pasaremos esto a máquina y lo firmarás.

—Sobre todo, no se lo diga a Billy Ray —suplicó Willard mientras movía la cabeza.

—No lo haremos —prometió el sheriff.

4

Percy Bullard estaba inquieto y nervioso en el sillón de cuero, tras el enorme y desgastado escritorio de roble de su despacho en la parte posterior de la Audiencia, donde se había congregado una multitud curiosa por el caso de violación. En la pequeña sala contigua, los abogados charlaban sobre ello alrededor de la cafetera.

La pequeña toga negra de Bullard estaba colgada en un rincón, junto a la ventana que daba al norte por Washington Street. Las zapatillas deportivas del cuarenta que llevaba puestas apenas tocaban el suelo. Era un individuo bajo y nervioso, a quien preocupaban las vistas preliminares y demás audiencias rutinarias. A pesar de sus trece años en la sala, nunca había aprendido a relajarse. Afortunadamente no tenía que ocuparse de los casos importantes, que eran competencia del juez territorial. Bullard era solo juez del condado y había alcanzado ya su cima.

El señor Pate, anciano oficial del juzgado, llamó a la puerta.

—¡Adelante! —ordenó Bullard.

—Buenas tardes, señor juez.

—¿Cuántos negros hay ahí? —preguntó escuetamente Bullard.

—Ocupan media sala.

—¡Esto significa un centenar de personas! Más de los que acuden a un buen caso de asesinato. ¿Qué quieren?

El señor Pate movió la cabeza.

—Deben de suponer que hoy vamos a juzgar a esos muchachos —dijo Bullard.

—Supongo que solo están preocupados —comentó apaciblemente el señor Pate.

—¿Preocupados por qué? No voy a dejarlos en libertad. Esto no es más que la vista preliminar —dijo—. ¿Está aquí la familia? —añadió después de una pausa y de mirar por la ventana.

—Creo que sí. He reconocido a algunos parientes, pero no conozco a los padres de la niña.

—¿Se han tomado medidas de seguridad?

—El sheriff ha dispuesto a todos los agentes y reservistas en las inmediaciones de la Audiencia. Todo el mundo ha pasado por un control de seguridad en la puerta.

—¿Se ha encontrado algo?

—No, señor.

—¿Dónde están los chicos?

—Los tiene el sheriff. Llegarán dentro de un momento.

El juez parecía satisfecho y el señor Pate dejó una nota escrita a mano sobre su escritorio.

—¿Qué es esto?

—La solicitud de un equipo de televisión de Memphis para filmar la vista —suspiró el señor Pate.

—¡Cómo! —exclamó Bullard enrojecido de ira mientras se mecía furiosamente en su sillón—. ¡Cámaras —chilló— en mi sala! ¿Dónde están? —añadió después de romper el papel y arrojarlo en dirección a la papelera.

—En la rotonda.

—Ordéneles que salgan del palacio de Justicia.

El señor Pate se retiró inmediatamente.

Carl Lee Hailey estaba sentado en la penúltima fila, rodeado de docenas de amigos y parientes, en los bancos acolchados a la derecha de la sala. Los de la izquierda estaban vacíos. Los agentes armados que circulaban por la Audiencia miraban con nerviosismo y aprensión al grupo de negros y, en especial, a Carl Lee, que estaba inclinado con los codos sobre las rodillas y la mirada fija en el suelo.

Jake miró por la ventana la fachada posterior del palacio de Justicia, al otro lado de la plaza, que daba al sur. Era la una de la tarde. Como de costumbre, no se había molestado en almorzar y, a pesar de que no tenía nada que hacer en la Audiencia, le apetecía tomar el fresco. No había salido del despacho en todo el día y, si bien los detalles de la violación no le interesaban, tampoco quería perderse la vista. La sala debía de estar abarrotada de gente, porque no quedaba lugar para aparcar en la plaza. Un enjambre de periodistas y fotógrafos esperaban ávidamente junto al portalón de la Audiencia, por donde Cobb y Willard entrarían en el edificio.

La cárcel estaba a dos manzanas de la plaza por la carretera, en dirección sur. Ozzie conducía el coche en el que se trasladaba a Cobb y a Willard. Precedido de un coche patrulla y seguido de otro, salió de Washington Street para entrar en el corto camino que acababa bajo el balcón del palacio de Justicia. Seis agentes escoltaron a los acusados entre los periodistas por la puerta de la Audiencia y subieron por la escalera posterior, que conducía a un pequeño cuarto adjunto a la sala.

Jake cogió su chaqueta y, sin hablar con Ethel, cruzó apresuradamente la plaza. Subió corriendo por la escalera, avanzó por un pasillo y entró en la sala por una puerta lateral en el momento en que el señor Pate anunciaba la llegada del señor juez:

—Levántense. Su señoría entra en la sala.

Todo el mundo se puso en pie. Bullard ocupó la presidencia y se sentó.

—Siéntense —ordenó entonces el oficial del juzgado—. ¿Dónde están los acusados? ¿Dónde? Tráiganlos a la sala.

Cobb y Willard salieron esposados del pequeño cuarto contiguo. Iban sin afeitar, sucios, con la ropa arrugada y aspecto confuso. Willard miró al gran grupo de negros, pero Cobb les dio la espalda. Looney les quitó las esposas y les indicó que se sentaran junto a Drew Jack Tyndale, su abogado de oficio, frente a la larga mesa de la defensa. Al lado había otra larga mesa utilizada por el fiscal del condado, Rocky Childers, quien permanecía sentado tomando notas para darse importancia.

Willard miró por encima del hombro, para ver una vez más al grupo de negros. En la primera fila, a su espalda, se encontraba su madre junto a la de Cobb, ambas acompañadas de agentes de policía para su protección. Willard se sentía seguro rodeado de agentes. Cobb se negó a volver la cabeza.

Desde el fondo de la sala, a veinticinco metros de distancia, Carl Lee levantó la cabeza para ver las espaldas de los individuos que habían violado a su hija. Eran un par de desconocidos barbudos, sucios y desaliñados. Se cubrió el rostro y agachó la cabeza. Detrás de él había unos agentes, con la espalda contra la pared, que observaban todos los movimientos.

—Escúchenme —empezó a decir Bullard con fuerte voz—. Esto es una vista preliminar, no un juicio. El objeto de la vista preliminar consiste en determinar si existen suficientes pruebas de que se ha cometido un delito para someter a los acusados a un juicio. Se puede incluso prescindir de esta vista a petición de los acusados.

—Con la venia de su señoría —dijo Tyndale después de ponerse de pie—, deseamos que se celebre la vista.

—Muy bien. Aquí tengo unas declaraciones juradas del sheriff Walls en las que se acusa a ambos reos de secuestro, agresión grave y haber violado a una hembra menor de doce años. Señor Childers, puede llamar a su primer testigo.

—Con la venia de su señoría, la acusación llama al sheriff Ozzie Walls.

Jake estaba sentado en la tarima del jurado, junto a otros abogados, todos los cuales fingían estar ocupados en la lectura de documentos importantes. Después de prestar juramento, Ozzie se sentó en la silla de los testigos, a la izquierda de Bullard y a poca distancia de la tarima del jurado.

—¿Puede decirme su nombre?

—Sheriff Ozzie Walls.

—¿Es usted el sheriff de Ford County?

—Sí.

—Ya sé quién es —susurró Bullard mientras hojeaba el sumario.

—Dígame, sheriff, ¿recibió su departamento una llamada ayer por la tarde relacionada con la desaparición de una niña?

—Sí, alrededor de las cuatro y media.

—¿Qué hicieron ustedes?

—El agente Willie Hastings se desplazó al domicilio de Gwen y Carl Lee Hailey, padres de la niña desaparecida.

—¿Dónde se encuentra dicha residencia?

—En Craft Road, detrás de la tienda de ultramarinos Bates.

—¿Qué descubrió el mencionado agente?

—En el domicilio se encontró con la madre de la niña, que era quien había llamado, y, a continuación, salió a dar vueltas con el coche en busca de la niña.

—¿La encontró?

—No. Cuando regresó a la casa, la niña estaba allí. La habían encontrado unos pescadores y la habían llevado a su casa.

—¿En qué estado estaba la niña?

—Había sido violada y golpeada.

—¿Estaba consciente?

—Sí. Podía hablar o susurrar un poco.

—¿Qué dijo?

—Con la venia de su señoría —exclamó Tyndale, tras levantarse de un brinco—, reconozco que los comentarios son admisibles en una vista preliminar, pero esto es el comentario del comentario de un comentario.

—Protesta denegada. Siéntese y cierre la boca. Prosiga, señor Childers.

—¿Qué dijo?

—Le contó a su madre que habían sido dos blancos, con una camioneta amarilla y una bandera rebelde en la ventana posterior. Esto fue prácticamente todo. No podía decir gran cosa. Tenía la mandíbula fracturada y el rostro magullado.

—¿Qué ocurrió a continuación?

—El agente llamó a una ambulancia y la llevaron al hospital.

—¿Cómo está ahora la niña?

—Dicen que el pronóstico es grave.

—¿Qué ocurrió entonces?

—Con la información de la que disponía en aquel momento tenía a un sospechoso.

—¿Qué hizo?

—Localicé a un confidente, un confidente fiable, y lo mandé a un tugurio junto al lago.

Childers no tenía tendencia a extenderse en los detalles, especialmente ante Bullard. Jake lo sabía, y también Tyndale. Bullard mandaba todos los casos a juicio, de modo que la vista preliminar era una mera formalidad. Independientemente de lo que tratara el caso, los hechos, las pruebas y todo lo demás, Bullard ordenaba que el acusado se sometiera a juicio. Si las pruebas no eran suficientes, sería el jurado y no Bullard quien lo absolviera. Él tenía que ser reelegido, pero no el jurado. A los votantes les inquietaba que un delincuente saliera en libertad. La mayoría de los defensores del condado prescindían de la vista preliminar ante Bullard. Pero no Jake. Para él suponía la mejor oportunidad de examinar con rapidez el caso de la acusación. Tyndale raramente prescindía de las vistas preliminares.

—¿Qué tugurio?

—Huey's.

—¿Qué averiguó?

—Dijo que oyó a Cobb y a Willard, los dos acusados aquí presentes, que se vanagloriaban de haber violado a una niña negra.

Cobb y Willard intercambiaron miradas. ¿Quién era el confidente? No recordaban gran cosa de Huey's.

—¿Qué encontró usted en Huey's?

—Detuvimos a Cobb y a Willard y examinamos la camioneta registrada a nombre de Billy Ray Cobb.

—¿Qué descubrieron?

—La remolcamos a nuestras dependencias y la hemos examinado esta mañana. Hay manchas de sangre.

—¿Algo más?

—Hemos encontrado una pequeña camiseta empapada de sangre.

—¿A quién pertenece la camiseta?

—Pertenecía a Tonya Hailey, la niña violada. Su padre, Carl Lee, la ha identificado esta mañana.

Al oír su nombre, Carl Lee se incorporó en su asiento. Ozzie le miró fijamente. Jake volvió la cabeza y se percató por primera vez de su presencia.

—Describa la camioneta.

—Una camioneta Ford amarilla, nueva, de media tonelada, con grandes llantas cromadas y neumáticos todo terreno. Lleva una bandera rebelde en la ventana posterior.

—¿Quién es su propietario?

—Billy Ray Cobb —respondió Ozzie al tiempo que señalaba a los acusados.

—¿Corresponde a la descripción de la niña?

—Sí.

—Dígame, sheriff —dijo Childers después de una pausa y de revisar sus notas—, ¿qué otras pruebas tiene contra los acusados?

—Esta mañana hemos hablado con Peter Willard y ha firmado una confesión.

—¿Qué has hecho? —exclamó Cobb al tiempo que Willard se acobardaba y miraba a su alrededor en busca de ayuda.

—¡Orden! ¡Orden en la sala! —chilló Bullard mientras golpeaba la mesa con su martillo.

Tyndale separó a sus clientes.

—¿Ha comunicado sus derechos al señor Willard?

—Sí.

—¿Los ha comprendido?

—Sí.

—¿Ha firmado a tal efecto?

—Sí.

—¿Quién estaba presente cuando el señor Willard ha hecho su declaración?

—Yo, dos agentes, Rady, el detective de mi departamento, y el teniente Griffin del Departamento de Tráfico.

—¿Tiene la confesión?

—Sí.

—Por favor, léala.

Todo el mundo permaneció inmóvil y silencioso mientras Ozzie leía la breve declaración. Carl Lee miraba con desinterés a los acusados. Cobb miraba fijamente a Willard, que se limpiaba los zapatos.

—Gracias, sheriff —dijo Childers cuando terminó Ozzie—. ¿Ha firmado el señor Willard la confesión?

—Sí, ante tres testigos.

—Señoría, la acusación ha concluido.

—Señor Tyndale, puede interrogar al testigo —exclamó Bullard.

—De momento no tengo ninguna pregunta, señoría.

Buena jugada, pensó Jake. Desde un punto de vista estratégico, era preferible que la defensa no hablara durante la vista preliminar. Que se limitara a escuchar, tomar notas, dejar que el taquígrafo escribiera las declaraciones y mantener la boca cerrada. ¿Por qué preocuparse cuando sería un jurado el que juzgaría el caso? Y no permitir en modo alguno que declarasen los inculpados. Su declaración no cumpliría ningún propósito y les perjudicaría durante el juicio. Jake sabía que no declararían, porque conocía a Tyndale.

—Llame a su próximo testigo —ordenó el juez.

—Esto ha sido todo, señoría.

—Bien. Siéntese. Señor Tyndale, ¿tiene algún testigo?

—No, señoría.

—Bien. La sala considera que existen pruebas suficientes de que los acusados han cometido numerosos delitos, y ordena al señor Cobb y al señor Willard que ingresen en la cárcel a la espera de la decisión de la Audiencia del condado, cuya próxima sesión está prevista para el lunes veintisiete de mayo. ¿Alguna pregunta?

—Con la venia, señoría, la defensa solicita que se fije una fianza razonable para estos acu... —dijo Tyndale mientras se levantaba lentamente.

—Olvídelo —le interrumpió Bullard—. La libertad bajo fianza queda denegada a partir de este momento. Tengo entendido que el estado de la niña es grave. En el caso de que falleciera, habría evidentemente otros cargos.

—En tal caso, señoría, solicito que se revise la solicitud de libertad bajo fianza dentro de unos días con la esperanza de que el estado de la niña mejore.

Bullard observó atentamente a Tyndale. Buena idea, pensó.

—Concedido. Se revisará la libertad bajo fianza en esta sala el próximo lunes veinte de mayo. Hasta entonces, los acusados quedan bajo la custodia del sheriff del condado. Se levanta la sesión.

Bullard dio unos golpes de martillo sobre la mesa y se retiró. Los agentes rodearon a los acusados, los esposaron, salieron de la sala en dirección a los calabozos, bajaron por la escalera, pasaron frente a los periodistas y se dirigieron al coche patrulla.

La vista, que duró menos de veinte minutos, era típica de Bullard. La justicia tenía que ser ágil en su sala.

Jake vio cómo el público salía silenciosamente por las enormes puertas de madera del fondo de la sala mientras charlaba con los otros abogados. Carl Lee no parecía tener ninguna prisa y le hizo una seña a Jake para que se reuniera con él. Lo hicieron en la rotonda. Carl Lee, que quería hablar con el abogado, se había disculpado con sus parientes y les había prometido reunirse con ellos en el hospital. Él y Jake descendieron por la escalera circular hasta el primer piso.

—Lo lamento sinceramente, Carl Lee —dijo Jake.

—Sí, yo también.

—¿Cómo está la niña?

—Sobrevivirá.

—¿Y Gwen?

—Bien, supongo.

—¿Cómo estás tú?

—Todavía no lo he digerido —respondió mientras caminaban lentamente hacia el fondo del palacio de Justicia—. Hace veinticuatro horas todo era perfecto. Y ahora fíjate en nosotros. Mi pequeña está en el hospital, llena de tubos y agujas. Mi esposa está como loca, mis hijos, aterrados, y lo único en lo que pienso es en coger a esos cabrones por mi cuenta.

—Ojalá pudiera ayudarte, Carl Lee.

—Lo único que puedes hacer es rezar por ella, rezar por nosotros.

—Sé que es duro.

—Tú también tienes una hija, ¿no es cierto, Jake?

—Sí.

Siguieron caminando en silencio.

—¿Dónde está Lester? —preguntó Jake para cambiar de tema.

—En Chicago.

—¿Qué hace?

—Trabaja en una empresa metalúrgica. Tiene un buen empleo. Se casó.

—Bromeas. ¿Lester casado?

—Sí, con una blanca.

—¡Una blanca! ¿Cómo se le ha ocurrido casarse con una blanca?

—Ya conoces a Lester. Siempre ha sido un negro pretencioso. Ahora está de viaje. Llegará esta noche.

—¿Para qué?

Se detuvieron junto a la puerta trasera del palacio de Justicia.

—¿Para qué? —insistió Jake.

—Asuntos de familia.

—¿Estáis fraguando algo?

—No. Solo quiere ver a su sobrina.

—No os calentéis demasiado.

—Para ti es fácil decirlo, Jake.

—Lo sé.

—¿Qué harías tú en mi lugar, Jake?

—¿A qué te refieres?

—Tienes una hija pequeña. Suponte que estuviera en el hospital, apaleada y violada. ¿Qué harías?

Jake miró por la ventana, sin saber qué responder. Carl Lee esperaba.

—No cometas ninguna estupidez, Carl Lee.

—Responde a mi pregunta. ¿Qué harías?

—No lo sé. No sé qué haría.

—Deja que te lo pregunte de otro modo. Si se tratara de tu hija, si los culpables fueran un par de negros y pudieras echarles la mano encima, ¿qué harías?

—Matarlos.

—Por supuesto, Jake —dijo Carl Lee sonriendo antes de soltar una carcajada—, claro que lo harías. Y a continuación te buscarías a un buen abogado para que demostrara que estabas loco, como lo hiciste tú en el juicio de Lester.

—No dijimos que Lester estuviera loco, sino que Bowie merecía que lo mataran.

—Lograste que no le condenaran, ¿no es cierto?

—Desde luego.

—¿Es este el lugar por donde entran en la Audiencia? —preguntó Carl Lee después de acercarse y contemplar la escalera.

—¿Quién?

—Esos chicos.

—Sí. Generalmente suben por estas escaleras. Es más rápido y seguro. Aparcan junto a la puerta y suben con rapidez.

Carl Lee se acercó a la puerta posterior y contempló la terraza por la ventana.

—¿En cuántos casos de asesinato has intervenido, Jake?

—Tres. El de Lester y otros dos.

—¿Cuántos eran negros?

—Los tres.

—¿Cuántos has ganado?

—Los tres.

—Nadie puede negar que sabes defender a los negros que pegan tiros.

—Supongo.

—¿Estás listo para otro?

—No lo hagas, Carl Lee. No vale la pena. ¿Qué ocurrirá si te condenan y te mandan a la cámara de gas? ¿Qué ocurrirá con tus hijos? Esos desgraciados no se lo merecen.

—Acabas de decirme que tú lo harías.

—En mi caso es distinto —respondió Jake mientras caminaban juntos hacia la puerta—. A mí probablemente no me condenarían.

—¿Por qué?

—Soy blanco y este condado es blanco. Con un poco de suerte, todos los miembros del jurado serían blancos y, naturalmente, se compadecerían de mí. No estamos en Nueva York ni en California. Se supone que un hombre debe proteger a su familia. El jurado lo comprendería.

—¿Y en mi caso?

—Ya te he dicho que no estamos en Nueva York ni en California. Algunos blancos te admirarían, pero la mayoría querría verte colgando de una soga. Sería mucho más difícil evitar que te condenaran.

—Pero tú podrías lograrlo, ¿no es cierto, Jake?

—No lo hagas, Carl Lee.

—No tengo otra alternativa, Jake. No podré dormir hasta que esos cabrones estén muertos. Se lo debo a mi niña, me lo debo a mí mismo y se lo debo a mi gente. Tengo que hacerlo.

Abrieron las puertas, recorrieron la corta distancia que les separaba de Washington Street bajo la terraza y llegaron frente al despacho de Jake. Se dieron la mano. Jake prometió pasar al día siguiente por el hospital para saludar a Gwen y a la familia.

—Otra cosa, Jake, ¿vendrás a verme a la cárcel cuando me detengan?

Jake asintió sin pensarlo. Carl Lee sonrió y se alejó en dirección a su camioneta.

5

Lester Hailey se había casado con una sueca de Wisconsin de quien, si bien teóricamente todavía lo amaba, él empezaba a sospechar que la novedad que para ella había representado el color de su piel se estaba desvaneciendo. Le aterrorizaba Mississippi y, a pesar de que Lester le había asegurado que no correría peligro alguno, se había negado rotundamente a acompañarlo. No conocía a su familia, que a su vez tampoco ardía en deseos de conocerla a ella. No era inusual que los negros del sur se trasladasen al norte y se casaran con una blanca, pero hasta entonces ningún Hailey lo había hecho. Había muchos Haileys en Chicago, la mayoría parientes, y todos casados con negras. La familia no estaba impresionada con la esposa rubia de Lester. Se trasladó a Clanton, solo, en su nuevo Cadillac.

En plena noche del miércoles llegó al hospital y se encontró con algunos primos, que leían revistas en la sala de espera del segundo piso. Dio un abrazo a Carl Lee. No se habían visto desde Navidad, cuando la mitad de los negros de Chicago se habían desplazado a sus casas en Mississippi y Alabama.

—¿Cómo está? —preguntó Lester después de salir al pasillo para alejarse de los demás parientes.

—Mejor. Mucho mejor. Puede que este fin de semana regrese a casa.

Lester se sintió aliviado. Cuando salió de Chicago once

horas antes la niña estaba a las puertas de la muerte, según el primo que lo había llamado para sacarlo de la cama con un susto terrible. Encendió un Kool bajo el letrero de PROHIBIDO FUMAR y miró fijamente a su hermano mayor.

—¿Estás bien?

Carl Lee asintió y miró a lo largo del pasillo.

—¿Cómo está Gwen?

—Más loca que de costumbre. Está en casa de su madre. ¿Has venido solo?

—Sí —respondió Lester a la defensiva.

—Me alegro.

—No te pases de listo. No me he pasado el día conduciendo para oír hablar mal de mi esposa.

—De acuerdo, de acuerdo. ¿Todavía tienes gases?

Lester sonrió y a continuación soltó una carcajada. Desde que se casó con la sueca, siempre tenía el estómago lleno de gases. Su mujer preparaba comidas cuyos nombres ni siquiera podía pronunciar y que le sentaban como un tiro. Añoraba los bretones, los guisantes, el abelmosco, el pollo frito, el cerdo asado y el tocino.

En el tercer piso encontraron una pequeña sala de espera con sillas plegables y una mesilla. Lester trajo dos tazas de café de la máquina, añadió leche en polvo y revolvió con el dedo. A continuación escuchó atentamente a Carl Lee, quien le contó todos los detalles de la violación, la detención y la vista preliminar. Lester encontró unas servilletas de papel e hizo un plano del juzgado y de la cárcel. Habían transcurrido cuatro años desde que lo habían juzgado por asesinato, y no le resultó fácil dibujarlos. Solo pasó una semana en la cárcel antes de que le concedieran la libertad bajo fianza y no había vuelto a visitar el lugar desde que lo declararon inocente. En realidad, se había trasladado a Chicago poco después del juicio. La víctima tenía parientes.

Hicieron planes y más planes hasta bastante después de la medianoche.

Al mediodía del jueves, Tonya abandonó la Unidad de Vigilancia Intensiva y fue trasladada a una habitación individual. Su estado fue calificado de estable. Los médicos se tranquilizaron y la familia le llevó caramelos, juguetes y flores. Con la mandíbula fracturada y la boca llena de prótesis, todo lo que pudo hacer con los caramelos fue mirarlos. Se los comieron sus hermanos. Los familiares no se movían del lado de su cama y le cogían la mano, para protegerla y darle ánimos. La habitación estaba siempre llena de amigos y desconocidos, que la acariciaban con ternura y le decían lo encantadora que era, tratándola todos como a alguien muy especial, alguien a quien había ocurrido algo horrible. Las visitas entraban por turnos, del pasillo a la habitación y de regreso al pasillo bajo la atenta vigilancia de las enfermeras.

Le dolían las heridas y, a veces, lloraba. Cada hora, las enfermeras se abrían paso entre los visitantes para administrar un analgésico a la paciente.

Aquella noche, todo el mundo guardó silencio en la estancia cuando la televisión de Memphis habló de la violación. Mostraron imágenes de los dos blancos, pero la niña no pudo verlas con claridad.

El palacio de Justicia de Ford County se abría a las ocho de la mañana y se cerraba a las cinco de la tarde; todos los días a excepción de los viernes, que se cerraba a las cuatro y media. A las cuatro y media del viernes, Carl Lee estaba escondido en el retrete del primer piso cuando se cerró el juzgado. Durante una hora permaneció sentado en el váter sin decir palabra. No se oía a ningún ujier. Nadie. Silencio. Cruzó el vestíbulo a media luz hasta la puerta trasera y miró por la ventana. Nadie a la vista. Permaneció un rato a la escucha. El edificio estaba desierto. Dio media vuelta para examinar el largo pasillo, la rotonda y la puerta principal, que estaba a sesenta y cinco metros de distancia.

Estudió el edificio. Las dobles puertas traseras daban a un amplio vestíbulo rectangular. Al fondo, había unas escaleras a la derecha y otras idénticas a la izquierda. El vestíbulo se estrechaba para convertirse en pasillo. Carl Lee se puso a hacer el papel del acusado. Apoyó la espalda contra la puerta posterior, caminó diez metros a la derecha hasta la escalera, subió diez peldaños para llegar a un pequeño rellano, giró noventa grados a la izquierda tal como Lester le había indicado, y, bajando otros diez, llegó al calabozo. Era un cuarto pequeño, con solo una ventana y dos puertas. Abrió una de ellas y entró en la enorme sala de la Audiencia, con sus hileras de bancos acolchados. Se acercó y se sentó en la primera fila. Al examinar la sala se percató de que delante tenía una baranda, o barra, como la había llamado Lester, que separaba el área pública de la del juez, el jurado, los testigos, los abogados, los acusados y los funcionarios.

Caminó por el centro de la sala hasta la puerta posterior y la examinó detenidamente. El miércoles le había parecido muy diferente. Regresó al calabozo y abrió la otra puerta, que conducía a la parte de la sala donde se celebraba el juicio. Se sentó junto a la larga mesa que Lester, Cobb y Willard habían ocupado. A la derecha había otra larga mesa: la que correspondía a la acusación. Detrás de las mesas había una hilera de sillas de madera y, a continuación, la baranda, con puertas de vaivén a ambos extremos. El sillón del juez estaba situado en un lugar alto y señorial al fondo del estrado, con el respaldo contra la pared y bajo un retrato descolorido de Jefferson Davis, que presidía la sala con el ceño fruncido. El palco del jurado estaba junto a la pared, a la derecha de Carl Lee y a la izquierda del juez, bajo los retratos amarillentos de otros olvidados héroes de la Confederación. Frente a este palco, estaba la tarima de los testigos, junto al estrado, aunque a menor altura. A la izquierda de Carl Lee, en el lado opuesto al del jurado, había un largo mostrador rectangular cubierto de grandes carpetas rojas para los sumarios, que solía estar lleno de abogados y funcionarios durante los juicios. Detrás del mismo, al otro lado de la pared, estaba el calabozo.

Carl Lee se quedó inmóvil, como si estuviera esposado, cruzó lentamente la puerta de vaivén, entró por la que daba al calabozo, descendió a continuación los diez peldaños de la estrecha y lúgubre escalera, y se detuvo. Desde el rellano vislumbraba la puerta posterior de la Audiencia y la mayor parte de la entrada entre la puerta y el vestíbulo. A la derecha, al pie de la escalera, había una puerta que daba a un abarrotado trastero. Cerró la puerta y lo examinó. El cuartito daba la vuelta bajo la escalera. Estaba oscuro, polvoriento, lleno de cubos y escobas, y raramente se utilizaba. Abrió ligeramente la puerta y miró hacia la parte superior de la escalera.

Pasó una hora más merodeando por el edificio. La otra escalera posterior conducía a otro calabozo, situado detrás del palco del jurado. Cuando subió por la escalera hasta el tercer piso, se encontró con la biblioteca jurídica del condado y dos salas de deliberación, tal como Lester le había contado.

Subió y bajó repetidas veces, para seguir los movimientos que efectuarían los hombres que habían violado a su hija.

Se sentó en el sillón del juez y examinó sus dominios. Subió al palco del jurado y se meció en una de sus cómodas sillas. Se instaló en la silla de los testigos y se acercó al micrófono. Eran ya las siete y había oscurecido cuando Carl Lee abrió una ventana del retrete junto al trastero de la escalera y saltó sigilosamente a los matorrales para perderse en la oscuridad.

—¿A quién vas a denunciarlo? —preguntó Carla mientras cerraba la caja de una pizza de treinta centímetros y llenaba los vasos de limonada.

Jake se mecía suavemente en el banco de mimbre de la entrada contemplando cómo Hanna jugaba a la comba en la acera.

—¿Estás ahí? —insistió Carla.

—No.

—¿A quién piensas denunciarlo?

—No pienso hacerlo.

—Creo que deberías hacerlo.

—Yo creo que no.

—¿Por qué no?

La mecedora se aceleró y Jake derramó parte de la limonada.

—En primer lugar —respondió lentamente—, no estoy seguro de que se esté planeando un delito. El hombre se expresó como lo haría cualquier padre porque piensa lo mismo que cualquiera en su situación. Pero no creo que realmente se proponga cometer un delito. En segundo lugar, su conversación conmigo fue confidencial, como si se tratara de un cliente. A decir verdad, creo que me considera su abogado.

—Pero, aunque fueras su abogado, si tienes conocimiento de que se planea un delito tu obligación es denunciarlo, ¿no es cierto?

—Sí. Si estuviera seguro de lo que se propone. Pero no lo estoy.

—Creo que deberías denunciarlo —insistió Carla.

Jake no respondió. De nada habría servido. Comió su último bocado de pizza y procuró hacer caso omiso de su esposa.

—Tú quieres que Carl Lee lo haga, ¿no es verdad?

—¿Que haga qué?

—Que mate a esos chicos.

—No, no quiero eso —respondió sin convicción—. Pero si lo hiciera, no se lo reprocharía. Porque yo haría lo mismo.

—No vuelvas a empezar.

—Lo digo en serio y tú lo sabes. Lo haría.

—Jake, no serías capaz de matar a un hombre.

—De acuerdo. Lo que tú digas. No pienso discutir. Ya lo hemos hablado.

Carla chilló a Hanna que se retirase de la calzada y se sentó junto a su marido mientras movía los cubitos de hielo en el vaso.

—¿Lo defenderías?

—Eso espero.

—¿Le declararía culpable el jurado?

—¿Lo harías tú?

—No lo sé.

—Bueno, piensa en Hanna. Contempla a esa niña encantadora que juega a la comba. Eres su madre. Ahora piensa en la niña de los Hailey, en el suelo, apaleada, cubierta de sangre, suplicando que su madre y su padre la ayuden...

—¡Cállate, Jake!

—Responde a mi pregunta. —Sonrió—. Tú eres el jurado. ¿Votarías para condenar al padre?

Carla dejó el vaso en la repisa de la ventana y, de pronto, se interesó por sus uñas. Jake sonrió victorioso.

—Vamos, eres miembro del jurado. ¿Culpable o inocente?

—Siempre parece que forme parte de algún jurado. O, de lo contrario, me sometes a un interrogatorio.

—¿Culpable o inocente?

—Sería difícil declararle culpable —respondió, al tiempo que lo miraba fijamente.

Jake sonrió y dio el caso por concluido.

—Pero no sé cómo se las arreglaría para matarlos si están en la cárcel.

—Es fácil. No están siempre en la cárcel. Van al juzgado y se les traslada de un lado para otro. Recuerda a Oswald y a Jack Ruby. Además, saldrán en libertad si se les concede la fianza.

—¿Cuándo puede ocurrir eso?

—El lunes se revisará el caso. Si se les concede la libertad bajo fianza, no volverán a la cárcel.

—¿Y de lo contrario?

—Permanecerán encerrados hasta que se celebre el juicio.

—¿Cuándo se celebrará?

—Probablemente a finales de verano.

—Creo que deberías denunciarlo.

Jake se levantó de un brinco y fue a jugar con Hanna.

6

K. T. Bruster, o Gato Bruster, como popularmente se le conocía, era, que él supiese, el único negro tuerto y millonario de Memphis. Propietario de una cadena de locales *topless* en la ciudad, que operaba legalmente, tenía, además, edificios de pisos de alquiler, que también operaban legalmente, y dos iglesias en el sur de Memphis, que funcionaban igualmente con toda legalidad. Era benefactor de numerosas causas para negros, amigo de los políticos y un héroe para su gente.

Para Gato era importante conservar la popularidad, porque se le volvería a acusar, juzgar y, con toda probabilidad, declarar inocente por los miembros de su comunidad, la mitad de los cuales eran negros. Las autoridades no habían logrado condenarlo por actividades tales como la venta de mujeres, cocaína, artículos robados, tarjetas de crédito, bonos alimentarios, alcohol de contrabando, armas y artillería ligera.

Había perdido el ojo que le faltaba en algún arrozal de Vietnam. Había ocurrido el mismo día de 1971 en que su compañero Carl Lee Hailey recibió un balazo en la pierna. Carl Lee lo llevó dos horas a cuestas hasta que encontraron ayuda. Después de la guerra, regresó a Memphis y trajo consigo un kilo de hachís. Con los beneficios adquirió un pequeño antro en South Main y estuvo a punto de morirse de hambre hasta que ganó una prostituta jugando al póquer con un chulo. Le prometió que podría abandonar la prostitución si estaba dispuesta a bailar desnuda sobre las mesas de su local. De pronto, tenía más clientela de la que podía atender, de modo que compró otro local y trajo a más bailarinas. Se hizo un lugar en el mercado y al cabo de dos años estaba forrado de dinero.

Había situado su despacho encima de uno de sus locales, junto a South Main, entre Vanee y Beale, en la zona más conflictiva de Memphis. En el letrero se anunciaban «senos y cerveza», pero eran muchas más las cosas que se vendían tras las opacas ventanas.

Carl Lee y Lester llegaron al local, llamado Azúcar Moreno, el sábado alrededor de las doce del mediodía. Se colocaron junto a la barra, pidieron cerveza y contemplaron los senos.

—¿Está Gato? —preguntó Carl Lee al barman cuando este se acercó.

El empleado refunfuñó, regresó al fregadero y siguió lavando vasos mientras Carl Lee lo observaba bebiendo cerveza y mirando, a veces, a las chicas que bailaban.

—¡Otra cerveza! —ordenó Lester sin dejar de contemplar a las bailarinas.

—¿Está aquí Gato Bruster? —volvió a preguntar Carl Lee con firmeza, cuando el barman se acercó con la bebida.

—¿Quién pregunta por él?

—Yo.

—¿Y bien?

—Gato y yo somos buenos amigos. Luchamos juntos en Vietnam.

—¿Su nombre?

—Hailey. Carl Lee Hailey. De Mississippi.

El barman desapareció y, al cabo de un minuto, apareció de nuevo entre dos espejos detrás de la barra. Hizo una seña a los Hailey para que le siguieran por una pequeña puerta frente a los servicios y, luego, por una puerta cerrada con llave que daba a la escalera. El despacho era tenebroso y chabacano. La moqueta era de color dorado, las paredes rojas y el techo verde.

Finos barrotes de acero cubrían las ventanas oscurecidas y, para mayor seguridad, unas gruesas y polvorientas cortinas moradas colgaban del techo hasta el suelo a fin de ahogar cualquier rayo de luz que pudiera filtrarse a través del cristal ahumado. Un pequeño e ineficaz candelabro de espejos giraba lentamente en el centro de la sala, a escasa distancia de sus cabezas.

Dos gigantescos guardaespaldas, con idéntico traje negro y chaleco, despidieron al barman, indicaron a Lester y a Carl Lee que se sentaran y se quedaron a su espalda.

Los hermanos miraban el mobiliario mientras B. B. King cantaba suavemente desde un estéreo oculto.

—Muy agradable, ¿no te parece? —dijo Lester.

De pronto, Gato apareció por una puerta oculta tras el escritorio de mármol y cristal, se acercó a Carl Lee y empezó a darle abrazos.

—¡Amigo mío! ¡Amigo mío! ¡Carl Lee Hailey! —exclamó—. ¡Me alegro mucho de verte, Carl Lee! ¡Me alegro mucho de verte! ¿Cómo estás, amigo mío?

—No puedo quejarme, Gato, no puedo quejarme. ¿Y tú?

—¡Fantástico! ¡Fantástico! ¿Quién es este? —preguntó al tiempo que estrechaba vigorosamente la mano de Lester.

—Es mi hermano, Lester —respondió Carl Lee—. Vive en Chicago.

—Encantado de conocerte, Lester. Este grandullón y yo somos íntimos amigos. Íntimos amigos.

—Me ha hablado mucho de ti —dijo Lester.

—Vaya, vaya, Carl Lee. Tienes muy buen aspecto —exclamó Gato a su amigo—. ¿Cómo va la pierna?

—Muy bien, Gato. Duele un poco a veces, cuando llueve, pero bien.

—Estamos muy unidos, ¿no es cierto?

Carl Lee asintió y sonrió.

—¿Os apetece tomar algo?

—No, gracias —respondió Carl Lee.

—Para mí una cerveza —dijo Lester.

Gato chasqueó los dedos y desapareció uno de los guardaespaldas. Carl Lee se dejó caer en su silla y Gato se sentó al borde del escritorio, con los pies colgando como un niño en el muelle, al tiempo que sonreía a Carl Lee, quien se sentía cohibido con tanta admiración.

—¿Por qué no te trasladas a Memphis y trabajas para mí? —preguntó Gato.

Carl Lee se lo esperaba. En los últimos diez años no había dejado de ofrecerle empleos.

—No, gracias, Gato. Me siento feliz donde estoy.

—Y yo me siento feliz por ti. ¿Qué se te ofrece?

Carl Lee abrió la boca, titubeó, se cruzó de piernas y frunció el ceño.

—Necesito un favor, Gato. Solo un pequeño favor.

—Cualquier cosa, amigo mío, cualquier cosa —respondió Gato, con los brazos abiertos.

—¿Recuerdas los M-16 que usábamos en Vietnam? Necesito uno cuanto antes.

—Es un arma muy poderosa —respondió Gato cruzando los brazos—. ¿Qué tipo de ardillas te dedicas a cazar?

—No se trata de cazar ardillas.

Gato miró a los dos hermanos atentamente. Sabía que la razón no era de su incumbencia. Se trataba de algo grave, ya que, de lo contrario, Carl Lee no estaría allí.

—¿Semi?

—No. La auténtica.

—Hablas de mucho dinero.

—¿Cuánto?

—¿Sabes que es ilegal?

—Si la pudiera comprar en Sears, no estaría aquí.

—¿Cuándo la necesitas? —dijo sonriendo nuevamente Gato.

—Hoy.

Llegó la cerveza y se la sirvieron a Lester. Gato se instaló tras su escritorio, en su silla de capitán de plástico color naranja.

—Mil pavos —dijo.

—Los tengo.

Gato estaba ligeramente sorprendido, pero no lo manifestó. ¿De dónde había sacado ese negro pueblerino de Mississippi mil dólares? Se los habría prestado su hermano.

—Mil dólares para cualquier otro, amigo mío, pero no para ti.

—¿Cuánto?

—Nada, Carl Lee, nada. Te debo mucho más de lo que se puede pagar con dinero.

—Estoy dispuesto a pagar lo que sea.

—No. Ni lo menciones. El fusil es tuyo.

—Eres muy amable, Gato.

—Puedo darte cincuenta.

—Solo necesito uno. ¿Cuándo podré recogerlo?

—Deja que lo averigüe.

Gato llamó por teléfono y susurró algunas frases. Una vez dada la orden, colgó el auricular y dijo que tardaría aproximadamente una hora.

—Esperaremos —dijo Carl Lee.

Gato se retiró el parche del ojo izquierdo y se limpió la órbita vacía con un pañuelo.

—Tengo una idea mejor —dijo, mientras les hacía una seña a sus guardaespaldas—. Traed mi coche. Iremos a recogerlo.

Siguieron a Gato por una puerta secreta y a lo largo de un pasillo.

—Yo vivo aquí —comentó Gato—. Esa es la puerta de mi piso. Suele haber algunas mujeres desnudas.

—No me importaría echar un vistazo —exclamó Lester.

—No te molestes —añadió Carl Lee.

Más adelante, Gato les mostró una brillante puerta metálica de color negro, al fondo del pasillo. Se detuvo como si pretendiese admirarla.

—Aquí es donde guardo el dinero. Hay un vigilante día y noche.

—¿Cuánto? —preguntó Lester mientras sorbía su cerveza.

Gato lo miró fijamente y siguió avanzando por el pasillo. Carl Lee miró a su hermano con el ceño fruncido y movió la cabeza. Cuando llegaron al fondo del pasillo, subieron por una estrecha escalera que conducía al cuarto piso. Estaba oscuro y, en algún lugar de la pared, Gato encontró un pulsador. Esperaron en silencio unos segundos hasta que se abrió la pared y apareció un brillante ascensor enmoquetado en rojo y con un letrero de PROHIBIDO FUMAR. Gato pulsó otro botón.

—Hay que subir por la escalera antes de coger el ascensor para bajar —comentó sonriente—. Razones de seguridad.

Ambos asintieron, admirados. Cuando se abrieron las puertas del ascensor estaban en el sótano. Uno de los guardaespaldas esperaba junto a la puerta abierta de una impecable limusina blanca y Gato invitó a sus huéspedes a dar un paseo. Avanzaron lentamente entre una hilera de Fleetwoods, limusinas, un Rolls Royce y diversos vehículos europeos de lujo.

—Son todos míos —dijo con orgullo.

El conductor tocó la bocina y se levantó una gruesa puerta que daba a un callejón de una sola dirección.

—Conduce despacio —ordenó Gato al chófer junto al que iba otro guardaespaldas—. Quiero mostraros algunas cosas.

Carl Lee había hecho la visita unos años antes, la última vez que había estado con Gato. Había un montón de chozas miserables a las que el gran hombre se refería como pisos de alquiler, y antiguos almacenes de ladrillo con las ventanas oscurecidas o tapiadas sin indicación alguna de lo que se guardaba en su interior. Había una iglesia, magnífica, y, a pocas manzanas, otra. Dijo que los curas también le pertenecían. Había docenas de tabernas en las esquinas, con las puertas abiertas y grupos de jóvenes negros que bebían cerveza sentados en bancos. Mostró con orgullo un edificio destruido por las llamas cerca de Beale y relató con gran fervor el caso de un competidor, que había intentado abrirse paso en el negocio del *topless*. Dijo que no tenía competidores. Y estaban los locales nocturnos, con nombres de Ángeles, La Casa del Gato y Paraíso Negro, donde los hombres podían encontrar una buena copa, buena comida, buena música, mujeres desnudas y, según él, tal vez algo más. Los locales nocturnos lo habían convertido en un hombre muy rico. Tenía ocho en total.

Los visitaron todos. En el fondo de un callejón sin salida desprovisto de nombre, cerca del río, el chófer giró bruscamente entre dos almacenes de ladrillo y avanzó por la callejuela hasta un portalón que se abrió a la derecha. A continuación pasaron por una puerta junto al muelle y la limusina desapareció en el interior del edificio. Se detuvo y el guardaespaldas se apeó.

—No os mováis —dijo Gato.

El maletero se abrió y volvió a cerrarse. En menos de un minuto, la limusina circulaba nuevamente por las calles de Memphis.

—¿Qué os parece si vamos a almorzar? —preguntó Gato, y, antes de darles la oportunidad de responder, ordenó al chófer—: Al Paraíso Negro. Llama para decirles que vamos a almorzar. El mejor filete de Memphis —agregó— en uno de mis locales. Claro que ningún dominical lo reconoce. La crítica me margina. ¿Qué os parece?

—Parece discriminación —dijo Lester.

—Sí, estoy seguro de que lo es. Pero no lo utilizaré hasta que se me acuse de algo.

—Últimamente no he leído nada sobre ti en los periódicos, Gato —comentó Carl Lee.

—Han transcurrido tres años desde mi último juicio. Evasión de impuestos. Los federales tardaron tres semanas en juntar pruebas y el jurado, después de veintisiete minutos de deliberación, volvió con la palabra más hermosa de nuestro idioma: «inocente».

—Yo también la he oído —dijo Lester.

Un portero esperaba bajo la marquesina de la sala de fiestas, y un grupo de guardaespaldas, distintos de los de antes, acompañaron al gran hombre y a sus invitados a un reservado alejado de la pista de baile. Un equipo de camareros sirvió las bebidas y la comida. Lester empezó a beber whisky y ya estaba borracho cuando llegó el filete. Carl Lee bebía té helado y hablaba con Gato de anécdotas de la guerra.

Cuando acabaron de comer, se acercó un guardaespaldas y susurró algo a Gato.

—¿Vuestro coche es un Eldorado rojo con matrícula de Illinois? —preguntó Gato con una sonrisa.

—Sí, pero lo hemos dejado aparcado en el otro lugar.

—Ahora está aquí, y en el maletero...

—¿Qué? —exclamó Lester—. ¿Cómo?

Gato soltó una carcajada y le dio una palmada en la espalda.

—No te preocupes, amigo mío, no te preocupes. Todo está resuelto. Gato lo puede todo.

Como de costumbre, Jake trabajaba el sábado por la mañana, después de desayunar en el Coffee Shop. Los sábados disfrutaba de la tranquilidad de su despacho, sin teléfonos ni Ethel. Se encerraba con llave, hacía caso omiso del teléfono y eludía a los clientes. Ordenaba los ficheros, leía las últimas decisiones del Tribunal Supremo y organizaba la estrategia si tenía algún juicio en perspectiva. Los sábados por la mañana era cuando se le ocurrían sus mejores ideas.

A las once llamó a la cárcel.

—¿Está el sheriff? —preguntó.

—Voy a ver —respondió el telefonista.

—Sheriff Walls —se oyó por la línea al cabo de unos momentos.

—Ozzie, soy Jake Brigance. ¿Cómo estás?

—Muy bien, Jake. ¿Y tú?

—Muy bien. ¿Vas a quedarte todavía un rato en tu despacho?

—Un par de horas. ¿Qué ocurre?

—Nada importante. Pero me gustaría hablar contigo un par de minutos. Estaré ahí dentro de media hora.

—Te estaré esperando.

Jake y el sheriff se apreciaban y respetaban mutuamente. Jake le había hecho pasar un mal rato en varias ocasiones cuando le interrogaba en el juzgado, pero Ozzie lo consideraba parte de su trabajo y no como algo personal. Jake apoyaba a Ozzie en las campañas electorales, que Lucien financiaba, y al sheriff no le importaban algunas preguntas comprometedoras y comentarios sarcásticos en los juicios. Le gustaba ver a Jake en acción. Y disfrutaba tomándole el pelo sobre «el juego». En 1969, cuando Jake era un novato *quarterback* en el Karaway, Ozzie era la estrella del Clanton. Los dos rivales, sin haber perdido ningún partido, se enfrentaron para la final de la copa en Clanton. Durante cuatro prolongados cuartos, Ozzie aterrorizó la defensa del Karaway, dirigido por un enérgico pero agotado *quarterback* novato. Ya avanzado el último cuarto, y con una ventaja de 44-0, Ozzie le rompió la pierna a Jake en una entrada.

Ahora hacía años que amenazaba con romperle la otra. Le acusaba de cojear y le preguntaba por la pierna.

—¿Qué te preocupa, amigo? —preguntó Ozzie en su pequeño despacho.

—Carl Lee. Estoy un poco preocupado por él.

—¿En qué sentido?

—Escucha, Ozzie, lo que hablemos aquí debe quedar entre nosotros. No quiero que nadie se entere de esta conversación.

—Parece que va en serio, Jake.

—Efectivamente. Hablé con Carl Lee el miércoles, después de la vista. Está como loco y lo comprendo. Yo también lo estaría. Hablaba de matar a esos muchachos y parecía decirlo en serio. Me ha parecido que debías saberlo.

—Están a salvo, Jake. No podría llegar hasta ellos aunque se lo propusiera. Hemos recibido algunas llamadas, por supuesto anónimas, con toda clase de amenazas. Los negros están furiosos. Pero los muchachos están a salvo. Tienen una celda solo para ellos y tomamos muchas precauciones.

—Carl Lee no me ha contratado, pero he representado a

todos los Hailey en un momento u otro y estoy seguro de que, por alguna razón, me considera su abogado. Creo que es mi responsabilidad comunicártelo.

—No estoy preocupado, Jake.

—Me alegro. Permíteme que te pregunte algo. Yo tengo una hija y tú también, ¿no es cierto?

—Yo tengo dos hijas.

—¿En qué piensa Carl Lee? Me refiero como padre negro.

—En lo mismo que pensarías tú.

—¿Y qué es eso?

Ozzie se apoyó contra el respaldo de la silla y se cruzó de brazos.

—Se pregunta si su hija está bien —respondió al cabo de unos momentos—; me refiero físicamente. Si sobrevivirá y, en el caso de que lo haga, con qué secuelas. ¿Podrá tener hijos? También debe de preguntarse por su estado mental y emocional, y en cómo la afectará lo ocurrido durante el resto de su vida. En tercer lugar, quiere matar a esos cabrones.

—¿Lo harías tú?

—Es fácil decir que lo haría, pero un hombre no sabe de lo que es capaz. Creo que les sería mucho más útil a mis hijos en mi casa que en Parchman. ¿Tú qué opinas, Jake?

—Supongo que más o menos lo mismo. No sé qué haría. Probablemente volverme loco. Pero puede que me propusiera seriamente matar a los responsables —añadió después de contemplar fijamente el escritorio durante unos segundos—. Sería difícil conciliar el sueño pensando que siguen vivos.

—¿Cómo reaccionaría el jurado?

—Depende de quién formara parte del mismo. Si encuentras el jurado adecuado, sales en libertad. Si lo elige el fiscal, acabas en la cámara de gas. Depende exclusivamente del jurado, y en este condado se puede elegir a la gente adecuada. Todo el mundo está harto de violaciones, robos y asesinatos. Sé que los blancos lo están.

—Todo el mundo lo está.

—Me refiero a que un padre que se tomara la ley por su cuenta gozaría de muchas simpatías. La gente no confía en nuestro sistema jurídico. Creo que yo lograría, por lo menos, hacer dudar al jurado. Convencer a uno o dos de sus miembros de que el cabrón merecía morir.

—Como Monroe Bowie.

—Exactamente. Como Monroe Bowie. Era un miserable negro al que había que matar, y Lester fue declarado inocente. A propósito, Ozzie, ¿por qué crees que Lester ha venido de Chicago?

—Quiere mucho a su hermano. También le vigilamos.

Finalmente cambiaron de tema y Ozzie le preguntó por la pierna. Se dieron la mano y Jake se retiró. Regresó directamente a su casa, donde Carla lo esperaba con una lista. No le importaba que trabajara los sábados por la mañana a condición de que regresara a las doce y, a partir de entonces, obedeciera más o menos sus órdenes.

El domingo por la tarde acudió un gentío al hospital y siguió a la pequeña Hailey, a quien su padre empujaba en una silla de ruedas a lo largo del pasillo, por la puerta y hasta el aparcamiento, donde la levantó suavemente para colocarla en el asiento delantero del vehículo. Sentada entre sus padres, con sus tres hermanos en el asiento posterior, se alejó del hospital. Abandonaron la ciudad con deliberada lentitud, en dirección al campo, seguidos de una procesión de amigos, parientes y desconocidos.

La niña iba erguida en el asiento delantero, como una persona mayor. Su padre guardaba silencio, su madre lloraba, y sus hermanos estaban rígidos y callados.

Otro grupo de gente los aguardaba en la casa, y se formó un corro delante de la puerta cuando llegaron los coches y aparcaron en el jardín. Todo el mundo guardó silencio cuando el padre subió los escalones con su hija en brazos, entró en la casa y la colocó sobre el sofá. Estaba contenta de estar en casa, pero harta de espectadores. Su madre le hacía caricias en los pies mientras primos, tíos, tías, vecinos y conocidos se acercaban para acariciarla también y sonreírle, algunos con lágrimas en los ojos y sin decir palabra. Su padre salió al jardín para charlar con el tío Lester y otros hombres. Sus hermanos estaban en la abigarrada cocina devorando un montón de comida.

7

Rocky Childers era fiscal de Ford County desde tiempos in-
memoriales. Cobraba cinco mil al año, y ese trabajo, que ocupaba la mayor parte de su tiempo, le destruía toda posibilidad
de ganarse una clientela como abogado. A los cuarenta y dos
estaba profesionalmente quemado, atrapado en un callejón sin
salida: su único horizonte era ser elegido regularmente cada
cuatro años. Afortunadamente, su esposa tenía un buen empleo
que les permitía conducir Buicks nuevos, pagar las tarifas del
club de campo y, en general, exhibir la ostentación propia de
los blancos educados de Ford County. En su juventud, tuvo
ambiciones políticas, pero los votantes lo habían disuadido, así
que tuvo que resignarse a quemar su carrera acusando a borrachos, ladronzuelos y delincuentes juveniles y a soportar los insultos del juez Bullard, a quien despreciaba. De vez en cuando había un poco de emoción, cuando individuos como Cobb
y Willard metían la pata, y Rocky, como autoridad competente,
se ocupaba de la vista preliminar y las sucesivas hasta que el caso
pasaba a la Audiencia Territorial y al verdadero, al auténtico
fiscal del distrito, el señor Rufus Buckley de Polk County.
Buckley había sido quien había arruinado la carrera política de
Rocky.

Normalmente, una solicitud de libertad bajo fianza carecía
de importancia para Childers, pero este caso era un poco dis-

tinto. Desde el miércoles, había recibido docenas de llamadas telefónicas de negros que aseguraban ser votantes registrados y a quienes preocupaba enormemente que a Cobb y a Willard se les concediera la libertad. Querían que permaneciesen en la cárcel al igual que los negros cuando se metían en algún lío, que siempre esperaban detenidos hasta el juicio. Childers había prometido hacer todo lo que estuviera en su mano, pero les explicaba que el juez del condado, Percy Bullard, era quien tenía la última palabra, y su número de teléfono estaba en la guía. En Bennington Street. Todos habían prometido asistir a la vista del lunes para vigilarlos, tanto a él como a Bullard.

A las doce y media del lunes, el juez llamó a Childers a su despacho, donde lo esperaba en compañía del sheriff. El juez estaba tan nervioso que no podía permanecer sentado.

—¿Cuánto quiere de fianza? —preguntó inmediatamente el juez.

—No lo sé, señoría. No he pensado mucho en ello.

—¿No cree que ya va siendo hora de que lo haga? —exclamó sin dejar de pasear entre su escritorio y la ventana.

Ozzie se divertía en silencio.

—No lo creo —respondió sin levantar la voz—. La decisión es suya. Usted es el juez.

—¡Gracias! ¡Muchísimas gracias! ¿Cuánto piensa pedir?

—Siempre pido más de lo que espero recibir —contestó tranquilamente Childers, enormemente divertido por la neurosis de su señoría.

—¿Cuánto es eso?

—No lo sé. No he pensado mucho en ello.

—¿Usted qué opina, sheriff? —preguntó Bullard, terriblemente sulfurado, con la mirada fija en Ozzie.

—Yo sugeriría unas fianzas bastante altas. A esos muchachos les conviene permanecer en la cárcel, por su propia seguridad. Los negros están inquietos. Puede que les ocurra algo si salen en libertad. Es preferible que las fianzas sean altas.

—¿Cuánto tienen?

—Willard está sin blanca. Cobb no se sabe. El dinero de las drogas es difícil de contabilizar. Puede que logre reunir veinte o treinta mil. He oído decir que ha contratado a un famoso abogado de Memphis. Hoy tendría que estar aquí. Debe de tener algún dinero.

—Maldita sea, por qué no me entero yo de esas cosas. ¿A quién ha contratado?

—A Bernard. Peter K. Bernard —respondió Childers—. Me ha llamado esta mañana.

—Nunca he oído hablar de él —exclamó Bullard con aire de superioridad, como si llevara en la mente una especie de registro judicial de todos los abogados.

El juez contempló los árboles a través de la ventana mientras el sheriff y el fiscal se guiñaban mutuamente el ojo. Las fianzas serían exorbitantes, como siempre. A las financieras les encantaba Bullard por sus desmesuradas fianzas. Observaban con deleite cómo las familias desesperadas reunían e hipotecaban todo lo que podían para pagar el diez por ciento que cobraban por depositar la fianza. Bullard fijaría una fianza muy elevada y lo haría con gusto. Le favorecía políticamente fijar fianzas muy cuantiosas y retener a los delincuentes en la cárcel. Los negros se lo agradecerían, lo cual era importante a pesar de que el condado era en un setenta y cuatro por ciento blanco. Les debía algunos favores a los negros.

—Fijemos cien mil para Willard y doscientos mil para Cobb. Eso podrá satisfacerles.

—¿Satisfacer a quién? —preguntó Ozzie.

—Pues a la gente, a esos de la calle. ¿Está usted de acuerdo?

—Me parece bien —respondió Childers—. ¿Y la vista? —añadió con una sonrisa.

—Habrá una vista, una vista imparcial, y a continuación fijaré las fianzas en cien y doscientos mil.

—Supongo que querrá que pida trescientos por barba para que su decisión parezca razonable —aventuró Childers.

—¡Me importa un rábano lo que pida! —gritó el juez.

—A mí me parece justo —dijo Ozzie mientras se dirigía a la puerta—. ¿Piensa llamarme a declarar? —preguntó a Childers.

—No, no le necesitamos. No tiene sentido que la acusación llame a nadie en una vista tan imparcial.

Abandonaron el despacho del juez, dejando a Bullard muy agitado. Este cerró la puerta con llave, sacó una botella de un cuarto de vodka de su maletín y dio un buen trago. El señor Pate esperaba junto a la puerta. Al cabo de cinco minutos, Bullard entró en la sala, que estaba abarrotada de gente.

—¡Levántense para recibir a su señoría! —exclamó el señor Pate.

—¡Siéntense! —gritó el juez antes de que tuvieran tiempo de levantarse—. ¿Dónde están los acusados? ¿Dónde?

Trajeron del calabozo a Cobb y a Willard, quienes se sentaron junto a la mesa de la defensa. El nuevo abogado de Cobb sonrió a su cliente cuando le retiraron las esposas. Tyndale, abogado de oficio de Willard, no le prestó atención alguna.

Los negros que habían acudido el miércoles estaban de nuevo en la sala, acompañados ahora de algunos amigos. Observaban atentamente a los dos blancos. Lester los vio por primera vez. Carl Lee no estaba en la sala.

Desde el estrado, Bullard contó a los agentes de policía: nueve en total. Todo un récord. Contó a los negros: centenares de personas agrupadas, con la mirada fija en los dos violadores sentados entre sus abogados junto a la mesa de la defensa. El vodka le había sentado bien. Tomó otro sorbo de lo que parecía agua fría en un vaso de plástico y sonrió ligeramente. Sintió un ardor que le descendía hacia el estómago y se le subieron los colores a las mejillas. Lo que debería hacer sería ordenar la retirada de los agentes de policía y entregar a Cobb y a Willard a los negros. Sería divertido y se haría justicia. Imaginaba a aquella negra gorda caminando por la sala mientras los hombres descuartizaban a los muchachos con navajas y machetes. Entonces, cuando hubieran terminado, volverían a reunirse para abandonar pacíficamente la sala. Sonrió para sus adentros.

—Hay un cuarto de litro de agua fría en el cajón de mi escritorio —susurró al señor Pate, después de llamarle para que se acercara al estrado—. Sírvame un poco en este vaso de plástico.

El señor Pate asintió y se retiró.

—El objeto de esta vista es el de considerar la solicitud de libertad bajo fianza —declaró en voz alta— y mi intención es que sea breve. ¿Está lista la defensa?

—Sí, señoría —respondió Tyndale.

—Sí, señoría —dijo el señor Bernard.

—¿Lista la acusación?

—Sí, señoría —respondió Childers sin levantarse.

—Bien. Llame a su primer testigo.

—Señoría —dijo Childers—, la acusación no llamará a ningún testigo. Su señoría conoce perfectamente los cargos contra estos acusados, puesto que su señoría presidió la vista preliminar el miércoles pasado. Tengo entendido que la víctima ha regresado a su casa y, por consiguiente, la acusación no anticipa nuevos cargos. El lunes se solicitará que la Audiencia Territorial formalice contra ambos acusados los cargos de violación, secuestro y agresión. Dada la naturaleza violenta de dichos delitos, la edad de la víctima y los antecedentes penales del señor Cobb, la acusación solicita que no se rebaje en un solo centavo la fianza máxima.

Bullard casi se atraganta con su agua fría. ¿Qué fianza máxima? No existía tal cosa.

—¿Qué cantidad sugiere, señor Childers?

—¡Medio millón por barba! —declaró con orgullo el fiscal antes de volver a sentarse.

¡Medio millón! Inconcebible, pensó Bullard. Dio un buen trago y miró fijamente al fiscal. ¡Medio millón! Conmoción en la sala. Mandó al señor Pate a por más agua.

—Puede proseguir la defensa.

El nuevo abogado de Cobb se levantó ceremoniosamente. Se aclaró la garganta y se quitó las aparatosas gafas de concha.

—Con la venia de su señoría. Me llamo Peter K. Bernard, soy de Memphis, y he sido contratado por el señor Cobb para representarle...

—¿Está usted debidamente colegiado para ejercer en Mississippi? —interrumpió Bullard.

La pregunta cogió a Bernard desprevenido.

—Bueno... No exactamente, señoría.

—Cuando dice «no exactamente», ¿se refiere a algo distinto a no?

Varios abogados que estaban en el palco del jurado intercambiaron risitas. Era uno de los trucos predilectos de Bullard. Odiaba a los abogados de Memphis y exigía que se asociaran a un colegiado local antes de aparecer en su sala. En otra época, cuando él ejercía como abogado, un juez de Memphis lo había expulsado de la sala por no estar colegiado en Tennessee. Disfrutaba de su venganza desde el día de su elección.

—Señoría, no estoy colegiado en Mississippi, pero lo estoy en Tennessee.

—Eso espero —comentó el juez, con las consiguientes risitas disimuladas en el palco del jurado—. ¿Está usted familiarizado con las normas de Ford County? —preguntó.

—Creo que sí, señoría.

—¿Tiene una copia de las mismas?

—Sí, señoría.

—¿Y las ha leído atentamente antes de aventurarse a entrar en mi sala?

—Sí, señoría.

—¿Ha comprendido la norma número catorce cuando la ha leído?

Cobb miró a su nuevo abogado con suspicacia.

—Debo confesar que no la recuerdo —afirmó Bernard.

—Lo suponía. La norma catorce establece que los letrados

colegiados en otros estados deben asociarse a un colegiado local antes de aparecer en este juzgado.

—Sí, señoría.

A juzgar por su aspecto y ademanes, Bernard era un abogado sofisticado, o por lo menos se le conocía como tal en Memphis. No obstante, estaba siendo totalmente degradado y humillado por la mordacidad de un juez de una pequeña ciudad sureña.

—¿Y bien? —exclamó el juez.

—Sí, señoría, creo haber oído hablar de dicha norma.

—Entonces ¿dónde está su letrado local?

—No lo tengo, pero me proponía...

—¿Es decir que usted se ha trasladado desde Memphis, ha leído atentamente las normas y ha hecho caso omiso de las mismas?

Bernard bajó la cabeza y fijó la mirada en un cuaderno en blanco que tenía sobre la mesa.

—Con la venia de su señoría —declaró Tyndale, después de levantarse lentamente—, para que conste y a efectos exclusivos de esta vista, me declaro letrado asociado del señor Bernard.

Bullard sonrió. Astuta jugada, Tyndale, astuta jugada. El agua fría le calentaba por dentro y se sentía relajado.

—Muy bien. Llame a su primer testigo.

—Con la venia de su señoría —dijo Bernard muy erguido, con la cabeza ladeada—, en nombre del señor Cobb llamo a su hermano, el señor Fred Cobb.

—Sea breve —susurró Bullard.

El hermano de Cobb prestó juramento y se dispuso a declarar. Bernard tomó la palabra y empezó un largo y detallado examen. Iba bien preparado. Adujo pruebas de que Billy Ray Cobb tenía empleo remunerado y poseía propiedades en Ford County, donde se había criado y donde vivían sus parientes y amigos, y, por lo tanto, no tenía ninguna razón para huir. Era un buen ciudadano profundamente arraigado, con mucho que perder si se daba a la fuga. Un hombre en quien se podía confiar que apareciese ante el tribunal. Un hombre merecedor de una fianza moderada.

Bullard echó un trago, dio unos golpecitos con la pluma sobre la mesa y examinó los rostros de los negros entre el público.

Childers no formuló ninguna pregunta al testigo. Bernard llamó a la madre de Cobb, Cora, quien repitió lo que su hijo Fred había dicho acerca de su hijo Billy Ray. Logró derramar un par de lágrimas en un momento difícil y Bullard movió la cabeza.

Entonces le tocó el turno a Tyndale, que siguió los mismos pasos con la familia de Willard.

¡Medio millón de dólares de fianza! Menos sería poco y a los negros no les gustaría. Ahora el juez tenía otra razón para odiar a Childers. Pero le gustaban los negros, porque la última vez lo habían elegido. Obtuvo el cincuenta y uno por ciento de los votos en todo el condado, pero la totalidad de los votos negros.

—¿Algo más? —preguntó cuando terminó Tyndale.

Los tres abogados se miraron inexpresivamente entre sí antes de mirar al juez.

—Con la venia de su señoría —dijo Bernard, después de ponerse de pie—, me gustaría resumir el caso de mi cliente respecto a la concesión de una fianza moderada…

—Olvídelo, amigo. Ya he oído bastante de usted y de su cliente. Siéntese. Por la presente, fijo una fianza de cien mil dólares para Pete Willard y de doscientos mil para Billy Ray Cobb. Los acusados permanecerán en prisión preventiva hasta que logren satisfacer la fianza. Se levanta la sesión.

Acto seguido se retiró a su despacho, donde vació la botella de cuarto de litro y abrió otra.

Lester se sentía satisfecho de las fianzas. La suya había sido de cincuenta mil por el asesinato de Monroe Bowie. Claro que Bowie era negro y las fianzas solían ser más bajas en estos casos.

El público se dirigió hacia la puerta posterior de la sala, pero Lester permaneció en su lugar. Observó atentamente cómo esposaban a los dos blancos y los conducían a la puerta del calabozo. Cuando desaparecieron, se cubrió el rostro con las manos y rezó una breve oración. Entonces escuchó.

Jake se asomaba por lo menos diez veces diarias al balcón para observar el centro de Clanton. A veces fumaba unos cigarros baratos y soltaba bocanadas de humo en Washington Street. Incluso en verano dejaba abiertas las ventanas del despacho principal. El ruido de la ajetreada pequeña ciudad le hacía compañía mientras trabajaba silenciosamente. A veces le sorprendía el estruendo procedente de las calles que rodeaban el palacio de Justicia y en otras ocasiones se asomaba al balcón para comprobar por qué estaba todo tan callado.

Poco antes de las dos de la tarde del lunes veinte de mayo salió al balcón y encendió un cigarro. Un profundo silencio llenaba el centro de Clanton, Mississippi.

Cobb fue el primero en bajar cautelosamente por la escalera, con las manos esposadas a la espalda, seguido de Willard y del agente Looney. Diez peldaños hasta el rellano, giró a la derecha, y diez peldaños más hasta el primer piso. Otros tres agentes esperaban junto al coche patrulla aparcado a la puerta mientras fumaban cigarrillos y observaban a los periodistas.

Cuando Cobb llegó al penúltimo escalón, con Willard tres peldaños a su espalda y Looney a uno del rellano, se abrió inesperadamente la pequeña puerta del trastero sucio y olvidado y el señor Carl Lee Hailey emergió de la oscuridad con un M-16 en las manos. Abrió fuego a bocajarro. Los rápidos estallidos del fusil ametrallador llenaron el edificio y ahogaron su silencio. Los violadores quedaron paralizados y, a continuación, chillaron al recibir el impacto de las balas; Cobb recibió un balazo en el estómago y otro en el pecho, y Willard en la cara, el cuello y la garganta. Intentaron en vano retroceder, tropezando entre sí, esposados e indefensos, mientras su piel y su sangre se desparramaban.

Looney recibió un balazo en la pierna, pero logró subir hasta el calabozo, donde se refugió agachado mientras oía los gemidos de Cobb y de Willard y la risa histérica del negro. Las balas rebotaban en las paredes de la estrecha escalera y, al mirar hacia el rellano, Looney podía ver la sangre y la carne que lo salpicaban todo y descendían por los peldaños.

Las breves y veloces ráfagas de siete a ocho disparos del M-16 retumbaban eternamente por todo el edificio. Por encima del ruido de los disparos y de las balas que rebotaban de las paredes de la escalera se oía claramente la risa aguda de Carl Lee.

Cuando acabó, arrojó el fusil a los cadáveres y echó a correr. Entró en los servicios, trabó la puerta con una silla, saltó por la ventana a los matorrales, anduvo tranquilamente por la acera, llegó hasta su camioneta y regresó a su casa.

Lester quedó paralizado al oír los primeros disparos, que sonaron estrepitosamente en la sala de Audiencias. Las madres de Willard y de Cobb empezaron a chillar y los agentes corrieron hacia los calabozos, pero sin aventurarse a salir a la escalera. Lester escuchó atentamente por si sonaban disparos de pistola, pero no los hubo y abandonó la sala.

Al oír el primer tiro Bullard agarró la botella y se refugió bajo la mesa, mientras el señor Pate cerraba la puerta con llave.

Cobb, o lo que quedaba de él, fue a parar encima de Willard. La sangre de ambos se entremezcló y empezó a derramarse por los escalones hasta alcanzar el rellano inferior donde formó un charco.

Jake cruzó corriendo la calle para dirigirse a la parte posterior del palacio de Justicia. Prather estaba agachado junto a la puerta, pistola en mano, furioso con los periodistas que empujaban.

Los demás agentes permanecían atemorizados al pie de la escalera, cerca de los coches patrulla. Jake se dirigió a la puerta principal, custodiada por otros agentes que evacuaban a los funcionarios y al público de la Audiencia. Apareció un montón de personas en la escalera frontal. Jake se abrió paso entre la muchedumbre, llegó a la rotonda y se encontró con Ozzie, que no dejaba de gritar en todas direcciones ordenando a la gente que se retirara. Hizo una seña a Jake y cruzaron juntos el vestíbulo en dirección a la puerta posterior, donde media docena de agentes pistola en mano contemplaban silenciosamente la escalera. Jake sintió náuseas. Willard casi había logrado llegar al rellano. La parte frontal de su cabeza había desaparecido y su cerebro parecía gelatina que le cubría el rostro. Cobb había conseguido darse la vuelta y absorber las últimas balas en la espalda. Tenía la cara hundida en el vientre de Willard y sus pies junto al cuarto peldaño. La sangre no dejaba de manar de los cadáveres y cubría por completo los seis últimos escalones. El charco carmesí avanzaba rápidamente hacia los agentes, que retrocedían paso a paso. El fusil, también cubierto ya de sangre, estaba entre las piernas de Cobb y el quinto peldaño.

Todos los presentes guardaban silencio, magnetizados por la visión de la sangre que no dejaba de brotar de los dos cuerpos muertos. El profundo olor a pólvora impregnaba la escalera y se extendía hasta el vestíbulo y la rotonda, donde los agentes conducían todavía al público hacia la puerta principal.

—Jake, es preferible que te marches —dijo Ozzie con la mirada fija en los cadáveres.

—¿Por qué?

—Lárgate.

—¿Por qué?

—Porque debemos tomar fotografías, recoger pruebas y cosas por el estilo, y tú no tienes nada que hacer aquí.

—De acuerdo. Pero no se te ocurra interrogarle sin que yo esté presente. ¿Entendido?

Ozzie asintió.

Dos horas después de tomar las fotografías, limpiarlo todo, recoger pruebas y retirar los cadáveres, Ozzie salió seguido de cinco coches patrulla. Hastings, que conducía el primer coche, se dirigió hacia el campo en dirección al lago, por delante de la tienda de ultramarinos de Bates hasta llegar a Craft Road. Los únicos coches aparcados frente a la casa de los Hailey eran el de Gwen, la camioneta de Carl Lee y el Cadillac rojo con matrícula de Illinois.

Ozzi no esperaba ningún problema. Los vehículos de la policía se detuvieron en fila frente al jardín y los agentes se apostaron tras las puertas abiertas de los coches mientras el sheriff se dirigía solo a la casa. Se detuvo. Se abrió lentamente la puerta y apareció la familia Hailey. Carl Lee se acercó al borde de la terraza, con Tonya en brazos. Miró al sheriff, que era su amigo, y a la hilera de coches de los agentes. A su derecha estaba Gwen y a su izquierda sus tres hijos, el menor de los cuales sollozaba discretamente, pero los dos mayores se mantenían erguidos y orgullosos. A su espalda estaba Lester.

Ambos grupos se observaron mutuamente, cada uno a la espera de que el otro tomara la iniciativa, todos con el deseo de evitar lo que estaba a punto de ocurrir. El único ruido era el del suave llanto de la niña, de su madre y del menor de los hijos.

Los niños habían intentado comprender lo ocurrido. Su padre les había contado lo que acababa de hacer y el porqué. Eso lo habían comprendido; lo que no entendían era por qué iban a detenerlo y llevarlo a la cárcel.

Ozzie dio una patada a una porquería en el suelo, con una mirada ocasional a la familia y a sus hombres.

—Será mejor que me acompañes —dijo por último.

Carl Lee asintió ligeramente, pero no se movió. Gwen y el hijo menor empezaron a llorar con gran desconsuelo cuando Lester cogió a la niña de los brazos de su padre. Entonces, Carl Lee se agachó frente a los tres muchachos y les explicó de nuevo en un susurro que debía marcharse, pero que no tardaría en regresar. Les dio un abrazo y todos se echaron a llorar, agarrados fuertemente a él. A continuación besó a su esposa y bajó por la escalera para reunirse con el sheriff.

—¿Quieres esposarme, Ozzie?

—No, Carl Lee. Sube a mi coche.

8

Moss Junior Tatum, subjefe de policía, charlaba tranquilamente con Jake en las dependencias de Ozzie mientras otros agentes, reservistas, ayudantes y carceleros reunidos en una abigarrada sala adjunta esperaban la llegada del nuevo preso. Dos de los agentes miraron a través de las persianas a los periodistas y cámaras que esperaban en el aparcamiento, entre la cárcel y la carretera. Había furgones de las televisiones de Memphis, Jackson y Tupelo aparcados en distintas direcciones entre la muchedumbre. Descontento con la situación, Moss se acercó pausadamente a la acera para ordenar que la prensa se agrupara en cierta área y moviese los furgones.

—¿Va a hacer alguna declaración? —gritó un periodista.

—Sí, muevan los furgones.

—¿Puede decirnos algo acerca de los asesinatos?

—Sí, dos personas han muerto.

—¿Puede darnos algún detalle?

—No. No estaba presente.

—¿Tienen a algún sospechoso?

—Sí.

—¿De quién se trata?

—Se lo diré cuando hayan movido los furgones.

Se movieron inmediatamente los vehículos y se agruparon las cámaras y los micrófonos cerca de la acera. Moss dio órdenes e instrucciones hasta que se sintió satisfecho. Después se acercó a la muchedumbre mascando tranquilamente un palillo y con ambos pulgares en los pasadores delanteros de su cinturón, bajo la protuberante barriga.

—¿Quién lo ha hecho?

—¿Lo han detenido?

—¿Está involucrada la familia de la niña?

—¿Están ambos muertos?

—Uno por uno —dijo Moss sonriendo, mientras movía la cabeza—. Sí, tenemos a un sospechoso. Está detenido y llegará dentro de un momento. Mantengan los furgones alejados. Eso es todo.

Dicho esto, Moss entró de nuevo en las dependencias policiales mientras le seguían haciendo preguntas que no se molestó en responder. Regresó a la atestada sala.

—¿Cómo está Looney? —preguntó.

—Prather está con él en el hospital. Está bien; solo tiene un rasguño en la pierna.

—Claro, eso y un ligero ataque de corazón —dijo Moss con una sonrisa.

Los demás se rieron.

—¡Ahí llegan! —chilló uno de los funcionarios.

Se asomaron todos a las ventanas conforme una procesión de luces azules entraba lentamente en el aparcamiento. Ozzie conducía el primer coche, con Carl Lee, sin esposas, sentado junto a él. Hastings saludaba a las cámaras desde el asiento posterior mientras el vehículo avanzaba entre la muchedumbre y junto a los furgones hasta la parte trasera del edificio, donde Ozzie aparcó. Los tres entraron tranquilamente en las dependencias policiales. El sheriff entregó a Carl Lee a un carcelero y siguió por el pasillo hasta su despacho. Jake estaba allí, esperándolo.

—Podrás verle dentro de un momento, Jake —dijo Ozzie.

—Gracias. ¿Estás seguro de que ha sido él?

—Sí, estoy seguro.

—¿No habrá confesado?

—No, no ha dicho prácticamente nada. Supongo que ha recibido instrucciones de Lester.

—Ozzie, esos periodistas quieren hablar contigo —dijo Moss tras entrar en su despacho—. Les he dicho que los verías dentro de un minuto.

—Gracias, Moss —suspiró Ozzie.

—¿Alguien lo ha visto? —preguntó Jake.

—Sí, Looney puede identificarle —respondió Ozzie mientras se frotaba la frente con un pañuelo rojo—. ¿Conoces a Murphy, ese pequeño tullido que se ocupa de la limpieza de la Audiencia?

—Claro. Es tartamudo.

—Lo ha presenciado todo. Estaba sentado en la escalera este, exactamente enfrente de donde ha ocurrido. Estaba almorzando. Se ha llevado tal susto que ha pasado una hora sin poder hablar —dijo Ozzie antes de hacer una pausa y mirar fijamente a Jake—. ¿Por qué te lo cuento?

—¿Qué importa? Tarde o temprano lo averiguaré. ¿Dónde está mi hombre?

—En el pasillo del calabozo. Deben hacerle unas fotografías y todo lo demás. Tardarán unos treinta minutos.

Ozzie salió del despacho y Jake llamó por teléfono a Carla para recordarle que viera las noticias y las grabara.

—No voy a responder a ninguna pregunta —declaró Ozzie ante los micrófonos y las cámaras—. Hemos detenido a un sospechoso. Su nombre es Carl Lee Hailey y es de Ford County. Pesan sobre él dos acusaciones de asesinato.

—¿Es el padre de la niña?

—Sí, lo es.

—¿Cómo sabe que ha sido él?

—Somos muy listos.

—¿Algún testigo presencial?

—Ninguno, que sepamos.

—¿Ha confesado?

—No.

—¿Dónde lo han encontrado?

—En su casa.

—¿Ha sido herido un agente de policía?

—Sí.

—¿Cómo está?

—Bien. Está en el hospital, pero no corre ningún peligro.

—¿Cuál es su nombre?

—Looney. Dewayne Looney.

—¿Cuándo tendrá lugar la vista preliminar?

—No soy el juez.

—¿Tiene alguna idea?

—Puede que mañana, tal vez el miércoles. Basta de preguntas, por favor. Esto es todo lo que puedo decirles en estos momentos.

El carcelero retiró la cartera, el dinero, el reloj, las llaves, el anillo y el cortaplumas de Carl Lee e hizo un inventario que el detenido fechó y firmó. En una pequeña sala contigua lo fotografiaron y le tomaron las huellas digitales, tal como Lester le había contado. Ozzie lo esperó junto a la puerta y lo condujo a un pequeño cuarto al fondo del pasillo, donde se sometía a los borrachos a la prueba del alcoholímetro. Jake estaba sentado junto a una pequeña mesa, al lado del aparato. Ozzie los dejó a solas.

Uno a cada lado de la mesa, abogado y cliente se observaban atentamente. Sonrieron ambos con admiración, pero sin decir palabra. Hacía cinco días que habían hablado por última vez, el miércoles, después de la vista preliminar al día siguiente de la violación.

Carl Lee estaba ahora más sereno. Tenía el rostro relajado y la mirada clara.

—Jake, creías que no lo haría.

—Realmente, no. ¿Lo has hecho?

—Sabes que sí.

—¿Cómo te sientes? —dijo Jake sonriendo, después de asentir y cruzarse de brazos.

Carl Lee se relajó y se acomodó en su silla plegable.

—Me siento mejor. No estoy satisfecho de todo lo sucedido. Preferiría que no hubiera ocurrido. Pero también me gustaría que mi hija estuviera bien. No tenía nada contra esos muchachos hasta que se metieron con mi hija. Ahora han recibido lo que ellos empezaron. Lo lamento por sus madres, y por sus padres si los tienen, cosa que dudo.

—¿Tienes miedo?

—¿De qué?

—De la cámara de gas, por ejemplo.

—No, Jake, para eso te tengo a ti. No pienso ir a ninguna cámara de gas. Te he visto salvar a Lester; ahora sálvame a mí. Puedes hacerlo, Jake.

—No es tan sencillo, Carl Lee.

—¿Por qué no?

—Uno no puede matar a varias personas a sangre fría, decir al jurado que se lo merecían y esperar que se le declare inocente.

—Lo lograste con Lester.

—Pero cada caso es distinto. Y la gran diferencia aquí es que tú has matado a dos chicos blancos y Lester mató a un negro. Una diferencia enorme.

—¿Tienes miedo, Jake?

—¿Por qué tendría que tener miedo? No soy yo quien puede acabar en la cámara de gas.

—Parece que no estás muy seguro de ti mismo.

¿Serás imbécil?, pensó Jake. ¿Cómo podía sentirse seguro de sí mismo en semejante trance? Los cadáveres todavía no estaban fríos. Claro que se sentía seguro de sí mismo antes de la matanza, pero ahora era distinto. Su cliente se enfrentaba a la cámara de gas por un crimen que admitía haber cometido.

—¿De dónde sacaste el fusil?

—De un amigo de Memphis.

—¿Te ha ayudado Lester?

—No. Sabía lo que me proponía y quiso ayudarme, pero no se lo permití.

—¿Cómo está Gwen?

—Muy trastornada en estos momentos, pero Lester está con ella. No sabía nada.

—¿Y tus hijos?

—Ya sabes cómo son los niños. No quieren que su padre esté en la cárcel. Están apenados, pero se les pasará. Lester cuidará de ellos.

—¿Va a regresar a Chicago?

—De momento no. Jake, ¿cuándo vamos al juzgado?

—La vista preliminar probablemente tendrá lugar mañana o el miércoles. Depende de Bullard.

—¿Es el juez?

—Lo será en la vista preliminar, pero no en el juicio, que tendrá lugar en la Audiencia Territorial.

—¿Quién es el juez de la Audiencia Territorial?

—Ornar Noose, de Van Buren County, el mismo que juzgó a Lester.

—Me alegro. Es un buen juez, ¿no es cierto?

—Sí, es un buen juez.

—¿Cuándo se celebrará el juicio?

—A finales de verano o principios de otoño. Buckley insistirá en que se celebre cuanto antes.

—¿Quién es Buckley?

—Rufus Buckley. El fiscal del distrito. El mismo que acusó a Lester. ¿No lo recuerdas, un tipo alto, con una voz potente...?

—Sí, sí, ahora lo recuerdo. El gran malvado de Rufus Buckley. Lo había olvidado. ¿No es un tipo bastante mezquino?

—Es un buen tipo, muy bueno. Es corrupto y ambicioso, y se tragará esto a causa de la publicidad.

—Tú le has vencido, ¿no es cierto?

—Sí, y él me ha vencido a mí.

Jake abrió su maletín y sacó una carpeta. En su interior había un contrato para servicios jurídicos, que examinó aunque se lo había aprendido de memoria. Sus honorarios se basaban en las posibilidades del cliente, y las de los negros eran generalmente escasas, a no ser que tuvieran algún pariente próximo y generoso con un buen empleo en Saint Louis o Chicago. Solían ser pocos. En el caso de Lester había un hermano en California que trabajaba en Correos, pero no había querido o no había podido ayudar. Tenía algunas hermanas dispersas por diversos lugares, si bien pasaban sus propios apuros y lo único que pudieron ofrecer a Lester fue apoyo moral. Gwen tenía muchos parientes que no se metían en líos, pero tampoco eran prósperos. Carl Lee era propietario de algunas tierras alrededor de la casa, y las había hipotecado para ayudar a Lester a saldar la cuenta de Jake.

Le había cobrado cinco mil dólares por su defensa en el juicio por asesinato, la mitad por anticipado y la otra mitad a plazos durante tres años.

Jake detestaba hablar de honorarios. Era la parte más difícil de su profesión. Los clientes deseaban saber inmediatamente y por anticipado cuánto les cobraría, y sus reacciones eran siempre distintas. Unos se asustaban, otros se limitaban a poner mala cara, y algunos abandonaban enfadados el despacho. A veces negociaban la minuta, pero la mayoría pagaba o prometía hacerlo.

Mientras examinaba el contrato, pensaba desesperadamente en unos honorarios razonables. Había abogados que aceptarían el caso prácticamente gratis. Solo por la publicidad. Pensó en las tierras de Carl Lee, en su empleo en la fábrica de papel, en la familia, y, por fin, dijo:

—Mis honorarios serán diez mil.

—A Lester le cobraste cinco mil.

Jake se lo esperaba.

—Contra ti pesan tres acusaciones. Lester solo tenía una.

—¿Cuántas veces puedo ir a la cámara de gas?

—Tienes razón. ¿Cuánto puedes pagar?

—Mil al contado —respondió con orgullo—. Y pediré todo lo que pueda por mis tierras y te lo entregaré.

—Tengo una idea mejor —dijo Jake después de reflexionar

unos instantes—. Pongámonos de acuerdo en cuanto a la cantidad. Me pagas ahora los mil y firmas un pagaré por el resto. Cuando hipoteques las tierras, saldas la cuenta.

—¿Cuánto quieres? —preguntó Carl Lee.

—Diez mil.

—Te pagaré cinco mil.

—Puedes pagar más.

—Y tú puedes trabajar por menos.

—De acuerdo, lo haré por nueve.

—En tal caso, puedo pagarte seis.

—¿Ocho?

—Siete.

—¿Lo fijamos en siete mil quinientos?

—Sí, creo que podré pagarlos. Depende de lo que me presten por las tierras. ¿Quieres que te pague mil ahora y te firme un pagaré por seis mil quinientos?

—Eso es.

—De acuerdo, trato hecho.

Jake rellenó los espacios en blanco del formulario y del pagaré, y Carl Lee firmó ambos documentos.

—Dime, Jake, ¿cuánto le cobrarías a alguien que tuviera mucho dinero?

—Cincuenta mil.

—¡Cincuenta mil! ¿Hablas en serio?

—Por supuesto.

—Oye, eso es mucho dinero. ¿Te los ha pagado alguien?

—No, pero tampoco he visto a mucha gente con tanto dinero acusada de asesinato.

Carl Lee quería información acerca de su fianza, el tribunal, el juicio, los testigos, quién formaría el jurado, cuándo podría salir de la cárcel, si Jake podría acelerar el juicio, cuándo podría revelar su versión y otras muchas cuestiones. Jake le dijo que dispondrían de mucho tiempo para hablar. Prometió llamar a Gwen y a su jefe en la fábrica de papel.

Cuando se marchó, encerraron a Carl Lee en la celda adjunta a la de los presos estatales.

Un furgón de la televisión impedía la salida del Saab y Jake preguntó por el propietario del mismo. La mayoría de los periodistas ya se habían marchado, pero quedaban algunos por si ocurría algo. Era casi de noche.

—¿Pertenece usted a la oficina del sheriff? —preguntó un periodista.

—No, soy abogado —respondió tranquilamente Jake procurando mostrarse desinteresado.

—¿Es usted el defensor del señor Hailey?

—Efectivamente, así es —respondió Jake, después de volverse para mirarle fijamente, mientras otros escuchaban.

—¿Está dispuesto a responder a unas preguntas?

—Puede preguntar, pero no le garantizo que responda.

—¿Le importaría acercarse?

Jake se acercó a los micrófonos y a las cámaras, como si le causaran una molestia. Ozzie y sus subordinados miraban desde el interior.

—Le encantan las cámaras —dijo el sheriff.

—Como a todos los abogados —añadió Moss.

—¿Cómo se llama usted?

—Jake Brigance.

—¿Es usted el abogado defensor del señor Hailey?

—Así es —respondió escuetamente Jake.

—¿Es el señor Hailey el padre de la niña violada por los hombres que han muerto hoy?

—Correcto.

—¿Quién ha matado a esos dos hombres?

—No lo sé.

—¿Ha sido el señor Hailey?

—Le he dicho que no lo sé.

—¿Qué cargos se han presentado contra su cliente?

—Ha sido detenido por los asesinatos de Billy Ray Cobb y Pete Willard. Oficialmente no se ha presentado ningún cargo contra él.

—¿Anticipa que se acusará al señor Hailey de los dos asesinatos?

—Sin comentario.

—¿Qué le impide comentarlo?

—¿Ha hablado con el señor Hailey? —preguntó otro periodista.

—Sí, hace un momento.

—¿Cómo está?

—¿A qué se refiere?

—Bueno, quiero decir que cómo se encuentra.

—¿Se refiere a si le gusta estar en la cárcel? —preguntó Jake, con una ligera sonrisa.

—Sí.

—Sin comentario.

—¿Cuándo aparecerá ante el juez?

—Probablemente mañana o el miércoles.

—¿Se declarará culpable?

—Claro que no —dijo Jake sonriendo.

Después de una cena fría, sentados en el sofá-columpio de la entrada, contemplaban el rociador y hablaban del caso. Los asesinatos eran noticia en todo el país, y Carla había grabado todos los noticiarios que había podido. Dos cadenas cubrían los acontecimientos en directo a través de sus filiales en Memphis, y las cadenas de televisión de Memphis, Jackson y Tupelo mostraban la entrada de Cobb y de Willard en el juzgado rodeados de agentes de policía, y, al cabo de unos segundos, cuando los sacaban de la Audiencia envueltos en sábanas blancas. Una de las emisoras transmitió el ruido de los disparos al tiempo que mostraba a los agentes que corrían para refugiarse.

La entrevista de Jake había tenido lugar después de las

noticias de la tarde, por lo que tuvieron que esperar, con el grabador preparado, a las noticias de las diez, y ahí estaba Jake, cartera en mano, esbelto, sano, apuesto, arrogante y enfadado con los periodistas por la molestia que le causaban. Él creía que tenía muy buen aspecto por televisión y estaba emocionado de haber salido en la pantalla. Había salido brevemente en otra ocasión, después de que se declarara a Lester inocente, y los clientes del Coffee Shop le habían tomado el pelo durante seis meses.

Estaba contento. Le encantaba la publicidad y esperaba tener mucha más. No se le ocurría ningún tipo de caso, de circunstancias ni de situaciones que pudiera generarle más publicidad que el juicio de Carl Lee Hailey. Y la absolución de Carl Lee Hailey por el asesinato de los dos jóvenes blancos que habían violado a su hija a cargo de un jurado enteramente blanco en una zona rural de Mississippi.

—¿Por qué sonríes? —preguntó Carla.

—Por nada.

—Claro. Estás pensando en el juicio, las cámaras, los periodistas, la declaración de inocencia, y en cómo saldrás del juzgado con el brazo sobre el hombro de Carl Lee, acosado por las cámaras y por la prensa y rodeado de gente que te felicita. Sé exactamente lo que piensas.

—Entonces ¿por qué me lo preguntas?

—Para comprobar si lo confiesas.

—De acuerdo, lo confieso. Este caso podría hacerme famoso y reportarnos un millón de pavos a la larga.

—Si lo ganas.

—Claro, si lo gano.

—¿Y si lo pierdes?

—Lo ganaré.

—¿Y de lo contrario?

—Piensa en plan positivo.

Sonó el teléfono y Jake habló durante diez minutos con el director, propietario y redactor único de *The Clanton Chro-*

nicle. Volvió a sonar y charló con un periodista del periódico matutino de Memphis. Cuando colgó, llamó a Lester y a Gwen antes de telefonear al encargado de la fábrica de papel.

A las once y cuarto sonó de nuevo el teléfono y Jake recibió la primera amenaza de muerte, evidentemente anónima. Alguien le llamó hijo de puta amante de los negros que no sobreviviría si el negro salía en libertad.

9

El martes por la mañana después de los asesinatos, Dell Perkins sirvió más café y farro que de costumbre. Todos los clientes habituales y algunos adicionales habían llegado temprano para leer los periódicos y hablar de los crímenes que habían tenido lugar a menos de cien metros de la puerta del Coffee Shop. Claude's y el Tea Shoppe también se llenaron antes que de costumbre. La fotografía de Jake apareció en primera plana del periódico de Tupelo, y en la portada de los periódicos de Memphis y de Jackson aparecían las fotos de Cobb y de Willard antes del tiroteo y, a continuación, del momento en que se llevaban los cadáveres a la ambulancia. No había ninguna fotografía de Carl Lee. Todos los periódicos hablaban detalladamente de lo sucedido en Clanton en los últimos seis días.

Era de dominio público que el autor de los asesinatos era Carl Lee, pero se rumoreaba también sobre la participación de otros pistoleros. En una mesa del Tea Shoppe incluso se llegó a hablar de una pandilla de negros locos que había intervenido en el ataque. Sin embargo, los policías que frecuentaban el Coffee Shop atajaron discretamente los rumores y los mantuvieron bajo control. El agente Looney era uno de los habituales y había preocupación en cuanto a sus heridas, al parecer más graves de lo que se había dicho al principio. Permanecía en el hospital y había identificado al autor de los disparos como hermano de Lester Hailey.

Jake llegó a las seis y se sentó con unos granjeros cerca de la puerta. Saludó con la cabeza a Prather y a otro agente, que fingieron no verle. Se les pasará cuando Looney salga del hospital, pensó. Se hicieron algunos comentarios sobre la fotografía de primera plana, pero nadie habló de su nuevo cliente ni de los asesinatos. Jake detectó cierta frialdad en algunos de los habituales. Desayunó con rapidez y se marchó.

A las nueve, Ethel lo llamó. Bullard estaba al teléfono.

—Hola, señor juez. ¿Cómo está usted?

—Fatal. ¿Representa a Carl Lee Hailey?

—Sí, señor.

—¿Cuándo quiere que se celebre la vista preliminar?

—¿Por qué me lo pregunta a mí?

—Buena pregunta. El caso es que mañana por la mañana se celebrarán los funerales y creo que sería preferible esperar a que hayan enterrado a esos cabrones, ¿no le parece?

—Sí, señor juez, buena idea.

—¿Qué le parece mañana a las dos de la tarde?

—Perfecto.

—Jake —dijo el juez, después de titubear unos instantes—, ¿estaría dispuesto a prescindir de la vista preliminar y mandar directamente el caso a la Audiencia Territorial?

—Señor juez, sabe perfectamente que nunca prescindo de la vista preliminar.

—Sí, lo sé. Había pensado que quizá lo haría como favor especial. No voy a presidir el juicio y no siento ningún deseo de verme involucrado en él. Nos veremos mañana.

Al cabo de una hora, se oyó de nuevo la voz de Ethel por el intercomunicador.

—Señor Brigance, aquí hay unos periodistas que desean verle.

—¿De dónde? —preguntó Jake encantado.

—De Memphis y de Jackson, creo.

—Hágales pasar a la sala de conferencias. Me reuniré con ellos en un momento.

Se arregló la corbata, se peinó y miró por la ventana para ver si había algún furgón de la televisión. Decidió hacerles esperar y, después de un par de llamadas innecesarias, bajó sin prestar atención alguna a Ethel y entró en la sala de conferencias. Le pidieron que se sentara a un extremo de la mesa por cuestiones de luz. Decidido a controlar la situación, se negó a hacerlo y, en su lugar, se sentó de espaldas a una hilera de vistosos textos jurídicos.

Colocaron delante de él los micrófonos, ajustaron las luces de las cámaras y, por fin, una atractiva periodista de Memphis, con líneas anaranjadas en la frente y bajo los ojos, se aclaró la garganta y empezó a hablar.

—Señor Brigance, ¿representa usted a Carl Lee Hailey?

—Sí, así es.

—¿A quien se ha acusado de los asesinatos de Billy Ray Cobb y de Pete Willard?

—Correcto.

—¿Y Cobb y Willard estaban acusados de la violación de la hija del señor Hailey?

—Correcto.

—¿Niega el señor Hailey haber matado a Cobb y a Willard?

—Se declara inocente de los cargos.

—¿Se le acusará de haber disparado contra el agente Looney?

—Sí. Anticipamos una tercera acusación de agresión grave contra el agente de policía.

—¿Piensa alegar que no estaba en posesión de sus facultades mentales?

—No estoy dispuesto a hablar de la defensa en estos momentos porque todavía no se han formalizado los cargos.

—¿Quiere decir que existe la posibilidad de que no se formalicen?

Una buena baza, que Jake esperaba. La Audiencia formalizaría o no los cargos, y el jurado no se seleccionaría antes del veintisiete de mayo, cuando se reuniera el Tribunal Territorial. De modo que los futuros miembros del jurado circulaban ahora por las calles de Clanton cuidando de sus tiendas, trabajando en las fábricas, limpiando la casa, leyendo periódicos y discutiendo si debían o no formalizarse los cargos.

—Efectivamente, creo que existe la posibilidad de que no se formalicen. Depende del Tribunal Territorial, o mejor dicho, así será después de la vista preliminar.

—¿Cuándo tendrá lugar la vista preliminar?

—Mañana, a las dos de la tarde.

—¿Supone que el juez Bullard remitirá el caso al Tribunal Territorial?

—Es lógico suponerlo —respondió Jake, convencido de que a Bullard le encantaría la respuesta.

—¿Cuándo se reunirá el Tribunal Territorial?

—Se constituirá un nuevo tribunal el lunes por la mañana. Podría examinar el caso el lunes por la tarde.

—¿Cuándo podría celebrarse el juicio?

—En el supuesto de que se formalicen los cargos, podría celebrarse a finales de verano o principios de otoño.

—¿En qué juzgado?

—En la Audiencia Territorial de Ford County.

—¿Quién sería el juez?

—Su señoría Omar Noose.

—¿De dónde procede?

—De Chester, Mississippi. Van Buren County.

—¿Quiere decir que el juicio tendrá lugar aquí, en Clanton?

—Sí, a no ser que se opte por un lugar alternativo.

—¿Piensa solicitar que se celebre en otro lugar?

—Buena pregunta, pero no estoy dispuesto a responderla en estos momentos. Es prematuro hablar de la estrategia de la defensa.

—¿Qué interés podría tener en solicitar otro lugar?

Elegir otro condado con mayor predominio de negros, pensó Jake, pero respondió:

—Las razones habituales: la publicidad anterior al juicio, etcétera.

—¿Quién decide si el juicio debe celebrarse en otro lugar?

—El juez Noose. Goza de absoluta discreción.

—¿Se ha fijado alguna fianza?

—No, ni es probable que se haga hasta que se formalicen los cargos. Tiene derecho a una fianza razonable en estos momentos, pero es costumbre en este condado que en los casos de asesinato no se fije la fianza hasta después de formalizados los cargos en la Audiencia Territorial. Entonces será el juez Noose quien fije la fianza.

—¿Qué puede decirnos del señor Hailey?

Jake se relajó y reflexionó unos instantes, mientras las cámaras seguían filmando. Otra buena baza, con la maravillosa oportunidad de sembrar unas semillas.

—Tiene treinta y siete años. Está casado con la misma mujer desde hace veinte años. Cuatro hijos: tres varones y una niña. Una persona agradable y sin antecedentes. No ha tenido nunca ningún problema con la justicia. Condecorado en Vietnam. Trabaja cincuenta horas semanales en una fábrica de papel en Colemano. Paga sus cuentas y es propietario de un pequeño terreno. Va a la iglesia todos los domingos con su familia. Se ocupa de sus asuntos y espera que no se metan con él.

—¿Nos permitirá hablar con él?

—Claro que no.

—¿No es cierto que hace algunos años su hermano fue juzgado por asesinato?

—Sí, pero se le declaró inocente.

—¿Fue usted su abogado?

—Sí.

—Usted ha defendido varios casos de asesinato en Ford County, ¿no es cierto?

—Tres.

—¿Cuántos fueron declarados inocentes?

—Todos —respondió lentamente.

—¿No tiene el jurado distintas opciones en Mississippi? —preguntó la periodista de Memphis.

—Efectivamente. Cuando la acusación es de asesinato, el jurado puede hallar al acusado culpable de homicidio, con su correspondiente condena de veinte años, o de asesinato con alevosía, en cuyo caso el jurado debe elegir entre la pena de muerte y la cadena perpetua. También es posible que el jurado lo declare inocente. —Jake sonrió ante las cámaras—. Siempre en el supuesto, claro está, de que se formalice la acusación.

—¿Cómo está la pequeña Hailey?

—Está de nuevo en su casa. Salió del hospital el domingo. Se espera que se recupere.

Los periodistas se miraron entre sí, en busca de más preguntas. Jake sabía que ese era el momento peligroso, cuando se les acababan las preguntas y empezaban a tocar temas delicados. Se puso de pie y se abrochó la chaqueta.

—Muchachos, agradezco vuestra visita. Estoy a vuestra disposición, pero la próxima vez avisadme con un poco de tiempo y estaré encantado de hablar con vosotros.

Le dieron las gracias y se retiraron.

A las diez de la mañana del miércoles, en un funeral doble y sencillo, los sureños enterraron a sus muertos. El pastor de la iglesia de Pentecostés, recién ordenado, se esforzó desesperadamente en pronunciar unas palabras de consuelo ante el pequeño grupo y los dos ataúdes cerrados. El funeral fue breve y con algunas lágrimas.

Las camionetas y sucios Chevrolets avanzaron lentamente tras el coche mortuorio, que abandonó la ciudad en dirección al campo. Aparcaron tras una pequeña iglesia de ladrillo rojo. Los cadáveres se depositaron uno a cada extremo del diminuto y descuidado cementerio. Después de unas palabras adicionales de consuelo, se dispersó el grupo.

Los padres de Cobb se habían divorciado cuando era niño, y el padre vino desde Birmingham para asistir al funeral. A continuación desapareció. La señora Cobb vivía en una bonita casa blanca cerca del asentamiento de Lake Village, a dieciséis kilómetros de Clanton. Sus otros dos hijos se reunieron con sus primos y amigos en el jardín, bajo un roble, mientras las mujeres consolaban a la señora Cobb. Los hombres hablaban en general de los negros mientras mascaban jazmín y bebían whisky, expresando su nostalgia por la época en que los negros estaban en su sitio y no se salían de él. Ahora, el gobierno y los tribunales los cuidaban y protegían, sin que los blancos pudieran hacer nada para evitarlo. Uno de los primos conocía a alguien que solía participar activamente en el Klan y tal vez lo llamaría. El abuelo de Cobb había formado parte del Klan mucho antes de morir, explicó el primo, y cuando él y Billy Ray eran niños les hablaba de los negros que habían colgado en los condados de Ford y Tyler. Eso es lo que deberían hacer con ese negro, dijeron, pero nadie se ofreció voluntario. Acaso el Klan se interesara. Había un cabildo junto a Jackson, cerca de Nettles County, y autorizaron al primo para que se pusiera en contacto con él.

Las mujeres prepararon la comida. Los hombres comieron en silencio antes de regresar al whisky a la sombra del árbol. Alguien mencionó que la vista preliminar del negro tendría lugar a las dos de la tarde. Se encaminaron hacia Clanton.

Había un Clanton anterior a los asesinatos y otro posterior a los mismos, y deberían transcurrir varios meses antes de que ambos se parecieran. Un trágico y sangriento suceso, que había durado menos de cincuenta segundos, convirtió la apacible ciudad sureña de ocho mil habitantes en La Meca de los periodistas, corresponsales, equipos de televisión y fotógrafos, algunos de las ciudades cercanas y otros de los medios de comunicación nacionales. Las cámaras y los informadores de televisión tropezaban entre sí en las aceras de la plaza conforme preguntaban a los transeúntes por enésima vez qué impresión les había causado el caso de Hailey y cómo votarían si formaran parte del jurado. No había un veredicto claro en la calle. Los furgones de la televisión seguían a los coches de los informadores en busca de pistas, historias y entrevistas. Al principio, Ozzie era uno de sus objetivos predilectos. Al día siguiente del asesinato lo entrevistaron media docena de veces, pero entonces encontró otras cosas de que ocuparse y delegó las entrevistas en Moss Junior, a quien le encantaba dialogar con la prensa. Era capaz de responder a veinte preguntas sin divulgar un solo detalle. Contaba también muchas mentiras, que los ignorantes forasteros eran incapaces de distinguir de la verdad.

—¿Hay indicios de la participación de otros pistoleros?

—Sí.

—¡Caramba! ¿Quiénes?

—Tenemos pruebas de que el ataque fue autorizado y financiado por extremistas ex Panteras Negras —respondió Moss Junior con una expresión perfectamente sobria.

La mitad de los periodistas titubeaban o lo miraban desconcertados, mientras los demás repetían sus palabras y escribían afanosamente.

Bullard se negaba a salir de su despacho y no aceptaba llamadas. Se puso de nuevo en contacto con Jake para suplicarle que prescindiera de la vista preliminar. Jake volvió a negarse. Los periodistas esperaban en la antesala del despacho de Bullard, en el primer piso del juzgado, pero el juez estaba a salvo con su vodka tras la puerta cerrada con llave.

Hubo una solicitud para filmar el funeral. Los Cobb habían accedido a cambio de unos honorarios, pero la señora Willard se negó a dar su autorización. Los periodistas se apostaron frente a la funeraria y filmaron lo que pudieron. A continuación siguieron la procesión hasta el cementerio, filmaron el entierro y siguieron a los acompañantes a la casa de la señora

Cobb, donde el mayor de sus hijos, Freddie, los insultó y les obligó a retirarse.

El miércoles, el Coffee Shop estaba silencioso. Los clientes habituales, incluido Jake, observaban a los desconocidos que habían invadido su santuario. La mayoría llevaban barba, hablaban con un acento diferente y no comían farro.

—¿No es usted el abogado del señor Hailey? —preguntó uno de ellos desde el otro lado de la sala.

Jake siguió preparando su tostada, sin decir palabra.

—¡Oiga! ¿Lo es o no lo es?

—¿Y si lo fuera? —replicó Jake.

—¿Se declarará culpable?

—Estoy desayunando.

—¿Lo hará?

—Sin comentario.

—¿Por qué sin comentario?

—Sin comentario.

—Pero ¿por qué?

—No puedo hablar mientras desayuno. Sin comentario.

—¿Puedo hablar con usted más tarde?

—Sí, pídale hora a mi secretaria. Cobro sesenta dólares por hora de charla.

Los clientes habituales lo abuchearon, pero los forasteros permanecieron impávidos.

Jake concedió una entrevista gratuita al periódico de Memphis para el miércoles, y, a continuación, se encerró en la sala de guerra para preparar la vista preliminar. Al mediodía visitó a su famoso cliente en la cárcel. Carl Lee estaba tranquilo y relajado. Desde su celda veía el ir y venir de los periodistas en el aparcamiento.

—¿Cómo te sienta la cárcel? —preguntó Jake.

—No está mal. La comida es buena. Como con Ozzie en su despacho.

—¿Cómo?

—Sí. Y además jugamos a cartas.

—Bromeas, Carl Lee.

—No. También veo televisión. Anoche te vi en las noticias. Quedaste muy bien. Voy a hacerte famoso, Jake, ¿no es cierto?

Jake no respondió.

—¿Cuándo voy a salir yo por televisión? Después de todo fui yo quien cometió los asesinatos, y tú y Ozzie os hacéis famosos.

El cliente sonreía, pero no el abogado.

—Hoy, aproximadamente dentro de una hora.

—Sí, ya me he enterado de que íbamos al juzgado. ¿Para qué?

—La vista preliminar. No tiene mucha importancia, o por lo menos no debería tenerla. En este caso será distinto a causa de las cámaras.

—¿Qué tengo que decir?

—¡Nada! Ni una palabra a nadie. Ni al juez, ni al fiscal, ni a los periodistas; a nadie. Nos limitaremos a escuchar. Escucharemos al fiscal y averiguaremos cómo prepara el caso. Se supone que disponen de un testigo ocular y puede que declare. Ozzie declarará y le hablará al juez del arma, las huellas, Looney…

—¿Cómo está Looney?

—No lo sé. Peor de lo que suponían.

—No sabes cuánto lamento haber herido a Looney. Ni siquiera lo vi.

—Pues se proponen acusarte de agresión grave por haberle disparado. En todo caso, la vista preliminar es una mera formalidad. Su finalidad es simplemente la de que el juez determine si hay pruebas suficientes para remitir el caso a la Audiencia Territorial. Bullard siempre lo hace, de modo que es una simple formalidad.

—Entonces ¿por qué se hace?

—Podríamos prescindir de ella —respondió Jake al tiempo que pensaba en todas las cámaras que dejarían de verle—. Pero prefiero no hacerlo. Es una buena oportunidad de evaluar el enfoque de la acusación.

—En mi opinión, Jake, no deben faltarles pruebas, ¿no crees?

—Estoy de acuerdo. Pero limitémonos a escuchar. Esa es la estrategia de una vista preliminar. ¿Te parece bien?

—No tengo ningún inconveniente. ¿Has hablado hoy con Gwen o con Lester?

—No, los llamé el lunes por la noche.

—Ayer estuvieron aquí, en el despacho de Ozzie. Dijeron que hoy vendrían al juzgado.

—Creo que todo el mundo estará hoy en el juzgado.

Jake se marchó. En el aparcamiento se cruzó con algunos periodistas, que esperaban la salida de Carl Lee de la cárcel. No hizo ninguna declaración, ni tampoco a los que le esperaban en la puerta de su despacho. Estaba demasiado ocupado para responder preguntas, pero era muy consciente de las cámaras. A la una y media fue al juzgado y se refugió en la biblioteca jurídica del tercer piso.

Ozzie, Moss Junior y los agentes vigilaban el aparcamiento, secretamente enojados por la presencia de fotógrafos y periodistas. Era la una cuarenta y cinco, hora de llevar al preso al juzgado.

—Parecen un puñado de buitres a la espera de echarse sobre un perro muerto junto a la carretera —observó Moss Junior después de mirar entre las persianas.

—Es la gente peor educada que he visto en mi vida —añadió Prather—. Se niegan a aceptar un no como respuesta. Esperan que la ciudad entera esté a su servicio.

—Y aquí solo está la mitad; la otra mitad está en el juzgado.

Ozzie no había dicho gran cosa. Un periódico le había criticado por el tiroteo, sugiriendo que las medidas de seguridad alrededor del juzgado eran deliberadamente relajadas. Estaba harto de periodistas. El miércoles les había ordenado salir de sus dependencias en dos ocasiones.

—Tengo una idea —dijo.

—¿Qué? —preguntó Moss Junior.

—¿Está Curtis Todd todavía en la cárcel?

—Sí. Hasta la semana próxima.

—¿No crees que es más o menos parecido a Carl Lee?

—¿A qué te refieres?

—Pues a que es tan negro como Carl Lee, y aproximadamente del mismo peso y talla que él.

—¿Y qué? —exclamó Prather.

—Vámonos. Traed a Carl Lee y a Curtis Todd —ordenó Ozzie—. Llevad mi coche a la puerta trasera. Que venga Todd aquí para recibir instrucciones.

Al cabo de diez minutos se abrió la puerta principal de la cárcel y un grupo de policías acompañó al preso por la acera. Dos agentes le precedían, otros dos le seguían, y andaban dos más junto al negro, uno a cada lado de aquel individuo con gafas de sol y esposas, que no estaban cerradas. Cuando se acercaron a los periodistas, las cámaras empezaron a filmar y a tomar fotografías.

—¿Se declarará culpable?

—¿Se declarará inocente?

—¿Piensa declararse culpable o inocente?

—Señor Hailey, ¿alegará enajenación mental?

El preso sonrió y prosiguió su lento paseo hasta los coches patrulla que lo esperaban. Los agentes sonrieron de mala gana e hicieron caso omiso de la muchedumbre. Los fotógrafos se esforzaban por conseguir la foto perfecta del vengador más famoso del país.

De pronto, ante la atenta mirada de toda la nación, rodeado de agentes de policía y con docenas de informadores pendientes de cada uno de sus movimientos, el preso echó a correr y se dio a la fuga. Volteó, saltó, se contorsionó y se escabulló velozmente por el aparcamiento, cruzó una zanja, atravesó la carretera y se ocultó entre unos árboles. Los periodistas chillaban desconcertados y, al principio, algunos incluso corrieron tras él. Curiosamente, los policías regresaron a sus dependencias y cerraron las puertas, dejando a los buitres con un palmo de narices. En el bosque, el preso se quitó las esposas y se fue andando a su casa. Curtis Todd había sido puesto en libertad condicional con una semana de antelación.

Ozzie, Moss Junior y Carl Lee salieron apresuradamente por la puerta posterior y se dirigieron hasta el juzgado por una calle secundaria, donde esperaba un grupo de agentes para escoltar al preso.

—¿Cuántos negros hay ahí? —preguntó Bullard al señor Pate.

—Una tonelada.

—¡Maravilloso! Una tonelada de negros. ¿Supongo que debe de haber otra tonelada de fanáticos blancos?

—Unos cuantos.

—¿Está llena la sala?

—Abarrotada.

—¡Santo cielo, y es solo una vista preliminar! —exclamó Bullard, al tiempo que vaciaba una botella de un cuarto de vodka y el señor Pate le entregaba otra.

—Tranquilícese, señor juez.

—Brigance. Todo es culpa suya. Podríamos haber prescindido de esta vista si él lo hubiera querido. Se lo he pedido dos veces. Sabe que remitiré el caso a la Audiencia. Lo sabe. Todos los abogados lo saben. Pero ahora me veo obligado a enfurecer a todos los negros por no ponerlo en libertad, y a todos los fanáticos blancos por no ejecutarlo hoy mismo en la sala. Brigance me las pagará. Lo hace por las cámaras. Yo debo ser reelegido, pero él no, ¿verdad?

—No, señor juez.

—¿Cuántos policías hay ahí?

—Muchos. El sheriff ha llamado a los reservistas. Su señoría no corre ningún peligro.

—¿Y los periodistas?

123

—Ocupan las primeras filas.

—¡Sin cámaras!

—Sin cámaras.

—¿Ha llegado Hailey?

—Sí, señoría. Está en la sala con Brigance. Todos están listos, a la espera de su señoría.

—De acuerdo, vamos —dijo el juez después de llenarse el vaso de vodka puro.

Al igual que en la época anterior a los sesenta, la sala estaba meticulosamente segregada, con los blancos y los negros separados por el pasillo central. Había policías solemnemente apostados a lo largo del pasillo y alrededor de la sala. Había un grupo de blancos ligeramente borrachos cerca del estrado que causaba cierta preocupación. A algunos se les reconoció como hermanos o primos del fallecido Billy Ray Cobb, y se les vigilaba atentamente. Los dos primeros bancos, el de la derecha delante de los negros y el de la izquierda delante de los blancos, estaban ocupados por dos docenas de periodistas. Varios de ellos tomaban notas mientras otros dibujaban al acusado, a su abogado y, por último, al juez.

—Van a convertir a ese negro en un héroe —dijo uno de los fanáticos blancos lo suficientemente alto para que lo oyeran los periodistas.

Cuando Bullard llegó al estrado, la policía cerró la puerta posterior.

—Llame a su primer testigo —ordenó en dirección a Rocky Childers.

—La acusación llama al sheriff Ozzie.

El sheriff prestó juramento y se dispuso a declarar. Con toda tranquilidad, describió detalladamente el escenario del tiroteo, los cadáveres, las heridas, el fusil, las huellas dactilares del fusil y las del acusado. Childers presentó una declaración jurada, firmada por el agente Looney ante el sheriff y Moss Junior como testigos, en la que se identificaba a Carl Lee como autor de los disparos. Ozzie ratificó la firma de Looney y leyó la declaración.

—Sheriff, ¿tiene conocimiento de que existan otros testigos oculares? —preguntó Childers sin entusiasmo.

—Sí. Murphy, el encargado de la limpieza.

—¿Cuál es su nombre de pila?

—Nadie lo sabe. Se le conoce simplemente como Murphy.

—Bien. ¿Ha hablado usted con él?

—No, pero lo ha hecho el detective de mi departamento.

—¿Quién es el detective de su departamento?

—El agente Rady.

Rady prestó juramento y se dispuso a declarar. El señor Pate fue en busca de otro vaso de agua para su señoría. Jake tomaba montones de notas. No pensaba llamar a ningún testigo y optó por no formular ninguna pregunta al sheriff. De vez en cuando, los testigos de la acusación se confundían al prestar declaración en la vista preliminar, y Jake los interrogaba para dejar constancia de las discrepancias. Durante el juicio, si volvían a mentir mostraba la declaración de la vista preliminar para confundirlos. Pero no por el momento.

—Dígame, ¿ha tenido usted la oportunidad de hablar con Murphy? —preguntó Childers.

—¿Qué Murphy?

—Un tal Murphy, encargado de la limpieza.

—¡Ah, ese! Sí, señor.

—Me alegro. ¿Qué ha dicho?

—¿Acerca de qué?

Childers ladeó la cabeza. Rady era nuevo y tenía poca experiencia como testigo. Ozzie creía que esa era una buena oportunidad para que practicara.

—¡Acerca del tiroteo! Díganos lo que le ha contado acerca del tiroteo.

—Su señoría, protesto. Sé que en una vista preliminar es admisible repetir la declaración oral de otra persona, pero ese tal Murphy está disponible. Trabaja aquí, en este juzgado. ¿Por qué no se le permite que declare personalmente?

—Porque tartamudea —respondió Bullard.

—¿Cómo?

—Tartamudea. Y no estoy dispuesto a perder media hora oyéndole tartamudear. Protesta denegada. Prosiga, señor Childers.

A Jake le costaba dar crédito a sus oídos. Bullard miró de reojo al señor Pate, que fue en busca de otro vaso de agua fresca.

—Ahora, señor Rady, cuéntenos, ¿qué le dijo Murphy acerca del tiroteo?

—No es fácil comprenderle, porque está muy alterado, y cuando se altera empeora su tartamudeo. Me refiero a que siempre tartamudea, pero…

—¡Limítese a contarnos lo que le ha dicho! —exclamó Bullard.

—De acuerdo. Ha dicho que vio a un hombre negro que disparaba contra los dos muchachos blancos y contra el agente de policía.

—Gracias —dijo Childers—. Ahora díganos: ¿dónde estaba cuando tuvo lugar el tiroteo?

—¿Quién?

—¡Murphy!

—Sentado en las escaleras de enfrente del sitio donde se efectuaron los disparos.

—¿Y lo vio todo?

—Eso dice.

—¿Ha identificado al autor de los disparos?

—Sí, le hemos mostrado fotografías de diez hombres negros y ha identificado al acusado, el que está sentado en el banquillo.

—Muy bien. Gracias. Señoría, he terminado.

—¿Alguna pregunta, señor Brigance? —preguntó el juez.

—No, señoría —respondió Jake al tiempo que se levantaba.

—¿Algún testigo?

—No, señoría.

—¿Alguna solicitud, moción, cualquier cosa?

—No, señoría.

Jake era demasiado astuto para solicitar la libertad bajo fianza. En primer lugar, no serviría de nada. Bullard no la concedería tratándose de asesinato. En segundo lugar, pondría al juez en un aprieto.

—Gracias, señor Brigance. Este tribunal considera que existen suficientes pruebas para retener al acusado y transferir el proceso a la Audiencia de Ford County. El señor Hailey permanecerá detenido bajo la responsabilidad del sheriff y no se le otorga ninguna fianza. Se levanta la sesión.

Carl Lee fue rápidamente esposado antes de que se lo llevaran de la sala. El área posterior del juzgado estaba acordonada y vigilada. Las cámaras captaron brevemente al acusado, entre la puerta y el coche patrulla que lo esperaba. Estaba de nuevo en su celda antes de que los espectadores hubieran abandonado la sala.

Los agentes ordenaron a los blancos de un lado que salieran primero, seguidos de los negros.

Los periodistas solicitaron la presencia de Jake y se les dijo que se reunieran en la rotonda al cabo de unos minutos. Les hizo esperar, para pasar antes por el despacho del juez y felicitarle. A continuación se dirigió al tercer piso para consultar un libro. Después de que se vaciara la sala y de que hubieran esperado bastante, entró en la rotonda por la puerta posterior y se colocó ante las cámaras. Alguien le acercó un micrófono con unas letras rojas.

—¿Por qué no ha solicitado la libertad bajo fianza? —preguntó un periodista.

—Se hará más adelante.

—¿Alegará el señor Hailey enajenación mental?

—Ya les he dicho que es prematuro hablar de este tema. Ahora debemos esperar la decisión de la Audiencia Territorial; puede que no se formalice la acusación. Si se formalizan los cargos, empezaremos a organizar la defensa.

—El señor Buckley, fiscal del distrito, ha declarado que no anticipa ninguna dificultad para que se le condene. ¿Algún comentario?

—Me temo que el señor Buckley suele precipitarse indebidamente. Es una estupidez comentar el caso antes de que haya
sido considerado por la Audiencia Territorial.

—También ha declarado que se opondría enérgicamente a
cualquier solicitud para que el juicio se celebrara en otro lugar.

—Dicha solicitud todavía no se ha presentado. En realidad
no le importa dónde se celebre el juicio. Lo haría en el desierto
siempre y cuando estuvieran presentes los medios de comunicación.

—¿Cabe deducir que existe antagonismo entre usted y el
fiscal del distrito?

—Puede interpretarlo así, si lo desea. Es un buen acusador
y respetable adversario. Pero habla fuera de lugar.

Respondió a unas cuantas preguntas más de índole diver-
sa y se excusó.

A altas horas de la noche del miércoles, los médicos operaron
a Looney y le amputaron el tercio inferior de la pierna. Llamaron a Ozzie por teléfono y este se lo comunicó a Carl Lee.

10

Rufus Buckley hojeó los periódicos del jueves por la mañana y leyó con interés los relatos de la vista preliminar de Ford County. Le encantó comprobar que los periodistas y el señor Brigance habían citado su nombre. Los comentarios despectivos quedaban ampliamente compensados por la aparición de su nombre en los periódicos. No le gustaba el señor Brigance, pero estaba encantado de que lo hubiera mencionado ante las cámaras y los periodistas. Durante dos días, Brigance y el acusado habían sido el centro de atención; ya era hora de que hablasen del fiscal del distrito. En su opinión, Brigance no debería criticar a nadie por anhelar la publicidad. Lucien Wilbank era quien había marcado la pauta sobre la manipulación de la prensa durante los juicios y con anterioridad a ellos, y Jake había aprendido bien la lección. Pero Buckley no le guardaba rencor, sino todo lo contrario. Le encantaba la perspectiva de un juicio conflictivo y prolongado, que supondría su primera oportunidad de darse realmente a conocer de un modo significativo. Esperaba con impaciencia el lunes, primer día del calendario judicial de las sesiones de verano en Ford County.

Tenía cuarenta y un años; cuando, nueve años antes, salió elegido por primera vez era el fiscal de distrito más joven de Mississippi. Ahora estaba en el primer año de su tercera legislatura y sentía la llamada de sus ambiciones. Había llegado el momento de ocupar otro cargo público, por ejemplo el de fiscal general, o, posiblemente, el de gobernador. Y de allí al Congreso. Lo tenía todo planeado, pero no era lo suficientemente conocido fuera del vigésimo segundo distrito judicial: Ford, Tyler, Polk, Van Buren y Milburn. Era preciso que le vieran y oyeran. Necesitaba publicidad. Lo que más falta le hacía era poder condenar a alguien por asesinato en un juicio polémico, conflictivo y con mucha publicidad.

Ford County estaba al norte de Smithfield, capital de Polk County, donde Rufus residía. Se había criado en Tyler County, cerca de la frontera de Tennessee, al norte de Ford County. Durante las elecciones presumía de una media del noventa por ciento de condenas y de haber conseguido más penas capitales que cualquier otro fiscal del estado. Era clamoroso, afectado e irritante. En su cargo representaba al pueblo del estado de Mississippi y era preciso reconocer que se tomaba muy en serio sus obligaciones. El pueblo detestaba la delincuencia, él detestaba la delincuencia, y, juntos, podían eliminarla.

Era de lo más grandilocuente cuando hablaba al jurado. Podía declamar, predicar, influir, suplicar, implorar. Era capaz de inflamar al jurado hasta tal punto que sus miembros estaban impacientes por retirarse a deliberar, rezar una plegaria, emitir el voto y regresar a la sala para sentenciar al acusado a la horca. Sabía hablar como los negros y como los fanáticos blancos, con lo cual satisfacía a la mayoría de los jurados del distrito vigésimo segundo. Estos le habían sido siempre favorables en Ford County. Le gustaba Clanton.

Cuando Rufus llegó a su despacho en la Audiencia de Polk County, le encantó encontrarse con un equipo de televisión en la sala de espera. Consultó su reloj y les dijo que estaba muy ocupado, a pesar de lo cual iba a concederles unos minutos para contestar algunas preguntas.

Los hizo pasar a su despacho y se instaló cómodamente en el sillón de cuero giratorio, tras su escritorio. El periodista era de Jackson.

—Señor Buckley, ¿siente usted compasión por el señor Hailey?

Sonrió con seriedad, evidentemente concentrado.

—Sin duda. Siento compasión por cualquier padre cuya hija haya sido violada. Con toda certeza. Pero lo que no puedo condonar, ni nuestro sistema puede tolerar, es que alguien se tome la justicia por su cuenta.

—¿Tiene usted hijos?

—Sí. Un hijo pequeño y dos hijas, una de ellas de la edad de la hija de Hailey, y me sentiría mal, muy mal, si a una de ellas la violaran. Pero confiaría en que nuestro sistema jurídico se ocupara debidamente del violador. Hasta tal punto confío en el sistema.

—En tal caso, ¿anticipa que se le declarará culpable?

—Ciertamente. Por regla general logro que se condene al acusado cuando me lo propongo, y en este caso intento conseguirlo.

—¿Solicitará la pena capital?

—Sí. Parece un caso claro de asesinato premeditado. Creo que la cámara de gas sería el castigo apropiado.

—¿Pronostica que el acusado será sentenciado a la pena de muerte?

—Por supuesto. Los jurados de Ford County siempre han estado dispuestos a sentenciar la pena de muerte cuando correspondía y se lo he solicitado. Los jurados son muy buenos en dicho condado.

—El señor Brigance, abogado defensor, ha declarado que la Audiencia Territorial podría no formalizar la acusación.

—El señor Brigance no debería ser tan iluso —respondió, con una carcajada—. El caso se presentará el lunes ante el tribunal y por la tarde se habrán formalizado las acusaciones. Se lo prometo. Créame, él lo sabe perfectamente.

—¿Cree que el juicio se celebrará en Ford County?

—No me importa dónde se celebre. Lograré que se condene al acusado.

—¿Anticipa que la defensa se base en la enajenación mental?

—Anticipo todas las posibilidades. El señor Brigance es un excelente abogado criminalista. No sé qué estrategia piensa utilizar, pero no cogerá al estado de Mississippi por sorpresa.

—¿Cabe la posibilidad de que se negocie el veredicto?

—No soy partidario de la negociación de veredictos. Tampoco lo es el señor Brigance. No espero que suceda.

—El señor Brigance afirma que no ha perdido nunca un caso de asesinato contra usted.

La sonrisa de su rostro se esfumó inmediatamente. Apoyó los codos sobre la mesa y miró fijamente al periodista.

—Cierto. Pero ¿a que no ha mencionado los atracos a mano armada y hurtos de mayor cuantía? He ganado una buena parte de ellos. El noventa por ciento, para ser exactos.

Desconectaron la cámara y el periodista le dio las gracias por su atención. Buckley le respondió que había sido un placer y que estaba a su disposición.

Ethel subió penosamente por la escalera y se detuvo frente al enorme escritorio.

—Señor Brigance, anoche mi marido y yo recibimos una llamada obscena, y ahora acabo de contestar la segunda, aquí en el despacho. Esto no me gusta.

—Siéntese, Ethel —dijo Jake, al tiempo que señalaba una silla—. ¿Qué han dicho?

—No eran realmente obscenidades. Más bien amenazas. Me han amenazado porque trabajo para usted. Me han dicho que lamentaría trabajar para un amante de los negros. Las llamadas al despacho han amenazado con dañarle a usted y a su familia. Tengo miedo.

Jake también estaba asustado, pero fingió no estarlo por Ethel. El miércoles había llamado a Ozzie para denunciar las llamadas recibidas en su casa.

—Cambie su número de teléfono, Ethel. Yo pagaré los gastos.

—No quiero cambiar de número. Tengo el mismo desde hace diecisiete años.

—Pues no lo haga. Yo he cambiado el mío y es muy fácil.

—Yo no estoy dispuesta a hacerlo.

—De acuerdo. ¿Desea algo más?

—Creo que no debería haber cogido este caso. Creo…

—¡No me importa lo que crea! No le pago para que opine sobre mis casos. Si deseo saber lo que piensa, se lo preguntaré. Hasta entonces, guarde silencio.

La secretaria dio un bufido y se retiró. Jake llamó de nuevo a Ozzie.

—Lucien ha llamado esta mañana —dijo Ethel al cabo de una hora, por el intercomunicador—. Me ha pedido que haga copias de algunos casos recientes y quiere que usted se los lleve esta tarde. Dice que han transcurrido cinco semanas desde su última visita.

—Cuatro semanas. Copie los casos y se los llevaré esta tarde.

Lucien pasaba por el despacho o llamaba una vez al mes. Leía los casos y se mantenía al corriente del movimiento jurídico. Tenía poco más que hacer, aparte de beber Jack Daniel's y jugar a la bolsa, ambas cosas desaforadamente. Era un borracho que pasaba la mayor parte del tiempo sentado a la entrada de su enorme casa blanca sobre la colina, a ocho manzanas de la plaza y con una vista general de Clanton, copa en mano, leyendo sumarios.

Había envejecido desde su expulsión del Colegio de Abogados. La doncella, que trabajaba permanentemente en su casa, desempeñaba también las funciones de enfermera y le servía las bebidas en la entrada desde el mediodía hasta la medianoche. No solía comer ni dormir; prefería mecerse hora tras hora.

Se suponía que Jake debía visitarle por lo menos una vez

al mes. Dichas visitas correspondían a cierto sentido de la obligación. Lucien era un anciano enfermo y amargado que blasfemaba contra los abogados, los jueces, y, especialmente, el Colegio de Abogados. Jake era su único amigo, la única persona dispuesta a escucharle y a la que podía retener el tiempo suficiente para soltar sus sermones. Aunque también tenía la molesta costumbre de introducir en sus discursos consejos no solicitados sobre los casos de Jake. Sabía mucho acerca de sus casos, si bien Jake desconocía cómo se las arreglaba Lucien para disponer de tanta información. Raramente se le veía en el centro o en cualquier otro lugar de Clanton, a excepción de la tienda de licores del barrio negro.

Jake aparcaba el Saab detrás del sucio y abollado Porsche, y le entregaba las copias de los casos a Lucien, sin saludos ni cumplidos. Se sentaban en los sillones de mimbre de la terraza, desde donde se veía el piso superior del juzgado por encima de los demás edificios, casas y árboles de la plaza.

Lucien le ofreció un whisky; luego, vino; y, a continuación, una cerveza. Jake lo rechazaba todo. A Carla no le gustaba que bebiera y Lucien lo sabía.

—Te felicito —dijo en esta ocasión.

—¿Por qué? —preguntó Jake.

—Por el caso Hailey.

—¿Por qué merezco que se me felicite?

—Algunos de mis casos fueron importantes, pero ninguno tanto como este.

—¿Importante en qué sentido?

—Publicidad. Divulgación. Ese es el quid de la cuestión para los abogados, Jake. Si eres desconocido, te mueres de hambre. Cuando la gente tiene problemas llama a un abogado, y se dirige a alguien de quien haya oído hablar. Si trabajas para el pueblo, debes venderte al público. Evidentemente es distinto si trabajas para alguna gran empresa o compañía de seguros, donde cobras cien dólares por hora sin moverte de tu despacho, diez horas diarias, aplastando a los indefensos y...

—Lucien —interrumpió Jake—, hemos hablado de esto muchas veces. Hablemos del caso Hailey.

—De acuerdo, de acuerdo. Apuesto a que Noose se negará a que el juicio se celebre en otro lugar.

—¿Qué te hace suponer que yo pensara solicitarlo?

—Serías estúpido si no lo hicieras.

—¿Por qué?

—¡Simple estadística! En este condado solo hay un veintiséis por ciento de negros. Cualquier otro condado del distrito vigésimo segundo cuenta con por lo menos un treinta por ciento. Esto significa, potencialmente, más negros en el jurado. Si logras trasladar el juicio, tienes más oportunidades de que en el jurado haya algún negro. Si se celebra aquí, te arriesgas a que todos los miembros del jurado sean blancos y, créeme, he visto bastantes jurados blancos en este condado. Piensa que te bastaría con un solo negro que estuviera en desacuerdo para lograr que se anulara el juicio.

—Pero entonces volvería a celebrarse.

—Y tú volverías a sembrar la discordia. Y después de tres juicios desistirían. Un jurado en discordia equivale para Buckley a perder el juicio. Se dará por vencido después de tres juicios.

—De modo que me limito a decir a Noose que quiero que el juicio se celebre en otro lugar, donde pueda conseguir algún negro en el jurado.

—Puedes hacerlo si lo deseas, pero yo no lo haría. Alegaría los pretextos de costumbre sobre la publicidad con anterioridad al juicio, los prejuicios de la comunidad, etcétera, etcétera.

—Y crees que Noose se lo tragará.

—No. Este caso es demasiado importante y lo será todavía más. La prensa ha intervenido, se ha iniciado ya el juicio. Todo el mundo ha oído hablar de él, y no solo en Ford County. No encontrarás a nadie en este estado sin una idea preconcebida de culpabilidad o inocencia. ¿Qué sentido tendría trasladarlo a otro condado?

—Entonces ¿por qué solicitarlo?

—Porque cuando condenen a ese pobre hombre necesitarás algo en que basar el recurso de apelación. Podrás alegar que no ha recibido un juicio imparcial debido a que se rechazó tu solicitud para que se celebrara en otro lugar.

—Gracias por darme ánimos. ¿Crees que hay posibilidad de trasladarlo a otro distrito, por ejemplo del delta?

—Olvídalo. Puedes solicitar un cambio de lugar, pero no especificar un sitio determinado.

Jake no lo sabía. Siempre aprendía algo cuando visitaba a Lucien. Asintió, seguro de sí mismo, y observó al anciano con su larga barba sucia y canosa. Jamás había descubierto en Lucien el menor tropiezo con ningún punto de la ley penal.

—¡Sallie! —llamó Lucien, al tiempo que arrojaba los cubitos de hielo a los matorrales.

—¿Quién es Sallie?

—Mi criada —respondió en el momento en que una negra alta y atractiva abría la puerta corrediza y sonreía a Jake.

—¿Sí, Lucien? —preguntó la doncella.

—Mi vaso está vacío.

Se acercó con elegancia y cogió su vaso. Tenía menos de treinta años, buen tipo, atractiva y muy oscura. Jake le pidió un té granizado.

—¿De dónde la has sacado? —preguntó.

Lucien permaneció con la mirada fija en el palacio de Justicia.

—¿De dónde la has sacado? —insistió Jake.

—No lo sé.

—¿Qué edad tiene?

Lucien no decía palabra.

—¿Vive aquí?

Silencio.

—¿Cuánto le pagas?

—¿Ya ti qué te importa? Más de lo que tú le pagas a Ethel. No sé si sabes que también es mi enfermera.

Claro, pensó Jake con una sonrisa.

—Apuesto a que hace muchas cosas por ti.

—No es de tu incumbencia.

—No crees que tengo muchas posibilidades de que declaren inocente a mi cliente, ¿verdad?

Lucien reflexionó unos instantes. La doncella-enfermera regresó con el whisky y el té.

—No. Será difícil.

—¿Por qué?

—Parece que fue premeditado. Y, a mi parecer, bien organizado. ¿No es cierto?

—Efectivamente.

—Estoy seguro de que alegarás enajenación mental.

—No lo sé.

—Debes hacerlo —afirmó categóricamente Lucien—. No hay otra posibilidad de defensa. No puedes alegar que se trata de un accidente. Ni tampoco que disparase contra esos muchachos esposados y desarmados con un fusil en defensa propia. ¿Cierto?

—Claro.

—¿Tampoco pretenderás organizar una coartada y contar al jurado que estaba en su casa con su familia?

—Por supuesto que no.

—Entonces ¿qué otra defensa te queda? ¡Debes alegar que estaba loco!

—Pero, Lucien, no lo estaba, y no voy a encontrar a ningún psiquiatra que lo afirme. Lo organizó meticulosamente, hasta el último detalle.

—Esa es la razón por la que estás metido en un buen lío, hijo —dijo Lucien sonriendo al tiempo que se llevaba el vaso a la boca.

Jake dejó el té sobre la mesa y se meció suavemente. Lucien paladeaba el momento.

—Esa es la razón por la que estás metido en un buen lío —repitió.

—¿Qué me dices del jurado? Sabes que le tendrán compasión.

—He ahí la razón por la que debes alegar enajenación mental. Debes ofrecerle una salida al jurado. Debes brindarles la oportunidad de que lo declaren inocente, si desean hacerlo. Si sienten compasión por él y quieren declararlo inocente, debes facilitarles una defensa que les permita hacerlo. No importa que crean o no en la patraña de la enajenación. A la hora de deliberar da lo mismo. Lo importante es que el jurado disponga de una base legal para declararlo inocente, en el supuesto de que deseen hacerlo.

—¿Querrán hacerlo?

—Algunos lo querrán, pero Buckley presentará un caso muy convincente de asesinato premeditado. Es un buen fiscal. Despojará al jurado de su compasión. Cuando Buckley acabe con él, Hailey no será más que otro negro a quien se juzga por haber matado a un blanco —dijo Lucien, mientras movía el hielo en el vaso y contemplaba el líquido castaño—. ¿Y qué me dices del agente de policía? La pena por agredir a un funcionario del orden público con intento de matar es cadena perpetua sin remisión de condena. ¿Qué dirás al respecto?

—No había premeditación.

—Magnífico. Les parecerá muy convincente cuando ese pobre individuo entre cojeando en la sala y muestre su muñón.

—¿Muñón?

—Sí. Muñón. Anoche le amputaron la pierna.

—¡A Looney!

—Sí, al que el señor Hailey disparó.

—Creí que se estaba recuperando.

—Se recupera. Pero con una sola pierna.

—¿Cómo te has enterado?

—Tengo mis fuentes.

Jake se dirigió al fondo de la terraza y se apoyó en una columna. Se sentía débil. Lucien le había desposeído una vez más de la confianza en sí mismo. Era un experto en encontrar fallos a los casos que tenía entre manos. Para él era como un deporte y, generalmente, tenía razón.

—Escúchame, Jake, no pretendo ser catastrofista. Es posible ganar el caso; improbable, pero posible. Puedes sacarlo en libertad y es necesario que lo creas. Pero no te confíes demasiado. De momento ya has hablado bastante con la prensa. Retírate y ponte a trabajar.

Lucien se dirigió al fondo de la terraza y escupió a los matorrales.

—Recuerda siempre que el señor Hailey es culpable, culpable a más no poder. La mayoría de los acusados de delitos graves lo son, pero especialmente este. Se tomó la justicia por su cuenta y asesinó a dos personas. Lo organizó todo meticulosamente. Nuestro sistema legal no tolera los justicieros independientes. Ahora bien, tú puedes ganar el caso y, si lo logras, se habrá hecho justicia. Pero si lo pierdes también se habrá hecho justicia. Supongo que se trata de un caso bastante extraño. Ojalá fuera mío.

—¿Hablas en serio?

—Por supuesto. Es el sueño de un abogado. Si lo ganas, serás famoso. La estrella de estos confines. Podrías hacerte rico.

—Voy a necesitar tu ayuda.

—Cuenta con ella. Necesito algo que hacer.

Después de la cena, y cuando Hanna estaba dormida, Jake habló a Carla de las llamadas recibidas en el despacho. Anteriormente, durante uno de los juicios por asesinatos, habían recibido una extraña llamada, pero sin amenazas; solo gruñidos y jadeos. Ahora era distinto. Mencionaban los nombres de Jake y de la familia, y prometían vengarse si a Carl Lee se le declaraba inocente.

—¿Estás preocupado? —preguntó Carla.

—A decir verdad, no. Probablemente son chiquillos, o amigos de Cobb. ¿Tienes miedo tú?

—Preferiría que no llamaran.

—Todo el mundo las recibe. Ozzie, a centenares. Bullard, Childers, todo el mundo. No me preocupan.

—¿Y si empeora la situación?

—Carla, jamás pondría a mi familia en peligro. No merece la pena. Me retiraré del caso si creo que las amenazas son auténticas. Te lo prometo.

Carla no estaba impresionada.

Lester contó nueve billetes de cien dólares y los depositó majestuosamente sobre el escritorio de Jake.

—Aquí solo hay novecientos —dijo Jake—. Acordamos que serían mil.

—Gwen necesita dinero para ir a la compra.

—¿Estás seguro de que no es Lester quien necesita whisky?

—Vamos, Jake, sabes que no le robaría a mi propio hermano.

—De acuerdo, de acuerdo. ¿Cuándo irá Gwen al banco para que le preste el resto?

—Ahora mismo voy a entrevistarme con el banquero. ¿Atcavage?

—Sí, Stan Atcavage, en la próxima puerta, el Security Bank. Buen amigo mío. Fue quien prestó el dinero para tu juicio. ¿Llevas la escritura?

—En el bolsillo. ¿Cuánto crees que nos dará?

—No tengo ni idea. ¿Por qué no vas y lo averiguas?

Lester se retiró y, al cabo de diez minutos, Atcavage llamó por teléfono.

—Jake, no puedo prestar dinero a esa gente. No te lo tomes a mal, sé que eres un buen abogado, no he olvidado mi divorcio, pero ¿quién pagará si lo condenan a muerte?

—Gracias. Por Dios, Stan, si no paga te quedas con la tierra, ¿no es cierto?

—Exacto, con una choza en medio. Cuatro hectáreas con

árboles, matorrales y una vieja casa. Justo lo que desea mi nueva esposa. Compréndelo, Jake.

—Es una bonita casa y está casi pagada.

—Es una choza, una bonita choza. Pero no tiene ningún valor, Jake.

—Algo debe de valer.

—Jake, no la quiero. Y el banco tampoco la quiere.

—En otra ocasión les concediste un préstamo.

—Pero entonces él no estaba en la cárcel. Se trataba de su hermano, ¿lo recuerdas? Él trabajaba en la fábrica de papel. Tenía un buen empleo. Mientras que ahora está de camino a Parchman.

—Gracias, Stan, por tu voto de confianza.

—Vamos, Jake, confío en tu habilidad, pero eso no basta para prestar dinero. Si alguien puede lograr que lo declaren inocente, ese eres tú. Y espero que lo consigas. Pero no puedo hacer este préstamo. Los auditores pondrían el grito en el cielo.

Lester lo intentó en el Peoples Bank y en el Ford National, con los mismos resultados. Deseaban que su hermano fuese declarado inocente, pero ¿qué ocurriría si no lo hacían?

Fantástico, pensó Jake. Novecientos dólares por un caso de asesinato.

11

Claude nunca había tenido en su café cartas con el menú impreso. Al principio no se lo podía permitir y, ahora que podía, la mayoría de sus clientes sabían perfectamente lo que servía. Para el desayuno preparaba de todo a excepción de arroz con tostadas, y sus precios variaban. Los viernes asaba espalda y costilla de cerdo, y todo el mundo lo sabía. Durante la semana tenía algunos clientes que no eran negros, pero los viernes al mediodía la mitad de ellos eran blancos. Claude había descubierto desde hacía mucho tiempo que la carne asada gustaba tanto a los blancos como a los negros; solo que no sabían cómo prepararla.

Jake y Atcavage se instalaron en una pequeña mesa cerca de la cocina. Claude les sirvió personalmente dos platos de costillas de cerdo con col aliñada.

—Te deseo suerte —le dijo a Jake al oído—. Espero que lo saques de la cárcel.

—Gracias, Claude. Ojalá estuvieras en el jurado.

—¿Puedo hacerme voluntario? —preguntó Claude, con una carcajada.

Mientras se comía las costillas le echó un rapapolvo a Atcavage por negarse a conceder el préstamo. El banquero se mantuvo en sus trece, pero se ofreció para prestar cinco mil si Jake los avalaba. Jake explicó que eso no sería ético.

En la acera se había formado una cola de gente que se esforzaba por mirar a través de las letras pintadas en los cristales. Claude no dejaba de recibir órdenes, dar órdenes, cocinar, contar dinero, dar voces, blasfemar, recibir a unos clientes y despedir a otros. Los viernes se concedían veinte minutos a los clientes a partir del momento en que se les servía la comida, transcurridos los cuales, Claude les pedía, y a veces exigía, que pagaran y se marcharan para seguir vendiendo asado.

—¡Menos hablar y más comer! —chillaba.

—Todavía me quedan diez minutos, Claude.

—Solo siete.

Los miércoles servía pescado y concedía treinta minutos a causa de las espinas. Los blancos no acudían los miércoles, y Claude sabía por qué. Preparaba el pescado según una receta secreta muy grasienta que decía haber recibido de su abuela. La comida era pesada, pegajosa, y trastornaba el vientre de los blancos. No afectaba a los negros, que devoraban el pescado todos los miércoles.

Cerca de la caja había dos forasteros que observaban temerosamente a Claude mientras dirigía las operaciones. Periodistas probablemente, pensó Jake. Cada vez que Claude se les acercaba y los miraba, cogían obedientemente una costilla y la mordían. No habían probado antes aquel tipo de comida y era evidente para todo el mundo que procedían del norte. Habían pedido ensaladas de la casa, pero Claude se enfureció con ellos y les dio a elegir entre comer carne asada o largarse. A continuación había comunicado a la clientela, a voces, que esos estúpidos pretendían comer ensaladas.

—Aquí tienen su comida. Cómanla cuanto antes —ordenó al servirles.

—¿Sin cuchillos? —preguntó uno de ellos.

Claude levantó la mirada al cielo y se alejó farfullando.

Uno de ellos reconoció a Jake y, después de mirarle fijamente unos minutos, se acercó a su mesa y se agachó.

—¿No es usted el señor Brigance, el abogado del señor Hailey?

—Sí. ¿Quién es usted?

—Roger McKittrick, trabajo para *The New York Times*.

—Encantado de conocerle —dijo Jake sonriendo con mayor amabilidad.

—Cubro el caso Hailey y me gustaría hablar con usted en algún momento. A decir verdad, cuanto antes.

—De acuerdo. Hoy es viernes y, por la tarde, no estoy demasiado ocupado.

—Entonces podemos vernos esta tarde.

—¿Le parece bien a las cuatro?

—Magnífico —respondió McKittrick, al tiempo que veía a Claude que se acercaba desde la cocina—. Hasta luego.

—Bien, amigo —exclamó Claude—. Su tiempo ha concluido. Pague la cuenta y lárguese.

Jake y Atcavage terminaron en quince minutos, y quedaron a la espera del ataque verbal de Claude. Se lamieron los dedos, se limpiaron los labios y comentaron lo tiernas que estaban las costillas.

—Este caso te hará famoso, ¿verdad? —preguntó Atcavage.

—Eso espero. Aunque, evidentemente, no vaya hacerme rico.

—En serio, Jake, ¿no servirá para consolidar tu reputación?

—Si gano, tendré más clientes de los que pueda atender. Claro que será útil. Me permitirá elegir los casos y a los clientes.

—¿Qué supondrá en lo que concierne al dinero?

—No tengo ni idea. No hay forma de pronosticar qué o a quién puede atraer. Tendré más casos para elegir y esto significa más dinero. Podré dejar de preocuparme del coste de la vida.

—No puedo creer que eso te inquiete.

—Escúchame, Stan, no todos estamos forrados de dinero. Una licenciatura en derecho ya no es lo que solía ser; ahora somos demasiados. Catorce en esta pequeña ciudad. Incluso en

Clanton la competencia es excesiva: pocos buenos casos para tantos abogados. Todavía es peor en las grandes ciudades, y de las facultades cada día salen más licenciados, muchos de los cuales no encuentran trabajo. Todos los años pasan una decena de jóvenes por mi despacho en busca de trabajo. Un gran bufete de Memphis despidió a unos cuantos abogados hace unos meses. ¿Te lo imaginas? Los pusieron de patitas en la calle como si fueran obreros de una fábrica. Supongo que acudieron a la oficina de empleo y se unieron a la cola, junto a los obreros de la construcción. Ahora ya no se trata solo de secretarias o camioneros, sino de abogados.

—Lamento haber tocado el tema.

—Por supuesto que me preocupa el coste de la vida. Mis gastos ascienden a cuatro mil al mes y trabajo solo. Esto equivale a cincuenta mil anuales antes de ganar un centavo. Algunos meses son buenos; otros, duros. Es imprevisible. No me atrevería a pronosticar lo que puedo ganar el mes próximo. De ahí que este caso sea tan importante. Nunca habrá otro que se le parezca. Es el mayor. Ejerceré como abogado el resto de mi vida y nunca se me acercará de nuevo un periodista de *The New York Times* en un café para pedirme una entrevista. Si gano, me convertiré en la estrella de esta zona del estado. Podré olvidarme de los gastos.

—¿Y si pierdes?

Jake hizo una pausa y miró a su alrededor, en busca de Claude.

—La publicidad será abundante independientemente del resultado. Tanto si gano como si pierdo mi reputación se verá favorecida. Pero me dolería mucho perder. Todos los abogados del condado desean secretamente que me hunda. Quieren que lo condenen. Tienen envidia; temen que me haga demasiado famoso y les robe los clientes. Los abogados son muy envidiosos.

—¿Tú también?

—Por supuesto. Piensa en el bufete de Sullivan. Siento

desprecio por todos y cada uno de sus abogados, pero solo les envidio hasta cierto punto. Me gustaría tener algunos de sus clientes, sus contratos, su seguridad. Saben que todos los meses recibirán un buen cheque, lo tienen casi garantizado, y todas las navidades una buena prima. Administran dinero sólido, consolidado. No me vendría mal la novedad. Mis clientes, en cambio, son borrachos, gamberros, hombres que maltratan a sus esposas, esposas que maltratan a sus maridos, accidentados, y todos ellos con poco o ningún dinero. Además, nunca sé, de un mes para otro, cuánta gente aparecerá en mi bufete.

—Jake, me encantaría seguir con esta conversación —interrumpió Atcavage—, pero Claude acaba de consultar su reloj y nos está mirando. Creo que han concluido nuestros veinte minutos.

La cuenta de Jake era veintiún centavos superior a la de Atcavage y, puesto que habían comido exactamente lo mismo, decidieron planteárselo a Claude. Muy comprensible, les aclaró: Jake había comido una costilla más que Atcavage.

McKittrick era correcto y preciso, meticuloso e insistente. Había llegado el miércoles a Clanton para investigar e informar sobre lo que en aquel momento se consideraba el asesinato más famoso del país. Después de hablar con Ozzie y Moss Junior, ambos le habían sugerido que charlara con Jake. Habló con Bullard —a través de la puerta— y el juez también le aconsejó que se dirigiera a él. Había entrevistado a Gwen y a Lester, pero no le habían permitido ver a la niña. Acudía con la clientela habitual al Coffee Shop y al Tea Shoppe, así como a Huey's y Ann's Lounge. Había hablado con la ex esposa de Willard y también con su madre, sin embargo la señora Cobb no concedía entrevistas. Uno de los hermanos de Cobb estaba dispuesto a hablar a cambio de dinero. McKittrick se había negado. Había estado en la fábrica de papel para hablar con los compañeros de Hailey, y en Smithfield para entrevistar al fiscal. Solo se quedaría unos días más en la ciudad y regresaría para el juicio.

Era oriundo de Texas y, cuando le convenía, hablaba con un deje sureño que gustaba a los locales y, así, se abrían con mayor facilidad. De vez en cuando, incluso utilizaba expresiones sureñas que lo distinguían de los demás periodistas, los cuales pronunciaban al estilo preciso y acelerado del estadounidense moderno.

—¿Qué es eso? —preguntó McKittrick, al tiempo que señalaba el centro del escritorio de Jake.

—Un magnetófono —respondió Jake.

McKittrick colocó su propio magnetófono sobre la mesa mientras examinaba el de Jake.

—¿Puedo preguntarle por qué?

—Puede. Estamos en mi despacho, es mi entrevista y puedo grabarla si lo deseo.

—¿Anticipa algún problema?

—Procuro evitarlo. Detesto que se me cite erróneamente.

—No tengo fama de citar erróneamente a nadie.

—Me alegro. En tal caso, no le importará que ambos grabemos la conversación.

—Usted no confía en mí, ¿no es cierto, señor Brigance?

—Claro que no. Y, a propósito, me llamo Jake.

—¿Por qué no confía en mí?

—Porque es periodista, de un periódico de Nueva York, en busca de una historia sensacionalista, y, si es como me lo imagino, escribirá un artículo moralista, bien documentado, en el que nos presentará a todos como fanáticos racistas e ignorantes.

—Se equivoca. En primer lugar, soy de Texas.

—Trabaja para un periódico de Nueva York.

—Pero me considero sureño.

—¿Cuánto tiempo hace que se marchó?

—Unos veinte años.

Jake sonrió y movió la cabeza, para indicar que había transcurrido demasiado tiempo.

—Además, no trabajo para un periódico sensacionalista.

—Veremos. Todavía faltan bastantes meses para el juicio. Tendremos oportunidad de leer sus artículos.

—Desde luego.

Jake pulsó el botón de grabación de su magnetófono y McKittrick el suyo.

—¿Puede Carl Lee Hailey recibir un juicio imparcial en Ford County?

—¿Por qué no? —respondió Jake.

—Porque es negro, ha matado a dos hombres blancos y el jurado estará compuesto por blancos.

—Lo que pretende decir es que el jurado lo formará un puñado de blancos racistas.

—No, no es eso lo que he dicho ni lo que he sugerido. ¿Qué le hace suponer que pienso que son ustedes son un montón de racistas?

—Estoy convencido de que lo piensa. Nos tienen estereotipados, y usted lo sabe.

McKittrick se encogió de hombros y escribió algo en su cuaderno.

—¿Está dispuesto a responder a mi pregunta?

—Sí. Puede recibir un juicio imparcial en Ford County si aquí es donde se celebra el juicio.

—¿Desea usted que se celebre aquí?

—Estoy seguro de que procuraremos celebrarlo en otro lugar.

—¿Dónde?

—No depende de nosotros. La decisión es del juez.

—¿De dónde sacó el M-16?

—No lo sé —respondió con una carcajada, mientras miraba el magnetófono.

—¿Se formalizaría la acusación si fuera blanco?

—Es negro y todavía no se ha formalizado.

—Pero en el supuesto de que fuera blanco, ¿habría acusación oficial?

—En mi opinión, sí.

—¿Lo hallarían culpable?

—¿Le apetece un cigarro? —dijo Jake, al tiempo que abría un cajón del escritorio, cogía un Roi-Tan, lo desenvolvía y lo encendía con un mechero de gas.

—No, gracias.

—No, no lo hallarían culpable si fuera blanco. En mi opinión. No en Mississippi, ni en Texas, ni en Wyoming. En Nueva York, no estoy seguro.

—¿Por qué no?

—¿Tiene usted alguna hija?

—No.

—Entonces no lo comprendería.

—Creo comprenderle. ¿Será condenado el señor Hailey?

—Probablemente.

—¿De modo que el organismo no es tan imparcial para los negros?

—¿Ha hablado con Raymond Hughes?

—No. ¿Quién es?

—Se presentó a las últimas elecciones para sheriff y tuvo la mala suerte de enfrentarse a Ozzie Walls. Es blanco. Evidentemente, Ozzie no lo es. Si no me equivoco, obtuvo el treinta y uno por ciento de los votos. En un condado con el setenta y cuatro por ciento de blancos. ¿Por qué no le pregunta al señor Hughes si el organismo trata a los negros con imparcialidad?

—Me refería al organismo judicial.

—Es lo mismo. ¿Quién cree que compone el jurado? Los mismos electores que votaron por Ozzie Walls.

—Si un blanco no sería condenado y el señor Hailey probablemente lo sea, explíqueme cómo trata el organismo a ambos con imparcialidad.

—No lo hace.

—No estoy seguro de comprenderle.

—El organismo es un reflejo de la sociedad. No siempre es imparcial, pero es tan justo como en Nueva York, Massachusetts o California. Es tan justo como parciales pueden ser los emotivos seres humanos.

—¿Y cree que el señor Hailey recibirá aquí un trato tan imparcial como el que recibiría en Nueva York?

—Lo que digo es que hay tanto racismo en Nueva York como en Mississippi. Observe nuestras escuelas públicas: no hay en ellas segregación.

—Por orden judicial.

—Por supuesto, pero ¿qué ocurre con las órdenes judiciales en Nueva York? Durante muchos años, los sureños fuimos el blanco de las exigencias y desprecio de los mojigatos del norte, que insistían en la abolición de la segregación. La hemos llevado a cabo y no ha sido el fin del mundo. Pero ustedes han olvidado convenientemente sus propias escuelas y barrios, sus propias irregularidades electorales, sus propios jurados y consejos municipales exclusivamente blancos. Sin embargo, nosotros hemos aprendido, y, aunque el cambio es lento y doloroso, por lo menos lo intentamos. Ustedes todavía se limitan a señalar con el dedo.

—Mi intención no era la de repetir la batalla de Gettysburg.

—Lo siento.

—¿Qué defensa piensa utilizar?

—En estos momentos aún no lo sé. Créame, es demasiado pronto. Ni siquiera ha sido acusado oficialmente, todavía.

—¿Lo será, evidentemente?

—Evidentemente aún no lo sabemos. Es muy probable. ¿Cuándo saldrá este artículo?

—Probablemente el domingo.

—No importa. Nadie lee aquí su periódico. Sí, se formalizarán los cargos.

McKittrick consultó su reloj y Jake paró su magnetófono.

—Le aseguro que no soy un malvado —dijo McKittrick—.

Tomemos una cerveza juntos y concluyamos esta conversación.

—Entre nosotros, no bebo. Pero acepto su invitación.

La primera iglesia presbiteriana de Clanton estaba exactamente frente a la primera iglesia metodista, y ambas a muy poca distancia de la iglesia anabaptista. La anabaptista tenía más feligreses y más dinero, pero los presbiterianos y los metodistas terminaban antes su celebración dominical y ganaban a los anabaptistas en su carrera por ocupar las mesas de los restaurantes. Cuando a las doce y media llegaban los anabaptistas y se veían obligados a hacer cola, los presbiterianos y los metodistas comían despacio y los saludaban con la mano desde las mesas.

Jake estaba contento de no ser anabaptista. Además de ser excesivamente severos, no dejaban de insistir en la ceremonia vespertina de los domingos, que a Jake siempre le había desagradado. Carla había sido educada como anabaptista, Jake como metodista, y, después de negociar un compromiso durante el noviazgo, se hicieron presbiterianos. Estaban satisfechos de su iglesia y de sus actividades, en las que habitualmente participaban.

Todos los domingos solían sentarse en el mismo banco, con Hanna dormida entre ambos, y hacían caso omiso del sermón. Jake contemplaba al predicador y se imaginaba a sí mismo frente a Buckley, en la Audiencia, ante una docena de ciudadanos respetuosos de la ley, con el país entero a la espera del desenlace. Por su parte, Carla decoraba mentalmente el comedor mientras fingía escuchar el sermón. Jake captó algunas miradas durante la ceremonia y supuso que los demás feligreses se sentían orgullosos de contar con una celebridad en la cofradía. Había también algunos rostros desconocidos, que correspondían a antiguos cofrades arrepentidos o a periodistas. Jake no estaba seguro hasta que uno de ellos persistió en mirarle fijamente, y entonces comprendió que eran todos periodistas.

—Me ha gustado mucho su sermón, reverendo —mintió Jake cuando dio la mano al pastor en la puerta del santuario.

—Me alegro de verle, Jake —respondió el reverendo—. Toda la semana le hemos visto por televisión. Mis hijos se emocionan cada vez que aparece en la pantalla.

—Gracias. Recen por nosotros.

A continuación se fueron en coche a Karaway para almorzar con los padres de Jake. Gene y Eva Brigance vivían en la antigua casa de la familia, rodeada de dos hectáreas de bosque, a tres manzanas de la calle mayor en el centro de Karaway y a dos manzanas de la escuela a la que Jake y su hermana asistieron durante doce años. Estaban ambos jubilados, pero eran lo suficientemente jóvenes para desplazarse todos los veranos por el continente con un remolque habitable. Salían el lunes siguiente hacia Canadá y no pensaban regresar hasta principios de septiembre. Jake era su único hijo. Su hermana, mayor que él, vivía en Nueva Orleans.

La comida de los domingos en casa de Eva era típicamente sureña: carne frita y verdura fresca hervida, rebozada, al horno y cruda, panecillos y bizcochos caseros, dos salsas, sandía, melón, macedonia de melocotón, tarta de limón y galletas de fresa. Poco era lo que se comía, y Eva y Carla envolvían cuidadosamente todas las sobras para llevárselas a Clanton, donde duraban una semana.

—¿Cómo están tus padres, Carla? —preguntó el señor Brigance, mientras distribuía los panecillos.

—Muy bien. Ayer hablé con mi madre.

—¿Están en Knoxville?

—No. Se han trasladado ya a Wilmington para pasar el verano.

—¿Pensáis ir a verlos? —preguntó Eva, al tiempo que servía el té con una tetera de cerámica de cinco litros.

Carla miró a Jake, que mojaba habas en el plato de Hanna. No deseaba hablar de Carl Lee Hailey. Desde el lunes no se había hablado de otra cosa en la mesa y Jake no estaba de humor para responder a las mismas preguntas.

—Esa es nuestra intención. Depende del trabajo de Jake. Puede que este verano esté muy ocupado.

—Eso he oído —dijo Eva en un tono inexpresivo, para recordarle a su hijo que no había llamado desde el día de los asesinatos.

—¿Tienes algún problema con el teléfono, hijo? —preguntó el señor Brigance.

—Sí. Hemos cambiado de número.

Los cuatro adultos, inquietos, comían con lentitud mientras Hanna contemplaba los pasteles.

—Sí, lo sé, eso fue lo que nos dijo la telefonista. Ahora vuestro número no figura en la guía.

—Lo siento. He estado muy ocupado. No he tenido un instante de reposo.

—Eso hemos leído —dijo su padre.

Eva dejó de comer y se aclaró la garganta.

—¿Crees, Jake, que puedes evitar realmente que lo condenen?

—Me preocupa tu familia —añadió su padre—. Este caso podría ser muy peligroso.

—Les disparó a sangre fría —dijo Eva.

—Habían violado a su hija, mamá. ¿Qué harías tú si alguien violara a Hanna?

—¿Qué significa violar? —preguntó Hanna.

—No importa —intervino Carla—. ¿Os importaría cambiar de tema?

Miró fijamente a los tres Brigance, que volvieron a concentrarse en la comida. La nuera había hablado con su sensatez habitual.

Jake sonrió a su madre, sin mirar al señor Brigance.

—Prefiero no hablar del caso, mamá. Me tiene harto.

—Supongo que tendremos que enterarnos por los periódicos —dijo el señor Brigance.

A continuación hablaron de Canadá.

Aproximadamente a la hora en que los Brigance acababan de comer, la congregación de la capilla del Monte Sion se mecía y danzaba, estimulada por el glorioso frenesí que el reverendísimo Ollie Agee infundía en sus feligreses. Los diáconos bailaban. Los mayores cantaban. Las mujeres se desmayaban. Hombres maduros chillaban y levantaban los brazos al cielo ante el terror divino que reflejaba la mirada de los menores. Los miembros del coro hacían girar la cabeza y se abalanzaban unos sobre otros y se zarandeaban hasta desplomarse y repetir a gritos distintas estrofas de una misma canción. El organista tocaba un tema, el pianista, otro, y el coro cantaba lo que le daba la gana. El reverendo brincaba en el púlpito con su larga toga blanca de borde purpúreo, sin dejar de chillar, rezar, invocar a Dios y sudar.

El bullicio crecía y decrecía, aumentando, al parecer, cada vez que alguien se desplomaba y disminuyendo con la fatiga. Después de muchos años de experiencia, Agee conocía el momento preciso de sumo furor, cuando el delirio cedía ante el cansancio y la cofradía necesitaba un descanso. En aquel momento preciso saltaba sobre el púlpito y lo golpeaba con la fuerza del Todopoderoso. Paraba inmediatamente la música, cesaban las convulsiones, despertaban los desmayados, los niños dejaban de llorar y todo el mundo ocupaba obedientemente su lugar en los bancos. Había llegado el momento del sermón.

Cuando el reverendo estaba a punto de empezar, se abrió la puerta posterior y entraron los Hailey en el santuario. La pequeña Tonya cojeaba, cogida de la mano de su madre, y seguida del tío Lester. Avanzaron lentamente por el centro de la iglesia, para instalarse en uno de los primeros bancos. El reverendo hizo una seña con la cabeza al organista, que empezó a tocar suavemente y al que se unió el canturreo del coro, cuyos miembros se balanceaban. Los diáconos se levantaron y empezaron a moverse con el coro. Para no ser menos, los mayores se pusieron en pie y comenzaron a cantar. Entonces, por si faltara poco, la hermana Crystal se desmayó violentamente. Su desmayo fue contagioso, y las demás hermanas empezaron a caer como moscas. Los mayores cantaban con mayor vigor que el coro, lo cual estimuló a los cantantes. Puesto que el órgano no se oía, el organista aumentó el volumen del instrumento. El pianista decidió intervenir, con la interpretación de un himno diferente al que tocaba el organista. Este hacía retumbar su órgano. El reverendo Agee saltó del púlpito y se acercó danzando a los Hailey. Todos le siguieron; el coro, los diáconos, los mayores, las mujeres, los pequeños que lloraban: todos tras el reverendo para saludar a la pequeña Hailey.

A Carl Lee no le preocupaba la cárcel. La vida era más agradable en su casa, pero, dadas las circunstancias, la cárcel le parecía tolerable. Las dependencias eran nuevas y se habían construido con dinero federal, de acuerdo con el decreto de los derechos de los presos. La comida la preparaban dos corpulentas negras, que sabían cómo cocinar y cómo extender cheques sin fondos. Tenían derecho a la libertad condicional, pero Ozzie no se había molestado en comunicárselo. Presos de confianza servían la comida a unos cuarenta reclusos, trece de los cuales pertenecían a Parchman, donde no había lugar para ellos. Estos se mantenían a la espera, sin saber si al día siguiente emprenderían el temido viaje a la extensa granja cercada del delta, donde la comida no era tan buena, ni las camas tan blandas, el aire acondicionado inexistente, los mosquitos descomunales, copiosos y malvados, y los servicios sucios y escasos.

La celda de Carl Lee estaba junto a la celda número dos, en la que esperaban los presos estatales. Salvo dos excepciones, eran todos negros y, sin excepciones, violentos. Sin embargo, todos temían a Carl Lee, que compartía la celda con dos rateros, quienes no solo le tenían miedo, sino que incluso estaban aterrorizados de su compañero de celda. Todas las noches, los carceleros lo llevaban al despacho de Ozzie, donde cenaba en compañía del sheriff, y ambos miraban las noticias. Era una celebridad, lo cual le satisfacía casi tanto como a su abogado y al fiscal. Deseaba hablar con los periodistas sobre su hija y las razones por las que no debería estar en la cárcel, pero su abogado se lo impedía.

Después de la visita de Gwen y de Lester, el domingo por la tarde, Ozzie, Moss Junior y Carl Lee se escabulleron por la puerta trasera para ir al hospital. Fue idea de Carl Lee y a Ozzie no le pareció que hubiera nada de malo en ello. Looney estaba a solas en una habitación privada cuando llegaron. Carl Lee echó un vistazo a su pierna y lo miró fijamente. Se dieron la mano. Con lágrimas en los ojos y la voz entrecortada, Carl Lee le dijo lo mucho que lo sentía, que no tenía intención de dañar a nadie a excepción de a los dos jóvenes, y que ojalá pudiera reparar el daño que le había causado. Looney aceptó sus disculpas sin titubeo alguno.

Jake esperaba en el despacho de Ozzie cuando regresaron sigilosamente a la cárcel. Ozzie y Moss Junior se disculparon y dejaron al reo con su abogado.

—¿Dónde has estado? —preguntó Jake con suspicacia.

—He ido a visitar a Looney al hospital.

—¡Cómo!

—¿Hay algo de malo en ello?

—Me gustaría que me consultaras antes de hacer otras visitas.

—¿Qué tiene de malo visitar a Looney?

—Looney será el principal testigo de la acusación, cuando intenten mandarte a la cámara de gas. Eso es todo. No está de nuestra parte, Carl Lee, y cualquier conversación con él debería tener lugar en presencia de tu abogado. ¿Comprendes?

—A decir verdad, no.

—Me cuesta creer que a Ozzie se le haya ocurrido algo semejante —susurró Jake.

—Ha sido idea mía —confesó Carl Lee.

—Si se te ocurren otras ideas, te ruego que me las comuniques. ¿De acuerdo?

—De acuerdo.

—¿Has hablado con Lester últimamente?

—Sí, hoy ha estado aquí con Gwen. Me han traído dulces y me han contado lo de los bancos.

Jake estaba dispuesto a jugar duro respecto a sus honorarios; no podía en modo alguno representar a Carl Lee por novecientos dólares. Tendría que dedicarle al caso los tres próximos meses, por lo menos, y novecientos dólares no llegaba siquiera al salario mínimo. No sería justo para él, ni para su familia, que trabajara gratis. Carl Lee tendría que conseguir de algún modo el dinero. Tenía un montón de parientes. Gwen pertenecía a una familia numerosa. Tendrían que sacrificarse, tal vez vender algunos coches o un poco de terreno, pero Jake recibiría sus honorarios. De lo contrario, Carl Lee tendría que buscarse otro abogado.

—Te daré la escritura de mi propiedad —dijo Carl Lee.

—No quiero tu propiedad, Carl Lee —respondió Jake, conmovido—. Quiero dinero. Seis mil quinientos dólares.

—Muéstrame cómo hacerlo y lo haré. Tú eres el abogado, organízalo. Cuentas con mi pleno apoyo.

—No puedo trabajar por novecientos dólares, Carl Lee —replicó Jake, a sabiendas de que estaba vencido—. No puedo permitir que este caso me deje en la bancarrota. Soy abogado. Se supone que debo ganar dinero.

—Jake, te lo pagaré. Te lo prometo. Puede que tarde algún tiempo, pero te lo pagaré. Confía en mí.

No, si te condenan a muerte, pensó Jake.

—El Tribunal Territorial se reúne mañana y se ocupará de tu caso —dijo Jake para cambiar de tema.

—¿Eso quiere decir que mañana iré al juzgado?

—No. Significa que la Audiencia formalizará los cargos. El juzgado estará lleno de curiosos y periodistas. El juez Noose vendrá para inaugurar la temporada de sesiones jurídicas de verano. Buckley circulará, soltando humo, en busca de los objetivos de las cámaras. Es un día importante. Por la tarde Noose iniciará un juicio por robo a mano armada. Si mañana eres encausado, tendremos que presentarnos ante el juez el miércoles o jueves para la formalización de los cargos.

—¿Para qué?

—La formalización de los cargos. En los casos de asesinato, la ley obliga al juez a leer los cargos en audiencia pública, ante Dios y el pueblo como testigos. Le darán mucha importancia. Nosotros alegaremos que eres inocente y Noose fijará la fecha del juicio. Pediremos una fianza moderada y el juez la denegará. Cuando mencione la fianza, Buckley empezará a dar gritos y a gesticular. Cuanto más pienso en él, mayor es el odio que me inspira. Se convertirá en un terrible engorro.

—¿Por qué no me concederán la libertad bajo fianza?

—En los casos de asesinato, el juez no está obligado a concederla. Puede, si lo desea, pero no suelen hacerlo. Y, aunque Noose te la concediera, no podrías permitirte la fianza, de modo que no te preocupes. Permanecerás en la cárcel hasta el juicio.

—¿Sabes que me he quedado sin trabajo?

—¿Desde cuándo?

—Gwen fue a la fábrica el viernes para recoger la paga y se lo dijeron entonces. Una buena faena, ¿no te parece? Supongo que piensan que no volveré.

—Cuánto lo siento, Carl Lee. Realmente lo lamento.

12

El ilustrísimo Ornar Noose no había sido siempre tan ilustre. Antes de convertirse en juez territorial del distrito vigésimo segundo era un abogado de escaso talento y pocos clientes, pero muy hábil en la política. Cinco legislaturas en el Senado de Mississippi lo habían corrompido y le habían enseñado el arte de la manipulación y el fraude políticos. El senador Noose no dejaba de prosperar como presidente de la Junta de Finanzas del Senado, y pocos se preguntaban en el condado de Van Buren cómo se las arreglaban él y su familia para vivir de un modo tan opulento con un sueldo estatal de siete mil dólares anuales.

Al igual que la mayoría de los miembros de la Cámara de Mississippi, se presentó a unas elecciones más de la cuenta y, en el verano de 1971, sufrió la humillación de ser derrotado por un rival desconocido. Al cabo de un año, falleció el juez Loopus que le precedió en el cargo, y Noose logró que sus amigos del Senado persuadieran al gobernador para que lo nombrara a él durante el resto de aquella legislatura. Y así fue como el ex senador Noose se convirtió en juez territorial. A continuación, ganó las elecciones de 1975, las de 1979 y las de 1983.

Arrepentido, reformado y humillado por la vertiginosa pérdida de poder, el juez Noose se concentró en el estudio de las leyes y, tras unos principios difíciles, se acostumbró a su nuevo cargo. Su salario de sesenta mil dólares anuales le permitía ser honrado. Ahora, con sus sesenta y tres años, se había convertido en un juez venerable, respetado por la mayoría de los abogados y por el Tribunal Supremo del estado, que raramente alteraba sus veredictos. Era discreto pero amable, paciente pero riguroso, con una nariz monumental, muy larga y puntiaguda, que servía de trono a sus gafas de montura negra octagonal que llevaba siempre puestas pero que nunca utilizaba para leer. Dicha nariz, unida a su cuerpo alto y desgarbado, una frondosa cabellera canosa y desordenada, y su chirriante voz, habían dado pie al apodo de Ichabod, que los abogados susurraban en secreto. Ichabod Noose. Ilustrísimo Ichabod Noose.

Subió al estrado y el numeroso público se puso en pie, al tiempo que Ozzie farfullaba rutinariamente el texto oficial reglamentario con el que se inauguraban las sesiones de verano del Tribunal Territorial de Ford County. Después de que un pastor local pronunciara una larga y afiligranada oración, los presentes tomaron sus asientos. Los miembros potenciales del jurado llenaban un lado de la sala. El resto lo ocupaban acusados y denunciantes, acompañados de parientes y amigos, periodistas y curiosos. Noose exigía que todos los abogados del condado asistieran a la ceremonia de inauguración, y los letrados, perfectamente ataviados y con aspecto importante, ocupaban el palco del jurado. Buckley y su ayudante D. R. Musgrove estaban sentados junto a la mesa de la acusación, en espléndida representación del estado. Jake estaba solo en una silla de madera, junto a la barandilla. Los secretarios y demás funcionarios del juzgado, desde el mostrador donde se guardaban las carpetas rojas de los sumarios, observaban atentamente como todos los demás a Ichabod, quien se instalaba en su sillón del estrado, se arreglaba la toga, ajustaba sus horribles gafas y miraba por encima de las mismas a la concurrencia.

—Buenos días —chirrió en voz alta el juez, antes de acercarse el micrófono y aclararse la garganta—. Siempre es agradable estar en Ford County para la inauguración de las sesiones del mes de mayo. Veo que la mayoría de los abogados se han dignado asistir a la reunión y, como de costumbre, pediré a la señora Clerk que tome nota de los letrados ausentes para ponerme en contacto con ellos personalmente. También veo a una cantidad considerable de miembros potenciales del jurado y agradezco a cada uno de ellos su presencia en la sala. Soy consciente de que no han tenido otra alternativa, pero su asistencia es fundamental para nuestro proceso jurídico. Dentro de unos instantes seleccionaremos a un gran jurado y a continuación elegiremos los jurados para esta semana y la próxima. Creo que cada letrado dispone de una copia de la orden del día; comprobarán, por lo tanto, que es bastante densa. Mi calendario indica que se han programado por lo menos dos juicios diarios durante esta semana y la próxima, pero tengo entendido que en la mayoría de los casos criminales se negociarán las declaraciones de inocencia o culpabilidad. No obstante, son muchos los casos que debemos resolver y solicito la cooperación diligente de los letrados. Después de seleccionar al gran jurado, de que empiece a desempeñar sus funciones y de que se formalicen las acusaciones, fijaré fechas para los procesos y comparecencias. Repasemos rápidamente los casos, primero los penales y a continuación los civiles, después de lo cual podremos prescindir de la presencia de los letrados para seleccionar el gran jurado. Veamos: «El estado contra Warren Moke. Robo a mano armada». El juicio se celebrará esta tarde.

—El ministerio fiscal del estado de Mississippi está listo para el juicio, su señoría —anunció ostentosamente Buckley para impresionar al público, después de levantarse con deliberada lentitud.

—También la defensa —dijo Tyndale, abogado de oficio.

—¿Qué duración anticipan que tendrá el juicio? —preguntó el juez.

—Un día y medio —respondió Buckley.

Tyndale asintió.

—Bien. Elegiremos el jurado esta mañana y el juicio empezará a la una de esta tarde. «El estado contra William Daal. Seis cargos de falsificación.» El juicio se celebrará mañana.

—Señoría —respondió D. R. Musgrove—, habrá negociación en este caso.

—Bien. «El estado contra Roger Hornton. Dos cargos de hurto de mayor cuantía.» El juicio se celebrará mañana.

Noose prosiguió con la lista de los casos, con la misma reacción por parte del fiscal y de la defensa. Buckley se levantaba para declarar que la acusación estaba lista para el juicio, o Musgrove comunicaba respetuosamente a la sala que la declaración de culpabilidad o inocencia estaba sujeta a negociación. Los defensores se levantaban y asentían. Jake no tenía ningún caso durante las sesiones del mes de mayo y, a pesar de que procuraba parecer aburrido, le gustaba oír la lista de los juicios, porque así averiguaba quién se ocupaba de los mismos y lo que hacía la competencia. Eso le brindaba también la oportunidad de exhibirse ante algunos de los ciudadanos. La mitad de los miembros del bufete de Sullivan estaban presentes, sentados ostentosamente en primera fila del palco del jurado, con expresión también hastiada. Los más veteranos de la empresa no hacían acto de presencia, y mentían al juez Noose alegando que se habían visto obligados a asistir a un juicio en el Tribunal Federal de Oxford, o tal vez en el Supremo de Jackson. Su dignidad les impedía codearse con simples letrados, y, para satisfacer a Noose, mandaban a los abogados más jóvenes del bufete, quienes solicitaban la continuación, postergación, aplazamiento o revisión de todos los casos civiles de los que se ocupaban a fin de prolongarlos eternamente y no dejar de cobrar por horas a sus clientes. Se ocupaban de la defensa de compañías de seguros, que por regla general preferían no someterse a juicio y sufragar los gastos de maniobras jurídicas, cuyo único propósito era el de evitar que los casos acabaran ante un jurado. Habría sido más justo y más barato pagar una compensación razonable y evitar los conflictos legales organizados por empresas parasitarias como Sullivan & O'Hare, pero las compañías de seguros y sus asesores jurídicos eran extremadamente idiotas, lo cual permitía que abogados independientes como Jake Brigance se ganaran la vida con los litigios contra las mismas, lo que acababa por costarles mucho más caro que si hubieran ofrecido una compensación justa desde el principio. Jake odiaba a las compañías de seguros, a sus abogados y especialmente a los más jóvenes del bufete Sullivan, todos los cuales eran de su edad y estaban perfectamente dispuestos a degollarlo a él, a sus compañeros, a sus superiores o a cualquiera a fin de convertirse en decanos de la empresa, ganar doscientos mil dólares anuales y no verse obligados a asistir a la sesión inaugural de la Audiencia.

Jake sentía un odio particular por Lotterhouse, o L. Winston Lotterhouse, según figuraba en los documentos, un cretino de cuatro ojos licenciado en Harvard y un caso crónico de arrogancia que estaba a punto de convertirse en decano de la empresa, para lo cual llevaba ya un año apuñalando por la espalda a todo el mundo, de forma indiscriminada. Estaba afectadamente sentado entre dos colegas de su empresa con siete sumarios en las manos, de cada uno de los cuales percibía cien dólares por hora mientras permanecía así, sentado en la Audiencia.

Noose empezó a leer la lista de los casos civiles.

—Collins contra Royal Consolidated General Mutual Insurance Company.

Lotterhouse se levantó lentamente. Los segundos se convertían en minutos. Los minutos en horas. Y las horas en honorarios, primas, bonificaciones y ascensos.

—Con la venia de su señoría, la vista de este caso está prevista para el próximo miércoles.

—Eso ya lo sé —respondió Noose.

—Me temo, su señoría, que debo solicitar un aplazamiento de la vista. Debido a una confusión en mi agenda, durante el miércoles en cuestión he de asistir a una vista preliminar en el Tribunal Federal de Memphis, que el señor juez se ha negado a aplazar. Lo lamento muchísimo. He presentado un recurso esta mañana para solicitar el aplazamiento.

Gardner, abogado de la acusación, estaba furioso.

—Con la venia de su señoría, hace dos meses que se ha fijado la vista de este caso. El juicio debía celebrarse en febrero y falleció un pariente de la esposa del señor Lotterhouse. Se asignó una fecha en el mes de noviembre y falleció un tío del letrado. Se determinó otra fecha en el mes de agosto y tuvo lugar otra defunción. Supongo que debemos estar agradecidos de que en esta ocasión no haya muerto nadie.

Se oyeron risitas en la sala y Lotterhouse se ruborizó.

—Todo tiene un límite, señoría —prosiguió Gardner—. El señor Lotterhouse preferiría aplazar este juicio eternamente. El caso está listo para juicio y mi cliente tiene derecho a que se celebre. Nos oponemos rotundamente al aplazamiento.

—Con la venia de su señoría —respondió Lotterhouse, mientras sonreía al juez y se quitaba las gafas—, si me permite que me explique…

—No, no se lo permito —interrumpió Noose—. Basta de aplazamientos. El juicio se celebrará el próximo miércoles. No se concederán más prórrogas.

Aleluya, pensó Jake. Noose solía ser condescendiente con los abogados de Sullivan. Pero esta vez no tragó. Jake sonrió maliciosamente a Lotterhouse.

Dos de los casos civiles de Jake fueron aplazados para las sesiones de agosto. Cuando Noose terminó con la lista de los casos civiles, ordenó que se retiraran los abogados y centró su atención en los miembros potenciales del jurado. Habló de la responsabilidad del gran jurado, de su importancia y de su función. Explicó la diferencia entre el mismo y los jurados de los juicios, de igual importancia pero con menores exigencias temporales. A continuación formuló un sinfín de preguntas, en su mayoría exigidas por la ley, y todas ellas relacionadas con la capacidad para formar parte de un jurado, entereza física y moral, exenciones y edad. Algunas eran obsoletas, pero obligatorias en términos de antiguas normativas:

—¿Está alguno de ustedes habituado al juego o se emborracha con regularidad?

Se oyeron carcajadas, pero ninguna respuesta. Se concedió automáticamente la exención a los mayores de sesenta y cinco años. Noose otorgó también el descargo habitual por enfermedad, premuras y dificultades, pero disculpó solo a unos cuantos de los que lo solicitaron por razones económicas. Era divertido ver cómo se levantaban uno por uno para explicar sumisamente al juez por qué unos días en el jurado causarían un daño irreparable a su explotación agrícola, a su comercio o a su trabajo. Noose adoptó una actitud severa para hablarles de la importancia de su responsabilidad civil frente a los pretextos insustanciales.

De un total de unos noventa participantes potenciales, dieciocho serían seleccionados para el gran jurado y entre los demás se elegirían los jurados para los juicios. Cuando Noose finalizó su cuestionario, el oficial del juzgado sacó dieciocho nombres de una caja y se los entregó a su señoría, que empezó a llamarlos uno por uno. Al oír su nombre, cada uno de los elegidos se levantaba para acercarse lentamente al estrado y sentarse en una de las sillas acolchadas del palco del jurado. En el palco había un total de catorce sillas, doce para los miembros del jurado y dos para los suplentes. Cuando el palco estuvo lleno, Noose llamó a otras cuatro personas que se instalaron en sillas de madera frente a sus colegas.

—Pónganse de pie y presten juramento —ordenó Noose, al tiempo que la secretaria del juzgado se colocaba delante de ellos con un pequeño libro negro en la mano.

—Levanten la mano derecha —dijo la secretaria—. ¿Juran o prometen solemnemente desempeñar con lealtad sus obligaciones como miembros del gran jurado: escuchar y decidir sobre todos los asuntos y temas que se les presenten con la ayuda de Dios?

—Sí, lo juro —se oyó a coro.

A continuación se sentaron y quedó constituido el jurado. De los cinco negros que formaban parte del mismo, dos eran mujeres. Entre los trece blancos, en su mayoría agricultores, había ocho mujeres. Jake reconoció a siete de los dieciocho.

—Damas y caballeros —empezó a decir Noose, como de costumbre—, han sido ustedes elegidos y han prestado juramento como miembros del gran jurado de Ford County, del que formarán parte hasta la constitución del próximo gran jurado en agosto. Quiero hacer hincapié en que sus obligaciones no exigirán un tiempo excesivo por su parte. Se reunirán todos los días de esta semana y a continuación unas horas al mes hasta septiembre. Su responsabilidad consiste en revisar casos criminales, escuchar a los encargados de hacer cumplir la ley y a las víctimas, y determinar si existen o no bases razonables para creer que el acusado ha cometido el delito del que se le acusa. En tal caso, levantarán cargos, que son una acusación formal contra el inculpado. Son ustedes dieciocho, y cuando por lo menos doce de ustedes crean que debe formalizarse la acusación, quedarán instituidos los cargos correspondientes. Gozan ustedes de un poder considerable. La ley les permite investigar cualquier acto criminal a cualquier ciudadano sospechoso de haber cometido un delito, a cualquier funcionario público, y, en definitiva, a cualquier persona o situación que huela a chamusquina. Pueden reunirse cuando lo deseen, pero normalmente lo harán a petición del señor Buckley, fiscal del distrito. Tienen autoridad para ordenar que un testigo declare ante ustedes, y también para que les permita examinar sus libros y documentos. Cuando deliberen, lo harán completamente en privado, sin que se tolere la presencia del fiscal del distrito, de ninguno de sus ayudantes ni de ningún testigo. El acusado no está autorizado a presentarse ante ustedes. Está específicamente prohibido divulgar cualquier cosa que se diga o que ocurra en la sala de deliberaciones.

»Señor Buckley, tenga la bondad de ponerse en pie. Gracias.

Este es el señor Rufus Buckley, fiscal del distrito. Reside en Smithfield, Polk Country. Será en cierto modo su supervisor cuando deliberen. Gracias, señor Buckley. Señor Musgrove, ayudante del fiscal del distrito, también de Smithfield. Ayudará al señor Buckley mientras ustedes sean miembros del jurado. Gracias, señor Musgrove. Estos caballeros representan al estado de Mississippi, y presentarán los casos ante el gran jurado.

»Un último detalle. El anterior gran jurado de Ford County se constituyó en febrero y el portavoz fue un varón blanco. Por consiguiente, de acuerdo con la tradición y las directrices del Departamento de Justicia, nombraré a una mujer negra como portavoz de este jurado. Veamos. Laverne Gossett. ¿Dónde está usted, señora Gossett? Ah, ahí está. Tengo entendido que es usted maestra de escuela, ¿no es cierto? Me alegro. Estoy seguro de que sabrá desempeñar sus nuevas obligaciones. Ahora ha llegado el momento de empezar a trabajar. Tengo entendido que les esperan más de cincuenta casos. Les ruego que sigan al señor Buckley y al señor Musgrove por el pasillo hasta la sala que utilizamos para el gran jurado. Gracias y buena suerte.

Buckley abrió fastuosamente la comitiva para conducir a su nuevo gran jurado. Al cruzar el vestíbulo saludó a los periodistas con la mano y, de momento, se abstuvo de hacer comentarios. Al llegar a la sala que se les había asignado, se sentaron alrededor de dos largas mesas plegables. Entró una secretaria con varias cajas de sumarios. Un anciano oficial del juzgado, medio tullido, medio sordo y con un uniforme descolorido, se colocó junto a la puerta. Quedaba garantizada la seguridad de la sala. Buckley cambió de opinión: se disculpó ante el jurado y se reunió con los periodistas en el vestíbulo para confirmarles que aquella misma tarde se presentaría el caso de Hailey. Aprovechó para convocar una conferencia de prensa a las cuatro de la tarde en la escalinata frontal del palacio de Justicia, una vez formalizadas las acusaciones.

Después de almorzar, el jefe de policía de Karaway se sentó junto a un extremo de la larga mesa y hojeó con nerviosismo sus sumarios ignorando a los componentes del gran jurado, que esperaban ansiosos su primera causa.

—¡Declare su nombre! —exclamó el fiscal del distrito.

—Nolan Earnhart, jefe de policía de Karaway.

—¿Cuántas causas tiene?

—Cinco de Karaway.

—Oigamos la primera.

—Bien, veamos —tartamudeó en un susurro el jefe de policía, mientras consultaba sus documentos—. El primer caso es el de Fedison Bulow, varón negro, de veinticinco años, atrapado con las manos en la masa en el interior de Griffin's Feed Store de Karaway a las dos de la madrugada del doce de abril. Se disparó la alarma silenciosa y lo detuvimos en el interior de la tienda. La caja había sido forzada y había desaparecido cierta cantidad de fertilizante. Encontramos el dinero y la mercancía en un coche registrado a su nombre aparcado detrás de la tienda. Hizo una declaración de tres páginas en la cárcel y aquí tengo copias de la misma.

Buckley dio un tranquilo paseo por la sala y sonrió a todos los presentes.

—¿Y lo que usted pretende es que este gran jurado formalice una acusación de allanamiento de un edificio comercial y otra de robo contra Fedison Bulow? —preguntó Buckley, para echarle una mano.

—Sí señor, eso es.

—Señores del gran jurado, tienen derecho a formular todas las preguntas que deseen. Esta es su audiencia. ¿Alguna pregunta?

—Sí. ¿Tiene antecedentes? —preguntó Mack Loyd Crowell, camionero en paro.

—No —respondió el jefe de policía—. Este es su primer delito.

—Buena pregunta, que siempre deben formular, porque en

el caso de que el acusado tuviera antecedentes tal vez habría que formalizarle la acusación como delincuente habitual —aclaró Buckley—. ¿Alguna pregunta más? ¿Ninguna? Bien. Ahora es cuando alguien debe proponer que se formalice la acusación contra Fedison Bulow.

Un silencio llenó la sala. Los dieciocho fijaron la mirada en la mesa, a la espera de que otro hiciera la propuesta. Buckley esperó. Silencio. Mal asunto, pensó. Un gran jurado indeciso. Un puñado de almas tímidas, con miedo a abrir la boca. Liberales. ¿Por qué no podía haberle tocado un gran jurado sediento de sangre, ansioso por acusar a cualquiera de cualquier cosa?

—Señora Gossett, ¿le importaría hacer la primera propuesta, ya que es la portavoz del jurado?

—Hago la propuesta —declaró.

—Gracias —respondió Buckley—. Ahora votemos. ¿Quién vota a favor de acusar formalmente a Fedison Bulow de allanamiento de un edificio comercial y de robo? Levanten la mano.

Se levantaron dieciocho manos y Buckley se sintió aliviado.

El jefe de policía presentó los otros cuatro casos de Karaway. En todos ellos los inculpados eran tan culpables como Bulow, y las acusaciones se formalizaron por unanimidad. Buckley enseñó gradualmente a los miembros del gran jurado la forma de operar. Hizo que se sintieran importantes, poderosos y responsables del enorme peso de la justicia. Empezó a despertarse su curiosidad:

—¿Tiene antecedentes?

—¿Qué condena corresponde a este delito?

—¿Cuánto tiempo cumplirá?

—¿Cuántos cargos podemos formalizar contra el inculpado?

—¿Cuándo se celebrará el juicio?

—¿Está ahora en libertad?

Después de cinco casos, con todos los cargos formalizados por unanimidad, y habiendo despertado en el gran jurado el anhelo de enfrentarse al próximo, Buckley decidió que el estado de ánimo era propicio. Abrió la puerta y, mientras observaba a los periodistas, hizo una seña a Ozzie, que hablaba tranquilamente en el vestíbulo con uno de sus ayudantes.

—Empiece por Hailey —susurró Buckley cuando se cruzaron en la puerta.

—Damas y caballeros, este es el sheriff Walls. Estoy seguro de que la mayoría de ustedes lo conocen. Les va a presentar varios casos. ¿Cuál es el primero, sheriff?

El sheriff escudriñó entre sus documentos, sin hallar, al parecer, lo que buscaba.

—Carl Lee Hailey —dijo por fin.

Los miembros del jurado volvieron a sumirse en el silencio. Buckley los observaba atentamente para medir sus reacciones. La mayoría de ellos miraban de nuevo fijamente la mesa. Nadie habló mientras Ozzie examinaba sus documentos, antes de disculparse para ir en busca de otro maletín. No se había propuesto empezar por el caso de Hailey.

Buckley presumía de interpretar los sentimientos de los miembros del jurado, de observar sus rostros y saber exactamente lo que pensaban. Durante los juicios no dejaba de observarlos y se hacía permanentemente el pronóstico de lo que cada uno de ellos estaba meditando. Interrogaba a los testigos sin dejar de mirar un solo momento al jurado. A veces se ponía de pie durante el interrogatorio, delante del palco del jurado, y observaba las reacciones en sus rostros a cada una de las respuestas del testigo. Después de centenares de juicios, tenía mucha habilidad para interpretar los sentimientos del jurado, y comprendió inmediatamente que iba a tener problemas con respecto a Hailey. Los cinco negros adoptaron una actitud tensa y arrogante, como si esperaran con anhelo el caso y la inevitable discusión que provocaría. La señora Gossett, portavoz del jurado, tenía un aspecto particularmente devoto mientras Ozzie farfullaba y consultaba sus documentos. La mayoría de los blancos permanecían impasibles, pero Mack Loyd Crowell, personaje rural de edad madura, parecía tan ensoberbecido como los negros. Apartó la silla, se puso de pie y se dirigió a la ventana que daba a la parte norte del patio. Buckley no lograba adivinar su pensamiento, pero sabía que Crowell era un problema.

—Sheriff, ¿de cuántos testigos dispone para el caso Hailey? —preguntó Buckley, con cierto nerviosismo.

—Solo yo —respondió Ozzie cuando acabó de escudriñar sus documentos—. Podemos obtener otro si es preciso.

—Bien, bien —dijo Buckley—. Háblenos del caso.

Ozzie se acomodó en su silla, cruzó las piernas y dijo:

—Por Dios, Rufus, todo el mundo conoce el caso. Hace una semana que nos lo muestran por televisión.

—Limítese a facilitarnos las pruebas.

—Las pruebas. De acuerdo. Hoy hace una semana que Carl Lee Hailey, varón, negro, de treinta y siete años, disparó contra un tal Billy Ray Cobb y un tal Pete Willard, causando la muerte de ambos, y contra el agente del orden público DeWayne Looney, que sigue en el hospital con la pierna amputada. El arma utilizada fue un fusil ametrallador M-16, ilícita, que pudimos recuperar y cuyas huellas dactilares coinciden con las del señor Hailey. Tengo una declaración jurada del agente Looney en la que afirma que el autor de los disparos fue Carl Lee Hailey. Los hechos fueron presenciados por un testigo ocular, Murphy, el tullido encargado de la limpieza del palacio de Justicia, que es tartamudo. Puedo traerlo si lo desean.

—¿Alguna pregunta? —interrumpió Buckley.

El fiscal del distrito observaba con inquietud a los miembros del jurado, quienes a su vez miraban nerviosos al sheriff. Crowell estaba de pie, de espaldas a los demás, mirando por la ventana.

—¿Alguna pregunta? —repitió Buckley.

—Sí —respondió Crowell, después de darse la vuelta para mirar fijamente al fiscal y a continuación a Ozzie—. Esos muchachos contra los que disparó habían violado a su hija menor, ¿no es cierto, sheriff?

—Estamos casi seguros de que así fue —respondió Ozzie.

—¿No es cierto que uno de ellos había confesado haber-lo hecho?

—Sí.

Crowell cruzó lentamente la sala, altivo y resuelto, hasta llegar al extremo de las mesas, desde donde miró fijamente a Ozzie.

—¿Tiene usted hijos, sheriff?

—Sí.

—¿Alguna hija menor?

—Sí.

—Supongamos que alguien la violara y lograse atrapar al autor. ¿Qué haría?

Ozzie hizo una pausa y miró angustiado a Buckley, que tenía el cuello completamente rojo.

—No tengo por qué responder a esa pregunta —dijo Ozzie.

—¿Eso cree? Usted se ha presentado ante este gran jura-do para declarar, ¿no es cierto? ¿No es usted un testigo? Res-ponda a mi pregunta.

—No sé lo que haría.

—Vamos, sheriff. Responda con sinceridad. Diga la verdad. ¿Qué haría?

Ozzie estaba avergonzado, confundido y furioso con aquel desconocido. Deseaba expresarse con sinceridad y explicar de-talladamente que le encantaría castrar, mutilar y acabar con la vida de cualquier pervertido que tocara a su hija. Pero no po-día hacerlo. El gran jurado podría estar de acuerdo y negarse a formalizar los cargos contra Carl Lee. Él no quería que lo acu-saran, pero sabía que era necesario. Dirigió una sumisa mira-da a Buckley, quien ahora, sentado, sudaba.

Crowell se concentró en el sheriff con el celo y fervor de un abogado que hubiera descubierto una mentira evidente en la declaración de un testigo.

—Vamos, sheriff —insistió—. Le escuchamos. Cuéntenos la verdad. ¿Qué le haría usted al violador? Vamos. Hable.

Buckley se hallaba al borde de la desesperación. Estaba a punto de perder el mayor caso de su maravillosa carrera, y no en el juicio, sino en la sala del gran jurado, en la primera vuelta, ante un camionero en paro.

—El testigo no tiene por qué responder —farfulló el fiscal, después de levantarse.

—¡Usted siéntese y cierre el pico! —exclamó Crowell con la mirada fija en Buckley—. No puede darnos órdenes. Podemos formalizar una acusación contra usted si lo deseamos, ¿no es cierto?

Buckley se sentó y miró inexpresivamente a Ozzie. Crowell era un inoportuno. Demasiado astuto para formar parte de un gran jurado. Alguien debía de haberle sobornado. Sabía demasiado. Tenía razón: el gran jurado podía formalizar una acusación contra cualquiera.

Crowell se retiró de nuevo junto a la ventana y los demás continuaron observándole hasta que dio la impresión de haber terminado.

—¿Está completamente seguro de que lo hizo, Ozzie? —preguntó Lemoyne Frady, prima lejana ilegítima de Gwen Hailey.

—Sí, estamos seguros —respondió pausadamente Ozzie, sin dejar de mirar a Crowell.

—¿Y de qué pretende que lo acusemos? —preguntó la señora Frady, con evidente admiración por el sheriff.

—Dos cargos de asesinato y uno de agresión contra un agente del orden público.

—¿Qué condena le correspondería? —preguntó otro negro llamado Barney Flaggs.

—La pena por asesinato es la cámara de gas. La condena por agredir a un agente de policía es cadena perpetua sin libertad condicional.

—¿Y es eso lo que usted quiere, Ozzie? —preguntó Flaggs.

—Sí, Barney, creo que este gran jurado debe formalizar los cargos contra el señor Hailey. Estoy convencido.

—¿Alguna pregunta más? —interrumpió Buckley.

—No se precipite —exclamó Crowell, después de dejar de mirar por la ventana—. Creo que pretende hacernos tragar este caso apresuradamente, señor Buckley, y lo considero un agravio. Quiero hablar un poco más del tema. Usted siéntese y, si le necesitamos, se lo comunicaremos.

—¡No tengo por qué sentarme, ni permanecer callado! —chilló Buckley furioso, mientras le señalaba con un dedo.

—Sí, tiene que hacerlo —respondió sosegadamente Crowell, con una amarga sonrisa—. Porque de lo contrario podemos ordenarle que se retire, ¿no es cierto, señor Buckley? Podemos ordenarle que abandone esta sala y, si se niega a hacerlo, recurriremos al juez. Él le ordenará que se ausente, ¿verdad, señor Buckley?

Rufus permaneció inmóvil, sin habla y aturdido. Sentía que se le revolvía el estómago y le flaqueaban las rodillas, pero estaba paralizado.

—De modo que si desea oír el resto de nuestras deliberaciones, siéntese y cierre el pico.

Buckley se sentó junto al oficial del juzgado, que ahora estaba despierto.

—Gracias —dijo Crowell—. Quiero formularles a todos una pregunta. ¿Cuántos de ustedes harían, o desearían hacer, lo que ha hecho el señor Hailey si alguien violara a su hija, o tal vez a su esposa, o quizá a su madre? ¿Cuántos? Levanten la mano.

Se levantaron siete u ocho manos y Buckley agachó la cabeza.

—Lo admiro por lo que hizo —prosiguió Crowell con una sonrisa—. Necesitó muchas agallas. Desearía tener el valor de emularlo; Dios sabe que querría hacerlo. Hay momentos en la vida en que hay que hacer lo que hay que hacer. Este hombre merece un trofeo, no una acusación. Cuando voten —dijo pausadamente mientras caminaba alrededor de las mesas, satisfecho de la atención que le prestaban—, quiero que piensen en una cosa. Quiero que piensen en esa pobre niña. Creo que tiene diez años. Intenten imaginarla ahí tumbada, con las manos atadas a la espalda, llorando y suplicando que su padre la ayude. Y piensen en esos canallas, borrachos, drogados, que la violaron, apalearon y patearon uno tras otro, repetidamente. Santo cielo, incluso intentaron matarla. Piensen en sus propias hijas. Imagínenlas en la situación de la pequeña Hailey.

»¿No les parece que recibieron simplemente su merecido? Deberíamos estar agradecidos de que hayan muerto. Me siento más seguro solo al pensar que esos cabrones ya no están entre nosotros para violar y asesinar a otras niñas. El señor Hailey nos ha hecho un gran favor. No le acusemos. Mandémoslo a su casa, junto a su familia, como corresponde. Es un buen hombre que ha cometido una buena acción.

Cuando Crowell acabó de hablar, regresó junto a la ventana. Buckley le observaba atemorizado y, cuando estuvo seguro de que había terminado, se puso de pie.

—¿Ha concluido? —preguntó.

Silencio.

—Bien. Damas y caballeros del gran jurado. Me gustaría aclararles algunas cosas. La función del gran jurado no consiste en juzgar el caso. Eso corresponde al jurado del juicio. El señor Hailey será sometido a un juicio justo ante doce miembros imparciales de un jurado, y si es inocente será puesto en libertad. Pero no es competencia del gran jurado determinar su inocencia o culpabilidad. Lo que ustedes deben decidir, después de escuchar la versión de las pruebas presentadas por la acusación, es si existen bastantes posibilidades de que se haya cometido un delito. Me permito sugerirles que Carl Lee Hailey ha cometido un delito. A decir verdad, tres delitos. Ha matado a dos hombres y herido a un tercero. Disponemos de testigos presenciales.

Buckley se animaba y recuperaba la confianza en sí mismo al tiempo que paseaba alrededor de las mesas.

—La obligación de este gran jurado es la de formalizar la

acusación y, si el señor Hailey dispone de una defensa válida, tendrá oportunidad de presentarla durante el juicio. Si tiene una razón legítima para haber hecho lo que hizo, que la explique durante el juicio. Para eso sirven los juicios. El estado le acusa de un crimen, y el estado debe demostrar durante el juicio que lo ha cometido. Si el señor Hailey puede alegar algo en defensa propia y logra convencer al jurado durante el juicio, se le declarará inocente, se lo aseguro. Mejor para él. Pero no es la función de este gran jurado decidir hoy que el señor Hailey debe ser puesto en libertad. Habrá otra ocasión para ello, ¿no es cierto, sheriff?

—Cierto —asintió Ozzie—. El gran jurado debe formalizar la acusación si se presentan pruebas. El jurado del juicio no le condenará si el estado no logra demostrar su culpabilidad, o si cuenta con una buena defensa. Pero eso no debe preocupar al gran jurado.

—¿Alguna otra pregunta por parte del gran jurado? —preguntó Buckley, atribulado—. Bien, necesitamos una propuesta.

—Propongo que no se le acuse de nada —exclamó Crowell.

—Secundo la propuesta —susurró Barney Flaggs.

A Buckley le temblaban las rodillas. Intentó hablar, pero de su boca no emergió ningún sonido. Ozzie disimuló su alegría.

—Tenemos una propuesta secundada —declaró la señora Gossett—. Los que estén a favor que levanten la mano.

Se levantaron cinco manos negras, junto a la de Crowell. Seis votos. La propuesta había fracasado.

—¿Qué hacemos ahora? —preguntó la señora Gossett.

—Que alguien proponga que se formalicen las dos acusaciones de asesinato y la de agresión contra un agente del orden público —dijo rápidamente Buckley.

—Lo propongo —respondió uno de los blancos.

—Lo secundo —dijo otro.

—Los que estén a favor que levanten la mano —ordenó la

señora Gossett—. Cuento doce manos. Los que se oponen a la propuesta; cuento cinco que con la mía hacen seis. ¿Qué significa eso?

—Significa que se ha formalizado la acusación —respondió Buckley con orgullo, al tiempo que recobraba el aliento y su rostro recuperaba el color habitual—. Vamos a tomarnos diez minutos de descanso —dijo a los miembros del gran jurado, después de susurrar algo al oído de una secretaria—. Nos quedan todavía unos cuarenta casos, de modo que les ruego que no tarden en regresar. Me gustaría recordarles algo que el juez Noose les ha dicho esta mañana. Estas deliberaciones son sumamente confidenciales. No deben revelar a nadie lo dicho en esta sala…

—Lo que intenta decirnos —interrumpió Crowell— es que no le contemos a nadie que por un voto ha estado a punto de no conseguir las acusaciones. ¿No es cierto, Buckley?

El fiscal abandonó apresuradamente la sala y dio un portazo.

Rodeado de docenas de cámaras y periodistas, Buckley mostró las acusaciones formales en los peldaños delanteros del palacio de Justicia. Predicó, conferenció, moralizó, alabó al gran jurado, sermoneó contra el crimen y quienes se toman la ley por su cuenta, y condenó a Carl Lee Hailey. Estaba listo para el juicio. Para enfrentarse al jurado. Garantizó que se le condenaría. Garantizó la pena capital. Se mostró odioso, ofensivo, arrogante, farisaico. Era él mismo. El tradicional Buckley. Algunos periodistas se retiraron, pero prosiguió con su discurso. Se alabó a sí mismo, alardeó de su pericia en la sala y de su media de noventa, o, mejor dicho, de noventa y cinco por ciento de condenas. Otros periodistas se retiraron. Se desconectaron otras cámaras. Alabó al juez Noose por su sabiduría e imparcialidad. Aplaudió la inteligencia y sagacidad de los jurados de Ford County.

El fiscal fue quien más resistió. Todos los demás se hastiaron y lo dejaron solo.

13

Stump Sisson era el brujo imperial del Klan en Mississippi y había convocado una reunión en una pequeña cabaña, situada en un lugar remoto de los bosques de Nettles County, a trescientos cincuenta kilómetros al sur de Ford County. No había túnicas, ritos ni discursos. El pequeño grupo de miembros del Klan discutía los sucesos de Ford County con un tal Freddie Cobb, hermano del fallecido Billy Ray Cobb. Freddie había llamado a un amigo, quien a su vez se había puesto en contacto con Stump, para que organizara la reunión.

¿Habían acusado oficialmente al negro? Cobb no estaba seguro, pero había oído decir que el juicio se celebraría a finales de verano, o principios de otoño. Lo que más le preocupaba eran los rumores de que el negro alegaría enajenación mental y se le declararía inocente. No era justo. Aquel negro había matado a su hermano a sangre fría, con premeditación. Se había escondido en un trastero, a la espera de su hermano. Se trataba de un asesinato a sangre fría y ahora se hablaba de declararlo inocente. ¿Qué podía hacer el Klan al respecto? Hoy en día, los negros cuentan con amplia protección: el NAACP, ACLU, otro sinfín de grupos de defensa de los derechos civiles, los tribunales y, además, el gobierno. Diablos, los blancos no tienen ninguna oportunidad, a excepción del Klan. ¿Quién, aparte del Klan, estaba dispuesto a manifestarse y defender los derechos de los blancos? Todas las leyes favorecían a los negros, y los políticos liberales amantes de los negros no dejaban de elaborar nuevas leyes contra los blancos. Alguien tenía que defender sus intereses. De ahí que hubiera llamado al Klan.

¿Está el negro en la cárcel? Sí, y lo tratan a cuerpo de rey. Walls, el sheriff de aquel condado, también es negro y le tiene mucha simpatía. Le concede privilegios especiales y protección adicional. El sheriff es un tema aparte. Alguien había dicho que Hailey podría salir en libertad bajo fianza esta semana. Era solo un rumor. Ojalá fuera cierto.

¿Qué nos dice de su hermano? ¿Violó a la niña? No estamos seguros, probablemente no. Willard, el otro individuo, había confesado, pero no Billy Ray. No le faltaban mujeres. ¿Por qué se iba a molestar en violar a una niña negra? Y, en el caso de que lo hubiera hecho, ¿qué importaba?

¿Quién es el abogado del negro? Brigance, un chico de Clanton. Joven, pero bastante bueno. Tiene muchos casos penales y una buena reputación. Ha ganado varios casos de asesinato. Les ha contado a los periodistas que el negro alegaría enajenación mental y que lo declararían inocente.

¿Quién es el juez? Todavía no se sabe. Bullard era el juez del condado, pero alguien había dicho que no presidiría el juicio. Se hablaba de trasladarlo a otro condado, de modo que no había forma de saber quién sería el juez.

Sisson y sus compinches escuchaban atentamente a aquel fanático ignorante. Les había gustado lo del NAACP, y lo del gobierno y los políticos, pero también habían leído los periódicos y visto la televisión, y sabían que su hermano había recibido lo que se merecía. Pero ¡de manos de un negro! ¡Era impensable!

El caso resultaba auténticamente prometedor. Con el juicio a varios meses vista, disponían de mucho tiempo para organizar una rebelión. Podrían manifestarse durante el día alrededor del palacio de Justicia con sus túnicas blancas, sus gorros puntiagudos y la cara cubierta. Pronunciarían discursos ante sus simpatizantes y se exhibirían frente a las cámaras. A la prensa le encantaría; aunque esta los odiase, pero se deleitaría con los disturbios y los altercados. Por la noche, podrían intimidar a la población con cruces ardientes y amenazas telefónicas. Los objetivos serían fáciles y, además, les cogerían desprevenidos. La violencia sería inevitable. Sabían cómo provocarla. Eran plenamente conscientes de la reacción que provocaban las túnicas blancas cuando se exhibían ante grupos de negros enfurecidos.

Ford County podía convertirse en su campo de prácticas para jugar al escondite, a la busca y captura y a los ataques por sorpresa. Disponían de tiempo para organizarse y llamar a camaradas de otros estados. ¿Qué miembro del Klan se perdería una oportunidad tan maravillosa? ¿Y los nuevos reclutas? Aquel caso podía alimentar las hogueras del racismo y lograr que los que odiaban a los negros dejaran de ocultarlo para lanzarse a la calle. Escaseaban los socios en la organización. Hailey se convertiría en su nueva consigna bélica, su contraseña.

—Señor Cobb, ¿puede conseguirnos los nombres y direcciones del negro, su familia, su abogado, el juez y los miembros del jurado? —preguntó Sisson.

—De todos menos de los miembros del jurado —respondió Cobb, después de reflexionar sobre su misión—. Todavía no han sido elegidos.

—¿Cuándo tendrá la información?

—No lo sé. Supongo que cuando se celebre el juicio. ¿En qué están pensando?

—No estamos seguros, pero es probable que el Klan tome cartas en el asunto. Necesitamos ejercitar un poco los músculos y esta podría ser una buena oportunidad.

—¿Puedo ayudar? —preguntó Cobb con gran interés.

—Por supuesto, pero debe afiliarse al Klan.

—Ya no existe en nuestro condado desde hace mucho tiempo. Mi abuelo formaba parte del mismo.

—¿Quiere decir que el abuelo de la víctima era miembro del Klan?

—Sí —respondió Cobb, con mucho orgullo.

—En tal caso, debemos intervenir.

Los presentes movieron la cabeza con incredulidad y prometieron vengarse. Explicaron a Cobb que, si encontraba a otros cinco o seis amigos de ideas afines dispuestos a afiliarse, celebrarían una gran ceremonia secreta en los bosques de Ford County, con una enorme cruz ardiente y toda clase de ritos. Entonces quedarían incorporados como miembros de pleno derecho del Ku Klux Klan. Filial de Ford County. Y todos acudirían para ridiculizar el juicio de Carl Lee Hailey. Armarían tal revuelo en Ford County durante el verano que a ningún miembro del jurado en su sano juicio se le ocurriría votar inocente al negro. Solo tenía que reclutar a media docena de individuos y lo nombrarían jefe de la filial de Ford County.

Cobb dijo que tenía suficientes primos para formar el grupo. Abandonó la reunión intoxicado por la emoción de formar parte del Klan al igual que su abuelo.

Buckley estaba ligeramente desincronizado. Las noticias de la tarde no mencionaron su conferencia de prensa de las cuatro. Jake cambió de canales en el televisor en blanco y negro de su despacho y se echó a reír cuando las cadenas nacionales, así como las emisoras de Memphis, Jackson y Tupelo, se despidieron sin haber mencionado el dictamen de procesamiento. Imaginaba a la familia Buckley en su madriguera, pegada al televisor, a la espera de que apareciera su héroe en pantalla mientras él les ordenaba guardar silencio. Y cuando llegaron las siete, después del último parte meteorológico, el de Tupelo, se retiraron todos y le dejaron a solas en su sillón reclinable. Tal vez a las diez, dijo. Con toda probabilidad.

A las diez, Jake y Carla estaban tumbados y abrazados en la oscuridad del sofá, a la espera de las noticias. Ahí estaba, por fin, en los peldaños del palacio de Justicia, con los autos de procesamiento en la mano y vociferando como un predicador callejero mientras el presentador del canal cuatro explicaba que se trataba de Rufus Buckley, el fiscal del distrito que se ocuparía de la acusación de Carl Lee Hailey ahora que se habían dictado contra él autos de procesamiento. Tras enfocar brevemente a Buckley, la cámara mostró una maravillosa panorámica del centro de Clanton antes de volver al presentador, quien concluyó con un par de palabras sobre el juicio a finales de verano.

—Es ofensivo —dijo Carla—. ¿Por qué ha convocado una conferencia de prensa para dar a conocer los autos de procesamiento?

—Es el acusador. Nosotros, los abogados defensores, somos los que odiamos la prensa.

—Me he dado cuenta. Mi álbum se está llenando de recortes de periódicos.

—No olvides sacar copias para mi madre.

—¿Se las firmarás?

—Solo si me paga. Las tuyas las firmaré gratis.

—De acuerdo. Y si pierdes te presentaré una minuta por cortar y pegar.

—Permíteme que te recuerde, querida, que nunca he perdido un caso de asesinato. Tres a cero; es un hecho.

Carla pulsó el control remoto y el hombre del tiempo permaneció en pantalla pero sin voz.

—¿Sabes lo que más me desagrada de tus casos de asesinato? —preguntó, al tiempo que separaba con los pies los cojines que cubrían sus piernas finas, bronceadas y casi perfectas.

—¿La sangre, la carnicería, el horror?

—No —respondió mientras se soltaba el cabello, que le llegaba a la altura de los hombros, para desparramarlo sobre el brazo del sofá.

—¿El menosprecio por la vida, por insignificante que sea?

—No.

Llevaba puesta una de sus viejas camisas a rayas y empezó a jugar con los botones.

—¿La terrible perspectiva de un inocente en la cámara de gas?

—No —dijo mientras se desabrochaba la camisa.

Los destellos azulados del televisor iluminaban la oscura habitación como una luz estroboscópica, al tiempo que la presentadora sonreía en la pantalla para despedirse de los telespectadores.

—¿La preocupación por una joven familia cuando el padre entra en la Audiencia para enfrentarse a un jurado?

—No.

La camisa estaba desabrochada y, bajo la misma, brillaba una fina franja de seda blanca que contrastaba con su piel morena.

—¿La latente falta de equidad de nuestro sistema judicial?

—No.

Levantó una pierna bronceada y casi perfecta hasta dejarla reposar suavemente sobre el respaldo del sofá.

—¿La falta de ética y de escrúpulos en las tácticas utilizadas por la policía y la acusación para condenar a los inocentes?

—No —respondió a la vez que se soltaba la franja de seda entre unos senos casi perfectos.

—¿El fervor, el furor, la intensidad, las emociones incontroladas, la lucha del espíritu humano, las pasiones desatadas?

—Caliente, caliente —dijo Carla.

Sobre lámparas y mesillas cayeron pantalones y camisas al tiempo que sus cuerpos entrelazados se hundían en los almohadones. El antiguo sofá, que los padres de Carla les habían regalado, se mecía y chirriaba sobre el suelo de madera. Era un mueble robusto, acostumbrado a mecerse y a chirriar. Max, la perra callejera, corrió instintivamente por el pasillo para custodiar la puerta de Hanna.

14

Harry Rex Vonner era un despiadado abogado especializado en divorcios escabrosos que siempre tenía a algún desgraciado en la cárcel por demoras en los pagos de la pensión. Era ruin y rencoroso, y muy popular entre las parejas de Ford County que deseaban divorciarse. Era capaz de conseguir los hijos, la casa, la granja, el vídeo, el microondas y todo lo demás. Un rico agricultor lo tenía permanentemente contratado para evitar que su actual esposa lo hiciese a su vez en caso de un próximo divorcio. Harry Rex transfería sus casos penales a Jake, y este mandaba sus divorcios más escabrosos a Harry Rex. Eran amigos y les desagradaban los demás abogados, especialmente los del bufete Sullivan.

—¿Está Jake? —gritó en presencia de Ethel el martes por la mañana después de irrumpir en el vestíbulo.

Empezó a subir por la escalera mientras la desafiaba con la mirada para que no se atreviera a abrir la boca, y ella, demasiado sensata para preguntarle si lo esperaba, se limitó a asentir con la cabeza. En más de una ocasión le había soltado alguna palabrota. Le había soltado palabrotas a todo el mundo.

Hacía retumbar la escalera con sus pasos y jadeaba cuando llegó al enorme despacho.

—Buenos días, Harry Rex. ¿Vas a quedarte sin respiración?

—¿Por qué no te instalas en un despacho de la planta baja? —preguntó, con la respiración entrecortada.

—Necesitas hacer ejercicio. De no ser por estas escaleras, pesarías más de ciento treinta kilos.

—Gracias. A propósito, ahora vengo del juzgado. Noose quiere verte, a ser posible a las diez y media. Desea hablar de Hailey contigo y con Buckley para fijar las fechas del proceso, el juicio y demás trámites. Me ha pedido que te lo diga.

—De acuerdo. Ahí estaré.

—¿Supongo que has oído lo del gran jurado?

—Por supuesto. Aquí tengo una copia del auto de procesamiento.

—No, no —dijo Harry Rex sonriendo—. Me refiero al voto del jurado.

Jake se quedó paralizado, con la mirada fija en su compañero. Harry Rex se movía por el condado en círculos oscuros y silenciosos como los de una nube. Era una fuente inagotable de chismes y rumores, y se enorgullecía de divulgar solo la verdad en la mayoría de los casos. Era el primero en saberlo casi todo. La leyenda de Harry Rex había empezado veinte años antes, con su primer juicio ante un jurado. La empresa ferroviaria a la que había demandado por millones de dólares se negaba a pagar un céntimo y, después de tres días de juicio, el jurado se retiró a deliberar. Los abogados de la empresa ferroviaria empezaron a intranquilizarse al ver que el jurado no regresaba rápidamente con un veredicto favorable a su causa y, al entrar en el segundo día de deliberaciones, ofrecieron veinticinco mil dólares a Harry Rex para zanjar el pleito. Con increíble aplomo, los mandó al diablo. Su cliente quería el dinero y también lo mandó a freír espárragos. Al cabo de unas horas, el jurado, hastiado y fatigado, regresó a la sala y emitió un veredicto por ciento cincuenta mil dólares. Después de despedirse con un gesto obsceno de los abogados de la empresa ferroviaria y saludar con desprecio a sus clientes, Harry Rex se dirigió al bar del Best Western, donde invitó a todos los presentes. Durante la prolongada velada, contó con todo detalle cómo había instalado micrófonos en la sala del jurado y sabía exactamente lo que en ella se decía. Se divulgó la noticia y Murphy encontró unos cables ocultos entre los tubos de la calefacción de la sala del jurado. El Colegio de Abogados investigó el caso, pero no descubrió nada. Desde hacía veinte años, los jueces ordenaban a los oficiales del juzgado que inspeccionaran la sala del jurado cuando Harry Rex estaba de algún modo vinculado al caso.

—¿Cómo sabes lo del voto? —preguntó Jake con suspicacia, pendiente de cada una de sus palabras.

—Tengo mis fuentes.

—¿Y cómo fue el voto?

—Doce contra seis. Con un voto menos, no tendrías esos autos de procesamiento en la mano.

—Doce contra seis —repitió Jake.

—Poco le faltó a Buckley para que le diera un síncope. Un individuo llamado Crowell, que, a propósito, es blanco, se hizo cargo de la situación y casi convenció a suficientes miembros del jurado para que no acusaran formalmente a tu cliente.

—¿Conoces a ese Crowell?

—Me ocupé de su divorcio hace un par de años. Vivía en Jackson hasta que su primera esposa fue violada por un negro. Ella se volvió loca y se divorciaron. Entonces ella cogió un cuchillo de cocina y se cortó las venas. A continuación, él se trasladó a Clanton y se casó con un putón verbenero de un pueblo cercano. El matrimonio duró un año. Subyugó por completo a Buckley. Le ordenó que se sentara y cerrara el pico. Ojalá hubieras podido verlo.

—Parece que lo hayas visto.

—No. Solo tengo una buena fuente de información.

—¿Quién?

—Por favor, Jake.

—¿Has vuelto a instalar micrófonos en la sala?

—No. Me limito a escuchar. Buena señal, ¿no te parece?

—¿Qué?

—El voto tan justo. Seis entre dieciocho votaron para que lo soltaran. Cinco negros y Crowell. Es un buen indicio. Con un par de negros en el jurado lograrás que no se pongan de acuerdo. ¿No es cierto?

—No es tan fácil. Si el juicio se celebra en este condado, es bastante probable que todos los componentes del jurado sean blancos. Aquí es común que esto ocurra y, como bien sabes, son todavía muy constitucionales. Además, ese tal Crowell parece haber salido de la nada.

—Esa fue también la impresión de Buckley. Tendrías que ver a ese imbécil. Se pasea por el palacio de Justicia como un pavo real, dispuesto a firmar autógrafos después de su aparición anoche en la pantalla. Nadie quiere hablar del tema, pero él se las arregla para introducirlo en todas las conversaciones. Es como un chiquillo que quiere llamar la atención.

—Ten cuidado. Puede ser tu próximo gobernador.

—No, si pierde el caso de Hailey. Y lo perderá, Jake. Escogeremos un buen jurado, doce buenos y leales ciudadanos, y entonces los sobornaremos.

—No te he oído.

—Siempre funciona.

Cuando pasaban unos minutos de las diez y media, Jake entró en el despacho del juez, situado en la parte posterior del palacio de Justicia, y estrechó tranquilamente las manos de Buckley, Musgrove e Ichabod. Lo estaban esperando. Noose le indicó que tomara asiento y se instaló tras su escritorio.

—Jake, tardaremos solo unos minutos. Me gustaría firmar el auto de procesamiento contra Carl Lee Hailey a las nueve de la mañana. ¿Algún inconveniente?

—No, ninguno —respondió Jake.

—Nos ocuparemos también de otros autos de procesamiento y a las diez empezaremos un juicio por robo. ¿De acuerdo, Rufus?

—Sí, señoría.

—Bien. Ahora hablemos de la fecha del juicio del señor Hailey. Como ustedes saben, el próximo período de sesiones de este juzgado empieza a finales de agosto, el tercer lunes, y estoy seguro de que entonces habrá tantos casos pendientes como ahora. Debido a la naturaleza de este caso y, francamente, a la publicidad, creo que sería sensato celebrar este juicio lo antes posible.

—Cuanto antes —añadió Buckley.

—Jake, ¿cuánto tiempo necesita para preparar la defensa?

—Sesenta días.

—¡Sesenta días! —exclamó con incredulidad Buckley—. ¿Por qué tanto tiempo?

Jake no le prestó ninguna atención y observó a Ichabod quien, después de ajustarse las gafas, consultó su agenda.

—¿Es previsible que se solicite otro lugar donde celebrar el juicio? —preguntó el juez.

—Sí.

—No importa —dijo Buckley—. De todos modos lograremos que lo condenen.

—Reserva tus comentarios para las cámaras, Rufus —se limitó a decir Jake sin levantar la voz.

—Mira quién habla —replicó Buckley—. A ti parece que también te gustan las cámaras.

—Por favor, caballeros —intervino Noose—. ¿Qué otras solicitudes anteriores al juicio podemos esperar por parte de la defensa?

—Habrá otras —respondió Jake, tras unos momentos de reflexión.

—¿Le importaría hablarme de ellas? —preguntó el juez, ligeramente irritado.

—Señoría, me parece prematuro hablar en estos momentos de la defensa. Acabamos de recibir el auto de procesamiento y no he tenido todavía oportunidad de hablarlo con mi cliente. Evidentemente, debemos ponernos a trabajar.

—¿Cuánto tiempo necesita?

—Sesenta días.

—¡Bromeas! —exclamó Buckley—. ¿Es un chiste? Por lo que concierne a la acusación pública, señoría, el juicio podría celebrarse mañana. Es absurdo esperar sesenta días.

Jake empezó a indignarse, pero no dijo nada. Buckley se acercó a la ventana mientras murmuraba con rabia para sus adentros.

—¿Por qué sesenta días? —preguntó Noose, mientras consultaba su agenda.

—Podría ser un caso muy complicado.

Buckley soltó una carcajada, sin dejar de mover la cabeza.

—¿Podemos anticipar que la defensa alegue enajenación mental? —preguntó el juez.

—Sí, señoría. Y necesitaremos tiempo para que un psiquiatra examine al señor Hailey. Entonces la acusación querrá, evidentemente, que le examinen sus peritos.

—Comprendo.

—Además, puede que debamos resolver otros aspectos procesales. Se trata de un caso importante y quiero estar seguro de que disponemos de tiempo para prepararlo adecuadamente.

—¿Señor Buckley? —dijo el juez.

—Lo que sea. A la acusación pública no le importa. Podríamos ir a juicio mañana mismo.

Noose tomó nota en su agenda y se ajustó las gafas, que colgaban de la punta de su nariz, convenientemente sujetas por una pequeña verruga. Debido al tamaño de la nariz y a la extraña forma de su cabeza, su señoría usaba unas gafas especiales con patas más largas de lo normal, que no utilizaba para leer, sino con el único propósito de disimular, en vano, el tamaño y forma de su nariz. Jake siempre lo había sospechado, pero le había faltado valor para comunicar a su señoría que esas absurdas gafas hexagonales de tono anaranjado alejaban precisamente la atención de todo lo demás para centrarla en su nariz.

—¿Cuánto cree que durará el juicio, Jake? —preguntó Noose.

—Tres o cuatro días. Pero podrían necesitarse tres días para elegir el jurado.

—¿Señor Buckley?

—Parece más o menos correcto. Pero no entiendo por qué se necesitan sesenta días para preparar un juicio de tres días. Creo que debería celebrarse antes.

—Tranquilízate, Rufus —dijo Jake sosegadamente—. Las cámaras seguirán ahí dentro de sesenta días, y aunque transcurran noventa. No te olvidarán. Puedes conceder entrevistas, convocar conferencias de prensa, pronunciar sermones y lo que se te antoje. De todo. Pero deja de preocuparte. Tendrás tu oportunidad.

A Buckley se le subieron los colores al rostro, entornó los ojos y dio tres pasos en dirección a Jake.

—Si no me equivoco, señor Brigance, has concedido más entrevistas y aparecido ante más cámaras que yo en la última semana.

—Lo sé, y estás celoso, ¿no es cierto?

—¡No, no estoy celoso! No me importan las cámaras…

—¿Desde cuándo?

—Caballeros, por favor —interrumpió Noose—. Este caso promete ser largo y apasionado. Confío en que mis letrados actúen como profesionales. El caso es que mi agenda está muy congestionada. Las únicas fechas libres son las de la semana del veintidós de julio. ¿Algún problema?

—Podemos celebrar entonces el juicio —dijo Musgrove.

—Me parece bien —dijo Jake con una sonrisa y mirando a Buckley mientras consultaba su agenda de bolsillo.

—Bien. Todas las solicitudes y temas procesales deberán resolverse antes del lunes, ocho de julio. La confirmación del auto de procesamiento tendrá lugar mañana a las nueve. ¿Alguna pregunta?

Jake se puso en pie, estrechó las manos de Noose y de Musgrove y se retiró.

Después de almorzar visitó a su famoso cliente en el despacho de Ozzie, junto a la cárcel. A Carl Lee le habían entregado en su celda una copia del auto de procesamiento y deseaba formular algunas preguntas a su abogado.

—¿Qué significa asesinato en primer grado?

—El peor.

—¿Cuántos hay?

—Básicamente tres: homicidio, asesinato y asesinato en primer grado.

—¿Qué significa homicidio?

—Veinte años.

—¿Y asesinato?

—Entre veinte años y cadena perpetua.

—¿Y asesinato en primer grado?

—La cámara de gas.

—¿Qué significa agresión grave contra un agente del orden público?

—Cadena perpetua. Sin remisión de condena.

—Es decir, tengo dos condenas a la cámara de gas y una de cadena perpetua —dijo Carl Lee, tras examinar atentamente el auto de procesamiento.

—Todavía no. Primero tienes derecho a un juicio que, por cierto, se celebrará el veintidós de julio.

—¡Faltan todavía dos meses! ¿Por qué tanto tiempo?

—Porque lo necesitamos. Primero debemos encontrar a un psiquiatra que certifique que estabas loco. Entonces Buckley ordenará que te manden a Whitfield para que te examinen los médicos que trabajan para el estado, y ellos dirán que no estabas loco cuando cometiste el delito. Presentaremos un recurso, Buckley presentará otro, y habrá un montón de vistas. Necesitamos tiempo.

—¿No podría celebrarse antes el juicio?

—No nos interesa.

—¿Y si me interesara a mí? —replicó Carl Lee.

—¿Qué ocurre, grandote? —preguntó Jake, al tiempo que lo observaba atentamente.

—Tengo que salir de aquí cuanto antes.

—Pero ¿no me habías dicho que la cárcel no estaba tan mal?

—Es cierto, pero debo regresar a mi casa. Gwen se ha quedado sin dinero y no encuentra trabajo. Lester tiene problemas con su esposa. No deja de llamarle, de modo que no tardará en abandonarnos. Detesto tener que pedir ayuda a la familia.

—Pero te ayudarán, ¿no es cierto?

—Algunos. Ellos también tienen problemas. Tienes que sacarme de aquí, Jake.

—Escúchame, a las nueve de la mañana se confirmará tu auto de procesamiento. El veintidós de julio es la fecha que se ha fijado para el juicio y no se cambiará, de modo que olvídalo. ¿Te he contado en qué consistirá la confirmación del auto de procesamiento?

Carl Lee movió la cabeza.

—Durará menos de veinte minutos. Nos presentaremos ante el juez Noose, en la sala principal de la Audiencia. Formulará algunas preguntas, primero a ti y luego a mí. Leerá en público el auto de procesamiento y te preguntará si has recibido una copia. Entonces te preguntará si te declaras culpable o inocente. Cuando respondas inocente, anunciará la fecha del juicio. Tú te sentarás, y Buckley y yo entablaremos una fuerte discusión sobre la libertad bajo fianza. Noose la denegará y volverás a la cárcel, donde permanecerás hasta el juicio.

—¿Y después del juicio?

—No, no estarás en la cárcel después del juicio —dijo Jake sonriendo.

—¿Prometido?

—No. No te lo puedo prometer. ¿Alguna pregunta acerca de mañana?

—No. Dime, Jake, ¿cuánto dinero te he pagado?

Jake titubeó y tuvo un mal presentimiento.

—¿Por qué me lo preguntas?

—Solo pensaba.

—Novecientos más un pagaré.

Gwen tenía menos de cien dólares. En la casa había cuentas

pendientes y escasa comida. El domingo, durante la visita a su marido, había pasado una hora llorando. El pánico formaba parte de su vida, de su personalidad, de su constitución. Pero Carl Lee sabía que estaban sin blanca. Los parientes de Gwen serían de poca ayuda: tal vez unas verduras del huerto y un poco de dinero para leche y huevos. Cuando alguien fallecía o estaba en el hospital, se podía confiar plenamente en ellos. Eran generosos y estaban dispuestos a sacrificar su tiempo para llorar, compadecer y dar el espectáculo. Pero cuando lo que se necesitaba era dinero, huían como conejos. La familia de Gwen era bastante inútil y la de Carl Lee no era mucho mejor.

Quería pedir cien dólares a Jake, pero decidió esperar a que Gwen se quedara sin un centavo. Entonces sería más fácil.

Jake hojeaba su cuaderno, a la espera del sablazo. Los clientes penales, especialmente si eran negros, siempre pedían que les devolviera parte de lo que le habían pagado. Dudaba llegar a cobrar más de novecientos dólares y no estaba dispuesto a devolver un centavo. Además, los negros siempre se cuidaban entre sí. Los parientes le ayudarían y la iglesia contribuiría. Nadie moriría de hambre.

—¿Alguna pregunta, Carl Lee? —dijo al cabo de un rato, después de guardar el cuaderno y el sumario en su maletín.

—Sí. ¿Qué puedo decir mañana?

—¿Qué quieres decir?

—Quiero contar al juez por qué maté a esos chicos. Habían violado a mi hija. Merecían morir.

—¿Y quieres contárselo mañana al juez?

—Sí.

—¿Y crees que te soltará cuando se lo hayas contado?

Carl Lee se quedó callado.

—Escúchame, Carl Lee, me has contratado como abogado. Y lo has hecho porque confías en mí, ¿no es cierto? Y si quiero que digas algo mañana, te lo comunicaré. Si no lo hago, ten la boca cerrada. En julio, cuando se celebre el juicio, tendrás oportunidad de contar tu versión de los hechos. Entretanto, seré yo quien hable.

—Tienes razón.

Lester y Gwen subieron a los niños y a Tonya al Cadillac rojo para dirigirse a la consulta del médico en el edificio anexo al hospital. Habían transcurrido dos semanas desde la violación. A pesar de que cojeaba ligeramente, Tonya quería correr por la escalera con sus hermanos, pero su madre la llevaba sujeta de la mano. Las piernas y las nalgas ya casi no le dolían; la semana anterior los médicos habían retirado los vendajes de sus muñecas y tobillos, y las heridas cicatrizaban satisfactoriamente. Llevaba todavía gasa y algodón entre las piernas.

Después de desnudarse en una pequeña sala, se sentó junto a su madre sobre una mesa acolchada. Su madre la abrazaba impidiendo así que se enfriara. El médico le examinó la boca y la barbilla. La cogió de las muñecas y los tobillos para comprobar cómo estaban. A continuación la tumbó sobre la mesa y palpó entre sus piernas. La niña se echó a llorar y se abrazó a su madre, quien se agachó para recibirla.

Volvía a dolerle.

15

A las cinco de la madrugada del miércoles, Jake tomaba café en su despacho y contemplaba el oscuro patio del palacio de Justicia a través de la cristalera de su balcón. Después de pasar una mala noche, había abandonado el calor de la cama varias horas antes de lo habitual para buscar desesperadamente un caso de Georgia, que creía recordar de la facultad, en el que el juez había concedido la libertad bajo fianza a un reo acusado de asesinato, sin antecedentes, con propiedades en el condado, trabajo fijo y numerosos parientes en las cercanías. La búsqueda fue vana. Encontró un montón de casos en el estado de Mississippi, recientes y bien argumentados, unos claros y otros ambiguos, en los que el juez había ejercido su poder discrecional para negar la libertad bajo fianza. Esa era la ley y ahora Jake la conocía al dedillo, pero necesitaba algún argumento para enfrentarse a Ichabod. Estaba aterrorizado ante la perspectiva de solicitar la libertad bajo fianza para Carl Lee. Buckley empezaría a chillar, sermonear y citar aquellos maravillosos casos, mientras Noose escucharía con una sonrisa para denegar finalmente la solicitud. Jake recibiría un pisotón en la cola en la primera escaramuza.

—Hola, encanto, hoy has venido muy temprano —dijo Dell a su cliente predilecto mientras le servía el café.

—Por lo menos he venido —respondió Jake, que no había

aparecido regularmente por el café desde la amputación de Looney.

Este era un personaje popular, y entre los clientes había cierto resentimiento para con el abogado de Hailey. Consciente de ello, Jake procuraba ignorarlo.

A muchos les disgustaban los abogados que defendían a un negro acusado de matar a unos blancos.

—¿Tienes un momento? —preguntó Jake.

—Por supuesto —respondió Dell antes de sentarse a su mesa y mirar a su alrededor.

A las cinco y cuarto de la madrugada el café estaba casi vacío.

—¿Qué se dice por aquí?

—Lo de siempre. Hablan de política, de la pesca y de la agricultura. Nada cambia. Hace veintiún años que trabajo aquí y siempre sirvo la misma comida, a la misma gente, que habla de lo mismo.

—¿Nada nuevo?

—Hailey. Se habla mucho del tema. A excepción de cuando hay algún desconocido presente; entonces, se habla de lo habitual.

—¿Por qué?

—Porque si das a entender que sabes algo del asunto, empieza a seguirte algún periodista formulándote un montón de preguntas.

—¿Tan mal están las cosas?

—Todo lo contrario. Es una maravilla. Nunca había ido mejor el negocio.

Jake sonrió y añadió mantequilla y tabasco al farro.

—¿Qué opinas tú del caso?

Dell se rascó la nariz con unas uñas postizas rojas y muy largas, y sopló en su taza de café. Era famosa por su sinceridad, y Jake esperaba que le respondiera sin tapujos.

—Es culpable. Mató a esos chicos. No tiene vuelta de hoja. Pero tenía el mejor pretexto que he conocido en mi vida. Cuenta con ciertas simpatías.

—Supongamos que formas parte del jurado. ¿Culpable o inocente?

Dell miró hacia la puerta y saludó con la mano a un cliente.

—Mi instinto es el de perdonar a alguien que mate a un violador. Especialmente a un padre. Pero, por otra parte, no podemos permitir que la gente coja una arma y administre su propia justicia. ¿Puedes demostrar que estaba loco cuando lo hizo?

—Supongamos que puedo.

—En tal caso votaría inocente, aunque estoy convencida de que no estaba loco.

Jake cubrió una tostada con mermelada de fresa y asintió.

—Pero ¿qué me dices de Looney? —preguntó Dell—. Es un buen amigo mío.

—Fue un accidente.

—¿Y con eso basta?

—No, no basta. El fusil no se disparó accidentalmente. El impacto de bala que Looney recibió fue accidental, pero dudo de que esto constituya una defensa válida. ¿Le condenarías por haber disparado a Looney?

—Tal vez —respondió pausadamente—. Ha perdido una pierna.

¿Cómo podía estar enajenado cuando disparó contra Cobb y Willard, pero no cuando lo hizo contra Looney?, pensó Jake sin expresarlo. Decidió cambiar de tema.

—¿Qué se chismorrea sobre mí?

—Lo mismo, más o menos. Alguien preguntaba por ti hace unos días y otros dijeron que no tenías tiempo para nosotros, ahora que eres célebre. He oído algunos rumores acerca de ti y el negro, pero muy discretos. No te critican en voz alta. No se lo permitiría.

—Eres un encanto.

—Soy una zorra malhumorada y tú lo sabes.

—No. Intentas parecerlo.

—¿Tú crees? Obsérvame.

Se levantó para acercarse a la mesa de unos agricultores que habían pedido más café, y empezó a chillarles. Jake acabó de desayunar solo y regresó a su despacho.

Cuando llegó Ethel a las ocho y media, un par de periodistas deambulaban por la acera junto a la puerta cerrada. La secretaria abrió la puerta y ellos aprovecharon para entrar en el edificio y exigieron ver al señor Brigance. Ella les respondió que se marcharan, pero insistieron. Jake oyó la discusión, cerró su puerta con llave y dejó que Ethel solucionara el problema.

Desde su despacho vio un equipo de televisión en la parte posterior del palacio de Justicia, sonrió y experimentó una maravillosa subida de adrenalina. Se vio ya en las noticias de la noche, caminando con aire decidido, severo, serio, seguido de periodistas que pretendían entablar un diálogo sin que él les brindara comentario alguno. Y esto era solo la confirmación del auto de procesamiento. ¡Cómo sería el juicio! Cámaras por todas partes, periodistas formulando preguntas, artículos de primera plana, incluso quizá la cubierta de alguna revista. Un periódico de Atlanta lo había denominado el asesinato más sensacional del sur en los últimos veinte años. Habría aceptado el caso prácticamente gratis.

Al cabo de unos momentos interrumpió la discusión del vestíbulo, saludó amablemente a los periodistas y Ethel se retiró a la sala de conferencias.

—¿Podría responder a unas preguntas? —preguntó uno de ellos.

—No —respondió atentamente Jake—. Tengo una reunión con el juez Noose.

—¿Solo un par de preguntas?

—No. Pero daré una conferencia de prensa a las tres de la tarde.

Jake abrió la puerta y los periodistas le siguieron a la calle.

—¿Dónde tendrá lugar la conferencia?

—En mi despacho.

—¿Con qué objeto?

—Discutir el caso.

Jake cruzó lentamente la calle para acercarse al palacio de Justicia sin dejar de responder preguntas.

—¿Estará presente el señor Hailey?

—Sí, acompañado de su familia.

—¿También la niña?

—Sí, también la niña.

—¿Responderá el señor Hailey a alguna pregunta?

—Tal vez. Todavía no lo he decidido.

Jake se despidió y entró en la Audiencia, mientras los periodistas se quedaban en la acera charlando sobre la conferencia de prensa.

Buckley entró en el juzgado por la enorme puerta principal sin charanga alguna. Esperaba encontrarse con un par de cámaras y le disgustó descubrir que se habían agrupado en la parte posterior del edificio para ver al acusado. De ahora en adelante entraría por la puerta trasera.

El juez Noose aparcó junto a una boca de riego frente a la oficina de correos, cruzó la plaza a grandes zancadas y entró en el palacio de Justicia. Tampoco llamó la atención, a excepción de las miradas de algunos curiosos.

Ozzie echó una ojeada por las ventanas de la fachada de la cárcel y vio una aglomeración de gente en el aparcamiento, a la espera de Carl Lee. Pensó en la posibilidad de hacerles otra jugarreta, pero finalmente desistió. En su despacho se habían recibido dos docenas de amenazas de muerte contra Carl Lee, y Ozzie se tomaba algunas de ellas en serio. La mayoría eran simples amenazas generales, pero otras eran específicas, con fechas y lugares. Y eso que solo se trataba de la confirmación del auto de procesamiento. Pensó en el juicio y le susurró algo a Moss Junior. Rodearon a Carl Lee de agentes uniformados y le condujeron por la acera, entre los periodistas, hasta un furgón alquilado al que subieron seis agentes, además del conductor. Escoltado por los tres mejores coches de policía, el furgón se dirigió velozmente al juzgado.

Noose había programado una docena de autos de procesamiento para las nueve de la mañana, y cuando se sentó en su sillón del estrado empezó a repasar los sumarios hasta encontrar el de Hailey. Al observar la primera fila de la sala, vio a un sombrío grupo de sospechosos personajes, todos ellos recientemente inculpados. En un extremo había un detenido esposado, con un agente a cada lado, al que Brigance hablaba en voz baja. Debía tratarse de Hailey.

Noose cogió la carpeta roja de un sumario y se ajustó las gafas para que no perturbaran su lectura.

—El estado contra Carl Lee Hailey, caso número 3889. Acérquese, señor Hailey.

Después de que le retiraran las esposas, Carl Lee se acercó con su abogado al estrado, donde levantaron la cabeza para mirar a su señoría, que examinaba en silencio y con nerviosismo el auto de procesamiento del sumario. Creció el silencio en la sala. Buckley se levantó y se acercó lentamente a pocos metros del acusado. Los dibujantes esbozaban la escena.

Jake dirigió una torva mirada a Buckley, que no tenía por qué acercarse al estrado durante la confirmación del auto de procesamiento. El fiscal vestía su mejor traje de poliéster negro con chaleco. Todos y cada uno de los pelos de su enorme cabeza habían sido meticulosamente peinados y fijados. Tenía el aspecto de un evangelista televisivo.

—Bonito traje, Rufus —susurró Jake al oído de Buckley tras acercarse.

—Gracias —respondió el fiscal, desprevenido.

—¿Brilla en la oscuridad? —preguntó Jake antes de regresar junto a su cliente.

—¿Es usted Carl Lee Hailey? —preguntó el juez.

—Sí.

—¿Es el señor Brigance su abogado?

—Sí.

—Tengo en mis manos un auto de procesamiento dictado contra usted por el gran jurado. ¿Ha recibido usted una copia del mismo?

—Sí.

—¿Lo ha leído?

—Sí.

—¿Ha hablado del mismo con su abogado?

—Sí.

—¿Lo comprende?

—Sí.

—Bien. Por imperativo legal, debo leerlo ante el público de la sala —dijo Noose, antes de aclararse la garganta—: «Los componentes del gran jurado del estado de Mississippi, debidamente elegidos entre un grupo de ciudadanos respetables y de buena conducta de Ford County, en el mismo estado, nombrados bajo juramento y encargados de instruir en nombre de dicho condado y estado por la autoridad otorgada por el estado de Mississippi, bajo juramento dictan que Carl Lee Hailey, domiciliado en el condado y estado antes mencionados, y en el distrito judicial de esta Audiencia, quebrantó deliberada e intencionalmente el código penal con alevosía, intencionalidad y premeditación al matar y asesinar a Billy Ray Cobb, un ser humano, y a Pete Willard, un ser humano, y disparar con intención de matar contra DeWayne Looney, agente del orden público, en contravención del código de Mississippi y contra la paz y dignidad del estado de Mississippi. Auto de procesamiento. Firmado por Laverne Gossett, portavoz del gran jurado». ¿Comprende los cargos que se le imputan? —concluyó Noose, tras recuperar el aliento.

—Sí.

—¿Comprende que si se le declara culpable podrá ser sentenciado a muerte en la cámara de gas del penal estatal de Parchman?

—Sí.

—¿Se declara culpable o inocente?

—Inocente.

Noose repasó su agenda bajo la mirada atenta del público de la sala. Los dibujantes se concentraban en los protagonistas, incluido Buckley, que se había unido a ellos y colocado de perfil para salir más favorecido. Estaba ansioso por decir algo. Con ceño fruncido, miraba a la espalda de Carl Lee, como si estuviera impaciente por crucificar al asesino. Se acercó ostentosamente a la mesa donde se encontraba Musgrove y susurraron algo aparentemente importante. Cruzó la sala y habló al oído de una de las secretarias. A continuación regresó al estrado, donde el acusado permanecía inmóvil junto a su abogado, consciente de la exhibición de Buckley y procurando desesperadamente ignorarla.

—Señor Hailey —declaró Noose—, su juicio se celebrará el lunes veintidós de julio. Todas las mociones y asuntos relacionados con el mismo deberán presentarse antes del veinticuatro de junio, y ser incorporados al sumario antes del ocho de julio.

Carl Lee y Jake asintieron.

—¿Tienen algo que añadir?

—Sí, señoría —respondió Buckley, levantando la voz para que le oyeran incluso los periodistas desde la rotonda—. La acusación se opone a cualquier solicitud de libertad bajo fianza para este inculpado.

—Con la venia de su señoría —replicó Jake con los puños cerrados, haciendo un esfuerzo para no gritar—, el acusado no ha solicitado la libertad bajo fianza. El señor Buckley, como de costumbre, confunde el procedimiento. No puede oponerse a una solicitud que no ha sido formulada. Esto es algo que debió haber aprendido en la facultad.

—Con la venia de su señoría —prosiguió Buckley ofendido—, el señor Brigance siempre solicita la libertad bajo fianza y estoy seguro de que también lo hará hoy. La acusación se opondrá a dicha solicitud.

—¿Por qué no espera a que la formule? —preguntó Noose, un tanto irritado.

—De acuerdo —respondió Buckley mientras miraba a Jake con fuego en la mirada.

—¿Piensa solicitar la libertad bajo fianza? —preguntó el juez.

—Pensaba hacerlo en el momento apropiado, pero antes de que tuviera la oportunidad ha intervenido el señor Buckley con sus bufonadas...

—Olvídese del señor Buckley —interrumpió Noose.

—Comprendo, señoría; simplemente está confundido.

—¿Libertad bajo fianza, señor Brigance?

—Sí, pensaba solicitarla.

—Lo suponía y ya he reflexionado si concederla en este caso. Como bien sabe, su concesión es plenamente discrecional por mi parte y nunca la concedo en casos de asesinato. No me parece oportuno hacer una excepción en este caso.

—¿Quiere decir que ha decidido denegar la libertad bajo fianza?

—Exactamente.

—Comprendo —respondió Jake, al tiempo que se encogía de hombros y dejaba el sumario sobre la mesa.

—¿Desean añadir algo? —preguntó Noose.

—No, señoría —respondió Jake.

Buckley movió la cabeza en silencio.

—Bien. Señor Hailey, por la presente se le ordena permanecer bajo custodia del sheriff de Ford County hasta el día del juicio. Puede retirarse.

Carl Lee regresó a la primera fila, donde un agente lo esperaba con las esposas en la mano. Jake abrió su maletín y se dispuso a guardar el sumario y demás documentos cuando Buckley lo agarró del brazo.

—Esto ha sido un golpe bajo, Brigance —dijo entre dientes.

—Tú te lo has buscado —respondió Jake—. Suéltame el brazo.

—No me ha gustado —dijo el fiscal, al tiempo que lo soltaba.

—Peor para ti, gran hombre. No deberías hablar tanto. Por la boca muere el pez.

Buckley, que era siete centímetros más alto y pesaba veinticinco kilos más que Jake, estaba cada vez más irritado. Su discusión había llamado la atención y se acercó un agente de policía para colocarse entre ambos. Jake guiñó el ojo a Buckley y abandonó la sala.

La familia Hailey, encabezada por el tío Lester, entró a las dos de la tarde en el despacho de Jake por la puerta trasera. Jake se reunió con ellos en un pequeño despacho de la planta baja, junto a la sala de conferencias. Al cabo de veinte minutos, Ozzie y Carl Lee entraron tranquilamente por la puerta trasera y Jake les acompañó al despacho, donde Carl Lee se reunió con su familia. Ozzie y Jake abandonaron la sala.

La conferencia de prensa había sido meticulosamente organizada por Jake, que se maravillaba de su habilidad para manipular a los periodistas y de la disposición de estos a ser manipulados. Él se sentó a un lado de la larga mesa con los tres hijos de Carl Lee a su espalda. Gwen estaba sentada a su izquierda y Carl Lee a su derecha, con Tonya sobre sus rodillas.

La ética jurídica impedía revelar la identidad de las niñas víctimas de violación, pero el caso de Tonya era excepcional. Su nombre, rostro y edad eran sobradamente conocidos a causa de su padre. Había sido ya exhibida al mundo y Jake quería que se la viera y fotografiara con su mejor vestido blanco de los domingos y en brazos de su padre. Los componentes del jurado, quienesquiera que fuesen y dondequiera que vivieran, la verían en la pantalla.

Los periodistas que no cabían en la abarrotada sala llenaban el pasillo y la recepción, donde Ethel les ordenaba de mal talante que se sentaran y no la molestasen. Un agente de policía vigilaba la puerta principal y otros dos la trasera. Detrás de la familia Hailey y su abogado, el sheriff Walls y Lester no sabían dónde ponerse. Colocaron una batería de micrófonos delante de Jake y enfocaron y dispararon las cámaras al amparo de los cálidos focos.

—Debo hacer unos comentarios preliminares —empezó a decir Jake—. En primer lugar, seré yo quien responda a todas las preguntas. No debe dirigirse ninguna pregunta al señor Hailey ni a ningún miembro de su familia. Si se le formula alguna pregunta, le indicaré que no la responda. En segundo lugar, me gustaría presentarles a su familia. A mi izquierda se encuentra su esposa, Gwen Hailey. A nuestra espalda están sus hijos Carl Lee, Jarvis y Robert. Detrás de los muchachos se encuentra el hermano del señor Hailey, Lester Hailey. Sentada sobre las rodillas de su padre —añadió tras una pausa, mientras sonreía a la niña—, tenemos a Tonya Hailey. Y ahora responderé a sus preguntas.

—¿Qué ha ocurrido en la Audiencia esta mañana?

—Se ha formalizado el auto de procesamiento contra el señor Hailey, quien se ha declarado inocente, y se ha fijado el juicio para el veintidós de julio.

—¿Ha habido un altercado entre usted y el fiscal del distrito?

—Sí. Después de la confirmación del auto de procesamiento, el señor Buckley se me ha acercado, me ha cogido del brazo y parecía dispuesto a atacarme cuando ha intervenido un agente del orden público.

—¿Cuál ha sido la causa?

—El señor Buckley tiene tendencia a desmoronarse a poca presión que se haga sobre él.

—¿Son ustedes amigos?

—No.

—¿Se celebrará el juicio en Clanton?

—La defensa solicitará un cambio de lugar, pero la decisión corresponde al juez Noose. Ningún pronóstico.

—¿Puede explicarnos cómo ha afectado lo ocurrido a la familia Hailey?

Jake reflexionó unos instantes mientras las cámaras filmaban, y miró a Carl Lee y a Tonya.

—Tienen ante ustedes a una hermosa familia. Hace un par de

semanas su vida era sencilla y agradable. Disponían de un trabajo en la fábrica de papel, unos ahorros en el banco, seguridad, estabilidad, iban a la iglesia todos los domingos y se amaban entre sí. Entonces, por razones que solo Dios conoce, dos golfos borrachos y drogados cometieron un acto horrible y violento contra esta niña de diez años. El suceso nos conmovió y nos provocó náuseas. Arruinaron la vida de esta niña, así como la de sus padres y demás parientes. Fue demasiado para su padre. Enloqueció. Perdió los estribos. Ahora está pendiente de juicio, con la perspectiva de que lo condenen a la cámara de gas. Se han quedado sin trabajo. Sin dinero. Sin inocencia. Los hijos se enfrentan a la posibilidad de crecer sin su padre. Su madre debe encontrar un trabajo para mantenerlos, y se verá obligada a suplicar y a pedir dinero prestado a parientes y a amigos para sobrevivir.

»Para responder a su pregunta: la familia está arrasada y destruida.

Gwen empezó a sollozar en silencio y Jake le ofreció un pañuelo.

—¿Insinúa que la defensa alegará enajenación mental?

—Efectivamente.

—¿Puede demostrarlo?

—La decisión corresponderá al jurado. Nosotros presentaremos expertos en el campo de la psiquiatría.

—¿Ha consultado ya con dichos expertos?

—Sí —mintió Jake.

—¿Puede facilitarnos sus nombres?

—No. Sería inapropiado en estos momentos.

—Circulan rumores de amenazas de muerte contra el señor Hailey. ¿Puede confirmarlos?

—Las amenazas se suceden contra el señor Hailey, su familia, mi familia, el sheriff, el juez, y prácticamente todos los vinculados al caso. Desconozco lo serias que son.

Carl Lee dio unos golpecitos a Tonya en la pierna, con la mirada perdida en la mesa. Parecía asustado y como anhelante de compasión. Resultaba lastimoso. Sus hijos tenían también el aspecto de estar asustados, pero, tal como se les había ordenado, se mantenían firmes, sin atreverse a mover un pelo. Carl Lee, el mayor, de quince años, estaba detrás de Jake. Jarvis, el mediano, de trece, estaba detrás de su padre. Y Robert, de once, detrás de su madre. Los tres vestían trajes idénticos de marino, con camisa blanca y una pequeña pajarita roja. El traje de Robert había pertenecido a Carl Lee y después a Jarvis antes de que él lo heredara, y parecía un poco más usado que los otros dos. Pero estaba limpio, bien planchado y perfectamente almidonado. Los chicos tenían un aspecto elegante. ¿Cómo podría cualquier jurado votar para que esos muchachos vivieran sin su padre?

La conferencia de prensa fue todo un éxito. Tanto las cadenas nacionales como las emisoras locales transmitieron fragmentos de la misma en las noticias de la tarde y de la noche. Los periódicos del jueves publicaron fotografías de la familia Hailey y de su abogado en primera plana.

16

La sueca había llamado varias veces durante las dos semanas de estancia de su marido en Mississippi. No confiaba en él cuando estaba ahí. Tenía antiguas novias de las que le había hablado. Cada vez que llamaba, Lester no estaba en casa y Gwen mentía diciéndole que había ido de pesca o a cortar leña para comprar víveres. Gwen estaba harta de mentir, Lester de ir de parranda, y también estaban hartos el uno del otro. Cuando el viernes sonó el teléfono antes del amanecer, contestó Lester. Era la sueca.

Al cabo de dos horas, el Cadillac rojo estaba aparcado junto a la cárcel. Moss Junior acompañó a Lester a la celda de Carl Lee. Los dos hermanos susurraban mientras los demás internos dormían.

—Debo regresar a mi casa —susurró Lester, entre tímido y avergonzado.

—¿Por qué? —preguntó Carl Lee, como si se lo esperara.

—Ha llamado mi esposa. Si no vuelvo al trabajo mañana por la mañana, me echan a la calle.

Carl Lee asintió.

—Lo siento, hermano. Lamento marcharme, pero no tengo otra alternativa.

—Lo comprendo. ¿Cuándo volverás?

—¿Cuándo quieres que vuelva?

—Para el juicio. Será muy duro para Gwen y para los niños. ¿Podrás estar aquí entonces?

—Sabes que sí. Incluso podré tomarme unas pequeñas vacaciones. Aquí estaré.

Sentados al borde del catre de Carl Lee, se miraban en silencio. La celda permanecía oscura y tranquila. Las literas situadas frente al catre de Carl Lee estaban desocupadas.

—Había olvidado lo desagradable que es este lugar —dijo Lester.

—Espero no seguir aquí mucho tiempo.

Después de ponerse en pie y darse un abrazo, Lester llamó a Moss Junior para que le abriera la celda.

—Me siento orgulloso de ti, hermano —dijo Lester antes de emprender camino a Chicago.

La segunda visita que recibió Carl Lee aquella mañana fue la de su abogado, que se reunió con él en el despacho de Ozzie. Jake tenía los ojos irritados y se mostró quisquilloso.

—Carl Lee, ayer hablé con dos psiquiatras de Memphis. ¿Sabes a cuánto ascienden sus honorarios mínimos para evaluarte de cara al juicio? ¿Te lo imaginas?

—¿Se supone que debería saberlo? —preguntó Carl Lee.

—Mil dólares —exclamó Jake—. Mil dólares. ¿De dónde vas a sacar mil dólares?

—Te di todo el dinero que tenía. Incluso te ofrecí…

—No me interesa la escritura de tu propiedad. ¿Sabes por qué? Porque nadie quiere comprarla y, si no puedes venderla, no sirve para nada. Debemos conseguir el dinero, Carl Lee. No para mí, sino para los psiquiatras.

—¿Por qué?

—¡Por qué! —repitió Jake con incredulidad—. ¿Por qué? Porque me gustaría evitar que acabaras en la cámara de gas, que se encuentra a solo ciento cincuenta kilómetros de aquí. No está muy lejos. Y para lograrlo, debo convencer al jurado de que no estabas en plena posesión de tus facultades mentales cuando disparaste contra esos chicos. Yo no puedo decirles que estabas loco. Tú no puedes decirles que estabas loco. Debe hacerlo un psiquiatra. Un experto. Un doctor. Y no trabajan gratis. ¿Comprendes?

Carl Lee se apoyó sobre las rodillas y observó una araña que avanzaba por la polvorienta alfombra. Después de doce días en la cárcel y dos apariciones ante el juez estaba harto del sistema jurídico. Pensaba en las horas y minutos anteriores al asesinato. Sin duda, los muchachos merecían morir. No se arrepentía de lo hecho. Pero ¿había pensado en la cárcel, la pobreza, los abogados o los psiquiatras? Tal vez, pero solo de refilón. No eran más que molestias inevitables, que debería soportar temporalmente hasta que lo pusieran en libertad. Consumado el hecho, sería procesado, exonerado y puesto en libertad. Sería fácil, al igual que la experiencia de Lester, casi desprovista de dolor.

Pero ahora las cosas funcionaban de otro modo. Se conspiraba para que permaneciera en la cárcel, para convertir a sus hijos en huérfanos. Parecían haber decidido castigarlo por hacer algo que él consideraba inevitable. Y, ahora, su único aliado le venía con exigencias que no podía satisfacer. Su abogado le pedía lo imposible. Su amigo Jake estaba furioso y le hablaba a gritos.

—Consigue el dinero —exclamó Jake, de camino a la puerta—. Pídeselo a tus hermanos, a la familia de Gwen, a tus amigos, a la iglesia; pero consíguelo. Y cuanto antes.

Jake dio un portazo y abandonó la cárcel.

La tercera visita de Carl Lee aquella mañana llegó poco antes del mediodía, en una larga limusina negra con chófer y matrícula de Tennessee. Después de maniobrar en el pequeño aparcamiento, se detuvo ocupando el espacio de tres coches. El corpulento guardaespaldas negro que iba al volante se apeó, abrió la puerta a su jefe y ambos entraron en la cárcel.

—Buenos días —dijo la secretaria, que había dejado de mecanografiar para mirarlos con suspicacia.

—Buenos días —respondió el más bajo, con un parche en el ojo—. Me llamo Gato Bruster y deseo hablar con el sheriff Walls.

—¿Puede decirme cuál es el propósito de su visita?

—Sí, señora. Está relacionada con el señor Hailey, residente en sus impecables dependencias.

El sheriff oyó su nombre y asomó la cabeza por la puerta de su despacho para recibir a su infame visitante.

—Señor Bruster, soy Ozzie Walls.

Se dieron la mano mientras el guardaespaldas permanecía inmóvil.

—Encantado de conocerle, sheriff. Soy Gato Bruster, de Memphis.

—Sí. Le conozco. Lo he visto en las noticias. ¿Qué le trae a Ford County?

—Un gran amigo mío está metido en un buen lío. Se trata de Carl Lee Hailey, y he venido para ayudarle.

—¿Quién es ese? —preguntó Ozzie mirando al guardaespaldas.

Ozzie medía metro noventa y era por lo menos diez centímetros más bajo que el guardaespaldas, que debía de pesar unos ciento treinta y cinco kilos concentrados, sobre todo, en los músculos de sus brazos.

—Este es el pequeño Tom —respondió Gato—. Para abreviar, le llamamos simplemente Pequeño.

—Comprendo.

—Es una especie de guardaespaldas.

—¿No irá armado?

—No, sheriff, no necesita ninguna arma.

—De acuerdo. ¿Por qué no pasan usted y el Pequeño a mi despacho?

Cuando entraron, el Pequeño cerró la puerta y se quedó junto a ella, mientras su jefe se sentaba frente al sheriff.

—Puede sentarse si lo desea —dijo Ozzie.

—No, sheriff, siempre se queda junto a la puerta. Es fiel a su adiestramiento.

—¿Como una especie de perro policía?

—Exactamente.

—Bien. ¿De qué quiere hablar?

Gato cruzó las piernas y colocó una mano cargada de diamantes sobre la rodilla.

—El caso es, sheriff, que Carl Lee y yo nos conocemos desde hace mucho tiempo. Luchamos juntos en Vietnam. Fuimos víctimas de una emboscada cerca de Da Nang, en el verano del setenta y uno. A mí me dieron en la cabeza y, a los pocos segundos, le alcanzaron a él en la pierna. Nuestra patrulla desapareció y esos orientales de mierda nos utilizaron como blanco. Carl Lee se arrastró hasta mí, me cargó sobre sus hombros y corrió entre los disparos hasta una cuneta junto al camino. Permanecí agarrado a su espalda mientras él se arrastraba a lo largo de más de tres kilómetros. Me salvó la vida. Le concedieron una medalla. ¿Lo sabía?

—No.

—Es cierto. Pasamos dos meses juntos en un hospital de Saigón, en camas contiguas, y a continuación abandonamos Vietnam. No tengo intención de regresar.

Ozzie escuchaba atentamente.

—Y, ahora que mi amigo tiene problemas, quiero ayudarle.

—¿Fue usted quien le suministró el M-16?

—Claro que no —sonrió Gato, al tiempo que el Pequeño gruñía.

—¿Desea verle?

—Por supuesto. ¿Así de fácil?

—Sí. Si el Pequeño deja la puerta libre, iré en busca de él.

El Pequeño se hizo a un lado y, al cabo de dos minutos, Ozzie regresó con el preso. Gato le recibió con gran algarabía, abrazos y palmadas. Carl Lee miró de reojo a Ozzie, quien se dio por aludido y salió del despacho. A continuación, juntaron dos sillas y empezaron a hablar.

—Estoy muy orgulloso de ti por lo que has hecho —dijo Gato—. Realmente orgulloso. ¿Por qué no me dijiste para qué querías el arma?

—Simplemente no lo hice.

—¿Cómo ocurrió?

—Como en Vietnam, salvo que no devolvían los disparos.

—Es el mejor sistema.

—Supongo. Pero ojalá no hubiera ocurrido.

—¿No tendrás remordimientos?

Carl Lee se meció en su silla y contempló el techo.

—Volvería a hacer exactamente lo mismo, de modo que no tengo remordimientos. Pero ojalá no se hubieran metido con mi niña. Preferiría que nada de eso hubiera ocurrido.

—Claro, claro. Debe de ser duro para ti estar aquí.

—No estoy preocupado por mí. Lo que me inquieta es mi familia.

—Claro, claro. ¿Cómo está tu esposa?

—Bien. Sobrevivirá.

—Leí en los periódicos que el juicio se celebrará en julio. Últimamente la prensa se ha ocupado más de ti que de mí.

—Sí, Gato, pero a ti nunca te condenan. En mi caso, no estoy tan seguro.

—Tienes un buen abogado, ¿no es cierto?

—Sí. Es bueno.

Gato se levantó y, mientras paseaba por el despacho, se dedicó a admirar los trofeos y certificados de Ozzie.

—Esta es la razón principal de mi visita, amigo mío.

—¿A qué te refieres? —preguntó Carl Lee sin estar seguro de lo que su amigo se proponía, pero convencido de que no había venido en vano.

—¿Sabes, Carl Lee, a cuántos juicios me han sometido?

—Parece que uno tras otro.

—¡Cinco! Me han juzgado cinco veces. Los federales. El estado. La ciudad. Por drogas, juego, soborno, armas, corrupción, prostitución. Cítame otro delito: también me han juzgado por él. ¿Y quieres que te diga una cosa, Carl Lee?: siempre he sido culpable de todo ello. Cada vez que me han sometido a juicio, era más culpable que el demonio. ¿Sabes cuántas veces me han condenado?

—No.

—¡Ninguna! No me han condenado una sola vez. Cinco juicios y cinco veces declarado inocente.

Carl Lee sonrió con admiración.

—¿Sabes por qué no pueden declararme culpable?

Carl Lee lo sospechaba, pero movió la cabeza.

—Porque tengo al abogado criminalista más astuto, ruin y corrupto de la región. Engaña, juega sucio y la policía lo odia. Pero yo estoy aquí, en lugar de en la cárcel. Hace lo que sea necesario para ganar un caso.

—¿Quién es? —preguntó Carl Lee con anhelo.

—Lo has visto muchas veces por televisión, entrando y saliendo del juzgado. Cada vez que alguien importante del bajo mundo tiene problemas, está ahí. Defiende a los narcotraficantes, a los políticos, a mí; a todos los delincuentes importantes.

—¿Cómo se llama?

—Se ocupa solo de casos penales; principalmente droga, soborno, extorsión y cosas por el estilo. Pero ¿sabes cuáles son sus casos predilectos?

—¿Cuáles?

—Asesinato. Le encantan los casos de asesinato. No ha perdido nunca ninguno. Se ocupa de todos los importantes en Memphis. Recuerda cuando cogieron a aquellos dos negros, que habían arrojado a un individuo desde el puente al Mississippi. Los atraparon con las manos en la masa. Hace cosa de cinco años.

—Sí, lo recuerdo.

—Hubo un juicio muy espectacular, que duró dos semanas, y salieron en libertad. Él era su abogado. Los sacó de la cárcel. Ambos, inocentes.

—Me parece que recuerdo haberlo visto por televisión.

—Claro que lo viste. Es muy astuto, Carl Lee. Te aseguro que nunca pierde.

—¿Cómo se llama?

—Bo Marsharfsky —declaró solemnemente Gato con la mirada fija en el rostro de Carl Lee, después de dejarse caer en su silla.

Carl Lee levantó la mirada, como si recordara el nombre.

—¿Y bien?

—Pues que quiere ayudarte, amigo mío —respondió Gato después de colocar una mano con ocho quilates sobre la rodilla de Carl Lee.

—Tengo ya un abogado al que no puedo pagar. ¿Cómo voy a permitirme otro?

—No tienes que pagarle, Carl Lee. Ahí es donde intervengo yo. Lo tengo permanentemente en nómina. Me pertenece. El año pasado le pagué alrededor de cien mil dólares solo para que me evitara problemas. Tú no tienes que pagar nada.

De pronto, despertó en Carl Lee un enorme interés por Bo Marsharfsky.

—¿De qué conoce mi caso?

—Lee los periódicos y ve la televisión. Ya sabes cómo son los abogados. Ayer pasé por su despacho y estaba examinando un periódico con tu fotografía en primera plana. Le hablé de nosotros y se alteró como un loco. Dijo que debía ocuparse de tu caso. Le respondí que yo intervendría.

—¿Y esta es la razón de tu visita?

—Exacto, exacto. Dijo que sabía exactamente a quién recurrir para sacarte de la cárcel.

—¿Por ejemplo?

—Doctores, psiquiatras y gente por el estilo. Los conoce a todos.

—Cuestan dinero.

—¡De eso me ocupo yo, Carl Lee! ¡Escúchame! Yo pagaré todos los gastos. Tendrás el mejor abogado y los mejores médicos del mercado, y tu viejo amigo Gato saldará la cuenta. ¡No te preocupes por el dinero!

—Pero ya tengo un buen abogado.

—¿Qué edad tiene?

—Supongo que unos treinta años.

—Es un niño, Carl Lee —respondió Gato, al tiempo que levantaba con asombro la mirada—. Hace solo cuatro días que salió de la facultad. Marsharfsky tiene cincuenta y se ha ocupado de más casos de asesinato que los que tu muchacho verá jamás. Es tu vida lo que está en juego, Carl Lee. No la dejes en manos de un novato.

De pronto Jake era excesivamente joven. Pero, durante el juicio de Lester, todavía lo era más. Y ganó.

—Escúchame, Carl Lee, he participado en muchos juicios y esa basura es muy técnica y compleja. Basta que alguien cometa un error para que te condenen. Si a ese joven se le pasa algo por alto, eso puede significar la diferencia entre la vida y la muerte. No puedes permitirte tener ahí a un jovenzuelo con la esperanza de que no meta la pata. Un error —dijo Gato al tiempo que chasqueaba los dedos de un modo espectacular—, y acabas en la cámara de gas. Marsharfsky no comete errores.

—¿Estaría dispuesto a trabajar con mi abogado? —preguntó Carl Lee, acorralado, en busca de un compromiso.

—¡No! De ningún modo. No trabaja con nadie. No necesita ayuda. Tu muchacho sería un estorbo.

Carl Lee apoyó los codos sobre las rodillas y se contempló la punta de los pies. Le resultaría imposible conseguir los mil dólares para el médico. No comprendía por qué lo necesitaba, puesto que no se había sentido en ningún momento enajenado, pero evidentemente era indispensable. Todo el mundo parecía creerlo. Mil dólares para un médico barato. Y Gato le ofrecía lo mejor del mercado.

—Sentiría hacerle eso a mi abogado —susurró Carl Lee.

—No seas estúpido —exclamó Gato—. Quien debe preocuparte es Carl Lee, y no ese chiquillo. No es el momento de preocuparse por las susceptibilidades de los demás. Es un abogado; olvídalo. Lo superará.

—Pero ya le he pagado…

—¿Cuánto? —preguntó Gato mientras hacía una seña al Pequeño.

—Novecientos pavos.

El Pequeño sacó un fajo de dinero, Gato separó nueve billetes de cien dólares y los metió en el bolsillo de la camisa de Carl Lee.

—Y aquí tienes algo para los niños —añadió, sacando un billete de mil dólares y colocándoselo también en el bolsillo.

A Carl Lee se le aceleró el pulso solo de pensar en el dinero que le cubría el corazón. Sintió cómo se movía en su bolsillo con una ligera presión en el pecho. Deseaba contemplar el billete de mil dólares y agarrarlo con fuerza en la mano. Comida, pensó, comida para los niños.

—¿Trato hecho? —preguntó Gato sonriendo.

—¿Quieres que despida a mi abogado y contrate al tuyo? —dijo cuidadosamente.

—Por supuesto, por supuesto.

—¿Y tú te ocuparás de todos los gastos?

—Claro, claro.

—¿Y este dinero?

—Es tuyo. Avísame cuando necesites más.

—Es extraordinariamente generoso por tu parte, Gato.

—Soy un buen tipo. Ayudo a dos amigos. Uno me salvó la vida hace muchos años y el otro me evita problemas graves cada dos años.

—¿Por qué está tan interesado en mi caso?

—La publicidad. Ya sabes cómo son los abogados. Fíjate en el revuelo que ese chiquillo ha organizado ya en los periódicos. Es el sueño de un abogado. ¿Trato hecho?

—Sí. Trato hecho.

Gato le dio una cariñosa palmada en la espalda y se acercó al teléfono del escritorio de Ozzie.

—Cobro revertido con el 901 566 9800 —dijo, después de marcar unos números—. Llamada personal de Gato Bruster con Bo Marsharfsky.

En el vigésimo piso de un edificio del centro de la ciudad, Bo Marsharfsky colgó el teléfono y preguntó a su secretaria si estaba preparado el comunicado para la prensa. Ella se lo entregó y el letrado lo leyó atentamente.

—Me parece bien —dijo—. Entréguelo inmediatamente a ambos periódicos. Dígales que utilicen la fotografía del archivo, la más reciente. Hable con Frank Fields, del *Post.* Dígale que lo quiero mañana en primera plana. Me debe un favor.

—Sí, señor. ¿Y las emisoras de televisión? —preguntó la secretaria.

—Entrégueles una copia. No puedo hacer ninguna declaración ahora, pero celebraré una conferencia de prensa en Clanton la próxima semana.

Lucien llamó por teléfono a las seis y media de la mañana del sábado. Carla permaneció acurrucada bajo las sábanas e hizo caso omiso del teléfono. Jake extendió el brazo hacia la pared y palpó la lámpara hasta dar con el auricular.

—Diga —logró pronunciar débilmente.

—¿Qué estás haciendo?

—Dormía hasta que sonó el teléfono.

—¿Has visto el periódico?

—¿Qué hora es?

—Ve a buscar el periódico y llámame cuando lo hayas leído.

Se cortó la comunicación. Jake contempló el auricular y lo dejó sobre la mesilla. A continuación, se sentó al borde de la cama, se frotó los ojos e intentó recordar la última vez que Lucien lo había llamado a su casa. Debía de ser importante.

Preparó un café, soltó al perro y, en pantalón corto y camiseta, se dirigió apresuradamente al portalón del jardín, donde los tres periódicos matutinos habían caído a escasos centímetros uno de otro. Los abrió sobre la mesa de la cocina, junto a su taza de café. Nada en el periódico de Jackson. Nada en el de Tupelo. El titular de *The Memphis Post* hacía referencia a matanzas en el Próximo Oriente, y entonces lo vio. En la segunda mitad de la primera plana vio su fotografía, con la leyenda: «Sale Jake Brigance». Junto a la misma, había una fotografía de Carl Lee y, a continuación, la foto de un rostro que hasta entonces nunca había visto. Debajo del mismo aparecían las palabras: «Entra Bo Marsharfsky». El titular anunciaba que el conocido abogado criminalista de Memphis había sido contratado para representar al Vengador.

Jake estaba aturdido, débil y confundido. Debía tratarse de un error. El día anterior había estado con Carl Lee. Leyó lentamente el artículo. Los detalles eran escasos y se limitaba a enumerar los principales éxitos de Marsharfsky, quien prometía celebrar una conferencia de prensa en Clanton. Decía que el caso presentaría nuevos retos, etcétera, y que tenía fe en los jurados de Ford County.

Jake se puso silenciosamente un pantalón caqui almidonado y una camisa. Su esposa seguía oculta en algún lugar bajo las sábanas. Se lo comunicaría más tarde. Cogió el periódico y se dirigió a su despacho. No sería prudente pasar por el Coffee Shop. Junto al escritorio de Ethel, leyó nuevamente el artículo y contempló su fotografía en primera plana.

Lucien le ofreció unas palabras de consuelo. Sabía quién era Marsharfsky, a quien se conocía como el Lince. Era un elegante bribón, astuto y sutil. Lucien lo admiraba.

Moss Junior condujo a Carl Lee al despacho de Ozzie, donde Jake lo esperaba con el periódico. El agente se retiró inmediatamente y cerró la puerta. Carl lee se sentó en el pequeño sofá de plástico negro.

—¿Has visto esto? —preguntó Jake, al tiempo que le arrojaba el periódico.

Carl Lee le miró fijamente, sin prestar atención alguna al periódico.

—¿Por qué, Carl Lee?

—No tengo por qué darte explicaciones, Jake.

—Claro que debes hacerlo. No has tenido agallas para llamarme y contármelo como un hombre. Has dejado que me enterase por los periódicos. Exijo una explicación.

—Me pedías demasiado dinero, Jake. No dejabas de quejarte. Aquí estoy yo, metido en la cárcel, y no has dejado de atormentarme sobre algo que no puedo solucionar.

—Dinero. ¿Si no puedes pagarme a mí, cómo te las arreglarás con los honorarios de Marsharfsky?

—A él no tengo que pagarle nada.

—¡Cómo!

—Lo que has oído. No me cuesta nada.

—No me dirás que trabaja gratis.

—No. Le paga otro.

—¿Quién? —exclamó Jake.

—No puedo decírtelo. No es de tu incumbencia, Jake.

—¿Has contratado al abogado criminalista más famoso de Memphis y otra persona paga sus honorarios?

—Efectivamente.

Debe de tratarse del NAACP, pensó Jake. Pero no, no contratarían a Marsharfsky. Tienen sus propios abogados. Además, es demasiado caro para ellos. ¿De quién podría tratarse?

Carl Lee cogió el periódico y lo dobló meticulosamente. Se sentía incómodo y avergonzado, pero la decisión ya estaba tomada. Había pedido a Ozzie que llamara a Jake para comunicárselo, pero el sheriff no quiso inmiscuirse. Debía haber llamado, de acuerdo; sin embargo, no estaba dispuesto a disculparse. Observó su fotografía en primera plana. Le gustó lo de Vengador.

—¿Y no vas a decirme de quién se trata? —preguntó Jake, más sosegadamente.

—No, Jake, no voy a decírtelo.

—¿Lo hablaste con Lester?

—No —respondió, al tiempo que lo volvía a mirar fijamente—. No es su juicio, ni es de su incumbencia.

—¿Dónde está?

—En Chicago. Se marchó ayer. La decisión está tomada, Jake.

Veremos, dijo Jake para sus adentros. Lester no tardaría en averiguarlo.

—Eso es. Estoy despedido. Sin más —dijo Jake, después de abrir la puerta.

Carl Lee miraba fijamente la fotografía, sin decir palabra.

Carla desayunaba y esperaba. Había llamado un periodista desde Jackson preguntando por Jake y le había hablado de Marsharfsky.

No intercambiaban palabras, solo gestos. Jake se sirvió un café y salió al patio posterior, donde, entre sorbos, se dedicó a observar los descuidados setos que rodeaban el alargado jardín. Un caluroso sol calentaba el césped y secaba el rocío, levantando una humedad pegadiza que se adhería a su camisa. La hierba y los setos estaban a la espera de su aseo semanal. Tras quitarse las zapatillas, caminó descalzo por el césped mojado hasta una jofaina quebrada que servía de piscina para los pájaros, junto al trasegado mirto que era el único árbol del jardín.

Carla siguió sus pasos y se detuvo junto a Jake, que la cogió de la mano con una sonrisa en los labios.

—¿Estás bien? —preguntó Carla.

—Sí, estoy bien.

—¿Has hablado con él?

—Sí.

—¿Qué te ha dicho?

Jake movió la cabeza, sin responder.

—Lo siento.

Jake asintió, con la mirada fija en la jofaina.

—Habrá otros casos —dijo Carla, con escasa convicción.

—Lo sé.

Jake pensó en Buckley, e imaginó sus carcajadas. Pensó en los clientes del Coffee Shop y se prometió no volver a pisar el establecimiento. Pensó en las cámaras y en los periodistas, y se le formó un nudo en el estómago. Pensó en Lester, su única esperanza de recuperar el caso.

—¿Te apetece desayunar? —preguntó Carla.

—No, gracias. No tengo hambre.

—Míralo por el lado positivo. Ahora no tendremos miedo al contestar al teléfono.

—Creo que voy a cortar el césped —dijo Jake.

17

El Consejo de Ministros, constituido por un grupo de sacerdotes negros, había sido fundado con objeto de coordinar las actividades políticas de las comunidades negras de Ford County. Raramente se reunía durante la legislatura, pero en los años en que había elecciones celebraba una reunión semanal los domingos por la tarde para entrevistar a los candidatos, discutir su política y, sobre todo, determinar la benevolencia de cada uno de ellos. Se hacían tratos, se elaboraban estrategias, se intercambiaba dinero. El consejo había demostrado que podía responder con el voto de los negros. Los donativos y las ofrendas a las iglesias negras aumentaban enormemente durante las elecciones.

El reverendo Ollie Agee había convocado en su iglesia una reunión especial del consejo el domingo por la tarde. Finalizó el sermón temprano y, a las cuatro, cuando sus feligreses ya se habían marchado, Cadillacs y Lincolns empezaron a llenar el aparcamiento. Las reuniones eran secretas y a las mismas solo asistían los sacerdotes que pertenecían al consejo. Había veintitrés iglesias negras en Ford County y veintidós de sus miembros estaban presentes cuando el reverendo Agee inauguró la sesión. La reunión sería breve, puesto que algunos sacerdotes, y en particular los de la Iglesia de Cristo, debían celebrar poco después sus servicios vespertinos.

El objeto de la reunión, explicó, era el de organizar apoyo moral, político y financiero para Carl Lee Hailey, miembro destacado de su parroquia. Era preciso crear un fondo que permitiera asegurar la mejor defensa jurídica. Se crearía otro fondo para ayudar a su familia. El propio reverendo Agee dirigiría la colecta de fondos, y cada sacerdote sería responsable, como de costumbre, de su propia congregación. A partir del siguiente domingo se haría una colecta especial por la mañana y otra por la noche. Agee administraría el dinero para la familia a su discreción. La mitad de lo recaudado se destinaría a la defensa jurídica. El tiempo era importante: faltaba solo un mes para el juicio. Era preciso recoger el dinero rápidamente, cuando el tema era candente y la gente se sentía generosa.

El consejo coincidía unánimemente con el reverendo Agee, que insistió además en que el NAACP interviniera en el caso Hailey, a quien no se sometería a juicio si fuera blanco. No en Ford County. Solo se le juzgaba por ser negro, y ese era un tema en el que debía intervenir el NAACP, a cuyo director nacional se había dirigido ya un llamamiento. Las ramas de Memphis y de Jackson habían prometido su ayuda. Se convocarían conferencias de prensa. Se celebrarían manifestaciones. Tal vez se boicotearían los negocios de los blancos; táctica popular en aquel momento, cuyos resultados eran asombrosos.

Convenía actuar inmediatamente, cuando la gente estaba dispuesta a cooperar y a ofrecer dinero. Todos los sacerdotes estuvieron de acuerdo y se dispersaron para regresar a sus respectivas iglesias.

Debido en parte a la fatiga y en parte a la vergüenza, Jake durmió durante el servicio religioso. Carla preparó unas tartas y tomaron un largo desayuno con Hanna en el jardín. Decidió no leer los periódicos del domingo, después de ver en primera plana del segundo fascículo de *The Memphis Post* una página entera dedicada a Marsharfsky y a su famoso cliente. El caso Hailey presentaba el mayor de los retos, decía. Se debatirían importantes temas jurídicos y sociales. Prometía una defensa innovadora y alardeaba de no haber perdido un caso de asesinato en doce años. Sería difícil, pero confiaba en la sensatez e imparcialidad de los jurados de Mississippi.

Jake leyó el artículo sin comentario alguno y lo arrojó a la papelera.

A pesar de que Jake tenía trabajo, Carla sugirió una merienda en el campo. Cargaron el Saab con comida y juguetes y se dirigieron al lago. Las aguas castañas y cenagosas del lago Chatulla habían vivido su ápice anual y en pocos días empezarían su lenta retirada hacia el centro del estanque. El nivel del agua atraía una flotilla de lanchas, balsas, catamaranes y botes.

En la ladera de una colina, Carla colocó dos gruesos edredones en el suelo, junto a un roble, mientras Jake descargaba la comida y la casa de muñecas. Hanna organizó su numerosa familia de animales y automóviles sobre uno de los edredones, y empezó a darles órdenes. Sus padres la escuchaban con una sonrisa en los labios. Su nacimiento había sido una horrible y angustiosa pesadilla, después de solo seis meses y medio de embarazo, con síntomas y pronósticos enormemente preocupantes. Jake había permanecido once días junto a la incubadora de la UCI, mientras aquel hermoso y diminuto cuerpecito purpúreo de kilo y medio se aferraba a la vida con la ayuda de un batallón de médicos y enfermeras que vigilaban los monitores, ajustaban tubos y agujas y movían la cabeza. Cuando estaba a solas, acariciaba la incubadora y se secaba las lágrimas de las mejillas. Dormía en una mecedora cerca de su hija y soñaba con una hermosa niña de ojos azules y cabello castaño que jugaba con muñecas y dormía sobre sus hombros. Oía incluso su voz.

Al cabo de un mes, las enfermeras sonrieron y los médicos se relajaron. A lo largo de una semana, se retiraron gradualmente los tubos. Su peso alcanzó los tres kilos, y los orgullosos padres la llevaron a su casa. Los médicos sugirieron que no tuviesen otro hijo a no ser que lo adoptaran.

Ahora era una niña perfecta y, cuando oía su voz, todavía le brotaban unas lágrimas. Comieron y rieron mientras Hanna instruía a sus muñecas sobre las normas de higiene.

—Esta es la primera vez que te relajas desde hace dos semanas —dijo Carla cuando ambos estaban tumbados sobre el edredón.

Catamaranes multicolores zigzagueaban por el lago, eludiendo las veloces lanchas de esquiadores semiborrachos.

—El domingo pasado fuimos a la iglesia —respondió Jake.

—Y no dejabas de pensar en el juicio.

—Todavía lo hago.

—Pero ya no es de tu incumbencia.

—No lo sé.

—¿Cambiará de opinión?

—Puede que lo haga si Lester habla con él. Es difícil saberlo. Los negros son imprevisibles, sobre todo cuando tienen problemas. En realidad no puede quejarse. Tiene el mejor abogado criminalista de Memphis y le sale gratis.

—¿Quién paga sus honorarios?

—Un viejo amigo de Carl Lee, de Memphis; un individuo llamado Gato Bruster.

—¿Quién es?

—Un tipo muy rico. Chulo, traficante, ladrón y delincuente. Marsharfsky es su abogado. Son un par de malhechores.

—¿Te lo ha contado Carl Lee?

—No, no quiso contármelo y se lo pregunté a Ozzie.

—¿Lo sabe Lester?

—Todavía no.

—¿Qué quieres decir? ¿No pensarás llamarle?

—Sí, pensaba hacerlo.

—¿No crees que esto es ir demasiado lejos?

—No lo creo. Me parece que Lester tiene derecho a saberlo, y...

—Entonces Carl Lee debería contárselo.

—Debería, pero no lo hará. Ha cometido un error y no se da cuenta de ello.

—Pero es su problema, no el tuyo. Por lo menos ha dejado de serlo.

—Carl Lee está demasiado avergonzado para contárselo a Lester. Sabe que Lester se enojará y le dirá que ha cometido otro error.

—De modo que debes ser tú quien se inmiscuya en sus asuntos familiares.

—No. Pero creo que Lester debe saberlo.

—Estoy segura de que se enterará por los periódicos.

—Puede que no —respondió Jake, con poca convicción—. Creo que a Hanna le apetece un zumo de naranja.

—Creo que lo que pretendes es cambiar de tema.

—El tema no me preocupa. Quiero recuperar el caso y me propongo lograrlo. Lester es el único que puede conseguirlo.

Carla entornó los ojos y él percibió su mirada mientras contemplaba una balsa que se embarrancaba en el lodo de la orilla cercana.

—Jake, esto no es ético, y tú lo sabes —dijo en un tono sosegado, aunque firme y no desprovisto de sarcasmo.

—No es cierto, Carla. Soy un abogado muy ético.

—Siempre has hablado de ética. Pero ahora utilizas artimañas para conseguir el caso. Esto no es ético, Jake.

—Recuperar, no conseguir.

—¿Cuál es la diferencia?

—Intentar conseguir un caso no es ético. Pero nunca he visto que estuviera prohibido recuperarlo.

—No está bien, Jake. Carl Lee ha contratado a otro abogado y ya es hora de que lo olvides.

—¿Tú crees que a Marsharfsky le importa la ética? ¿Cómo crees que ha conseguido el caso? Su cliente nunca había oído hablar de él. Se ha propuesto conseguir el caso y lo ha logrado.

—¿Y eso justifica que ahora hagas tú lo mismo?

—Recuperar, no conseguir.

Hanna pidió galletas y Carla hurgó en la cesta. Jake se apoyó en un codo e hizo caso omiso de ellas. Pensaba en Lucien. ¿Qué haría en su situación? Probablemente, alquilaría un avión, volaría a Chicago, se reuniría con Lester, le daría algún dinero, lo traería a casa consigo y lo convencería para que persuadiera a Carl Lee. Aseguraría a Lester que Marsharfsky no podía ejercer en Mississippi y que, de todos modos, por su condición de forastero los fanáticos del jurado no confiarían en él. Llamaría a Marsharfsky, lo acusaría de utilizar artimañas para conseguir el caso y le amenazaría con denunciarle por su falta de ética en cuanto pusiera pie en Mississippi. Movilizaría a sus colaboradores negros para que llamaran a Gwen y a Ozzie y los persuadieran de que el único abogado con alguna posibilidad de ganar el caso era él. Por último, Carl Lee se daría por vencido y lo llamaría.

Eso sería exactamente lo que Lucien haría. He ahí la ética.

—¿Por qué sonríes? —preguntó Carla.

—Pensaba en lo agradable que es estar aquí contigo y con Hanna. Deberíamos hacerlo más a menudo.

—Estás decepcionado, ¿no es cierto?

—Por supuesto. Nunca habrá otro caso como este. Si lo ganara, me convertiría en el abogado más famoso de la región. Nunca tendríamos que volver a preocuparnos por el dinero.

—¿Y si lo perdieras?

—Entonces, al menos habría participado en la partida. Pero no puedo perder lo que no tengo.

—¿Avergonzado?

—Un poco. Es duro de tragar. Todos los abogados del condado se ríen del tema, a excepción, posiblemente, de Harry Rex. Pero lo superaré.

—¿Qué debo hacer con los recortes de periódicos?

—Guárdalos. Puede que todavía completes la colección.

La cruz era pequeña, de dos metros setenta de longitud por metro veinte de anchura para que cupiera en una camioneta de caja larga sin llamar la atención. Se solían utilizar cruces mucho mayores en los rituales, pero las de menor tamaño eran preferibles para las incursiones nocturnas en zonas residenciales. No se utilizaban con frecuencia, o por lo menos no con la frecuencia deseada por sus constructores. A decir verdad, hacía muchos años que no se habían utilizado en Ford County. La última había sido clavada en el jardín de un negro acusado de violar a una mujer blanca.

Pocas horas antes del amanecer del lunes, se levantó la cruz de la camioneta con silencio y rapidez y se insertó en un agujero de veinticinco centímetros de profundidad recién cavado en el jardín de la singular casa victoriana de Adams Street. A los pocos segundos de arrojar una pequeña antorcha al pie de la cruz, estaba toda en llamas. La camioneta desapareció en la oscuridad de la noche y se detuvo en una cabina telefónica de las afueras de la ciudad para llamar a la policía.

Al cabo de unos momentos, el agente Prather se personó en Adams Street y vio inmediatamente la cruz en llamas en el jardín de la casa de Jake. Se acercó, aparcó detrás del Saab, llamó a la puerta y esperó mientras contemplaba las llamas. Eran casi las tres y media de la madrugada. Llamó de nuevo. La calle estaba a oscuras y silenciosa, a excepción del resplandor de la cruz y de los estallidos de la madera que ardía a quince metros de distancia. Por fin, Jake abrió la puerta y se quedó paralizado junto al agente mientras contemplaba atónito el espectáculo. Estaban ambos estupefactos, no solo por la cruz ardiente, sino por su significado.

—Buenos días, Jake —dijo finalmente Prather, sin alejar la mirada de las llamas.

—¿Quién ha sido? —preguntó Jake, con la garganta seca y carrasposa.

—No lo sé. No se han identificado. Solo han llamado para comunicárnoslo.

—¿Cuándo han llamado?

—Hace quince minutos.

Jake se pasó la mano por el cabello con el propósito de impedir que volara a merced de la suave brisa.

—¿Durante cuánto tiempo arderá? —preguntó, consciente de que Prather sabía tan poco como él sobre cruces en llamas.

—Quién sabe. Probablemente está empapada de petróleo. Huele como si lo estuviera. Tal vez arda durante un par de horas. ¿Quieres que llame a los bomberos?

Jake miró a un lado y a otro de la calle, y comprobó que todas las casas estaban oscuras y silenciosas.

—No. No es preciso despertar a todo el mundo. Dejémosla que arda. ¿Crees que puede causar algún desperfecto?

—Es tu jardín.

Prather permanecía inmóvil, con las manos en los bolsillos y la barriga por encima del cinturón.

—Hacía mucho tiempo que no se veía algo parecido por estos entornos. La última que recuerdo fue en Karaway, en mil novecientos sesenta…

—Mil novecientos sesenta y siete.

—¿La recuerdas?

—Sí. Yo estudiaba en el instituto. Nos acercamos en coche para ver cómo ardía.

—¿Cómo se llamaba aquel negro?

—Robinson, un tal Robinson. Se le acusaba de haber violado a Velma Thayer.

—¿Lo hizo? —preguntó Prather.

—Así lo creyó el jurado. Está machacando algodón en Parchman hasta el fin de sus días.

Prather parecía satisfecho.

—Voy a llamar a Carla —susurró Jake antes de desaparecer, para regresar al cabo de un momento acompañado de su esposa.

—¡Santo cielo, Jake! ¿Quién ha hecho eso?

—Quién sabe.

—¿Es el KKK? —preguntó Carla.

—Es de suponer —respondió el agente—. No conozco a nadie más que se dedique a quemar cruces. ¿Y tú, Jake?

Jake movió la cabeza.

—Estaba convencido de que habían abandonado Ford County hacía muchos años —dijo Prather.

—Parece que han regresado —dijo Jake.

Carla estaba paralizada de terror, con la mano sobre la boca y el rostro enrojecido por el resplandor de las llamas.

—Haz algo, Jake. Apágala.

Jake contemplaba la hoguera y, una vez más, miró a un lado y a otro de la calle. Los estallidos eran cada vez más sonoros y las llamas anaranjadas se elevaban en la oscuridad de la noche. Momentáneamente, tuvo la esperanza de que se extinguiera con rapidez, con ellos tres como únicos testigos, y que se limitase a desaparecer sin que nadie en Clanton lo supiera. Pero, de pronto, su propia estupidez le provocó una sonrisa.

Prather refunfuñó, evidentemente cansado de permanecer allí de pie.

—A propósito, Jake, preferiría no sacarlo a relucir, pero, según los periódicos, se han equivocado de abogado. ¿No es cierto?

—Probablemente no saben leer —susurró Jake.

—Seguramente.

—Dime, Prather, ¿sabes si hay algún miembro activo del Klan en este condado?

—Ninguno. Hay algunos en el sur del estado, pero ninguno por aquí. Por lo menos que yo sepa. El FBI nos ha dicho que el Klan es algo del pasado.

—No parece muy reconfortante.

—¿Por qué no?

—Porque si esos individuos son miembros del Klan, no son de por aquí. Han venido de lugares desconocidos. Eso indica que se lo toman en serio, ¿no te parece, Prather?

—No lo sé. Me parecería más preocupante que personas de

la región trabajaran con el Klan. Podría significar que vuelve a instalarse el Klan en la zona.

—¿Qué significa la cruz? —preguntó Carla, dirigiéndose al agente.

—Es una advertencia. Un aviso para que uno deje de hacer lo que esté haciendo, o, de lo contrario, la próxima vez quemarán algo más que un trozo de madera. Hace mucho tiempo que lo utilizan para intimidar a los blancos que sienten simpatía por los negros y los derechos civiles. Si los blancos no dejan de simpatizar con los negros, recurren a la violencia: bombas, dinamita, palizas e incluso asesinato. Pero creía que esto formaba parte del pasado. En vuestro caso, es su forma de advertir a Jake que se mantenga alejado de Hailey. Pero, puesto que ha dejado de ser su abogado, no sé qué significa.

—Voy a ver cómo está Hanna —dijo Carla antes de entrar en la casa.

—Si tienes una manguera, la apagaré con mucho gusto —declaró Prather.

—Buena idea —respondió Jake—. Sentiría que la viesen los vecinos.

Jake y Carla se quedaron junto a la puerta en albornoz, viendo cómo el agente rociaba la cruz en llamas. La madera siseaba y humeaba en contacto con el agua, que cubría la cruz y sofocaba las llamas. Después de rociarla durante quince minutos, Prather enrolló cuidadosamente la manguera y la colocó detrás de los matorrales del parterre, junto a la puerta.

—Gracias —dijo Jake—. Procuremos que esto quede entre nosotros, ¿de acuerdo?

—Desde luego —respondió Prather mientras se secaba las manos en los pantalones y se arreglaba el sombrero—. Cerradlo todo con llave y, si oís algo, llamad a la comisaría. Durante unos días mantendremos los ojos bien abiertos.

Salió en marcha atrás a la calle y condujo lentamente por Adams Street hacia la plaza. Jake y Carla se sentaron en la mecedora y contemplaron la cruz humeante.

—Me da la impresión de estar viendo un antiguo ejemplar de la revista *Life* —dijo Jake.

—O una página de un libro de texto de la historia de Mississippi. Tal vez deberíamos comunicarles que te han echado.

—Gracias.

—¿Gracias?

—Por ser tan directa.

—Lo siento. Preferirías que dijera despedido, despachado, o…

—Basta con que digas que se ha buscado a otro abogado. Estás realmente asustada, ¿no es cierto?

—Sabes perfectamente que estoy asustada. Aterrorizada. Si son capaces de quemar una cruz en nuestro propio jardín, ¿qué puede impedirles incendiar la casa? No vale la pena, Jake. Quiero que seas feliz, que tengas éxito y todo lo demás, pero no a costa de nuestra seguridad. No hay caso que lo merezca.

—¿Te alegras de que me despidiera?

—Me alegro de que tenga a otro abogado. Puede que ahora nos dejen tranquilos.

Jake la cogió por los hombros y la sentó sobre sus rodillas. El sofá se mecía suavemente. Carla estaba hermosa a las tres y media de la madrugada, con su albornoz.

—¿No volverán?

—No. Ya han terminado con nosotros. Descubrirán que me he retirado del caso y llamarán para disculparse.

—No tiene ninguna gracia, Jake.

—Lo sé.

—¿Crees que se divulgará la noticia?

—No durante la próxima hora. Cuando abra el Coffee Shop a las cinco, Dell Perkins conocerá todos los detalles antes de servir la primera taza de café.

—¿Qué piensas hacer con eso? —preguntó Carla al tiempo que señalaba la cruz ahora apenas visible bajo la media luna.

—Se me ocurre una idea. La podríamos trasladar a Memphis y quemarla en el jardín de Marsharfsky.

—Me voy a la cama.

A las nueve de la mañana, Jake había acabado de dictar su instancia para retirarse como defensor del caso, que Ethel mecanografiaba afanosamente, cuando la llamó su secretaria por el intercomunicador:

—Señor Brigance, un tal señor Marsharfsky al teléfono. Le he dicho que estaba reunido y ha respondido que esperaría.

—Hablaré con él —dijo Jake, al tiempo que levantaba el auricular—. Diga.

—Señor Brigance, le habla Bo Marsharfsky, de Memphis. ¿Cómo está usted?

—De maravilla.

—Me alegro. Estoy seguro de que habrá visto los periódicos del sábado y domingo. ¿Los reciben en Clanton?

—Sí, y también tenemos teléfonos y servicio de correos.

—¿De modo que ha visto los artículos sobre el señor Hailey?

—Sí. Redacta usted muy bien.

—No tendré en cuenta su comentario. Quería hablar del caso Hailey, si dispone de un momento.

—Me encantaría.

—Según tengo entendido, el código de Mississippi exige que los letrados de otros estados se asocien con un letrado local para aparecer ante los tribunales.

—¿Quiere decir que no está colegiado en Mississippi? —preguntó Jake, con incredulidad.

—Pues… no.

—Olvidó mencionarlo en sus artículos.

—Tampoco tendré en cuenta este comentario. ¿Exigen los jueces la asociación con un letrado local en todos los casos?

—A veces, pero no siempre.

—Comprendo. ¿Y el juez Noose?

—A veces.

—Gracias. De todos modos, acostumbro a hacerlo cuando tengo algún juicio en otro lugar del país. Suelen sentirse mejor con uno de los suyos sentado junto a mí.

—Muy amable por su parte.

—Supongo que no estaría dispuesto a...

—¡Debe de estar bromeando! —exclamó Jake—. Acaba de arrebatarme el caso y ahora pretende que le lleve el maletín. Está usted loco. Por nada del mundo vincularía mi nombre al suyo.

—Escúcheme, patán...

—No, escúcheme usted, Lince. Puede que le sorprenda, pero en este estado tenemos un código ético y jurídico que no permite solicitar casos ni clientes. Ayuda ilegal a un litigante, ¿ha oído hablar de ello? Claro que no. Pero es un delito en Mississippi, como en la mayoría de los estados. Tenemos normas éticas que prohíben seguir a las ambulancias y solicitar clientes. Le hablo de ética, señor Lince, ¿me comprende?

—No busco los casos, jovencito. Vienen a mí.

—Como el de Carl Lee Hailey. Pretende hacerme creer que encontró su número en las páginas amarillas. Seguro que tiene un anuncio de página entera junto a los abortistas.

—Me ha sido recomendado.

—Claro, por un chulo. Sé exactamente cómo lo ha conseguido. Un caso evidente de solicitación. Puede que lo denuncie al Colegio de Abogados. O, mejor aún, tal vez solicite al gran jurado que investigue sus métodos.

—Claro, tengo entendido que usted y el fiscal del distrito son íntimos amigos. Buenos días, letrado.

Marsharfsky pronunció la última palabra antes de colgar el teléfono. Jake tardó una hora en tranquilizarse, pero siguió con el informe que estaba redactando. Lucien se habría sentido orgulloso de él.

Poco antes del almuerzo, Jake recibió una llamada de Walter Sullivan, del bufete de Sullivan.

—Jake, amigo mío, ¿cómo estás?

—Encantado de la vida.

—Me alegro. Escúchame, Jake, Bo Marsharfsky es un viejo amigo mío. Hace años defendimos a un par de banqueros acusados de fraude. Además, ganamos el caso. Es un gran abogado. Se ha asociado conmigo como letrado local para el caso de Carl Lee Hailey. Solo quería que lo supieras…

Jake dejó caer el auricular y salió de su despacho. Pasó la tarde en el jardín de la casa de Lucien.

18

Gwen no tenía el teléfono de Lester. Tampoco lo tenía Ozzie, ni nadie. La telefonista dijo que había dos páginas de Haileys en la guía de Chicago, por lo menos una docena con el nombre de Lester y bastantes con las iniciales L. S. Jake pidió los números de los cinco primeros y los llamó uno por uno. Eran todos blancos. Entonces llamó a Tank Scales, propietario de uno de los antros negros más respetables del condado, conocido como Tank's Tonk, que solía frecuentar Lester. Tank era cliente de Jake, y a menudo le facilitaba información confidencial sobre diversos negros, sus actividades y su paradero.

Tank pasó por el despacho de Jake el martes por la mañana, cuando se dirigía al banco.

—¿Has visto a Lester Hailey en las últimas dos semanas? —preguntó Jake.

—Desde luego. Ha estado varias veces en mi local jugando al billar y tomando cerveza. He oído decir que regresó a Chicago el pasado fin de semana. Supongo que es cierto, porque no lo he visto desde entonces.

—¿Quién le acompañaba?

—Estaba casi siempre solo.

—¿No vino nunca con Iris?

—Sí, un par de veces, cuando Henry no estaba en la ciudad. Me pone nervioso que venga con ella. Henry tiene malas pulgas. Acabaría con ambos si supiera que salen juntos.

—Hace diez años que lo hacen, Tank.

—Lo sé. Tiene dos hijos de Lester. Todo el mundo lo sabe menos Henry. Pobre Henry. Algún día lo averiguará y tendrás otro caso de asesinato.

—Escúchame, Tank, ¿puedes hablar con Iris?

—No viene muy a menudo.

—No es eso lo que te pregunto. Necesito el teléfono de Lester en Chicago y sospecho que Iris debe de tenerlo.

—Estoy seguro. Tengo entendido que le manda dinero.

—¿Puedes conseguirlo? Tengo que hablar con Lester.

—Por supuesto, Jake. Si Iris lo tiene, lo conseguiré.

El miércoles, el despacho de Jake había recobrado la normalidad. Empezaron a aparecer de nuevo los clientes. Ethel era particularmente amable, o todo lo amable que puede ser una vieja gruñona. Él ejercía con normalidad su profesión, pero no lograba ocultar su dolor. Eludía el Coffee Shop por las mañanas, y, en lugar de asistir personalmente al juzgado, mandaba a Ethel para que se ocupara de las gestiones necesarias en la Audiencia. Se sentía avergonzado, humillado y perturbado. Le costaba concentrarse en otros casos. Pensó en tomarse unas largas vacaciones, pero no podía permitírselo. Andaba escaso de dinero y no se sentía motivado por el trabajo. Durante la mayor parte del tiempo que pasaba en el despacho, se dedicaba a contemplar la plaza y el palacio de Justicia.

No dejaba de pensar en Carl Lee, sentado en su celda a la vuelta de la esquina, y se preguntaba mil veces por qué lo había traicionado. Había insistido demasiado en el dinero, sin tener en cuenta que otros abogados estaban dispuestos a ocuparse gratuitamente del caso. Odiaba a Marsharfsky. Recordaba las muchas veces que lo había visto entrar y salir de los juzgados de Memphis, proclamando la inocencia de sus lastimosos y oprimidos clientes, así como los malos tratos que habían recibido. Narcotraficantes, chulos, políticos corruptos y grandes estafadores. Todos ellos culpables, merecedores de largas penas, o incluso de la muerte. Era yanqui y hablaba con un acento desagradable de algún lugar del Medio Oeste. Irritaría a cualquiera al sur de Memphis. Había cultivado sus dotes histriónicas. «La policía de Memphis ha cometido terribles abusos contra mi cliente», le había oído gritar Jake docenas de veces ante las cámaras. «Mi cliente es completa, total y absolutamente inocente. No debería ser sometido a juicio. Es un ciudadano ejemplar que paga sus impuestos.» ¿Y sus cuatro condenas anteriores por extorsión? «Cargos amañados por el FBI. Acusaciones falsas tramadas por el gobierno. Además, ha pagado su deuda. En esta ocasión es inocente.» Jake lo odiaba y creía recordar que había perdido tantos casos como había ganado.

El miércoles por la tarde, Marsharfsky no había hecho acto de presencia en Clanton. Ozzie había prometido comunicárselo a Jake, si aparecía por la cárcel.

El Tribunal Territorial permanecería en sesión hasta el viernes y, por deferencia al juez Noose, Jake debía reunirse con él brevemente para explicarle las circunstancias en las que había abandonado el caso. Su señoría presidía un caso civil y era probable que Buckley estuviera ausente. Lo estaba, con toda seguridad. No se le veía ni oía.

Noose solía hacer un descanso de diez minutos alrededor de las tres y media, y precisamente a aquella hora entró Jake en la antesala de su despacho por la puerta lateral. Nadie lo había visto. Esperó pacientemente junto a la ventana a que Ichabod abandonara el estrado para dirigirse a su despacho. Al cabo de cinco minutos, se abrió la puerta y apareció su señoría.

—¿Jake, cómo está? —preguntó el juez.

—Muy bien, señoría. ¿Dispone de un minuto?

—Por supuesto, siéntese. ¿Qué le preocupa? —dijo Noose mientras se quitaba la toga, la arrojaba sobre una silla, apartaba de un manotazo los libros, sumarios y teléfono del escritorio, y se tumbaba sobre el mismo—. Es mi espalda, Jake. Los médicos me aconsejan que descanse sobre una superficie rígida siempre que pueda —añadió, después de doblar las manos sobre la barriga, cerrar los ojos y respirar hondo.

—Lo comprendo, señoría. ¿Prefiere que me retire?

—No, no. ¿Qué le preocupa?

—El caso Hailey.

—Lo imaginaba. He visto su solicitud. Ha contratado a otro abogado, ¿no es cierto?

—Sí, señoría. Me ha cogido completamente por sorpresa. Confiaba en representarle en julio durante el juicio.

—No tiene por qué disculparse, Jake. Se le concederá permiso para retirarse del caso. No es culpa suya. Ocurre con mucha frecuencia. ¿Es Marsharfsky su nuevo abogado?

—Sí, señoría. Es de Memphis.

—Es de suponer que con ese nombre tendrá un gran éxito en Ford County.

—Sí, señoría —respondió Jake, mientras pensaba que era casi tan folclórico como Noose—. No está colegiado en Mississippi —añadió.

—Esto es interesante. ¿Está familiarizado con nuestros procedimientos?

—No sé si ha intervenido en algún caso en Mississippi. Me ha dicho que normalmente se asocia con un letrado local cuando actúa en los pueblos.

—¿En los pueblos?

—Eso dice.

—Pues espero que lo haga si piensa aparecer en mi sala. He tenido algunas experiencias desagradables con abogados forasteros, especialmente de Memphis.

—Sí, señoría.

El juez respiraba con dificultad y Jake decidió retirarse.

—Señoría, debo marcharme. Si no nos vemos en julio, lo haremos durante las sesiones de agosto. Cuide su espalda.

—Gracias, Jake. Cuídese.

Jake casi había alcanzado la puerta posterior del pequeño despacho cuando se abrió la puerta principal y apareció el letrado L. Winston Lotterhouse acompañado de otro satélite del bufete Sullivan.

—Hola, Jake —dijo Lotterhouse—. Ya conoces a K. Peter Otter, nuestro último asociado.

—Encantado de conocerte, K. Peter —respondió Jake.

—¿Interrumpimos algo importante?

—No, ya me marchaba. Su señoría está descansando la espalda.

—Siéntense, caballeros —dijo Noose.

—A propósito, Jake, creo que Walter Sullivan ya te ha comunicado que nuestro bufete asumirá la representación local de Carl Lee Hailey.

—Me he enterado.

—Lamento que te haya ocurrido precisamente a ti.

—Tu dolor es sobrecogedor.

—Es un caso interesante para nuestro bufete. Como bien sabes, no solemos ocuparnos de casos penales.

—Lo sé —respondió Jake, con el deseo de que se le tragara la tierra—. Debo marcharme. Ha sido un placer charlar contigo, L. Winston. Encantado de conocerte, K. Peter. Saludad en mi nombre a J. Walter, F. Robert y los demás muchachos.

Jake salió por la puerta trasera del juzgado y se maldijo por asomar la cara donde podían abofeteársela. Corrió hacia su despacho.

—¿Ha llamado Tank Scales? —preguntó a Ethel mientras subía por la escalera.

—No, pero el señor Buckley lo espera.

Se detuvo en el acto.

—¿Dónde me espera? —preguntó, sin mover la mandíbula.

—Arriba, en su despacho.

Se acercó lentamente al escritorio de la secretaria, se inclinó sobre el mismo hasta acercarse a pocos centímetros del rostro de ella y le lanzó una furibunda mirada. Ethel había pecado y lo sabía.

—No recuerdo haber concertado una cita —masculló.

Seguía sin mover la mandíbula.

—No lo había hecho —respondió la secretaria.

No se atrevía a levantar la mirada del escritorio.

—Tampoco sabía que ese tipo fuera el propietario de este edificio.

Ethel permaneció inmóvil, sin responder.

—Ni que tuviera la llave de mi despacho.

Empezó a temblarle el labio y a sentirse indefensa.

—Estoy harto de usted, Ethel. Harto de su actitud, de su voz y de su desobediencia. Harto de cómo trata a la gente y harto de todo acerca de usted.

—Lo siento —dijo Ethel, con lágrimas en los ojos.

—No, no lo siente. Usted sabe, y siempre ha sabido, que nadie, nadie en el mundo, ni siquiera mi esposa, puede subir por esta escalera y entrar en mi despacho cuando yo no estoy.

—Ha insistido.

—Es un imbécil. Cobra para atosigar a la gente. Pero no en este despacho.

—No grite. Puede oírle.

—Me importa un rábano. Él sabe que es un imbécil. ¿Le gustaría conservar su empleo, Ethel? —preguntó Jake, después de acercarse todavía más, hasta que casi se tocaron sus narices.

La secretaria asintió, incapaz de decir palabra.

—Entonces haga exactamente lo que le diré. Suba a mi despacho, lleve al señor Buckley a la sala de conferencias, donde me reuniré con él, y que no vuelva a repetirse.

Ethel se secó el rostro y subió a toda prisa por la escalera. Al cabo de unos instantes, el fiscal del distrito esperaba en la sala de conferencias, con la puerta cerrada.

Jake tomaba zumo de naranja en la pequeña cocina contigua, mientras evaluaba a Buckley. Bebía despacio. Al cabo de quince minutos, abrió la puerta y entró en la sala. Buckley estaba sentado a un extremo de la larga mesa y Jake se instaló al extremo opuesto.

—Hola, Rufus, ¿qué quieres?

—Tienes unas dependencias muy agradables. Dicen que pertenecían a Lucien.

—Efectivamente. ¿Qué te trae por aquí?

—Solo quería hacerte una visita.

—Estoy ocupado.

—Y también quería hablar del caso Hailey.

—Llama a Marsharfsky.

—Esperaba con ilusión la batalla, especialmente contra ti. Eres un respetable adversario, Jake.

—Me siento halagado.

—No me interpretes mal. No me gustas. Desde hace mucho tiempo.

—Desde Lester Hailey.

—Sí, supongo que tienes razón. Ganaste, pero jugaste sucio.

—Gané, eso es lo que cuenta. Además, no jugué sucio. Te sorprendí desprevenido.

—Jugaste sucio y Noose hizo la vista gorda.

—Como quieras. Tú tampoco me gustas.

—Me alegro. Así me siento mejor. ¿Qué sabes acerca de Marsharfsky?

—¿Es esa la razón de tu visita?

—Podría ser.

—No lo conozco, pero aunque fuera mi padre no te diría nada sobre él. ¿Quieres algo más?

—Debes de haber hablado con él.

—Hemos intercambiado unas palabras por teléfono. No me digas que te preocupa.

—No. Es solo curiosidad. Tiene una buena reputación.

—Efectivamente. Pero no habrás venido para hablar de su reputación.

—No, claro que no. Quería hablar del caso.

—¿Sobre qué?

—Las posibilidades de que se le declare inocente, las defensas factibles, si estaba realmente enajenado y cosas por el estilo.

—Creí que habías garantizado que se le condenaría. ¿Lo recuerdas? Frente a las cámaras. Cuando se promulgó el auto de procesamiento. En una de tus conferencias de prensa.

—¿Echas ya de menos las cámaras, Jake?

—Tranquilízate, Rufus. Me he retirado del juego. Las cámaras son todas tuyas, por lo menos tuyas y de Marsharfsky, sin olvidar a Walter Sullivan. A por ellas, tigre. Si en algún momento te he privado de las candilejas, lo lamento profundamente. Sé lo mucho que te duele.

—Acepto tus disculpas. ¿Ha venido Marsharfsky a la ciudad?

—No lo sé.

—Prometió una conferencia de prensa para esta semana.

—Entonces ¿has venido para hablar de su conferencia de prensa?

—No. Quería hablar del caso Hailey, pero evidentemente estás demasiado ocupado.

—Efectivamente. Además, contigo no tengo nada de que hablar, señor gobernador.

—Esto me ofende.

—¿Por qué? Sabes que es cierto. Llevarías a tu propia madre ante los tribunales por un par de titulares en los periódicos.

—Me encantaría que siguieras en el caso, Brigance —dijo Buckley, después de levantarse de la silla y empezar a pasear por la sala, al tiempo que elevaba el volumen de su voz.

—También a mí.

—Te enseñaría un par de cosas sobre la acusación de asesinos. Tenía realmente muchas ganas de colocarte en tu lugar.

—No se puede decir que hayas tenido mucho éxito en el pasado.

—Esa es la razón por la que te quería en este caso, Brigance. Sentía un verdadero anhelo por enfrentarme a ti —exclamó el fiscal, con su tradicional rostro encendido.

—Habrá otras ocasiones, gobernador.

—Deja de llamarme eso —gritó.

—Pero es cierto, ¿verdad, gobernador? Esa es la razón por la que buscas las cámaras con tanto anhelo. Todo el mundo lo sabe. Ahí va el viejo Rufus en busca de los objetivos, preparando el terreno para convertirse en gobernador. Claro que es cierto.

—Hago mi trabajo. Acuso a los delincuentes.

—Carl Lee Hailey no es un delincuente.

—Observa y verás cómo lo destruyo.

—No será tan fácil.

—Obsérvame.

—Necesitas doce sobre doce.

—No importa.

—¿Como con el gran jurado?

Buckley se quedó paralizado. Entornó los ojos y miró a Jake con el ceño fruncido. Tres monumentales surcos se formaron en su frente descomunal.

—¿Qué sabes acerca del gran jurado?

—Lo mismo que tú. Un voto menos y te quedas con un palmo de narices.

—¡No es cierto!

—Vamos, gobernador. No hablas con un periodista. Sé exactamente lo que ocurrió. Lo supe a las pocas horas.

—Se lo contaré a Noose.

—Y yo a los periódicos. Será una buena propaganda antes del juicio.

—No te atreverías.

—Ahora no tengo por qué hacerlo. Me han despedido del caso, ¿no lo recuerdas? Esa debe de ser la razón por la que has venido, ¿no es cierto, Rufus? Para recordarme que tú sigues en el caso, pero yo no. Meter un poco de sal en la herida. De acuerdo, lo has logrado. Ahora te pido que te retires. Conviene que vigiles al gran jurado. O puede que te encuentres con algún periodista cerca de la Audiencia. Lárgate.

—Con mucho gusto. Lamento haberte molestado.

—Yo también.

—Te he mentido, Jake —dijo Buckley desde el umbral de la puerta—. Estoy contentísimo de que estés retirado del caso.

—Sabía que mentías. Pero no creas que puedes olvidarte de mí.

—¿Qué quieres decir?

—Adiós, Rufus.

El gran jurado de Ford County no había dejado de trabajar, y el jueves de la segunda semana hubo de ocuparse de dos acusados contra los que se había levantado auto de procesamiento. Uno de ellos era un negro que había apuñalado a otro negro durante el mes de abril en un tugurio; en Massey's. A Jake le gustaban los ataques con arma blanca porque cabía la posibilidad de que se declarara inocente al acusado: lo único que necesitaba era un jurado de blancos fanáticos a quienes no importaba en absoluto que los negros se apuñalaran entre sí. No hacían más que divertirse en su antro predilecto cuando las cosas se salieron de quicio y uno de ellos recibió un navajazo, pero no falleció. Ningún daño, ninguna condena. Era semejante a la estrategia que Jake había aprendido con Lester Hailey. El nuevo cliente le había prometido mil quinientos dólares, pero antes debía saldar la fianza.

El otro acusado era un joven blanco al que habían detenido con una camioneta robada. Era la tercera vez que lo cogían con un vehículo robado y no había forma de evitarle siete años en Parchman.

Ambos estaban en la cárcel, lo cual brindaba a Jake la oportunidad de hablar con Ozzie mientras cumplía con la obligación de visitarles. Ya avanzada la tarde del jueves, encontró al sheriff en su despacho, rodeado de montones de papeles en el escritorio y en el suelo.

—¿Estás ocupado? —preguntó Jake.

—No, solo papeleo. ¿Has vuelto a ver alguna cruz en llamas?

—No, gracias a Dios. Con una basta.

—No he visto a tu amigo de Memphis.

—Es extraño —dijo Jake—. Suponía que a estas alturas habría venido por aquí. ¿Has hablado con Carl Lee?

—Todos los días. Está cada día más nervioso. El abogado ni siquiera lo ha llamado, Jake.

—Me alegro. Me gusta que sufra. No siento compasión por él.

—¿Crees que ha cometido un error?

—Sé que lo ha cometido. Conozco a esos fanáticos blancos de nuestro condado, Ozzie, y sé cómo se comportan cuando forman parte de un jurado. ¿Crees que se dejarán impresionar por la labia de un forastero?

—No lo sé. Tú eres el abogado. No dudo de tus palabras, Jake. Te he visto actuar.

—Ni siquiera está colegiado en Mississippi. El juez Noose se la tiene jurada. Odia a los abogados de otros estados.

—¿Bromeas?

—No. Ayer hablé con él.

—¿Quieres verle? —preguntó Ozzie cautelosamente.

—¿A quién?

—A Carl Lee.

—¡No! No tengo ninguna razón para verle —respondió Jake, dando una ojeada a su maletín—. Tengo que ver a Leroy Glass. Agresión grave.

—¿Representas a Leroy?

—Sí. Sus padres han venido a verme esta mañana.

—Sígueme.

Jake esperó en la sala de toxicoanálisis, mientras uno de los presos de confianza iba en busca de su nuevo cliente. Leroy vestía el uniforme habitual carcelario de Ford County, color naranja fosforescente. De su cráneo emergían en todas direcciones muelles rosados y de su nuca colgaban dos largas y grasientas mazorcas. Unas zapatillas de terciopelo verde lima protegían sus negros y apergaminados pies del sucio linóleo. No llevaba calcetines. Junto al lóbulo de su oreja derecha arrancaba una antigua y siniestra cicatriz que le cruzaba la mejilla hasta conectar nítidamente con la ventana derecha de su nariz. Demostraba sin lugar a dudas que los navajazos y puñaladas no le eran desconocidos. La lucía como una medalla. Fumaba Kools.

—Hola, Leroy, soy Jake Brigance —dijo el abogado, al tiempo que le indicaba que se sentara en una silla plegable junto a la máquina de Pepsi—. Su madre y su hermano me han contratado esta mañana.

—Encantado de conocerle, señor Jake.

Un preso de confianza esperaba junto a la puerta mientras Jake formulaba preguntas. Tomó tres páginas de notas relacionadas con Leroy Glass. Muy importante, por lo menos en aquel momento, era la cuestión del dinero. Más adelante hablarían de la reyerta. Jake tomaba nota de los números de teléfono de tías, tíos, hermanos, hermanas, amigos y cualquiera que pudiera prestarle dinero.

—¿Quién le ha hablado de mí? —preguntó Jake.

—Le he visto por televisión, señor Jake. A usted y a Carl Lee Hailey.

Jake se sentía orgulloso, pero no sonrió. La televisión era solo parte de su trabajo.

—¿Conoce a Carl Lee?

—Sí, y también a Lester. ¿No es cierto que fue usted quien le defendió?

—Sí.

—Carl Lee y yo estábamos en la misma celda. Me trasladaron anoche.

—Vaya casualidad.

—Sí. No es muy hablador. Me dijo que usted era muy bueno como abogado, pero que había encontrado a otro en Memphis.

—Es cierto. ¿Qué piensa de su nuevo abogado?

—No lo sé, señor Jake. Esta mañana se quejaba porque su nuevo abogado no ha venido a verle todavía. Decía que usted siempre le visitaba y hablaban del caso, pero su nuevo abogado, con un nombre estrafalario, aún no le ha hecho una sola visita.

—Le contaré algo si promete no repetírselo a Carl Lee —dijo Jake, con dificultad para disimular su satisfacción.

—De acuerdo.

—Su nuevo abogado no puede venir a verle.

—¿No? ¿Por qué no?

—Porque no está colegiado para ejercer como abogado en Mississippi. Es un abogado de Tennessee. Le expulsarán de la sala si comparece sin que nadie lo acompañe. Me temo que Carl Lee ha cometido un gran error.

—¿Por qué no se lo cuenta?

—Porque ya ha prescindido de mis servicios. No puedo darle consejos.

—Alguien debería hacerlo.

—Ha prometido no hacerlo, ¿de acuerdo?

—De acuerdo. No lo haré.

—¿Prometido?

—Se lo juro.

—Bien. Ahora debo marcharme. Me reuniré con el representante de la financiera por la mañana y puede que en un día o dos le saquemos de aquí. Ni palabra a Carl Lee, ¿de acuerdo?

—De acuerdo.

Tank Scales estaba apoyado contra el Saab en el aparcamiento cuando Jake salió de la cárcel. Al acercarse el abogado, pisó una colilla y se sacó un papel del bolsillo de la camisa.

—Dos teléfonos. El de arriba es el de su casa y el otro el del trabajo. Pero no le llames al trabajo si no es imprescindible.

—Muy bien, Tank. ¿Los has conseguido de Iris?

—Sí. No quería dármelos. Anoche pasó por mi local y la emborraché.

—Te debo un favor.

—Tarde o temprano me lo cobraré.

Eran casi las ocho y había oscurecido. La cena estaba fría, pero era lo normal. Por esa razón le había comprado un microondas. Carla estaba acostumbrada a que llegara tarde y a tener que calentar la comida, y no se quejaba. Cenaban cuando regresaba, tanto si eran las seis como las diez.

Jake cogió el coche para dirigirse a su despacho. No se atrevía a llamar a Lester desde su casa, donde le oiría su esposa. Instalado junto a su escritorio, contempló los teléfonos que Tank le había facilitado. Carl Lee le había prohibido llamar a su hermano. ¿Por qué debía hacerlo? ¿Equivaldría a solicitar el caso? ¿Cometería una transgresión ética? ¿Sería inmoral llamar a Lester para contarle que Carl Lee lo había despedido para contratar a otro abogado? No. ¿Y responder a las preguntas de Lester sobre el nuevo abogado? Tampoco. ¿Y expresar su preocupación? Tampoco. ¿Y criticar al nuevo abogado? Probablemente tampoco. ¿Sería inmoral alentar a Lester para que hablara con su hermano? No. ¿Y convencerle para que prescindiera de los servicios de Marsharfsky? Probablemente. ¿Y que lo contratara de nuevo a él? Desde luego. Eso supondría una grave infracción ética. Lo mejor sería llamar a Lester para hablar de Carl Lee y dejar que la conversación evolucionara libremente.

—Diga.

—¿Puedo hablar con Lester Hailey?

—Sí. ¿Quién le llama? —preguntó una voz femenina con acento sueco.

—Jake Brigance, de Mississippi.

—Un momento.

Jake consultó su reloj. Las ocho treinta. Debía de ser la misma hora en Chicago.

—¡Jake!

—¿Cómo estás, Lester?

—Muy bien, Jake. Cansado, pero bien. ¿Y tú?

—Encantado de la vida. Escúchame, ¿has hablado con Carl Lee esta semana?

—No. Me marché el viernes y he estado haciendo dos turnos desde el domingo. No he tenido tiempo para nada.

—¿Has visto los periódicos?

—No. ¿Qué ha ocurrido?

—No vas a creértelo, Lester.

—¿De qué se trata, Jake?

—Carl Lee ha prescindido de mis servicios y ha contratado a un famoso abogado de Memphis.

—¡Cómo! ¿Bromeas? ¿Cuándo?

—El viernes pasado. Supongo que después de que te marcharas. No se molestó en comunicármelo. Me enteré por el periódico de Memphis el sábado por la mañana.

—Está loco. ¿Por qué lo ha hecho, Jake? ¿A quién ha contratado?

—¿Conoces a un individuo llamado Gato Bruster, de Memphis?

—Por supuesto.

—Es su abogado. Gato paga la minuta. Vino el viernes desde Memphis y visitó a Carl Lee en la cárcel. Al día siguiente vi mi fotografía en el periódico y leí que me había despedido.

—¿Quién es el abogado?

—Bo Marsharfsky.

—¿Es bueno?

—Es un bribón. Defiende a todos los chulos y narcotraficantes de Memphis.

—Parece de origen polaco.

—Lo es. Creo que procede de Chicago.

—Sí, hay muchos polacos por aquí. ¿Habla como ellos?

—Como si tuviera la boca llena de mantequilla. Causará sensación en Ford County.

—Estúpido, estúpido, estúpido. Carl Lee nunca ha sido demasiado inteligente. Siempre he tenido que pensar por él. Estúpido, estúpido.

—Sí, ha cometido un error, Lester. Tú sabes cómo es un juicio por asesinato porque lo has vivido en tu propia carne. Comprendes lo importante que es el jurado cuando abandona la sala para retirarse a deliberar. Tu vida está en sus manos. Doce personas de la región que luchan y discuten acerca de tu caso, de tu vida. El jurado es lo más importante. Hay que poder hablar al jurado.

—Tienes razón, Jake. Y tú sabes hacerlo.

—Estoy seguro de que Marsharfsky sabe hacerlo en Memphis, pero no en Ford County. No en las zonas rurales de Mississippi. Esa gente no confiará en él.

—Tienes razón, Jake. No puedo creer que lo haya hecho. Ha vuelto a meter la pata.

—Lo ha hecho, Lester, y estoy preocupado por él.

—¿Has hablado con él?

—El sábado pasado, después de leer el periódico, fui a verle inmediatamente. Le pregunté por qué. Y no supo responderme. Estaba avergonzado. No he hablado con él desde entonces. Pero tampoco lo ha hecho Marsharfsky. Todavía no ha aparecido por Clanton y tengo entendido que Carl Lee está disgustado. Que yo sepa, esta semana no se ha hecho nada relacionado con el caso.

—¿Ha hablado Ozzie con él?

—Sí, pero ya conoces a Ozzie. No dirá gran cosa. Sabe que Bruster y Marsharfsky son unos bribones, pero no presionará a Carl Lee.

—Santo cielo. No puedo creerlo. Es un estúpido si cree que esos blancos fanáticos escucharán a un mamarracho de Memphis. Diablos, Jake, no confían en los abogados de Tyler County y son vecinos. Santo cielo.

Jake miró el teléfono y sonrió. Hasta ahora ninguna infracción de la ética.

—¿Qué puedo hacer, Jake?

—No lo sé, Lester. Necesita ayuda y tú eres el único a quien prestará atención. Ya sabes lo testarudo que es.

—Lo mejor será que le llame.

No, pensó Jake, le sería más fácil a Carl Lee negarse por teléfono. Era preciso que los hermanos se vieran cara a cara. Un desplazamiento desde Chicago le causaría un buen impacto.

—No creo que llegues muy lejos por teléfono. Ha tomado ya una decisión. Solo tú puedes hacerle cambiar de opinión y no lo lograrás por teléfono.

—¿Qué día es hoy? —preguntó Lester después de una pausa, mientras Jake esperaba ansioso.

—Jueves, seis de junio.

—Vamos a ver —susurró Lester—. Estoy a diez horas de viaje. Trabajo mañana en el turno de las cuatro a la medianoche y, de nuevo, el domingo. Podría salir mañana a medianoche y llegar a Clanton a las diez de la mañana del sábado. Y marcharme de Clanton el domingo por la mañana para estar de regreso a las cuatro. Son muchas horas en coche, pero puedo hacerlo.

—Es muy importante, Lester. Creo que merece la pena desplazarse.

—¿Dónde estarás el sábado, Jake?

—Aquí, en mi despacho.

—De acuerdo. Iré a la cárcel y te llamaré si te necesito.

—Me parece bien. Otra cosa, Lester. Carl Lee me dijo que no te llamara. No se lo menciones.

—¿Qué le digo?

—Dile que has llamado a Iris y que ella te lo ha contado.

—¿Qué Iris?

—Por Dios, Lester. Hace años que todo el mundo lo sabe. Todo el mundo menos su marido; y lo descubrirá.

—Espero que no. Habría otro asesinato. Y tú tendrías un nuevo cliente.

—Por favor. No logro conservar los que tengo. Llámame el sábado.

A las diez y media, comió la cena recalentada en el microondas. Hanna estaba dormida. Hablaron de Leroy Glass y del joven blanco de la camioneta robada. También de Carl Lee, pero no de Lester. Carla se sentía mejor y más segura, ahora que Carl Lee Hailey ya no tenía nada que ver con ellos. No habían recibido más llamadas, cruces ardientes ni malas miradas en la iglesia. Le aseguraba que habría otros casos. Jake apenas hablaba; se limitaba a comer y a sonreír.

19

El viernes, poco antes de que el juzgado cerrase, Jake llamó a la secretaria para preguntarle si se celebraba algún juicio. Le respondió que no y que Noose ya se había marchado. Buckley, Musgrove y todos los demás, también. No quedaba nadie en el juzgado. Con esa seguridad, Jake cruzó sigilosamente la calle, entró por la puerta posterior de la Audiencia y avanzó por el pasillo hasta las oficinas de las secretarias. Mientras bromeaba con ellas, localizó el sumario de Carl Lee, contuvo la respiración y lo hojeó. ¡Magnífico! Lo que suponía. Ninguna adición en toda la semana a excepción de su solicitud para dimitir como representante del acusado. Marsharfsky y su representante local no habían tocado el sumario. No se había hecho nada. Después de bromear un poco más con las secretarias se retiró de la oficina.

Leroy Glass seguía en la cárcel. Se le había concedido una fianza de diez mil dólares, pero su familia no podía conseguir los mil dólares necesarios para que una financiera pagara el resto de la fianza, y no le quedaba más remedio que seguir compartiendo la celda de Carl Lee. Jake tenía un amigo en una financiera que se ocupaba de sus clientes. Cuando quería que alguien saliera de la cárcel y el riesgo de que se fugara era mínimo, se le facilitaba la fianza. Aceptaba que los clientes de Jake pagaran a plazos; por ejemplo, el cinco por ciento de entrada y el resto a plazos mensuales. Si Jake se proponía sacar a Leroy Glass de la cárcel, conseguiría inmediatamente su fianza. Pero lo necesitaba dentro.

—Lo siento, Leroy. Estoy negociando con el representante de la financiera —explicó Jake a su cliente en la sala de toxicoanálisis.

—Pero usted aseguró que me sacaría.

—Su familia no tiene el dinero de la fianza, Leroy. Yo no puedo pagarlo. Le sacaremos, pero tardaremos unos días. Quiero que salga para que vuelva a trabajar y pueda pagar mis honorarios.

—De acuerdo, señor Jake, haga lo que pueda —dijo Leroy, aparentemente satisfecho.

—Dicen que aquí la comida es bastante buena —bromeó Jake con una sonrisa.

—No está mal. Pero no tan buena como en casa.

—Pronto saldrá —prometió el abogado.

—¿Cómo está el negro al que di el navajazo?

—No estoy seguro. Ozzie dice que sigue en el hospital. Moss Tatum afirma que lo han dado de alta. No sé. Creo que su herida no es demasiado grave. Por cierto —añadió Jake, que no lograba recordar los detalles—, ¿quién era la mujer?

—Una que iba con Willie.

—¿Quién es Willie?

—Willie Hoyt.

—Ese no es el individuo a quien apuñaló —dijo Jake, después de reflexionar unos instantes para recordar los cargos.

—No, ese era Curtis Sprawling.

—¿Quiere decir que se peleaban por una mujer que iba con otro?

—Eso es.

—¿Dónde estaba Willie?

—También se peleaba.

—¿Con quién?

—Otro individuo.

—¿O sea que los cuatro se peleaban por la mujer que iba con Willie?

—Eso es. Por fin lo ha comprendido.

—¿Qué provocó la pelea?

—Su marido había salido de la ciudad.

—¿Está casada?

—Efectivamente.

—¿Cómo se llama su marido?

—Johnny Sands. Cuando se va de la ciudad, suele haber pelea.

—¿Por qué?

—Porque ella no tiene hijos, no puede tenerlos, y no le gusta estar sola. ¿Me comprende? Cuando su marido se marcha, todo el mundo lo sabe, y si ella aparece por el tugurio, seguro que habrá pelea.

Menudo juicio, pensó Jake.

—Pero ¿no me había dicho que llegó con Willie Hoyt? —preguntó el abogado.

—Sí, pero eso no impide que todo el mundo se le acerque para ofrecerle una copa e invitarla a bailar. Es irresistible.

—Una señora hembra, ¿eh?

—Está muy buena, señor Jake. Tendría que verla.

—Lo haré. Cuando declare en la sala.

Leroy dirigió la mirada a la pared, con una sonrisa en los labios y sueños lujuriosos por la esposa de Johnny Sands. No le importaba la perspectiva de veinte años en la cárcel por haber apuñalado a alguien. Había demostrado su valor en la lucha cuerpo a cuerpo.

—Escúcheme, Leroy, ¿no habrá hablado con Carl Lee?

—Claro que hablamos. Estoy todavía en su misma celda. No dejamos de hablar. Es lo único que se puede hacer.

—¿No le habrá contado lo que hablamos ayer?

—Por supuesto que no. Le dije que no lo haría.

—Me alegro.

—Pero no me importa decirle, señor Jake, que está bastante

preocupado. No sabe nada de su nuevo abogado. Está muy disgustado. Tuve que morderme la lengua para no contárselo, pero no lo hice. Le conté que usted era mi abogado.

—Eso está bien.

—Respondió que usted era un buen abogado en cuanto a pasar por la cárcel, hablar, ocuparse del caso y todo lo demás. Que había hecho bien al contratarlo.

—Pero no soy lo suficientemente bueno para él.

—Creo que Carl Lee está hecho un lío. No sabe en quién confiar ni está seguro de nada. Es un buen tipo.

—Bien, pero no le cuente lo que hemos hablado, ¿de acuerdo? Es confidencial.

—De acuerdo. Pero alguien debería hacerlo.

—No me consultó, ni a mí ni a nadie, antes de prescindir de mis servicios para contratar a un nuevo abogado. Es un hombre adulto y ha tomado una decisión. Debe enfrentarse a las consecuencias —dijo Jake, antes de acercarse a Leroy y bajar el tono de su voz—. Y le diré algo más, pero no se lo repita. Hace media hora he visto su sumario en el juzgado y he comprobado que su nuevo abogado no se ha ocupado del caso en toda la semana. Ni un solo dato adicional. Nada.

—Válgame Dios —exclamó Leroy con el ceño fruncido, al tiempo que movía la cabeza.

—Así es como actúan los famosos —prosiguió el abogado—. Mucha palabrería, mucho ruido y pocas nueces. Aceptan más casos de la cuenta y acaban perdiendo más de los que ganan. Los conozco. No dejo de observarlos. Por lo general, su reputación es inmerecida.

—¿Es esa la razón por la que no ha visitado a Carl Lee?

—Por supuesto. Está demasiado ocupado. Tiene otros muchos casos importantes. Carl Lee no le preocupa.

—Eso no está bien. Carl Lee merece algo mejor.

—Él fue quien tomó la decisión. No le queda más remedio que atenerse a las consecuencias.

—¿Cree que lo condenarán, señor Jake?

—No me cabe la menor duda. Acabará en la cámara de gas. Ha contratado a un abogado famoso que no tiene tiempo de ocuparse de su caso ni de visitarlo en la cárcel.

—¿Quiere decir que usted podría salvarlo?

Jake se relajó y cruzó las piernas.

—No, eso es algo que nunca prometo. Un abogado tiene que ser imbécil para prometer a su cliente que se le declarará inocente. Puede haber imprevistos en el juicio.

—Carl Lee dice que su abogado prometió en los periódicos que se le declarará inocente.

—Es un insensato.

—¿Dónde has estado? —preguntó Carl Lee a su compañero de celda cuando el carcelero cerró la puerta.

—Hablando con mi abogado.

—¿Jake?

—Sí.

Leroy se sentó al otro lado de la celda, frente a Carl Lee, que leía un periódico. Dejó de leer, dobló el periódico y lo abandonó sobre su catre.

—Pareces preocupado —dijo Carl Lee—. ¿Malas noticias sobre tu caso?

—No. Solo que no puedo conseguir la fianza. Jake dice que se solucionará en unos días.

—¿Ha hablado de mí?

—No. Solo un poco.

—¿Solo un poco? ¿Qué ha dicho?

—Solo ha preguntado cómo estabas.

—¿Eso es todo?

—Sí.

—¿No está furioso conmigo?

—No. Puede que esté preocupado por ti, pero no furioso.

—¿Por qué está preocupado por mí?

—No lo sé —respondió Leroy, al tiempo que se tumbaba en su catre, con las manos cruzadas tras la nuca.

—Vamos, Leroy. Sabes algo que no me cuentas. ¿Qué ha dicho Jake sobre mí?

—Me ha dicho que no podía contarte lo que habíamos hablado. Dice que es confidencial. ¿No te gustaría que tu abogado repitiera lo que le cuentas?

—No he visto a mi abogado.

—Tenías un buen abogado hasta que decidiste prescindir de sus servicios.

—Ahora tengo un buen abogado.

—¿Cómo lo sabes? Nunca lo has visto. Está demasiado ocupado para venir a hablar contigo y, si está demasiado ocupado, no tiene tiempo para trabajar en tu caso.

—¿Cómo lo sabes?

—Se lo he preguntado a Jake.

—¿Sí? ¿Y qué te ha dicho?

Leroy guardó silencio.

—Quiero saber lo que te ha dicho —exigió Carl Lee después de acercarse para sentarse al borde del catre de Leroy y mirar fijamente a su compañero de celda, de menor corpulencia.

Leroy decidió que estaba asustado y que en ese momento tenía un buen pretexto para contárselo todo a Carl Lee a fin de evitar que le agrediera.

—Es un bribón —dijo Leroy—. Es un soberano bribón que se aprovechará de ti. No le importas tú, ni tu caso. Solo le interesa la publicidad. No ha trabajado en tu caso en toda la semana. Jake lo sabe; ha visto tu sumario esta tarde en el juzgado. Ni rastro del famoso abogado. Está demasiado ocupado para salir de Memphis y ocuparse de ti. Hay demasiados bribones importantes a los que debe cuidar en Memphis, incluido tu amigo el señor Bruster.

—Estás loco, Leroy.

—De acuerdo, estoy loco. Ya veremos quién alega enajenación mental. Veremos cuánto trabaja en tu caso.

—¿Desde cuándo te has convertido en un experto en temas legales?

—Tú me preguntas y yo te respondo.

Carl Lee se acercó a la puerta de la celda y agarró fuertemente los barrotes con sus enormes manos. El espacio había empequeñecido a lo largo de tres semanas, y cada vez le resultaba más difícil pensar, razonar, organizar y reaccionar. No lograba concentrarse en la cárcel. Solo sabía lo que le contaban y no tenía en quién confiar. Gwen pensaba de modo irracional. Ozzie no se comprometía. Lester estaba en Chicago. La única persona en quien confiaba era Jake, pero, incomprensiblemente, él ahora tenía otro abogado. Lo había hecho por el dinero. Mil novecientos dólares al contado, suministrados por el mayor macarra y narcotraficante de Memphis, cuyo abogado se especializaba en la defensa de chulos, camellos, asesinos y delincuentes en general. ¿Representaba Marsharfsky a alguna persona honrada? ¿Qué pensaría el jurado cuando viera a Carl Lee Hailey sentado junto a Marsharfsky? Evidentemente, que era culpable. De lo contrario, ¿por qué razón contrataría a un famoso bribón de la gran ciudad como Marsharfsky?

—¿Sabes lo que dirán los blancos fanáticos del jurado cuando vean a Marsharfsky? —preguntó Leroy.

—¿Qué?

—Pensarán: ese pobre negro es culpable y ha vendido su alma para contratar al mayor bribón de Memphis a fin de que nos diga que es inocente.

Carl Lee murmuró algo entre los barrotes.

—Te van a crucificar, Carl Lee.

Moss Junior Tatum estaba de guardia a las seis y media de la mañana del sábado cuando sonó el teléfono en el despacho de Ozzie. Era el sheriff.

—¿Qué haces despierto a estas horas? —preguntó Moss.

—No estoy seguro de estar despierto —respondió el sheriff—. Oye, Moss, ¿recuerdas a un viejo predicador negro llamado Street, el reverendo Isaiah Street?

—No creo recordarlo.

—Claro que lo recuerdas. Predicó durante cincuenta años en la iglesia de Springdale, al norte de la ciudad. Fue el primer miembro del NAACP en Ford County. Enseñó a todos los negros de la región a manifestarse y a boicotear, allá por los años sesenta.

—Sí, ahora le recuerdo. ¿No lo cogió en una ocasión el Klan?

—Sí, le dieron una paliza e incendiaron su casa, pero nada grave. En el verano del sesenta y cinco.

—Creí que había muerto hace unos años.

—No, hace diez años que está medio muerto, pero todavía se mueve un poco. Me ha llamado a las cinco y media y me ha tenido una hora al teléfono. Me ha recordado todos los favores políticos que le debo.

—¿Qué desea?

—Vendrá a las siete para ver a Carl Lee. Desconozco el motivo de su visita. Pero sé atento con él. Instálalos en mi despacho y déjales que hablen. Yo vendré más tarde.

—De acuerdo, sheriff.

En su apogeo, durante los años sesenta, el reverendo Isaiah Street había sido la fuerza motriz del movimiento de derechos humanos en Ford County. Había acompañado a Martin Luther King por Memphis y Montgomery y había organizado manifestaciones y protestas en Clanton, Karaway y otras ciudades al norte de Mississippi. En verano del sesenta y cuatro recibió a estudiantes del norte y coordinó sus esfuerzos para registrar electores negros. Algunos se hospedaron en su casa durante aquel memorable verano, y todavía le hacían visitas de vez en cuando. No era un radical. Era discreto, compasivo, inteligente, y se había ganado el respeto de todos los negros y de la mayoría de los blancos. La suya era una voz tranquila y sosegada en un ambiente de odio y controversia. En 1969 organizó extraoficialmente la abolición de la segregación en la escuela pública, consiguiendo que en Ford County se llevara a cabo sin casi ningún problema.

En el setenta y cinco, un síncope paralizó el costado derecho de su cuerpo, pero le dejó la mente intacta. Ahora, a sus setenta y ocho años, caminaba despacio, orgulloso, serio y tan tieso como podía, con la sola ayuda de un bastón. El agente lo acompañó al despacho del sheriff, donde tomó asiento. No quiso café y Moss Junior fue en busca del acusado.

—¿Estás despierto, Carl Lee? —susurró a su oído para no levantar a los demás presos, que empezarían a pedir el desayuno, medicinas, abogados, representantes financieros y visitas femeninas.

—Sí, he dormido muy poco —respondió Carl Lee, incorporándose inmediatamente.

—Tienes visita. Vamos —añadió Moss, al tiempo que abría silenciosamente la celda.

Carl Lee había conocido al reverendo hacía muchos años, cuando pronunció una conferencia ante los alumnos del último curso de la escuela negra de East High. Después, tuvo lugar la abolición de la segregación y la escuela se convirtió en un instituto mixto. No había visto al religioso desde que sufrió su ataque.

—Carl Lee, ¿conoces al reverendo Isaiah Street? —preguntó educadamente Moss.

—Sí, nos conocimos hace muchos años.

—Bien, cerraré la puerta y los dejaré solos.

—¿Cómo está usted, reverendo? —preguntó Carl Lee, sentado junto a él en el sofá.

—Muy bien, hijo, ¿cómo estás tú?

—Bien, dadas las circunstancias.

—Sabrás que yo también estuve en la cárcel. Hace muchos años. Es un lugar terrible, pero supongo que necesario. ¿Cómo te tratan?

—Bien, muy bien. Ozzie deja que haga lo que se me antoje.

—Claro, Ozzie. Nos sentimos muy orgullosos de él, ¿no es cierto?

—Desde luego. Es un buen hombre —respondió Carl Lee mientras observaba al frágil y débil anciano con su bastón. Su cuerpo estaba decrépito y cansado, pero su mente era clara y su voz poderosa.

—También nos sentimos orgullosos de ti, Carl Lee. No soy partidario de la violencia, pero supongo que a veces también es necesaria. Cometiste una buena acción, hijo.

—Desde luego —dijo Carl Lee.

No estaba seguro que esa fuese la respuesta apropiada.

—Supongo que te preguntarás por qué estoy aquí.

Carl Lee asintió y el reverendo golpeó ligeramente el suelo con su bastón.

—Me preocupa que no salgas airoso del juicio. La comunidad negra está preocupada. Si fueras blanco, lo más probable sería que te declararan inocente. Violar a una niña es un crimen horrible. ¿Quién puede recriminar al padre que corrige una maldad? Siempre y cuando el padre sea blanco, está claro. Un padre negro evoca los mismos sentimientos entre los negros, pero hay un problema: el jurado será blanco. Por consiguiente, un padre negro y un padre blanco no cuentan con las mismas oportunidades ante el jurado. ¿Comprendes lo que te digo?

—Creo que sí.

—El jurado es de suma importancia. Culpable o inocente. Libre o encarcelado. Vivo o muerto. Todo ello puede decidirlo el jurado. Es un sistema frágil que deja la vida en manos de doce personas comunes, que no comprenden las leyes y que se sienten intimidadas por el proceso.

—Desde luego.

—El hecho de que un jurado blanco te declare inocente después de haber matado a dos hombres blancos será más positivo para la comunidad negra de Mississippi que cualquier otro acontecimiento desde la integración de las escuelas. Y no solo en Mississippi, sino en cualquier lugar donde haya negros. Tu caso es muy famoso y son muchos los que lo observan atentamente.

—Me limité a hacer lo que debía.

—Exactamente. Hiciste lo que creíste justo. Fue justo; aunque feo y brutal, fue justo. Y la mayoría de la gente, tanto negra como blanca, está convencida de ello. Pero ¿te tratarán como si fueras blanco? He ahí la cuestión.

—¿Y si me condenan?

—Tu condena supondría otro bofetón para nosotros: símbolo de un racismo profundo, de antiguos odios y prejuicios. Sería un desastre. Es preciso que no te condenen.

—Hago lo que puedo.

—¿Estás seguro? Hablemos, si no te importa, de tu abogado.

Carl Lee asintió.

—¿Lo conoces?

—No —respondió Carl Lee, al tiempo que agachaba la cabeza y se frotaba los ojos—. ¿Lo conoce usted?

—Sí.

—¿Cuándo lo conoció?

—En 1968, en Memphis. Yo estaba con el doctor King. Marsharfsky era uno de los abogados que representaban a los basureros en huelga. Pidió al doctor King que abandonara Memphis, porque, según él, agitaba a los blancos, incitaba a los negros e impedía el progreso de las negociaciones. Era soberbio y abusón. Insultó al doctor King; por supuesto en privado. Estábamos convencidos de que traicionaba a los obreros y recibía dinero, bajo mano, de las autoridades municipales. Estoy seguro de que teníamos razón.

Carl Lee respiró hondo y se frotó las sienes.

—Le he observado a lo largo de los años —prosiguió el reverendo—. Se ha hecho famoso defendiendo pistoleros, ladrones y chulos. Logra que algunos de ellos salgan en libertad, pero todos son culpables. No hay más que ver a uno de sus clientes para darse cuenta de que es culpable. Eso es lo que más me preocupa de ti. Me temo que te considerarán culpable por asociación.

—¿Quién le ha dicho que viniera a verme? —preguntó débilmente Carl Lee, todavía más encogido y con los codos sobre las rodillas.

—He charlado con un viejo amigo.

—¿Quién?

—Solo un viejo amigo, hijo, que está preocupado por ti. Todos lo estamos.

—Es el mejor abogado de Memphis.

—Esto no es Memphis.

—Es un experto en derecho penal.

—Tal vez porque él es un delincuente.

De pronto, Carl Lee se levantó, cruzó la sala y se detuvo de espaldas al reverendo.

—Me sale gratis. No me cuesta un centavo.

—Sus honorarios carecerán de importancia cuando te hayan condenado a muerte, hijo.

Transcurrieron unos momentos sin que nadie dijera palabra. Por último, el reverendo apoyó el bastón en el suelo y, con un esfuerzo, se puso en pie.

—Ya he dicho bastante. Te dejo. Buena suerte, Carl Lee.

—Agradezco su interés y su visita —dijo Carl Lee mientras le estrechaba la mano.

—Solo quiero que tengas en cuenta una cosa, hijo. Tu caso ya es bastante difícil. No lo empeores con un bribón como Marsharfsky.

Lester salió de Chicago poco antes de la medianoche del viernes para dirigirse hacia el sur. Iba solo, como de costumbre. Poco antes, su esposa había emprendido viaje al norte para pasar una semana en Green Bay con su familia. Él tenía mucho menos apego por Green Bay que ella por Mississippi, y ninguno de ellos sentía el menor deseo de visitar a la familia del otro. Los suecos eran buena gente y lo habrían tratado como miembro de la familia si él se lo hubiera permitido. Pero eran distintos, y no solo por el color de su piel. Lester se había criado con blancos en el sur y los conocía. No le gustaban todos, ni lo que generalmente sentían por él, pero por lo menos los conocía. Sin embargo, los blancos del norte, y especialmente los suecos, eran diferentes. Sus costumbres, su forma de hablar, su comida y casi todo lo demás le resultaba desconocido, y nunca podría sentirse a gusto con ellos.

Habría divorcio. Probablemente, aquel mismo año. La prima mayor de su esposa se había casado también con un negro a principios de los años setenta, y había llamado mucho la atención. Lester era un simple capricho del que su mujer ya se había hartado. Por suerte, no había hijos de por medio. Él sospechaba que ella tenía un amante. Lester también mantenía relaciones extramatrimoniales, e Iris había prometido casarse con él y trasladarse a Chicago cuando lograra deshacerse de Henry.

Ambos lados de la Interestatal 57 tenían el mismo aspecto pasada la medianoche: luces aisladas de pequeñas granjas desparramadas por el campo y alguna que otra ciudad como Champaign o Effingham. El norte era donde vivía y trabajaba, pero no era su casa. Su casa era donde su madre se encontraba, en Mississippi, aunque nunca volvería a vivir allí. Demasiada ignorancia y demasiada pobreza. No le importaba el racismo, que no era tan exacerbado como en otra época, y al que ya estaba acostumbrado. Nunca dejaría de existir, pero cada vez era menos tangible. Aunque los blancos eran todavía los propietarios y quienes lo controlaban todo, la situación no era insoportable, por más que aún no se viese la hora del cambio. Lo que le resultaba intolerable era la ignorancia y la extrema pobreza de muchos negros, sus miserables chabolas, el elevado índice de mortalidad infantil, el enorme desempleo, las madres solteras y sus hijos hambrientos. Era deprimente hasta el punto de la desesperación, y desesperante hasta el punto de abandonar Mississippi, como otros muchos miles de negros que habían emigrado al norte en busca de trabajo, cualquier trabajo con un salario decente que mitigara el dolor de la pobreza.

Regresar a Mississippi era al mismo tiempo agradable y deprimente. Era agradable reunirse de nuevo con la familia, y resultaba deprimente reencontrar su pobreza. Aunque no todos eran tan pobres. Carl Lee tenía un buen trabajo, una casa limpia e hijos bien vestidos. Su caso era excepcional, y ahora corría peligro de perderlo todo por dos asquerosos blancos borrachos de baja estofa. Los negros tenían una excusa para ser despreciables, pero para los blancos no la había. Gracias a Dios que habían muerto. Se sentía orgulloso de su hermano mayor.

Seis horas después de salir de Chicago, apareció el sol cuando cruzaba el río en Cairo. Al cabo de dos horas volvió a cruzarlo en Memphis. Siguió hacia el sudeste en dirección a Mississippi y, después de una hora, circulaba alrededor del palacio de Justicia de Clanton. Hacía veinticuatro horas que no dormía.

—Carl Lee, tienes visita —dijo Ozzie, a través de los barrotes de la puerta.

—No me sorprende. ¿De quién se trata?

—Sígueme. Creo que es preferible que vayas a mi despacho. Esto puede durar un rato.

Jake paseaba por su despacho a la espera de que sonara el teléfono. Las diez. Lester debía de estar en la ciudad, si había venido. Las once. Jake se dedicó a repasar antiguos sumarios y redactar unas notas para Ethel. Mediodía. Llamó a Carla y mintió sobre una cita con un nuevo cliente a la una, que le impediría almorzar en casa. Se ocuparía más tarde del jardín. La una. Encontró un antiguo caso de Wyoming, en el que se había declarado inocente a un individuo después de ajusticiar al violador de su esposa. En 1893. Copió el caso y, a continuación, lo arrojó a la papelera. No, no parecía apropiado. Echó una siesta en el sofá del despacho.

A las dos y cuarto sonó el teléfono. Jake se incorporó de un brinco y se acercó al aparato con el pulso muy acelerado.

—¡Diga!

—Jake, soy Ozzie.

—¿Qué ocurre, Ozzie?

—Es preciso que te persones en la cárcel.

—¿Por qué? —preguntó Jake, haciéndose el inocente.

—Te necesitamos aquí.

—¿Quién me necesita?

—Carl Lee quiere hablar contigo.

—¿Está ahí Lester?

—Sí, él también quiere hablar contigo.

—Estaré ahí dentro de un momento.

—No me he movido de ahí en cuatro horas —dijo Ozzie, al tiempo que señalaba la puerta de su despacho.

—¿Haciendo qué? —preguntó Jake.

—Hablando, discutiendo, chillando… Hace unos treinta minutos que se han tranquilizado los ánimos. Carl Lee me ha pedido que te llamara.

—Gracias. Entremos.

—Ni soñarlo. No pienso entrar ahí. No es a mí a quien han llamado. Debes afrontarlo a solas.

Jake llamó a la puerta.

—¡Adelante!

Abrió lentamente y entró en el despacho. Carl Lee estaba sentado detrás del escritorio y Lester acostado en el sofá.

—Encantado de verte, Jake —dijo Lester después de levantarse para darle la mano.

—El placer es mío, Lester. ¿Qué te trae por aquí?

—Asuntos de familia.

Jake miró a Carl Lee, se acercó al escritorio y le tendió la mano. El reo estaba claramente irritado.

—¿Me habéis mandado llamar?

—Sí, Jake, siéntate. Es preciso que hablemos contigo —respondió Lester—. Carl Lee tiene algo que decirte.

—Díselo tú —replicó Carl Lee.

Lester suspiró y se frotó los ojos. Estaba cansado y frustrado.

—No pienso decir una palabra más. Esto es entre vosotros dos —dijo al tiempo que cerraba los ojos y se relajaba en el sofá.

Jake estaba sentado en una silla plegable apoyada contra una pared frente al sofá y miraba atentamente a Lester sin dirigir la mirada a Carl Lee, quien se mecía suavemente en el sillón de Ozzie. Carl Lee no decía nada. Lester no decía nada.

—¿Quién me ha mandado llamar? —preguntó Jake, enojado, después de tres minutos de silencio.

—He sido yo —respondió Carl Lee.

—Bien, ¿qué quieres?

—Quiero poner mi caso nuevamente en tus manos.

—En el supuesto de que yo quiera aceptarlo.

—¿Cómo? —exclamó Lester, después de incorporarse y mirar fijamente a Jake.

—No se trata de un regalo que uno ofrece o retira a su antojo. Es un contrato entre tú y tu abogado. No actúes como si me hicieras un gran favor —dijo Jake levantando la voz, claramente irritado.

—¿Estás dispuesto a ocuparte de mi caso? —preguntó Carl Lee.

—¿Intentas contratarme de nuevo, Carl Lee?

—Eso es.

—¿Por qué?

—Porque Lester insiste en que lo haga.

—De acuerdo, entonces tu caso no me interesa —respondió

Jake, al tiempo que se levantaba para dirigirse a la puerta—. Si Lester me ha elegido a mí pero tú prefieres a Marsharfsky, quédate con él. Si eres incapaz de pensar por cuenta propia, es a él a quien necesitas.

—Espera, Jake, tranquilízate —dijo Lester junto a Jake, en el umbral de la puerta—. Siéntate, siéntate. No te recrimino que estés furioso con Carl Lee por prescindir de tus servicios. Cometió un error. ¿No es cierto, Carl Lee?

Carl Lee se limpiaba las uñas.

—Siéntate, Jake, siéntate y charlemos —suplicó Lester, mientras le conducía a la silla plegable—. Bien. Ahora hablemos de la situación. Carl Lee, ¿quieres a Jake como abogado defensor?

—Sí —asintió Carl Lee.

—Bien. Ahora, Jake…

—Dime por qué —dijo Jake, dirigiéndose a Carl Lee.

—¿Cómo?

—Dime por qué quieres que me ocupe de tu caso. Cuéntame por qué prescindes de los servicios de Marsharfsky.

—No tengo por qué dar explicación alguna.

—¡Sí! Sí, debes hacerlo. Por lo menos me debes una explicación. Hace una semana decidiste prescindir de mis servicios y no tuviste el valor de llamarme. Tuve que enterarme por el periódico. A continuación leí sobre tu nuevo abogado de altos vuelos, que, evidentemente, no ha encontrado el camino de Clanton. Ahora vuelves a llamarme y esperas que abandone todo lo que tengo entre manos con la posibilidad de que vuelvas a cambiar de opinión. Explícate, por favor.

—Explícate, Carl Lee. Habla con Jake —dijo Lester.

Carl lee se inclinó al frente y apoyó los codos sobre la mesa.

—Estoy muy confuso —dijo entre las palmas de las manos, que le cubrían el rostro—. Este lugar me vuelve loco. Tengo los nervios destrozados. Estoy preocupado por mi hija. Estoy preocupado por mi familia. Estoy preocupado por mi pellejo. Todo el mundo me dice que haga algo distinto. Nunca he estado en una situación parecida y no sé qué hacer. Solo puedo confiar en la gente. Confío en Lester y confío en ti, Jake. Es lo único que puedo hacer.

—¿Confías en mis consejos? —preguntó Jake.

—Siempre lo he hecho.

—¿Y confías en que me ocupe de tu caso?

—Sí, Jake, deseo que te ocupes de mi caso.

—De acuerdo.

Jake se relajó y Lester se acomodó en el sofá.

—Debes comunicárselo a Marsharfsky —añadió Jake—. Hasta que lo hagas, no podré trabajar en tu caso.

—Lo haremos esta tarde —dijo Lester.

—Bien. Cuando hayáis hablado con él, llamadme. Hay mucho por hacer y el tiempo vuela.

—¿Cómo arreglaremos lo del dinero? —preguntó Lester.

—Los mismos honorarios. Las mismas condiciones. ¿Estáis de acuerdo?

—Me parece bien —respondió Carl Lee—. Te pagaré como pueda.

—Hablaremos de ello más adelante.

—¿Y los médicos? —preguntó Carl Lee.

—Llegaremos a algún acuerdo. No sé cómo. Pero se solucionará.

Lester emitió un fuerte ronquido, y su hermano sonrió y soltó una carcajada.

—Estaba seguro de que lo habías llamado, pero él jura que no lo hiciste —dijo Carl Lee.

Jake forzó una sonrisa, pero no aclaró nada. Lester era un convincente mentiroso, lo cual había sido muy útil durante su juicio por asesinato.

—Lo siento, Jake. Estaba equivocado.

—No es preciso que te disculpes. Tenemos demasiado que hacer para andarnos con cumplidos.

Junto al aparcamiento de la cárcel, a la sombra de un árbol, un periodista esperaba a que ocurriera algo.

—Discúlpeme, ¿no es usted el señor Brigance?

—¿Quién desea saberlo?

—Me llamo Richard Flay, de *The Jackson Daily*. Usted es Jake Brigance.

—Sí.

—Ex abogado defensor del señor Hailey.

—No. Defensor del señor Hailey.

—Tenía entendido que el señor Hailey había contratado a Bo Marsharfsky. A decir verdad, esta es la razón de mi presencia. He oído decir que Marsharfsky haría acto de presencia esta tarde.

—Si lo ve, dígale que ha llegado demasiado tarde.

Lester durmió como un tronco en el sofá de Ozzie. El agente de guardia lo despertó a las cuatro de la madrugada del domingo y, después de tomarse un café solo en una taza de plástico, emprendió el camino de regreso a Chicago. El sábado por la noche, él y Carl Lee habían llamado a Gato a su despacho de la sala de fiestas para comunicarle el cambio de opinión de Carl Lee. Gato estaba ocupado y se mostró indiferente. Dijo que se ocuparía de llamar a Marsharfsky. No se mencionó el dinero.

20

Poco después de que Lester se marchara, Jake se acercó medio dormido al portalón con el albornoz puesto para recoger los periódicos dominicales. Clanton estaba a una hora al sudeste de Memphis, a tres horas al norte de Jackson, y a cuarenta y cinco minutos de Tupelo. En las tres ciudades se publicaban periódicos con gruesos suplementos dominicales, distribuidos en Clanton. Jake se había suscrito a todos ellos y ahora se alegraba de haberlo hecho, porque Carla dispondría de abundantes recortes para su álbum. Abrió los periódicos y empezó a escudriñar sus columnas.

Nada en el periódico de Jackson. Esperaba que Richard Flay hubiera escrito algo. Debió haberle dedicado más tiempo cuando habló con él junto a la cárcel. Nada en Memphis. Nada en Tupelo. No le sorprendió, aunque tenía la esperanza de que, de algún modo, hubiese corrido ya la voz.

Tal vez el lunes. Estaba harto de ocultarse, de sentirse avergonzado. Hasta que la noticia apareciera en los periódicos y la leyesen los clientes del Coffee Shop, y los feligreses de la parroquia, y los demás abogados, incluidos Buckley, Sullivan y Lotterhouse, hasta que todo el mundo supiera que se ocupaba de nuevo del caso, se mantendría discretamente alejado del público. ¿Cómo debía comunicárselo a Sullivan? Carl Lee llamaría a Marsharfsky, o al macarra, probablemente al macarra, quien comunicaría la noticia a Marsharfsky. ¿Qué clase de declaración haría Marsharfsky a la prensa? A continuación, el famoso abogado llamaría a Walter Sullivan para darle la maravillosa noticia. Esto ocurriría el lunes por la mañana, a lo más tardar. Pronto se divulgaría la noticia en el bufete de Sullivan, y desde decanos hasta pasantes se reunirían en la sala de conferencias decorada en caoba para maldecir a Brigance y sus tácticas inmorales. Los abogados más jóvenes intentarían impresionar a sus jefes citando normas y artículos del reglamento ético que Brigance probablemente había infringido. Jake odiaba a todos y cada uno de ellos. Mandaría una carta breve y concisa a Sullivan, con una copia para Lotterhouse.

No llamaría ni escribiría a Buckley. Quedaría atónito al leer el periódico. Bastaría con hacerle llegar una copia de la carta que remitiría al juez Noose. No le concedería el honor de escribirle personalmente.

Jake tuvo una idea, titubeó y llamó a Lucien. Pasaban algunos minutos de las siete. Contestó su enfermera-doncella-camarera.

—¿Sallie?

—Sí.

—Habla Jake. ¿Está Lucien despierto?

—Un momento —respondió mientras se daba la vuelta para entregarle el teléfono a Lucien.

—Diga.

—Lucien, soy Jake.

—Bien, ¿qué quieres?

—Buenas noticias. Carl Lee Hailey me ha vuelto a contratar. He recuperado el caso.

—¿Qué caso?

—¡El caso Hailey!

—Ah, el del Vengador. ¿Lo has recuperado?

—Desde ayer. Tenemos mucho que hacer.

—¿Cuándo se celebrará el juicio? ¿En julio?

—El veintidós.

—Falta poco. ¿Qué es lo primero?

—El psiquiatra. Uno barato que esté dispuesto a declarar cualquier cosa.

—Conozco al individuo adecuado —respondió Lucien.

—Perfecto. Manos a la obra. Te llamaré dentro de un par de días.

Carla despertó a una hora razonable y se encontró a su marido en la cocina, con los periódicos abiertos encima y debajo de la mesa del desayuno. Preparó café y, sin decir palabra, se sentó frente a él. Jake le sonrió y siguió leyendo.

—¿A qué hora te has levantado? —preguntó.

—A las cinco y media.

—¿Por qué tan temprano? Es domingo.

—No podía dormir.

—¿Demasiada emoción?

—El caso es que estoy emocionado —respondió, después de bajar el periódico—. Muy emocionado. Qué lástima no poder compartirlo.

—Lamento lo de anoche.

—No tienes por qué disculparte. Sé cómo te sientes. Tu problema consiste en solo ver el lado negativo de las cosas; nunca el positivo. No tienes idea de lo que este caso puede hacer por nosotros.

—Jake, tengo miedo. Las llamadas telefónicas, las amenazas, la cruz ardiente. Aunque el caso valiese un millón de dólares, ¿merecería la pena si algo ocurriera?

—No ocurrirá nada. Recibiremos algunas amenazas y nos mirarán fijamente en la iglesia y por la ciudad, pero nada grave.

—No puedes estar seguro de ello.

—Lo discutimos anoche y no me importa repetirlo de nuevo. Pero estoy bastante seguro.

—Estoy impaciente por oírtelo decir otra vez.

—Tú y Hanna os trasladáis a casa de tus padres en Carolina del Norte hasta después del juicio. A ellos les encantará y no tendremos que preocuparnos del Klan ni de ningún aficionado a quemar cruces.

—¡Pero todavía faltan seis semanas para el juicio! ¿Pretendes que nos quedemos seis semanas en Wilmington?

—Sí.

—Quiero a mis padres, pero esto es absurdo.

—Apenas los ves y ellos apenas ven a Hanna.

—Y nosotras apenas te vemos a ti. No pienso ausentarme seis semanas.

—Hay mucho que hacer. Pienso dedicarme enteramente al caso hasta después del juicio. Trabajaré por la noche, los fines de semana…

—¿Y eso es algo nuevo en ti?

—No os prestaré atención alguna porque me dedicaré enteramente al caso.

—Ya estamos acostumbradas.

—¿Me estás diciendo que puedes soportarlo? —dijo Jake sonriendo.

—Puedo soportarlo. Lo que me asusta son esos locos que deambulan por ahí.

—Cuando esos locos se pongan serios, cederé. Abandonaré el caso si mi familia corre peligro.

—¿Me lo prometes?

—Claro que te lo prometo. Pero mandemos a Hanna a casa de tus padres.

—Si no corremos peligro, ¿por qué quieres mandarla allí?

—Por mayor seguridad. Se lo pasará de maravilla en casa de los abuelos. Y a ellos les encantará.

—No durará una semana sin mí.

—Y tú no durarías una semana sin ella.

—Cierto. Olvídalo. Hanna no me preocupa, siempre y cuando pueda estrecharla entre mis brazos.

Acababa de hacerse el café y Carla llenó las tazas.

—¿Hay algo en el periódico?

—No. Pensé que tal vez el periódico de Jackson publicaría alguna cosa, pero supongo que ocurrió demasiado tarde.

—Puede que tu sincronización esté ligeramente oxidada después de una semana de descanso.

—Espera a mañana por la mañana.

—¿Cómo lo sabes?

—Te lo prometo.

—¿Vas a ir a la iglesia? —preguntó Carla, mientras buscaba en la prensa las secciones de modas y cocina.

—No.

—¿Por qué no? Vuelves a ser responsable del caso. Eres de nuevo una estrella.

—Sí, pero nadie lo sabe todavía.

—Comprendo. El próximo domingo.

—Por supuesto.

En Mount Hebron, Mount Zion, Mount Pleasant, Brown's Chapel, Green's Chapel, Norris Road, Section Line Road, Bethel Road, God's Temple, Christ's Temple y Saints' Temple, circulaban los cepillos y las bandejas, y se dejaban junto al altar y las puertas con el propósito de recaudar fondos para Carl Lee Hailey y su familia. En muchas de las iglesias utilizaban como cepillos las enormes cestas de Kentucky Fried Chicken. Cuanto mayor era el cepillo, o la cesta, menores parecían las ofrendas individuales que caían al fondo del mismo, con lo cual el sacerdote se sentía perfectamente justificado al ordenar que se pasara de nuevo entre la congregación. Se trataba de una colecta especial, independiente de las aportaciones habituales, que en casi todas las iglesias iba precedida de un conmovedor relato de lo ocurrido a la encantadora pequeña Hailey y de lo que les sucedería a su padre y parientes si no se llenaban los cepillos. En muchos casos se mencionaba el sagrado nombre del NAACP para que los feligreses abrieran generosamente sus carteras y monederos.

Surtió efecto. Se vaciaron los cepillos, se contó el dinero y la operación se repitió durante las ceremonias vespertinas. La noche del domingo, cada párroco juntó y contó las colectas para entregar un elevado porcentaje de las mismas al reverendo Agee al día siguiente. Él guardaría el dinero en algún lugar de su iglesia y buena parte del mismo se utilizaría para ayudar a la familia Hailey.

Todos los domingos por la tarde, de dos a cinco, los presos de la cárcel de Ford County eran trasladados a un extenso patio cercado después de cruzar una pequeña calle que daba a la parte trasera. En dicho patio se permitía la entrada de un máximo de tres parientes o amigos de cada preso durante una hora a lo sumo. Había un par de árboles, algunas mesas deterioradas y un cuidado tablero de baloncesto. Agentes con perros vigilaban atentamente al otro lado de la verja.

Gwen y los niños habían adoptado la costumbre de abandonar la iglesia después de la bendición para dirigirse a la cárcel. Ozzie permitía a Carl Lee entrar un poco antes en el área de recreo a fin de que pudiera hacerse con la mejor mesa, la que tenía cuatro patas y estaba a la sombra de un árbol, donde se sentaba a solas y contemplaba las refriegas del campo de baloncesto a la espera de su familia. No era baloncesto a lo que jugaban, sino una mezcla de rugby, lucha libre, judo y baloncesto. Nadie se atrevía a arbitrar. Si no había sangre, no había falta. Y, sorprendentemente, no había peleas. Pelearse significaba la incomunicación inmediata y quedarse sin tiempo de ocio durante un mes.

Las visitas eran escasas: algunas novias y esposas sentadas sobre el césped con sus compañeros cerca de la verja, contemplando en silencio el tropel del baloncesto. Una pareja preguntó a Carl Lee si podía utilizar su mesa para comer. Él movió la cabeza negativamente y se instalaron en el césped.

Gwen y los niños llegaron antes de las tres. El agente Hastings, su primo, abrió la verja, y los niños echaron a correr para reunirse con su padre. Gwen colocó la comida sobre la mesa. Carl Lee era consciente de la mirada de los menos privilegiados y le satisfacía provocar su envidia. De haber sido blanco, o menos corpulento, o de estar acusado de un delito de menor gravedad, tal vez le habrían pedido que compartiera su comida. Pero era Carl Lee y nadie lo miraba demasiado tiempo. Cuando el juego recuperó su furor y violencia, la familia comió en paz. Tonya se sentaba siempre junto a su padre.

—Esta mañana han empezado una colecta para nosotros —dijo Gwen, después del almuerzo.

—¿Quién?

—La iglesia. El reverendo Agee ha dicho que todas las iglesias negras del condado harán colectas cada domingo para nosotros y los gastos de abogado.

—¿Cuánto?

—No lo sé. Ha dicho que se repetiría todos los domingos hasta el día del juicio.

—Es un detalle maravilloso. ¿Qué ha dicho sobre mí?

—Se ha limitado a hablar del caso en general. Ha dicho lo caro que sería y que necesitábamos la ayuda de todas las iglesias. Ha hablado de la generosidad cristiana y todo lo demás. Dice que eres un héroe para tu pueblo.

Vaya agradable sorpresa, pensó Carl Lee. Esperaba cierta ayuda de su iglesia, pero no financiera.

—¿Cuántas iglesias?

—Todas las negras del condado.

—¿Cuándo nos darán el dinero?

—No lo ha dicho.

Después de separar su parte, pensó Carl Lee.

—Muchachos, llevaos a vuestra hermana a jugar junto a la verja. Mamá y yo tenemos que hablar. Tened cuidado.

Los niños cogieron a su hermana de la mano y obedecieron a su padre.

—¿Qué dice el médico? —preguntó Carl Lee mientras contemplaba a sus hijos, que jugaban a lo lejos.

—Se recupera satisfactoriamente. Su mandíbula se va curando. Puede que dentro de un mes le retire la prótesis. Todavía no corre ni salta, pero pronto lo hará. Aún le duele.

—¿Y... lo otro?

Gwen movió la cabeza, se cubrió los ojos y se echó a llorar.

—Nunca podrá tener hijos —respondió con la voz entrecortada, mientras se frotaba los ojos—. El médico dice...

Gwen se interrumpió, se frotó la cara e intentó proseguir, pero empezó a sollozar y ocultó el rostro en una servilleta de papel. Carl Lee sintió náuseas y se cubrió la cara con la palma de las manos.

—¿Qué dice? —preguntó entre dientes, con lágrimas en los ojos.

—El martes me dijo que el daño era excesivo... —respondió Gwen cabeza en alto, en un esfuerzo para controlar las lágrimas—. Pero quiere mandarla a un especialista de Memphis —añadió mientras se secaba las mejillas húmedas con los dedos.

—¿No está seguro?

—Noventa por ciento de probabilidades. Pero cree que debería examinarla otro médico de Memphis. En principio debemos llevarla dentro de un mes.

Gwen cogió otra servilleta de papel y se secó el rostro. Le entregó otra a su esposo, quien se frotó inmediatamente los ojos.

Junto a la verja, Tonya escuchaba a sus hermanos que discutían sobre cuál de ellos sería policía y cuál preso. Veía cómo sus padres hablaban, movían la cabeza y lloraban. Sabía que no estaban bien. Se frotó los ojos y se echó también a llorar.

—Las pesadillas empeoran —dijo Gwen rompiendo el silencio—. He de dormir con ella todas las noches. Sueña con hombres que la acechan en el bosque, o escondidos en los armarios. Despierta gritando, empapada en sudor. El médico dice que debe ver a un psiquiatra. Dice que, si no, seguramente empeorará.

—¿Cuánto costará?

—No lo sé. Todavía no lo he llamado.

—Debes hacerlo. ¿Dónde está el psiquiatra?

—En Memphis.

—Me lo figuraba. ¿Cómo la tratan los niños?

—Son maravillosos. La tratan como a alguien muy especial. Pero les dan miedo las pesadillas. Tonya despierta a todo el mundo con sus gritos. Los niños se le acercan e intentan ayudarla, pero tienen miedo. Anoche, para que volviera a dormirse, los niños tuvieron que acostarse en el suelo junto a su cama. Estábamos todos a su alrededor con las luces encendidas.

—No hay que preocuparse por los niños.

—Te echan de menos.

—No tardaré mucho en regresar —respondió Carl Lee, con una sonrisa forzada.

—¿Realmente lo crees?

—Ya no sé qué creer. Pero no pienso pasar el resto de la vida en la cárcel. He contratado de nuevo a Jake.

—¿Cuándo?

—Ayer. Ese abogado de Memphis no vino a verme una sola vez, ni siquiera me llamó. He prescindido de sus servicios para contratar de nuevo a Jake.

—Pero dijiste que Jake era demasiado joven.

—Estaba equivocado. Es bueno. Pregúntaselo a Lester.

—Se trata de tu juicio.

Carl Lee paseaba por el patio, sin alejarse nunca de la verja. Pensaba en aquellos dos muchachos, muertos y enterrados en algún lugar, con sus cuerpos en estado ya de descomposición y sus almas ardiendo en el infierno. Antes de morir habían conocido a su hija, solo brevemente, y en menos de dos horas habían destrozado su delicado cuerpo y perturbado su mente. Tal había sido la brutalidad de su agresión que nunca podría tener hijos; tan violento su encuentro que ahora los veía al acecho en los armarios. ¿Lograría algún día olvidarlo, borrarlo de su mente, para llevar una vida normal? Tal vez el psiquiatra lo conseguiría. ¿Le permitirían los demás niños ser normal?

No es más que una negrita, pensarían probablemente. Una negrita bastarda, por supuesto, la hija ilegítima de alguien; como todas. La violación no era nada nuevo.

Los recordaba en el juzgado. Uno, soberbio, el otro, temblando. Los recordaba en la escalera, cuando esperaba para ejecutarlos. Sus miradas de horror cuando salió con el M-16 en las manos. El ruido de los disparos, los gritos de socorro, sus gemidos cuando caían juntos, el uno sobre el otro, esposados, chillando y contorsionándose, sin ir a ningún lugar. Recordó su propia sonrisa, incluso su risa, cuando los vio luchar con la cabeza medio destrozada, cuando sus cuerpos dejaron de moverse y echó a correr.

Sonrió de nuevo. Estaba orgulloso de lo que había hecho. Mayor había sido su trastorno después de matar al primer enemigo en Vietnam.

La carta a Walter Sullivan iba directa al grano:

Señor J. Walter:
Cabe suponer que el señor Marsharfsky ya le ha comunicado que Carl Lee Hailey ha prescindido de sus servicios. Evidentemente, su colaboración como letrado local ha dejado de ser necesaria. Que pase un buen día.
Atentamente,

JAKE

Remitió una copia a L. Winston Lotterhouse. La carta a Noose era igualmente concisa:

Ilustrísimo señor Noose:
Le ruego tome nota de que he sido contratado por Carl Lee Hailey. Preparamos el juicio para el veintidós de julio. Tenga la bondad de registrarme como abogado defensor.
Atentamente,

JAKE

Remitió una copia a Buckley.

Marsharfsky llamó a las nueve y media del lunes. Después de observar durante dos minutos cómo parpadeaba el piloto del teléfono, Jake levantó el auricular.

—Diga.

—¿Cómo se las ha arreglado?

—¿Con quién hablo?

—¿No se lo ha dicho su secretaria? Soy Bo Marsharfsky y quiero saber cómo se las ha arreglado.

—¿Arreglado para qué?

—Para apropiarse de mi caso.

Conserva la calma, pensó Jake. Es un agitador.

—Si mal no recuerdo, fue usted quien me lo arrebató a mí.

—Jamás lo había visto antes de que me contratara.

—No necesitó hacerlo. ¿No mandó a su macarra?

—¿Me acusa de apropiarme indebidamente de casos?

—Sí.

Marsharfsky hizo una pausa y Jake se preparó para recibir insultos.

—¿Sabe lo que le digo, señor Brigance? Que está usted en lo cierto. Me apropio de casos todos los días. Soy un profesional de la apropiación. Esa es la razón por la que gano tanto dinero. Si hay un caso penal importante, procuro agenciármelo. Y utilizo el método que sea necesario.

—Es curioso: eso es algo que no mencionó en el periódico.

—Y si quiero el caso Hailey lo conseguiré.

—Venga a vernos.

Jake colgó el teléfono y se rió durante diez minutos. Encendió un cigarro barato y empezó a preparar la solicitud de transferencia del juicio a otra localidad.

Al cabo de dos días llamó Lucien dando instrucciones a Ethel para que Jake fuese a verle. Era importante. Había alguien en su casa a quien Jake necesitaba conocer.

Se trataba del doctor W. T. Bass, psiquiatra retirado de Jackson. Conocía a Lucien desde hacía muchos años y habían colaborado en un par de casos de supuestos enajenados mentales. Ambos estaban todavía en el penal de Parchman. Su jubilación se adelantó un año a la expulsión de Lucien del Colegio de Abogados, y la causa principal de su retiro fue la misma, a saber, su gran afición al Jack Daniel's. De vez en cuando visitaba a Lucien en Clanton y, con mayor frecuencia, Lucien lo visitaba a él en Jackson. Gustaban de visitarse porque disfrutaban cuando los dos estaban borrachos. Sentados en el portal, esperaban la llegada de Jake.

—Limítate a decir que estaba enajenado —ordenó Lucien.

—¿Lo estaba? —preguntó el psiquiatra.

—Eso no importa.

—¿Qué es lo que importa?

—Lo que importa es facilitar un pretexto al jurado para que lo declare inocente. Si estaba loco o no, les dará lo mismo. Pero necesitarán un pretexto para declararlo inocente.

—Sería conveniente reconocerlo.

—Puedes hacerlo. Puedes hablar con él tanto como se te antoje. Está en la cárcel, a la espera de charlar con alguien.

—Tendré que verle varias veces.

—Lo sé.

—¿Qué ocurre si no creo que estuviera enajenado cuando efectuó los disparos?

—Que no declararás en el juicio, no aparecerá tu nombre ni tu fotografía en los periódicos ni te entrevistarán por televisión —dijo Lucien antes de hacer una larga pausa para tomar una copa—. Limítate a hacer lo que te digo. Habla con él y toma un montón de notas. Hazle preguntas estúpidas. Tú sabes cómo hacerlo. Y declara que estaba loco.

—No estoy seguro. No ha funcionado muy bien en ocasiones anteriores.

—Oye, tú eres médico, ¿no es cierto? Entonces, actúa con soberbia, vanidad, arrogancia. Compórtate como se supone que debe hacerlo un médico. Declara tu opinión y desafía a cualquiera a que la ponga en duda.

—No lo sé. No funcionó en el pasado.

—Limítate a hacer lo que te digo.

—Lo he hecho en dos ocasiones anteriores y están ambos en Parchman.

—Eran casos perdidos. Hailey es distinto.

—¿Tiene posibilidades de salvarse?

—Escasas.

—¿No me has dicho que era distinto?

—Es un hombre honrado, con buenas razones para matar.

—Entonces ¿por qué sus posibilidades son escasas?

—La ley dice que sus razones no son lo suficientemente poderosas.

—Visión lógica de la ley.

—Además, es negro y este condado es blanco. No confío en esos fanáticos de por aquí.

—¿Y si fuera blanco?

—Si fuera blanco y hubiese matado a dos negros que hubieran violado a su hija, el jurado le otorgaría una medalla.

Bass vació la copa y la llenó de nuevo. Sobre la mesa de mimbre que los separaba había un cubo con hielo y una botella de tres cuartos.

—¿Qué me dices de su abogado? —preguntó el médico.

—Estará aquí de un momento a otro.

—¿Trabajaba para ti?

—Sí, pero creo que no llegaste a conocerlo. Entró en la empresa unos dos años antes de que yo me marchara. Es joven, poco más de treinta años. Limpio, agresivo y tenaz.

—¿Y trabajaba para ti?

—Eso he dicho. Tiene mucha experiencia en la sala para su edad. Este no es su primer caso de asesinato, pero, si no me equivoco, será el primero en el que alegue enajenación.

—Eso me consuela. No quiero que alguien me formule un montón de preguntas.

—Admiro tu confianza en ti mismo. Espera a conocer al fiscal del distrito.

—Esto no me gusta. Lo hemos probado dos veces y no ha funcionado.

—Eres el médico más modesto que he conocido en mi vida —dijo Lucien, al tiempo que movía con asombro la cabeza.

—Y el más pobre.

—Pues tienes que ser soberbio y arrogante. Eres el experto. Actúa como tal. ¿Quién va a cuestionar tu opinión profesional en Clanton, Mississippi?

—La acusación tendrá sus peritos.

—Tendrá un psiquiatra de Whitfield que examinará al acusado unas horas, irá al juicio y declarará que el reo es la persona más cuerda que ha visto en su vida. Nunca ha visto a un acusado legalmente enajenado. Para él todo el mundo es cuerdo. Todo el mundo goza de una perfecta salud mental. Whitfield está lleno de gente cuerda excepto en lo que se refiere al dinero del gobierno: entonces, la mitad del estado está loco. Lo pondrían de patitas en la calle si empezara a declarar que los acusados están legalmente enajenados. De modo que ya sabes a quién te enfrentas.

—¿Y el jurado me creerá automáticamente?

—Hablas como si esta fuera la primera vez.

—Lo he hecho dos veces, recuérdalo. Un violador y un asesino. Ninguno de ellos estaba enajenado, a pesar de lo cual yo declaré que sí. Y ambos están encerrados donde les corresponde.

Lucien tomó un prolongado trago y observó el líquido castaño en el que flotaban unos cubos de hielo.

—Has dicho que me ayudarías. Dios sabe que me debes un favor. ¿Cuántos divorcios te he resuelto?

—Tres. Y cada vez me he quedado sin blanca.

—Te lo merecías. Era cuestión de ceder o ir a juicio, donde se habrían discutido abiertamente tus costumbres.

—Lo recuerdo.

—¿Cuántos clientes, o pacientes, te he mandado a lo largo de los años?

—No los suficientes para pagar mi pensión matrimonial.

—¿Recuerdas la acusación de estupro por parte de aquella mujer cuyo tratamiento consistía predominantemente en sesiones semanales sobre el sofá? Los abogados de tu seguro médico se negaron a defender el caso y recurriste a tu buen amigo Lucien, que lo solucionó por cuatro cuartos sin entrar en la sala.

—No había testigos.

—A excepción de la propia implicada. Además de los antecedentes judiciales de tus esposas, cuyos divorcios se habían fundamentado en tu adulterio.

—No lograron demostrarlo.

—No tuvieron oportunidad de hacerlo. No queríamos que lo intentaran, ¿recuerdas?

—De acuerdo, basta, basta. He dicho que te ayudaría. Pero ¿y mis credenciales?

—¿No dejas nunca de preocuparte?

—No. Me pongo nervioso solo de pensar en los juzgados.

—Tus credenciales son impecables. Ya te han aceptado anteriormente como perito ante los tribunales. Deja de preocuparte.

—¿Y esto? —preguntó el psiquiatra al tiempo que mostraba la copa a su compañero.

—No deberías beber tanto —respondió Lucien modestamente.

El médico dejó el vaso sobre la mesa y empezó a soltar carcajadas. Se dejó caer de la silla, se arrastró por el suelo hasta el borde de la terraza y, aguantándose el estómago, se convulsionó de risa.

—Estás borracho —dijo Lucien mientras iba a por otra botella.

Cuando una hora después, llegó Jake, Lucien se balanceaba suavemente en su enorme mecedora de mimbre. El médico dormía sobre el columpio situado al fondo de la terraza. Los pasos de Jake sobresaltaron a Lucien.

—Jake, muchacho, ¿cómo estás? —farfulló.

—Muy bien, Lucien. Veo que no te van mal las cosas —dijo al contemplar una botella vacía y otra casi por terminar.

—Quería que conocieras a ese individuo —declaró Lucien, mientras intentaba incorporarse.

—¿Quién es?

—Nuestro psiquiatra. El doctor W. T. Bass, de Jackson. Buen amigo mío. Nos ayudará con Hailey.

—¿Es bueno?

—El mejor. Hemos trabajado juntos en varios casos de enajenación.

Jake dio unos pasos en dirección al columpio y se detuvo. El psiquiatra estaba tumbado de espaldas, con la camisa desabrochada y la boca completamente abierta. Emitía potentes ronquidos acompañados de otros sonidos guturales que parecían gorgoteos. Alrededor de su nariz revoloteaba un moscardón del tamaño de un pajarito, que se retiraba a la parte superior del columpio con cada estrepitosa exhalación. Un rancio vaho emanaba de su garganta con los ronquidos, impregnando el fondo de la terraza de una especie de niebla invisible.

—¿Es médico? —preguntó Jake, después de sentarse junto a Lucien.

—Psiquiatra —respondió Lucien con orgullo.

—¿Te ha ayudado con eso? —preguntó Jake señalando las botellas.

—Yo lo he ayudado a él. Bebe como un cosaco, pero siempre está sobrio en el juzgado.

—Menos mal.

—Te gustará. Es barato. Me debe un favor. No costará un centavo.

—Ya empieza a gustarme.

—¿Te apetece una copa? —preguntó Lucien, con el rostro tan rojo como los ojos.

—No. Son las tres y media de la tarde.

—¿En serio? ¿Qué día es hoy?

—Miércoles, doce de junio. ¿Cuánto hace que estáis bebiendo?

—Unos treinta años —dijo Lucien riendo mientras hacía sonar los cubitos de hielo en el vaso.

—Me refiero a hoy.

—Desde la hora del desayuno. ¿Qué importancia tiene eso?

—¿No trabaja?

—No, está jubilado.

—¿Se jubiló voluntariamente?

—¿Te refieres a si lo expulsaron, por así decirlo?

—Eso es; por así decirlo.

—No. Todavía está colegiado y sus credenciales son impecables.

—Su aspecto es impecable.

—Lo hundió la bebida hace algunos años. La bebida y las pensiones matrimoniales. Me ocupé de tres de sus divorcios. Llegó a un punto en el que todos sus ingresos eran absorbidos por las pensiones matrimoniales y el mantenimiento de sus hijos, y entonces dejó de trabajar.

—¿Cómo se las arregla?

—Logramos, es decir logró, esconder un poco de dinero. Se lo ocultó a sus esposas y a sus voraces abogados. En realidad disfruta de una posición bastante acomodada.

—Parece cómodo.

—Además, trafica con un poco de droga, pero solo con una clientela adinerada. En realidad no se trata de droga, sino de narcóticos que puede recetar legalmente. Lo que hace no es ilegal; simplemente, poco ético.

—¿Qué está haciendo aquí?

—Viene a verme de vez en cuando. Vive en Jackson, pero detesta el lugar. Le llamé el domingo, después de hablar contigo. Quiere ver a Hailey cuanto antes. A ser posible, mañana.

El médico gruñó y se volvió de costado, provocando un

movimiento repentino del columpio. Se movió varias veces, sin dejar de roncar. Estiró la pierna derecha, tocó con el pie una gruesa rama de un matorral, el columpio se sacudió de lado y el buen doctor cayó al suelo de la terraza. Hizo una mueca y tosió cuando se golpeó la cabeza contra el suelo de madera, con el pie derecho enredado en la cuerda del columpio, y a continuación siguió roncando. Jake empezó a acercársele instintivamente, pero se detuvo cuando comprendió que seguía ileso y dormido.

—¡Déjalo! —ordenó Lucien entre carcajadas, al tiempo que arrojaba un cubito de hielo, que casi le dio al médico en la cabeza.

El segundo cubito aterrizó exactamente en la punta de su nariz.

—¡Un disparo perfecto! —exclamó Lucien a carcajadas—. ¡Despierta, borracho!

Jake empezó a descender por los peldaños en dirección a su coche mientras oía las carcajadas e insultos que su ex jefe dirigía al doctor W. T. Bass, psiquiatra, testigo de la defensa.

El agente DeWayne Looney abandonó el hospital con muletas y, acompañado de su esposa y de sus tres hijos, se dirigió en coche a las dependencias de la policía, donde el sheriff, los demás agentes, reservistas y un grupo de amigos lo esperaban con un pastel y pequeños regalos. De ahora en adelante trabajaría como telefonista, con el mismo rango y salario.

21

El salón de congregaciones de la iglesia de Springdale había sido limpiado a fondo, así como sus mesas y sillas plegables, perfectamente ordenadas alrededor de la estancia. Era la mayor iglesia negra del condado y se encontraba en Clanton, razón por la cual el reverendo Agee había considerado necesario que se celebrara allí la reunión. El motivo de la conferencia de prensa era dar a conocer su apoyo a un miembro de la comunidad que había actuado con justicia y, en consecuencia, anunciar la fundación del Fondo de Defensa Legal de Carl Lee Hailey. El director nacional del NAACP estaba presente con un cheque de cinco mil dólares y la promesa de cantidades más importantes en el futuro. El director ejecutivo de la sucursal de Memphis trajo otros cinco mil, que depositó ostentosamente sobre la mesa. Estaban sentados junto a Agee, tras dos mesas plegables, en compañía de todos los miembros del consejo. Ante ellos doscientos feligreses negros abarrotaban la sala. Gwen estaba muy cerca de Agee. Un grupo de periodistas con sus correspondientes cámaras, más reducido de lo que se esperaba, filmaba los acontecimientos desde el centro de la sala.

Agee, estimulado por las cámaras, fue el primero en tomar la palabra. Habló de los Hailey, de su bondad e inocencia, y del bautismo de Tonya cuando tenía solo ocho años. Habló de una familia destruida por el racismo y por el odio. Sollozos entre el público. De repente, se puso furioso. Atacó al sistema judicial y su deseo de acusar a un hombre bueno y honrado que no había hecho nada malo; un hombre a quien, de haber sido blanco, no se le juzgaría; un hombre a quien solo se había acusado por ser negro, y eso era lo verdaderamente lamentable de la acusación y persecución de Carl Lee Hailey. Encontró su ritmo, el público lo acompañó y la conferencia de prensa adquirió el fervor de un acto de fe. Habló durante cuarenta y cinco minutos.

No era fácil seguir sus pasos. Sin embargo, el director nacional no titubeó. Pronunció una diatriba de treinta minutos contra el racismo. Aprovechó la oportunidad para divulgar estadísticas nacionales sobre el crimen, las detenciones, las condenas y la población carcelaria, hasta llegar a la conclusión de que el sistema judicial estaba controlado por blancos que perseguían injustamente a los negros. A continuación, en un asombroso alarde de racionalidad, trasladó las estadísticas nacionales a Ford County y declaró que el sistema era inapropiado para ocuparse del caso de Carl Lee Hailey. Le sudaba la frente bajo los focos de las cámaras de televisión y creció su entusiasmo. Su furor superó al del reverendo Agee, e hizo temblar los micrófonos con los puñetazos que daba sobre la mesa. Exhortó a los negros de Ford County y de Mississippi a que contribuyeran con donativos hasta el límite de sus posibilidades. Prometió congregaciones y manifestaciones. El juicio sería un grito de guerra para todos los negros y oprimidos.

Contestó a todas las preguntas. ¿Cuánto dinero esperaban recoger? Por lo menos cincuenta mil. La defensa de Carl Lee Hailey sería cara y acaso no bastase con cincuenta mil, pero recogerían tanto como pudieran. Sin embargo, quedaba ya poco tiempo. ¿A qué se destinaría el dinero? Gastos jurídicos y los propios del litigio. Se necesitarían muchos abogados y médicos. ¿Intervendrían los abogados del NAACP? Por supuesto. El departamento jurídico de Washington trabajaba ya en el caso. La unidad de defensa penal se ocuparía de todos los aspectos del juicio. Carl Lee Hailey se había convertido en su máxima prioridad y todos los recursos disponibles se dedicarían a su defensa.

Cuando terminó, el reverendo Agee tomó de nuevo la palabra y le hizo una seña al pianista. Empezó la música. Se pusieron todos en pie, cogidos de la mano, e interpretaron apasionadamente «Venceremos».

Jake se enteró de lo del Fondo de Defensa por el periódico del martes. Había oído rumores sobre la contribución especial del consejo, pero le habían dicho que el dinero era para ayudar a la familia. ¡Cincuenta mil para gastos legales! Estaba furioso, pero interesado. ¿Volverían a prescindir de sus servicios? ¿Qué ocurriría con el dinero en el supuesto de que Carl Lee se negara a contratar a los abogados del NAACP? Faltaban cinco semanas para el juicio, tiempo más que suficiente para que pudiera llegar a Clanton el equipo de defensa penal. Había leído acerca de ellos: un equipo de seis especialistas en asesinatos que circulaba por el sur para defender a los negros acusados de crímenes nefastos y famosos. Se les conocía por el apodo de «escuadrón de la muerte». Eran unos abogados muy inteligentes, de mucho talento y excelente formación, dedicados a rescatar a los asesinos negros de las cámaras de gas y sillas eléctricas en la zona meridional. Solo se ocupaban de asesinatos y eran excelentes profesionales. El NAACP les preparaba el terreno recaudando fondos, organizando a los negros y generando publicidad. El racismo era su mejor y a veces única defensa, y a pesar de que perdían muchos más casos de los que ganaban, su historial no era malo. Todos los casos que defendían estaban en principio perdidos. Su objetivo era el de convertir al acusado en mártir antes del juicio con la esperanza de que no hubiera unanimidad en el jurado.

Ahora vendrían a Clanton.

Hacía una semana que Buckley había presentado la solicitud correspondiente para que los médicos estatales reconocieran a Carl Lee. Jake solicitó que el reconocimiento se efectuara en Clanton, preferiblemente en su despacho. Noose denegó la solicitud y ordenó al sheriff que trasladara a Carl Lee al hospital psiquiátrico estatal de Mississippi, en Whitfield. Jake solicitó que se le permitiera acompañar a su defendido y estar presente durante el reconocimiento. Una vez más, Noose denegó la solicitud.

El miércoles por la mañana, temprano, Jake y Ozzie tomaban café en el despacho del sheriff, a la espera de que Carl Lee acabara de ducharse y se cambiase de ropa. Whitfield estaba a tres horas de camino y debía llegar a las nueve. Jake le dio las últimas instrucciones a su cliente.

—¿Cuánto durará esta operación? —preguntó Jake a Ozzie.

—Tú eres el abogado. ¿Cuánto crees que durará?

—Tres o cuatro días. Has estado antes ahí, ¿no, Ozzie?

—Por supuesto, hemos tenido que llevar a muchos locos. Pero nada parecido a esto. ¿Dónde lo alojarán?

—Tienen toda clase de celdas.

El agente Hastings entró tranquilamente en el despacho, medio dormido, comiendo un buñuelo del día anterior.

—¿Cuántos coches vamos a utilizar? —preguntó.

—Dos —respondió Ozzie—. Yo conduciré el mío y tú el tuyo. Pirtle y Carl Lee viajarán conmigo, y Riley y Nesbit contigo.

—¿Armas?

—Tres escopetas en cada coche. Abundante munición. Todo el mundo con chalecos antibalas, incluido Carl Lee. Prepara los coches. Me gustaría salir a las cinco y media.

Hastings farfulló algo y se retiró.

—¿Anticipas algún problema? —preguntó Jake.

—Hemos recibido algunas llamadas. Dos en particular mencionaban el desplazamiento a Whitfield. Hay mucho camino de un lugar a otro.

—¿Por dónde iréis?

—La mayoría de la gente iría por la interestatal veintidós, ¿no crees? Puede que sea más prudente viajar por carreteras secundarias. Probablemente nos dirigiremos hacia el sur por la catorce hasta la ochenta y nueve.

—Parece una ruta improbable.

—Bien. Me alegro de que estés de acuerdo.

—No olvides que se trata de mi cliente.

—Por ahora.

Carl Lee se zampaba unos huevos y unas galletas mientras Jake le anticipaba lo que podía esperarse durante su estancia en Whitfield.

—Lo sé, Jake. Quieres que me haga el loco, ¿no es cierto? —dijo Carl Lee riendo.

A Ozzie también le parecía gracioso.

—Hablo en serio, Carl Lee. Escúchame.

—¿Por qué? Tú mismo me has dicho que no importa lo que diga o haga en ese lugar. No declararán que estaba enajenado cuando efectué los disparos. Esos médicos trabajan para el estado, ¿no es cierto? ¿Qué importa lo que diga o haga? Han tomado ya su decisión. ¿No es verdad, Ozzie?

—No quiero inmiscuirme. Yo trabajo para el estado.

—Tú trabajas para el condado —dijo Jake.

—Nombre, número y rango. Es todo lo que me van a sacar —declaró Carl Lee mientras vaciaba una pequeña papelina.

—Muy gracioso —respondió Jake.

—Está perdiendo el juicio, Jake —añadió Ozzie.

Carl Lee se insertó dos pajas en la nariz y empezó a caminar de puntillas por la habitación, mirando al techo y haciendo como si cogiera algo con la mano por encima de su cabeza, que guardaba en la papelina. Dio un salto y fingió coger otra cosa.

También la guardó en la papelina. Hastings regresó y se detuvo en el umbral de la puerta. Carl Lee lo miró con los ojos desorbitados y volvió a coger algo por encima de su cabeza.

—¿Qué diablos está haciendo? —preguntó Hastings.

—Cazando mariposas —respondió Carl Lee.

Jake cogió su maletín y se dirigió hacia la puerta.

—Creo que deberíais dejarlo en Whitfield —dijo, antes de salir y dar un portazo.

Noose había decidido que la vista para estudiar la solicitud de transferencia del juicio a otra localidad se celebraría el veinticuatro de junio en Clanton. La vista sería prolongada y estaría rodeada de abundante publicidad. Jake había solicitado la transferencia, y tenía el deber de demostrar que Carl Lee no recibiría un juicio justo e imparcial en Ford County. Necesitaba testigos. Personas que gozaran de credibilidad social dispuestas a declarar que un juicio justo no era posible. Atcavage había dicho que tal vez lo haría como favor, pero quizá el banco no querría que se involucrara. Harry Rex estaba encantado de cooperar. El reverendo Agee había dicho que estaba dispuesto a declarar, pero eso era antes de que el NAACP anunciara que sus abogados se ocuparían del caso. Lucien no gozaba de credibilidad y Jake no había pensado seriamente en pedirle que declarara.

Por su parte, Buckley presentaría una docena de testigos respetables: funcionarios elegidos, abogados, hombres de negocios y tal vez algún sheriff, todos los cuales declararían que habían oído hablar vagamente de Carl Lee Hailey y que sin duda podía recibir un juicio justo en Clanton.

Personalmente, Jake prefería que el juicio se celebrara en Clanton, en su Audiencia, al otro lado de la calle de su despacho, en presencia de su gente. Los juicios eran hazañas tediosas, tensas y agotadoras. Sería agradable librar la batalla en su propia arena, a tres minutos de su casa. En los descansos, podría trabajar en su despacho, investigar, preparar a los testigos, o, simplemente, relajarse. Podría comer en el Coffee Shop, en Claude's, o incluso almorzar en su propia casa. Su cliente permanecería en la cárcel de Ford County, cerca de su familia.

Y, por supuesto, su exposición ante la prensa sería mayor. Los periodistas montarían guardia delante de su oficina todas las mañanas mientras durara el juicio y lo seguirían mientras se encaminaba lentamente hacia el juzgado. Aquel pensamiento le resultaba excitante. ¿Importaba realmente dónde se juzgara a Carl Lee Hayley? Lucien estaba en lo cierto: la noticia se había propagado entre todos los residentes de los condados del estado de Mississippi. Entonces ¿por qué cambiar el lugar del juicio? Su culpabilidad o inocencia ya había sido dictada por cada potencial miembro del jurado del estado. Sin embargo, sí que importaba. Los posibles miembros del jurado eran blancos y negros. Pero en porcentajes, habría más blancos en el condado de County que en los de los alrededores.

Además, Jake prefería los jurados negros, especialmente en los casos penales y, en particular, si el acusado era negro. No eran tan propensos a condenar. Tenían menos prejuicios. También los prefería en los casos civiles. Simpatizaban con el oprimido frente a las grandes corporaciones o compañías de seguros, y eran más generosos con el dinero de los demás. Por regla general, elegía para el jurado a todos los negros que encontraba, aunque en Ford County eran escasos.

Era esencial que el juicio se celebrara en otro condado con mayor porcentaje de negros. Un solo negro podía impedir la unanimidad del jurado. Una mayoría podría, tal vez, conseguir que lo declararan inocente. Dos semanas en un motel y trabajar en otro juzgado no era una perspectiva agradable, pero las pequeñas incomodidades se veían ampliamente compensadas por la necesidad de rostros negros en el jurado.

Lucien había investigado a fondo el cambio de lugar. Aunque a regañadientes, Jake obedeció sus instrucciones y fue a verle puntualmente a las ocho de la mañana. Sallie sirvió el desayuno en el portal. Jake tomó café y zumo de naranja; Lucien, whisky y agua. Durante tres horas cubrieron todos los aspectos del cambio de lugar. Lucien tenía copias de todos los casos del Tribunal Supremo en los ocho últimos años y hablaba como un catedrático. El alumno tomó notas y discutió un par de puntos, pero, en general, se limitó a escuchar.

Whitfield estaba a pocos kilómetros de Jackson, en una zona rural de Rankin County. En la puerta de la verja, dos guardias discutían con periodistas mientras esperaban. La llegada de Carl Lee estaba prevista para las nueve; eso era todo lo que sabían. A las ocho y media llegaron dos coches de policía con distintivos de Ford County, y pararon junto al portalón. Los periodistas y cámaras se acercaron inmediatamente al conductor del primer coche. Ozzie llevaba la ventanilla abierta.

—¿Dónde está Carl Lee Hailey? —preguntó excitado uno de los periodistas.

—En el otro coche —respondió tranquilamente Ozzie, al tiempo que le guiñaba el ojo a Carl Lee, en el asiento trasero.

—¡Va en el segundo coche! —gritó alguien.

Y todos corrieron hacia el vehículo de Hastings.

—¿Dónde está Hailey? —preguntaron.

—Es ese —respondió Pirtle, en el asiento delantero, señalando a Hastings, que iba al volante.

—¿Es usted Carl Lee Hailey? —exclamó uno de los periodistas.

—Sí.

—¿Por qué va al volante?

—¿Cómo va vestido de uniforme?

—Me han nombrado agente de policía —respondió Hastings con toda seriedad.

Se abrió el portalón de la verja y los dos coches entraron a toda velocidad.

Después de fichar a Carl Lee en el edificio principal, lo trasladaron junto con Ozzie y los demás agentes a otro edificio, donde lo instalaron en una celda, o habitación, como allí la llamaban. Tras cerrar la puerta, Ozzie y sus ayudantes habían cumplido su misión y regresaron a Clanton.

Al término del almuerzo, llegó un funcionario de bata blanca, carpeta en mano, y empezó a formular preguntas. Empezando con la fecha de nacimiento, preguntó a Carl Lee por todos los sucesos y personas significativas en su vida. El interrogatorio duró dos horas. A las cuatro, dos guardias esposaron a Carl Lee y lo condujeron en un coche de golf a un moderno edificio de ladrillo, a un kilómetro de su habitación. Lo acompañaron al despacho del doctor Wilbert Rodeheaver, jefe de personal, y esperaron en el pasillo junto a la puerta.

22

Habían transcurrido cinco semanas desde el tiroteo en el que habían perecido Billy Ray Cobb y Pete Willard. Faltaban cuatro semanas para el juicio. Ya no quedaba una sola habitación en ninguno de los tres moteles de Clanton desde la semana anterior a la del juicio. El Best Western, mayor y más bonito que los demás, había atraído a los periodistas de Memphis y Jackson. El Clanton Court, con el mejor bar y restaurante, había sido reservado por corresponsales de Atlanta, Washington y Nueva York. En el East Side Motel, difícilmente calificable de elegante a pesar de que las tarifas del mes de julio, curiosamente, habían doblado, no quedaba tampoco una sola habitación libre.

Al principio los lugareños habían sido amables con los forasteros, la mayoría de los cuales eran mal educados y hablaban con un acento extraño. Pero algunas de las descripciones de Clanton y sus habitantes no eran exactamente halagadoras, y la mayoría honraba ahora el código secreto del silencio. Un bullicioso café se sumía instantáneamente en el silencio cuando entraba un desconocido. Los vendedores de la plaza ofrecían escasa ayuda a las personas que no reconocían. Los empleados del juzgado hacían oídos sordos a preguntas repetidas un millar de veces por vociferantes entrometidos. Incluso a los corresponsales de Memphis y de Jackson les resultaba difícil extraer algo nuevo a los lugareños. Estaban hartos de que los describieran como retrasados, fanáticos y racistas. Hacían caso omiso de los forasteros, en quienes no podían confiar, y se ocupaban de sus asuntos.

El bar del Clanton Court se convirtió en centro de reunión de los periodistas. Era el único lugar de la ciudad donde podían encontrarse con un rostro sonriente y una buena conversación. Sentados a las mesas bajo un enorme receptor de televisión, comadreaban acerca de la pequeña ciudad y del juicio venidero. Comparaban notas, relatos, pistas y rumores, y bebían hasta emborracharse porque no había otra cosa que hacer en Clanton cuando caía la noche.

Los moteles se llenaron el domingo por la noche, veintitrés de junio, pocas horas antes de la vista para evaluar la solicitud de cambio de lugar. A primera hora del lunes por la mañana se reunieron en el restaurante del Best Western para tomar café y especular. Aquella vista suponía la primera escaramuza importante y, probablemente, el único acontecimiento procesal antes del juicio. Se rumoreaba que Noose estaba enfermo y que, como no deseaba presidir la sala, solicitaría al Tribunal Supremo el nombramiento de otro juez. Era un simple rumor sin fundamento, decía un corresponsal de Jackson. A las ocho cargaron sus cámaras y sus micrófonos para dirigirse a la plaza. Un grupo se instaló frente a la cárcel y otro detrás del juzgado, pero la mayoría se dirigió a la sala. A las ocho y media estaba llena.

Desde el balcón de su despacho, Jake contemplaba el bullicio alrededor de la Audiencia. Tenía el pulso más acelerado que de costumbre y un cosquilleo en el estómago. Sonrió. Estaba listo para Buckley y para las cámaras de televisión.

Noose miró más allá de su nariz, por encima de las gafas, de un lado a otro de la abarrotada sala. Todo el mundo estaba en su lugar.

—Se ha presentado ante esta sala —comenzó a decir— una

solicitud del acusado para transferir el juicio a otra localidad. La fecha fijada para este juicio ha sido lunes, veintidós de julio. Según mi calendario, dentro de cuatro semanas. He fijado una fecha límite para la presentación de mociones y su resolución, y creo que estas son las dos únicas fechas concernientes al juicio hasta su celebración.

—Su señoría está en lo cierto —gritó Buckle medio levantado, desde su mesa.

Jake alzó la mirada y movió la cabeza.

—Gracias, señor Buckley —respondió escuetamente Noose—. El acusado ha informado debidamente a la sala que se propone alegar enajenación mental. ¿Ha sido sometido a un reconocimiento en Whitfield?

—Sí, señoría, la semana pasada —respondió Jake.

—¿Presentará también a su propio psiquiatra?

—Por supuesto, señoría.

—¿Ha sido reconocido por el mismo?

—Sí, señoría.

—Bien. Asunto resuelto. ¿Qué otras mociones se propone presentar?

—Con la venia de su señoría, nos proponemos presentar una solicitud para que se convoque a un número de miembros potenciales del jurado superior al de costumbre.

—La acusación se opondrá a dicha solicitud —chilló Buckley, después de incorporarse de un brinco.

—¡Siéntese, señor Buckley! —ordenó severamente Noose, al tiempo que se quitaba las gafas y miraba fijamente al fiscal—. Tenga la bondad de no volver a levantarme la voz. Claro que se opondrá. Se opondrá a todas las solicitudes que presente la defensa. Es su obligación. Pero no vuelva a interrumpir. Cuando se levante la sesión, tendrá amplias oportunidades de actuar para las cámaras.

Buckley se desplomó en su silla y ocultó su rostro ruborizado. Noose nunca le había levantado la voz.

—Prosiga, señor Brigance.

A Jake le asustó la agresividad de Ichabod. Parecía enfermo y cansado. Tal vez a causa de la tensión.

—Puede que presentemos algunas objeciones por escrito anticipadas a posibles pruebas.

—¿Mociones *in limine*?

—Sí, señoría.

—Las resolveremos durante el juicio. ¿Algo más?

—Eso es todo por ahora.

—Bien, señor Buckley, ¿piensa la acusación presentar alguna moción?

—No se me ocurre ninguna —respondió sumisamente el fiscal.

—Bien. Quiero asegurarme de que no habrá ninguna sorpresa desde ahora hasta el día del juicio. Estaré aquí una semana antes del juicio para ocuparme de cualquier prolegómeno. Espero que las mociones se presenten lo más pronto posible para poder atar los cabos sueltos bastante antes del veintidós.

Noose hojeó el sumario y estudió la solicitud de Jake para celebrar el juicio en otra localidad. Jake hablaba al oído a Carl Lee, cuya presencia no era necesaria en la vista, pero él había insistido. Gwen y sus tres hijos estaban sentados en la primera fila, detrás de su padre. Tonya no estaba en la sala.

—Señor Brigance, su solicitud parece estar en orden. ¿De cuántos testigos dispone?

—Tres, señoría.

—Señor Buckley, ¿a cuántos testigos piensa llamar?

—Veintiuno —respondió Buckley con orgullo.

—¡Veintiuno! —exclamó el juez.

—Pero es posible que no sea necesario llamarlos a todos —añadió sumisamente Buckley, con una mirada de reojo a Musgrove—. En realidad, estoy seguro de que no los llamaremos a todos.

—Elija a sus cinco mejores testigos, señor Buckley. No quiero estar aquí todo el día.

—Sí, señoría.

—Señor Brigance, usted ha solicitado que el juicio se celebre en otra localidad. Es su solicitud. Prosiga.

Jake se puso en pie y cruzó lentamente la sala, por detrás de Buckley, hasta colocarse junto a la peana situada frente al palco del jurado.

—Con la venia de su señoría, el señor Hailey ha solicitado que su juicio se celebre en una localidad ajena a Ford County. La razón es evidente: la publicidad del caso impedirá un juicio imparcial. Los ciudadanos de este condado se han formado ideas preconcebidas de la culpabilidad o inocencia de Carl Lee Hailey. Se le acusa de haber matado a dos hombres, ambos nacidos en este condado, donde todavía residen sus familias. No eran famosos en vida, pero ciertamente lo son tras su muerte. Hasta ahora, pocos conocían al señor Hailey fuera de su comunidad. Ahora, todo el mundo en este condado sabe quién es, conoce a su familia, a su hija, lo que le ha ocurrido, y conoce la mayoría de los detalles de sus presuntos crímenes. Será imposible encontrar doce personas en Ford County que no hayan prejuzgado ya este caso. Este juicio debería celebrarse en otro lugar del estado, donde los habitantes no estén tan familiarizados con los hechos.

—¿Dónde sugiere? —interrumpió el juez.

—No recomendaría ningún condado en particular, pero tendría que ser lo más lejano posible. Tal vez en Gulf Coast.

—¿Por qué?

—Es evidente, señoría. Está a seiscientos kilómetros de este condado y estoy seguro de que sus habitantes no saben tanto como los de aquí.

—¿Cree que la gente del sur de Mississippi no ha oído hablar del caso?

—Estoy seguro de que han oído hablar del mismo. Pero están mucho más lejos.

—Pero también disponen de receptores de televisión y de periódicos, ¿no es cierto, señor Brigance?

—Sin duda.

—¿Cree que en algún lugar de este estado podría encontrar a doce personas que no hayan oído hablar del caso?

Jake consultó sus notas. Oía el rasgueo de los dibujantes a su espalda y, de reojo, vio cómo Buckley sonreía.

—Sería difícil.

—Llame a su primer testigo.

Harry Rex Vonner prestó juramento y subió al estrado. La silla de madera destinada a los testigos crujió y chirrió bajo su enorme peso. Sopló en el micrófono y un fuerte zumbido llenó la sala. Miró a Jake, sonrió y asintió.

—¿Cuál es su nombre?

—Harry Rex Vonner.

—¿Y su dirección?

—Ochenta y cuatro noventa y tres, Cedarbrush, Clanton. Mississippi.

—¿Desde cuándo vive en Clanton?

—Toda la vida. Cuarenta y seis años.

—¿Profesión?

—Soy abogado. Hace veintidós años que estoy colegiado.

—¿Conoce a Carl Lee Hailey?

—Lo he visto una sola vez.

—¿Qué sabe acerca de él?

—Se supone que abatió a dos hombres a disparos, Billy Ray Cobb y Pete Willard, e hirió a un agente de policía, DeWayne Looney.

—¿Conocía a alguno de esos muchachos?

—No personalmente. Tenía referencias de Billy Ray Cobb.

—¿Cómo se enteró del tiroteo?

—Pues, si mal no recuerdo, ocurrió un lunes. Yo estaba en el primer piso de este juzgado, consultando unas escrituras en el Registro de la Propiedad, cuando oí los disparos. Salí al pasillo y comprobé que se había organizado un gran revuelo. Pregunté a un policía y me dijo que los chicos habían muerto cerca de la puerta trasera del juzgado. Me quedé un rato y pronto empezó a circular el rumor de que había sido el padre de la niña violada quien había efectuado los disparos.

—¿Cuál fue su reacción inicial?

—De estupefacción, como la mayoría de la gente. Pero también quedé estupefacto cuando oí hablar por primera vez de la violación.

—¿Cuándo se enteró de la detención del señor Hailey?

—Aquella misma noche. Salió por todas las cadenas de televisión.

—¿Qué vio por televisión?

—Todo lo que pude. Las emisoras locales de Memphis y Tupelo dieron la noticia. A través de la televisión por cable, vi también las noticias de Nueva York, Chicago y Atlanta. Casi todas las cadenas dieron la noticia del tiroteo y la detención, acompañada de filmaciones en el juzgado y en la cárcel. Fue algo sensacional. Nunca había ocurrido algo tan espectacular en Clanton, Mississippi.

—¿Cómo reaccionó cuando se enteró de que el padre de la niña era el presunto autor de los disparos?

—No me sorprendió. Creo que todos suponíamos que había sido él. Me llenó de admiración. Soy padre y simpatizo con lo que hizo. Todavía lo admiro.

—¿Qué sabe referente a la violación?

—¡Protesto! —gritó Buckley, después de incorporarse de un brinco—. ¡La violación no viene al caso!

Noose se quitó las gafas y de nuevo miró enojado al fiscal. Transcurrieron los segundos y Buckley agachó la cabeza. Se movió nervioso y se sentó. Noose se inclinó hacia delante y le miró fijamente.

—Señor Buckley, no me levante la voz. Si se repite, le aseguro por Dios que le acusaré de desacato. Puede que esté en lo cierto, que la violación no venga al caso. Pero ahora no se celebra el juicio. ¿No se ha percatado de que esto no es más que una vista preliminar, de que no está ante un jurado? Protesta denegada. Y ahora no se mueva de su silla. Comprendo que es difícil ante semejante público, pero le ordeno que permanezca en su escaño a no ser que tenga algo realmente importante que decir. En cuyo caso, está autorizado a levantarse y, con cortesía y sin levantar la voz, puede expresar lo que le preocupe.

—Gracias, señoría —dijo Jake, mientras sonreía a Buckley—. Pues bien, señor Vonner, como iba diciendo, ¿qué sabe referente a la violación?

—Solo lo que he oído.

—¿Y qué ha oído?

Buckley se puso en pie e hizo una reverencia como la de los luchadores japoneses.

—Con la venia de su señoría —dijo con dulzura y sin levantar la voz—. En este punto, y con la venia de la sala, deseo protestar. El testigo puede declarar solo respecto a lo que conoce de primera mano, pero no repetir lo que otros le han contado.

—Muchas gracias, señor Buckley —respondió Noose, con la misma delicadeza—. Tomo nota de su protesta, que queda denegada. Señor Brigance, le ruego que prosiga.

—Gracias, señoría —dijo Jake antes de dirigirse de nuevo al testigo—. ¿Qué ha oído respecto a la violación?

—Que Cobb y Willard agarraron a la pequeña Hailey y se la llevaron a algún lugar del bosque. Estaban borrachos. La ataron a un árbol, la violaron repetidamente e intentaron ahorcarla. Incluso orinaron sobre ella.

—¿Cómo ha dicho? —preguntó Noose.

—Que se le mearon encima.

Se formó un bullicio en la sala ante tal revelación. Jake no estaba enterado, tampoco lo estaba Buckley, ni, evidentemente, lo sabía nadie, a excepción de Harry Rex. Noose movió la cabeza y dio unos ligeros golpes sobre la mesa. Jake tomó unas notas, maravillado de la capacidad de su amigo de acceder a datos desconocidos.

—¿Dónde se enteró de lo de la violación?

—Por toda la ciudad. Es de dominio público. Los policías contaban los detalles al día siguiente por la mañana en el Coffee Shop. Todo el mundo lo sabe.

—¿Es de dominio público en todo el condado?

—Sí. No he hablado con nadie desde hace un mes que no conociera los detalles de la violación.

—Cuéntenos lo que sepa acerca del tiroteo.

—Como ya les he dicho, ocurrió un lunes por la tarde. Los muchachos estaban en este juzgado, según tengo entendido para asistir a la vista en la que habían solicitado la libertad bajo fianza, concluida la cual los agentes los esposaron para conducirlos a la escalera posterior. Cuando bajaban por la escalera, salió el señor Hailey de un armario con un M-16 en las manos. Ambos murieron y DeWayne Looney recibió un balazo. Tuvieron que amputarle parte de la pierna.

—¿Dónde tuvo lugar eso exactamente?

—Debajo de donde nos encontramos ahora, junto a la puerta trasera del juzgado. El señor Hailey estaba escondido en el trastero, salió y abrió fuego.

—¿Cree que esto es cierto?

—Sé que lo es.

—¿Cómo se ha enterado?

—Un poco por aquí, un poco por allá. Circulando por la ciudad. En los periódicos. Todo el mundo lo sabe.

—¿Dónde ha oído que se hablara de ello?

—En todas partes. En los bares, las iglesias, el banco, la tintorería, el Tea Shoppe, los cafés, la bodega. En todas partes.

—¿Ha hablado con alguien que crea que el señor Hailey no mató a Billy Ray Cobb y a Pete Willard?

—No. No encontrará a nadie en este condado que crea que no lo hizo.

—¿Ha decidido la mayoría acerca de su inocencia o culpabilidad?

—Todos y cada uno de ellos. En este caso no hay indecisos. Es un tema candente y todo el mundo se ha formado una opinión.

—En su opinión, ¿podría recibir el señor Hailey un juicio imparcial en Ford County?

—De ningún modo. Entre los treinta mil habitantes de este condado, sería imposible encontrar a tres personas indecisas en un sentido u otro. El señor Hailey ya ha sido juzgado. No hay forma de encontrar un jurado imparcial.

—Gracias, señor Vonner. He terminado, su señoría.

Buckley se pasó la mano por la cabeza, para asegurarse de que todos sus pelos estaban en su lugar, y se acercó con paso decidido al estrado.

—Señor Vonner —declamó—, ¿ha prejuzgado usted a Carl Lee Hailey?

—Maldita sea, por supuesto.

—Tenga la bondad de moderar su lenguaje —dijo Noose.

—¿Y cuál sería su veredicto?

—Señor Buckley, permítame que se lo explique de este modo. Y lo haré con la lentitud y el cuidado necesarios para que incluso usted lo comprenda. Si yo fuera el sheriff, no lo habría detenido. Si estuviese en el lugar del gran jurado, no habría dictado auto de procesamiento contra él. Si fuera juez, no lo juzgaría. Si fuera fiscal, no lo acusaría. Si formase parte del jurado, votaría para que le ofrecieran la llave de la ciudad y una placa para colgar de la pared. Y lo mandaría a su casa, junto a su familia. Además, señor Buckley, si alguien violara a mi hija, ojalá yo tuviese las agallas de hacer lo mismo que hizo él.

—Comprendo. ¿Cree usted que la gente debería llevar armas y saldar sus diferencias a tiros?

—Creo que los niños tienen el derecho de no ser violados y sus padres el de protegerlos. Creo que las niñas son algo especial, y que si un par de drogatas ataran a mi hija a un árbol y la violaran repetidamente, estoy seguro de que me pondría furioso. Creo que los padres buenos y honrados deberían gozar del derecho constitucional de ejecutar a cualquier pervertido que tocara a sus hijos. Y creo que es un mentiroso cobarde quien afirme que no querría matar al individuo que hubiera violado a su hija.

—¡Modérese, señor Vonner! —exclamó Noose.

Buckley tuvo que hacer un esfuerzo, pero conservó la calma.

—Parece que este caso le afecta de un modo especial.

—Es usted muy perspicaz.

—¿Y a usted le gustaría que se declarara inocente a Carl Lee Hailey?

—Pagaría por ello, si pudiera.

—¿Y le parece más probable que lo declaren inocente en otro condado?

—Creo que tiene derecho a un jurado formado por personas que no conozcan todos los detalles del caso antes de que empiece el juicio.

—Usted lo declararía inocente, ¿no es cierto?

—Eso he dicho.

—Y, sin duda, habrá hablado con otras personas que también lo declararían inocente.

—Por supuesto.

—¿Hay personas en Ford County que votarían para declararle culpable?

—Evidentemente. Muchísimas. No olvidemos que es negro.

—En sus conversaciones por el condado, ¿ha detectado una mayoría clara en un sentido u otro?

—No.

Buckley escribió algo en su cuaderno.

—Señor Vonner, ¿son usted y el señor Brigance íntimos amigos?

Harry Rex sonrió y miró de forma significativa a Noose.

—Soy abogado, señor Buckley, mis amigos son muy escasos. Pero él se cuenta entre ellos. Sí, señor.

—¿Y le ha pedido él que viniera a declarar?

—No. Hace unos momentos pasaba por casualidad por esta sala y me he tropezado con esta silla. No tenía ni idea de que esta mañana celebraran ustedes una vista.

Buckley dejó caer el cuaderno sobre la mesa y se sentó. A Harry Rex se le concedió permiso para retirarse.

—Llame a su próximo testigo —ordenó Noose.

—El reverendo Ollie Agee —dijo Jake.

El oficial del juzgado fue en busca del reverendo a la antesala y lo acompañó junto al estrado. Jake se había entrevistado con él el día anterior en la iglesia, con una lista de preguntas. El pastor quería declarar. No habían hablado de los abogados del NAACP.

Era un excelente testigo. Su profunda y potente voz no necesitaba micrófono para llenar la sala. Sí, conocía los detalles de la violación y del tiroteo. Eran feligreses de su parroquia. Hacía muchos años que los conocía, eran casi como parientes, y había estado y sufrido con ellos después de la violación. Sí, había hablado con innumerables personas desde el suceso y todo el mundo tenía una opinión de culpabilidad o inocencia. Había hablado del caso Hailey con los otros veintidós pastores negros, que formaban parte del consejo. No, no había nadie indeciso en Ford County. En su opinión, no podría celebrarse un juicio imparcial en dicho condado.

Buckley le formuló una sola pregunta:

—Reverendo Agee, ¿ha hablado con alguien dispuesto a votar para que se condenara a Carl Lee Hailey?

—No, claro que no.

La sala concedió permiso al pastor para que abandonara el estrado y fue a sentarse entre dos hermanos del consejo.

—Llame a su próximo testigo —dijo Noose.

—El sheriff Ozzie Walls —anunció Jake, al tiempo que sonreía al fiscal.

Buckley y Musgrove juntaron inmediatamente sus cabezas y se hablaron al oído. Ozzie debía estar de su parte: la parte de la ley y el orden; la de la acusación. Su función no era la de ayudar a la defensa. Eso demuestra que no se puede confiar en los negros, pensó Buckley. Se ayudan entre sí cuando saben que son culpables.

Jake indujo a Ozzie a hacer un repaso de la violación y de las personalidades de Cobb y de Willard. El relato era monótono y repetitivo, y Buckley quería protestar, pero no le apetecía ser nuevamente humillado. Jake intuyó que el fiscal no se movería de su silla, e insistió en los detalles más macabros de la violación hasta que, por último, a Noose se le agotó la paciencia.

—Le ruego que prosiga, señor Brigance.

—Sí, señoría. Sheriff Walls, ¿detuvo usted a Carl Lee Hailey?

—Sí.

—¿Cree usted que ha matado a Billy Ray Cobb y a Pete Willard?

—Sí.

—¿Ha hablado usted con alguien en este condado que crea lo contrario?

—No.

—¿Es del dominio público en este condado la convicción de que el señor Hailey mató a esos muchachos?

—Sí. Todo el mundo lo cree. Por lo menos todas las personas con las que yo he hablado.

—Dígame, sheriff, ¿circula usted por el condado?

—Por supuesto. Mi trabajo consiste en saber lo que ocurre.

—¿Y habla con mucha gente?

—Más de la que quisiera.

—¿Ha hablado con alguien que no haya oído hablar de Carl Lee Hailey?

—Una persona tendría que ser sorda, muda y ciega para no saber nada sobre Carl Lee Hailey —respondió lentamente Ozzie, después de una pausa.

—¿Ha hablado con alguien que no tuviera una opinión sobre su culpabilidad o inocencia?

—No existe tal persona en este condado.

—¿Podría recibir aquí un juicio imparcial?

—No lo sé. Lo que sí sé es que es imposible encontrar a doce personas que no lo sepan todo acerca de la violación y del tiroteo.

—He terminado —dijo Jake, dirigiéndose a Noose.

—¿Es este su último testigo?

—Sí, señoría.

—¿Desea interrogar al testigo, señor Buckley?

El fiscal movió la cabeza negativamente sin moverse de su asiento.

—Bien —dijo el juez—. Nos tomaremos un pequeño descanso. Ruego a los letrados que vengan a mi despacho.

Estalló el bullicio en la sala en el momento en que los abogados siguieron al juez y al señor Pate por la puerta adjunta al estrado. Noose cerró la puerta de su despacho y se quitó la toga. El señor Pate le llevó una taza de café solo.

—Señores, estoy pensando en dictar una orden de secreto sumarial hasta que se haya celebrado el juicio. Me preocupa la publicidad y no quiero que sea la prensa quien juzgue el caso. ¿Algún comentario?

Buckley parecía pálido y trastornado. Abrió la boca, pero no emergió de ella ningún sonido.

—Buena idea, señoría —afirmó Jake en un tono compungido—. Había pensado en solicitar dicha orden.

—Estoy seguro de ello. Me he percatado de que rehúye la publicidad. ¿Qué opina usted, señor Buckley?

—¿Para quién será vinculante?

—Para usted, señor Buckley. A usted y al señor Brigance les estará prohibido hablar con la prensa de cualquier aspecto del caso o del juicio. Será vinculante para todo el mundo, por lo menos para todo el mundo bajo la jurisdicción de este juzgado: abogados, funcionarios, oficiales del juzgado, el sheriff.

—¿Por qué? —preguntó Buckley.

—No me gusta la idea de que ustedes dos juzguen el caso a través de la prensa. No soy ciego. Ambos luchan por las candilejas y no quiero imaginarme cómo será el juicio. Un circo, eso es lo que será. No un juicio, sino un circo —dijo Noose antes de dirigirse a la ventana, refunfuñar algo, hacer una pausa y seguir refunfuñando.

Los abogados se miraron entre sí y, a continuación, al hombre que seguía hablando entre dientes ante la ventana.

—Dicto orden de secreto sumarial, vigente desde este mismo momento y hasta la terminación del juicio —prosiguió el juez—. El quebrantamiento de esta orden se considerará como desacato. No se les permite hablar de ningún aspecto de este caso con los periodistas. ¿Alguna pregunta?

—No, señoría —se apresuró a responder Jake.

Buckley miró a Musgrove y movió la cabeza.

—Ahora regresemos a la sala. Señor Buckley, usted me ha dicho que dispone de más de veinte testigos. ¿Cuántos necesita en realidad?

—Cinco o seis.

—Eso ya está mejor. ¿Quiénes son?

—Floyd Loyd.

—¿Quién es?

—El supervisor del primer distrito, Ford County.

—¿Cuál es su testimonio?

—Ha vivido aquí cincuenta años y hace unos diez que ocupa el cargo. En su opinión, un juicio imparcial es posible en este condado.

—¿Supongo que nunca ha oído hablar del caso? —preguntó Noose con sarcasmo.

—No estoy seguro.

—¿Quién más?

—Nathan Baker. Juez de paz, tercer distrito, Ford County.

—¿El mismo testimonio?

—Pues, básicamente, sí.

—¿Quién más?

—Edgar Lee Baldwin, ex supervisor de Ford County.

—¿No se dictó auto de procesamiento contra él hace unos años? —intervino Jake.

Este no había visto nunca a Buckley tan ruborizado. Abrió su enorme boca de par en par y se le empañaron los ojos.

—No le condenaron —exclamó Musgrove apresuradamente.

—No he dicho que lo hubieran hecho. Solo que se había dictado auto de procesamiento contra él. ¿No fue el FBI?

—Basta, basta —interrumpió Noose—. ¿Qué nos contará el señor Baldwin?

—Ha vivido aquí toda la vida. Conoce a la gente de Ford County y cree que el señor Hailey puede recibir un juicio imparcial —respondió Musgrove mientras Buckley permaneció sin habla, con la mirada fija en Jake.

—¿Quién más?

—El sheriff Harry Bryant, de Tyler County.

—¿El sheriff Bryant? ¿Qué va a contarnos?

—Su señoría —respondió Musgrove, que hablaba ahora en nombre de la acusación—, proponemos dos teorías opuestas a la solicitud de cambio de localidad. En primer lugar, creemos que es posible celebrar un juicio imparcial aquí en Ford County. En segundo lugar, si la sala opinara que aquí no se podría celebrar un juicio imparcial, la fiscalía cree que la enorme publicidad ha llegado a todos los miembros potenciales del jurado en este estado. Los mismos prejuicios y opiniones, a favor y en contra, que existen en este condado están también presentes en los demás condados. Por consiguiente, de nada serviría celebrar el juicio en otro lugar. Disponemos de testigos para apoyar esta segunda teoría.

—Sorprendente concepto, señor Musgrove. No creo haberlo oído nunca.

—Yo tampoco —añadió Jake.

—¿De qué otros testigos disponen?

—Robert Kelly Williams, fiscal del distrito noveno.

—¿Dónde está eso?

—En el extremo sudoeste del estado.

—¿Ha hecho este enorme desplazamiento para declarar que todo el mundo, en sus remotos confines, ha prejuzgado ya el caso?

—Sí, señoría.

—¿Quién más?

—Grady Liston, fiscal del distrito catorce.

—¿El mismo testimonio?

—Sí, señoría.

—¿Es eso todo?

—Disponemos de unos cuantos más, señoría, pero sus declaraciones serían bastante parecidas a las de los demás testigos.

—Bien, ¿entonces podemos limitar sus pruebas a esos seis testigos?

—Sí, señoría.

—Oiré sus pruebas. Concederé cinco minutos a cada uno para resumir sus conclusiones y dictaré sentencia en el plazo de dos semanas. ¿Alguna pregunta?

23

Resultaba difícil negarse a hablar con los periodistas. Siguieron a Jake hasta la acera opuesta de Washington Street, donde se disculpó sin comentario alguno y se refugió en su despacho. Un denodado fotógrafo de *Newsweek* logró penetrar en el edificio y pidió a Jake que posara para una fotografía. Quería uno de esos retratos importantes de mirada severa, con gruesos libros de cuero de telón de fondo. Jake se arregló la corbata e invitó al fotógrafo a entrar en la sala de conferencias, donde posó en silencio, como obedeciendo la orden del tribunal. El fotógrafo le dio las gracias y se marchó.

—¿Puede concederme unos minutos? —preguntó Ethel con suma cortesía cuando su jefe se dirigía a la escalera.

—Desde luego.

—¿Por qué no se sienta? Tenemos que hablar.

Por fin se larga, pensó Jake sentándose junto a la ventana.

—¿De qué se trata?

—De dinero.

—Usted es la secretaria legal mejor pagada de la ciudad. Recibió un aumento hace solo tres meses.

—No se trata de mi dinero. Por favor, escúcheme. No tiene suficiente dinero en el banco para pagar las cuentas de este mes. Estamos casi a finales de junio y los ingresos brutos son de mil setecientos dólares.

Jake cerró los ojos y se frotó la frente.

—Fíjese en estas facturas —dijo Ethel, con un puñado de documentos en la mano—. Suman un total de cuatro mil dólares. ¿Cómo se supone que debo pagarlos?

—¿Cuánto hay en el banco?

—El saldo del viernes era de mil novecientos dólares. Esta mañana no se ha ingresado nada.

—¿Nada?

—Ni un céntimo.

—¿Qué ha ocurrido con los honorarios del caso Liford? Son tres mil dólares.

—Señor Brigance —respondió Ethel al tiempo que movía la cabeza—, el sumario todavía no está cerrado. El señor Liford no ha dado su conformidad. Usted tenía que llevárselo a su casa. Hace tres semanas, ¿no lo recuerda?

—No, no lo recuerdo. ¿Qué ha ocurrido con el anticipo de Buck Britt? Son mil dólares.

—Nos dio un cheque sin fondos. El banco nos lo devolvió y hace dos semanas que está sobre su escritorio. Usted ya no atiende a sus clientes —suspiró Ethel, después de una pausa—. No contesta a sus llamadas y...

—¡No me sermonee, Ethel!

—Y lleva un mes de retraso en todo.

—Basta ya.

—Desde que se hizo cargo del caso Hailey. Es lo único en lo que piensa. Está obsesionado y nos va a hundir.

—¿Nos? ¿Cuántos salarios ha dejado de cobrar, Ethel? ¿Cuántas cuentas vencidas e impagadas? Dígame.

—Varias.

—Pero ¿no más que de costumbre?

—Sí, pero ¿qué ocurrirá el mes próximo? Todavía faltan cuatro semanas para el juicio.

—Cierre el pico, Ethel. Limítese a cerrar el pico. Si la presión es excesiva para usted, lárguese. Y si es incapaz de mantener la boca cerrada la pondré de patitas en la calle.

—Le gustaría despedirme, ¿no es cierto?

—Me importa usted un rábano.

Era una mujer fuerte y dura. Catorce años con Lucien habían reforzado su coraza y endurecido su conciencia, pero no dejaba de ser una mujer y, en aquel momento, empezó a temblarle el labio y se le humedecieron los ojos. Agachó la cabeza.

—Lo siento —susurró—. Solo estoy preocupada.

—¿Qué le preocupa?

—Bud y yo.

—¿Qué le ocurre a Bud?

—Está muy enfermo.

—Eso ya lo sé.

—Su tensión sanguínea es inestable. Especialmente después de las llamadas telefónicas. Ha tenido tres ataques en los últimos cinco años y estamos a la espera del próximo. Tenemos mucho miedo.

—¿Cuántas llamadas?

—Varias. Han amenazado con incendiarnos la casa o hacerla volar. Siempre nos dicen que saben dónde vivimos, y que si Hailey es absuelto incendiarán la casa o colocarán dinamita bajo ella cuando durmamos. Nos han amenazado un par de veces con matarnos. Simplemente, no vale la pena.

—Tal vez debería dimitir.

—¿Y morirnos de hambre? Sabe perfectamente que Bud no trabaja desde hace diez años. ¿Dónde iba yo a encontrar otro empleo?

—Escúcheme, Ethel, yo también he recibido amenazas, pero no las tomo en serio. He prometido a Carla que abandonaré el caso antes de poner en peligro a mi familia. Eso debería tranquilizarla. Usted y Bud procuren relajarse. No deben tomarse en serio las amenazas. El mundo está lleno de locos.

—Eso es precisamente lo que me preocupa. Hay gente bastante loca para cometer algún disparate.

—No se preocupe demasiado. Diré a Ozzie que vigile su casa más de cerca.

—¿Lo hará?

—Por supuesto. Han estado vigilando la mía. Le doy mi palabra, Ethel; no tiene de qué preocuparse. Probablemente, no son más que jóvenes gamberros.

—Discúlpeme por llorar y por lo muy irritable que he estado últimamente —dijo mientras se secaba los ojos.

Hace cuarenta años que está irritable, pensó Jake.

—No se preocupe.

—¿Qué hacemos con esto? —preguntó, señalando las facturas.

—Conseguiré el dinero. Olvídelo.

Willie Hastings acabó el segundo turno a las diez de la noche y registró su salida en el reloj automático junto al despacho de Ozzie. Esa noche le tocaba dormir en casa de los Hailey, en el sofá. Alguien dormía en el sofá de Gwen todas las noches: un hermano, un primo, o un amigo. Los miércoles le tocaba a él.

Era imposible dormir con las luces encendidas. Tonya se negaba a acercarse a la cama a no ser que estuvieran encendidas todas las luces de la casa. Aquellos hombres podrían ocultarse en la oscuridad, al acecho. Los había visto muchas veces arrastrándose por el suelo hacia su cama y escondidos en armarios oscuros. Había oído sus voces junto a su ventana y había visto sus ojos irritados que la miraban cuando se preparaba para acostarse. Había oído ruidos en el desván, como los de las botas de vaquero con que la habían pateado. Sabía que estaban ahí, a la espera de que todo el mundo se durmiera, para llevársela de nuevo al bosque. Una vez por semana, su madre y su hermano mayor subían al desván por la escalera plegable con una linterna y una pistola.

Ni una sola habitación de la casa podía estar a oscuras cuando se acostaba. Una noche, cuando estaba acostada sin poder pegar ojo junto a su madre, se fundió una bombilla del pasillo. Tonya no dejó de llorar desconsoladamente hasta que el hermano de Gwen fue a Clanton a comprar bombillas en una tienda abierta día y noche.

Dormía con su madre, que la abrazaba con fuerza durante horas hasta que los demonios se perdían en la noche y se quedaba profundamente dormida. Al principio, Gwen tuvo problemas con las luces, pero después de cinco semanas dormía durante la noche. El pequeño cuerpo de Tonya se sacudía y contorsionaba incluso cuando dormía.

Willie dio las buenas noches a los niños y un beso a Tonya. Le mostró su pistola y le prometió quedarse despierto en el sofá. Dio una vuelta por la casa e inspeccionó los armarios. Tonya, ya tranquila, se acostó junto a su madre con la mirada fija en el techo, lloriqueando.

Alrededor de la medianoche, Willie se quitó las botas y se relajó en el sofá. Se quitó el cinturón y dejó la pistola en el suelo. Estaba casi dormido cuando oyó un grito. Era el grito agudo y horrible de una niña torturada. Cogió la pistola y fue corriendo al dormitorio. Tonya estaba sentada en la cama, de cara a la pared, chillando y temblando. Los había visto por la ventana, al acecho. Gwen la abrazó. Los tres chicos se acercaron a la cama y la miraron sin saber qué hacer. El mayor, Carl Lee junior, se acercó a la ventana y no vio nada. Se había repetido muchas veces en cinco semanas y sabían que no podían hacer gran cosa.

Gwen la tranquilizó y colocó su cabeza suavemente sobre la almohada.

—Estás a salvo, cariño. Mamá está aquí y el tío Willie está aquí. Nadie te hará ningún daño. Tranquilízate, cariño.

Tonya quería que el tío Willie se sentara bajo la ventana pistola en mano y que sus tres hermanos se acostaran alrededor de su cama. Ocuparon sus puestos. Gimió lastimosamente durante unos momentos, pero luego se tranquilizó.

Willie se quedó sentado junto a la ventana hasta que estuvieron todos dormidos. Llevó a los niños uno por uno a la cama y los arropó. Y volvió a sentarse junto a la ventana, a la espera de que saliera el sol.

Jake y Atcavage se reunieron el viernes para almorzar en Claude's. Comieron costillas de cerdo y col aliñada. El local estaba lleno como de costumbre y, por primera vez en cuatro semanas, no había rostros desconocidos. Los clientes habituales charlaban como en los viejos tiempos. Claude estaba en plena forma: chillando y riñendo a los parroquianos. Era una de esas raras personas capaces de gritarle a la gente y lograr que, sin embargo, se sienta a gusto.

Atcavage había presenciado la vista y habría declarado si hubiese sido necesario. El banco prefería que no lo hiciera y Jake no quería causar problemas. Los banqueros tienen un miedo innato a los juzgados, y Jake admiraba a su amigo por sobreponerse a su paranoia asistiendo a la vista y convirtiéndose así en el primer banquero en la historia de Ford County que había asistido voluntariamente a una vista sin verse obligado a ello por una orden judicial. Jake estaba orgulloso de él.

Claude pasó apresuradamente junto a ellos y les dijo que les quedaban diez minutos, que comieran y cerrasen el pico. Jake acabó de comerse una costilla y se limpió la cara.

—A propósito, Stan, hablando de préstamos, necesito cinco mil dólares durante noventa días, sin aval.

—¿Quién ha hablado de préstamos?

—Has dicho algo referente a los bancos.

—Creí que estábamos condenando a Buckley. Me resultaba divertido.

—No deberías criticar, Stan. Es un hábito que se adquiere con facilidad, pero imposible de romper. Despoja tu alma de personalidad.

—Cuánto lo siento. ¿Podrás perdonarme?

—¿Qué me dices del préstamo?

—De acuerdo. ¿Para qué lo necesitas?

—Escúchame, Stan, lo único que debe preocuparte es si puedo o no devolverte el préstamo en noventa días.

—De acuerdo. ¿Puedes devolvérmelo?

—Buena pregunta. Claro que puedo.

—¿Hailey te ha entrampado? —dijo sonriendo el banquero.

—Sí —confesó también con una sonrisa el abogado—. Es difícil concentrarse en otros temas. El juicio se celebrará dentro de tres semanas a partir del lunes y, hasta entonces, no podré concentrarme en otra cosa.

—¿Cuánto ganarás con este caso?

—Novecientos menos diez mil.

—¡Novecientos!

—Sí. ¿Olvidas que no pudo conseguir un préstamo a cambio de su tierra?

—Trabajas por muy poco dinero.

—Por supuesto. Si le hubieras prestado a Carl Lee el dinero a cambio de su tierra, ahora no tendría que pedirte ningún préstamo.

—Prefiero prestártelo a ti.

—Magnífico. ¿Cuándo me entregarás el cheque?

—Pareces desesperado.

—Sé lo mucho que tardáis con vuestras juntas de préstamos, inspectores, vicepresidentes por aquí, vicepresidentes por allí, hasta que, por fin, algún vicepresidente aprueba tal vez el préstamo más o menos al cabo de un mes siempre y cuando lo permitan las normas de la casa y todo el mundo esté de buen humor. Sé cómo funcionáis.

—¿Te parece bien a las tres? —preguntó Atcavage después de consultar su reloj.

—Supongo.

—¿Sin aval?

Jake se secó la boca y se inclinó sobre la mesa.

—Mi casa es un monumento histórico, con hipoteca como tal, y no habrás olvidado que la financiación de mi coche está en tus manos. Puedo hipotecar a mi hija con la condición de que te mato si intentas arrebatármela. ¿Qué se te ocurre como aval?

—Lamento haberlo preguntado.

—¿Cuándo me entregas el cheque?

—A las tres.

—Cinco minutos —exclamó Claude, al tiempo que les llenaba los vasos de té.

—Ocho —replicó Jake.

—Escúchame, señor importante —respondió Claude con una enorme sonrisa—, esto no es el juzgado y su fotografía en los periódicos aquí no tiene ningún valor. He dicho cinco minutos.

—No tiene importancia. En todo caso, las costillas estaban duras.

—Veo que ha limpiado el plato.

—Puesto que hay que pagarlas, es preferible comérselas.

—Aumenta el precio cuando hay quejas.

—Nos vamos —dijo Atcavage después de ponerse en pie y arrojar un dólar sobre la mesa.

El domingo por la tarde la familia Hailey comió a la sombra del árbol, alejada de la violencia del baloncesto. Había llegado la primera ola de calor del verano, y del suelo emanaba una humedad densa y pegajosa que impregnaba incluso la sombra. Gwen ahuyentaba las moscas mientras los niños y su padre comían pollo frito y sudaban. Los niños terminaron apresuradamente de comer para jugar en unos columpios que Ozzie había instalado para los hijos de los internos.

—¿Qué te hicieron en Whitfield? —preguntó Gwen.

—A decir verdad, nada. Me formularon un montón de preguntas y me hicieron algunas pruebas. Un puñado de basura.

—¿Cómo te trataron?

—Con esposas y paredes acolchadas.

—¿En serio? ¿Te instalaron en una habitación con paredes acolchadas?

A Gwen le parecía cómico y llegó incluso a sonreír.

—Desde luego. Me observaban como si fuera un animal. Dijeron que era famoso. Mis guardianes, uno blanco y otro negro, me dijeron que se sentían orgullosos de mí, que había hecho lo que debía, y que ojalá me absuelvan. Se portaron muy bien conmigo.

—¿Qué dijeron los médicos?

—No dirán nada hasta el día del juicio, y entonces declararán que estoy perfectamente bien.

—¿Cómo sabes lo que dirán?

—Me lo ha dicho Jake. Hasta ahora nunca se ha equivocado.

—¿Ha encontrado a un médico?

—Sí, un loco borracho que ha sacado de algún lugar. Dice que es psiquiatra. Hemos hablado un par de veces en el despacho de Ozzie.

—¿Qué dice?

—Poca cosa. Jake dice que declarará lo que nosotros queramos.

—Debe de ser un médico realmente bueno.

—Encajaría perfectamente en Whitfield.

—¿De dónde es?

—De Jackson, creo. No estaba muy seguro de nada. Actuaba como si fueran a matarlo también a él. Juraría que las dos veces que ha hablado conmigo estaba borracho. Formuló preguntas que ninguno de nosotros comprendió y tomó notas con mucha pompa. Dijo que creía poder ayudarme. Le pregunté a Jake sobre él y me dijo que no me preocupara, que estaría sobrio en el juicio. Pero creo que Jake también está preocupado.

—Entonces ¿por qué recurrimos a él?

—Porque trabaja gratis. Le debe algunos favores a alguien. Un auténtico psiquiatra cobra mil dólares solo por evaluarme, y, después, otros mil más o menos por declarar en el juicio. Un loquero barato. Sabes perfectamente que no puedo pagarlo.

—También necesitamos dinero en casa —dijo Gwen tras dejar de sonreír y desviar la mirada.

—¿Cuánto?

—Unos doscientos para comida y saldar cuentas.

—¿Cuánto tienes?

—No llegan a cincuenta.

—Veré qué puedo hacer.

—¿Qué quieres decir? —preguntó Gwen, mirándole—. ¿Cómo puedes conseguir dinero en la cárcel?

Carl Lee levantó las cejas y señaló a su esposa con el dedo. No debía formularle preguntas. Todavía era él quien llevaba los pantalones, aunque se los pusiera en la cárcel. Él era el jefe.

—Lo siento —susurró Gwen.

24

El reverendo Agee miró por la rendija de una de las enormes vidrieras de su iglesia y observó con satisfacción la llegada de los impecables Cadillacs y Lincolns poco antes de las cinco de la tarde del domingo. Había convocado una reunión del consejo con el fin de analizar la situación del caso Hailey, elaborar una estrategia para las últimas tres semanas antes del juicio y hacer los preparativos necesarios para la llegada de los abogados del NAACP. Las colectas semanales habían funcionado satisfactoriamente; se habían reunido más de siete mil dólares por todo el condado y el reverendo había depositado casi seis mil en una cuenta especial para el Fondo de Defensa Legal de Carl Lee Hailey. No se había entregado nada a la familia. Agee esperaba a que el NAACP le indicara cómo gastar el dinero, la mayoría del cual debía dedicarse, en su opinión, al fondo de defensa. Las hermanas de la parroquia podían alimentar a la familia, si llegaba a pasar hambre. El dinero se necesitaba para otras cosas.

El consejo hablaba de cómo recaudar fondos. No era fácil obtener dinero de los pobres, pero el tema era candente, el momento propicio, y, si no lo recaudaban ahora, nunca lo harían. Aceptaron reunirse al día siguiente en la iglesia de Springdale, en Clanton. Esperaban la llegada del personal del NAACP por la mañana. Nada de prensa; se trataba de una reunión de trabajo.

Norman Reinfeld tenía treinta años y era un genio del derecho penal, el único hasta entonces que, tras haberse licenciado en la facultad de derecho de Harvard a los veintiún años, había rechazado a continuación una generosa oferta de trabajo en el prestigioso bufete de su padre y de su abuelo en Wall Street para trabajar para el NAACP y dedicarse a luchar encarnizadamente con el propósito de salvar de la horca a los negros sureños. Hacía muy bien su trabajo, pero con escaso éxito, aunque no por culpa suya. La mayoría de los negros sureños —como la mayoría de los blancos sureños— con grandes posibilidades de ser condenado a la cámara de gas, merecían la cámara de gas. Sin embargo, Reinfeld y su equipo de especialistas en penas capitales ganaban un buen número de casos, e incluso cuando perdían solían mantener vivos a sus defendidos con un inagotable sinfín de recursos y apelaciones. Entre sus antiguos clientes, cuatro habían sido ejecutados en la cámara de gas, en la silla eléctrica o con una inyección letal, y eso era demasiado para Reinfeld. Los había visto morir a todos ellos y, con cada ejecución, renovaba su voto de quebrantar cualquier ley, violar cualquier ética, desacatar a cualquier tribunal, desobedecer a cualquier juez, hacer caso omiso de cualquier mandato o hacer lo que fuera necesario para impedir que un ser humano acabase legalmente con la vida de otro. No le preocupaban demasiado las muertes ilegales de seres humanos, como las perpetradas con crueldad y alevosía por sus clientes. No formaba parte de su trabajo reflexionar sobre dichas muertes, y no lo hacía. En su lugar, descargaba su ira y celo justiciero contra las matanzas legales.

Raramente dormía más de tres horas por noche. No era fácil dormir con treinta y un clientes condenados a muerte, diecisiete pendientes de juicio y ocho engreídos abogados a los que supervisar. Tenía treinta años y aparentaba cuarenta y cinco. Era viejo, agresivo y malhumorado. Normalmente, habría estado demasiado ocupado para asistir a una reunión local de pastores negros en Clanton, Mississippi. Pero este no era un caso normal. Se trataba de Hailey. El vengador. El padre empujado a desquitarse. El caso penal más famoso del país en aquel momento. Esto era Mississippi, donde durante mucho tiempo los blancos habían matado a los negros por cualquier razón, o ninguna, sin que a nadie le importara; donde, para los blancos, violar a las negras se consideraba un deporte; donde se ahorcaba a los negros que ofrecían resistencia. Y, ahora, un padre negro había matado a dos blancos que habían violado a su hija, y se enfrentaba a la perspectiva de acabar en la cámara de gas por algo que treinta años antes habría pasado inadvertido si hubiera sido blanco. Este era el caso, su caso, del que se ocuparía personalmente.

El lunes, el reverendo Agee, que inauguró la reunión con una prolongada y detallada exposición de sus actividades en Ford County, le presentó al consejo. El discurso de Reinfeld fue breve. Él y su equipo no podían representar al señor Hailey porque no les había contratado. Por consiguiente, era indispensable reunirse con él. Preferiblemente aquel mismo día. A lo sumo, al día siguiente por la mañana, porque debía salir de Memphis en avión al mediodía. Tenía que asistir a un juicio por asesinato en algún lugar de Georgia. El reverendo Agee prometió organizar una reunión con el acusado cuanto antes. Tenía amistad con el sheriff. A Reinfeld le pareció perfecto, e insistió en la premura del caso.

—¿Cuánto dinero han recaudado? —preguntó Reinfeld.

—Quince mil por parte de ustedes —respondió Agee.

—Eso ya lo sé. ¿Cuánto a nivel local?

—Seis mil —dijo Agee, con orgullo.

—¡Seis mil! —repitió Reinfeld—. ¿Eso es todo? Creí que estaban bien organizados. ¿Dónde está ese enorme apoyo local del que nos hablaba? ¡Seis mil! ¿Cuánto más pueden recaudar? Disponemos solo de tres semanas.

Los miembros del consejo guardaban silencio. Vaya desfachatez la de ese judío. El único blanco del grupo y los atacaba.

—¿Cuánto se necesita? —preguntó Agee.

—Eso depende, reverendo, de lo buena que deba ser la defensa del señor Hailey. Solo dispongo de otros ocho abogados en mi equipo. Cinco de ellos tienen juicios entre manos en estos momentos. Tenemos treinta y una condenas a muerte en distintos niveles de apelación, diecisiete juicios en diez estados programados para los próximos cinco meses, y cada semana recibimos diez solicitudes para representar a algún acusado, ocho de las cuales nos vemos obligados a rechazar por falta de personal y dinero. Para el caso del señor Hailey, dos sucursales regionales y la oficina central han aportado quince mil. Ahora usted me comunica que a nivel local solo han recaudado seis mil. Esto suma veintiún mil. Por esa cantidad, dispondrá de la mejor defensa que nos podamos permitir. Dos abogados y por lo menos un psiquiatra, pero nada especial. Con veintiún mil se paga una buena defensa, pero no la que yo anticipaba.

—¿Qué era exactamente lo que usted anticipaba?

—Una defensa de primer orden. Tres o cuatro abogados. Un equipo de psiquiatras. Media docena de investigadores. Un psicólogo para el jurado, etcétera. Este no es un caso común de asesinato. Quiero ganarlo. Tenía entendido que ustedes también querían ganarlo.

—¿Cuánto? —preguntó Agee.

—Cincuenta mil, como mínimo. Cien mil sería preferible.

—Escúcheme, señor Reinfeld, está usted en Mississippi. Nuestra gente es pobre. Hasta ahora han dado con generosidad, pero aquí no podemos en modo alguno recaudar otros treinta mil.

Reinfeld se ajustó las gafas de concha y rascó su canosa barba.

—¿Cuánto más pueden recaudar?

—Tal vez otros cinco mil.

—Eso no es mucho.

—No para usted, pero sí para los negros de Ford County.

Reinfeld bajó la mirada al suelo, sin dejar de acariciarse la barba.

—¿Cuánto ha aportado la sucursal de Memphis?

—Cinco mil —respondió alguien de Memphis.

—¿Atlanta?

—Cinco mil.

—¿Y la sucursal estatal?

—¿De qué estado?

—Mississippi.

—Nada.

—¿Nada?

—Nada.

—¿Por qué no?

—Pregúnteselo a él —respondió Agee, señalando al reverendo Henry Hillman, director estatal.

—Pues... lo estamos intentando en estos momentos —declaró sumisamente Hillman—. Pero...

—¿Cuánto han recaudado hasta ahora? —preguntó Agee.

—Bueno, el caso es que...

—Nada, ¿no es cierto? No han recaudado nada, ¿verdad, Hillman? —exclamó Agee.

—Vamos, Hillman, díganos cuánto han recaudado —insistió el reverendo Roosevelt, vicepresidente del consejo.

Hillman estaba aturdido y sin habla. Hasta entonces había estado sentado en el primer banco, sin meterse con nadie, medio dormido, y, de pronto, era víctima de un ataque.

—La sucursal estatal aportará su contribución.

—Claro que lo hará, Hillman. Ustedes no dejan de presionarnos para que contribuyamos a una causa u otra, pero nunca vemos ni un centavo. Siempre se quejan de que no tienen dinero y siempre les estamos mandando fondos. Pero cuando necesitamos ayuda lo único que saben hacer es venir con buenas palabras.

—Eso no es cierto.

—No empiece a mentir, Hillman.

Reinfeld se sentía incómodo e inmediatamente consciente de que se habían herido ciertas susceptibilidades.

—Caballeros, caballeros, prosigamos —dijo con diplomacia.

—Buena idea —añadió Hillman.

—¿Cuándo podremos reunirnos con el señor Hailey? —preguntó Reinfeld.

—Organizaré una reunión por la mañana —respondió Agee.

—¿Dónde podremos reunirnos?

—Sugiero que lo hagamos en el despacho del sheriff Walls, en la cárcel. Supongo que ya sabe que es negro, el único sheriff negro en Mississippi.

—Sí, eso me han dicho.

—Creo que nos permitirá utilizar su despacho.

—Bien. ¿Quién es el abogado del señor Hailey?

—Un muchacho de aquí. Jake Brigance.

—No olvide invitarlo a la reunión. Le pediremos que nos ayude en el caso. Le resultará menos doloroso.

La insolente y chillona voz de Ethel rompió la tranquilidad de la tarde y sobresaltó a su jefe.

—Señor Brigance, el sheriff Walls por la línea dos —dijo por el intercomunicador.

—De acuerdo.

—¿Necesita algo más de mí, señor?

—No. Nos veremos por la mañana —respondió Jake, antes de pulsar el botón de la línea dos—. Hola, Ozzie, ¿qué me cuentas?

—Oye, Jake, tenemos a un montón de personajes del NAACP en la ciudad.

—Vaya emoción.

—No, escúchame, en esta ocasión es distinto. Quieren reunirse con Carl Lee por la mañana.

—¿Para qué?

—Es cosa de un individuo llamado Reinfeld.

—He oído hablar de él. Es el jefe de su equipo de defensores penales. Norman Reinfeld.

—Sí, eso es.

—Me lo esperaba.

—Bien, está aquí y quiere hablar con Carl Lee.

—¿Por qué estás involucrado?

—El reverendo Agee me ha llamado. Evidentemente para pedirme un favor. Quiere que te llame.

—La respuesta es no. Definitivamente no.

—Jake, quieren que estés presente —dijo Ozzie, después de una prolongada pausa.

—¿Quieres decir que me han invitado?

—Sí. Agee dice que Reinfeld ha insistido. Quiere que estés presente.

—¿Dónde?

—En mi despacho, a las nueve de la mañana.

—De acuerdo, ahí estaré —respondió lentamente Jake, después de respirar hondo—. ¿Dónde está Carl Lee?

—En su celda.

—Llévalo a tu despacho. Estaré ahí dentro de cinco minutos.

—¿Para qué?

—Tenemos que rezar un poco juntos.

Reinfeld y los reverendos Agee, Roosevelt y Hillman estaban sentados en una hilera perfecta de sillas plegables, frente al sheriff, el acusado y Jake, que fumaba un cigarro barato con el propósito de contaminar el ambiente del pequeño despacho. Soltaba grandes bocanadas de humo y miraba despreocupadamente al suelo, para dar la impresión de que lo único que Reinfeld y los pastores le inspiraban era desprecio. Reinfeld tampoco se quedaba corto en el terreno de la soberbia, y no hacía el menor esfuerzo por ocultar su desdén por aquel insignificante abogado pueblerino. Era arrogante e insolente por naturaleza. Jake tenía que esforzarse.

—¿Quién ha convocado esta reunión? —preguntó Jake con impaciencia, después de un prolongado y embarazoso silencio.

—Bien, supongo que he sido yo —respondió Agee, mientras interrogaba a Reinfeld con la mirada, en busca de orientación.

—Entonces prosiga. ¿Qué desea?

—Tranquilo, Jake —dijo Ozzie—. El reverendo Agee me ha pedido que organizara esta reunión para que Carl Lee pudiera conocer al señor Reinfeld aquí presente.

—Bien, ya se conocen. ¿Y ahora qué, señor Reinfeld?

—He venido para ofrecerle al señor Hailey mis servicios, los de mi equipo y los de todo el NAACP —respondió Reinfeld.

—¿Qué clase de servicios? —preguntó Jake.

—Jurídicos, por supuesto.

—Carl Lee, ¿le has pedido al señor Reinfeld que viniera? —preguntó Jake.

—No.

—A mí me parece un caso de solicitación indebida, señor Reinfeld.

—Déjese de monsergas, señor Brigance. Usted sabe lo que hago y por qué estoy aquí.

—¿De modo que se dedica a solicitar todos sus casos?

—No solicitamos nada. Acudimos a la llamada de miembros locales del NAACP y de otros activistas de derechos civiles. Nos ocupamos exclusivamente de casos de asesinato y hacemos muy bien nuestro trabajo.

—¿Debo suponer que usted es el único abogado competente para casos de esta magnitud?

—Me he ocupado de unos cuantos.

—Y perdido bastantes.

—La mayoría eran casos perdidos de antemano.

—Comprendo. ¿Es esa su actitud en este caso? ¿Espera perderlo?

—No he venido para discutir con usted, señor Brigance —respondió Reinfeld al tiempo que se rascaba la barba y miraba fijamente a Jake.

—Lo sé. Ha venido para ofrecer su formidable pericia jurídica a un acusado que nunca ha oído hablar de usted y que ya está satisfecho con su abogado. Ha venido para arrebatarme a mi cliente. Sé exactamente a qué ha venido.

—He venido porque el NAACP me ha invitado. Ni más ni menos.

—Comprendo. ¿Recibe todos sus casos del NAACP?

—Trabajo para el NAACP, señor Brigance. Soy el jefe de su equipo de defensores penales. Acudo a donde me manda el NAACP.

—¿Cuántos clientes tiene?

—Varias docenas. ¿Por qué? ¿Le importa?

—¿Tenían todos ellos abogado antes de que usted les arrebatara el caso?

—Unos sí y otros no. Siempre procuramos trabajar con el defensor local.

—Esto es maravilloso —dijo Jake sonriendo—. Me ofrece la oportunidad de llevar su maletín y conducirlo por Clanton. Puede que incluso tenga el honor de traerle un bocadillo en el descanso. Vaya emoción.

Carl Lee permanecía inmóvil, con los brazos cruzados y la mirada fija en un punto de la alfombra. Los pastores lo observaban atentamente, a la espera de que se dirigiera a su abogado para ordenarle que cerrara el pico, que estaba despedido y que los abogados del NAACP se ocuparían del caso. Observaban y esperaban, pero Carl Lee permanecía impasible, a la escucha.

—Tenemos mucho que ofrecer, señor Hailey —dijo Reinfeld, convencido de que era preferible conservar la calma hasta que el acusado decidiera quién debía representarlo y que una discusión podría estropearlo todo.

—¿A saber? —preguntó Jake.

—Personal, recursos, pericia, abogados expertos dedicados exclusivamente a casos de asesinato, además de numerosos médicos sumamente competentes que utilizamos en estos casos. Disponemos de todo lo que se le pueda ocurrir.

—¿De cuánto dinero disponen?

—Eso no es de su incumbencia.

—¿Usted cree? ¿Es de la incumbencia del señor Hailey? Después de todo, es su caso. Tal vez al señor Hailey le interese saber de cuánto dinero dispone para gastar en su defensa. ¿Verdad, señor Hailey?

—Sí.

—Entonces, señor Reinfeld, ¿de cuánto dinero dispone?

Reinfeld miró acoquinado a los reverendos, que miraban fijamente a Carl Lee.

—Aproximadamente veinte mil, hasta ahora —confesó sumisamente Reinfeld.

—¡Veinte mil! —dijo Jake riendo, al tiempo que movía la cabeza con incredulidad—. ¿Debemos suponer que están hablando en serio? ¡Veinte mil! Creí que jugaban en primera división. El año pasado recaudaron ciento cincuenta mil para el asesino de un policía en Birmingham. A quien, dicho sea de paso, condenaron. Gastaron cien mil para una prostituta de Shreveport que había asesinado a un cliente. A quien también cabe recordar que condenaron. Y les parece que este caso solo vale veinte mil.

—¿De cuánto dispone usted? —preguntó Reinfeld.

—Si logra convencerme de que es de su incumbencia tendré mucho gusto en contárselo.

Reinfeld abrió la boca, se inclinó y se frotó las sienes.

—Por qué no habla usted con él, reverendo Agee.

Los pastores miraban fijamente a Carl Lee. Les habría gustado estar a solas con él, sin ningún blanco presente, para poder hablarle como a un negro. Podrían explicarle cómo eran las cosas, ordenarle que despidiera a su joven abogado blanco y contratara a unos auténticos defensores: los del NAACP.

Defensores que sabían cómo luchar por los negros. Pero no estaban a solas con él y no podían presionarlo. Debían mantener el respeto por los blancos presentes.

—Escúchame, Carl Lee, lo que pretendemos es ayudarte. Hemos traído al señor Reinfeld, aquí presente, con su equipo de abogados a tu disposición, para ayudarte. No tenemos nada contra Jake; es un buen abogado; joven. Pero puede trabajar con el señor Reinfeld. No queremos que lo despidas, sino que contrates también al señor Reinfeld. Pueden trabajar juntos.

—Olvídenlo —dijo Jake.

Agee hizo una pausa para mirar con desesperación a Jake.

—Te lo ruego, Jake. No tenemos nada contra ti. Es una gran oportunidad para ti. Puedes trabajar con abogados realmente importantes. Adquirir una buena experiencia. Nosotros…

—Permítame que se lo aclare, reverendo. Si Carl Lee quiere contratar a sus abogados, allá él. Pero no pienso trabajar de factótum para nadie. Trabajo o no trabajo. Sin medias tintas. Mi caso o su caso. En la Audiencia no hay suficiente espacio para mí, Reinfeld y Rufus Buckley.

Reinfeld levantó la mirada al cielo y movió negativamente la cabeza, con una sonrisa de arrogancia.

—¿Es decir que la decisión depende de Carl Lee? —preguntó el reverendo Agee.

—Claro que depende de él. Él es quien me ha contratado y quien puede despedirme. Ya lo ha hecho en una ocasión. No soy yo quien se enfrenta a la perspectiva de acabar en la cámara de gas.

—¿Qué nos dices, Carl Lee? —preguntó Agee.

—¿Para qué son esos veinte mil? —preguntó Carl Lee, después de separar los brazos y mirar fijamente a Agee.

—A decir verdad —respondió Reinfeld—, son casi treinta mil. La junta local ha prometido otros diez mil. El dinero se utilizará para su defensa. Ni un centavo para los honorarios de los abogados. Necesitaremos dos o tres investigadores. Dos, o tal vez tres, expertos en psiquiatría. A menudo utilizamos a un psicólogo para ayudarnos a seleccionar el jurado. Nuestras defensas son muy caras.

—Comprendo. ¿Cuánto dinero se ha recaudado entre la población local? —preguntó Carl Lee.

—Unos seis mil —respondió Reinfeld.

—¿Quién lo ha recaudado?

Reinfeld miró a Agee.

—Las parroquias —respondió el reverendo.

—¿A quién lo han entregado las parroquias? —preguntó Carl Lee.

—A nosotros —respondió Agee.

—Quiere decir a usted —afirmó Carl Lee.

—Bueno, sí. Lo que quiero decir es que cada parroquia me ha entregado el dinero y lo he depositado en una cuenta bancaria especial.

—Claro. ¿Y ha depositado todo lo que le han entregado?

—Por supuesto.

—Por supuesto. Permítame que le formule otra pregunta. ¿Cuánto les ha ofrecido a mi esposa e hijos?

Agee estaba un poco pálido, o todo lo pálido que podía estar, y escudriñó el rostro de los demás pastores, cuya atención estaba en aquel momento concentrada en un bichito de la alfombra. No le ofrecieron ninguna ayuda. Todos sabían que Agee se había quedado con su tajada y que la familia no había recibido un centavo. Agee se había aprovechado de ese dinero en lugar de la familia. Ellos lo sabían y Carl Lee lo sabía.

—¿Cuánto, reverendo? —repitió Carl Lee.

—El caso es que pensamos que el dinero…

—¿Cuánto, reverendo?

—El dinero servirá para cubrir los gastos jurídicos y cosas por el estilo.

—No fue eso lo que les contó a los feligreses, ¿verdad, reverendo? Usted les dijo que era para ayudar a la familia. Casi se le saltaban las lágrimas cuando dijo en la iglesia que mi familia se moriría de hambre si no daban todo lo que podían. ¿No es cierto, reverendo?

—El dinero es para ti, Carl Lee. Para ti y para tu familia. En estos momentos creemos que es preferible dedicarlo a tu defensa.

—¿Y qué ocurre si no quiero contratar a sus abogados? ¿Qué ocurrirá con los veinte mil?

—Buena pregunta —dijo Jake riendo—. ¿Qué ocurrirá con el dinero si el señor Hailey no desea contratarle, señor Reinfeld?

—No es mi dinero —respondió Reinfeld.

—¿Reverendo Agee? —preguntó Jake.

El reverendo ya estaba harto, y adoptó una actitud provocativa y beligerante.

—Escúchame, Carl Lee —exclamó, señalándolo con el dedo—. Nos hemos roto el trasero para recaudar esta cantidad. Seis mil dólares entre los pobres de este condado, a quienes no les sobra ni un centavo. Hemos trabajado mucho para conseguir este dinero, que han aportado los pobres, tu gente, personas con subsidios alimentarios, pensiones médicas y de la seguridad social, que necesitan hasta el último dólar. Pero que han dado por una razón y solo una: creen en ti y en lo que hiciste, y quieren que salgas absuelto del juzgado. No desprecies su ayuda.

—No me sermonee —respondió Carl Lee, sin levantar la voz—. ¿Dice que los pobres de este condado han aportado seis mil dólares?

—Exactamente.

—¿De dónde procede el resto del dinero?

—Del NAACP. Cinco mil de Atlanta, cinco de Memphis y cinco de la central nacional. Exclusivamente para los gastos de tu defensa.

—¿A condición de que contrate al señor Reinfeld?

—Exactamente.

—Y, si no lo hago, ¿desaparecen los quince mil?

—Exactamente.

—¿Qué ocurrirá con los otros seis mil?

—Buena pregunta. Todavía no hemos hablado de ello. Suponíamos que agradecerías que recaudáramos dinero para ayudarte. Te ofrecemos los mejores abogados y, evidentemente, no te importa.

La sala se sumió en un profundo silencio, mientras los pastores, los abogados y el sheriff esperaban alguna declaración por parte del acusado. Carl Lee se mordía el labio inferior con la mirada fija en el suelo. Jake encendió otro cigarro. Lo habían despedido ya en una ocasión, y lo soportaría si se repetía.

—¿Necesitan saberlo ahora mismo? —preguntó finalmente Carl Lee.

—No —respondió Agee.

—Sí —dijo Reinfeld—. El juicio se celebrará dentro de tres semanas y llevamos ya dos meses de retraso. Estoy demasiado ocupado para estar pendiente de usted, señor Hailey. Contráteme u olvídelo. Tengo que coger un avión.

—Le diré lo que puede hacer, señor Reinfeld. Coja su avión y, por lo que a mí concierne, no se moleste en volver a Clanton. Me arriesgaré con mi amigo Jake.

25

El conciliábulo de Ford County se fundó a medianoche, jueves once de julio, en un pequeño prado junto al camino en algún lugar recóndito del bosque, en la zona septentrional del condado. Los seis neófitos estaban nerviosos frente a una gigantesca cruz en llamas, y repetían los extraños vocablos que pronunciaba un brujo. Un dragón y dos docenas de miembros del Klan, con sus túnicas blancas, observaban y cantaban en los momentos apropiados. Un silencioso guardia armado junto al camino observaba de vez en cuando la ceremonia, pero, sobre todo, vigilaba para desalentar a cualquier intruso. No hubo ninguno.

Exactamente a medianoche, los seis se arrodillaron y cerraron los ojos cuando se colocaron ceremoniosamente las capuchas blancas sobre sus cabezas. Los seis que acababan de convertirse en miembros del Klan eran Freddie Cobb, hermano del difunto, Jerry Maples, Clifton Cobb, Ed Wilburn, Morris Lancaster y Terrell Grist. El gran dragón se acercó a cada uno de ellos y cantó sobre sus cabezas el sagrado juramento de la institución. Las llamas de la cruz abrasaban los rostros de los nuevos miembros arrodillados, que se asfixiaban bajo sus túnicas y capirotes. Con sus enrojecidos rostros empapados de sudor, rezaban fervorosamente para que el dragón se dejara de pamplinas y concluyera la ceremonia. Cuando cesaron los cánticos, los neófitos se levantaron y se alejaron rápidamente de la cruz. Recibieron el abrazo de sus nuevos hermanos, que los agarraron por los hombros y pronunciaron prístinos sortilegios junto a sus sudorosos cuellos. Después de quitarse sus gruesas capuchas, los miembros del Klan, tanto los nuevos como los antiguos, abandonaron altivamente el pequeño prado para dirigirse a una rústica cabaña al otro lado del sendero. El mismo guardia armado vigilaba la puerta, mientras, en el interior, el whisky circulaba a discreción y se hacían planes para el juicio de Carl Lee Hailey.

El agente Pirtle hacía el turno de noche, de diez a seis, y había parado en un restaurante de la carretera del norte llamado Gurdy's, que estaba abierto toda la noche, para tomar un café y comer un bocado, cuando oyó por la radio que requerían su presencia en la cárcel. Pasaban tres minutos de la medianoche, viernes de madrugada.

Pirtle dejó lo que estaba comiendo y condujo un par de kilómetros hacia el sur.

—¿Qué ocurre? —preguntó al agente de guardia.

—Hace unos minutos se ha recibido una llamada anónima de alguien que busca al sheriff. Le he dicho que el sheriff no estaba y ha respondido que hablaría con el oficial de guardia. Ese eres tú. Dice que es muy importante y que volverá a llamar dentro de quince minutos.

Pirtle se sirvió una taza de café y se acomodó en el enorme sillón de Ozzie. Sonó el teléfono.

—Es para ti —dijo el agente de guardia.

—Diga —respondió Pirtle.

—¿Quién es usted? —preguntó la voz.

—Joe Pirtle, ayudante del sheriff. ¿Con quién hablo?

—¿Dónde está el sheriff?

—Durmiendo, supongo.

—Bien, escúcheme y preste atención, porque esto es muy

importante y no pienso volver a llamar. ¿Conoce a ese negro, Hailey?

—Sí.

—¿Conoce a su abogado, Brigance?

—Sí.

—Entonces, escúcheme. En algún momento entre ahora y las tres de la madrugada van a hacer volar su casa.

—¿Quién?

—Brigance.

—Sí, pero ¿quién va a hacer volar la casa?

—Eso no importa, agente, présteme atención. No es una broma y, si cree que lo es, quédese ahí sentado a la espera de que la casa vuele por los aires. Puede ocurrir en cualquier momento.

Se hizo un silencio, pero no colgó el teléfono. Pirtle seguía escuchando.

—¿Está usted ahí?

—Buenas noches, agente —dijo entonces, antes de colgar.

—¿Lo has oído? —preguntó Pirtle al agente de guardia.

—Por supuesto.

—Llama a Ozzie y dile que vaya a casa de Brigance. Yo me dirijo allí ahora.

Pirtle ocultó su coche patrulla en la entrada de una casa de Monroe Street y cruzó el jardín de la casa de Jake. No vio nada. Eran las doce cincuenta y cinco. Dio la vuelta a la casa con su linterna y no detectó nada extraño. Todas las casas de la calle estaban a oscuras y tranquilas. Aflojó la bombilla de la lámpara de la entrada y se sentó en una silla de mimbre, a la espera. El coche de importación, de aspecto estrambótico, estaba aparcado bajo la terraza junto al Oldsmobile. Decidió esperar a Ozzie antes de hablar con Jake.

Aparecieron unos faros al fondo de la calle. Pirtle se recostó en la silla, seguro de que no podían verle. Una camioneta roja se acercó conspicuamente a la casa de Brigance, pero no se detuvo. Se puso de pie y vio cómo se alejaba por la calle.

Al cabo de unos momentos, vio dos sombras que se acercaban corriendo desde la plaza. Desabrochó su pistolera y desenfundó su arma reglamentaria. El que iba en cabeza era más corpulento que el que le seguía, y parecía correr con mayor gracia y agilidad. Era Ozzie. El segundo era Nesbit. Pirtle se reunió con ellos en el jardín y se ocultaron al amparo de la oscuridad. Susurraban entre sí y vigilaban la calle.

—¿Qué ha dicho exactamente? —preguntó Ozzie.

—Ha dicho que alguien iba a volar la casa de Jake entre ahora y las tres de la madrugada, y que no era una broma.

—¿Eso es todo?

—Sí. No parecía que le apeteciera charlar.

—¿Cuánto hace que estás aquí?

—Veinte minutos.

—Dame la radio y ve a esconderte en el jardín posterior —le dijo Ozzie a Nesbit—. No hagas ruido y mantén los ojos bien abiertos.

Nesbit se dirigió a la parte trasera de la casa y encontró un pequeño agujero entre los matorrales, junto a la verja. Entró a gatas y se ocultó entre los arbustos. Desde su escondite, veía toda la parte trasera de la casa.

—¿Vas a avisar a Jake? —preguntó Pirtle.

—Todavía no. Tal vez lo haremos dentro de unos minutos. Si llamamos a la puerta empezarán a encender luces y ahora sería contraproducente.

—Sí, pero ¿qué ocurrirá si Jake nos oye y empieza a disparar contra nosotros? Puede que nos tome por un par de negros que pretenden robar en su casa.

Ozzie vigilaba la calle sin decir palabra.

—Escúchame, Ozzie, ponte en su lugar. La policía ha rodeado tu casa a la una de la madrugada, a la espera de que alguien arroje una bomba. ¿Te quedarías durmiendo tranquilamente o preferirías saber lo que ocurre?

345

Ozzie estudió las casas lejanas.

—Escucha, sheriff, creo que debemos despertarlos. ¿Qué ocurrirá si no logramos impedirlo y hay algún herido en la casa? Nos culparán a nosotros, ¿no es cierto?

Ozzie se puso de pie y pulsó el botón del timbre.

—Afloja esta bombilla —dijo, al tiempo que señalaba la lámpara de la entrada.

—Ya lo he hecho.

Ozzie llamó de nuevo. Se abrió la puerta, apareció Jake y miró fijamente al sheriff. Llevaba un camisón arrugado que le cubría las rodillas y un revólver del treinta y ocho, cargado, en la mano.

—¿Qué ocurre, Ozzie?

—¿Puedo pasar?

—Sí. ¿Qué ocurre?

—No te muevas de ahí —dijo Ozzie dirigiéndose a Pirtle—. Volveré dentro de un momento.

Ozzie cerró la puerta y apagó la luz del vestíbulo. Se sentaron en la sala de estar a oscuras, vigilando la entrada y el jardín.

—Empieza a hablar —dijo Jake.

—Hace aproximadamente media hora hemos recibido una llamada anónima, según la cual alguien se propone hacer volar tu casa entre ahora y las tres de la madrugada. Nos la hemos tomado en serio.

—Gracias.

—Tengo a Pirtle en la entrada y a Nesbit en el jardín posterior. Hace unos diez minutos, Pirtle ha visto una camioneta que parecía interesarse mucho por la casa, pero eso es todo.

—¿Habéis examinado los alrededores?

—Sí, nada. Todavía no han venido. Pero algo me dice que va en serio.

—¿Por qué?

—Es una corazonada.

Jake dejó el revólver sobre el sofá y se frotó las sienes.

—¿Qué crees que debemos hacer?

—Esperar. Es lo único que podemos hacer. ¿Tienes algún rifle?

—Tengo suficientes armas para invadir Cuba.

—¿Por qué no te vistes y las traes? Apuéstate junto a una de esas lindas ventanas del primer piso. Nosotros nos esconderemos fuera y esperaremos.

—¿Tienes bastantes hombres?

—Sí, creo que solo serán uno o dos.

—¿Quiénes son?

—No lo sabemos. Podría tratarse del Klan, o de alguien que actúa por cuenta propia. ¿Quién sabe?

Estaban ambos meditabundos, con la mirada fija en la oscuridad de la calle. Veían la cabeza de Pirtle, recostado en la silla de mimbre junto a la ventana.

—¿Recuerdas, Jake, a aquellos tres defensores de los derechos civiles que el Klan asesinó en el sesenta y cuatro, cuyos cadáveres se hallaron sepultados en un dique en algún lugar de Filadelfia?

—Claro que lo recuerdo. Todavía era un niño, pero lo recuerdo.

—Nunca los habríamos encontrado de no haber sido porque alguien nos dijo dónde estaban. Ese alguien formaba parte del Klan. Un chivato. Al parecer, esto siempre ocurre en el Klan. Alguien desde el interior se chiva.

—¿Crees que se trata del Klan?

—Eso parece. Si solo fueran uno o dos que actuaran por cuenta propia, ¿quién lo sabría? Cuanto más numeroso es el grupo, mayores las posibilidades de que alguien se vaya de la lengua.

—Parece lógico, pero, por alguna razón, no me tranquiliza.

—Claro que también podría tratarse de una broma.

—No veo que nadie se ría.

—¿Vas a avisar a tu esposa?

—Sí. Será mejor que lo haga.

—Yo también lo haría. Pero no se te ocurra empezar a encender las luces. Podrías asustarlos.

—Ojalá.

—Pero yo prefiero capturarlos. Si no los cogemos ahora, volverán a intentarlo y puede que la próxima vez olviden llamarnos con antelación.

Carla se vistió apresuradamente en la oscuridad. Estaba aterrada. Jake acostó a Hanna en el sofá de la sala de estar, donde farfulló algo y volvió a quedarse dormida. Carla le sostenía la cabeza y miraba a Jake, que cargaba el rifle.

—Estaré arriba en el cuarto de los invitados. No enciendas ninguna luz. La policía tiene la casa rodeada, de modo que no tienes por qué preocuparte.

—¡Que no me preocupe! ¿Estás loco?

—Procura dormir.

—¡Dormir! Jake, debes de haber perdido el sentido.

No esperaron mucho. Desde su puesto estratégico entre los matorrales frente a la casa, Ozzie fue el primero en verlo: un personaje solitario, que se acercaba tranquilamente por la calle en dirección contraria a la plaza. Llevaba en las manos algún tipo de paquete o caja. A dos casas de distancia, abandonó la calle para cruzar los jardines de los vecinos. Ozzie desenfundó el revólver y la porra, y vio cómo avanzaba directamente hacia él. Jake lo tenía en el punto de mira de su rifle de caza. Pirtle se deslizó como una serpiente por la terraza hasta situarse entre los matorrales, listo para el ataque.

De pronto, el personaje cruzó el césped de la casa contigua y llegó junto a la de Jake. Cuando acababa de colocar la caja bajo el dormitorio de Jake y daba media vuelta para huir corriendo, una enorme porra de madera negra descendió violentamente sobre el costado de su cabeza, partiendo en dos su oreja derecha cuyos fragmentos permanecían precariamente unidos a su cara. Dio un grito y cayó al suelo.

—¡Ya lo tengo! —exclamó Ozzie al tiempo que Pirtle y Nesbit se acercaban a la carrera.

Jake descendió sosegadamente por la escalera.

—Volveré dentro de un momento —dijo a Carla.

Ozzie agarró al sospechoso por el cuello y lo sentó junto a la casa. Estaba consciente, pero aturdido. La caja se encontraba a pocos centímetros.

—¿Cómo te llamas? —preguntó Ozzie.

El individuo refunfuñó y se llevó las manos a la cabeza, pero no respondió.

—Te he hecho una pregunta —dijo Ozzie, muy cerca del sospechoso.

Pirtle y Nesbit estaban a pocos metros, pistola en mano, demasiado asustados para hablar o moverse. Jake contemplaba fijamente la caja.

—No le diré nada —respondió.

Ozzie levantó la porra y le propinó un soberano golpe en el tobillo derecho. El ruido del hueso al fracturarse fue escalofriante.

Gimió y se agarró la pierna. Ozzie le dio un puntapié en la cara. Cayó de espaldas y se golpeó la cabeza contra la pared de la casa antes de contorsionarse con quejidos de dolor.

Jake se agachó, acercó el oído a la caja y retrocedió inmediatamente.

—Hace tictac —susurró.

Ozzie se volcó sobre el sospechoso y colocó suavemente la porra sobre su nariz.

—Voy a hacerte una última pregunta antes de romperte todos los huesos. ¿Qué hay en la caja?

Silencio.

Ozzie levantó la porra y le rompió el otro tobillo.

—¿Qué hay en la caja? —exclamó.

—¡Dinamita! —gimió angustiado.

A Pirtle se le cayó el revólver de las manos. A Nesbit se le subió la sangre a la cabeza y se apoyó contra el muro de la casa. Jake palideció y le temblaron las rodillas.

—¡Coge las llaves del coche! —exclamó mientras entraba

349

corriendo en su casa, dirigiéndose a Carla—. ¡Coge las llaves del coche!

—¿Para qué? —preguntó nerviosa.

—Haz lo que te digo. Coge las llaves y súbete al coche.

Cogió a Hanna en brazos, salió por la puerta de la cocina y colocó a la niña en el asiento trasero del Cutlass de Carla.

—Márchate y no vuelvas hasta dentro de treinta minutos.

—¿Qué ocurre, Jake? —preguntó.

—Te lo contaré luego. Ahora no hay tiempo. Márchate inmediatamente. Vete a dar vueltas hasta dentro de media hora. No te acerques a esta calle.

—¿Por qué, Jake? ¿Qué habéis encontrado?

—Dinamita.

Salió en retroceso y desapareció.

Cuando Jake regresó junto a la casa habían esposado la mano izquierda del sospechoso al contador del gas, al lado de la ventana. Gemía, farfullaba y echaba maldiciones. Ozzie levantó cuidadosamente la caja por el asa y la colocó con cautela entre las piernas del sospechoso. A continuación le dio un puntapié en cada tobillo para obligarle a abrir las piernas, y aumentó el volumen de sus quejidos. Ozzie, Jake y los agentes se retiraron lentamente y lo observaron. El sospechoso empezó a llorar.

—No sé cómo desarmarla —dijo entre dientes.

—Te conviene aprender cuanto antes —replicó Jake en un tono un poco más fuerte.

El sospechoso cerró los ojos y agachó la cabeza. Respiraba ruidosa y aceleradamente mientras se mordía el labio. Tenía la mandíbula y las cejas empapadas de sudor. Su oreja partida colgaba como una hoja en otoño.

—Necesito una linterna —dijo.

Pirtle se la entregó.

—Debo utilizar ambas manos.

—Prueba con una sola —respondió Ozzie.

Acercó los dedos cuidadosamente a la cerradura y cerró los ojos.

—Larguémonos de aquí —dijo Ozzie.

Echaron a correr alrededor de la casa y se alejaron todo lo posible.

—¿Dónde está tu familia? —preguntó Ozzie.

—Han salido. ¿Le conoces?

—No —respondió Ozzie.

—Nunca le había visto —añadió Nesbit.

Pirtle movió negativamente la cabeza.

Ozzie llamó a su despacho para que se pusieran en contacto con el agente Riley, experto autodidacta del condado en explosivos.

—¿Qué ocurrirá si se desmaya y estalla la bomba? —preguntó Jake.

—Supongo que tienes la casa asegurada, ¿no es cierto, Jake? —respondió Nesbit.

—No tiene ninguna gracia.

—Le daré cinco minutos —dijo Ozzie—, y luego, Pirtle puede ir a ver cómo se las arregla.

—¿Por qué yo?

—De acuerdo, que vaya Nesbit.

—Creo que debería ir Jake —dijo Nesbit—. Es su casa.

—Muy gracioso —replicó Jake.

Charlaban nerviosos para pasar el tiempo. Nesbit hizo otro comentario estúpido sobre el seguro.

—¡Silencio! —exclamó Jake—. He oído algo.

Quedaron paralizados. Al cabo de unos instantes, el sospechoso chilló de nuevo. Cruzaron corriendo el jardín y doblaron lentamente la esquina. La caja vacía había sido arrojada a unos metros de distancia y, junto al sospechoso, había una docena de cartuchos de dinamita cuidadosamente amontonados. Entre las piernas tenía un reloj redondo bastante grande con cables cubiertos de cinta aislante plateada.

—¿Está desarmada? —preguntó Ozzie angustiosamente.

—Sí —jadeó el sospechoso.

Ozzie se agachó y retiró el reloj con los cables, sin tocar la dinamita.

—¿Dónde están tus compañeros?

Silencio.

Desenfundó la porra y se le acercó.

—Voy a romperte las costillas una por una. Te lo preguntaré de nuevo. ¿Dónde están tus compañeros?

—Vete a la mierda.

Ozzie volvió la cabeza para echar una ojeada, no a Jake y a los agentes, sino a la casa de los vecinos. Al comprobar que todo estaba tranquilo, levantó la porra. El sospechoso tenía el brazo izquierdo sujeto al contador de gas, y Ozzie le golpeó bajo el sobaco. El individuo gimió y se contorsionó. Jake casi lo compadeció.

—¿Dónde están? —preguntó Ozzie.

Ninguna respuesta.

Jake volvió la cabeza cuando el sheriff le propinaba otro porrazo.

—¿Dónde están?

Silencio.

Ozzie levantó nuevamente la porra.

—Pare... por favor, pare —suplicó el sospechoso.

—¿Dónde están?

—Por ahí. A un par de manzanas.

—¿Cuántos son?

—Solo uno.

—¿Qué vehículo?

—Camioneta. GMC roja.

—A los coches —ordenó Ozzie.

Jake esperaba impaciente el regreso de su esposa, junto a la entrada de su casa. A las dos y cuarto llegó lentamente y aparcó.

—¿Está Hanna dormida? —preguntó Jake al abrir la puerta.

—Sí.

—Bien. Déjala donde está. Vamos a salir dentro de unos minutos.

—¿Adónde vamos?

—Hablaremos dentro.

Jake sirvió el café y procuró actuar con tranquilidad. Carla estaba asustada, temblorosa y furiosa, con lo que le resultaba difícil conservar la serenidad. Le contó lo de la bomba, el sospechoso, y que Ozzie había ido en busca de su cómplice.

—Quiero que tú y Hanna os trasladéis a Wilmington y os quedéis en casa de tus padres hasta después del juicio —dijo Jake.

Carla fijó la mirada en el café y guardó silencio.

—Ya he llamado a tu padre y se lo he contado todo. Ellos también están asustados e insisten en que os quedéis con ellos hasta que todo haya terminado.

—¿Y si no quiero ir?

—Te lo ruego, Carla. ¿Cómo puedes discutir en un momento como este?

—¿Y tú?

—Estaré bien. Ozzie me facilitará un guardaespaldas y vigilarán la casa día y noche. Algunos días dormiré en el despacho. No me ocurrirá nada, te lo prometo.

Ella no estaba convencida.

—Escúchame, Carla, tengo incontables preocupaciones en este momento. Tengo un cliente que se enfrenta a la perspectiva de que lo manden a la cámara de gas, y su juicio se celebrará dentro de diez días. No puedo perderlo. Trabajaré día y noche desde ahora hasta el día veintidós y, cuando el juicio empiece, aunque estuvieras aquí no me verías. Lo último que necesito ahora es tener que preocuparme de ti y de Hanna. Por favor, marchaos.

—Iban a matarnos, Jake. Han intentado asesinarnos.

Jake no podía negarlo.

—Prometiste retirarte del caso si el peligro llegaba a ser excesivo.

—Es imposible. Noose no permitiría que me retirara con el proceso tan avanzado.

—Me siento traicionada.

—No es justo. Creo que subestimé el caso y ahora es demasiado tarde.

Carla se dirigió al dormitorio y empezó a hacer la maleta.

—El avión sale de Memphis a las seis y media. Tu padre os esperará en el aeropuerto de Raleigh a las nueve y media.

—Sí, señor.

Al cabo de quince minutos salieron de Clanton. Jake conducía sin que Carla le prestara atención alguna. A las cinco, desayunaron en el aeropuerto de Memphis. Hanna tenía sueño, pero estaba emocionada porque iba a ver a sus abuelos. Carla apenas hablaba. Tenía mucho que decir, pero por norma nunca discutían delante de Hanna. Comió en silencio, se tomó su café y observó a su marido, que leía tranquilamente el periódico, como si nada hubiera ocurrido.

Jake les dio un beso de despedida y prometió llamarlas todos los días. El avión salió a la hora en punto. A las siete y media estaba en el despacho de Ozzie.

—¿Quién es? —le preguntó al sheriff.

—Ni idea. No llevaba cartera ni identificación de ningún tipo. Y no habla.

—¿Nadie le ha reconocido?

—El caso, Jake, es que ahora no es fácil que se le reconozca —respondió Ozzie después de unos momentos de reflexión—. Lleva la cara cubierta de vendajes.

—No te andas con bromas, ¿eh, grandullón? —dijo Jake con una sonrisa.

—Solo cuando es indispensable. No oí que te quejaras.

—Todo lo contrario, estaba dispuesto a colaborar. ¿Y su compañero?

—Lo encontramos dormido en una GMC roja, a un kilómetro de tu casa. Terrell Grist. Un fanático local. Vive cerca de Lake Village. Creo que es amigo de la familia Cobb.

—Nunca he oído hablar de él —dijo Jake, después de repetir varias veces el nombre—. ¿Dónde está?

—En el hospital. En la misma habitación que su compañero.

—Santo cielo, Ozzie, ¿también le has roto las piernas?

—Jake, amigo mío, se ha resistido a la autoridad. Nos hemos visto obligados a utilizar la fuerza. Luego hemos tenido que interrogarlo. No estaba dispuesto a cooperar.

—¿Qué ha dicho?

—No mucho. No sabe nada. Estoy convencido de que no conoce al individuo de la dinamita.

—¿Quieres decir que han traído a un profesional?

—Podría ser. Riley ha examinado los cartuchos y el temporizador, y dice que es bastante profesional. Nunca os habríamos encontrado a ti, a tu esposa, ni a tu hija. Probablemente tampoco habríamos encontrado la casa. Habría estallado a las dos. De no haber sido por el chivatazo, estarías muerto, Jake. Y también tu familia.

Jake se sintió mareado y se sentó en el sofá. Reaccionó como si acabaran de darle una patada en los testículos. Poco le faltó para tener un ataque de diarrea, y sintió náuseas.

—¿Has acompañado a tu familia al aeropuerto?

—Sí —susurró.

—Voy a asignarte a un agente para que te proteja día y noche. ¿Tienes alguna preferencia?

—Ninguna.

—¿Qué te parece Nesbit?

—Muy bien. Gracias.

—Otra cosa. ¿Supongo que prefieres que no se hable de lo sucedido?

—A ser posible. ¿Quién lo sabe?

—Solo yo y los agentes. Creo que podemos evitar que se divulgue hasta después del juicio, pero no puedo garantizártelo.

—Lo comprendo. Haz lo que puedas.

—Lo haré.

—Lo sé, Ozzie. Te lo agradezco.

Jake se fue a su despacho, preparó un café y se acostó en el sofá. Quería dormir un poco, pero le resultaba imposible. A pesar de que le ardían los ojos, no podía cerrarlos y se dedicaba a contemplar el ventilador del techo.

—Señor Brigance —dijo la voz de Ethel por el intercomunicador.

Silencio.

—¡Señor Brigance!

En algún lugar recóndito de su subconsciente, Jake oyó que alguien lo llamaba y se incorporó de repente.

—¡Sí! —exclamó.

—El juez Noose al teléfono.

—De acuerdo, de acuerdo —farfulló mientras se dirigía a su escritorio.

Consultó su reloj. Las nueve de la mañana. Había dormido una hora.

—Buenos días, señor juez —dijo alegremente Jake, como si estuviera despierto y concentrado.

—Buenos días, Jake. ¿Cómo está usted?

—Muy bien, señor juez. Muy ocupado preparando el gran juicio.

—Eso suponía. Dígame, Jake, ¿qué tiene previsto para hoy?

Qué día es hoy, pensó, antes de coger su agenda.

—Solo papeleo.

—Bien. Me gustaría almorzar con usted en mi casa. Digamos alrededor de las once y media.

—Encantado, señor juez. ¿Qué se celebra?

—Quiero hablar del caso Hailey.

—Muy bien, señor juez. Nos veremos a las once y media.

Noose vivía en una mansión de antes de la guerra, situada en Chester, cerca de la plaza mayor. La casa había pertenecido a la familia de su esposa desde hacía más de un siglo y, a pesar de que necesitaba algunas reparaciones, estaba en buenas condiciones. Jake no había estado nunca como invitado en la casa, ni conocía a la señora Noose, pero había oído decir que era una esnob de sangre azul cuya familia había tenido mucho dinero, pero lo había perdido. Era tan poco atractiva como Ichabod, y Jake se preguntó qué aspecto tendrían los hijos. Hizo gala de sus buenos modales cuando recibió a Jake en la puerta y charló de cosas superficiales mientras lo acompañaba al jardín, donde su señoría tomaba té helado al tiempo que repasaba la correspondencia. Una sirvienta preparaba una pequeña mesa cerca de allí.

—Me alegro mucho de verle, Jake —dijo afectuosamente Ichabod—. Agradezco que haya venido.

—Es un placer, señor juez. Tiene una casa encantadora.

Hablaron del juicio de Hailey mientras tomaban una sopa y unos bocadillos de pollo y ensalada. Parecía cansado, como si el caso fuera ya excesivo para él. Sorprendió a Jake con la admisión de que detestaba a Buckley. Jake confesó que compartía sus sentimientos.

—Jake, estoy perplejo ante la solicitud de cambio de lugar para la celebración del juicio —declaró el juez—. He estudiado su informe y el de Buckley y he investigado también por mi cuenta. Es una cuestión muy delicada. La semana pasada asistí a una asamblea de jueces en la Costa del Golfo y tomé unas copas con el juez Denton, del Tribunal Supremo. Estuvimos juntos en la facultad y fuimos colegas en el senado estatal. Somos íntimos amigos. Él es del condado de Dupree, en el sur de Mississippi, y dice que allí todo el mundo habla del caso. La gente le pregunta por la calle qué decidirá si el caso acaba ante el tribunal de apelación. Todo el mundo tiene una opinión formada, y eso que se encuentra a más de seiscientos kilómetros. En el supuesto de que acepte que cambiemos de lugar, ¿adónde vamos? No podemos salir del estado y estoy convencido de que no solo todo el mundo ha oído hablar de su cliente, sino que ya le ha prejuzgado. ¿No está de acuerdo?

—El caso es que ha habido mucha publicidad —respondió cautelosamente Jake.

—Hable sin tapujos, Jake. No estamos en el juzgado. Para eso le he pedido que viniera aquí. Quiero saber lo que piensa. Ya sé que ha habido mucha publicidad. ¿Adónde trasladamos el juicio, si lo hacemos?

—¿Qué le parece el delta?

—Le gustaría, ¿no es cierto? —dijo Noose sonriendo.

—Por supuesto. Allí podríamos elegir a un buen jurado, que comprendiera realmente lo que está en juego.

—Claro, y que fuera medio negro.

—No se me había ocurrido.

—¿Cree sinceramente que aquella gente no habrá prejuzgado al acusado?

—Supongo que sí.

—Entonces ¿adónde vamos?

—¿Hizo alguna sugerencia el juez Denton?

—En realidad, no. Hablamos de la reticencia tradicional del tribunal a trasladar el juicio, excepto en los casos de mayor gravedad. Es un difícil dilema, con un crimen famoso que despierta pasiones, tanto en pro como en contra del acusado. Actualmente, con la prensa y la televisión, estos crímenes se convierten inmediatamente en noticia y todo el mundo conoce los detalles mucho antes del juicio. Y este caso los supera a todos. Incluso Denton admitió que nunca había visto un caso con tanta publicidad, y afirmó que sería imposible encontrar un jurado ecuánime e imparcial en cualquier lugar de Mississippi. Supongamos que se celebre en Ford County y que condenan a su cliente. Entonces, usted apela alegando que el juicio debería haberse celebrado en otro lugar. Denton indicó que simpatizaría con mi decisión de no trasladarlo. Cree que la mayoría del tribunal corroboraría el fallo. Evidentemente, no existe ninguna garantía de ello, y lo hablamos entre copa y copa. ¿Le apetece tomar algo?

—No, gracias.

—No veo ninguna razón para que el juicio no se celebre en Clanton. Si lo trasladáramos, creo que nos engañaríamos al suponer que podemos encontrar a doce personas sin prejuicios respecto a la culpabilidad de Hailey.

—Parece, señor juez, que ya ha tomado una decisión.

—Efectivamente. No vamos a trasladar el caso. El juicio se celebrará en Clanton. No me satisface la idea, pero no veo ninguna razón para trasladarlo. Además, me gusta Clanton. Está cerca de mi casa y el aire acondicionado funciona en la Audiencia —dijo el juez mientras extendía el brazo para coger una carpeta, de la que sacó un sobre—. Jake, aquí tiene una orden fechada hoy en la que se niega su solicitud de trasladar el juicio. Le he mandado una copia a Buckley y hay otra para usted. Este es el original y le agradecería que se lo entregara al secretario en Clanton.

—Con mucho gusto.

—Espero haber tomado la decisión correcta. No ha sido nada fácil.

—Es un trabajo difícil —comentó Jake, procurando ser comprensivo.

Noose llamó a una sirvienta y pidió una ginebra con tónica. Insistió en que Jake admirara sus rosales y pasaron una hora paseando por el extenso jardín de su señoría. Jake pensaba en Carla, en Hanna, en su casa y en la dinamita, pero se interesó cortésmente por la pericia jardinera de Ichabod.

Los viernes por la tarde le recordaban a Jake la facultad, cuando, según el tiempo, se reunía con sus amigos en su bar predilecto de Oxford para tomar alegremente unas cervezas y hablar de sus nuevas teorías jurídicas o maldecir a sus insolentes, soberbios y aterradores profesores, o, si hacía sol y calor, cargar la cerveza en el utilitario escarabajo descapotable de Jake y trasladarse al lago Sardis, donde sus compañeras de facultad embadurnaban sus hermosos y bronceados cuerpos, sudaban al sol, y hacían caso omiso de los piropos de sus embriagados compañeros. Echaba de menos aquellos días inocentes. Odiaba la facultad de derecho, como todo estudiante de sentido común, pero echaba de menos a los amigos y los buenos ratos, especialmente los viernes. Echaba de menos la vida relajada, aunque a veces la presión le había parecido intolerable, especialmente en el primer curso, cuando los profesores eran más abusivos de lo habitual. Echaba de menos estar sin blanca, porque, cuando no tenía nada, tampoco debía nada, y la mayoría de sus compañeros estaban en la misma situación. Ahora que ganaba dinero, estaba permanentemente preocupado por la hipoteca, los gastos generales, las tarjetas de crédito y por alcanzar el sueño americano de hacerse rico. No adinerado, solo modestamente rico. Echaba de menos el Volkswagen porque había sido su primer coche, que había recibido como regalo al terminar el bachillerato y que, al contrario del Saab, estaba pagado. En ocasiones, echaba de menos ser soltero, aunque era feliz en su matrimonio, y echaba de menos la cerveza en vaso, lata o botella. No importaba. Había sido un bebedor social; solo lo hacía en compañía de sus amigos, con los que pasaba todo el tiempo posible. No bebía todos los días en la facultad, y raramente se emborrachaba. Pero hubo algunas resacas dolorosas y memorables.

Entonces había aparecido Carla. La había conocido al principio de su último semestre y, al cabo de seis meses, estaban casados. Era hermosa y eso fue lo que le llamó la atención. Era discreta y, al principio, un poco esnob, como la mayoría de las estudiantes adineradas de Ole Miss. Pero descubrió que era cariñosa, dócil e insegura. Nunca comprendió cómo una chica tan hermosa como Carla podía sentirse insegura. Era una de las mejores estudiantes de la facultad de filosofía y letras, sin otra intención que la de trabajar unos años como maestra de escuela. Su familia tenía dinero y su madre nunca había trabajado. A Jake le gustó lo del dinero de la familia y el hecho de que no tuviera ambiciones profesionales. Quería una esposa dispuesta a quedarse en casa, mantenerse atractiva, tener hijos y que no quisiera llevar los pantalones. Fue un amor a primera vista.

Pero a ella le molestaba la bebida, cualquier tipo de bebida. Su padre había sido un gran bebedor cuando era niña, y tenía recuerdos desagradables. Jake dejó de beber durante el último semestre, y perdió seis kilos. Era muy apuesto, se sentía de maravilla y estaba locamente enamorado. Pero echaba de menos la cerveza.

Había una tienda de ultramarinos a pocos kilómetros de Chester, con un cartel de Coors en la ventana. Coors había sido su cerveza predilecta en la facultad, aunque en aquella época no se vendía al este del río. Era algo especial en Ole Miss y el contrabando de Coors era un buen negocio en el campus. Ahora que se vendía por todas partes, la mayoría de la gente volvía a beber Budweiser.

Era viernes y hacía calor. Carla estaba a mil trescientos kilómetros. No le apetecía regresar al despacho y lo que tuviera que hacer podía esperar al día siguiente. Algún loco había intentado asesinar a su familia y eliminar un edificio del Registro Nacional de lugares de interés histórico. Faltaban diez días para el mayor juicio de su carrera. No estaba preparado y la presión era cada vez mayor. Acababa de serle denegada su solicitud más crítica del proceso. Y tenía sed. Paró y compró un paquete de media docena de Coors.

Tardó casi dos horas en recorrer los cien kilómetros desde Chester hasta Clanton. Disfrutaba de la diversión del paisaje y de la cerveza. Paró dos veces para ir al lavabo y una para comprar otras seis cervezas. Se sentía de maravilla.

Solo había un lugar adonde ir en su estado. No a su casa,

ni al despacho, ni, con toda seguridad, tampoco a la Audiencia para archivar la maldita orden de Ichabod. Aparcó el Saab detrás del destartalado Porsche y se acercó a la puerta de la casa con una cerveza fresca en la mano. Como de costumbre, Lucien se mecía suavemente en la terraza mientras bebía y leía un tratado sobre la defensa por enajenación mental. Cerró el libro y, al ver la cerveza, sonrió a su antiguo socio. Jake apenas le devolvió la sonrisa.

—¿Qué se celebra, Jake?

—Nada en particular. Simplemente, tenía sed.

—Comprendo. ¿Y tu esposa?

—Ella no me da órdenes. Soy mi propio jefe. Yo tomo mis decisiones. Si me apetece una cerveza, me la tomo y ella no tiene por qué decirme nada —respondió Jake antes de tomar un trago.

—Debe de haber salido de la ciudad.

—Está en Carolina del Norte.

—¿Cuándo se ha marchado?

—A las seis de esta mañana. Ella y Hanna han cogido un avión en Memphis. Se quedarán en casa de sus padres, en Wilmington, hasta que haya terminado el juicio. Tienen una hermosa casita en la playa, donde pasan las vacaciones.

—Se ha marchado esta mañana y, a media tarde, ya estás borracho.

—No estoy borracho —protestó Jake—, todavía.

—¿Desde cuándo estás bebiendo?

—Hace un par de horas. He comprado un paquete de seis al salir de casa de Noose, alrededor de la una y media. ¿Y tú desde cuándo estás bebiendo?

—Suelo empezar durante el desayuno. ¿Qué hacías en su casa?

—Hemos hablado del juicio durante el almuerzo. Ha denegado la solicitud de trasladar el juicio a otra localidad.

—¿Cómo?

—Lo que oyes. El juicio se celebrará en Clanton.

Lucien se sirvió una copa y removió el hielo.

—¡Sallie! —llamó—. ¿Ha dado alguna razón? —añadió.

—Sí. Dice que sería imposible encontrar jurados en cualquier lugar que no hubieran oído hablar del caso.

—Te lo advertí. Es una buena razón de sentido común para no trasladar el juicio, pero muy pobre desde el punto de vista jurídico. Noose comete un error.

Sallie apareció con otra copa y se llevó la cerveza de Jake al frigorífico. Lucien tomó un sorbo y chasqueó los labios. Se secó la boca con el brazo y tomó otro trago.

—¿Te das cuenta de lo que eso significa? —preguntó.

—Por supuesto. Un jurado compuesto exclusivamente de blancos.

—Y, además, una revocación de la apelación si se le condena.

—No estés demasiado seguro. Noose ya ha consultado con el Tribunal Supremo. Cree que le apoyarán si se cuestiona su decisión. Se considera en terreno seguro.

—Es un imbécil. Podría mostrarle veinte casos que indican la necesidad de trasladar el juicio. Creo que tiene miedo.

—¿Por qué tendría que tenerlo?

—Está bajo presión.

—¿Por parte de quién?

Lucien admiró el líquido dorado de su vaso y removió el hielo con el dedo. Sonrió como si supiera algo que no revelaría si no se le suplicaba.

—¿Por parte de quién? —preguntó de nuevo Jake mientras miraba fijamente a su amigo con unos ojos brillantes e irritados.

—Buckley —respondió afectadamente Lucien.

—Buckley —repitió Jake—. No lo comprendo.

—Lo sabía.

—¿Te importaría explicármelo?

—Supongo que podría hacerlo. Pero no debes contárselo a nadie. Es sumamente confidencial. Procede de buenas fuentes.

—¿Quién?

—No puedo decírtelo.

—¿Quiénes son las fuentes? —insistió Jake.

—Ya te he dicho que no puedo revelarlo. No te lo diré. ¿De acuerdo?

—¿Cómo puede Buckley presionar a Noose?

—Si me escuchas, te lo contaré.

—Buckley no tiene ninguna influencia sobre Noose. Este lo detesta. Él mismo me lo ha dicho mientras comíamos.

—Lo sé.

—Entonces ¿cómo puedes decir que Noose se siente presionado por Buckley?

—Si cierras la boca, te lo contaré.

Jake vació una cerveza y llamó a Sallie.

—Sabes lo traicionero que es Buckley y cómo se prostituye por la política.

Jake asintió.

—Sabes lo desesperado que está por ganar este juicio. Si gana, cree que habrá lanzado su campaña para ser elegido fiscal general.

—Gobernador —dijo Jake.

—Lo que sea. El caso es que es muy ambicioso, ¿no es cierto?

—Sin lugar a dudas.

—Pues bien, ha utilizado contactos políticos a lo largo y ancho de la región para que llamaran a Noose y le sugiriesen que el juicio debía celebrarse en Ford County. Algunos le han hablado a Noose sin ningún tapujo. Por ejemplo, le han dicho que, si trasladaba el juicio, no le votarían en las próximas elecciones. Pero que si lo dejaba en Clanton procurarían que saliera reelegido.

—No puedo creerlo.

—De acuerdo. Pero es cierto.

—¿Cómo lo sabes?

—Tengo fuentes.

—¿Quién le ha llamado?

—Te daré un ejemplo. ¿Recuerdas a aquel canalla que solía ser sheriff de Van Buren County? ¿Motley? Fue detenido por el FBI, pero ahora está de nuevo en libertad. Sigue siendo muy popular en el condado.

—Sí, le recuerdo.

—Sé con toda seguridad que visitó a Noose en su casa con un par de acompañantes para sugerirle con métodos muy persuasivos que dejara el juicio donde estaba. Buckley era quien lo había planeado.

—¿Qué respondió Noose?

—Hubo muchas voces. Motley dijo a Noose que no obtendría ni cincuenta votos en Van Buren County en las próximas elecciones. Le prometió que su personal se ocuparía de las mesas electorales, atosigarían a los negros y falsificarían los votos de los ausentes, todo lo cual es habitual en Van Buren County. Y Noose lo sabe.

—¿Por qué debería preocuparle?

—No seas estúpido, Jake. Es un anciano y lo único que puede hacer es seguir como juez. ¿Te lo imaginas abriendo un bufete? Gana sesenta mil anuales y se moriría de hambre si perdiera las elecciones. Les ocurre a la mayoría de los jueces. Debe conservar el cargo. Buckley lo sabe y se dedica a hablar con los fanáticos de la región para exaltarlos, contarles que ese asqueroso negro podría ser declarado inocente si se trasladara el juicio a otra localidad y sugerirles que presionen al juez. De ahí que Noose se sienta apremiado.

Bebieron unos minutos en silencio mientras se columpiaban suavemente en las altas mecedoras de madera. La cerveza estaba deliciosa.

—Hay más —dijo Lucien.

—¿Sobre qué?

—Noose.

—¿De qué se trata?

—Ha recibido algunas amenazas. No políticas, sino de muerte. Tengo entendido que está muerto de miedo. Ha ordenado que la policía vigile su casa. Y ahora va armado.

—Sé lo que se siente —susurró Jake.

—Claro, ya me he enterado.

—¿Enterado de qué?

—De la dinamita. ¿Quién es?

Jake se quedó atónito. Miró fijamente a Lucien sin poder decir palabra.

—No me lo preguntes. Tengo contactos. ¿Quién es?

—Nadie lo sabe.

—Parece tratarse de un profesional.

—Gracias.

—Puedes quedarte aquí con mucho gusto. Tengo cinco dormitorios.

El sol se había puesto a las ocho y cuarto cuando Ozzie aparcó su coche patrulla detrás del Saab, que seguía detrás del Porsche. Se acercó al pie de la escalera que conducía a la terraza frontal. Lucien fue el primero en verle.

—Hola, sheriff —intentó decir con la lengua pastosa y pegajosa.

—Buenas noches, Lucien. ¿Dónde está Jake?

Lucien señaló el fondo de la terraza, donde Jake estaba desparramado sobre el columpio.

—Echando una siesta —aclaró Lucien.

Ozzie cruzó el suelo de madera crujiente y contempló el cuerpo comatoso que roncaba pacíficamente. Le golpeó suavemente en el costado. Jake abrió los ojos e intentó desesperadamente incorporarse.

—Carla ha llamado a mi despacho preguntando por ti. Está muy preocupada. Ha estado llamando toda la tarde y no ha logrado localizarte. Nadie te ha visto. Cree que estás muerto.

Jake se frotó los ojos mientras el columpio se mecía suavemente.

—Dile que no estoy muerto. Dile que la llamaré mañana. Díselo, Ozzie, por favor, díselo.

—Ni lo sueñes, amigo. Ya eres mayorcito. Llama y díselo

tú mismo —respondió Ozzie cuando ya se alejaba, malhumorado.

Jake hizo un esfuerzo para ponerse en pie y entró en la casa.

—¿Dónde está el teléfono? —gritó a Sallie.

Mientras marcaba el número, oía cómo Lucien se reía a carcajadas en la terraza.

26

La última resaca había tenido lugar en la facultad, hacía seis o siete años; no recordaba con precisión la fecha exacta. No recordaba la fecha, pero sí la jaqueca y el ardor en los ojos después de veladas inolvidables con el sabroso líquido castaño.

Supo inmediatamente que tenía problemas cuando abrió el ojo izquierdo. Los párpados del derecho estaban firmemente pegados entre sí, incapaces de separarse a no ser que los forzara con los dedos, y no se atrevía a moverse. Estaba tumbado en el sofá de una habitación oscura, completamente vestido, zapatos incluidos, escuchando el martilleo en el interior de su cabeza y contemplando el ventilador del techo, que giraba lentamente. Sentía náuseas. Le dolía el cuello porque no tenía almohada. Le molestaban los pies a causa de los zapatos. Se le revolvía y estremecía el estómago, con el augurio de vomitar. La muerte habría sido bien recibida.

Jake tenía problemas con las resacas porque no lograba superarlas durmiendo. Cuando abría los ojos, despertaba su cerebro y el mundo comenzaba a girar de nuevo a su alrededor. Entonces, volvía a empezar el martilleo en sus sienes y era incapaz de dormirse. Nunca había sabido por qué. Sus compañeros de facultad lograban dormir varios días con resaca, pero no Jake. Nunca había podido dormir más de unas pocas horas después de vaciar la última lata o botella de cerveza.

¿Por qué?, se preguntaba siempre al día siguiente. ¿Por qué lo hacía? Una cerveza fría era refrescante. Tal vez dos o tres. Pero ¿diez, quince, o incluso veinte? Había perdido la cuenta. Después de la sexta, la cerveza perdía su sabor, y solo seguía bebiendo por vicio y para emborracharse. Lucien había cooperado plenamente. Antes de oscurecer, había mandado a Sallie a la tienda en busca de una caja de Coors, por la que había pagado gustoso, para después alentar a Jake a que se la tomara. Habían sobrado algunas latas. Lucien tenía la culpa de lo ocurrido.

Levantó lentamente las piernas, una por una, y puso el pie izquierdo en el suelo. Se frotó suavemente las sienes, en vano. Respiró hondo, pero su corazón latía con rapidez, mandando más sangre al cerebro y alimentando el incesante martilleo en el interior de su cabeza. Necesitaba tomar agua. Tenía la lengua hinchada y deshidratada, hasta el punto de que le resultaba más cómodo dejar la boca abierta, como un perro acalorado. ¿Por qué, diablos, por qué?

Con sumo cuidado, cautela y lentitud se puso en pie para dirigirse parsimoniosamente a la cocina. La luz era tenue e indirecta, pero penetraba en la oscuridad y le perforaba los ojos. Se los frotó e intentó limpiarlos con sus malolientes dedos. Bebió con lentitud un buen trago de agua caliente, dejando que se le cayera de la boca al suelo. No le importaba. Sallie lo limpiaría. Según el reloj de la cocina, eran las dos y media.

Después de coger ímpetu, cruzó, con dificultad pero en silencio, la sala de estar, frente al sofá sin almohada, y salió por la puerta. La entrada estaba llena de latas y botellas vacías. ¿Por qué?

Permaneció una hora sentado bajo la ducha caliente de su despacho, incapaz de moverse. Eso alivió un poco sus dolencias, pero no el violento torbellino de su cerebro. En una ocasión, en la facultad, había logrado arrastrarse de la cama al frigorífico en busca de una cerveza. Fue un alivio: se tomó otra y se sintió mucho mejor. Ahora lo recordaba sentado en la ducha y pensó que otra cerveza le haría vomitar.

Se tumbó, en calzoncillos, sobre la mesa de conferencias, e hizo todo lo posible para morirse. Tenía un buen seguro de vida. Dejarían su casa tranquila. Y un nuevo abogado se ocuparía del caso.

Faltaban nueve días para el juicio. El tiempo era escaso, apremiaba, y él acababa de perder un día con una descomunal resaca. Entonces pensó en Carla y aumentó el martilleo de su cabeza. Había procurado simular que estaba sobrio. Le dijo que él y Lucien habían pasado la tarde revisando casos de enajenación mental, y que habría llamado antes de no haber sido porque los teléfonos no funcionaban, por lo menos los de la casa de Lucien. Pero tenía la lengua espesa, el habla torpe, y ella sabía que estaba borracho. Estaba furiosa; con ira controlada. Sí, la casa seguía en pie. Eso fue lo único que ella creyó.

A las seis y media volvió a llamarla. Puede que le impresionara comprobar que, al alba, estaba ya en el despacho trabajando diligentemente. No fue así. Con enorme dolor y fortaleza, procuró parecer alegre, incluso eufórico. Carla no estaba impresionada.

—¿Cómo te sientes? —insistió ella.

—¡De maravilla! —respondió, con los ojos cerrados.

—¿A qué hora te acostaste?

—Inmediatamente después de llamarte —contestó, pensando en qué cama.

Carla no dijo nada.

—He llegado al despacho a las tres de la madrugada —añadió Jake orgulloso.

—¡A las tres!

—Sí, no podía dormir.

—Pero tampoco dormiste el jueves por la noche —dijo con cierto vestigio de preocupación dentro de la frialdad de su tono.

Jake se sintió mejor.

—Estoy bien. Puede que pase algunos días de esta semana y de la próxima en casa de Lucien. Tal vez sea más seguro.

—¿Y tu guardaespaldas?

—Sí, me han asignado a Nesbit. Está aparcado delante de la puerta, dormido en su coche.

Carla titubeó y Jake sintió que se deshelaba la línea.

—Estoy preocupada por ti —dijo cálidamente.

—No me ocurrirá nada, cariño. Te llamaré mañana. Tengo mucho que hacer.

Colgó el teléfono, corrió al retrete y vomitó de nuevo.

Alguien llamaba persistentemente a la puerta principal. Jake lo ignoró durante quince minutos, pero la persona en cuestión sabía que estaba allí y no dejaba de llamar.

—¿Quién es? —gritó en dirección a la calle asomándose al balcón.

La mujer salió de debajo del balcón y se apoyó contra el BMW negro, aparcado detrás del Saab. Tenía las manos hundidas en los bolsillos de sus ceñidos tejanos descoloridos. El sol del mediodía brillaba con fuerza y cegaba sus ojos al levantar la cabeza para mirar a Jake. También iluminaba su cabellera, de un pelirrojo dorado.

—¿Es usted Jake Brigance? —preguntó, al tiempo que se protegía los ojos con el antebrazo.

—Sí. ¿Qué desea?

—Tengo que hablar con usted.

—Estoy muy ocupado.

—Es muy importante.

—Usted no es cliente mía, ¿verdad? —dijo mientras admiraba su elegante figura, consciente de que no lo era.

—No. Solo pretendo que me dedique cinco minutos.

Jake abrió la puerta y ella entró con toda tranquilidad, como si estuviera en su propia casa. Jake le estrechó vigorosamente la mano.

—Soy Ellen Roark.

—Encantado de conocerla —respondió Jake al tiempo que le indicaba una silla junto a la puerta—. Siéntese. ¿Una sílaba o dos? —añadió acomodándose sobre el escritorio de Ethel.

—¿Cómo dice? —preguntó con intrépido acento del nordeste suavizado por una prolongada estancia en el sur.

—¿Su nombre es Rork o Row Ark?

—R-o-a-r-k. Pronunciado Rork en Boston y Row Ark en Mississippi.

—¿Le importa que la llame Ellen?

—Se lo ruego. Con dos sílabas. ¿Puedo llamarle Jake?

—Por favor.

—Me alegro. No me apetecía hablarte de usted.

—¿De modo que eres de Bastan?

—Sí, allí nací. Estudié en la universidad de Bastan. Mi padre es Sheldon Roark, tristemente famoso como criminalista en Boston.

—No he tenido el placer de conocerlo. ¿A qué has venido a Mississippi?

—Estudio derecho en Ole Miss.

—¡Ole Miss! ¿Cómo has venido a parar aquí?

—Mi madre es de Natchez. Fue alumna de la Universidad de Ole Miss antes de trasladarse a Nueva York, donde conoció a mi padre.

—Yo me casé con una alumna de la universidad de Ole Miss.

—Tienen una buena selección.

—¿Te apetece un café?

—No, gracias.

—Bien, y ahora que nos conocemos, ¿qué te trae a Clanton?

—Carl Lee Hailey.

—No me sorprende.

—Acabaré la carrera en diciembre y este verano estoy en Oxford para pasar el tiempo. Estudio derecho penal con Guthrie. Y me aburre.

—El loco de George Guthrie.

—Sí, sigue igual de loco.

—Me suspendió en derecho constitucional, el primer curso.

—Lo que me propongo es ayudarte en el caso.

Jake sonrió y se sentó en la silla giratoria de Ethel. La observó atentamente. Llevaba con elegante desenvoltura su camisa negra de cuello alto pulcramente planchada. Los contornos y sombras sutiles revelaban la existencia de un sano busto, sin sujetador. Su abundante cabellera ondulada descansaba a la perfección sobre sus hombros.

—¿Qué te hace suponer que necesito ayuda?

—Sé que trabajas solo y que no tienes ningún pasante.

—¿Cómo lo sabes?

—*Newsweek*.

—Ah, claro. Maravillosa publicación. La foto no estaba mal, ¿no te parece?

—Parecías un poco melancólico, pero quedaba bien. Estás mejor en persona.

—¿Qué has traído como credenciales?

—Somos una familia de genios. Me licencié con matrícula de honor en Boston y ahora soy la segunda de mi promoción. El verano pasado pasé tres meses con la Liga de Defensa de Presos Sureños en Birmingham y trabajé como mensajera en siete juicios por asesinato. Vi cómo Elmer Wayne Doss moría en la silla eléctrica en Florida, y cómo Willie Ray Ash recibía una inyección letal en Texas. En mis horas libres en Ole Miss escribo informes para el ACLU, y trabajo en dos apelaciones de sentencias a muerte para un bufete de Spartanburg, en Carolina del Sur. Me crié en el bufete de mi padre y estaba familiarizada con la investigación jurídica antes de aprender a conducir. Le he visto defender a asesinos, violadores, estafadores, extorsionadores, terroristas, corruptores de menores, violadores de menores, asesinos de menores y menores que habían asesinado a sus padres. Trabajaba cuarenta horas semanales en su despacho cuando yo estaba en el instituto y cincuenta cuando ingresé en la universidad. Tiene dieciocho abogados en su bufete, todos muy listos y de mucho talento. Es un lugar extraordinario para la formación de abogados criminalistas, y he pasado allí catorce años. Tengo veinticinco y, cuando sea mayor, quiero convertirme en abogado criminalista radical como mi padre y consagrar mi gloriosa vida profesional a luchar contra la pena de muerte.

—¿Eso es todo?

—Mi padre es cochinamente rico y, aunque somos católicos irlandeses, soy hija única. Tengo más dinero que tú y, por consiguiente, trabajaré gratis. No tendrás que darme nada. Un pasante gratuito durante tres semanas. Me ocuparé de toda la investigación, mecanografiar y contestar el teléfono. Incluso te llevaré el maletín y prepararé el café.

—Temía que quisieras convertirte en socio.

—No. Soy mujer y estoy en el sur. Sé ponerme en mi lugar.

—¿Por qué te interesa tanto este caso?

—Quiero estar en la sala. Me encantan los juicios por asesinato, los juicios importantes en los que hay una vida en juego y la presión es tan enorme que se respira en el ambiente. Cuando la sala está abarrotada y se toman grandes medidas de seguridad. Donde la mitad del público odia al acusado y a sus abogados y la otra mitad reza para que se salve. Me encanta. Y este es el juicio de los juicios. No soy sureña y este lugar me parece desconcertante en el mejor de los casos, pero he llegado a quererlo de un modo perverso. Nunca tendrá sentido para mí, pero es fascinante. Las consecuencias raciales son enormes. El juicio de un padre negro por haber matado a dos blancos que violaron a su hija; mi padre dijo que se ocuparía del caso completamente gratis.

—Dile que se quede en Boston.

—Es el sueño de todo abogado criminalista. Solo quiero estar presente. No molestaré, te lo prometo. Todo lo que te pido es que me dejes trabajar a la sombra y presenciar el juicio.

—El juez Noose detesta a las abogadas.

—Como todos los juristas sureños. Pero yo no soy abogada; solo estudiante de derecho.

—Dejaré que seas tú quien se lo explique.

—De modo que he conseguido el trabajo.

Jake dejó de mirarla fijamente y respiró hondo. Una pequeña oleada de náuseas le recorrió el estómago y los pulmones, y le cortó la respiración. El martilleo había vuelto con furia y necesitaba estar cerca del lavabo.

—Sí, el trabajo es tuyo. Un poco de investigación gratuita no me vendrá mal. Estos casos son complicados, estoy seguro de que ya lo sabes.

—¿Cuándo empiezo? —dijo sonriendo con amabilidad y segura de sí misma.

—Ahora.

Jake le mostró rápidamente sus dependencias y la instaló en el cuarto de guerra del primer piso. Colocaron el sumario de Hailey sobre la mesa de conferencias y ella pasó una hora copiándolo.

A las dos y media, Jake despertó de una siesta en su sofá y bajó a la sala de conferencias. Ellen había sacado la mitad de los libros de sus estanterías y los tenía esparcidos sobre la mesa, con señales cada cincuenta páginas, más o menos. Estaba ocupada tomando notas.

—No está mal la biblioteca —dijo.

—Algunos de estos libros hace veinte años que no se utilizan.

—Lo he comprobado por el polvo.

—¿Tienes hambre?

—Sí. Estoy muerta de hambre.

—Hay un pequeño café a la vuelta de la esquina especializado en grasa y tortillas de maíz. Mi cuerpo me pide una dosis de grasa.

—Parece delicioso.

Caminaron hasta Claude's, donde la clientela era escasa para un sábado por la tarde. No había ningún otro blanco en el local. Claude estaba ausente y el silencio era ensordecedor. Jake pidió una hamburguesa con queso, aros de cebolla y tres sobres para el dolor de cabeza.

—¿Tienes jaqueca? —preguntó Ellen.

—Una jaqueca terrible.

—¿Tensión?

—Resaca.

—¿Resaca? Creí que eras abstemio.

—¿De dónde los has sacado?

—*Newsweek*. El artículo decía que eras un buen padre de familia, muy trabajador, presbiteriano devoto, que no probabas el alcohol y que fumabas cigarros baratos. ¿No lo recuerdas? ¿Cómo puedes haberlo olvidado?

—¿Crees todo lo que lees?

—No.

—Me alegro, porque anoche cogí una gran borrachera y he pasado toda la mañana vomitando.

—¿Qué bebes? —preguntó, divertida, la estudiante.

—No bebo, ¿lo has olvidado? Por lo menos no lo hacía hasta anoche. Esta ha sido mi primera resaca desde que estaba en la facultad, y espero que la última. Había olvidado lo terribles que son.

—¿Por qué beben tanto los abogados?

—Se acostumbran en la facultad. ¿Bebe tu padre?

—¿Bromeas? Somos católicos. Él es muy cauteloso.

—¿Bebes tú?

—Por supuesto, sin parar —respondió con orgullo.

—Entonces serás una buena abogada.

Jake mezcló cuidadosamente el contenido de los tres sobres en un vaso de agua helada y se lo tomó. Hizo una mueca y se secó los labios. Ella lo miraba fijamente, con una sonrisa en los labios.

—¿Qué ha dicho tu esposa?

—¿Sobre qué?

—La resaca de un padre de familia tan devoto y religioso.

—No lo sabe. Me dejó ayer a primera hora de la mañana.

—Lo siento.

—Se ha trasladado a casa de sus padres hasta que el juicio

haya terminado. Hace dos meses que recibimos llamadas y amenazas de muerte anónimas, y en la madrugada de anteayer colocaron dinamita bajo la ventana de nuestro dormitorio. La policía la descubrió a tiempo y cogió a los culpables, probablemente del Klan. Suficiente dinamita para derrumbar la casa y matarnos a todos. Fue un buen pretexto para emborracharse.

—Lo siento.

—El trabajo que has aceptado podría ser muy peligroso. Es preciso que lo sepas.

—He recibido amenazas en otras ocasiones. El verano pasado, en Dothan, Alabama, defendimos a dos adolescentes negros que sodomizaron y estrangularon a una anciana de ochenta años. Ningún abogado del estado quiso hacerse cargo del caso y llamaron a la Liga. Llegamos a la ciudad como aves de mal agüero y nuestra mera presencia incitaba a la formación de grupos en las esquinas dispuestos a lincharnos. Nunca me he sentido tan odiada en mi vida. Nos ocultamos en un motel de otra ciudad, donde nos creíamos seguros, hasta que una noche me acorralaron dos individuos en el vestíbulo e intentaron secuestrarme.

—¿Qué ocurrió?

—Siempre llevo un treinta y ocho corto en el bolso y les convencí de que sabía cómo utilizarlo.

—¿Un treinta y ocho corto?

—Mi padre me lo regaló cuando cumplí los quince años. Tengo permiso de armas.

—Tu padre debe de ser un personaje de cuidado.

—Le han disparado varias veces. Se dedica a defender casos polémicos, de esos que uno lee en el periódico que escandalizan tanto al público que exige la ejecución inmediata del acusado sin juicio ni abogado. Esos son sus casos predilectos. Le acompaña siempre un guardaespaldas.

—Qué emoción. También a mí. El mío se llama agente Nesbit y sería incapaz de darle a la pared de un granero con una escopeta de caza. Me lo asignaron ayer.

Llegó la comida. Ellen separó la cebolla y el tomate de su hamburguesa y le ofreció a Jake las patatas fritas. Partió la hamburguesa por la mitad y mordisqueó los bordes como un pajarito. La grasa caliente chorreaba al plato. Después de cada pequeño mordisco se secaba cuidadosamente los labios.

Tenía un rostro agradable y simpático, con una sonrisa amable que encubría esa superioridad pícara del ACLU, del ERA y del feminismo que Jake sabía que merodeaba cerca de la superficie. No llevaba maquillaje alguno. No lo necesitaba. No era hermosa, ni espectacular; ni, evidentemente, se proponía serlo. Tenía la piel pálida de una pelirroja pero de aspecto sano, con siete u ocho pecas esparcidas alrededor de su pequeña nariz puntiaguda. Con cada frecuente sonrisa, sus labios se abrían maravillosamente y se formaban pequeños hoyuelos transitorios en sus mejillas. Sus sonrisas revelaban seguridad, reto y misterio. El verde metálico de sus ojos, de mirada fija y sin parpadear cuando hablaba, proyectaba un dulce furor.

Era un rostro inteligente y condenadamente atractivo.

Jake comía con tranquilidad su hamburguesa, procurando hacer caso omiso de su mirada. La pesada comida le estabilizó el estómago y, por primera vez en diez horas, comenzó a pensar que tal vez sobreviviría.

—En serio, ¿por qué elegiste Ole Miss? —preguntó Jake.

—Es una buena facultad de derecho.

—Yo estudié allí. Pero no suele atraer a los estudiantes del nordeste, donde están las universidades de élite a las que mandamos a nuestros estudiantes aventajados.

—Mi padre odia a todos los abogados licenciados en las universidades de élite. Él era muy pobre y tuvo que hacer la carrera estudiando de noche. Toda su vida ha tenido que soportar la soberbia de los abogados ricos, eruditos e incompetentes. Ahora se ríe de ellos. Me dio libertad absoluta para elegir cualquier facultad de derecho en todo el país, pero me advirtió que si elegía una universidad de élite no me pagaría los estudios.

Luego, está mi madre. Me crié con esas maravillosas historias sobre la vida en «el profundo sur», y quise verlo por mí misma. Además, los estados del sur parecen decididos a mantener la pena de muerte, de modo que creo que me quedaré aquí.

—¿Por qué te opones con tanta virulencia a la pena de muerte?

—¿No lo haces tú?

—No. Soy plenamente partidario de ella.

—¡Es increíble! ¡Y que eso lo afirme un defensor criminalista!

—Si de mí dependiera, se volverían a practicar ejecuciones públicas en la plaza del juzgado.

—Espero que estés bromeando. Dime que bromeas.

—Hablo en serio.

Ellen dejó de masticar y de sonreír. Le brillaban ferozmente los ojos, en busca de algún signo de debilidad en el rostro de Jake.

—Hablas en serio.

—Muy en serio. El problema con la pena de muerte es que no se utiliza lo suficiente.

—¿Se lo has explicado al señor Hailey?

—El señor Hailey no merece la pena de muerte. Pero los dos individuos que violaron a su hija ciertamente la merecían.

—Comprendo. ¿Cómo decides quién la merece y quién no?

—Es muy sencillo. No hay más que observar el crimen y observar al criminal. Si se trata de un narcotraficante que mata a balazos a un agente de la brigada de estupefacientes, merece la cámara de gas. Si un maleante viola a una niña de tres años, la ahoga hundiendo su pequeña cabeza en un charco de barro y arroja el cadáver al río desde algún puente, hay que arrebatarle la vida y dar gracias a Dios de que haya desaparecido. Si un reo fugado de la cárcel entra de noche en una casa, maltrata y tortura a una pareja de ancianos antes de incendiar la casa y la pareja muere abrasada, a ese individuo hay que sujetarlo a una silla, conectar unos cables, rezar por su alma y pulsar el interruptor. Y si se trata de un par de drogatas que violan repetidamente a una niña de diez años y la patean con sus botas de vaquero hasta romperle las mandíbulas, se les encierra con alegría, gozo y felicidad en la cámara de gas para escuchar sus gemidos. Es muy sencillo.

—Es bárbaro.

—Lo bárbaro son sus crímenes. La muerte es demasiado buena para ellos, excesivamente bondadosa.

—¿Y si al señor Hailey lo condenan y sentencian a la pena de muerte?

—En tal caso, estoy seguro de que pasaré los próximos diez años presentando recursos y luchando desesperadamente para salvarle la vida. Y si acabara en la silla eléctrica, estoy seguro de que me encontraría frente a la cárcel contigo, los jesuitas y otras cien almas caritativas entonando plegarias con velas en la mano. Y luego me encontraría con su viuda e hijos junto a su fosa, detrás de su iglesia, deseando no haberlo conocido.

—¿Has presenciado alguna ejecución?

—No, que yo recuerde.

—Yo he presenciado dos. Cambiarías de opinión si lo hicieras.

—De acuerdo. No lo haré.

—Es un espectáculo horrible.

—¿Estaban allí los parientes de las víctimas?

—Sí, en ambos casos.

—¿Estaban horrorizados? ¿Cambiaron de opinión? Claro que no. Aquello acabó con su pesadilla.

—Me sorprendes.

—Ya mí me desconcierta la gente como tú. ¿Por qué intentas salvar con tanto celo y dedicación a la gente que ha suplicado la vigencia de la pena de muerte y que jurídicamente la merece?

—¿Según qué jurisdicción? No la de Massachusetts.

—Vaya gracia. ¿Qué se puede esperar del único estado que

apoyó a McGovern en mil novecientos setenta y dos? A vosotros siempre se os ha sintonizado con el resto del país.

Las hamburguesas estaban abandonadas sobre la mesa. Jake y Ellen habían levantado excesivamente la voz. Jake volvió la cabeza y comprobó que varias personas los miraban. Ellen sonrió de nuevo y cogió uno de sus aros de cebolla.

—¿Qué piensas del ACLU? —preguntó mientras masticaba.

—Supongo que llevas la tarjeta de socia en el bolso.

—Efectivamente.

—Entonces estás despedida.

—Me afilié a los dieciséis años.

—¿Por qué tan tarde? Debiste de ser la última de los Scouts en hacerlo.

—¿Te inspira algún respeto la Declaración de Derechos Civiles?

—Adoro la Declaración de Derechos Civiles. Detesto a los jueces que la interpretan. Come.

Acabaron de comer en silencio, sin dejar de observarse atentamente. Jake pidió café y otros dos sobres para el dolor de cabeza.

—Entonces ¿cómo nos proponemos ganar este caso? —preguntó Ellen.

—¿Nos proponemos?

—Todavía trabajo para ti, ¿no es cierto?

—Sí. Pero no olvides que yo soy el jefe y tú mi ayudante.

—Desde luego, jefe. ¿Cuál es tu estrategia?

—¿Cuál sería la tuya?

—Por lo que yo sé, nuestro cliente preparó cuidadosamente los asesinatos y les disparó a sangre fría seis días después de la violación. Parece que sabía exactamente lo que se hacía.

—Así es.

—Entonces no tenemos ninguna defensa. Creo que debería declararse culpable, procurar conseguirle la cadena perpetua y evitar la cámara de gas.

—Eres una auténtica luchadora.

—Era solo una broma. Enajenación mental es la única defensa posible. Y parece imposible demostrarla.

—¿Estás familiarizada con la sentencia de M'Naghten? —preguntó Jake.

—Sí. ¿Contamos con un psiquiatra?

—Más o menos. Declarará lo que le digamos que declare; en el supuesto, claro está, de que esté sobrio en el juicio. Una de tus tareas más difíciles como mi nueva ayudante consistirá en asegurarte de que esté sobrio en el juicio. No será fácil, créeme.

—Vivo para afrontar nuevos retos en la Audiencia.

—De acuerdo, Row Ark, coge una pluma. Aquí tienes una servilleta. Tu jefe está a punto de darte órdenes.

Empezó a tomar notas en la servilleta.

—Quiero un informe de los fallos del Tribunal Supremo de Mississippi en los últimos quince años basados en las decisiones de M'Naghten. Hay probablemente un centenar. Hay un caso famoso de 1976, *el Estado contra Hill*, con una dura discrepancia de cinco a cuatro entre los jueces, en la que los discrepantes optaban por una definición más liberal de la enajenación mental. Procura que el informe sea breve, de menos de veinte páginas. ¿Sabes mecanografiar?

—Noventa palabras por minuto.

—Debí imaginármelo. Me gustaría tenerlo el miércoles.

—Lo tendrás.

—Hay algunas pruebas que es preciso investigar. Viste las horrendas fotografías de los dos cadáveres. Noose suele permitir que el jurado vea la sangre, y yo preferiría evitarlo. Procura encontrar el modo.

—No será fácil.

—La violación es fundamental para la defensa. Quiero que el jurado conozca los detalles. Esto hay que investigarlo concienzudamente. Tengo dos o tres casos que puedes utilizar como punto de partida y creo que podremos demostrar a Noose la relevancia de esta violación.

—De acuerdo. ¿Algo más?

—No lo sé. Cuando despierte mi cerebro se me ocurrirán otras cosas, pero eso bastará por ahora.

—¿Voy al despacho el lunes por la mañana?

—Sí, pero no antes de las nueve. Me gusta estar un rato a solas.

—¿Cómo debo vestir?

—Ahora tienes muy buen aspecto.

—¿Con vaqueros y sin calcetines?

—Tengo otra empleada, una secretaria llamada Ethel. Tiene sesenta y cuatro años, extenso perímetro torácico y, afortunadamente, usa sujetador. No estaría mal que tú también lo utilizaras.

—Lo pensaré.

—No necesito distracciones.

Lunes, quince de julio. Una semana para el juicio. Durante el fin de semana corrió rápidamente la voz de que se celebraría en Clanton, y la pequeña ciudad se preparó para el espectáculo. Los teléfonos sonaban incesantemente en los tres moteles conforme los periodistas y sus ayudantes llamaban para confirmar sus reservas. Los cafés bullían de anticipación. Un equipo de mantenimiento del condado empezó a trabajar ajetreadamente después del desayuno pintando y limpiando los alrededores del juzgado. Ozzie mandó a los jardineros de la cárcel con sus máquinas de cortar césped y desbrozadoras. Los ancianos mondaban cautelosamente sus palillos bajo el monumento a Vietnam mientras contemplaban el ajetreo. El preso de confianza que supervisaba a los jardineros les pidió que escupieran el Redman en la hierba y no en la acera. Lo mandaron al diablo. El oscuro y espeso césped recibió una capa adicional de fertilizante, y una docena de rociadores silbaban y salpicaban a las nueve de la mañana.

A las diez, la temperatura era de treinta y tres grados. Los pequeños comerciantes de los alrededores de la plaza abrieron sus puertas a la humedad y encendieron los ventiladores en los techos de sus tiendas. Llamaron a Memphis, a Jackson y a Chicago para abastecerse de mercancía a precios especiales para la semana siguiente.

Noose había llamado el viernes por la noche a Jean Gillespie, secretaria de la Audiencia Territorial, para comunicarle que el juicio se celebraría en su juzgado. También le ordenó que citara a ciento cincuenta personas para elegir los miembros del jurado. La defensa había solicitado una cantidad superior a la habitual para seleccionar a los doce miembros y Noose había accedido. Jean y dos ayudantes dedicaron el sábado por la mañana a elegir nombres al azar de las listas de empadronamiento. De acuerdo con las instrucciones específicas de Noose, se concentraron en los de más de sesenta y cinco años. Mil nombres fueron seleccionados, escritos cada uno de ellos junto con sus señas en una pequeña ficha y guardados en una caja de cartón. A continuación, los ayudantes se turnaron para sacar fichas al azar de la caja. Uno de los ayudantes era blanco y el otro negro. Cada uno sacaba una ficha con los ojos cerrados y la colocaba sobre una mesa plegable junto a las demás. Cuando llegaron a ciento cincuenta, cesó la operación y mecanografiaron la lista. De ahí saldría el jurado para «el estado contra Hailey». Cada etapa de la selección había sido meticulosamente ordenada por su señoría Ornar Noose, que sabía exactamente lo que se hacía. Si todos los miembros del jurado resultaban ser blancos y se condenaba al acusado sentenciándolo a la pena de muerte, en la apelación se cuestionarían todos y cada uno de los pasos de la selección del jurado. Le había ocurrido en otras ocasiones y se había revocado el veredicto. Pero no sería así en esta ocasión.

A partir de la lista, se extendieron citaciones individuales para cada uno de los nombres que figuraban en la misma. Jean guardó las citaciones bajo llave en su despacho hasta la llegada del sheriff Ozzie Walls a las ocho de la mañana del lunes. Ozzie tomó un café con Jean y recibió sus instrucciones.

—El juez Noose quiere que se entreguen las citaciones entre las cuatro de la tarde y la medianoche —dijo Jean.

—De acuerdo.

—Todas estas personas deben presentarse puntualmente en el juzgado el lunes a las nueve de la mañana.

—De acuerdo.

—La citación no indica el nombre ni la naturaleza del juicio, y es preciso no facilitarles información alguna.

—Sospecho que lo adivinarán.

—Probablemente, pero Noose ha sido muy específico. Los agentes no deben mencionar el caso cuando entreguen las citaciones. Los nombres de los convocados son estrictamente confidenciales, por lo menos hasta el miércoles. No me preguntes por qué órdenes de Noose.

—¿Cuántas hay? —preguntó Ozzie mientras ojeaba el montón.

—Ciento cincuenta.

—¡Ciento cincuenta! ¿Por qué tantas?

—Es un caso importante. Órdenes de Noose.

—Tendré que utilizar a todos mis agentes para entregar estos documentos.

—Lo siento.

—Qué le vamos a hacer. Si es lo que su señoría desea…

A los pocos segundos de que se marchara Ozzie, Jake estaba junto al mostrador, coqueteando con las secretarias y sonriendo a Jean Gillespie, a quien siguió a su despacho cerrando la puerta a su espalda. Ella se refugió tras el escritorio y le señaló con el dedo sin que Jake dejara de sonreír.

—Sé a qué has venido —dijo Jean severamente— y no puedo dártelo.

—Dame la lista, Jean.

—No podrás verla hasta el miércoles. Órdenes de Noose.

—¿El miércoles? ¿Por qué el miércoles?

—No lo sé. Pero Ornar ha sido muy específico.

—Dámela, Jean.

—No puedo, Jake. ¿Quieres que me meta en un lío?

—No te meterás en ningún lío porque nadie se enterará. Sabes lo bien que sé guardar un secreto —dijo, ahora sin sonreír—. Jean, dame esa maldita lista.

—Jake, no puedo.

—La necesito y tiene que ser ahora. No puedo esperar hasta el miércoles. Tengo mucho que hacer.

—No sería justo para con Buckley —susurró Jean.

—Al diablo con Buckley. ¿Crees que él juega limpio? Es un reptil y te da tanto asco como a mí.

—Probablemente más.

—Dame la lista, Jean.

—Escúchame, Jake, siempre hemos sido buenos amigos. Te aprecio más a ti que a cualquier otro abogado de los que conozco. Cuando mi hijo tuvo problemas, fue a ti a quien recurrí, ¿no es cierto? Confío en ti y deseo que ganes el caso. Pero no puedo desobedecer las órdenes del juez.

—¿Quién te ayudó a ganar las elecciones la última vez, yo o Buckley?

—Te lo ruego, Jake.

—¿Quién evitó que tu hijo fuera a la cárcel, yo o Buckley?

—Por favor.

—¿Quién intentó meter a tu hijo en la cárcel, yo o Buckley?

—Eso no es justo, Jake.

—¿Quién apoyó a tu marido cuando todos los miembros de la congregación, y me refiero a todos sin excepción, querían que se marchara porque no cuadraban los libros?

—No es una cuestión de lealtad, Jake. Os quiero a ti, a Carla y a Hanna, pero no puedo hacerlo.

Jake abandonó el despacho y dio un portazo. Jean se sentó junto a su escritorio y se secó las lágrimas de las mejillas.

A las diez de la mañana Harry Rex irrumpió en el despacho de Jake y arrojó una copia de la lista sobre su escritorio.

—No me lo preguntes —dijo.

Junto a cada nombre había anotado comentarios como: «no lo sé» o «ex cliente, odia a los negros» o «trabaja en la fábrica de calzado, puede ser favorable».

Jake leyó lentamente cada uno de los nombres, procurando relacionarlo con un rostro o una reputación. Solo estaban los nombres. Ninguna dirección, edad ni ocupación. Solo nombres. Su antigua maestra de cuarto de Karaway. Una de las amigas de su madre de la asociación de jardineros. Un ex cliente, si no recordaba mal, que había hurtado en alguna tienda. Uno de los feligreses de su iglesia. Un cliente del Coffee Shop. Un conocido granjero. La mayoría de los nombres parecían blancos. Había una Willie Mae Jones, un Leroy Washington, Roosevelt Tucker, Bessie Lou Bean y otros cuantos nombres de negros. Pero la lista parecía terriblemente pálida. Reconoció treinta nombres a lo sumo.

—¿Qué opinas? —preguntó Harry Rex.

—Es difícil aventurar una opinión. Predominantemente blancos, pero eso era de esperar. ¿De dónde la has sacado?

—No me lo preguntes. He anotado algo junto a veintiséis nombres. Es todo lo que puedo hacer. A los demás no los conozco.

—Eres un buen amigo, Harry Rex.

—Soy un príncipe. ¿Estás listo para el juicio?

—Todavía no. Pero he encontrado un arma secreta.

—¿De qué se trata?

—Luego la conocerás.

—¿Una mujer?

—Sí. ¿Estás ocupado el miércoles por la noche?

—Creo que no. ¿Por qué?

—De acuerdo. Nos veremos aquí a las ocho. Lucien también vendrá. Puede que haya dos o tres personas más. Quiero dedicar un par de horas a hablar del jurado. ¿Quién nos conviene? Esbozar un perfil del jurado ideal como punto de partida. Repasaremos todos los nombres, con la esperanza de identificar a la mayoría.

—Puede ser divertido. Aquí estaré. ¿Cuál es tu modelo de jurado?

—No estoy seguro. Creo que los miembros de las patrullas civiles serían del agrado de los blancos fanáticos. Armas, violencia, la protección de las mujeres. Encantaría a los exaltados. Pero mi defendido es negro y un grupo de fanáticos lo crucificarían. Mató a dos de ellos.

—Estoy de acuerdo. Yo también descartaría a las mujeres. No simpatizan con los violadores, pero otorgan un valor superior a la vida. Que se agarre un M-16 y se les vuele la cabeza es algo que las mujeres son incapaces de comprender. Tú y yo lo comprendemos porque somos padres. Nos gusta la idea. La sangre y la violencia no nos preocupan. Sentimos admiración por él. Debes elegir admiradores para el jurado. Padres jóvenes de un buen nivel de educación.

—Muy interesante. Lucien dijo que se quedaría con las mujeres, porque son más compasivas.

—Creo que no. Conozco a algunas mujeres que te degollarían por antagonismo.

—¿Clientes tuyas?

—Sí, y una de ellas está en la lista. Frances Burdeen. Elígela y le diré lo que debe votar.

—¿Hablas en serio?

—Por supuesto. Hará lo que le diga.

—¿Puedes estar el lunes en el juzgado? Quiero que presencies la selección del jurado y me ayudes a elegir a los doce miembros.

—No me lo perdería por nada del mundo.

Jake oyó voces en el vestíbulo y se llevó el dedo a los labios. Escuchó, sonrió e indicó a Harry Rex que le siguiera. Se acercaron de puntillas al rellano de la escalera y escucharon el altercado junto al escritorio de Ethel.

—Definitivamente usted no trabaja aquí —insistía Ethel.

—Definitivamente lo hago. Jake Brigance, que según tengo entendido es su jefe, me contrató el sábado.

—¿Para qué la contrató? —preguntó Ethel.

—Como pasante.

—No me lo ha comentado.

—Me lo ha comentado a mí y me ha dado el trabajo.

—¿Cuánto le paga?

—Cien dólares por hora.

—¡Dios mío! Antes tendré que hablar con él.

—Ya he hablado yo con él, Ethel.

—Señora Twitty, si no le importa —dijo Ethel mientras examinaba de pies a cabeza sus vaqueros descoloridos, zapatillas sin calcetines y una holgada camisa, evidentemente sin nada debajo—. No viste de un modo apropiado para la oficina. Va… va indecente.

Harry Rex levantó las cejas y sonrió a Jake, mientras ambos escuchaban con la mirada fija en las escaleras.

—Mi jefe, que también es su jefe, dijo que podía vestirme así.

—Pero ha olvidado algo, ¿no es cierto?

—Jake dijo que podía olvidarlo. Me contó que usted no utiliza sujetador desde hace veinte años. Dijo que la mayoría de las mujeres de Clanton no lo utilizan, de modo que he decidido dejar el mío en casa.

—¿Cómo? —exclamó Ethel, con los brazos cruzados sobre el pecho.

—¿Está arriba? —preguntó tranquilamente Ellen.

—Sí, voy a llamarlo.

—No se moleste.

Jake y Harry Rex entraron de nuevo en el despacho para recibir a la pasante. Entró con un voluminoso maletín.

—Buenos días, Row Ark —dijo Jake—. Quiero presentarte a un buen amigo mío, Harry Rex Vonner.

Harry Rex le estrechó la mano y contempló su camisa.

—Encantado de conocerte. ¿Cómo has dicho que te llamabas de nombre?

—Ellen.

—Llámala Row Ark —dijo Jake—. Trabajará aquí hasta después del juicio de Hailey.

—Estupendo —respondió Harry Rex sin dejar de mirarla fijamente.

—Harry Rex es uno de los abogados de la ciudad, Row Ark, y uno de los muchos en los que no se debe confiar.

—¿Cómo se te ocurre contratar a una mujer como pasante, Jake? —preguntó descaradamente Harry Rex.

—Row Ark es un genio de lo penal, como la mayoría de los estudiantes de tercer curso. Además, trabaja por muy poco dinero.

—¿Tiene algo contra las mujeres, caballero? —preguntó Ellen.

—No, señora. Las adoro. Me he casado con cuatro de ellas.

—Harry Rex es el especialista en divorcios más astuto de Ford County —aclaró Jake—. A decir verdad, es el más astuto de los abogados. O, mejor dicho, es el hombre más astuto que conozco.

—Gracias —dijo Harry Rex, que había dejado de mirarla.

Ellen contempló sus enormes y cochambrosos zapatos, sus calcetines de nailon a rayas arrugados sobre los tobillos, sus sucios y deteriorados pantalones caqui, su desgastada chaqueta azul marino, su reluciente corbata de lana que colgaba doce centímetros por encima de su cinturón, y dijo:

—Muy apuesto.

—Quizá te convierta en mi esposa número cinco —respondió Harry Rex.

—La atracción es puramente física —dijo Ellen.

—Cuidado —exclamó Jake—. No se ha practicado el sexo en este despacho desde que se marchó Lucien.

—Fueron muchas las cosas que se marcharon con Lucien —añadió Harry Rex.

—¿Quién es Lucien?

Jake y Harry Rex se miraron.

—No tardarás en conocerlo —aclaró Jake.

—Tienes una secretaria encantadora —dijo Ellen.

—Sabía que os llevaríais bien. Es estupenda cuando se la conoce.

—¿Cuánto se necesita para ello?

—Yo la conocí hace veinte años —respondió Harry Rex—, y todavía espero.

—¿Cómo va la investigación? —preguntó Jake.

—Lenta. Hay docenas de casos de M'Naghten y todos muy extensos. Voy más o menos por la mitad. Mi plan era el de trabajar aquí todo el día; siempre y cuando no me ataque ese toro de lidia de la planta baja.

—Me ocuparé de ella —dijo Jake.

—Encantado de conocerte, Row Ark —dijo Harry Rex desde el umbral de la puerta—. Hasta pronto.

—Gracias, Harry Rex —dijo Jake—. Nos veremos el miércoles por la noche.

El aparcamiento no asfaltado del antro de Tank estaba lleno cuando Jake lo encontró por fin, ya caída la noche. No había tenido ninguna razón para visitar el lugar con anterioridad, y ahora tampoco le emocionaba verlo. Estaba oculto, lejos de la carretera, a diez kilómetros de Clanton. Aparcó en un lugar retirado del pequeño edificio gris y contempló la idea de dejar el motor en marcha, por si no encontraba a Tank y se veía obligado a huir precipitadamente. Pero no tardó en descartar esa estupidez, porque le gustaba su pequeño coche y el robo no solo era posible, sino sumamente probable. Lo cerró con llave y comprobó todas las puertas, casi con la certeza de que todo o parte de él habría desaparecido a su regreso.

La música sonaba a todo volumen a través de las ventanas abiertas y, al acercarse, creyó oír el ruido de una botella que se estrellaba contra el suelo, sobre una mesa o en la cabeza de alguien. Titubeó y optó por emprender la retirada. Pero no: era importante. Respiró hondo, contuvo la respiración y abrió la destartalada puerta de madera.

Cuarenta pares de ojos negros se posaron inmediatamente sobre aquel joven blanco perdido, con chaqueta y corbata, que hacía un esfuerzo para enfocar la mirada en la oscuridad del antro. Se sentía inseguro, desesperado en busca de un rostro conocido. No había ninguno. Michael Jackson acabó oportunamente su canción en el tocadiscos y el local quedó sumido en un silencio eterno. Jake permaneció junto a la puerta. Asentía, sonreía y procuraba comportarse como uno más de los muchachos. Nadie le devolvía la sonrisa.

De pronto hubo un movimiento junto a la barra y a Jake empezaron a temblarle las rodillas.

—¡Jake! ¡Jake! —gritó alguien.

Eran las dos palabras más dulces que había oído en su vida. Detrás de la barra vio a su amigo Tank, que se quitaba el delantal y se le acercaba. Se dieron calurosamente la mano.

—¿Qué te trae por aquí?

—Tengo que hablar contigo un momento. ¿Podemos salir a la calle?

—Claro. ¿Qué ocurre?

—Cuestión de negocios.

Tank pulsó un interruptor junto a la puerta.

—Escuchadme todos, este es el abogado de Carl Lee Hailey, Jake Brigance. Buen amigo mío. Veamos cómo le demostráis vuestro afecto.

El pequeño local irrumpió en vítores y aplausos. Varios clientes de la barra abrazaron a Jake y le estrecharon la mano. Tank abrió un cajón, sacó un puñado de tarjetas de Jake y las distribuyó como si fueran caramelos. La respiración de Jake se había normalizado y su rostro había recuperado su color.

En la calle, se apoyaron sobre el capó del Cadillac amarillo de Tank. La voz de Lionel Richie emergía por las ventanas y, en el interior, la clientela había vuelto a la normalidad. Jake entregó a Tank una copia de la lista.

—Mira todos los nombres para ver a cuántos conoces. Haz preguntas y averigua todo lo que puedas.

Tank se acercó la lista a los ojos. La luz del anuncio de Michelob en la ventana brillaba por encima de su hombro.

—¿Cuántos son negros? —preguntó Tank.

—Dímelo tú. Esa es una de las razones por las que quiero que veas la lista. Si no estás seguro, averígualo. Si conoces a alguno de los blancos, toma nota.

—Será un placer, Jake. ¿No será ilegal?

—No, pero no se lo digas a nadie. Necesito la lista el miércoles por la mañana.

—Tú mandas.

Tank se quedó con la lista y Jake emprendió el viaje de regreso a su despacho. Eran casi las diez. Ethel había mecanografiado la lista a partir de la copia facilitada por Harry Rex y se habían distribuido una docena de copias entre un grupo selecto de amigos de confianza: Lucien, Stan Atcavage, Tank, Dell del Coffee Shop, un abogado de Karaway llamado Roland Islam y algunos otros. Incluso Ozzie recibió una lista.

A menos de cinco kilómetros del local de Tank había una pequeña casa de campo blanca donde vivían Ethel y Bud Twitty desde hacía casi cuarenta años. Era una casa acogedora, con recuerdos agradables de niños ahora ya crecidos y dispersos por el norte. El hijo retrasado, el que tanto se parecía a Lucien, por alguna razón vivía en Miami. Ahora la casa estaba más tranquila. Hacía años que Bud no trabajaba, desde su primer infarto en el setenta y cinco. Luego había tenido un síncope cardíaco seguido de otros dos infartos importantes y otros más benignos. Tenía los días contados y desde hacía mucho tiempo había aceptado el hecho de que, con toda probabilidad, le llegaría el definitivo que le causaría la muerte mientras desvainaba alubias en la terraza. Por lo menos eso era lo que esperaba.

El lunes por la noche desvainaba alubias en la terraza y escuchaba el partido de los Cardinals por la radio mientras Ethel trajinaba en la cocina. Al final del octavo tiempo, cuando bateaban los Cardinals con dos tantos de ventaja, oyó un ruido junto a la casa. Bajó el volumen de la radio. Probablemente no era más que un perro. Entonces oyó otro ruido. Se puso de pie y caminó hasta el extremo de la terraza. De pronto, un corpulento personaje vestido completamente de negro, con el rostro pintado de rojo, blanco y negro, emergió entre los matorrales, agarró a Bud y lo tiró de la terraza. El grito angustiado de Bud no se oyó desde la cocina. Apareció un segundo individuo y entre ambos arrastraron al anciano hasta la escalera que conducía a la puerta principal. Uno le dobló el brazo a la espalda mientras el otro le daba puñetazos en su blanda barriga y en la cara. En pocos segundos quedó inconsciente.

Ethel oyó unos ruidos y corrió hacia la entrada. Un tercer miembro de la banda la sorprendió por detrás, le dobló el brazo a la espalda y le rodeó el cuello con fuerte brazo. No podía gritar, hablar ni moverse, y, sujeta en la terraza, contemplaba horrorizada cómo un par de salvajes se ensañaban con su marido. En la acera, a tres metros de la violenta escena, había tres personajes de túnica blanca con adornos rojos y un largo capirote blanco y rojo que cubría sus rostros. Emergieron de la oscuridad para contemplar el espectáculo, como si fueran los reyes magos junto al pesebre.

Después de un largo y agonizante minuto, la paliza se hizo monótona.

—Basta —exclamó el encapuchado del centro.

Los tres terroristas vestidos de negro echaron a correr. Ethel bajó por la escalera y se agachó junto a su marido malherido. Los tres individuos de blanco desaparecieron.

Jake abandonó el hospital después de medianoche; Bud seguía vivo pero los pronósticos eran pesimistas. Además de los huesos rotos, había padecido otro infarto. Ethel se puso histérica atribuyendo a Jake toda la culpa.

—¡Usted dijo que no corríamos peligro! —chilló—. ¡Dígaselo a mi marido! ¡Es todo culpa suya!

Jake había escuchado sus gritos y acusaciones avergonzado hasta que empezó a enfurecerse. Contempló a los amigos y parientes que llenaban la pequeña sala de espera. Todos lo miraban fijamente. Sí, parecían decir: es todo culpa suya.

28

Gwen llamó al despacho a primera hora del jueves por la mañana y la nueva secretaria, Ellen Roark, contestó el teléfono. Después de manipular el intercomunicador hasta romperlo se acercó a la escalera y dio un grito:

—Jake, es la esposa del señor Hailey.

—Diga —respondió después de cerrar el libro que tenía en las manos y levantar el teléfono, enojado.

—¿Estás ocupado, Jake?

—Muy ocupado. ¿Qué ocurre?

—Jake, necesitamos dinero. —Se echó a llorar—. Estamos sin blanca y con cuentas pendientes. No he pagado la hipoteca de la casa desde hace dos meses y la financiera no deja de llamar. No tengo a quién dirigirme.

—¿Y tu familia?

—Son pobres, Jake, ya lo sabes. Nos dan de comer, pero no pueden pagarnos la hipoteca ni las cuentas de la casa.

—¿Has hablado con Carl Lee?

—No acerca del dinero. No últimamente. No puede hacer gran cosa aparte de preocuparse y Dios sabe que ya tiene bastante en la cabeza.

—¿Y las iglesias?

—No he visto ni un centavo.

—¿Cuánto necesitas?

—Por lo menos quinientos, solo para ponerme al día. No sé cómo me las arreglaré el mes próximo. Me preocuparé cuando llegue.

Novecientos, menos quinientos, le dejarían a Jake cuatrocientos para una defensa de asesinato. Sería todo un récord. ¡Cuatrocientos dólares! De pronto, se le ocurrió una idea.

—¿Puedes venir a mi despacho a las dos de esta tarde?

—Tendré que traer a los niños.

—No importa. Procura estar aquí.

—Lo haré.

Colgó y buscó inmediatamente el número del reverendo Ollie Agee en la guía. Lo localizó en la iglesia. Jake le dijo que quería reunirse con él para hablar del juicio de Hailey y examinar su declaración. Según él, el reverendo sería un testigo importante. Agee accedió a acudir a su despacho a las dos.

Los Hailey fueron los primeros en llegar y Jake los instaló alrededor de la mesa de conferencias. Los niños recordaban la sala de la conferencia de prensa y les maravillaba su larga mesa, las sillas giratorias y los impresionantes libros de las estanterías. Cuando llegó el reverendo, dio un abrazo a Gwen y saludó efusivamente a los niños, especialmente a Tonya.

—Seré muy breve, reverendo —declaró Jake—. Hay algunas cosas de las que debemos hablar. Desde hace varias semanas, usted y los demás sacerdotes negros del condado se han dedicado a recaudar fondos para los Hailey. Y han hecho una labor maravillosa. Más de seis mil, según tengo entendido. No sé dónde está el dinero, ni es de mi incumbencia. Usted se lo ofreció a los abogados del NAACP para que representaran a Carl Lee, pero, como ambos sabemos, esos abogados no intervendrán en el caso. Yo soy el abogado defensor, el único abogado defensor, y hasta estos momentos no se me ha ofrecido dinero alguno. Tampoco lo quiero. Evidentemente no le importa lo buena que sea su defensa si no elige usted al abogado. Está en su derecho. No me preocupa. Lo que sí me preocupa, reverendo, es que los Hailey no hayan recibido ni un centavo, repito, ni un centavo de dicho dinero. ¿Estoy en lo cierto, Gwen?

La mirada perdida de su rostro se había tornado en asombro, luego en incredulidad y, a continuación, en ira cuando miró fijamente al reverendo.

—Seis mil dólares —repitió Gwen.

—Más de seis mil, según las últimas declaraciones públicas —aclaró Jake—. Y el dinero está en algún banco mientras Carl Lee permanece en la cárcel, Gwen está sin trabajo, las cuentas de la casa sin pagar, la única comida, sufragada por los amigos, y faltan pocos días para que se celebre el juicio. Ahora, díganos, reverendo, ¿qué se propone hacer con el dinero?

Agee sonrió y, con una voz melosa, respondió:

—No es de su incumbencia.

—¡Pero sí de la mía! —exclamó Gwen—. Ha utilizado mi nombre y el de mi familia para recaudar el dinero, ¿no es cierto, reverendo? Yo misma lo he oído. Dijo a los feligreses que la oferta del amor, como usted la denominó, era para mi familia. Imaginaba que había entregado el dinero al abogado, o algo por el estilo. Pero hoy he descubierto que se lo ha guardado en el banco. Supongo que lo que se propone es quedárselo.

—Un momento, Gwen —respondió Agee, impertérrito—. Pensamos que la mejor forma de gastar el dinero era en la defensa de Carl Lee. Él se negó a aceptarlo al rechazar a los abogados del NAACP. Entonces pregunté al señor Reinfeld, su abogado principal, qué debíamos hacer con el dinero. Me respondió que lo guardáramos, porque Carl Lee lo necesitaría para la apelación.

Jake ladeó la cabeza y apretó los dientes. Empezaba a sentir repulsión por aquel cretino ignorante, pero comprendió que Agee no sabía de qué hablaba. Se mordió el labio.

—No comprendo —dijo Gwen.

—Es muy simple —respondió el reverendo, con una sonrisa condescendiente—. El señor Reinfeld dijo que Carl Lee sería condenado por no haberlo contratado. Por consiguiente, habrá que apelar. Y cuando Jake, aquí presente, haya perdido el juicio, tú y Carl Lee buscaréis a otro abogado que pueda salvarle la vida. Entonces será cuando recurriremos a Reinfeld y necesitaremos el dinero. De modo que, como puedes comprobar, es todo para Carl Lee.

Jake movió la cabeza y echó una maldición para sus adentros. Estaba más furioso con Reinfeld que con Agee.

A Gwen se le llenaron los ojos de lágrimas y apretó los puños.

—No comprendo nada de todo esto, ni quiero comprenderlo. Lo que sé es que estoy cansada de suplicar para que me den comida, cansada de depender de los demás y harta de preocuparme por perder la casa.

—Lo comprendo, Gwen, pero… —empezó a decir Agee, que la miraba con tristeza.

—Y si usted tiene seis mil dólares en el banco que nos pertenecen, hace mal en no dárnoslos. Tenemos bastante sentido común para saber cómo administrarlos.

Carl Lee hijo y Jarvis estaban junto a su madre y la consolaban, con la mirada fija en Agee.

—Pero es para Carl Lee —dijo el reverendo.

—De acuerdo —intervino Jake—. ¿Ha preguntado a Carl Lee cómo desea que se gaste el dinero?

Se esfumó la sonrisita del rostro de Agee y se retorció en su asiento.

—Carl Lee comprende lo que estamos haciendo —respondió con escasa convicción.

—Gracias. Eso no es lo que he preguntado. Escúcheme con atención. ¿Ha preguntado a Carl Lee cómo desea que se gaste el dinero?

—Creo que lo hemos hablado —mintió Agee.

—Comprobémoslo —dijo Jake al tiempo que se ponía de pie para dirigirse a la puerta del pequeño despacho adjunto a la sala de conferencias.

El reverendo miraba nervioso, casi presa del pánico. Jake

abrió la puerta e hizo una seña con la cabeza. Carl Lee y Ozzie entraron tranquilamente en la sala. Los niños gritaron y acudieron junto a su padre. Agee parecía devastado.

Después de unos momentos difíciles de abrazos y besos, Jake entró a matar.

—Pues bien, reverendo, ¿por qué no pregunta a Carl Lee cómo quiere gastar sus seis mil dólares?

—No son exactamente suyos —respondió Agee.

—Ni tampoco le pertenecen exactamente a usted —intervino Ozzie.

Carl Lee levantó a Tonya, que estaba sentada sobre sus rodillas, y se acercó a la silla de Agee. Se sentó al borde de la mesa, por encima del reverendo, dispuesto a atacar si era necesario.

—Permítame que se lo diga de un modo bien sencillo, predicador, para que no tenga dificultad en comprenderme. Usted ha recaudado dinero en mi nombre para ayudar a mi familia. Lo ha sacado de los negros de este condado con la promesa de que se utilizaría para ayudarme a mí y a mi familia. Ha mentido. Lo ha recaudado para impresionar al NAACP, no para ayudar a mi familia. Ha mentido en la iglesia, ha mentido en los periódicos, ha mentido en todas partes.

Agee miró a su alrededor y comprobó que todo el mundo, incluidos los niños, lo miraban fijamente y asentían.

—Si no nos entrega ese dinero —prosiguió Carl Lee, tras acercarse un poco más y apoyar el pie en la silla del reverendo—, diré a todos los negros que conozco que es usted un farsante mentiroso. Llamaré a todos los feligreses de su iglesia, y no olvide que yo soy uno de ellos, para comunicarles que no hemos recibido un centavo. Cuando acabe con usted, no podrá recaudar ni un par de dólares los domingos por la mañana. Podrá despedirse de sus lujosos Cadillacs y de sus elegantes trajes. Puede que se quede incluso sin iglesia, porque pediré a todo el mundo que la abandone.

—¿Has terminado? —preguntó Agee—. Porque si lo has

hecho, solo quiero que sepas que me has ofendido. Me duele profundamente que esta sea tu opinión y la de Gwen.

—Así es, y no me importa lo mucho que le duela.

—Estoy de acuerdo con ellos, reverendo Agee —dijo Ozzie, después de acercarse—. Ha actuado mal y usted lo sabe.

—Eso es muy doloroso, Ozzie, particularmente viniendo de usted. Duele profundamente.

—Permítame que le diga algo que le dolerá mucho más. El próximo domingo, Carl Lee y yo estaremos en su iglesia. Lo sacaré de la cárcel por la mañana temprano y daremos un paseo. En el momento en que se disponga a pronunciar su sermón, entraremos en la iglesia, avanzaremos por el pasillo central y nos dirigiremos al púlpito. Si intenta impedírnoslo, le pondré las esposas. Carl Lee pronunciará el sermón. Contará a sus feligreses que el dinero que tan generosamente han donado no ha salido todavía de su bolsillo y que Gwen y sus hijos están a punto de perder la casa porque usted quiere darse importancia con el NAACP. Les contará que les ha mentido. Puede que su sermón dure aproximadamente una hora. Y, cuando termine, yo diré unas palabras. Les contaré que es usted un negro farsante y embustero. Les hablaré de la ocasión en que compró un Lincoln robado en Memphis y estuvo a punto de ser procesado. Les hablaré de las comisiones de la funeraria. Les hablaré de hace dos años, cuando se le acusó en Jackson de conducir bajo la influencia del alcohol y yo evité que le procesaran. Y, reverendo, les contaré…

—No lo diga, Ozzie —suplicó Agee.

—Les contaré cierto secreto sucio que solo usted y yo y cierta mujer de mala reputación conocemos.

—¿Cuándo quieren que les entregue el dinero?

—¿Con qué rapidez puede conseguirlo? —preguntó Carl Lee.

—Muchísima.

Jake y Ozzie dejaron a los Hailey a solas y subieron al gran despacho del primer piso, donde Ellen estaba rodeada de textos jurídicos. Jake presentó a Ozzie a su pasante y se sentaron los tres alrededor de la mesa.

—¿Cómo están mis amigos? —preguntó Jake.

—¿Los dinamiteros? Se recuperan. Los dejaremos en el hospital hasta después del juicio. Hemos instalado un cerrojo en la puerta y tenemos un agente de guardia en el pasillo. No van a moverse.

—¿Quién es el personaje principal?

—Todavía no lo sabemos. No hemos recibido el resultado de las huellas dactilares. Puede que no esté fichado. No dice palabra.

—El otro es de aquí, ¿no es cierto? —preguntó Ellen.

—Sí. Terrell Grist. Quiere presentar cargos por las heridas que sufrió durante la detención. ¿Qué os parece?

—Me cuesta creer que se haya mantenido tanto tiempo el secreto —dijo Jake.

—También a mí. Claro que Grist y el señor equis no hablan. Mis hombres tienen la boca cerrada. Solo quedáis tú y tu ayudante.

—Y Lucien, pero yo no se lo he contado.

—Lógico.

—¿Cuándo los procesarás?

—Después del juicio los trasladaremos a la cárcel y empezaremos el papeleo. Depende de nosotros.

—¿Cómo está Bud? —preguntó Jake.

—Esta mañana he pasado para visitar a los otros dos y he aprovechado para hablar con Ethel. Sigue en estado crítico. No ha habido ningún cambio.

—¿Algún sospechoso?

—Debe de tratarse del Klan. Con las túnicas blancas y todo lo demás. Todo encaja. Primero la cruz en llamas en tu jardín, luego la dinamita y ahora Bud. Además de todas las amenazas. Calculo que son ellos. Además, contamos con un delator.

—¡Cómo!

—Lo que oyes. Se llama a sí mismo ratón Mickey. Me llamó el domingo a mi casa y me dijo que te había salvado la vida. Se refirió a ti como «al abogado de ese negro». Dijo que el Klan se había establecido oficialmente en Ford County. Han fundado un aquelarre, o lo que eso sea.

—¿Quién forma parte del grupo?

—No es muy pródigo con los detalles. Ha prometido llamarme solo cuando alguien esté a punto de ser agredido.

—Muy amable. ¿Puedes confiar en él?

—Te salvó la vida.

—Es cierto. ¿Es miembro del Klan?

—No me lo ha dicho. Han organizado una gran manifestación para el jueves.

—¿El Klan?

—Sí. Los del NAACP se manifestarán mañana delante del juzgado y luego darán unas vueltas. El Klan ha proyectado una manifestación pacífica para el jueves.

—¿Cuántos son?

—El ratón no me lo ha dicho. Repito, no es muy generoso con los detalles.

—Una manifestación del Klan en Clanton. Parece increíble.

—Esto va en serio —dijo Ellen.

—Se pondrá peor —respondió Ozzie—. Le he pedido al gobernador que mantenga la policía de tráfico en estado de alerta. Podría ser una semana muy accidentada.

—¿No te parece increíble que Noose esté dispuesto a celebrar el juicio en esta ciudad? —preguntó Jake.

—Es demasiado importante para trasladarlo, Jake. Atraería manifestaciones, protestas y a los miembros del Klan dondequiera que se celebrase.

—Quizá tengas razón. ¿Qué hay de la lista del jurado?

—La tendré mañana.

El jueves por la noche, después de cenar, Joe Frank Perryman estaba sentado en la terraza de su casa leyendo el periódico vespertino y mascando Redman, que escupía cuidadosamente a través de un orificio cortado a mano en la terraza. Aquel era su ritual vespertino. Lela lavaba los platos, servía dos grandes vasos de té helado y se sentaba junto a él en la terraza, donde hablaban de las cosechas, los nietos y la humedad. Vivían en las afueras de Karaway, rodeados de ochenta acres de terreno meticulosamente cultivado que el padre de Joe Frank había robado durante la depresión. Era buenos cristianos, reservados y muy trabajadores.

Tras escupir a través del orificio unas cuantas veces, una camioneta redujo la velocidad junto al portalón y entró por el largo camino de gravilla de la casa de los Perryman. Se detuvo junto al césped, frente a la puerta, y apareció un rostro conocido. Era el de Will Tierce, ex presidente de la junta de supervisores de Ford County. Will había servido en su distrito durante veinticuatro años, seis legislaturas consecutivas, pero había perdido las últimas elecciones en el ochenta y tres por siete votos. Los Perryman siempre habían apoyado a Tierce, porque cuidaba de ellos suministrándoles de vez en cuando un cargamento de gravilla o una atrajea para el camino de la casa.

—Hola, Will —dijo Joe Frank mientras el ex supervisor cruzaba el césped para acercarse a los peldaños que conducían a la puerta principal.

—Hola, Joe Frank —respondió el recién llegado al tiempo que le estrechaba la mano y se sentaba junto a él en la terraza.

—¿Tienes algo para mascar? —preguntó Tierce.

—Desde luego. ¿Qué te trae por aquí?

—Voy de paso. Me he acordado del té helado de Lela y me ha entrado mucha sed. Hacía tiempo que no nos veíamos.

Se quedaron en la terraza charlando, mascando, escupiendo y tomando té helado hasta que cayó la noche y llegaron los mosquitos. La sequía les ocupó la mayor parte de la conversación; según Joe Frank, era la peor de los últimos diez años. No había caído una sola gota de lluvia desde la tercera semana de junio. Si continuaba así, tendría que despedirse de la cosecha de algodón. Puede que las alubias se salvaran, pero le preocupaba el algodón.

—A propósito, Joe Frank, he oído que has recibido una citación para formar parte del jurado en el juicio de la semana próxima.

—Eso me temo. ¿Quién te lo ha dicho?

—No lo recuerdo. Lo he oído por ahí.

—No sabía que fuera del dominio público.

—Supongo que lo he oído hoy en Clanton. Tenía unas gestiones que hacer en el juzgado. Ha sido ahí donde me he enterado. ¿Sabes que se trata del juicio de ese negro?

—Me lo imaginaba.

—¿Qué te parece el hecho de que matara a esos chicos como lo hizo?

—No se lo reprocho —respondió Lela.

—Sí, pero uno no puede tomarse la ley por su cuenta —explicó Joe Frank a su mujer—. Para eso están los tribunales.

—Te diré lo que me preocupa —dijo Tierce—. Es esa estupidez de la enajenación mental. Alegarán que el negro estaba loco y lo soltarán por enajenado mental. Como a ese chalado que disparó contra Reagan. Es una forma deshonesta de conseguir la libertad. Además, es mentira. Ese negro se proponía matar a aquellos chicos y esperó escondido hasta el momento oportuno. Fue un asesinato a sangre fría.

—¿Y si se hubiera tratado de tu hija, Will? —preguntó Lela.

—Habría dejado que lo resolvieran los tribunales. Por estas tierras, cuando cogemos a un violador, y especialmente si es negro, solemos encerrarlo. Esto no es Nueva York, ni California, ni ninguno de esos absurdos lugares donde los delincuentes andan sueltos. Tenemos un buen sistema y el viejo juez Noose dicta sentencias severas. Hay que dejar la justicia en manos de los tribunales. Nuestro sistema no sobrevivirá si permitimos que la gente, especialmente los negros, se tome la ley por su cuenta. Eso es lo que realmente me asusta. Supongamos que a ese negro lo declaran inocente y lo ponen en libertad. Todo el mundo lo sabrá y los negros se volverán locos. Cada vez que alguien discuta con un negro, este lo matará, alegará que estaba loco e intentará que lo declaren inocente. Eso es lo peligroso de este juicio.

—Hay que mantener a los negros bajo control —afirmó Joe Frank.

—Y que nadie lo dude. Si Hailey sale en libertad, ninguno de nosotros estará a salvo. Todos los negros del condado irán armados y en busca de pelea.

—No se me había ocurrido —confesó Joe Frank.

—Espero que actúes como es debido, Joe Frank. Me gustaría que formaras parte del jurado. Necesitamos a gente de sentido común.

—Me pregunto por qué me habrán elegido.

—He oído decir que han mandado ciento cincuenta citaciones. Esperan que se presente un centenar.

—¿Cuántas probabilidades tengo de que me elijan?

—Una entre cien —respondió Lela.

—Entonces me siento mucho mejor. En realidad, no tengo tiempo para estar en el jurado, con las tierras y todo lo demás.

—Te necesitamos en ese jurado —dijo Tierce.

La conversación se decantó hacia la política local, el nuevo supervisor y el pésimo trabajo que estaba haciendo respecto a las carreteras. Para los Perryman, la caída de la noche significaba la hora de acostarse. Tierce les deseó las buenas noches y regresó a su casa. Sentado a la mesa de la cocina, con una taza de café en la mano, repasó la lista del jurado. Su amigo Rufus estaría orgulloso de él. Seis nombres habían sido señalados en la lista de Will, y había hablado con todos ellos. Había escrito un «bien» junto a cada nombre. Serían buenos miembros del jurado, personas con las que Rufus podía contar para conservar la ley y el orden en Ford County. Un par de ellos estaban inicialmente indecisos, pero su buen amigo de confianza Will Tierce les había hablado de la justicia, y ahora estaban dispuestos a condenar.

Rufus se sentiría verdaderamente orgulloso. Y le había prometido que el joven Jasan Tierce, uno de sus sobrinos, no sería procesado por tráfico de drogas.

Jake comía las grasientas costillas de cerdo con habas y observaba a Ellen, quien, al otro lado de la mesa, hacía otro tanto. Lucien presidía la mesa, hacía caso omiso de la comida, acariciaba su copa y ofrecía comentarios sobre cada nombre de la lista que reconocía. Estaba más borracho que de costumbre. La mayoría de los nombres le eran desconocidos, lo cual no le impedía comentar acerca de los mismos. Ellen se divertía y guiñaba frecuentemente el ojo a su jefe.

Al dejar la lista sobre la mesa, se le cayó el tenedor al suelo.

—¡Sallie! —llamó—. ¿Sabes cuántos afiliados tiene ACLU en Ford County? —añadió dirigiéndose a Ellen.

—Por lo menos el ochenta por ciento de la población —respondió.

—Solo uno. Yo. Fui el primero en la historia y, evidentemente, el último. La gente de por aquí es estúpida, Row Ark. No se interesan por los derechos humanos. Son un puñado de fanáticos republicanos derechistas de pacotilla, como tu amigo Jake aquí presente.

—No es cierto. Almuerzo en el restaurante de Claude por lo menos una vez por semana —replicó Jake.

—¿Y eso te convierte en progresista? —preguntó Lucien.

—Me convierte en radical.

—Sigo creyendo que eres republicano.

—Escúchame, Lucien, no me importa que te metas con mi esposa, con mi madre, o con mis antepasados, pero no me llames republicano.

—Tienes aspecto de republicano —añadió Ellen.

—¿Tiene él aspecto de demócrata? —preguntó Jake señalando a Lucien.

—Desde luego. Supe que era demócrata en cuanto le eché la vista encima.

—Entonces soy republicano.

—¡Lo ves! ¡Lo ves! —exclamó Lucien, al tiempo que se le caía el vaso de las manos y se rompía en mil pedazos—. ¡Sallie! Dime, Row Ark, ¿a que no adivinas quién fue el tercer hombre blanco de Mississippi que se afilió al NAACP?

—Rufus Buckley —respondió Jake.

—Yo. Lucien Wilbank. Me afilié en mil novecientos sesenta y siete. Los blancos creían que estaba loco.

—Vaya ocurrencia —comentó Jake.

—Claro que los negros, o tostados, como los llamábamos en aquella época, también creían que estaba loco. Diablos, todo el mundo me creía loco por aquel entonces.

—¿Han cambiado alguna vez de opinión? —preguntó Jake.

—Cierra el pico, republicano. Row Ark, ¿por qué no te trasladas a Clanton y abrimos un bufete que se ocupe exclusivamente de casos del ACLU? Tráete a tu viejo de Boston y lo haremos socio.

—¿Por qué no te trasladas tú a Boston? —preguntó Jake.

—¿Por qué no te vas al diablo?

—¿Cómo lo llamaremos? —preguntó Ellen.

—El manicomio —respondió Jake.

—Wilbank, Row & Ark. Abogados.

—Ninguno de ellos está colegiado para ejercer —dijo Jake.

Los párpados de Lucien pesaban varias toneladas cada uno. La cabeza se le caía involuntariamente. Mientras Sallie limpiaba, le dio una palmada en el trasero.

—Esto ha sido un golpe bajo, Jake —dijo con seriedad.

—Row Ark —prosiguió Jake, imitando a Lucien—, adivina quién fue el último abogado al que el Tribunal Supremo de Mississippi expulsó permanentemente del Colegio de Abogados.

Ellen sonrió educadamente a ambos, sin decir palabra.

—Row Ark —añadió Lucien, levantando la voz—, ¿a que no adivinas quién será el próximo abogado de este condado al que expulsarán de su despacho?

Lucien se reía a carcajadas y se estremecía. Jake guiñó el ojo a Ellen.

—¿Cuál es el propósito de la reunión de mañana? —preguntó Lucien cuando se tranquilizó.

—Quiero repasar la lista del jurado contigo y otros.

—¿Quién?

—Harry Rex, Stan Atcavage y puede que alguien más.

—¿Dónde?

—A las ocho, en mi despacho. Sin alcohol.

—Es mi despacho y traeré una caja de whisky si se me antoja. Mi abuelo construyó el edificio, ¿no lo recuerdas?

—¿Cómo podría olvidarlo?

—Row Ark, emborrachémonos.

—No, gracias, Lucien. He disfrutado mucho de la cena y de la conversación, pero ahora debo regresar a Oxford.

Se pusieron en pie y dejaron a Lucien en la mesa. Jake rechazó la invitación habitual a sentarse en la terraza. Ellen se marchó y él se retiró a su habitación temporal en el primer piso. Había prometido a Carla que no dormiría en casa. La llamó por teléfono. Ella y Hanna estaban bien. Preocupadas, pero bien. No le habló de Bud Twitty.

29

Una procesión de autobuses escolares adaptados, todos ellos pintados de blanco y rojo, verde y negro, u otro centenar de combinaciones cromáticas y el nombre de la iglesia en los costados, circuló lentamente alrededor de la plaza de Clanton a principios de la tarde del miércoles. Eran treinta y uno en total, todos llenos de negros ancianos que agitaban abanicos de papel y pañuelos en un esfuerzo vano por ahuyentar el asfixiante calor. Después de dar tres vueltas alrededor del juzgado, el autobús que iba en cabeza paró junto a correos y se abrieron treinta y una puertas de par en par. Se vaciaron agitadamente todos los vehículos. Sus ocupantes se dirigieron a la glorieta situada en el patio del juzgado, donde el reverendo Ollie Agee daba órdenes y entregaba pancartas azules y blancas en las que se leían las palabras: LIBERTAD PARA CARL LEE.

Las calles próximas a la plaza quedaron congestionadas con la llegada de coches de todas direcciones que se acercaban lentamente al juzgado y acababan por aparcar cuando no podían seguir avanzando. Centenares de negros abandonaron sus vehículos en las calles y caminaron solemnemente hacia la plaza para congregarse junto a la glorieta en espera de sus pancartas antes de deambular a la sombra de los robles y las magnolias y saludar a sus amigos. Llegaron más autobuses de la iglesia, que no lograron dar la vuelta a la plaza a causa del tráfico. Sus pasajeros se apearon junto al Coffee Shop.

Por primera vez en el año la temperatura llegó a los cuarenta, y prometía ir en aumento. En el cielo no había nubes que protegieran de los ardientes rayos del sol ni brisa que ahuyentase la humedad. Después de quince minutos a la sombra o cinco minutos al sol, las camisas de los hombres quedaban empapadas de sudor y pegadas a la espalda. Algunos de los más débiles o viejos se refugiaron en el edificio del juzgado.

Crecía la muchedumbre, formada predominantemente por ancianos, pero en la que también abundaban los jóvenes militantes negros de aspecto iracundo, que se habían perdido las grandes manifestaciones en pro de los derechos humanos de los años sesenta y comprendían que esta podía ser una de las pocas oportunidades de protestar, chillar, cantar «Venceremos» y, en general, celebrar el hecho de ser negro y oprimido en un mundo blanco. Deambulaban a la espera de que alguien tomara el mando. Por último, tres estudiantes se dirigieron a los peldaños del juzgado, levantaron sus pancartas y gritaron:

—Libertad para Carl Lee. Libertad para Carl Lee.

Inmediatamente, la multitud repitió el grito de guerra:

—¡Libertad para Carl Lee!

—¡Libertad para Carl Lee!

—¡Libertad para Carl Lee!

Abandonaron la sombra de los árboles y del edificio del juzgado para acercarse a una tarima improvisada en la que se había instalado un equipo de megafonía. Sin dirigirse a nadie ni a nada en particular, y en perfecto coro, proclamaban a voces la nueva consigna:

—¡Libertad para Carl Lee!

—¡Libertad para Carl Lee!

Por las ventanas del juzgado, abiertas de par en par, los funcionarios y secretarias contemplaban los acontecimientos. El vocerío se oía a cuatro manzanas, y las pequeñas tiendas y oficinas próximas a la plaza quedaron vacías. Propietarios y clientes contemplaban atónitos desde las aceras. Los manifestantes, conscientes de la presencia de espectadores, pusieron mayor ahínco en sus cánticos, que aumentaron de ritmo y de volumen. Los buitres seguían acechando y, excitados por el vocerío, descendieron al patio del juzgado con sus cámaras y sus micrófonos.

Ozzie y sus agentes dirigieron el tráfico hasta que las calles y la carretera quedaron totalmente colapsadas. Y, aunque no había ningún indicio de que su intervención fuera necesaria, siguieron haciendo acto de presencia.

Agee y todos los pastores negros en activo, voluntarios, jubilados y predicadores potenciales de tres condados, deambulaban entre la masa de exaltados rostros negros para dirigirse hacia la tarima. La presencia de los religiosos estimulaba a los congregados, cuyos cánticos retumbaban en la plaza a lo largo de las calles circundantes hasta los adormecidos barrios residenciales y, por último, al campo. Miles de negros agitaban sus pancartas y gritaban con toda la fuerza de sus pulmones. Agee se balanceaba con la muchedumbre y bailaba a lo largo de la pequeña tarima. Golpeaba las manos de los demás pastores. Llevaba el ritmo del vocerío como un director de orquesta. Era todo un espectáculo.

—¡Libertad para Carl Lee!

—¡Libertad para Carl Lee!

Durante quince minutos, Agee exaltó a las masas para convertirlas en un tumulto frenético y unificado. Después, cuando su sensible oído percibió los primeros indicios de fatiga, se acercó a los micrófonos y pidió silencio. Los rostros sudorosos y jadeantes siguieron vociferando, pero a menor volumen. No tardaron en apagarse los cantos de libertad. Agee rogó se hiciera espacio frente a la tarima para que pudiesen congregarse los periodistas y desempeñar su función. Demandó recogimiento para acercarse a Dios a través de la oración. El reverendo Roosevelt ofreció un maratón al Señor, una elocuente fiesta de oratoria aliterada que llenó de lágrimas los ojos de muchos asistentes.

Cuando, por último, pronunció la palabra «amén», una voluminosa negra con peluca roja se acercó a los micrófonos y abrió su boca descomunal. En un profundo, poderoso y suave tono de voz sureño, emergió la primera estrofa de «Venceremos». Los pastores, a su espalda, juntaron inmediatamente las manos y empezaron a balancearse. En un alarde de espontaneidad, estallaron dos mil voces sorprendentemente armoniosas. El himno elegíaco y prometedor envolvió la pequeña ciudad.

—¡Libertad para Carl Lee! —exclamó alguien al terminar. Y se inició un nuevo canto.

Agee pidió nuevamente silencio y se acercó a los micrófonos. Se sacó una cartulina del bolsillo y empezó su discurso.

Como era de esperar, Lucien llegó tarde y medio borracho. Traía consigo una botella, y Jake, Atcavage y Harry Rex rechazaron la copa que les ofreció.

—Son las nueve menos cuarto, Lucien —dijo Jake—. Hace casi una hora que te esperamos.

—¿Cobro algo por estar aquí? —preguntó Lucien.

—No, pero te pedí que vinieras a las ocho en punto.

—Y también me dijiste que no trajera ninguna botella. Y yo te recordé que este edificio es mío, construido por mi abuelo, cedido a ti en calidad de inquilino, por un alquiler muy razonable, dicho sea de paso, y pienso ir y venir del mismo cuando se me antoje, con o sin botella.

—Olvídalo. ¿Has…?

—¿Qué hacen esos negros al otro lado de la calle, deambulando alrededor del juzgado en la oscuridad?

—Se denomina vigilia —respondió Harry Rex—. Han prometido caminar alrededor del juzgado con velas encendidas hasta que su hombre sea puesto en libertad.

—Podría ser una vigilia muy prolongada. Esos individuos pueden seguir ahí, caminando, durante el resto de sus vidas.

Quizá consigan una marca mundial. Tal vez acaben de cera hasta el cogote. Buenas noches, Row Ark.

Ellen, sentada junto al escritorio de persiana bajo el retrato de William Faulkner con una copia llena de anotaciones de la lista del jurado en la mano, asintió y sonrió a Lucien.

—Row Ark —dijo Lucien—, siento por ti todo el respeto del mundo. Te considero igual al hombre. Creo en tu derecho al mismo sueldo por un mismo trabajo. Creo en tu derecho a tener hijos o a abortar. Creo en toda esa basura. Eres una mujer, sin derecho a ningún privilegio especial por tu sexo. Debes recibir el mismo trato que un hombre —añadió, al tiempo que se sacaba unos billetes del bolsillo—. Y, puesto que eres la pasante, creo, sin discriminación de sexo por mi parte, que eres quien debe ir a comprar una caja de Coors fresca.

—No, Lucien —dijo Jake.

—Cierra el pico, Jake.

—Por supuesto, Lucien —respondió Ellen de pie, con la mirada fija en Lucien—. Pero la cerveza la pagaré yo —añadió, antes de salir del despacho.

—Esta puede ser una noche muy larga —refunfuñó Jake, mientras movía la cabeza.

Harry Rex cambió de opinión y agregó un chorro de whisky a su café.

—Os ruego que no os emborrachéis —suplicó Jake—. Tenemos trabajo que hacer.

—Trabajo mejor cuando estoy borracho —respondió Lucien.

—Yo también —añadió Harry Rex.

—Esto puede ser interesante —dijo Atcavage.

—Lo primero que tenemos que hacer —declaró Jake, con los pies sobre la mesa y el cigarro en la boca— es decidir un modelo de jurado.

—Negro —dijo Lucien.

—Negro como la boca de un túnel —puntualizó Harry Rex.

—Estoy de acuerdo —respondió Jake—. Pero no lo lograremos. Buckley se reservará sus objeciones perentorias para los negros. Podemos estar seguros de ello. Debemos concentrarnos en los blancos.

—Mujeres —dijo Lucien—. Siempre hay que elegir mujeres para los juicios penales. Tienen el corazón más grande, son más sentimentales y mucho más compasivas. Se debe optar siempre por la mujeres.

—No —replicó Harry Rex—. No en este caso. Las mujeres no entienden que se pueda coger un rifle y matar a alguien. Lo que se necesitan son padres, padres jóvenes que querrían hacer lo mismo que hizo Hailey. Papás con hijitas.

—¿Desde cuándo te has convertido en un experto en la elección del jurado? —preguntó Lucien—. Creí que lo tuyo era la astucia en los divorcios.

—Lo mío es la astucia en los divorcios, pero sé cómo elegir un jurado.

—Y escucharlo a través de las paredes.

—Esto es un golpe bajo.

—Por favor, compañeros —exclamó Jake, con los brazos en alto—. ¿Qué os parece Victor Onzell? ¿Lo conoces, Stan?

—Sí, trabaja con nuestro banco. Tiene unos cuarenta años, está casado y tiene tres o cuatro hijos. Blanco. De algún lugar del norte. Regenta el local de camioneros de la carretera, al norte de la ciudad. Hace unos cinco años que está aquí.

—Yo no lo elegiría —dijo Lucien—. Si es del norte, no piensa como nosotros. Probablemente es partidario del control armamentista y toda esa basura. Los yanquis siempre me dan miedo en los casos penales. Siempre he creído que deberíamos tener una ley en Mississippi que prohibiese a los yanquis formar parte de los jurados independientemente del tiempo que hayan pasado entre nosotros.

—Muchas gracias —respondió Jake.

—Yo lo elegiría —dijo Harry Rex.

—¿Por qué?

—Tiene hijos, probablemente alguna hija. Si es del norte,

es probable que tenga menos prejuicios. Me parece una buena elección.

—John Tate Aston.

—Está muerto —dijo Lucien.

—¿Cómo?

—He dicho que está muerto. Falleció hace tres años.

—¿Por qué está en la lista? —preguntó Atcavage, que no era abogado.

—No actualizan las listas de empadronamiento —aclaró Harry Rex, entre trago y trago—. Unos mueren, otros se trasladan, y es imposible mantener el registro al día. Han mandado ciento cincuenta citaciones y se espera que se presenten entre cien y ciento veinte. El resto han fallecido o se han trasladado.

—Caroline Baxter. Ozzie dice que es negra —dijo Jake, después de consultar sus notas—. Trabaja en la fábrica de carburadores de Karaway.

—Cógela —dijo Lucien.

—Ojalá —respondió Jake.

Ellen regresó con la cerveza. Dejó el paquete sobre las rodillas de Lucien, cogió una lata, la abrió y regresó a su escritorio. Jake dijo que no le apetecía, pero Atcavage decidió que tenía sed.

—Joe Kitt Shepherd.

—Debe de tratarse de un fanático sureño —dijo Lucien.

—¿Por qué lo dices? —preguntó Harry Rex.

—Por los dos nombres —respondió Lucien—. Casi todos los fanáticos sureños tienen dos nombres, como Billy Ray, Johnny Ray, Bobby Lee, Harry Lee, Jesse Earl, Billy Wayne, Jerry Wayne o Eddie Mack. Incluso sus esposas tienen dos nombres: Bobbie Sue, Betty Pearl, Mary Belle, Thelma Lou, Sally Fay.

—¿Qué me dices de Harry Rex? —preguntó Harry Rex.

—Nunca he oído que una mujer se llame Harry Rex.

—Y, como nombre masculino, ¿sería el de un fanático sureño?

—Supongo que podría serlo.

—Dell Perry dice que tenía una tienda de artículos de pesca junto al lago. Seguramente, nadie lo conoce —interrumpió Jake.

—No, pero apuesto a que es un fanático —respondió Lucien—. A juzgar por el nombre. Yo lo eliminaría de la lista.

—¿No tienes sus domicilios, edades, ocupaciones o información básica por el estilo? —preguntó Atcavage.

—No hasta el día del juicio. El lunes, cada miembro potencial del jurado rellenará un cuestionario en el juzgado. Pero, hasta entonces, disponemos solo de nombres.

—¿Qué tipo de jurado buscamos, Jake? —preguntó Ellen.

—Hombres de familia entre jóvenes y maduros. Preferiría que no hubiese nadie de más de cincuenta años.

—¿Por qué? —preguntó beligerantemente Lucien.

—Los blancos jóvenes son más tolerantes respecto a los negros.

—Como Cobb y Willard —replicó Lucien.

—A la mayoría de los hombres mayores siempre les desagradarán los negros, pero la nueva generación ha aceptado una sociedad integrada. Por regla general, los jóvenes son menos fanáticos.

—Estoy de acuerdo —añadió Harry Rex—. Yo me mantendría alejado de las mujeres y de los fanáticos.

—Eso es lo que me propongo...

—Creo que te equivocas —dijo Lucien—. Las mujeres son más compasivas. Fíjate en Row Ark: compadece a todo el mundo. ¿No es cierto, Row Ark?

—Cierto, Lucien.

—Compadece a los criminales, a los pornógrafos de niños, a los ateos, a los inmigrantes ilegales, a los homosexuales. ¿No es cierto, Row Ark?

—Cierto, Lucien.

—Ella y yo somos los dos únicos miembros del ACLU existentes en este momento en Ford County, Mississippi.

—Es repugnante —exclamó Atcavage, el empleado de banca.

—Clyde Siseo —dijo Jake levantando la voz con la esperanza de minimizar la controversia.

—Se le puede comprar —declaró afectadamente Lucien.

—¿Qué quieres decir con eso de que «se le puede comprar»? —preguntó Jake.

—Exactamente lo que he dicho. Se le puede comprar.

—¿Cómo lo sabes? —preguntó Harry Rex.

—¿Bromeas? Es un Siseo. El mayor puñado de granujas del este del condado. Viven todos en la zona de Mays. Son ladrones y defraudadores profesionales de las compañías de seguros. Incendian sus casas cada tres años. ¿Nunca has oído hablar de ellos? —vociferaba Lucien en dirección a Harry Rex.

—No. ¿Cómo sabes que se le puede comprar?

—Porque ya lo he hecho en una ocasión. En un juicio civil, hace diez años. Estaba entre los miembros del jurado y le hice saber que le daría el diez por ciento de la cantidad del veredicto. Eso es muy persuasivo.

Jake dejó la lista sobre la mesa y se frotó los ojos. Sabía que, probablemente, aquello era cierto, pero no quería creerlo.

—¿Y bien? —preguntó Harry Rex.

—Participó en el juicio como miembro del jurado y la cantidad que otorgaron fue la mayor de la historia de Ford County. Todavía lo es.

—¿Stubblefield? —preguntó Jake con incredulidad.

—Lo has acertado, amigo mío. Stubblefield contra North Texas Pipeline. Septiembre de 1974. Ochocientos mil dólares. Ratificado en apelación por el Tribunal Supremo.

—¿Le pagaste? —preguntó Harry Rex.

Lucien vació el vaso de un largo trago y apretó los labios.

—Ochenta mil al contado, en billetes de cien dólares —respondió con orgullo—. Construyó una nueva casa y, a continuación, la incendió.

—¿Cuál era tu porcentaje? —preguntó Atcavage.

—El cuarenta por ciento menos ochenta mil dólares.

Se hizo un silencio en la sala mientras todo el mundo, a excepción de Lucien, hacía cálculos.

—Caramba —farfulló Atcavage.

—Bromeas, ¿no es cierto, Lucien? —preguntó Jake con escasa convicción.

—Sabes que hablo en serio, Jake. Miento constantemente, pero nunca sobre cosas como esta. Lo que os he contado es cierto y os aseguro que a ese individuo se le puede comprar.

—¿Por cuánto? —preguntó Harry Rex.

—¡Olvídalo! —dijo Jake.

—Cinco mil al contado, supongo.

—¡Olvídalo!

Se hizo una pausa mientras todos miraban a Jake para asegurarse de que no se interesaba por Clyde Siseo, y cuando fue evidente que así era bebieron un trago a la espera de otro nombre. Alrededor de las diez y media, Jake tomó su primera cerveza y, al cabo de una hora, con cuarenta nombres todavía por repasar, la caja estaba vacía. Lucien se tambaleó hasta el balcón y contempló a los negros que paseaban con velas por la acera alrededor del juzgado.

—Jake, ¿qué hace ese policía sentado en su coche frente a mi despacho?

—Es mi guardaespaldas.

—¿Cómo se llama?

—Nesbit.

—¿Está despierto?

—Probablemente no.

—Oye, Nesbit —chilló Lucien, inclinado peligrosamente sobre la baranda.

—Sí, ¿qué ocurre? —respondió el agente después de abrir la puerta del coche.

—Jake quiere que vayas a la tienda y nos traigas unas cuantas cervezas. Tiene mucha sed. Aquí tienes un billete de veinte. Le gustaría que trajeras una caja de Coors.

—No puedo comprar cerveza cuando estoy de servicio —protestó Nesbit.

—¿Desde cuándo? —dijo Lucien riendo.

—No puedo.

—No es para ti, Nesbit. Es para el señor Brigance, que realmente la necesita. Ha llamado ya al sheriff y dice que no hay inconveniente.

—¿Quién ha llamado al sheriff?

—El señor Brigance —mintió Lucien—. El sheriff ha dicho que no le importa lo que hagas a condición de que no bebas.

Nesbit se encogió de hombros, aparentemente satisfecho, y Lucien dejó caer el billete de veinte desde el balcón. Al cabo de unos minutos, Nesbit regresó con una caja, de la que se había retirado una botella que descansaba abierta sobre el radar de su vehículo. Lucien ordenó a Atcavage que bajara a buscar la cerveza y distribuyó las seis primeras botellas.

Al cabo de una hora habían llegado al final de la lista y la fiesta había terminado. Nesbit subió a Harry Rex, a Lucien y a Atcavage al coche patrulla y los llevó a sus respectivas casas. Jake y su ayudante se quedaron sentados en el balcón, contemplando las velas parpadeantes que giraban lentamente alrededor del juzgado. Había varios coches aparcados al oeste de la plaza, cerca de un reducido grupo de negros sentados con las velas a la espera de su turno.

—No ha estado mal —comentó Jake con la mirada fija en la vigilia—. Hemos escrito algo junto a todos los nombres a excepción de veinte.

—¿Cuál va a ser el próximo paso?

—Intentaré descubrir algo respecto a los veinte restantes y abriremos una ficha para cada miembro potencial del jurado. El lunes los conoceremos como si fueran de la familia.

Nesbit regresó a la plaza y dio un par de vueltas mientras contemplaba a los negros. Aparcó entre el Saab y el BMW.

—El informe M'Naghten es una obra maestra. Nuestro psiquiatra, el doctor Bass, vendrá aquí mañana y quiero que lo repases con él. Debes subrayar las preguntas que necesariamente se le formularán en el juicio y estudiarlas con él. Me preocupa. Confío en Lucien, pero no conozco al doctor. Consigue su currículo e investígalo a fondo. Haz todas las llamadas telefónicas que sean necesarias. Consulta al Colegio de Médicos para asegurarte de que no tiene un historial de problemas disciplinarios. Es muy importante para el caso y no quiero encontrarme con ninguna sorpresa.

—De acuerdo, jefe.

—Escúchame, Row Ark, esta es una ciudad muy pequeña —dijo Jake al terminar su última cerveza—. Mi esposa se marchó hace cinco días y estoy seguro de que pronto lo sabrá la gente. Tu aspecto es sospechoso. A la gente le encanta chismorrear y conviene que seas discreta. Quédate en el despacho, dedícate a investigar y dile a quien te lo pregunte que sustituyes a Ethel.

—Es un gran sujetador que rellenar.

—Puedes hacerlo si te lo propones.

—Espero que comprendas que no soy ni mucho menos tan amable como las circunstancias me obligan a aparentar.

—Lo sé.

Vieron cómo un nuevo grupo de negros tomaba el relevo y se hacía cargo de las velas. Nesbit arrojó una lata vacía de cerveza a la acera.

—¿No vas a regresar a tu casa en coche? —preguntó Jake.

—No sería una buena idea. No creo que pudiera superar la prueba de alcoholemia.

—Puedes dormir en el sofá de mi despacho.

—Gracias. Lo haré.

Jake se despidió, cerró el despacho e intercambió unas pocas palabras con Nesbit. A continuación, se instaló cuidadosamente al volante del Saab. Nesbit le siguió hasta su casa en Adams. Aparcó en el cobertizo, junto al coche de Carla, y Nesbit lo hizo frente a la casa. Era la una de la madrugada del jueves dieciocho de julio.

30

Llegaron en grupos de dos y de tres desde todos los confines del estado y aparcaron en la pista forestal, junto a la cabaña, en las profundidades del bosque. Al entrar en la cabaña, vestían como cualquier obrero, pero, una vez en su interior, se pusieron lenta y meticulosamente sus túnicas y capirotes planchados y doblados a la perfección. Admiraron sus respectivos atuendos mientras se ayudaban los unos a los otros con ellos. Muchos se conocían entre sí, aunque fueron necesarias algunas presentaciones. Eran cuarenta en total; una cantidad muy satisfactoria.

Stump Sisson estaba contento. Circulaba por la estancia con un vaso de whisky en la mano, alentando a su equipo como un entrenador antes del partido. Inspeccionó los uniformes e hizo algunos ajustes. Se sentía orgulloso de sus hombres y así se lo dijo. Era la mayor concentración de aquel género desde hacía muchos años, según declaró. Admiraba el sacrificio que suponía su presencia. Sabía que todos tenían trabajos y familias que atender, pero aquello era importante. Habló de los tiempos gloriosos, de cuando se les temía en Mississippi y gozaban de poder. Aquellos tiempos debían regresar, y correspondía a aquel grupo de hombres abnegados defender los intereses de los blancos. La manifestación sería peligrosa, declaró. Los negros podían manifestarse día y noche sin que a nadie le importara. Pero, en el momento en que lo hacían los blancos, el resultado era imprevisible. Las autoridades les habían concedido permiso para manifestarse, y el sheriff negro prometió que no habría desórdenes públicos, pero, en la actualidad, la mayoría de las manifestaciones del Klan se veían conturbadas por bandas errantes de gamberros negros. Por consiguiente, debían mantenerse unidos y ser cautelosos. Él, Stump, sería el orador.

Después de escuchar atentamente su discurso, se subieron a una docena de coches para seguirle hacia la ciudad.

Pocos eran los habitantes de Clanton, si es que alguno había, que hubiesen presenciado una manifestación del Klan y, cuando se aproximaban las dos de la tarde, una fuerte ola de emoción empezó a estremecer la plaza. Los tenderos y sus clientes hallaron pretextos para inspeccionar la acera. Claramente agrupados, examinaban los callejones. Los buitres habían salido en masa y se congregaron cerca de la glorieta del jardín. Bajo un enorme roble, se reunió un grupo de jóvenes negros. Ozzie presintió que habría problemas, pero le aseguraron que solo habían venido a observar y escuchar. El sheriff les dijo que los encerraría si se producía algún disturbio, y colocó estratégicamente a sus hombres alrededor del juzgado.

—¡Ahí vienen! —exclamó alguien.

Los espectadores se esforzaron por vislumbrar a los componentes del Klan, que avanzaban ostentosamente por un callejón que desembocaba en Washington Avenue, límite septentrional de la plaza. Caminaban con cautela pero con soberbia y el rostro oculto tras la siniestra máscara roja y blanca que colgaba de su regio capirote. El público contemplaba ensimismado aquellas figuras sin rostro conforme la procesión avanzaba lentamente por Washington, luego por Caffrey Street y, a continuación, hacia el este por Jackson Street. Stump abría con orgullo la comitiva. Cuando llegó cerca de la fachada principal del juzgado, giró bruscamente a la izquierda y condujo a su tropa a lo largo de la prolongada acera del centro del jardín. Se agruparon para formar un vago semicírculo alrededor del podio situado en la escalera del juzgado.

Los buitres se empujaban y tropezaban entre sí tras la procesión, y cuando Stump ordenó a sus hombres que pararan, aparecieron inmediatamente una docena de micrófonos en el podio, con cables que salían en todas direcciones hacia las cámaras y magnetófonos. Bajo el árbol, el grupo de negros era mayor, mucho mayor, y algunos de ellos se habían acercado a pocos metros del semicírculo. Las aceras quedaron desiertas cuando los tenderos, sus clientes y otros curiosos cruzaron la calle para acercarse al jardín y oír lo que el jefe, aquel individuo bajo y regordete, estaba a punto de decir. Los agentes circulaban lentamente entre la muchedumbre, con particular interés por el grupo de negros. Ozzie se instaló bajo el roble, entre los suyos.

Jake observaba atentamente desde la ventana del despacho de Jean Gillespie en el segundo piso. La presencia de los miembros del Klan, de punta en blanco, con sus rostros cobardes ocultos tras aquellos siniestros antifaces, le producía náuseas. El capirote blanco, símbolo de odio y violencia en el sur durante muchas décadas, había regresado. ¿Cuál de aquellos individuos había colocado la cruz en llamas en su jardín? ¿Cuál sería el próximo en intentar algo? Desde el segundo piso, veía cómo los negros se acercaban lentamente.

—¡A vosotros, negros, nadie os ha invitado a esta manifestación! —gritó Stump junto al micrófono, al tiempo que los señalaba con el dedo—. ¡Esto es una reunión del Klan y no una convocatoria para un puñado de negros!

En las calles laterales y callejones situados tras una hilera de edificios de ladrillo rojo, se registraba una afluencia continuada de negros en dirección al juzgado. Se unieron a los demás y, en cuestión de segundos, el número de negros era diez veces superior al de Stump y sus muchachos. Ozzie pidió ayuda por radio.

—Me llamo Stump Sisson —declaró, mientras se quitaba el antifaz—. Y me siento orgulloso de decir que soy el mago imperial en Mississippi del imperio invisible del Ku Klux Klan.

Estoy aquí para declarar que los ciudadanos blancos y respetuosos de la ley en Mississippi estamos hartos de que los negros roben, violen, asesinen y se salgan con la suya. Exigimos justicia y exigimos que ese negro llamado Hailey sea condenado y que su oscuro cuerpo acabe en la cámara de gas.

—¡Libertad para Carl Lee! —exclamó uno de los negros.

—¡Libertad para Carl Lee! —repitieron al unísono.

—¡Libertad para Carl Lee!

—¡Callad, malditos negros! —replicó Strump—. ¡Cerrad el pico, animales!

Sus hombres lo miraban, paralizados, de espaldas al griterío. Ozzie y otros seis agentes caminaban entre la muchedumbre.

—¡Libertad para Carl Lee!

—¡Libertad para Carl Lee!

El rostro habitualmente encendido de Stump estaba al rojo vivo. Sus dientes mordían casi los micrófonos.

—¡Callaos, malditos negros! Ayer hicisteis vuestra manifestación y no os molestamos. ¡Tenemos derecho a reunirnos en paz, igual que vosotros! ¡Ahora cerrad el pico!

Crecía el vocerío:

—¡Libertad para Carl Lee! ¡Libertad para Carl Lee!

—¿Dónde está el sheriff? Se supone que su obligación es la de mantener la ley y el orden. Ordene a esos negros que se callen para que podamos proseguir en paz. ¿No sabe cumplir con su obligación, sheriff? ¿Es incapaz de controlar a su propia gente? Todos podéis ver lo que ocurre cuando se elige a un negro para un cargo público.

Siguió el vocerío. Stump se retiró de los micrófonos y contempló a los negros. Los fotógrafos y cámaras de televisión andaban de un lado para otro procurando no perderse detalle. Nadie se fijó en una pequeña ventana del tercer piso del juzgado, que se abrió lentamente y, desde la oscuridad de su interior, alguien arrojó una rudimentaria bomba incendiaria al podio. Cayó exactamente a los pies de Stump, estalló y envolvió al mago en llamas.

Habían comenzado los disturbios. Stump chillaba desesperadamente mientras rodaba por los peldaños. Tres de sus hombres se despojaron de sus túnicas e intentaron sofocar las llamas con ellas. El podio de madera ardía, con un inconfundible olor a gasolina. Los negros, provistos de palos y navajas, arremetieron contra todo rostro o túnica blancos. Debajo de cada túnica blanca había una corta porra negra y los miembros del Klan demostraron estar preparados para el ataque. A los pocos segundos de la explosión, los jardines del palacio de Justicia de Ford County se habían convertido en un campo de batalla, donde la gente chillaba, gemía y blasfemaba entre una espesa nube de humo. Rocas, piedras y porras llenaban el ambiente mientras los dos grupos libraban un combate cuerpo a cuerpo.

Empezaron a desplomarse cuerpos sobre el frondoso césped verde. Ozzie fue el primero en caer, víctima de un contundente golpe en la nuca con una palanca. Nesbit, Prather, Hastings, Pirtle, Tatum y otros agentes corrían de un lado para otro, intentando en vano separar a los combatientes antes de que se mataran. En lugar de ponerse rápidamente a cubierto, los buitres circulaban estúpidamente entre el humo y la violencia, procurando captar con arrojo las mejores imágenes de la contienda. Eran carne de cañón. Una cámara, con su ojo derecho pegado al objetivo, recibió una pedrada en el izquierdo. Se desplomó junto con su máquina sobre la acera, y al cabo de unos segundos apareció otro cámara que filmó a su compañero caído. Una arrojada y atareada periodista de una emisora de Memphis entró decididamente en el campo de batalla, micrófono en mano, con su operador pisándole los talones con la cámara. Después de esquivar un ladrillo, se acercó demasiado a un corpulento miembro del Klan que acababa de apalizar a una pareja de adolescentes negros y que, con un poderoso grito, le dio un porrazo en su atractiva cabeza, la pateó cuando se caía y, a continuación, agredió brutalmente a su operador.

Llegaron refuerzos de la policía municipal de Clanton. En el centro del campo de batalla se reunieron Nesbit, Prather y

Hastings espalda contra espalda, y empezaron a disparar al aire con su arma reglamentaria Smith & Wesson magnum, calibre tres cinco siete. El ruido de los disparos interrumpió los disturbios. Todos dejaron de luchar y miraron a su alrededor a fin de comprobar de dónde procedía el fuego, para luego separarse inmediatamente y desafiarse con la mirada. Retrocedieron lentamente hacia sus propios grupos. Los agentes formaron una línea divisoria entre los negros y los miembros del Klan, agradecidos todos ellos por la tregua.

Una docena de heridos fueron incapaces de replegarse. Ozzie estaba aturdido en el suelo frotándose la nuca. La señorita de Memphis seguía inconsciente, con una fuerte hemorragia en la cabeza. Varios miembros del Klan, con sus túnicas blancas sucias y ensangrentadas, yacían cerca de la acera. El fuego seguía ardiendo.

Se acercó el sonido de las sirenas, y, por último, los coches de bomberos y las ambulancias llegaron al campo de batalla. Los bomberos y los enfermeros atendieron a los heridos. No había ningún muerto. Stump Sisson fue el primero al que se llevaron. Medio a rastras, medio en brazos, acompañaron a Ozzie a un coche patrulla. Llegaron refuerzos y dispersaron la muchedumbre.

Jake, Harry Rex y Ellen comieron una pizza tibia mientras miraban atentamente el pequeño televisor de la sala de conferencias cuando transmitían los acontecimientos del día en Clanton, Mississippi. La CBS lo difundió en medio de las noticias. Al parecer, su periodista había salido ileso de los disturbios y comentó el reportaje filmado que cubría paso a paso la manifestación, el griterío, el altercado y la bomba incendiaria.

—A última hora de la tarde —decía—, se desconocía el número exacto de heridos. Se supone que las lesiones más graves son las extensas quemaduras sufridas por el señor Sisson, que se identificó como mago imperial del Ku Klux Klan. Su estado se ha descrito como de pronóstico reservado en el hospital Mid South Burd de Memphis, donde está ingresado.

—No tenía ni idea —dijo Jake.

—¿No te habían dicho nada? —preguntó Harry Rex.

—Ni una palabra. Y se supone que deben comunicármelo antes que a la CBS.

El periodista desapareció y Dan Rather dijo que volvería dentro de un momento.

—¿Qué significa eso? —preguntó Ellen.

—Significa que Noose es un estúpido por no trasladar el juicio a otra población.

—Alégrate de que no lo haya hecho —dijo Harry Rex—. Te servirá de argumento para la apelación.

—Gracias. Agradezco tu confianza en mí como abogado.

Sonó el teléfono. Harry Rex lo contestó y saludó a Carla antes de pasarle el auricular a Jake.

—Es tu mujer. ¿Podemos escuchar?

—¡No! Id a por otra pizza. Hola, cariño.

—Jake, ¿estás bien?

—Claro que estoy bien.

—Acabo de ver las noticias. Es horrible. ¿Dónde estabas?

—Vestía una de las túnicas blancas.

—Jake, por favor. No tiene gracia.

—Estaba en el despacho de Jean Gillespie, en el segundo piso. Teníamos unas butacas excelentes. Lo hemos visto todo. Ha sido muy emocionante.

—¿Quién es esa gente?

—Los mismos que quemaron una cruz en nuestro jardín e intentaron hacer volar nuestra casa.

—¿De dónde son?

—De todas partes. Hay cinco de ellos en el hospital, domiciliados en distintos lugares del estado. Uno de ellos es de aquí. ¿Cómo está Hanna?

—Muy bien. Quiere regresar a casa. ¿Se aplazará el juicio?

—Lo dudo.

—¿Estás a salvo?

—Por supuesto. Me acompaña siempre un guardaespaldas y llevo un treinta y ocho en el maletín. No te preocupes.

—No puedo evitarlo, Jake. Necesito estar en casa contigo.

—No.

—Hanna puede quedarse aquí hasta que todo termine, pero yo quiero volver a casa.

—No, Carla. Sé que ahí estás a salvo. Pero aquí correrías peligro.

—Entonces tú también corres peligro.

—Estoy todo lo protegido que puedo estar. Pero no debo arriesgarme contigo y con Hanna. Olvídalo. Es mi última palabra. ¿Cómo están tus padres?

—No he llamado para hablar de mis padres. He llamado porque tengo miedo y quiero estar contigo.

—Yo también quiero estar contigo, pero no ahora. Te ruego que lo comprendas.

—¿Dónde te alojas? —preguntó, después de titubear.

—Casi siempre en casa de Lucien. Alguna vez en casa, con mi guardaespaldas aparcado frente a la puerta.

—¿Cómo está mi casa?

—Sigue ahí. Sucia, pero sigue ahí.

—La echo de menos.

—Créeme, ella también a ti.

—Te quiero, Jake, y estoy asustada.

—Yo también te quiero, y no tengo miedo. Tranquilízate y cuida de Hanna.

—Adiós.

—Adiós.

Jake entregó el auricular a Ellen.

—¿Dónde está?

—En Wilmington, Carolina del Norte. Allí es donde veranean sus padres.

Harry Rex había ido a por otra pizza.

—La echas de menos, ¿no es cierto? —preguntó Ellen.

—Más de lo que imaginas.

—No creas. Lo supongo.

A medianoche estaban en la cabaña bebiendo whisky, maldiciendo a los negros y comparando sus heridas. Varios de ellos acababan de regresar del hospital de Memphis, donde habían estado visitando a Stump Sisson. Les dijo que prosiguieran como estaba previsto. Once de ellos habían salido del hospital de Ford County con cortes y contusiones, y los demás admiraban sus heridas mientras cada uno de ellos relataba hasta el último detalle de su valiente lucha con numerosos negros antes de ser herido, generalmente por la espalda o a traición. Eran los héroes, los que llevaban vendajes. A continuación, también los otros contaron sus aventuras, y circuló el whisky. Alabaron al más corpulento cuando describió su ataque contra la atractiva periodista de la televisión y su operador negro.

Después de un par de horas bebiendo mientras narraban sus aventuras, la conversación se centró en la misión que tenían entre manos. Apareció un mapa del condado y uno de los lugareños señaló los objetivos. Debían ocuparse de veinte casas aquella noche; veinte nombres extraídos de la lista de miembros potenciales del jurado que alguien les había proporcionado.

Cinco grupos de cuatro individuos cada uno abandonaron la cabaña en camionetas y se perdieron en la oscuridad para seguir perpetrando fechorías. En cada camioneta había cuatro cruces de madera, modelo reducido, de tres metros por metro treinta, empapadas de petróleo. Los objetivos estaban en áreas aisladas, lejos del tráfico y de los vecinos, en pleno campo, donde los sucesos pasaban desapercibidos porque la gente se acostaba temprano y dormía profundamente.

El plan de ataque era sencillo: la camioneta se detendría a unos cien metros de la casa, donde no se la viera, sin luces, y el conductor mantendría el motor en marcha mientras los otros tres llevaban la cruz a cuestas hasta el jardín, la clavaban en el suelo y arrojaban una antorcha encendida. A continuación, la camioneta los recogía frente a la casa y huían sigilosamente hacia el próximo objetivo.

El plan funcionó bien y sin contratiempos en diecinueve de los veinte objetivos señalados. Pero en la casa de Luther Pickett un ruido extraño había despertado a este con anterioridad, y estaba sentado en la oscuridad de la terraza a la espera de nada en particular cuando atisbó los sospechosos movimientos de una extraña camioneta en el camino, más allá de su pacana. Cogió la escopeta y oyó cómo la camioneta giraba antes de detenerse. Escuchó voces y vio tres sombras que transportaban un palo o algo por el estilo hacia su jardín, junto al camino. Luther se agachó tras un matorral y apuntó.

El conductor tomó un sorbo de cerveza fresca y esperó a ver la cruz en llamas. En su lugar, sonó un disparo. Sus compañeros abandonaron la cruz, la antorcha y el jardín para refugiarse en una pequeña cuneta. Otro disparo. El conductor oía los gritos y las maldiciones. ¡Tenía que rescatarlos! Arrojó la cerveza y pisó el acelerador.

El viejo Luther disparó de nuevo al salir de la terraza y volvió a disparar cuando el vehículo paró junto a la pequeña cuneta próxima al camino. Los tres se arrastraron desesperadamente por el barro, entre resbalones y tropezones, insultos y blasfemias, en un esfuerzo feroz por subirse a la caja del pequeño camión.

—¡Agarraos! —chilló el conductor mientras Luther disparaba de nuevo, en esta ocasión rociando la camioneta de perdigones.

Observó sonriente cómo se alejaba el vehículo, levantando gravilla y patinando entre cunetas. Un puñado de chicos borrachos, pensó.

En una cabina telefónica, un miembro del Klan tenía la lista con veinte nombres y veinte números de teléfono. Los llamó uno por uno solo para decirles que se asomaran al jardín.

31

El viernes por la mañana, Jake llamó por teléfono a Noose y la señora Ichabod le dijo que estaba en Polk County, presidiendo un juicio civil. Tras dar instrucciones a Ellen, Jake salió hacia Smithfield, a una hora de camino. Saludó a su señoría con la cabeza al entrar en la sala y se sentó en primera fila. A excepción del jurado, no había público. Noose estaba aburrido, los miembros del jurado estaban aburridos, los abogados estaban aburridos y, al cabo de un par de minutos, Jake estaba aburrido. Cuando el testigo acabó de declarar, Noose ordenó una suspensión breve de la vista y Jake se dirigió a su despacho.

—Hola, Jake. ¿Cómo está usted?

—Se habrá enterado de lo que ocurrió ayer.

—Lo vi anoche en las noticias.

—¿Se ha enterado de lo ocurrido esta mañana?

—No.

—Evidentemente, alguien le entregó al Klan una lista de los miembros potenciales del jurado. Anoche quemaron cruces en los jardines de veinte de ellos.

—¡Nuestro jurado! —exclamó Noose turbado.

—Sí, señor.

—¿Cogieron a alguien?

—Claro que no. Estaban demasiado ocupados apagando las hogueras. Además, esa gente no se deja coger.

—Veinte miembros de nuestro jurado —repitió Noose.

—Sí, señor.

Noose se pasaba la mano por su frondosa cabellera canosa mientras caminaba por la pequeña estancia moviendo la cabeza y, de vez en cuando, rascándose la horcajadura.

—Yo diría que se trata de intimidación —susurró.

Vaya inteligencia, pensó Jake. Un auténtico genio.

—Eso parece.

—¿Qué se supone que debo hacer? —preguntó, con cierta frustración.

—Trasladar el juicio a otra localidad.

—¿Adónde?

—A la región meridional del estado.

—Comprendo. Tal vez al condado de Carey, donde creo que el sesenta por ciento de la población es negra. Allí se garantizaría, como mínimo, la falta de unanimidad en el jurado, ¿no es cierto? O puede que prefiriera Bromer County, donde tengo entendido que la proporción de negros es todavía superior. Probablemente lograría que lo declarasen inocente, ¿no cree?

—No me importa al lugar al que lo traslade, pero no es justo que se le juzgue en Ford County. Las cosas ya estaban bastante mal antes de la guerra de ayer. Ahora el humor de los blancos es realmente de linchamiento y la cabeza de mi defendido es la más accesible. La situación era terrible antes de que el Klan empezara a decorar el condado con árboles de Navidad. Quién sabe qué intentarán antes del lunes. No hay forma de elegir un jurado justo e imparcial en Ford County.

—¿Quiere decir un jurado negro?

—¡No, señor! Quiero decir un jurado que no haya prejuzgado el caso. Carl Lee Hailey tiene derecho a que lo juzguen doce personas que no hayan decidido de antemano su culpabilidad o inocencia.

Noose se acercó a su sillón y se dejó caer en el mismo. Se quitó las gafas y se rascó la punta de la nariz.

—Podríamos exonerar a los veinte afectados —comentó el juez.

—No serviría de nada. Todo el condado está al corriente de lo ocurrido, o lo estará en pocas horas. Usted sabe la rapidez con que circulan las noticias. Todos los componentes del jurado se sentirán amenazados.

—Entonces podríamos exonerarlos a todos y abrir una nueva convocatoria.

—Será inútil —replicó Jake, frustrado ante la terquedad de Noose—. Todos los miembros del jurado deben ser habitantes de Ford County y no hay nadie que no esté al corriente de los acontecimientos. Además, ¿cómo va a impedir que el Klan intimide a los nuevos miembros del jurado? Será inútil.

—¿Por qué está tan seguro de que el Klan no seguirá el caso si lo trasladamos a otro condado? —preguntó el juez con sarcasmo en cada una de sus palabras.

—Creo que lo hará —admitió Jake—. Pero no lo sabemos con seguridad. Lo que sí sabemos es que el Klan está ya en Ford County, que en estos momentos es bastante activo y que ha intimidado a algunos miembros potenciales del jurado. Esta es la realidad. La cuestión es: ¿qué piensa hacer al respecto?

—Nada —respondió categóricamente Noose.

—¿Cómo?

—Nada. Me limitaré a exonerar a los veinte en cuestión. El lunes, cuando empiece el juicio en Clanton, someteré a todos los miembros a un meticuloso interrogatorio.

Jake le miraba con incredulidad. Noose tenía alguna razón, motivo o temor que no revelaba. Lucen estaba en lo cierto: alguien le presionaba.

—¿Puedo preguntar por qué?

—Estoy convencido de que no importa dónde juzguemos a Carl Lee Hailey. No creo que importe a quién elijamos para formar parte del jurado ni cuál sea su color. Todo el mundo, sea quien sea o de donde sea, ha tomado ya una decisión. Ya han decidido, Jake, y su misión consiste en elegir a los que creen que su defendido es un héroe.

Probablemente eso es cierto, pensó Jake, aunque no estaba dispuesto a admitirlo.

—¿Por qué no se atreve a trasladarlo? —preguntó Jake sin dejar de mirar por la ventana.

—¿Atreverme? —exclamó Ichahod con los ojos entornados y la mirada fija en Jake—. No temo ninguna de mis decisiones. ¿Por qué le da miedo que el juicio se celebre en Ford County?

—Creí que acababa de explicárselo.

—El juicio del señor Hailey se celebrará en Ford County a partir del lunes. Es decir, dentro de tres días. Y allí se celebrará el juicio, no porque no me atreva a trasladarlo, sino porque de nada serviría hacerlo. He pensado detenidamente en ello, señor Brigance, muchas veces, y me parece satisfactorio que el juicio se celebre en Clanton. No se trasladará. ¿Algo más?

—No, señor.

—Me alegro. Nos veremos el lunes.

Jake entró en su despacho por la puerta trasera. La puerta principal permanecía siempre cerrada desde hacía una semana y en todo momento había alguien que llamaba o daba voces junto a ella. Se trataba generalmente de periodistas, pero también había muchos amigos que pasaban para charlar un rato e indagar acerca del famoso juicio. Los clientes formaban parte del pasado. El teléfono no dejaba de sonar. Jake nunca lo contestaba y Ellen lo hacía si estaba cerca.

Jake la encontró en la sala de conferencias, rodeada de montones de textos jurídicos. El informe M'Naghten era una obra de arte. Le había pedido un máximo de veinte páginas, pero ella le entregó setenta y cinco perfectamente mecanografiadas y de una redacción impecable, y le explicó que no había forma de describir la versión de Mississippi de M'Naghten con menos palabras. Su investigación era minuciosa y detallada. Había empezado con el caso M'Naghten original, el de Inglaterra durante el siglo diecinueve, y continuó con la ley de enajenación mental en Mississippi a lo largo de ciento cincuenta años. Tras descartar los casos confusos o insignificantes y describir con una sencillez maravillosa los principales y más complejos, el informe concluía con un resumen de la legislación vigente aplicable al juicio de Carl Lee Hailey.

En otro informe más reducido, de solo catorce páginas, había llegado a la conclusión ineludible de que los miembros del jurado verían las fotografías nauseabundas de Cobb y de Willard con sus sesos desparramados por la escalera. Dicho género de pruebas inflamatorias era admisible en Mississippi y no había hallado la forma de impedirlo.

Había redactado treinta y una páginas de investigación sobre una defensa basada en homicidio justificable; algo en lo que Jake ya había pensado, brevemente, después de los asesinatos. Ellen llegó a la misma conclusión que Jake: no funcionaría. Encontró un antiguo caso en Mississippi, en el que un individuo había capturado y matado a un preso huido que llevaba armas. Se le había declarado inocente, pero las diferencias entre su caso y el de Carl Lee eran enormes. Jake no había solicitado aquel informe y le molestaba que hubiese gastado tanta energía en él. Pero no lo mencionó, porque le había entregado todo lo que le había pedido.

La sorpresa más agradable había sido el resultado de su trabajo con el doctor W. T. Bass. Se había reunido con él dos veces durante la semana y habían repasado M'Naghten muy detalladamente. Preparó un guión de veinte páginas con las preguntas que debería formularle Jake y lo que debería responder Bass. Se trataba de un diálogo ingeniosamente elaborado, y le maravilló su destreza. Cuando él tenía su edad, era un estudiante mediocre, más interesado por los amoríos que por la investigación. Sin embargo, ella, en su tercer año de carrera, escribía informes que parecían tratados.

—¿Cómo ha ido? —preguntó Ellen.

—Como era de suponer. Se ha mostrado inflexible. El juicio dará comienzo aquí el lunes con los mismos miembros del jurado a excepción de los veinte que han recibido las sutiles advertencias.

—Está loco.

—¿En qué estás trabajando?

—Estoy concluyendo el informe para sustanciar nuestra propuesta de que se discutan los detalles de la violación ante el jurado. Hasta ahora parece prometedor.

—¿Cuándo estará terminado?

—¿Hay prisa?

—A ser posible lo querría el domingo. Tengo otro encargo, ligeramente distinto.

Ellen dejó el cuaderno sobre la mesa y se dispuso a escuchar.

—El psiquiatra de la acusación será el doctor Wilbert Rodeheaver, jefe de personal de Whitfield. Ha estado aquí en otras ocasiones y ha declarado en centenares de juicios. Quiero hurgar un poco y ver con qué frecuencia aparece su nombre en las decisiones de la sala.

—Ya me he encontrado con su nombre.

—Me alegro. Como bien sabes, los únicos casos que leemos del Tribunal Supremo son aquellos en los que se condenó al acusado en el juicio y se presentó recurso de apelación. No se comentan aquellos en los que se declaró inocente al acusado. Esos son los que más me interesan.

—¿Adónde pretendes ir a parar?

—Tengo el presentimiento de que Rodeheaver se resiste enormemente a declarar que un acusado esté legalmente enajenado. Cabe la posibilidad de que nunca lo haya hecho. Incluso en casos en los que el acusado estaba claramente loco y no sabía lo que se hacía. Cuando le interrogue, me gustaría preguntar a Rodeheaver sobre algunos de los casos en los que aseguró que no le ocurría nada a un individuo claramente enfermo y que fue declarado inocente por el jurado.

438

—Esos casos son difíciles de encontrar.

—Lo sé, pero tú puedes hacerlo, Row Ark. Hace una semana que observo cómo trabajas y estoy convencido de que puedes hacerlo.

—Me siento halagada, jefe.

—Puede que tengas que llamar por teléfono a algunos abogados del estado que hayan interrogado antes a Rodeheaver. Será difícil, Row Ark, pero lo lograrás.

—Sí, jefe. Estoy segura de que lo quieres para ayer.

—A decir verdad, no. Dudo de que Rodeheaver declare la semana próxima, de modo que dispones de algún tiempo.

—No sé cómo tomármelo. ¿Me estás diciendo que no es urgente?

—No, pero el informe de la violación lo es.

—Sí, jefe.

—¿Has almorzado?

—No tengo hambre.

—Magnífico. No te comprometas para la cena.

—¿Qué quieres decir?

—Que tengo una idea.

—¿Una especie de cita?

—No, una especie de comida de negocios entre profesionales.

Jake preparó dos maletines y se dispuso a abandonar el despacho.

—Estaré en casa de Lucien —dijo—, pero no me llames a no ser que sea cuestión de vida o muerte. No le digas a nadie dónde estoy.

—¿En qué trabajas?

—El jurado.

Lucien estaba borracho y sin conocimiento en la terraza, y Sallie había salido. Jake se instaló en el espacioso estudio del primer piso, donde Lucien tenía más textos jurídicos que la mayoría de los abogados en su despacho. Dejó el contenido de los maletines sobre una silla y colocó sobre la mesa una lista alfabética de los miembros del jurado, un montón de fichas de seis y medio por once y varios rotuladores.

El primer nombre era Acker, Barry Acker. Escribió el apellido en letras de imprenta en una ficha con un rotulador azul. Azul para los hombres, rojo para las mujeres y negro para los negros, independientemente del sexo. Bajo el nombre de Acker, escribió unas notas a lápiz. Edad, unos cuarenta años. Casado por segunda vez, con un hijo y dos hijas. Gerente de una pequeña ferretería de mala muerte, en la calle mayor de Clanton. Su esposa, secretaria en un banco. Conduce una camioneta. Le gusta la caza. Usa botas de vaquero. Bastante agradable. Atcavage había ido a la ferretería el jueves para echarle un vistazo a Barry Acker. Dijo que tenía buen aspecto y hablaba como si hubiera recibido cierta educación. Jake escribió el número nueve junto a su nombre.

Estaba satisfecho de su propia investigación. Seguro que Buckley no sería tan concienzudo.

El siguiente de la lista era Bill Andrews. Vaya nombre. Había seis en la guía telefónica. Jake conocía a uno de ellos, Harry Rex a otro, y Ozzie a uno que era negro, pero nadie sabía quién había recibido la citación. Puso un interrogante junto al nombre.

Gerald Ault. Jake sonrió al escribir su nombre en la lista. Ault había pasado por su despacho hacía unos años, cuando el banco inició el embargo de su casa en Clanton. Su esposa padecía una enfermedad de los riñones y los gastos médicos los habían dejado en la ruina. Era un intelectual, formado en Princeton, donde había conocido a su mujer. Oriunda de Ford County, era hija única de una familia antaño acomodada que había invertido estúpidamente todo su dinero en los ferrocarriles. Él llegó al condado en el momento en que se arruinaron sus suegros y la vida fácil que había iniciado con su matrimonio se convirtió en una lucha. Se dedicó durante un tiempo a la enseñanza, luego dirigió la biblioteca y a continuación trabajó como administrativo en el juzgado. Desarrolló una cierta aversión hacia el trabajo duro. Entonces su esposa enfermó y perdieron su modesta casa. Ahora trabajaba en una tienda de ultramarinos.

Jake sabía algo sobre Gerald Ault que los demás desconocían. De niño, en Pensilvania, su familia vivía en una granja cerca de la carretera. Una noche, mientras dormían, se incendió la casa. Alguien que pasaba por la carretera paró, derribó la puerta y empezó a rescatar a los Ault. El fuego se extendió con rapidez, y cuando Gerald y su hermano despertaron estaban atrapados en su habitación del primer piso. Se acercaron a la ventana y empezaron a gritar. Padres e hijos gritaban desesperados. Todas las ventanas, a excepción de la suya, estaban envueltas en llamas. De pronto, el salvador se roció de pies a cabeza con la manguera del jardín, irrumpió en la casa incendiada, se abrió paso entre las llamas y el humo, subió al primer piso, entró en el dormitorio, agarró a Gerald y a su hermano y saltó por la ventana. Milagrosamente, no sufrieron ningún daño. Le dieron las gracias entre lágrimas y abrazos. Agradecieron su ayuda al desconocido, cuya piel era negra. Era el primer negro que los niños habían visto.

Gerald Ault era uno de los pocos blancos de Ford County que amaba realmente a los negros. Jake puso un diez junto a su nombre.

Durante seis horas estudió la lista del jurado, rellenó fichas, se concentró en cada uno de los nombres y se los imaginó en la sala, deliberando y hablando entre sí. Les otorgó una puntuación. Los negros recibían automáticamente un diez; los blancos no eran tan fáciles. Los hombres recibían más puntos que las mujeres; los jóvenes más que los mayores; los de formación superior, un poco más que los que carecían de estudios; y los liberales, independientemente de su formación, recibían la puntuación más elevada.

Eliminó a los veinte que Noose se proponía excluir. Poseía alguna información sobre ciento once de los miembros potenciales del jurado. Seguro que Buckley no sabía tanto como él.

Ellen estaba mecanografiando en la máquina de Ethel cuando Jake regresó de casa de Lucien. Paró la máquina, cerró los textos de los que copiaba y le observó.

—¿Dónde cenamos? —preguntó con una pícara sonrisa.

—Vamos a viajar.

—¡Magnífico! ¿Adónde?

—¿Has estado alguna vez en Robinsonville, Mississippi?

—No, pero estoy lista. ¿Qué hay ahí?

—Solo algodón, soja y un pequeño restaurante que es maravilloso.

—¿Cómo hay que vestir?

Jake la observó. Como de costumbre, vestía vaqueros descoloridos perfectamente planchados, una camisa azul marino enormemente holgada recogida con elegancia sobre sus finas caderas y sin calcetines.

—Estás bien así —respondió Jake.

Apagaron la fotocopiadora y las luces y salieron de Clanton en el Saab. Jake vio una tienda de licores en la zona negra de la ciudad y compró un paquete de seis Coors y una botella fresca de Chablis.

—En ese lugar, debes llevar tu propia botella —explicó Jake cuando salían de la ciudad.

El sol se ponía ante sus ojos y Jake bajó las viseras del parabrisas. Ellen hizo de camarera y abrió un par de latas de cerveza.

—¿A cuánto está ese lugar? —preguntó.

—Hora y media de camino.

—¡Hora y media! Estoy muerta de hambre.

—Entonces toma cerveza. Créeme; vale la pena.

—¿Qué hay en la carta?

—Gambas salteadas, ancas de rana y siluro asado.

—Veremos —respondió mientras tomaba un sorbo de cerveza.

Jake aceleró y cruzaron velozmente los puentes sobre los numerosos ríos que vertían sus aguas en el lago Chatulla. Subieron por las empinadas cuestas de colinas cubiertas de oscura puararia. Volaron por las curvas y eludieron los camiones madereros que hacían el último desplazamiento del día. Jake abrió el respiradero del techo, bajó las ventanas y dejó que circulara el aire. Ellen se acomodó en su asiento y cerró los ojos. Su frondosa cabellera ondulada revoloteaba ante su cara.

—Escúchame, Row Ark, esta cena es puramente de negocios...

—Claro, claro.

—Lo digo en serio. Yo soy tu jefe, tú trabajas para mí y esta es una comida de negocios. Ni más ni menos. De modo que desecha toda idea lujuriosa de tu cerebro sexualmente liberado.

—Parece que eres tú quien piensa en ello.

—No. Pero sé en qué estás pensando.

—¿Cómo puedes conocer mis pensamientos? ¿Qué te hace suponer que eres tan irresistible y que me propongo seducirte?

—Limítate a no meterte conmigo. Estoy felizmente casado con una mujer encantadora que sería capaz de matar si creyera que la engaño.

—De acuerdo, portémonos como buenos amigos. No somos más que un par de amigos que cenan juntos.

—Esto no funciona en el sur. Un hombre no puede cenar en plan amistoso con una mujer si el hombre está casado. Aquí esto no funciona.

—¿Por qué no?

—Porque los hombres no tienen amigas. Imposible. No conozco en el sur a un solo individuo casado que tenga una amiga. Creo que es un vestigio de la guerra civil.

—Parece un vestigio de la edad media. ¿Por qué son las sureñas tan celosas?

—Porque así es como las educamos. Lo aprenden de nosotros. Si mi esposa se reuniera con un amigo para almorzar o cenar le volaría la cabeza y pediría el divorcio. Ella lo aprende de mí.

—Esto no tiene ningún sentido.

—Claro que no lo tiene.

—¿Tu esposa no tiene ningún amigo?

—Ninguno, que yo sepa. Si averiguas que tiene alguno, cuéntamelo.

—¿Y tú no tienes ninguna amiga?

—¿Para qué quiero amigas? Son incapaces de hablar de fútbol, de la caza del pato, de política, de pleitos o de cualquiera de los temas que me interesan. Hablan de los niños, la ropa, las recetas de cocina, cupones, muebles y cosas de las que no sé nada. No, no tengo ninguna amiga. Ni deseo tenerla.

—Eso es lo que me encanta del sur. La tolerancia de la gente.

—Gracias.

—¿Tienes algún amigo judío?

—No tengo conocimiento de que haya ningún judío en Ford County. Tenía un gran amigo en la facultad, Ira Tauber, que era de New Jersey. Me encantan los judíos. Como bien sabes, Jesús era judío. Nunca he comprendido el antisemitismo.

—Dios mío, eres un liberal. ¿Qué me dices de los homosexuales?

—Me inspiran compasión. No saben lo que se pierden. Pero ese es su problema.

—¿Podrías tener un amigo homosexual?

—Supongo, a condición de que no me lo contara.

—Ahora veo que eres republicano.

Dejó las latas vacías sobre el asiento trasero y abrió otras dos. El sol había desaparecido y el aire húmedo y pesado parecía fresco a ciento cincuenta kilómetros por hora.

—¿De modo que no podemos ser amigos? —preguntó Ellen.

—No.

—Ni amantes.

—Por favor. Intento conducir.

—Entonces ¿qué somos?

—Yo soy abogado y tú mi pasante. Yo el patrón y tú la empleada. Yo el jefe y tú la «currante».

—Tú el varón y yo la hembra.

Jake admiró sus vaqueros y su holgada camisa.

—De eso no cabe duda.

Ellen sacudió la cabeza y contempló las montañas de pueraria que pasaban volando. Jake sonrió, aceleró y tomó un trago de cerveza. Después de atravesar una serie de intersecciones rurales y carreteras desiertas, de pronto desaparecieron las colinas para entrar en el llano.

—¿Cómo se llama el restaurante? —preguntó Ellen.

—Hollywood.

—¿Cómo?

—Hollywood.

—¿Por qué se llama Hollywood?

—Antes estaba en una pequeña ciudad, a pocos kilómetros, llamada Hollywood, Mississippi. Un incendio lo destruyó y se trasladó a Robinsonville. Todavía conserva el nombre de Hollywood.

—¿Qué tiene de particular?

—Excelente comida, música maravillosa, fantástico ambiente y está a mil kilómetros de Clanton, donde nadie me verá cenando con una hermosa desconocida.

—Yo no soy una hermosa desconocida, soy una «currante».

—Una hermosa y desconocida «currante».

Ellen sonrió para sí y se pasó los dedos por el cabello. Al llegar al siguiente cruce giró a la izquierda y siguió recto hasta unos edificios cerca de la vía del tren. A un lado de la carretera había una serie de casas de madera vacías y, al otro lado, un antiguo almacén con una docena de coches aparcados a su alrededor y una suave música que emergía de sus ventanas. Jake cogió la botella de Chablis y acompañó a su pasante por los peldaños que conducían a la terraza y al interior del edificio.

Junto a la puerta había un pequeño escenario, donde una hermosa negra llamada Merle tocaba el piano y cantaba *Rainy Night in Georgia*. Tres largas hileras de mesas llegaban hasta el escenario. El local estaba medio lleno y una camarera que servía cerveza les indicó desde el fondo que entraran. Los acompañó a una pequeña mesa cubierta con un mantel a cuadros rojos.

—¿Unos pepinos fritos al eneldo en escabeche, cariño? —preguntó la camarera a Jake.

—¡Sí! Para dos.

—¿Pepinos fritos al eneldo en escabeche? —preguntó Ellen con el entrecejo fruncido.

—Por supuesto. ¿No los coméis en Boston?

—¿Lo freís todo en estas latitudes?

—Todo lo comestible. Si no te gustan, yo me los comeré.

Se oyó un grito procedente de otra mesa. Cuatro parejas brindaron y se echaron a reír a carcajadas. Nunca cesaban las risas y las voces en el restaurante.

—Lo que tiene de bueno el Hollywood —explicó Jake—, es que uno puede hacer tanto ruido como se le antoje y quedarse hasta que le plazca y a nadie le importa. Cuando consigues aquí una mesa es tuya para toda la noche. Dentro de un momento, empezarán a cantar y a bailar.

Jake pidió gambas salteadas y siluro asado para ambos. Ellen no quiso probar las ancas de rana. Al cabo de un momento regresó la camarera con la botella de Chablis y dos copas frías. Brindaron por Carl Lee Hailey y por su mente enajenada.

—¿Qué opinas de Bass? —preguntó Jake.

—Es el testigo perfecto. Declarará lo que tú le digas.

—¿Te preocupa?

—Me preocuparía si su declaración estuviera relacionada con los acontecimientos. Pero aparece en calidad de experto y basta con que manifieste su opinión. ¿Quién puede contradecirle?

—¿Es creíble?

—Cuando está sobrio. Esta semana hemos hablado dos veces. El martes estaba lúcido y cooperaba. El miércoles estaba borracho e indiferente. Creo que nos será tan útil como cualquier otro psiquiatra. No le importa la verdad y nos dirá lo que queramos oír.

—¿Crees que Carl Lee estaba legalmente enajenado?

—No, ¿lo crees tú?

—No. Carl Lee me comunicó que lo haría cinco días antes de cometer los asesinatos. Me mostró el lugar exacto donde les tendería la emboscada, aunque en aquel momento no me di cuenta de ello. Nuestro cliente sabía exactamente lo que se hacía.

—¿Por qué no se lo impediste?

—Porque no le creí. Su hija acababa de ser violada y luchaba entre la vida y la muerte.

—¿Se lo habrías impedido si hubieras podido?

—Se lo comuniqué a Ozzie. Pero en aquel momento ninguno de nosotros creyó que pudiese ocurrir. En todo caso, aunque lo hubiera sabido con toda certeza, tampoco se lo habría impedido. Yo habría hecho lo mismo.

—¿Cómo?

—Exactamente como lo hizo él. Fue muy fácil.

Ellen acercó el tenedor a un pepino frito al eneldo en escabeche y lo movió con recelo. Lo partió por la mitad, lo ensartó en el tenedor y lo olió con aprensión. Se lo llevó a la boca y empezó a masticarlo lentamente. Después de habérselo tragado, le ofreció a Jake su ración de pepinos.

—Típicamente yanqui —dijo Jake—. No te comprendo, Row Ark. No te gustan los pepinos fritos al eneldo en escabeche, eres atractiva, muy inteligente, podrías trabajar para cualquier gran empresa del país y ganar un montón de dinero, pero prefieres preocuparte por asesinos condenados a muerte que están a punto de recibir su justo merecido. ¿Cuál es tu aliciente, Row Ark?

—Tú te preocupas por el mismo tipo de gente. Ahora se

trata de Carl Lee Hailey. El año próximo será otro asesino odiado por todo el mundo y por quien perderás noches de sueño por tratarse de tu cliente. El día menos pensado, Brigance, tendrás un cliente condenado a muerte y descubrirás lo terrible que es. Cuando lo sujeten a la silla y te mire por última vez cambiarás para siempre. Sabrás lo inhumano que es el sistema y te acordarás de Row Ark.

—Entonces me dejaré crecer la barba y me afiliaré al ACLU.

—Probablemente, si te aceptan.

Llegaron las gambas salteadas en una cazolela negra con mantequilla, ajo y salsa americana. Ellen se sirvió varias cucharadas y empezó a comer como si estuviera muerta de hambre. Merle interpretó una conmovedora versión de *Dixie* y el público la acompañó con voces y aplausos.

Cuando pasó la camarera, dejó sobre la mesa una fuente de ancas de rana. Jake vació el vaso de vino y se sirvió un puñado de ancas. Ellen procuró ignorarlas. Después de saciarse de entremeses, llegó el siluro. La grasa hervía en el plato, que no se podía tocar de tan caliente como estaba. El pescado había sido asado hasta convertirlo en crujiente, con cuadrados negros en ambos lados de la parrilla. Comieron y bebieron despacio, observándose mutuamente y disfrutando de la deliciosa comida.

A medianoche, la botella estaba vacía y el local a media luz.

Después de dar las buenas noches a Merle y a la camarera descendieron cautelosamente hacia el coche y Jake se puso el cinturón de seguridad.

—Estoy demasiado borracho para conducir —dijo.

—Yo también. He visto un pequeño motel cerca de aquí.

—Yo también lo he visto y no tenían habitaciones libres. Te felicito, Row Ark. Me emborrachas y luego pretendes aprovecharte de mí.

—Lo haría si estuviera en mi mano.

Se cruzaron momentáneamente sus miradas. Los ojos de Ellen reflejaban la luz roja del rótulo de neón, situado encima de la puerta del restaurante.

El momento se prolongó y se apagó el rótulo. El restaurante había cerrado.

Jake puso en marcha el motor del Saab, dejó que se calentara y penetraron velozmente en la oscuridad de la noche.

El ratón Mickey llamó a Ozzie a su casa a primera hora del sábado por la mañana y le aseguró que habría más problemas por parte del Klan. Le explicó que los disturbios del jueves no habían sido culpa suya y, no obstante, les responsabilizaban de los mismos. Se habían manifestado pacíficamente y ahora su jefe estaba a las puertas de la muerte, con el setenta por ciento de su cuerpo cubierto de quemaduras de tercer grado. Habría represalias; órdenes superiores. Estaban a punto de llegar refuerzos de otros estados y habría violencia. Nada específico por ahora, pero volvería a llamar cuando tuviera más información.

Ozzie se frotaba el chichón de la nuca, sentado al borde de la cama, cuando llamó al alcalde. Llamó también a Jake y, al cabo de una hora, se reunieron en el despacho del sheriff.

—La situación está a punto de escapársenos de las manos —dijo Ozzie con una bolsa de hielo en la nuca y una mueca por cada palabra—. Un contacto fiable me ha comunicado que el Klan piensa tomar represalias por lo ocurrido el jueves. Al parecer mandan refuerzos de otros estados.

—¿Crees que es verdad? —preguntó el alcalde.

—Tengo miedo de no creerlo.

—¿El mismo contacto? —preguntó Jake.

—Sí.

—Entonces me lo creo.

—He oído decir que tal vez se trasladaría o aplazaría el juicio —dijo Ozzie—. ¿Es posible?

—No. Ayer estuve con el juez Noose. No se trasladará y empezará el lunes.

—¿Le hablaste de las cruces en llamas?

—Se lo conté todo.

—¿Está loco? —preguntó el alcalde.

—Sí y, además, es un estúpido. Pero no lo repitas.

—¿Son sólidas sus bases jurídicas? —preguntó Ozzie.

—Más bien arenas movedizas —respondió Jake moviendo la cabeza.

—¿Qué piensas hacer? —preguntó el alcalde.

—Me gustaría evitar por todos los medios que se produjeran más disturbios —respondió dolorosamente Ozzie después de coger otra bolsa de hielo—. Nuestro hospital no tiene suficiente capacidad para permitir que continúen los altercados. Tenemos que hacer algo. Los negros están furiosos, inquietos y dispuestos a luchar por menos de nada. Algunos negros solo buscan un pretexto para apretar el gatillo, y las túnicas blancas son un buen objetivo. Tengo el presentimiento de que el Klan hará algo realmente estúpido, como intentar matar a alguien. Esto les brindará mayor cobertura a nivel nacional que en los últimos diez años. Mi contacto me ha dicho que, después de lo del jueves, han recibido llamadas de voluntarios de todo el país dispuestos a venir aquí para participar en el jolgorio.

»Lamento tener que decirlo, alcalde —prosiguió Ozzie, después de mover lentamente la cabeza y coger otra bolsa de hielo—, pero creo que deberías llamar al gobernador y solicitar la intervención de la Guardia Nacional. Sé que es un último recurso, pero detestaría que muriese alguien.

—¡La Guardia Nacional! —repitió el alcalde con incredulidad.

—Eso he dicho.

—¿Ocupando Clanton?

—Sí. Para proteger a tu gente.

—¿Patrullando por las calles?

—Sí. Con armas y todo lo demás.

—Dios mío, esto es muy grave. ¿No estarás exagerando un poco?

—No. Es evidente que no dispongo de bastantes hombres para garantizar la paz. Ni siquiera fuimos capaces de impedir los disturbios que empezaron ante nuestras propias narices. El Klan está quemando cruces por todo el condado y no podemos hacer nada para evitarlo. ¿Qué haremos cuando los negros decidan pasar a la acción? No tengo suficientes hombres, alcalde. Necesito ayuda.

A Jake le pareció una idea maravillosa. ¿Cómo podrían elegir un jurado justo e imparcial con el juzgado rodeado por la Guardia Nacional? Pensó en que cuando el lunes llegaran los miembros potenciales del jurado tendrían que pasar entre hileras de soldados, vehículos blindados e incluso puede que algún carro de combate. ¿Cómo podrían ser justos e imparciales? ¿Cómo podría Noose insistir en que se celebrara el juicio en Clanton? ¿Cómo podría el Tribunal Supremo negarse a revocar la sentencia en el caso de que condenaran a su defendido? Era una gran idea.

—¿Qué opinas, Jake? —preguntó el alcalde, en busca de ayuda.

—No creo que tengas otra alternativa, alcalde. No podemos permitirnos otros disturbios. Te perjudicaría políticamente.

—No me preocupa la política —respondió molesto el alcalde, consciente de que Jake y Ozzie sabían que mentía.

En las últimas elecciones había sido reelegido por menos de cincuenta votos y no tomaba acción alguna sin sopesar las consecuencias políticas. Ozzie se percató de que Jake sonreía mientras el alcalde se retorcía ante la perspectiva de que el ejército ocupara su pequeña y tranquila ciudad.

El sábado por la noche, cuando hubo oscurecido, Ozzie y Hastings sacaron a Carl Lee por la puerta trasera de la cárcel y lo llevaron al coche del sheriff. Charlaron y se rieron mientras Hastings conducía lentamente hacia el campo, por delante de la tienda de ultramarinos de Bates, hasta llegar a Craft Road. El jardín de los Hailey estaba lleno de coches cuando llegaron y aparcaron en la carretera. Carl Lee entró por la puerta de su casa como un hombre libre y fue recibido inmediatamente con devoción por sus hijos y multitud de parientes y amigos. No habían sido advertidos de su llegada. Dio a sus niños un fuerte y desesperado abrazo, como si fuera el último que iban a recibir en mucho tiempo. Los presentes observaban en silencio a aquel corpulento individuo arrodillado en el suelo y con la cabeza hundida entre sus sollozantes hijos. La mayoría de los presentes también lloriqueaban.

La cocina estaba llena de comida y el huésped de honor se sentó en su silla habitual presidiendo la mesa, con su esposa e hijos a su alrededor. El reverendo Agee pronunció una breve oración de esperanza en un pronto retorno al hogar. Un centenar de amigos servía a la familia. Ozzie y Hastings se llenaron el plato y se retiraron a la terraza, donde se dedicaron a ahuyentar mosquitos y elaborar una estrategia para el juicio. A Ozzie le preocupaba enormemente la seguridad de Carl Lee cuando lo trasladaran todos los días de la cárcel al juzgado. El propio acusado había demostrado palpablemente que la seguridad no siempre estaba garantizada durante dichos desplazamientos.

Después de cenar, los invitados se dispersaron por el jardín. Los niños jugaban mientras la mayoría de los adultos permanecía en la terraza lo más cerca posible de Carl Lee. Era un héroe, el personaje más famoso que probablemente verían en su vida, y lo conocían personalmente. Para ellos, había una sola razón por la que se le juzgaba. Sin duda había matado a aquellos chicos, pero esa no era la cuestión. De ser blanco, lo habrían condecorado por lo que había hecho. Le habrían llevado con reticencia ante los tribunales, pero con un jurado blanco el juicio habría sido una broma. A Carl Lee se le juzgaba por ser negro. No había otra razón. Estaban convencidos de ello. Todos escuchaban atentamente cuando él hablaba del juicio. Les pidió que rezaran por él, que le prestaran su apoyo, que asistieran al juicio para ser testigos de lo que ocurría y que protegieran a su familia.

Soportaron varias horas la sofocante humedad; Carl Lee y Gwen se mecían lentamente, rodeados de admiradores que querían estar cerca del gran hombre. Cuando se despidieron, lo hicieron todos con un abrazo y la promesa de asistir el lunes al juzgado. Se preguntaban si volverían a verlo sentado en la terraza.

A medianoche, Ozzie dijo que era hora de marcharse. Carl Lee abrazó a Gwen y a sus hijos por última vez y se subió al coche de Ozzie.

Bud Twitty falleció durante la noche. El agente de guardia llamó a Nesbit y este se lo comunicó a Jake, que tomó nota para mandarle flores.

32

Domingo. Un día antes del juicio. Jake despertó con un nudo en el estómago, que atribuyó al juicio, y una jaqueca que atribuyó también al juicio y a la trasnochada del sábado en la terraza de Lucien, en compañía de su pasante y de su ex jefe. Ellen había decidido acostarse en una de las habitaciones para huéspedes de la casa de Lucien y Jake optó por pasar la noche en el sofá de la oficina.

Desde el sofá, oyó voces en la calle. Se levantó en la oscuridad para asomarse al balcón y contempló asombrado la actividad desplegada alrededor del juzgado. ¡El día D! ¡Había estallado la guerra! ¡Patton había llegado! Las calles circundantes de la plaza estaban llenas de camiones militares, jeeps y soldados que circulaban de un lado para otro a fin de organizarse. Se oían voces por las radios y comandantes barrigones ordenaban a sus hombres que se dieran prisa en ocupar sus puestos. Se instaló un centro de mando cerca de la glorieta del jardín. Tres patrullas de soldados clavaban estacas en el suelo y tendían cabos para sostener las lonas de tres enormes tiendas de camuflaje. Levantaron barricadas en las cuatro esquinas de la plaza y los centinelas ocuparon sus lugares de vigilancia, apoyados en las farolas y fumando cigarrillos.

Sentado sobre el maletero de su coche patrulla, Nesbit contemplaba la fortificación del centro de Clanton y charlaba con algunos soldados. Jake preparó un café y le llevó una taza. Ahora que él estaba despierto, sano y salvo, Nesbit podía irse a su casa y descansar hasta la noche. Jake regresó al balcón y contempló la actividad hasta el amanecer. Después de descargar toda la tropa, trasladaron los camiones al arsenal de la Guardia Nacional al norte de la ciudad, donde dormirían los soldados. Calculó que debían de ser unos doscientos. Circulaban en pequeños grupos por la plaza y alrededor del juzgado, mirando escaparates, a la espera del amanecer y de que ocurriese algo emocionante.

Noose se pondría furioso. ¿Cómo se habían atrevido a llamar a la Guardia Nacional sin consultárselo? Se trataba de su juicio. El alcalde lo había mencionado y Jake le había explicado que la seguridad de Clanton era responsabilidad suya, del alcalde, y no del juez. Ozzie había estado de acuerdo y no habían llamado a Noose.

Llegaron el sheriff y Moss Junior Tatum para reunirse con el coronel en la glorieta, y caminaron juntos por el juzgado para inspeccionar la tropa y las tiendas. Ozzie señaló en varias direcciones y el coronel parecía estar de acuerdo con sus deseos. Moss Junior abrió las puertas del juzgado a fin de que los soldados pudieran beber agua y utilizar los servicios. Eran más de las nueve cuando los primeros buitres se encontraron con el centro de Clanton ocupado. En menos de una hora circulaban por todas partes, con cámaras y micrófonos, grabando las importantes declaraciones de un sargento o de algún cabo.

—¿Cómo se llama usted?

—Sargento Drumwright.

—¿De dónde es?

—Booneville.

—¿Dónde se encuentra eso?

—A unos ciento cincuenta kilómetros de aquí.

—¿Por qué están aquí?

—Nos ha llamado el gobernador.

—¿Por qué les ha llamado?

—Para mantener la situación bajo control.

—¿Esperan algún problema?

—No.

—¿Cuánto tiempo permanecerán aquí?

—No lo sé.

—¿Se quedarán hasta que haya terminado el juicio?

—No lo sé.

—¿Quién lo sabe?

—Supongo que el gobernador.

Etcétera.

La noticia de la invasión se divulgó rápidamente aquel tranquilo domingo por la mañana y, después de asistir a la iglesia, los ciudadanos acudieron a la plaza para comprobar en persona que el ejército había ocupado efectivamente el juzgado. Los centinelas retiraron las barricadas y permitieron a los curiosos que circularan por su plaza y contemplasen a los auténticos soldados con sus rifles y sus jeeps. Jake tomaba café en el balcón y se aprendía de memoria las fichas de los miembros potenciales del jurado.

Llamó por teléfono a Carla y le contó que la Guardia Nacional patrullaba por las calles, pero que él estaba a salvo. Le dijo que en aquel mismo momento había centenares de soldados fuertemente armados al otro lado de Washington Street dispuestos a protegerle. Sí, todavía disponía de un guardaespaldas. Sí, la casa seguía en su sitio. Dudaba de que ya se hubiera dado a conocer la muerte de Bud Twitty, y optó por no hablar de ello. Tal vez no se enteraría. Iban a salir a pescar en el barco de su padre y Hanna quería que su papá fuera con ellos. Se despidió y, más que nunca, echó de menos a las dos mujeres de su vida.

Ellen Roark abrió la puerta posterior del despacho y dejó una bolsa de víveres sobre la mesa de la cocina. Sacó una carpeta del maletín y empezó a buscar a su jefe. Jake estaba en el balcón, estudiando las fichas y contemplando el juzgado.

—Buenas tardes, Row Ark.

—Buenas tardes, jefe —respondió, al tiempo que le entregaba un informe de más de dos centímetros de grosor—. Aquí tienes la investigación que me pediste sobre la admisibilidad de la violación. Es un tema delicado, con muchas complejidades. Lamento su extensión.

Era tan pulcro como todos sus informes, con su correspondiente índice, bibliografía y páginas numeradas. Jake le dio una hojeada.

—Maldita sea, Row Ark, no te he pedido un libro de texto.

—Sé que te intimidan los trabajos eruditos y he hecho un esfuerzo consciente para no utilizar palabras de más de tres sílabas.

—Parece que hoy estamos muy susceptibles. ¿No podrías resumirlo en, digamos, unas treinta páginas?

—Escúchame, se trata de un análisis concienzudo realizado por una brillante estudiante de derecho dotada de una capacidad extraordinaria para pensar y escribir con claridad. Es un trabajo genial, para ti y completamente gratuito. De modo que deja de protestar.

—Sí, señora. ¿Te duele la cabeza?

—Sí. Me duele desde que he despertado esta mañana. He pasado diez horas frente a la máquina para escribir esto y necesito algo de beber. ¿Tienes una batidora?

—¿Una qué?

—Batidora. Un invento del que disponemos en el norte. Es un electrodoméstico.

—Hay una en la estantería, junto al microondas.

Ellen desapareció. Era casi oscuro y el tráfico alrededor de la plaza disminuyó cuando los conductores domingueros se cansaron de contemplar a los soldados que custodiaban su juzgado. Después de doce horas de calor sofocante e intensa humedad en el centro de Clanton, los soldados estaba agobiados y ansiosos por regresar a su casa. Sentados en sillas plegables de lona bajo los árboles se dedicaban a maldecir al gobernador. A la caída de la noche, tendieron cables desde el interior del juzgado e instalaron focos alrededor de las tiendas. Junto a correos llegó un coche cargado de negros, con sillas plegables y velas para la vigilia nocturna, que empezaron a caminar por la acera de Jackson Street bajo la atenta mirada de doscientos guardias fuertemente armados. Encabezaba la procesión la señora Rosia Alfie Gatewood, una viuda de noventa kilos que había criado once hijos y mandado a nueve de ellos a la universidad. Era la primera negra conocida que había probado el agua de la fuente pública de la plaza y había sobrevivido. Miraba con desafío a los soldados, que no decían palabra.

Ellen regresó con dos jarras de la Universidad de Boston llenas de un líquido verde pálido. Las dejó sobre la mesa y acercó una silla.

—¿Qué es eso?

—Bébelo. Te ayudará a relajarte.

—Me lo beberé, pero me gustaría saber qué es.

—Margaritas.

—¿Dónde está la sal? —preguntó Jake después de examinar el borde de su jarra.

—Yo la prefiero sin sal.

—Pues yo también. ¿Por qué margaritas?

—¿Por qué no?

Jake cerró los ojos y tomó un largo trago. Y luego otro.

—Row Ark, eres una mujer de mucho talento.

—Una «currante».

—Hace ocho años que no tomaba una margarita —dijo Jake después de otro largo trago.

—Cuánto lo siento.

Su jarra estaba medio vacía.

—¿Qué clase de ron has utilizado?

—Si no fueras mi jefe diría que eres un imbécil.

—Gracias.

—No es ron, sino tequila con zumo de lima y cointreau. Creí que todos los estudiantes de derecho lo sabían.

—¿Crees que podrás perdonarme? Estoy seguro de que lo sabía cuando era estudiante.

Ellen contempló la plaza.

—¡Es increíble! Parece una zona de guerra.

Jake vació la jarra y se lamió los labios. Los soldados jugaban a los naipes bajo los toldos y se reían. Otros se refugiaban de los mosquitos en el juzgado. Los portadores de velas doblaron la esquina y pasaron por Washington Street.

—Sí —dijo Jake sonriendo—. Es estupendo, ¿no te parece? Piensa en nuestros justos e imparciales miembros del jurado cuando lleguen por la mañana y se encuentren con todo esto. Volveré a solicitar que se traslade el juicio. La solicitud será denegada. Solicitaré una anulación y Noose la denegará. Entonces me aseguraré de que la taquígrafa registre el hecho de que el juicio se celebra en el seno de este circo.

—¿Por qué están aquí?

—El sheriff y el alcalde llamaron al gobernador y le convencieron de que la Guardia Nacional era necesaria para evitar disturbios en Ford County. Le dijeron que nuestro hospital no tiene suficiente capacidad para este juicio.

—¿De dónde son?

—De Booneville y de Columbus. A la hora del almuerzo he contado doscientos veinte.

—¿Han estado aquí todo el día?

—Me han despertado a las cinco de la madrugada y he observado sus movimientos a lo largo del día. Se han visto acorralados en un par de ocasiones, pero han recibido refuerzos. Hace unos minutos, con la llegada de la señora Gatewood y de sus compañeros con las velas, se han enfrentado al enemigo. Ella ha logrado vencerlos con la mirada y ahora se dedican a jugar a los naipes.

Ellen vació su jarra y fue en busca de otra. Jake cogió las fichas por centésima vez y las puso sobre la mesa. Nombre, edad, ocupación, familia, raza, educación… Leía y repetía la información desde primera hora de la mañana. Llegó inmediatamente la segunda ronda y Ellen cogió las fichas.

—Correen Hagan —dijo, mientras tomaba un sorbo.

—De unos cincuenta y cinco años —respondió Jake al cabo de un instante—. Secretaria en una compañía de seguros. Divorciada, con dos hijos mayores. Enseñanza media a lo sumo. Oriunda de Florida, por si a alguien le interesa.

—¿Puntuación?

—Creo que le puse un seis.

—Muy bien. Millard Sills.

—Propietario de una plantación de pacanas cerca de Mays. De unos setenta años de edad. Hace unos años, dos negros mataron a su sobrino de un tiro en la cabeza durante un atraco en Little Rock.

—¿Puntuación?

—Creo que cero.

—Clay Bailey.

—Unos treinta años. Seis hijos. Feligrés devoto de la Iglesia de Pentecostés. Trabaja en la fábrica de muebles al oeste de la ciudad.

—Le has puesto un diez.

—Sí. Estoy seguro de que ha leído la parte de la Biblia donde se menciona lo de ojo por ojo, etcétera. Además, entre seis hijos es probable que por lo menos dos sean niñas.

—¿Te los sabes todos de memoria?

—Tengo la impresión de conocerlos de toda la vida —asintió él, tomando un trago.

—¿A cuántos reconocerás?

—A muy pocos. Pero sabré más que Buckley acerca de ellos.

—Estoy impresionada.

—¿Cómo? ¿Qué has dicho? ¿Te he impresionado con mi intelecto?

—Entre otras cosas.

—Me siento muy honrado. He impresionado a un genio de la legislación penal. La hija de Sheldon Roark, quienquiera que sea. Una verdadera *summa cum laude*. Espera a que se lo cuente a Harry Rex.

—¿Dónde está ese elefante? Lo echo de menos. Me cae bien.

—Llámalo. Dile que venga a participar de la fiesta en la terraza mientras contemplamos la tropa que se prepara para la tercera batalla de Bull Run.

—¿Llamo también a Lucien? —preguntó mientras se acercaba al teléfono del escritorio.

—¡No! Estoy harto de Lucien.

Harry Rex trajo una pequeña botella de tequila que encontró en algún lugar de su mueble bar. Él y la pasante discutieron acaloradamente sobre los ingredientes correctos de una buena margarita. Jake votó a favor de su pasante.

Se instalaron en el balcón y se dedicaron a repasar los nombres de las fichas, tomar tragos de aquella peculiar mezcolanza, gritar a los soldados y cantar canciones de Jimmy Buffet. A medianoche, Nesbit cargó a Ellen en su coche patrulla y la llevó a casa de Lucien. Harry Rex caminó hasta su casa. Jake durmió en el sofá.

33

Lunes, veintidós de julio. Poco después de la última margarita, Jake saltó del sofá y dirigió la mirada al reloj de su escritorio. Había dormido tres horas. Un enjambre de mariposas salvajes luchaba violentamente en su estómago. Sintió un calambre en la entrepierna. No tenía tiempo para resacas.

Nesbit dormía como un bebé al volante de su coche. Jake lo despertó, se instaló en el asiento trasero y saludó con la mano a los centinelas, que miraban con curiosidad desde el otro lado de la calle. Nesbit avanzó dos manzanas hasta Adams, donde soltó a su pasajero y esperó frente a la casa, siguiendo sus instrucciones. Jake tomó una ducha rápida y se afeitó. Eligió un traje gris oscuro de lana, camisa blanca a rayas y una corbata de seda nada llamativa, de color morado con unas discretas rayas azul marino. El pantalón se ajustaba perfectamente a su esbelta cintura. Tenía muy buen aspecto, mucho más elegante que su enemigo.

Nesbit estaba de nuevo dormido cuando Jake soltó al perro y se instaló en el asiento trasero.

—¿Todo en orden en la casa? —preguntó Nesbit, al tiempo que se secaba la saliva de la barbilla.

—No he encontrado ningún paquete de dinamita, si es a eso a lo que te refieres.

Nesbit respondió con una irritante carcajada, como era

habitual en él. Dieron la vuelta a la plaza y Jake se apeó frente a su despacho. Encendió las luces y preparó un café.

Tomó cuatro aspirinas y bebió un litro de zumo de pomelo. Le ardían los ojos y le dolía la cabeza de agobio y fatiga, y eso que la parte abrumadora todavía no había empezado. Abrió el sumario de Carl Lee Hailey sobre la mesa de conferencias. Su pasante lo había clasificado y señalado por orden alfabético, pero él pretendió separarlo y reunirlo de nuevo. Si se tarda más de treinta segundos en encontrar un caso o un documento, no sirve para nada. Sonrió admirado por la capacidad de organización de Ellen. Tenía fichas y subfichas para todo a diez segundos de la punta de los dedos. En un cuaderno de tres anillas y un par de centímetros de grosor había incluido un resumen de los títulos y experiencia del doctor Bass, así como un esquema de su declaración. También había escrito unas notas sobre las objeciones previsibles por parte de Buckley, con sus correspondientes respuestas basadas en casos autorizados. Jake se enorgullecía de su preparación para el juicio, pero era humillante aprender de una estudiante de tercer curso de derecho.

Volvió a guardar el sumario en su maletín de cuero negro con sus iniciales grabadas en oro. Sintió necesidad de ir al retrete y aprovechó para repasar las fichas alfabéticas. Se las sabía todas. Estaba listo.

Poco después de las cinco, Harry Rex llamó a la puerta. En la oscuridad parecía un ladrón.

—¿Qué haces levantado tan temprano? —preguntó Jake.

—No podía dormir. Estoy nervioso —respondió, al tiempo que le mostraba una bolsa con manchas de grasa—. De parte de Dell. Está todo caliente y recién hecho. Salchichas empanadas, tocino y queso empanado, pollo y queso empanado; hay de todo. Está preocupada por ti.

—Gracias, Harry Rex, pero no tengo hambre. Tengo el estómago revuelto.

—¿Nervioso?

—Como una puta en la iglesia.

—Tienes un aspecto bastante demacrado.

—Gracias.

—Pero el traje te queda bien.

—Lo eligió Carla.

Harry Rex metió la mano en la bolsa y sacó un puñado de bizcochos envueltos en papel de aluminio. Los dejó sobre la mesa de conferencias y se sirvió un café. Al otro lado de la mesa, Jake hojeaba el informe de Ellen sobre M'Naghten.

—¿Lo ha escrito ella? —preguntó Harry Rex, con la boca llena y sin dejar de masticar.

—Sí, es un resumen de setenta y cinco páginas de la defensa por enajenación mental en Mississippi. Le llevó tres días hacerlo.

—Parece muy lista.

—Tiene cerebro y redacta muy bien. Es inteligente, pero le resulta difícil aplicar sus conocimientos al mundo real.

—¿Qué sabes acerca de ella? —preguntó mientras le caían migas de la boca sobre la mesa, que tiró al suelo con la manga de la chaqueta.

—Es recta, sólida. Es el número dos de su promoción en Ole Miss. Llamé a Nelson Battles, decano adjunto de la facultad de derecho, y me lo confirmó. Tiene bastantes probabilidades de acabar número uno.

—Yo acabé nonagésimo tercero entre noventa y ocho. Habría sido nonagésimo segundo si no me hubieran descubierto copiando en un examen. Empecé a protestar, pero decidí que daba lo mismo ser nonagésimo tercero. Maldita sea, pensé, a quién puede preocuparle en Clanton. Estaban contentos de que, una vez licenciado, regresara para ejercer en la ciudad en lugar de buscar empleo en Wall Street u otro lugar por el estilo.

Jake sonrió al escuchar la anécdota, que ya había oído un centenar de veces.

—Pareces nervioso, amigo —dijo Harry Rex mientras desenvolvía un bizcocho de pollo y queso.

—Estoy bien. El primer día es siempre el más duro. Hay

que hacer todos los preparativos. Estoy listo. Ahora es solo cuestión de esperar.

—¿A qué hora hace su entrada Row Ark?

—No lo sé.

—Cielos, me pregunto qué se pondrá.

—O qué no se pondrá. Confío en que vista con discreción. Ya sabes lo puritano que es Noose.

—¿No permitirás que se siente a tu lado, en la mesa de la defensa?

—Creo que no. Permanecerá entre bastidores, al igual que tú. Podría ofender a algunas de las mujeres del jurado.

—Sí, ocúltala, que no se la vea —dijo Harry Rex, al tiempo que se secaba la boca con una de sus enormes manazas—. ¿Te acuestas con ella?

—¡No! No estoy loco, Harry Rex.

—Estás loco si no lo haces. Esa mujer está disponible.

—Entonces a qué esperas. Yo ya tengo bastantes preocupaciones.

—Le caigo bien, ¿no es cierto?

—Eso dice.

—Creo que lo intentaré —dijo con toda seriedad antes de sonreír para soltar a continuación una sonora carcajada que cubrió de migas los libros de las estanterías.

Sonó el teléfono. Jake movió la cabeza y Harry Rex levantó el auricular.

—No está aquí, pero tendré mucho gusto en darle el recado —respondió, al tiempo que guiñaba el ojo a Jake—. Sí, señor; sí, señor; por supuesto; sí, señor. Es terrible, desde luego. Cuesta imaginar que alguien sea capaz de hacerlo. Sí, señor; sí, señor; estoy completamente de acuerdo con usted. Sí, señor. A propósito, ¿cómo se llama? ¿Cómo? —dijo Harry Rex sonriendo antes de colgar el teléfono.

—¿Qué quería?

—Dice que eres una deshonra para la raza blanca por representar a ese negro, y que no comprende cómo un abogado puede defender a un negro como Hailey. Y que confía en que el Klan te dé tu merecido, o, de lo contrario, que el Colegio de Abogados estudie el caso y te expulse por ayudar a los negros. Dice que no es culpa tuya, que esto te pasa porque has sido discípulo de Lucien Wilbank, que vive con una negra.

—¡Y tú estabas de acuerdo con él!

—¿Por qué no? No hablaba con odio, sino con toda sinceridad, y se siente mejor, el hombre, después de haberse desahogado.

Volvió a sonar el teléfono y Harry Rex levantó el auricular.

—Jake Brigance, abogado, letrado, asesor, consejero y maestro en leyes.

Jake se ausentó para dirigirse al retrete.

—¡Jake, es un periodista! —gritó Harry Rex.

—Estoy en el váter.

—¡Está destemplado! —respondió Harry Rex por teléfono.

A las seis, las siete de Wilmington, Jake llamó a Carla. Estaba despierta, leyendo el periódico y tomando café. Le habló de Bud Twitty, del ratón Mickey y de la amenaza de violencia. Eso no le preocupaba. De lo que tenía miedo era del jurado, de los doce elegidos y de su reacción para con él y su cliente. Todo lo demás carecía de importancia. Por primera vez, Carla no habló de regresar a casa. Jake prometió volver a llamarla por la noche.

Cuando colgó, oyó una discusión en la planta baja. Ellen había llegado y Harry Rex hablaba a voces. Se habrá puesto una minifalda y una blusa transparente, pensó Jake mientras bajaba por la escalera. No lo había hecho. Harry Rex la felicitaba por haberse vestido como una sureña hasta el último detalle. Vestía un traje gris a cuadros, con la chaqueta cruzada y una elegante falda corta. Su blusa de seda era negra y, al parecer, llevaba la prenda necesaria bajo la misma. Llevaba el pelo recogido de algún modo en la nuca. Increíblemente, se había puesto rímel y carmín. En palabras de Harry Rex, era todo lo parecida a un abogado que pueda serlo una mujer.

—Gracias, Harry Rex —respondió Ellen—. Ojalá tuviera tanto gusto como tú para la ropa.

—Tienes muy buen aspecto, Row Ark —dijo Jake.

—Tú también —respondió ella.

Luego, miró a Harry Rex, pero no dijo nada.

—Te ruego que nos perdones, Row Ark —dijo Harry Rex—. Estamos impresionados porque no teníamos ni idea de que tuvieras un vestuario tan variado. Te pedimos disculpas por admirarte, consciente de lo mucho que eso enfurece tu pequeño corazón liberado. En el sur, solemos deshacernos en cumplidos ante las hembras atractivas y bien vestidas, estén o no liberadas.

—¿Qué hay en la bolsa? —preguntó Ellen.

—Desayuno.

Sacó un paquete de la misma, lo desenvolvió y se encontró con una salchicha empanada.

—¿No hay panecillos? —preguntó.

—¿Qué es eso? —preguntó Harry Rex.

—Olvídalo.

Jake se frotó las manos y procuró parecer entusiasmado.

—Bien, ahora que estamos aquí reunidos tres horas antes del juicio, ¿qué podemos hacer?

—Preparemos unas margaritas —dijo Harry Rex.

—¡No! —respondió Jake.

—A mí no me apetece —dijo Ellen—. Hay que trabajar.

—¿Qué ocurrirá en primer lugar? —preguntó Harry Rex mientras desenvolvía el último bizcocho.

—Después de que salga el sol, empezará el juicio. A las nueve, Noose dirá unas palabras a los miembros potenciales del jurado y empezará el proceso de selección.

—¿Cuánto durará? —preguntó Ellen.

—Dos o tres días. En Mississippi, tenemos derecho a interrogar individualmente a cada uno de los miembros en el despacho de su señoría. Eso ocupa bastante tiempo.

—¿Dónde me siento y qué hago?

—Sin duda parece tener experiencia —dijo Harry Rex, dirigiéndose a Jake—. ¿Sabe dónde está el juzgado?

—No te sentarás a la mesa de la defensa —respondió Jake—. Allí solo estaremos Carl Lee y yo.

—Comprendo —dijo Ellen, al tiempo que se frotaba la boca—. Tú y el acusado, rodeados por las fuerzas del mal, solos ante la muerte.

—Más o menos.

—Mi padre utiliza a veces esa táctica.

—Me alegro de que estés de acuerdo. Tú te sentarás detrás de mí, junto a la barandilla. Pediré a Noose que te permita entrar en su despacho para participar en las discusiones privadas.

—¿Dónde me pongo yo? —preguntó Harry Rex.

—A Noose no le gustas, Harry Rex. Nunca le has gustado. Tendría un infarto si le pidiera que te dejase entrar en su despacho. Será preferible que finjas que no nos conocemos.

—Gracias.

—Pero agradecemos tu colaboración —añadió Ellen.

—Que te den morcilla, Ellie Mae.

—Y, a pesar de todo, podrás beber con nosotros —contestó ella.

—Y suministrar el tequila —puntualizó Harry Rex.

—No habrá más alcohol en este despacho —dijo Jake.

—Hasta el descanso del mediodía —respondió Harry Rex.

—Quiero que te instales detrás de la mesa del secretario, que deambules como sueles hacerlo y tomes notas sobre el jurado. Procura relacionarlos con las fichas. Probablemente serán ciento veinte.

—Lo que tú digas.

Al alba, salió el ejército en masa a la calle. Instalaron de nuevo las barricadas y, en las cuatro esquinas de la plaza, los soldados se agruparon alrededor de los barriles blancos y naranja que bloqueaban los accesos. Atentos y listos para entrar en acción, vigilaban detenidamente todos los coches, a la espera de un ataque enemigo y con el deseo de que ocurriera algo excitante. Hubo un poco de emoción cuando a las siete y media llegaron los furgones y camionetas de algunos buitres, con sus vistosos logotipos en los costados. Los soldados rodearon los vehículos y comunicaron a todo el mundo que estaba prohibido aparcar alrededor del juzgado durante el juicio. Los buitres desaparecieron por las calles laterales y volvieron andando al cabo de unos instantes, con sus voluminosas cámaras y demás instrumentos. Algunos se instalaron en las escaleras frente al juzgado, otros junto a la puerta trasera, y un tercer grupo en la glorieta del segundo piso, cerca de la puerta de la Audiencia.

Murphy, bedel y único testigo presencial de la muerte de Cobb y de Willard, comunicó tan bien como pudo a los periodistas que el juzgado abriría a las ocho en punto, ni un minuto antes. Se formó una cola que no tardó en dar la vuelta a la glorieta.

Los autobuses de las iglesias aparcaron en algún lugar cerca de la plaza, y los pastores condujeron lentamente a los feligreses por Jackson Street. Llevaban pancartas en las que se leía LIBERTAD PARA CARL LEE y cantaban «Venceremos» en perfecta armonía. Cuando se acercaron a la plaza y los soldados se percataron de su presencia empezaron a transmitirse mensajes por radio. Ozzie y el coronel intercambiaron rápidamente unas palabras, y los soldados se tranquilizaron. Ozzie acompañó a los manifestantes a un sector del jardín, por donde empezaron a deambular con la mirada fija en la Guardia Nacional de Mississippi.

A las ocho se instaló un detector de metales en la puerta principal del juzgado y tres agentes fuertemente armados se dedicaron a registrar lentamente a los asistentes, que ahora llenaban la glorieta, antes de entrar en el edificio. En el interior, Prather dirigía el tráfico y acomodaba al público en los bancos de un lado de la sala, reservando el otro para los miembros del jurado. El primer banco era para los parientes y el segundo para los dibujantes, que empezaron inmediatamente a tomar apuntes del estrado y de los retratos de héroes confederados.

El Klan se sintió obligado a hacer acto de presencia el día de la inauguración, especialmente durante la llegada de los miembros potenciales del jurado. Dos docenas de miembros del Klan, perfectamente ataviados, llegaron en silencio por Washington Street. Los soldados los detuvieron y rodearon inmediatamente. El barrigudo coronel cruzó ostentosamente la calle y, por primera vez en su vida, se encontró cara a cara con un miembro del Ku Klux Klan, con su correspondiente túnica y capirote blancos, que medía un palmo y medio más que él. Entonces se percató de la presencia de las cámaras, que se habían acercado para observar los sucesos, y desapareció lo que tenía de matón. Sus habituales alaridos se convirtieron inmediatamente en una voz aguda, nerviosa y tartamudeante, indescifrable incluso para él.

Ozzie acudió a rescatarlo.

—Buenos días, muchachos —dijo el sheriff con toda tranquilidad junto al nervioso coronel—. Os tenemos rodeados y os superamos en número. También somos conscientes de que no podemos impedir vuestra presencia.

—Efectivamente —respondió el jefe.

—Si me seguís y hacéis lo que os diga, no habrá ningún problema.

Siguieron a Ozzie y al coronel a una pequeña área del jardín, donde se les explicó que aquel sería su territorio durante el juicio. Si no se movían de allí y guardaban silencio, el coronel se ocuparía personalmente de que los soldados no los molestaran. Estuvieron de acuerdo.

Como era de suponer, la presencia de las túnicas blancas exaltó a los negros, situados a unos cincuenta metros de distancia.

—¡Libertad para Carl Lee! ¡Libertad para Carl Lee! ¡Libertad para Carl Lee! —empezaron a gritar todos.

Los miembros del Klan levantaron el puño y respondieron:

—¡Carl Lee a la hoguera!

—¡Carl Lee a la hoguera!

—¡A la hoguera con Carl Lee!

Había dos filas de soldados a lo largo de la acera que dividía el jardín y conducía a las escaleras del juzgado. Otra fila de soldados estaba situada entre la acera y los miembros del Klan, y una cuarta entre la acera y los negros.

Comenzaron a llegar los miembros del jurado, que caminaron a toda prisa entre las filas de soldados. Con su maldita citación en la mano, escuchaban perplejos a los dos grupos que se gritaban entre sí.

El ilustrísimo Rufus Buckley llegó a Clanton y, después de explicar cortésmente a los soldados quién era y lo que eso significaba, le permitieron aparcar junto al juzgado, en el lugar reservado para el fiscal del distrito. Los periodistas parecían haberse vuelto locos. Aquello debía de ser importante: alguien había roto el cordón de seguridad. Buckley se quedó unos momentos en su viejo Cadillac para permitir que lo alcanzaran los periodistas. Le rodearon en el momento de apearse del vehículo y avanzó con suma lentitud hacia la puerta del juzgado sin dejar de sonreír. La ráfaga de preguntas le resultó irresistible y violó el secreto sumarial por lo menos ocho veces, siempre con una radiante sonrisa y disculpándose por no poder responder a la pregunta que ya había contestado. Musgrove seguía al gran hombre con su maletín.

Jake paseaba nervioso por su despacho. Su puerta estaba cerrada con llave. Ellen preparaba otro informe en la planta baja. Harry Rex se encontraba en el Coffee Shop, desayunando de nuevo y chismorreando. Las fichas estaban desparramadas sobre la mesa y a Jake ya lo tenían harto. Hojeó un sumario y se dirigió al balcón, desde donde se oían las voces de la plaza. Regresó a su escritorio y examinó el borrador de su discurso de apertura a los miembros potenciales del jurado. La primera impresión era fundamental.

Se tumbó en el sofá con los ojos cerrados y pensó en las muchísimas cosas que prefería hacer. En general, le gustaba su trabajo. Pero había momentos, momentos terribles como el presente, en los que lamentaba no haberse convertido en agente de seguros o corredor de bolsa. O incluso tal vez abogado tributario. Seguro que ellos no tenían náuseas y diarrea en los momentos críticos de su profesión.

Lucien le había enseñado que era bueno tener miedo, el miedo era un aliado, todo abogado tenía miedo al presentar un caso ante un nuevo jurado. Está bien tener miedo, pero no hay que manifestarlo. Los jurados no se dejaban convencer por los abogados más locuaces ni por los mejores oradores. Tampoco por los más elegantes. Ni por los payasos o comediantes. No se dejaban convencer por el abogado que predicaba ni por el que más luchaba. Lucien le había convencido de que los miembros del jurado confiaban en el abogado que decía la verdad, independientemente de su aspecto, lenguaje o habilidad aparente. El abogado tenía que ser sincero en la sala y, si tenía miedo, debía aceptarlo. Los miembros del jurado también estaban asustados.

Hay que trabar amistad con el miedo, decía siempre Lucien, porque no desaparecerá y puede destruirte si no lo controlas.

El miedo le atacaba fuertemente en la barriga, y bajó con cuidado a los servicios.

—¿Cómo estás, jefe? —preguntó Ellen cuando se asomó para verla.

—Listo, supongo. Saldremos dentro de un minuto.

—Hay unos periodistas en la puerta. Les he dicho que habías abandonado el caso y salido de la ciudad.

—En estos momentos, pienso que ojalá lo hubiera hecho.

—¿Has oído hablar de Wendall Solomon?

—No lo tengo presente.

—Trabaja en la Organización de Defensa de Presos Sureños. El verano pasado trabajé para él. Ha defendido más de un centenar de casos de pena capital a lo largo y ancho del sur. Se pone tan nervioso antes del juicio que no puede comer ni dormir. Su médico le receta sedantes, a pesar de lo cual está tan irritable el primer día del juicio que nadie le dirige la palabra. Y eso le ocurre después de más de un centenar de casos parecidos.

—¿Cómo se las arregla tu padre?

—Se toma un par de martinis con un Valium. Luego se acuesta sobre su escritorio con la puerta y los ojos cerrados hasta la hora de ir al juzgado. Está nervioso y de mal humor. Claro que, en gran parte, es su naturaleza.

—Entonces ¿conoces la sensación?

—La conozco demasiado.

—¿Parezco nervioso?

—Pareces cansado. Pero estás bien.

—Vámonos —dijo Jake, después de consultar el reloj.

Los periodistas de la acera se lanzaron sobre su presa.

—Sin comentario —iba diciendo Jake mientras cruzaba lentamente la calle en dirección al juzgado.

—¿Es cierto que piensa solicitar la anulación del juicio?

—Eso no se puede hacer hasta que el juicio haya empezado.

—¿Es cierto que el Klan le ha amenazado?

—Sin comentario.

—¿Es cierto que ha mandado a su familia afuera de la ciudad hasta que haya concluido el juicio?

—Sin comentario —titubeó Jake después de mirar al periodista.

—¿Qué opina de la Guardia Nacional?

—Estoy orgulloso de ellos.

—¿Puede su defendido recibir un juicio justo en Ford County?

—Sin comentario —respondió Jake después de mover la cabeza.

Había un agente de guardia a pocos pasos de donde habían caído los cadáveres.

—¿Quién es, Jake? —preguntó señalando a Ellen.

—Es inofensiva. Va conmigo.

Subieron a toda prisa por la escalera posterior. Carl Lee estaba sentado solo en la mesa de la defensa, de espaldas a la sala abarrotada de público. Jean Gillespie comprobaba afanosamente la identidad de los miembros del jurado mientras los agentes vigilaban la sala en busca de cualquier cosa sospechosa. Jake saludó afectuosamente a su defendido, con un apretón de manos, una radiante sonrisa y unas palmadas en el hombro. Ellen sacó los documentos de los maletines y los colocó meticulosamente sobre la mesa.

Jake susurró algo a su cliente y miró alrededor de la sala. Todas las miradas estaban fijas en él. La familia Hailey ocupaba elegantemente el primer banco. Jake les sonrió y saludó con la cabeza a Lester. Tonya y los muchachos vestían su mejor ropa de los domingos y estaban sentados entre Lester y Gwen como impecables estatuillas. Los miembros potenciales del jurado estaban sentados al otro lado del pasillo y observaban atentamente al abogado de Hailey. Jake pensó que aquel era un buen momento para que se fijaran en la familia, cruzó la portezuela de la baranda y se acercó para hablar con los Hailey. Le dio unas palmadas a Gwen en el hombro, estrechó la mano de Lester, pellizcó a cada uno de los chicos en la mejilla y, por último, le dio un abrazo a Tonya, la pequeña Hailey, la niña violada por un par de maleantes que recibieron su merecido. Los miembros del jurado observaron atentamente cada uno de sus movimientos y mostraron un interés especial por la niña.

—Noose quiere vernos en su despacho —susurró Musgrove a Jake cuando regresó a la mesa.

Ichabod, Buckley y la taquígrafa del juzgado estaban charlando cuando Jake y Ellen entraron en el despacho. Jake presentó a su ayudante a su señoría, a Buckley, a Musgrove y a Norma Gallo, taquígrafa del juzgado. Les explicó que Ellen

Roark era una estudiante de tercer curso de derecho en Ole Miss, que trabajaba como pasante en su despacho, y solicitó que se le permitiera sentarse cerca de la mesa de la defensa y participar en los procesos reservados. Buckley no tuvo nada que objetar. Es habitual, declaró Noose, y le dio la bienvenida.

—¿Asuntos preliminares, señores? —preguntó Noose.

—Ninguno —respondió el fiscal del distrito.

—Varios —dijo Jake, al tiempo que abría un sumario—. Quiero que esto conste en acta.

Norma Gallo empezó a tomar nota.

—En primer lugar, quiero insistir en mi solicitud de que se traslade el juicio...

—Protestamos —interrumpió Buckley.

—¡Cierra el pico, gobernador! —exclamó Jake—. ¡No he terminado y no vuelvas a interrumpirme!

A Buckley y a los demás les asombró aquella pérdida de compostura. Deben de ser las margaritas, pensó Ellen.

—Discúlpeme, señor Brigance —dijo tranquilamente Buckley—. Le ruego que no me llame gobernador.

—Permítanme que aproveche esta oportunidad para decirles algo —comenzó a decir Noose—. Este juicio será una odisea larga y penosa. Comprendo la presión a la que ambos están sometidos. He estado muchas veces en su pellejo y sé cómo se sienten. Ambos son unos excelentes abogados y me siento satisfecho de tener a dos letrados de su calibre para un juicio de esta magnitud. También detecto cierto antagonismo entre ustedes. Esto es frecuente y no voy a pedirles que se den la mano y sean buenos amigos. Pero insistiré en que cuando estén en mi sala, o en este despacho, se abstengan de interrumpirse mutuamente y procuren no levantar la voz. Se dirigirán el uno al otro como señor Brigance, señor Buckley y señor Musgrove. ¿Comprenden todo lo que les he dicho?

—Sí, señor.

—Sí, señor.

—Bien. Prosiga, señor Brigance.

—Gracias, su señoría, le estoy muy agradecido. Como iba diciendo, el acusado se ratifica en su solicitud para que se traslade el juicio a otra localidad. Quiero que conste en acta que mientras estamos aquí presentes en el despacho de su señoría, a las nueve y quince del veintidós de julio, dispuestos a empezar la selección del jurado, el palacio de Justicia de Ford County está rodeado por la Guardia Nacional de Mississippi. En este mismo instante, en los jardines frente al juzgado, un grupo de miembros del Ku Klux Klan, con sus correspondientes túnicas blancas, grita contra un grupo de manifestantes negros, quienes, evidentemente, responden a sus gritos. Ambos grupos están separados por soldados de la Guardia Nacional fuertemente armados. Cuando los miembros del jurado llegaron esta mañana al juzgado presenciaron el susodicho espectáculo. Será imposible seleccionar un jurado justo e imparcial.

Buckley observaba con una arrogante sonrisa en su rostro descomunal y, cuando Jake terminó, dijo:

—¿Puedo responder, su señoría?

—No —dijo categóricamente Noose—. Moción denegada. ¿Algo más?

—La defensa solicita la descalificación de todos los candidatos.

—¿En base a qué?

—En base a que ha habido un intento evidente por parte del Klan encaminado a intimidarlos. Conocemos el caso de por lo menos veinte cruces en llamas.

—Me propongo exonerar a dichos veinte en el supuesto de que se presenten —respondió Noose.

—Estupendo —exclamó Jake con sarcasmo—. ¿Qué ocurre con las amenazas que no conocemos? ¿Y con los miembros del jurado que han oído hablar de las cruces en llamas?

Noose se frotó los ojos y no dijo nada. Buckley tenía un discurso preparado, pero no quiso interrumpir.

—Aquí tengo una lista —dijo Jake con un papel en la mano— de los veinte miembros potenciales del jurado que recibieron la visita del Klan. Dispongo también de los informes de la policía y de una declaración jurada del sheriff Walls en la que se detallan los actos de intimidación. Los presento a la sala en apoyo de mi solicitud para descalificar a todos los candidatos. Quiero que conste en acta para que el Tribunal Supremo pueda verlo en blanco y negro.

—¿Piensa presentar recurso de apelación, señor Brigance? —preguntó Buckley.

Ellen acababa de conocer a Rufus Buckley y ahora, al cabo de pocos segundos, comprendía perfectamente que Jake y Harry Rex lo detestaran.

—No, gobernador, no espero presentar recurso de apelación. Intento asegurarme de que mi defendido recibe un juicio justo, con un jurado imparcial. Debería ser capaz de comprenderlo.

—No voy a descalificar a estos candidatos —dijo Noose—. Esto supondría perder una semana.

—¿Qué importa el tiempo cuando está en juego la vida de un hombre? Estamos hablando de justicia. El derecho a un juicio imparcial, recuérdelo, es uno de los más básicos derechos constitucionales. Es una farsa no descalificar a estos candidatos sabiendo con toda certeza que algunos de ellos han sido intimidados por un puñado de maleantes con túnicas blancas que pretenden ver ahorcado a mi defendido.

—Su moción queda denegada —respondió escuetamente Noose—. ¿Algo más?

—No, eso es todo. Pero solicito que cuando exonere a esos veinte lo haga de modo que los demás candidatos desconozcan la causa de dicha decisión.

—Sé cómo hacerlo, señor Brigance.

Mandaron al señor Pate en busca de Jean Gillespie y Noose le entregó una lista con los veinte nombres. La secretaria regresó a la sala y los leyó. Su presencia no era necesaria para formar parte del jurado y podían marcharse. Jean regresó al despacho de su señoría.

—¿De cuántos candidatos disponemos? —preguntó Noose.

—Noventa y cuatro.

—Es suficiente. Estoy seguro de que podremos encontrar a doce capacitados para prestar servicio como miembros del jurado.

—Sería imposible encontrar a dos —susurró Jake a Ellen lo suficientemente alto para que Noose lo oyera y Norma Gallo lo hiciera constar en acta.

Su señoría les dio permiso para retirarse y ocuparon sus lugares en la sala.

Se escribieron los noventa y cuatro nombres en pequeños trozos de papel que se introdujeron en un pequeño cilindro de madera. Jean Gillespie hizo girar el cilindro, lo paró, sacó un papel al azar y se lo entregó a Noose, que estaba sentado por encima de ella y de todos los demás en su trono, conocido como estrado. Reinaba el silencio en la sala mientras entornaba los ojos para leer el primer nombre.

—Carlene Malone, jurado número uno —gritó el juez con toda la fuerza de sus pulmones.

El primer banco estaba vacío y la señora Malone se sentó en el mismo, junto al pasillo. En cada banco cabían diez personas y se habían reservado diez bancos para los miembros del jurado. Los otros diez bancos al otro lado del pasillo estaban ocupados por parientes, amigos y espectadores, pero sobre todo por periodistas que tomaron nota del nombre de Carlene Malone. Jake también lo hizo. Era blanca, gorda, divorciada y de condición humilde. Tenía un dos en la escala de Brigance. Cero para el número uno, pensó.

Jean hizo girar de nuevo el bombo.

—Marcia Dickens, jurado número dos —exclamó Noose.

Blanca, gorda, de más de sesenta años y con cara de malas pulgas. Cero para el número dos.

—Jo Beth Mills, número tres.

Jake se hundió ligeramente en su asiento. Era blanca, de unos cincuenta años y trabajaba por el salario mínimo en una fábrica de camisas de Karaway. Gracias a la acción afirmativa, su jefe era un negro ignorante y abusón. Había un cero junto a su nombre en la ficha de Brigance. Cero para el número tres.

Jake miró con angustia a Jean cuando hizo girar de nuevo el bombo.

—Reba Betts, número cuatro.

Jake se hundió aún más en su silla y se pellizcó la frente. Cero para el número cuatro.

—Esto es increíble —dijo mirando a Ellen mientras Harry Rex movía la cabeza.

—Gerald Ault, número cinco.

Jake sonrió cuando su primer jurado tomaba asiento junto a Reba Betts. Buckley puso una cruz negra junto a su nombre.

—Alex Summers, número seis.

Se esbozó una ligera sonrisa en el rostro de Carl Lee cuando el primer negro emergió del fondo de la sala para sentarse junto a Gerald Ault. Buckley también sonrió, al tiempo que rodeaba el nombre del primer negro con un nítido círculo.

Los siguientes cuatro nombres eran de mujeres blancas, ninguna de las cuales pasaba de tres en la escala de Brigance. Jake estaba preocupado cuando se llenó el primer banco. La ley le permitía descalificar perentoriamente a doce candidatos sin explicación alguna, y la suerte le obligaría a utilizar por lo menos seis de dichas prerrogativas en el primer banco.

—Walter Godsey, número once —anunció Noose, cuya voz decrecía gradualmente de volumen.

Godsey era una labriego asalariado de edad madura, sin compasión ni potencial.

Cuando Noose acabó de llenar el segundo banco, este contenía siete mujeres blancas, dos hombres negros y Godsey. Jake se sentía condenado al desastre. La suerte no mejoró hasta el cuarto banco, cuando Jean entró en una buena racha y sacó los nombres de siete hombres, cuatro de los cuales eran negros.

Tardaron casi una hora en acomodar a todos los candidatos, y Noose decretó un descanso de quince minutos para que

Jean pudiera mecanografiar la lista por orden numérico. Jake y Ellen aprovecharon el descanso para repasar sus notas y relacionar los nombres con las caras. Harry Rex se había instalado en la tarima, detrás de los sumarios rojos, sin dejar de tomar notas afanosamente mientras Noose anunciaba los nombres. Coincidió con Jake en que las cosas no iban por buen camino.

A las once, Noose regresó al estrado y se hizo el silencio en la sala. Alguien sugirió que utilizara el micrófono y se lo colocó a pocos centímetros de la nariz. Hablaba fuerte, con una voz frágil y enconosa que retumbaba agresivamente por la sala para formular una serie de largas preguntas exigidas por la ley. Presentó a Carl Lee y preguntó si alguno de los jurados era pariente suyo o lo conocía. Noose sabía que todos lo conocían, pero solo dos candidatos admitieron conocerlo desde antes del mes de mayo. El juez presentó entonces a los abogados y explicó brevemente la naturaleza de los cargos. Ni un solo miembro del jurado confesó ignorar el caso Hailey.

Noose siguió divagando hasta concluir su discurso a las doce y media. Levantó la sesión hasta las dos.

Dell les llevó bocadillos calientes y té helado a la sala de conferencias. Jake le dio las gracias con un abrazo y le dijo que lo pusiera todo en su cuenta. Sin prestar atención a la comida, colocó las fichas de los miembros del jurado sobre la mesa en el orden en que estaban sentados en la sala. Harry Rex atacó un bocadillo de rosbif y queso.

—Hemos tenido una suerte fatal —repetía, con ambas mejillas extendidas al máximo—. Hemos tenido una suerte fatal.

Después de colocar la nonagésima cuarta ficha sobre la mesa, Jake se retiró y estudió el conjunto. Ellen estaba junto a él, mordisqueando una patata frita y observando las fichas.

—Hemos tenido una suerte fatal —repitió Harry Rex, mientras tragaba su comida con medio litro de té.

—¿Te importaría cerrar el pico? —exclamó Jake.

—Entre los primeros cincuenta —dijo Ellen—, hay ocho negros, tres negras y treinta blancas. Quedan nueve blancos, la mayoría poco apetecibles. Parece que el jurado lo compondrán mujeres blancas.

—Mujeres blancas, mujeres blancas —exclamó Harry Rex—. El peor jurado del mundo. ¡Hembras blancas!

—Creo que el peor jurado es el formado por blancos gordos —replicó Ellen mirándole fijamente.

—No te lo tomes a mal, Row Ark, me encantan las mujeres blancas. No olvides que he estado casado con cuatro de ellas. Pero detesto los jurados de mujeres blancas.

—Yo no votaría para que le condenaran.

—Row Ark, tú eres una comunista del ACLU. Tú no votarías para condenar a nadie de nada. En tu pequeña mente descabellada crees que los pornógrafos de niños y los terroristas de la OLP son personas maravillosas victimizadas por el sistema a las que se debe brindar una oportunidad.

—¿Y tú, con tu mente racional, civilizada y compasiva, qué crees que se debería hacer con ellos?

—Colgarlos por los dedos de los pies, castrarlos y dejar que se desangraran sin juicio previo.

—Y, a tu forma de entender la ley, ¿sería eso constitucional?

—Puede que no, pero eliminaría mucha pornografía infantil y mucho terrorismo. Jake, ¿vas a comerte este bocadillo?

—No.

Harry Rex desenvolvió un bocadillo de jamón y queso.

—Mantente alejado de la número uno, Carlene Malone. Es una de los Malone de Lake Village. Basura blanca y rencorosa como el diablo.

—Me gustaría mantenerme alejado de todos los candidatos —respondió Jake con la mirada fija en la mesa.

—Hemos tenido una suerte fatal.

—¿Qué opinas, Row Ark? —preguntó Jake.

—Creo que le conviene declararse culpable y salir corriendo con el rabo entre las piernas —respondió Harry Rex mientras tragaba afanosamente.

—Podría ser peor —dijo Ellen sin dejar de mirar las fichas.

—¡Peor! —exclamó Harry Rex, con una carcajada artificial—. Solo podría ser peor si los treinta primeros vistieran túnica blanca con capirote y antifaz.

—Harry Rex, ¿te importaría cerrar el pico? —dijo Jake.

—Solo intento ayudar. ¿Quieres las patatas fritas?

—No. ¿Por qué no te las pones todas en la boca y masticas durante un buen rato?

—Creo que te equivocas en cuanto a algunas de esas mujeres —dijo Ellen—. Me parece que Lucien tiene bastante razón. En un sentido muy amplio, las mujeres suelen ser más compasivas. No olvides que nosotras somos las víctimas de las violaciones.

—Ante esto no tengo nada que decir —respondió Harry Rex.

—Me alegro —dijo Jake—. ¿Cuál de las mujeres es esa ex cliente tuya que, al parecer, hará cualquier cosa por ti con solo que le guiñes el ojo?

—Debe de ser la número veintinueve —dijo Ellen sonriendo—. Mide metro sesenta y pesa ciento ochenta kilos.

—Muy graciosa —dijo Harry Rex al tiempo que se frotaba los labios con una hoja de papel—. Es la número setenta y cuatro. Demasiado rezagada. Olvídala.

A las dos, Noose ordenó silencio en la sala y se abrió la sesión.

—El ministerio fiscal puede interrogar al jurado —dijo el juez.

El imponente fiscal del distrito se puso lentamente de pie y se dirigió con parsimonia hacia el estrado, desde donde observó con aspecto meditabundo al público y a los miembros del jurado. Se percató de que los dibujantes tomaban apuntes y, momentáneamente, pareció posar para ellos. Antes de presentarse, sonrió con sinceridad a los miembros del jurado. Les explicó que era el abogado del pueblo y representaba al estado de Mississippi. Hacía ahora nueve años que ejercía como fiscal, honor que siempre agradecería a los pobladores de Ford County. Les señaló y les dijo que eran ellos, los que estaban allí sentados, los que lo habían elegido para representarlos. Les dio las gracias y dijo que esperaba no decepcionarlos.

Sí, estaba nervioso y asustado. Había acusado a miles de delincuentes, pero siempre tenía miedo en todos los juicios. ¡Sí! Tenía miedo y no se avergonzaba de confesarlo. Miedo de la espantosa responsabilidad que el pueblo le había confiado como encargado de encarcelar a los delincuentes y proteger al pueblo. Miedo de no representar adecuadamente a su cliente: el pueblo de aquel gran estado.

Jake había oído ya todas aquellas bobadas muchas veces. Se las sabía de memoria. El bueno de Buckley, abogado del Estado, unido con el pueblo en busca de justicia para proteger a la sociedad. Era un orador hábil y elocuente, capaz en un momento dado de hablarle al jurado con ternura, como un abuelo que aconsejara a sus nietos, para luego lanzar una diatriba con tanta persuasión que causaría incluso la envidia de cualquier predicador negro. Apenas transcurrida una fracción de segundo, haría gala de su elocuencia y convencería al jurado de que la estabilidad de nuestra sociedad, e incluso el futuro de la raza humana, dependía de su veredicto de culpabilidad. Estaba en su mejor forma en los juicios importantes, y aquel era el más importante hasta entonces. Hablaba sin notas y mantenía la atención del público mientras se describía como víctima, amigo y compañero del jurado, que le ayudaría a descubrir la verdad y castigar a aquel individuo por su monstruoso delito.

Al cabo de diez minutos, Jake estaba harto y se puso de pie con cara de frustración.

—Protesto, su señoría. El señor Buckley no está seleccionando al jurado. No estoy seguro de lo que hace, pero no interroga a los candidatos.

—¡Se admite la protesta! —exclamó Noose junto al micrófono—. Si no tiene ninguna pregunta para el jurado, señor Buckley, le ruego que se siente.

—Pido disculpas, su señoría —respondió torpemente Buckley, fingiéndose ofendido.

Jake había sido el primero en golpear.

Buckley cogió un cuaderno y empezó a formular un sinfín de preguntas. Preguntó si alguno de los candidatos había formado parte anteriormente de un jurado. Se levantaron varias manos. ¿Civil o penal? ¿Habían votado culpable o inocente? ¿Cuánto tiempo hacía? ¿Era el acusado blanco o negro? ¿Y la víctima, blanca o negra? ¿Había alguien sido víctima de un crimen violento? Dos manos. ¿Cuándo? ¿Dónde? ¿Fue el agresor capturado? ¿Condenado? ¿Blanco o negro? Jake, Harry Rex y Ellen tomaban montones de notas. ¿Algún miembro de su familia ha sido víctima de un crimen con violencia? Varias manos. ¿Cuándo? ¿Dónde? ¿Qué le ocurrió al delincuente? ¿Algún miembro de su familia ha sido acusado de algún delito? ¿Procesado? ¿Juzgado? ¿Condenado? ¿Algún amigo o pariente empleado al servicio de la ley? ¿Quién? ¿Dónde?

A lo largo de tres horas, Buckley hurgó e indagó sin interrupción, como un cirujano. Era un experto. Su preparación era evidente. Formuló preguntas que a Jake ni se le habían ocurrido. E hizo prácticamente todas las preguntas que Jake tenía previstas. Exploró con delicadeza los detalles de sentimientos y opiniones personales. Y, en el momento oportuno, decía algo gracioso para que todo el mundo se riera y se relajase la tensión. Tenía la sala en la palma de la mano y, cuando Noose le interrumpió a las cinco de la tarde, estaba en pleno apogeo. Terminaría por la mañana.

Su señoría levantó la sesión hasta las nueve de la mañana siguiente. Jake habló unos momentos con su cliente mientras el público se retiraba hacia el fondo de la sala. Ozzie esperaba a pocos pasos, con unas esposas en la mano. Cuando acabó de hablar con Jake, Carl Lee se agachó frente a su familia, les dio un abrazo a cada uno y se despidió de ellos hasta el día siguiente. Ozzie lo condujo a la escalera posterior pasando por el calabozo, donde esperaba un montón de agentes para llevarlo de regreso a la cárcel.

34

El segundo día, el sol salió velozmente por levante y, en pocos segundos, secó el rocío del tupido césped que rodeaba el palacio de Justicia de Ford County. Una niebla invisible y pegajosa emanaba de la hierba para adherirse a las pesadas botas y los gruesos pantalones de los soldados. Bajo un sol implacable, patrullaban apaciblemente por los callejones del centro de Clanton. Procuraban refugiarse bajo los árboles y toldos de pequeñas tiendas. Cuando se sirvió el desayuno bajo sus carpas, todos los soldados se habían quitado parte de su uniforme para quedarse en camiseta verde pálido, y estaban empapados de sudor.

Los predicadores negros y sus feligreses se dirigieron inmediatamente al lugar asignado y se instalaron. Colocaron sillas y mesas plegables bajo los robles y termos de agua fresca sobre las mesas. A su alrededor levantaron una pulcra verja, con pancartas blancas y azules en las que se leía LIBERTAD PARA CARL LEE, sujetas a cañas que clavaron en el suelo. Agee había impreso unas nuevas pancartas con la ampliación de una foto de Carl Lee en blanco y negro en el centro de las mismas y un borde rojo, blanco y azul. Eran elegantes y de aspecto muy profesional.

Los miembros del Klan se dirigieron obedientemente al lugar que se les había asignado en los jardines. Trajeron sus propias pancartas: enormes letras rojas sobre fondo blanco, que proclamaban CARL LEE A LA PARRILLA, CARL LEE A LA PARRILLA. Las levantaron para mostrárselas a los negros a través de los jardines y ambos grupos empezaron a dar gritos. Los soldados formaron ordenados cordones a lo largo de la acera y permanecieron armados y tranquilos mientras los grupos intercambiaban insultos y blasfemias. Eran las ocho de la mañana del segundo día.

Los periodistas estaban apabullados por la abundancia de noticias. Se concentraron en los jardines delante del juzgado cuando empezó el griterío. Ozzie y el coronel dieron varias vueltas alrededor del juzgado señalando diversos puntos y hablando por sus respectivas radios.

A las nueve, Ichabod dio los buenos días al público de la sala, que ya solo cabía de pie. Buckley se levantó con gran parsimonia y anunció alegremente a su señoría que ya no tenía más preguntas para los candidatos.

El letrado Brigance se puso en pie, con flaqueza en las rodillas y turbulencia en el estómago. Se acercó a la barandilla y contempló fijamente los ojos angustiados de los noventa y cuatro miembros potenciales del jurado.

Todo el mundo prestaba gran atención a aquel joven soberbio, que había alardeado de no haber perdido ningún caso de asesinato. Parecía relajado y seguro de sí mismo. Su voz era fuerte pero cálida. Hablaba como un erudito pero en términos familiares. Hizo de nuevo las presentaciones, empezando por sí mismo, siguiendo por su cliente y su familia, y dejando a la niña para el final. Felicitó al fiscal del distrito por su exhaustivo interrogatorio de la tarde anterior y reconoció que la mayoría de sus preguntas ya habían sido formuladas. Echó una ojeada a sus notas. Su primera pregunta cayó como una bomba.

—Damas y caballeros, ¿alguno de ustedes cree que bajo ninguna circunstancia debería utilizarse la enajenación mental como defensa?

Se pusieron un poco nerviosos, pero no se levantó ninguna

mano. Los cogió por sorpresa, totalmente desprevenidos. ¡Enajenación mental! ¡Enajenación mental! La semilla estaba plantada.

—Si demostramos que Carl Lee Hailey estaba legalmente enajenado cuando disparó contra Billy Ray Cobb y Pete Willard, ¿hay alguien entre ustedes que no esté dispuesto a declararlo inocente?

La pregunta era deliberadamente compleja. No se levantó ninguna mano. Varias personas deseaban hablar, pero no estaban seguras de cuál era la respuesta apropiada.

Jake les miró atentamente, consciente de que la mayoría estaban confundidos, pero también seguro de que todos ellos pensaban en la enajenación mental de su cliente. Y así los dejaría.

—Gracias —dijo con todo el encanto del que fue capaz—. He terminado, su señoría.

Buckley parecía confuso y miró al juez, que estaba igualmente perplejo.

—¿Eso es todo? —preguntó con incredulidad Noose—. ¿Ha concluido, señor Brigance?

—Sí, su señoría, no tengo nada que objetar respecto a los candidatos —respondió Jake como si se sintiera muy seguro de sí mismo, al contrario de Buckley, que les había interrogado durante tres horas.

Los candidatos estaban muy lejos de parecerle bien a Jake, pero no habría tenido ningún sentido repetir las preguntas que Buckley ya había formulado.

—Muy bien. Deseo ver a los letrados en mi despacho.

Buckley, Musgrove, Jake, Ellen y el señor Pate siguieron a Ichabod por la puerta situada detrás del estrado y se sentaron alrededor de la mesa en su despacho.

—Supongo, señores —dijo Noose—, que desean conocer el parecer de cada uno de los miembros potenciales del jurado respecto a la pena de muerte.

—Sí, señor —respondió Jake.

—Efectivamente, su señoría —añadió Buckley.

—Muy bien. Señor alguacil, traiga al jurado número uno, Carlene Malone.

El señor Pate se ausentó, entró en la sala y llamó a Carlene Malone, que al cabo de unos momentos entró en el despacho de su señoría. Estaba aterrorizada. Los abogados sonrieron, pero no dijeron nada. Ordenes de Noose.

—Por favor, siéntese —dijo el juez, mientras se quitaba la toga—. Esto durará solo un momento, señora Malone. ¿Tiene usted algún sentimiento profundo, en un sentido u otro, respecto a la pena de muerte?

—Pues… No, señor —respondió mientras movía nerviosamente la cabeza con la mirada fija en Ichabod.

—¿Comprende usted que si se la selecciona para este jurado y el señor Hailey es declarado culpable se le pedirá que lo condene a muerte?

—Sí, señor.

—Si la acusación demuestra más allá de toda duda razonable que la matanza fue premeditada y usted cree que el señor Hailey no estaba legalmente enajenado en el momento de cometer el delito, ¿estará dispuesta a dictar la pena de muerte?

—Ciertamente. Creo que siempre debería utilizarse. Puede que acabara con tanta fechoría. Soy plenamente partidaria de la misma.

Jake saludó con la cabeza al jurado número uno, sin dejar de sonreír. Buckley también sonreía y guiñó un ojo a Musgrove.

—Gracias, señora Malone. Puede volver a su asiento en la sala —dijo Noose.

—Haga pasar al número dos —ordenó Noose al señor Pate.

Marcia Dickens, una ceñuda anciana blanca, fue conducida al despacho. Sí, señor, respondió, era plenamente partidaria de la pena de muerte. No tendría ningún reparo en votar a favor de la misma. Jake se limitó a sonreír. Buckley volvió a guiñar el ojo. Noose le dio las gracias y llamó al número tres.

El número tres y el cuatro estaban igualmente decididas y dispuestas a condenar a muerte si había pruebas. A continuación, llegó el número cinco, Gerald Ault, arma secreta de Jake.

—Gracias señor Ault, esto solo durará un minuto —repitió Noose—. En primer lugar, ¿tiene sentimientos profundos a favor o contra la pena de muerte?

—Desde luego, señor —respondió inmediatamente Ault, con una voz y un rostro que irradiaban compasión—. Estoy totalmente en contra de la misma. Es cruel e inhumana. Me avergüenza formar parte de una sociedad que permite la matanza legal de un ser humano.

—Comprendo. Dadas las circunstancias y, si formara parte de un jurado, ¿sería capaz de votar a favor de la pena de muerte?

—Claro que no. Bajo ninguna circunstancia. Independientemente del crimen. No, señor.

Buckley se aclaró la garganta y declaró:

—Con la venia de su señoría, la acusación se opone a los servicios del señor Ault y propone que sea exonerado, según el precedente establecido por el Estado contra Witherspoon.

—Moción aceptada. Señor Ault, queda usted exento de su obligación para servir como miembro del jurado —dijo Noose—. Puede abandonar la sala si lo desea. Si prefiere quedarse, debo pedirle que no se siente con los demás miembros potenciales del jurado.

Ault estaba perplejo y miró desconcertado a su amigo Jake, que en aquel momento miraba al suelo con la boca muy apretada.

—¿Le importaría decirme por qué? —preguntó Gerald.

Noose se quitó las gafas y adoptó una actitud didáctica.

—Según la ley, señor Ault, la sala tiene la obligación de excluir a cualquier jurado potencial que se confiese incapaz de considerar, y la palabra clave es considerar, la pena de muerte. Comprenda que, le guste o no, la pena de muerte es una forma legal de castigo en Mississippi y en la mayoría de los estados. Por consiguiente, sería injusto elegir jurados incapaces de ajustarse a la ley.

La curiosidad del público despertó cuando Gerald Ault apareció detrás del estrado, cruzó la portezuela de la barandilla y abandonó la sala. El alguacil llamó al número seis, Alex Summers, y lo condujo al despacho de su señoría. Regresó al cabo de unos instantes y ocupó su lugar en el primer banco. Había mentido en cuanto a la pena de muerte. Se oponía a la misma, al igual que la mayoría de los negros, pero dijo al juez que no tenía objeción alguna. Ningún problema. Más adelante, durante el descanso, habló discretamente con los demás negros que eran miembros potenciales del jurado y les dijo cómo debían responderse las preguntas en el despacho.

El lento proceso duró hasta media tarde, cuando el último candidato salió del despacho. Once habían sido exentos debido a sus reservas en cuanto a la pena de muerte. Noose levantó la sesión a las tres y media, y concedió media hora a los letrados para repasar sus notas.

En la biblioteca del tercer piso, Jake y su equipo contemplaban las listas y fichas del jurado. Había llegado el momento de decidir. Había incluso soñado con los nombres escritos en azul, rojo y negro con cifras junto a los mismos. Los había observado durante dos días en la sala. Los conocía. Ellen quería mujeres. Harry Rex quería hombres.

Noose contempló la lista maestra, con los nombres reordenados para reflejar las exenciones y miró a los letrados.

—Caballeros, ¿están ustedes listos? Bien. Como saben, este es un caso capital y, por consiguiente, cada uno de ustedes tiene derecho a doce objeciones perentorias. Señor Buckley, debe usted entregar a la defensa una lista con doce candidatos. Le ruego que empiece por el jurado número uno y se refiera a cada miembro potencial solo por su número.

—Sí, señor. Con la venia de su señoría, el ministerio fiscal acepta los jurados número uno, dos, tres y cuatro, ejerce su primer veto para el número cinco, acepta los números seis, siete, ocho y nueve, ejerce su segundo veto para el número diez, acepta los números once, doce y trece, utiliza su tercer veto para el número catorce y acepta el número quince. Esto son doce, si no me equivoco.

Jake y Ellen hicieron círculos y tomaron notas en sus listas. Noose llevaba meticulosamente la cuenta.

—Sí, son doce. Señor Brigance.

Buckley había propuesto doce mujeres blancas. Dos negros y un varón blanco habían sido eliminados.

Jake estudió su lista y cruzó algunos nombres.

—La defensa ejerce su veto para los jurados número uno, dos y tres, acepta el cuatro, el seis y el siete, veta al ocho, nueve, once y doce, acepta al trece, y veta al quince. Creo que esto representan ocho de nuestros vetos.

Su señoría subrayaba y marcaba nombres en su lista, calculando lentamente sobre la marcha.

—Ambos han aceptado los jurados números cuatro, seis, siete y trece. Señor Buckley, su turno. Facilítenos otros ocho jurados.

—El ministerio fiscal acepta el dieciséis, ejerce su cuarto veto para el diecisiete, acepta el dieciocho, diecinueve y veinte, veta al veintiuno, acepta el veintidós, veta al veintitrés, acepta el veinticuatro, veta al veinticinco y veintiséis, y acepta el veintisiete y veintiocho. Esto son doce, con cuatro vetos de reserva.

Jake estaba aturdido. Buckley había vetado a todos los negros y a todos los varones. Le leía el pensamiento a Jake.

—Señor Brigance, su turno.

—¿Nos concede su señoría un momento para parlamentar?

—Cinco minutos —respondió Noose.

Jake y su ayudante se trasladaron a la sala adjunta, donde los esperaba Harry Rex.

—Fijaos en esto —dijo Jake, al tiempo que dejaba la lista sobre la mesa y los tres se acercaban para examinarla—. Hemos llegado al número veintinueve. A mí me quedan cuatro vetos y a Buckley otros cuatro. Ha eliminado a todos los negros y a todos los varones. Hasta ahora el jurado lo componen solo mujeres blancas. Los dos siguientes son mujeres blancas, el treinta y uno es Clyde Sisco y el treinta y dos Barry Acker.

—A continuación, cuatro de los próximos seis son negros —señaló Ellen.

—Sí, pero Buckley no llegará tan lejos. A decir verdad, me sorprende que nos haya permitido llegar tan cerca de la cuarta fila.

—Sé que te interesa Acker. ¿Y Sisco? —preguntó Harry Rex.

—Me da miedo. Lucien asegura que es un bribón sobornable.

—¡Magnífico! Elijámoslo y luego lo sobornaremos.

—Muy gracioso. ¿Qué seguridad tienes de que Buckley no lo haya sobornado ya?

—Yo lo cogería.

Jake contaba y recontaba la lista. Ellen quería vetar a los dos varones: Acker y Sisco.

Volvieron al despacho y tomaron asiento. La taquígrafa estaba lista.

—Con la venia de su señoría, vetaremos al número veintidós y al número veintitrés, y nos quedan dos vetos.

—Le toca de nuevo a usted, señor Buckley. Veintinueve y treinta.

—El ministerio fiscal los acepta a ambos. Esto son doce, con cuatro vetos pendientes.

—Su turno, señor Brigance.

—Vetamos al veintinueve y al treinta.

—Y se le han acabado los vetos, ¿cierto? —preguntó Noose.

—Cierto.

—Muy bien. Señor Buckley, treinta y uno y treinta y dos.

—El ministerio fiscal los acepta a ambos —se apresuró a responder Buckley al ver los nombres de los negros que seguían a Clyde Sisco.

—Bien. Ya tenemos a los doce. Seleccionemos ahora dos suplentes. Disponen de dos vetos cada uno para los suplentes. Señor Buckley, treinta y tres y treinta y cuatro.

El número treinta y tres era un varón negro, el treinta y cuatro una mujer blanca que Jake deseaba elegir, y los dos siguientes eran hombres negros.

—Vetamos al treinta y tres y aceptamos al treinta y cuatro y treinta y cinco.

—La defensa los acepta a ambos —respondió Jake.

El señor Pate ordenó que se hiciera silencio en la sala cuando Noose y los abogados ocuparon sus respectivos lugares. Su señoría llamó a los doce elegidos, que se acercaron con lentitud y nerviosismo al palco del jurado, donde Jean Gillespie les indicó los lugares que les correspondían. Diez mujeres, dos hombres y todos blancos. Los negros de la sala murmuraron y se miraron entre sí con incredulidad.

—¿Has elegido tú ese jurado? —susurró Carl Lee al oído de Jake.

—Luego te lo explicaré —respondió Jake.

Llamaron a los dos suplentes, que se instalaron junto al palco del jurado.

—¿Qué pinta ese negro? —susurró Carl Lee, señalando con la cabeza al suplente.

—Te lo explicaré luego —dijo Jake.

Noose se aclaró la garganta y miró al jurado.

—Damas y caballeros, han sido ustedes meticulosamente elegidos para servir como jurado en esta causa. Han prestado juramento para juzgar con imparcialidad todos los asuntos que se presenten ante ustedes y para ser fieles a la ley según mis instrucciones. Ahora bien, según lo establecido en el código de Mississippi, se les mantendrá aislados hasta que este juicio haya finalizado. Esto significa que se les alojará en un motel y no se les permitirá regresar a su casa hasta que todo haya terminado. Comprendo que esto supone un gran sacrificio, pero así lo exige la ley. Dentro de unos momentos se levantará la sesión hasta mañana por la mañana y se les permitirá llamar a sus casas para pedir ropa, artículos de aseo personal y cualquier otra cosa que puedan necesitar. Todas las noches se alojarán en un motel cerca de Clanton cuyo emplazamiento no será revelado. ¿Alguna pregunta?

Los doce parecían aturdidos, desconcertados ante la perspectiva de no regresar a sus casas durante varios días. Pensaban en sus familias, hijos, trabajo, lavandería... ¿Por qué ellos? Entre tanta gente en la sala, ¿por qué ellos?

Sin respuesta alguna, Noose ordenó que se levantara la sesión y empezó a vaciarse la sala. Jean Gillespie acompañó al jurado número uno al despacho de su señoría, desde donde llamó a su casa para pedir ropa y un cepillo de dientes.

—¿Dónde estaremos? —preguntó a Jean.

—Es confidencial —respondió.

—Es confidencial —le repitió por teléfono a su marido.

A las siete, las familias habían respondido con una amplia variedad de cajas y maletas, y los elegidos subieron a bordo de un autobús Greyhound alquilado después de salir por la puerta trasera. Precedido de dos coches de policía y de un jeep militar y seguido de tres patrulleros estatales, el autobús dio la vuelta a la plaza y salió de Clanton.

Stump Sisson falleció el martes por la noche en la unidad de quemados del hospital de Memphis. A lo largo de los años había descuidado su rechoncho cuerpecillo, que fue incapaz de resistir las complicaciones de sus severas quemaduras. Con su muerte, eran cuatro los difuntos relacionados con la violación de Tonya Hailey: Cobb, Willard, Bud Twitty y, ahora, Sisson.

Inmediatamente, la noticia de su muerte llegó a la cabaña de las profundidades del bosque, donde los patriotas se reunían para comer y beber todas las noches después del juicio. Venganza, juraron, ojo por ojo, diente por diente. Entre ellos había nuevos reclutas de Ford County, cinco en total, con lo cual llegaban a once los miembros de la vecindad. Estaban ansiosos, hambrientos, listos para entrar en acción.

Hasta ahora, el juicio había sido tranquilo. Había llegado el momento de animarlo.

Sin dejar de pasear frente al sofá, Jake pronunció por enésima vez su discurso de apertura. Ellen lo escuchaba atentamente. Le había escuchado, interrumpido, presentado objeciones, criticado y discutido durante un par de horas. Ahora estaba cansada y el discurso era perfecto. Las margaritas lo habían tranquilizado y habían revestido su lengua de un baño de plata. Las palabras fluían con facilidad. Tenía talento. Especialmente después de un par de copas.

Cuando terminaron, se sentaron en el balcón y vieron cómo las velas disminuían lentamente de tamaño en la oscuridad de la plaza. Las risas de las timbas bajo las lonas impregnaban suavemente el aire de la noche sin luna.

Ellen fue en busca de la última ronda y regresó con las mismas jarras llenas de hielo y margaritas. Las dejó sobre la mesa y se colocó a la espalda de su jefe. Le puso las manos en los hombros y empezó a frotarle la base del cuello con los pulgares. Jake se relajó y empezó a mover la cabeza de un lado para otro. Ellen le frotó los hombros y la parte superior de la espalda, y empujó su cuerpo contra el de Jake.

—Ellen, son las diez y media y tengo sueño. ¿Dónde vas a dormir esta noche?

—¿Dónde crees que debería dormir?

—Creo que deberías regresar a tu piso en Ole Miss.

—He bebido demasiado para conducir.

—Nesbit te llevará.

—¿Dónde vas a dormir tú, si no es demasiado pedir?

—En la casa de la que mi esposa y yo somos propietarios, en Adams Street.

Dejó de frotarle la espalda y cogió su copa. Jake se levantó, se acercó a la baranda y llamó a Nesbit.

—¡Nesbit! ¡Despierta! ¡Vas a ir a Oxford!

35

Carla vio el artículo en la segunda página de la sección frontal. «Jurado de blancos para Hailey», decía el titular. Jake no
había llamado el martes por la noche. Carla leyó el artículo y
se despreocupó del café.

La casa veraniega estaba sola, en una zona semirrecluida de
la playa. El vecino más próximo se encontraba a doscientos
metros. Su padre era propietario del terreno y no tenía intención de venderlo. Hacía diez años que había construido la casa,
después de vender su empresa en Knoxville y retirarse rico.
Carla era hija única y ahora Hanna sería nieta única. En la casa,
con sus cuatro dormitorios y cuatro cuartos de baño reparti-
dos por tres plantas, cabían una docena de nietos.

Cuando acabó de leer el artículo, se dirigió a los ventanales
de la galería, desde donde se divisaba la playa y, más allá, el océano.
La brillante masa anaranjada del sol acababa de remontar el horizonte. Carla prefería el calor de la cama hasta bastante después
del alba, pero su vida con Jake había aportado nuevas aventuras
a las primeras siete horas del día. Su cuerpo se había acostumbrado a despertar a las cinco y media como máximo. En una ocasión,
Jake le había dicho que su objetivo era el de ir a trabajar antes del
amanecer y regresar después de caída la noche. Generalmente lo
hacía. Se sentía orgulloso de trabajar más horas por día que cualquier otro abogado de Ford County. Era distinto, pero lo amaba.

A setenta y ocho kilómetros al norte de Clanton, el poblado de Temple del condado de Milburn descansaba apaciblemente junto al río Tippah. Tenía tres mil habitantes y dos moteles. El Temple Inn estaba vacío; no había razón alguna para estar allí en aquella época del año. Al fondo de una recluida ala, había ocho habitaciones ocupadas y custodiadas por soldados y un par de patrulleros estatales. Las diez mujeres se habían aparejado sin dificultad, así como Barry Acker y Clyde Sisco. Al suplente negro, Ben Lester Newton, le habían facilitado una habitación individual, así como a la otra suplente: Francie Pitts. Las televisiones habían sido desconectadas y los periódicos prohibidos. La cena del martes había sido servida en las habitaciones y el desayuno del miércoles llegó a las siete y media en punto mientras se calentaba el motor del autobús y llenaba el aparcamiento de humareda. Al cabo de treinta minutos, los catorce subieron al vehículo y la comitiva emprendió el camino de Clanton.

En el autobús hablaban de sus familias y trabajos. Dos o tres se conocían con anterioridad, pero la mayoría eran desconocidos. Evitaban torpemente hablar de la razón por la que estaban reunidos y de la misión encomendada. El juez Noose había sido muy claro en este sentido: prohibido hablar del caso. Les apetecía hablar de muchas cosas: la violación, los violadores, Carl Lee, Jake, Buckley, Noose, el Klan y mucho más. Todos sabían lo de las cruces en llamas, pero no hablaban de ello, por lo menos en el autobús. Habían tenido muchas conversaciones en las habitaciones del motel.

El Greyhound llegó al juzgado a las nueve menos cinco, y los miembros del jurado miraron a través de las ventanas ahumadas para ver el número de negros, de miembros del Klan y otros, separados por las fuerzas armadas. El autobús cruzó las barricadas y aparcó detrás del palacio de Justicia, donde esperaban agentes de policía para escoltarlos cuanto antes a la sala.

Subieron por la escalera posterior a la sala del jurado, donde se les sirvió café y buñuelos. El alguacil les comunicó que eran las nueve y su señoría estaba listo para empezar. Los condujo a la abarrotada sala y al palco del jurado, donde cada uno ocupó el lugar que le correspondía.

—Levántense —exclamó el señor Pate.

—Siéntense —dijo Noose, al tiempo que se dejaba caer en su elevado sillón de cuero en el estrado—. Buenos días, damas y caballeros —añadió calurosamente, dirigiéndose al jurado—. Espero que se sientan bien esta mañana y dispuestos a desempeñar su función.

Todos asintieron.

—Me alegro. Les formularé la siguiente pregunta todas las mañanas: ¿Intentó alguien anoche ponerse en contacto con ustedes, hablarles o influirles de algún modo?

Todos movieron negativamente la cabeza.

—Me alegro. ¿Han hablado del caso entre ustedes?

Todos mintieron y movieron negativamente la cabeza.

—Me alegro. Si alguien intenta ponerse en contacto con ustedes para discutir este caso, o influirles de algún modo, espero que me lo comuniquen cuanto antes. ¿Comprendido?

Todos asintieron.

—Ahora estamos listos para empezar el juicio. El reglamento prescribe que empecemos por los discursos de apertura de los abogados. Quiero advertirles que nada de lo que digan los letrados es testimonial y no debe aceptarse como prueba. Señor Buckley, ¿desea pronunciar un discurso de apertura?

Buckley se levantó y abrochó su reluciente chaqueta de poliéster.

—Sí, su señoría.

—Lo suponía. Prosiga.

Buckley levantó el pequeño atril de madera, lo colocó exactamente frente al palco del jurado, se situó detrás del mismo, respiró hondo y hojeó lentamente sus notas. Disfrutaba de aquel breve período de silencio, con todas las miradas fijas en él y todos los oídos a la ansiosa espera de sus palabras. Empezó agradeciendo su presencia a los miembros del jurado, su sacrificio y su espíritu cívico (como si tuvieran otra alternativa, pensó Jake). Se sentía orgulloso de ellos y honrado por su colaboración en un caso de tanta importancia. Les repitió que él era su abogado, en representación del estado de Mississippi. Expresó su incertidumbre ante la tremenda responsabilidad que ellos, el pueblo, habían confiado a él, Rufus Buckley, un simple abogado rural de Smithfield. Divagó sobre sí mismo, sus ideas acerca del juicio, y su esperanza y deseo de no defraudar al pueblo.

Siempre decía aproximadamente lo mismo en su discurso de apertura, pero en este caso su actuación era más lúcida. Basura refinada, sofisticada y cuestionable. Jake deseaba crucificarlo, pero sabía por experiencia que Ichabod no admitiría ninguna protesta durante el discurso de apertura a no ser que la ofensa fuera flagrante, que no era todavía el caso de la retórica de Buckley. Toda aquella sinceridad fingida y melodramática irritaban profundamente a Jake, sobre todo porque los miembros del jurado le escuchaban y, con excesiva frecuencia, le creían. El acusador era siempre el bueno, que aspiraba a corregir una injusticia y castigar a un delincuente que había cometido un horrendo crimen; encerrarlo para siempre, a fin de que no pudiera volver a pecar. Buckley estaba dotado de una gran maestría para convencer al jurado desde el primer momento, durante su discurso de apertura, de que ellos, él y los doce elegidos, eran, como equipo unido para luchar contra el mal, quienes debían investigar con diligencia la verdad. Encontremos la verdad y triunfará la justicia. Seguidme a mí, Rufus Buckley, abogado del pueblo, y encontraremos la verdad.

La violación era un acto detestable. Él era padre, en realidad tenía una hija de la misma edad que Tonya Hailey, y cuando le llegó la noticia de la violación sintió náuseas. Se sintió afligido por Carl Lee y por su esposa. Sí, al pensar en sus propias hijas sintió deseos de venganza.

Jake sonrió fugazmente a Ellen. Era interesante. Buckley había decidido hablar de la violación en lugar de omitirla ante el jurado. Jake esperaba una confrontación crítica con el fiscal en cuanto a la admisibilidad de cualquier testimonio relacionado con la violación. La investigación de Ellen había demostrado con claridad que los detalles escabrosos eran jurídicamente inadmisibles, pero había ambigüedad en cuanto a la posibilidad de mencionarla o referirse a la misma. Evidentemente, Buckley creyó que era preferible reconocer la violación que intentar ocultarla. Buena jugada, pensó Jake, dado que los doce, al igual que el resto del mundo, conocían de todos modos los detalles.

Ellen también sonrió. La violación de Tonya Hailey estaba a punto de ser juzgada por primera vez.

Buckley explicó que era perfectamente natural que un padre deseara vengarse. Confesó que él también lo haría. Sin embargo, prosiguió en un tono de mayor gravedad, había una enorme diferencia entre el deseo de venganza y la venganza consumada.

Ahora empezaba a calentarse, mientras caminaba decididamente de un lado para otro cogiendo su propio ritmo y haciendo caso omiso del atril. Durante los veinte minutos siguientes describió el código penal, su aplicación en Mississippi, y cómo él personalmente, Rufus Buckley, había mandado a muchos violadores a Parchman para toda la vida. El sistema tenía éxito porque los habitantes de Mississippi tenían el suficiente sentido común para que funcionara, pero dejaría de hacerlo si a gente como Carl Lee Hailey se le permitía utilizar atajos y administrar la justicia a su antojo. Piénsenlo. Una sociedad sin ley en la que la gente se tome la justicia por su cuenta. Sin policía, sin cárceles, sin juzgados, sin juicios, sin jurados. Cada uno por su cuenta.

Era ciertamente paradójico, dijo en un descanso momentáneo, que Carl Lee Hailey esperara ahora un proceso justo y un juicio imparcial cuando había demostrado no creer en esas cosas. Pregúntenselo a las madres de Billy Ray Cobb y de Pete Willard. Pregúntenles por el juicio imparcial que sus hijos recibieron.

Hizo una pausa para permitir que el jurado y la sala asimilaran sus últimas palabras y reflexionasen. La idea ejerció un fuerte impacto, y todos los miembros del jurado miraron a Carl Lee Hailey. Sus miradas no eran de compasión. Jake se hurgaba las uñas con un cortaplumas y parecía aburrirse soberanamente. Buckley fingió consultar sus notas en el atril y echó una mirada al reloj. Cuando empezó a hablar de nuevo, lo hizo en un tono más contundente y afirmativo. La acusación demostraría que Carl Lee Hailey había planeado meticulosamente las matanzas. Esperó durante casi una hora en un pequeño cuarto junto a la escalera, por donde los muchachos pasarían de regreso a la cárcel. De algún modo se las había ingeniado para introducir un M-16 en el juzgado. Buckley se acercó a una pequeña mesa junto a la taquígrafa y levantó el M-16.

—¡He aquí el M-16! —exclamó agitando el arma en el aire frente al jurado.

Dejó el fusil sobre el atril y describió cómo Carl Lee Hailey lo había seleccionado cuidadosamente porque lo había utilizado en combate cuerpo a cuerpo y sabía cómo usarlo para matar. Se había entrenado con un M-16, que era una arma ilegal. Uno no podía comprarla en cualquier armería. Tuvo que buscarla. Planear el golpe.

Las pruebas serían irrefutables: premeditación, alevosía, asesinato a sangre fría.

Y luego estaba lo del agente DeWayne Looney. Catorce años de servicio en el departamento del sheriff. Padre de familia y uno de los mejores agentes de policía que jamás había conocido. Abatido en acto de servicio por Carl Lee Hailey. Una de sus piernas le había sido parcialmente amputada. ¿Qué pecado había cometido? Puede que la defensa alegara que había sido un accidente, que no debían tenerlo en cuenta. En Mississippi aquello no era admisible como defensa.

No hay excusa, damas y caballeros, para esa violencia. El veredicto debe ser de culpabilidad.

Cada letrado disponía de una hora para su discurso de apertura y el atractivo de tanto tiempo resultaba irresistible para el fiscal del distrito, cuyos comentarios empezaban a ser repetitivos. Se perdió dos veces durante su condena de la defensa por enajenación mental. Los miembros del jurado empezaban a aburrirse y a buscar puntos de interés alrededor de la sala. Los dibujantes dejaron de esbozar, los periodistas de escribir y Noose se limpió las gafas siete u ocho veces. Era bien sabido que Noose se limpiaba las gafas para no quedarse dormido y luchar contra el aburrimiento, y acostumbraba hacerlo durante el juicio. Jake había visto cómo las frotaba con un pañuelo, la corbata o las mangas de la camisa mientras algún testigo se desmoronaba y se echaba a llorar o los abogados gritaban y agitaban los brazos. No se perdía una sola palabra, objeción ni estratagema; era solo que, incluso en un caso de tal magnitud, todo le resultaba soberanamente aburrido. Nunca se quedaba dormido en el estrado, aunque a veces sentía grandes tentaciones de hacerlo. En su lugar, se quitaba las gafas, las examinaba a contraluz, las soplaba, las frotaba como si estuvieran cubiertas de grasa y, luego, se las volvía a colocar justo al norte de la verruga. Transcurridos apenas cinco minutos, volvían a estar sucias. Cuanto más se prolongaba Buckley, mayor era la frecuencia con que se las limpiaba.

Por fin, después de una hora y media, Buckley cerró la boca y se oyó un suspiro en la sala.

—Diez minutos de descanso —anunció Noose al tiempo que abandonaba el estrado, salía por la puerta y pasaba frente a su despacho en dirección al retrete.

Jake había previsto una introducción concisa y, después del maratón de Buckley, decidió hacerla aún más breve. La mayoría de la gente empieza por no sentir simpatía por los abogados, especialmente cuando pronuncian prolongados discursos altisonantes en los que insisten por lo menos tres veces en todo lo que les parece significativo y repiten persistentemente los puntos principales con el propósito de inculcarlos en quienquiera que escuche. Los miembros del jurado sienten una aversión especial por los abogados que pierden el tiempo, y esto por dos buenas razones. En primer lugar, no les pueden decir que se callen. Son sus prisioneros. Fuera de la sala, uno puede mandar a un abogado a freír espárragos y decirle que cierre el pico, pero en el palco del jurado está atrapado y no se le permite hablar. Por consiguiente, su único recurso consiste en dormir, roncar, mirar con desaprobación, hacer muecas, consultar el reloj o hacer alguna de las muchas señales que los fastidiosos abogados nunca reconocen. En segundo lugar, a los jurados no les gustan los juicios prolongados. Prefieren que se vaya al grano y se acabe cuanto antes. Facilitadnos los hechos y os daremos un veredicto.

Jake se lo explicó a su defendido durante el descanso.

—Estoy de acuerdo. Procura ser breve —respondió Carl Lee.

Así lo hizo. Su discurso de apertura duró catorce minutos y el jurado apreció todas y cada una de sus palabras. Empezó hablando de las hijas y de lo muy especiales que son. De lo muy diferentes que son de los niños y de la protección especial que necesitan. Les habló de su propia hija y del vínculo especial que existe entre padre e hija, que elude toda explicación y no permite que se juegue con el mismo. Confesó su admiración por el señor Buckley, así como por su supuesta misericordia y compasión por cualquier borracho pervertido que violara a su hija. Era indudablemente un gran hombre. Sin embargo, en la realidad, ¿podrían ellos, como miembros del jurado, como padres, manifestar tanta ternura, confianza e indulgencia si su hija hubiera sido violada por un par de salvajes borrachos, drogados, que la hubiesen atado brutalmente a un árbol y…?

—¡Protesto! —gritó Buckley.

—Se admite la protesta —exclamó Noose.

Jake hizo caso omiso de los gritos y prosiguió sin levantar

la voz. Les pidió que, a lo largo del juicio, intentaran imaginar cómo se sentirían si se hubiera tratado de su hija. Les pidió que no condenaran a Carl Lee, sino que lo mandaran a su casa junto a su familia. No mencionó la enajenación mental. Sabían que más adelante lo haría.

Terminó poco después de haber empezado, y dejó al jurado con un marcado contraste entre ambos estilos.

—¿Eso es todo? —preguntó Noose asombrado.

Jake asintió cuando se sentaba junto a su defendido.

—Muy bien. Señor Buckley, puede llamar a su primer testigo.

—La acusación llama a Cora Cobb.

El alguacil salió a la antesala y regresó por la puerta situada junto al palco del jurado acompañado de la señora Cobb, a quien Jean Gillespie tomó juramento antes de que subiera al estrado.

—Hable cerca del micrófono —dijo el alguacil.

—¿Es usted Cora Cobb? —preguntó Buckley a plena voz mientras acercaba el atril a la baranda.

—Sí, señor.

—¿Dónde vive?

—En la nacional tres, Lake Village, Ford County.

—¿Es usted la madre del fallecido Billy Ray Cobb?

—Sí, señor —respondió con lágrimas en los ojos.

Era una campesina cuyo marido la había abandonado cuando sus hijos eran pequeños; estos se habían criado solos mientras ella hacía dos turnos en una fábrica de muebles entre Karaway y Lake Village. Desde una edad muy temprana, había sido incapaz de controlarlos. Tenía unos cincuenta años y procuraba aparentar cuarenta con el cabello teñido y mucho maquillaje, pero su aspecto era el de una sesentona.

—¿Qué edad tenía su hijo cuando murió?

—Veintitrés.

—¿Cuándo lo vio vivo por última vez?

—Pocos segundos antes de que lo mataran.

—¿Dónde lo vio?

—Aquí, en esta sala.

—¿Dónde lo mataron?

—En la planta baja.

—¿Oyó los disparos que causaron la muerte de su hijo?

—Sí, señor —respondió al tiempo que se echaba a llorar.

—¿Dónde lo vio por última vez?

—En la funeraria.

—¿En qué estado se encontraba?

—Muerto.

—Eso es todo —declaró Buckley.

—¿Desea interrogar a la testigo, señor Brigance?

Como testigo era inofensiva, llamada solo para atestiguar que la víctima estaba efectivamente muerta y evocar un poco de compasión. No suponía ninguna ventaja interrogarla y, normalmente, no lo habría hecho. Pero Jake vio una oportunidad que no podía dejar escapar. Vio la oportunidad de asentar el tono del juicio, de despertar a Noose, a Buckley y al jurado, de llamar la atención de todos los presentes. Aquella mujer no era realmente tan lastimosa; en parte, fingía. Probablemente, Buckley la había aconsejado que procurase llorar.

—Solo unas preguntas —respondió Jake, al tiempo que se acercaba al estrado por detrás de Buckley y Musgrove, con lo que despertó inmediatamente las sospechas del fiscal.

—Señora Cobb, ¿es cierto que su hijo fue condenado por tráfico de marihuana?

—¡Protesto! —gritó Buckley después de incorporarse de un brinco—. ¡Los antecedentes penales de la víctima son inadmisibles!

—¡Se admite la protesta!

—Gracias, su señoría —respondió educadamente Jake, como si Noose le hubiera hecho un favor.

La señora Cobb se frotó los ojos y creció su llanto.

—¿Dice que su hijo tenía veintitrés años cuando falleció?

—Sí.

—En sus veintitrés años, ¿a cuántas otras niñas violó?

—¡Protesto! ¡Protesto! —gritó Buckley agitando los brazos y mirando desesperadamente a Noose.

—¡Se admite la protesta! ¡Se admite la protesta! ¡Se ha extralimitado, señor Brigance! ¡Se ha extralimitado! —exclamaba el juez.

La señora Cobb se echó a llorar de forma incontrolada al oír los gritos, pero no se alejó del micrófono y su llanto retumbaba por la sala ante la perpleja concurrencia.

—¡Merece una amonestación, su señoría! —exclamó Buckley, con sus ojos y rostro repletos de ira, y el cuello color púrpura.

—Retiro la pregunta —declaró Jake de regreso a su silla.

—Le ruego que le amoneste —suplicó Buckley— y que instruya al jurado que desestime la pregunta.

—¿Alguna pregunta por su parte? —preguntó Noose.

—No —respondió Buckley al tiempo que se acercaba al estrado con un pañuelo para rescatar a la señora Cobb, que había ocultado el rostro entre sus manos y lloraba con violentas convulsiones.

—Puede retirarse, señora Cobb —dijo Noose—. Alguacil, tenga la bondad de ayudar a la testigo.

El alguacil la cogió del brazo y, con la asistencia de Buckley, la ayudó a bajar del estrado y la acompañó frente al palco del jurado, al otro lado de la barandilla y por el pasillo central de la sala. No dejó de gemir y lloriquear a lo largo del recorrido hasta la puerta de la sala, donde empezó de nuevo a llorar con toda la fuerza de sus pulmones.

Noose miró fijamente a Jake hasta que abandonó la sala y se hizo de nuevo el silencio.

—Les ruego que no tengan en cuenta la última pregunta del señor Brigance —dijo entonces el juez dirigiéndose al jurado.

—¿Por qué lo has hecho? —preguntó Carl Lee, al oído de su abogado.

—Te lo explicaré luego.

—La acusación llama a Earnestine Willard —anunció Buckley en un tono mucho más moderado y cargado de incertidumbre.

La señora Willard llegó a la sala procedente del recinto de los testigos, se le tomó juramento y ocupó su lugar en el estrado.

—¿Es usted Earnestine Willard? —preguntó Buckley.

—Sí, señor —respondió con una voz frágil.

La vida había sido también dura para ella, pero estaba dotada de cierta dignidad que inspiraba más compasión y credibilidad que en el caso de la señora Cobb. Su ropa no era cara, pero iba limpia y aseada. Su cabello tampoco estaba embadurnado con el tinte negro y barato, tan notorio en el de la señora Cobb, ni ocultaba su rostro tras varias capas de maquillaje. Cuando empezó a llorar, lo hizo para sus adentros.

—¿Y dónde vive?

—En las afueras de Lake Village.

—¿Era Pete Willard su hijo?

—Sí, señor.

—¿Cuándo lo vio vivo por última vez?

—Aquí, en esta sala, poco antes de que lo mataran.

—¿Oyó los disparos que causaron su muerte?

—Sí, señor.

—¿Dónde lo vio por última vez?

—En la funeraria.

—¿Y cuál era su estado?

—Estaba muerto —respondió al tiempo que se secaba las lágrimas con un pañuelo de papel.

—Cuánto lo lamento —declaró Buckley—. No hay más preguntas —añadió, mirando cautelosamente a Jake.

—¿Desea interrogar a la testigo? —preguntó Noose mirando a Jake también con recelo.

—Solo un par de preguntas —respondió Jake—. Señora Willard, me llamo Jake Brigance —dijo después de acercarse al estrado y mirarla sin compasión.

Ella asintió.

—¿Qué edad tenía su hijo cuando murió?

—Veintisiete.

Buckley apartó su silla de la mesa y se sentó al borde de la misma, listo para saltar. Noose se quitó las gafas y se inclinó sobre el estrado. Carl Lee agachó la cabeza.

—Durante sus veintisiete años ¿a cuántas otras niñas violó?

—¡Protesto! ¡Protesto! ¡Protesto! —exclamó Buckley después de incorporarse de un brinco.

—¡Se admite la protesta! ¡Se admite la protesta!

Los gritos asustaron a la señora Willard, cuyo llanto creció de tono.

—¡Amonéstele, señor juez! ¡Hay que amonestarle!

—Retiro la pregunta —dijo Jake, de regreso a su silla.

—¡Con eso no basta, su señoría! ¡Hay que amonestarle! —suplicó Buckley con las manos unidas.

—Vengan a mi despacho —ordenó Noose después de disculpar a la testigo y levantar la sesión hasta la una.

Harry Rex esperaba en el balcón del despacho de Jake, con bocadillos y un jarrón de margaritas. Jake prefirió tomar zumo de pomelo. Ellen decidió tomar solo una jarra pequeña, para calmar los nervios. Por tercer día consecutivo, Dell les había preparado el almuerzo y lo había traído personalmente a su despacho. Con los mejores deseos del Coffee Shop.

Comieron y descansaron en el balcón mientras contemplaban el espectáculo alrededor del juzgado. ¿Qué ha ocurrido en el despacho de su señoría? Harry Rex insistía. Jake mordisqueaba una tarta. Había dicho que quería hablar de cualquier cosa menos del juicio.

—Maldita sea, ¿qué ha ocurrido en el despacho?

—Los Cardinals llevan tres juegos de desventaja, ¿lo sabías, Row Ark?

—Creí que eran cuatro.

—¿Qué ha ocurrido en el despacho?

—¿De veras quieres saberlo?

—¡Sí! ¡Sí!

—De acuerdo. Tengo que ir al retrete. Te lo contaré cuando regrese —dijo Jake antes de ausentarse.

—Row Ark, ¿qué ha ocurrido en el despacho de su señoría?

—Poca cosa. Noose ha censurado severamente a Jake, pero sin consecuencias irreversibles. Buckley quería sangre y Jake le ha respondido que estaba seguro de que se saldría con la suya si su rostro seguía enrojeciéndose. Buckley gritaba, pataleaba y acusaba a Jake de inflamar, según sus propias palabras, deliberadamente al jurado. Jake se ha limitado a sonreírle y a decirle que lo sentía, gobernador. Cada vez que le llamaba gobernador, Buckley apelaba a gritos al juez: «Haga algo, señor juez, me ha llamado gobernador». Y Noose respondía: «Por favor, caballeros, espero que actúen como profesionales». Luego esperaba unos minutos y volvía a llamarle gobernador.

—¿Por qué ha afligido a esas dos ancianas?

—Ha sido genial, Harry Rex. Ha demostrado ante el jurado, Noose, Buckley y todos los presentes, que la sala es suya y que no le teme absolutamente a nadie. Ha sido el primero en golpear. Ha puesto a Buckley tan nervioso que ya no logrará relajarse. Noose le respeta porque no se deja intimidar por su señoría. Los miembros del jurado se han asustado, pero los ha obligado a despertar y les ha transmitido sin tapujos que esto es una guerra. Una genialidad.

—Sí, eso me había parecido.

—No nos ha perjudicado. Esas mujeres buscaban compasión, pero Jake le ha recordado al jurado lo que sus encantadores hijos hicieron antes de morir.

—Esa escoria.

—Si hay algún resentimiento por parte del jurado, lo habrán olvidado cuando declare el último testigo.

—Jake es bastante astuto, ¿no te parece?

—Es bueno. Muy bueno. Es el mejor que he visto de su edad.

—Espera a su discurso de clausura. Lo he oído un par de veces. Es capaz de conmover a un sargento del ejército.

Jake regresó y se sirvió una pequeña margarita. Solo una pequeña ración para calmar los nervios. Harry Rex bebía como un cosaco.

Ozzie fue el primer testigo de la acusación después del almuerzo. Buckley presentó unos enormes planos policromados del primer y segundo piso del palacio de Justicia, y juntos reconstruyeron con precisión los últimos movimientos de Cobb y Willard.

A continuación, Buckley mostró una colección de fotografías en color de cuarenta por sesenta de Cobb y de Willard recién fallecidos en la escalera. Eran horripilantes. Jake había visto muchas fotografías de cadáveres y, a pesar de que dada su naturaleza no eran nunca agradables, no solían ser tan espeluznantes. En uno de sus casos, la víctima había recibido un disparo de un trescientos cincuenta y siete milímetros en el corazón, y, simplemente, había caído muerto en la puerta de su casa. Era un anciano corpulento y musculoso, y la bala había permanecido incrustada en su cuerpo. Por consiguiente, no había sangre; solo un pequeño orificio en sus zahones y otro cerrado en su pecho. Parecía que se hubiera desplomado después de quedarse dormido o borracho en la puerta de su casa, como le sucedía a Lucien. No era muy espectacular, y Buckley no se había sentido orgulloso de aquellas fotografías, que ni siquiera había ampliado. Se limitó a mostrar pequeñas copias de Polaroid al jurado y se sintió molesto porque eran tan pulcras.

Pero la mayoría de las fotografías de víctimas de asesinatos eran horrendas y nauseabundas, con techos y paredes manchados de sangre, y fragmentos del cuerpo desparramados por todas partes. En estos casos el fiscal siempre las ampliaba y las presentaba como prueba con gran alborozo, exhibiéndolas en la sala mientras describía con el testigo las escenas de las mismas. Por último, cuando los miembros del jurado se morían de curiosidad, Buckley le pedía educadamente permiso al juez para mostrarles dichas fotografías al jurado y su señoría siempre se lo concedía. Entonces Buckley y todos los demás observaban atentamente sus rostros, que reflejaban horror, espanto y a veces náuseas. Jake había llegado a ver cómo dos miembros del jurado vomitaban al ver las fotos de un cadáver terriblemente mutilado.

Dichas fotografías eran enormemente perjudiciales, enormemente inflamatorias y, también, enormemente admisibles. «Probativas» era el término utilizado por el Tribunal Supremo. Podían ayudar al jurado, según las decisiones tomadas a lo largo de noventa años por el alto tribunal. Estaba perfectamente asumido en Mississippi que las fotografías en los casos de asesinato, independientemente de su impacto en el jurado, eran siempre admisibles.

Hacía unas semanas que, después de ver las fotografías de Cobb y de Willard, Jake había presentado el recurso habitual y recibido la denegación acostumbrada.

En esta ocasión, estaban pegadas sobre un soporte de cartón, cosa que el fiscal no había hecho hasta entonces. Entregó la primera a Reba Betts para que circulara entre los miembros del jurado. Era un primer plano de la cabeza y sesos de Willard.

—¡Dios mío! —exclamó, antes de pasarla inmediatamente al siguiente, que suspiró horrorizado, y así sucesivamente.

De uno en uno, la vieron todos los miembros del jurado, incluidos los suplentes, se la devolvieron a Buckley y este entregó otra fotografía a Reba. El ritual se prolongó treinta minutos hasta que todas las fotografías estuvieron de nuevo en manos del fiscal.

Entonces levantó el M-16 y lo puso en las manos de Ozzie.

—¿Puede identificarlo?

—Sí, es el arma hallada en el lugar del crimen.

—¿Quién la encontró?

—Yo.

—¿Y qué hizo con ella?

—La envolví con un plástico y la guardé en la caja fuerte de mi despacho, donde permaneció cerrada bajo llave hasta que se la entregué al señor Laird, del laboratorio forense de Jackson.

—Con la venia de su señoría, la acusación presenta el arma como prueba número S-13 —declaró Buckley, mientras agitaba el fusil en el aire.

—Ninguna objeción —dijo Jake.

—Hemos terminado con este testigo —exclamó Buckley.

—¿Desea interrogar al testigo?

Jake repasaba sus notas mientras se acercaba lentamente al estrado. Tenía solo unas pocas preguntas para su amigo.

—Sheriff, ¿detuvo usted a Billy Ray Cobb y a Pete Willard?

Buckley echó la silla atrás y apoyó sus amplias posaderas al borde de la misma, dispuesto a incorporarse de un brinco y gritar si era necesario.

—Sí, lo hice —respondió el sheriff.

—¿Por qué razón?

—Por la violación de Tonya Hailey —declaró en un tono claro y contundente.

—¿Y qué edad tenía la niña cuando fue violada por Cobb y Willard?

—Diez años.

—¿Es cierto, sheriff, que Pete Willard firmó una confesión escrita en…?

—¡Protesto! ¡Protesto! ¡Su señoría! Esto es inadmisible y el señor Brigance lo sabe.

Ozzie asintió mientras el fiscal protestaba.

—Se admite la protesta.

—Solicito que la pregunta se elimine del memorial y que el jurado reciba instrucciones de no tenerla en cuenta —dijo Buckley temblando.

—Retiro la pregunta —declaró Jake mientras miraba a Buckley con una sonrisa.

—Les ruego que no tengan en cuenta la última pregunta del señor Brigance —dijo Noose a los miembros del jurado.

—He terminado —anunció Jake.

—¿Alguna pregunta adicional, señor Buckley?

—No, su señoría.

—Muy bien. Sheriff, puede retirarse.

El siguiente testigo de Buckley era un experto en huellas dactilares de Washington, que pasó una hora contándole al jurado lo que todos sabían desde hacía varias semanas. Su dramática conclusión vinculaba irrefutablemente las huellas del M-16 con las de Carl Lee. A continuación declaró el experto en balística del laboratorio forense estatal, cuyo testimonio fue tan aburrido y carente de valor informativo como el de su predecesor. Sí, sin duda las balas encontradas en el lugar del crimen habían sido disparadas con el M-16 que estaba ahora sobre la mesa. Esa fue su conclusión, que, con la ayuda de cuadros y diagramas, Buckley tardó una hora en transmitir al jurado. Celo excesivo de la acusación, lo denominaba Jake, debilidad característica de todos los fiscales.

La defensa no tenía ninguna pregunta para los expertos y, a las cinco y cuarto, Noose se despidió del jurado con órdenes específicas de no discutir el caso. Todos asintieron educadamente al abandonar la sala. A continuación, levantó la sesión hasta las nueve de la mañana del día siguiente.

36

La gran conciencia cívica de los miembros del jurado no había tardado en marchitarse. En su segunda noche en el Temple Inn se retiraron los teléfonos por orden del juez. Algunas antiguas revistas donadas por la biblioteca de Clanton fueron descartadas poco después de empezar a circular, dado el escaso interés del grupo por *The New Yorker*, el *Smithsonian* y el *Architectural Digest*.

—¿No tienen algún *Penthouse*? —susurró Clyde Sisco al alguacil cuando hacía la ronda.

Le dijo que no, pero que vería qué podía hacer.

Encerrados en sus habitaciones, sin televisión, periódicos ni teléfonos, hacían poca cosa aparte de jugar a los naipes y hablar del juicio. El desplazamiento hasta el fondo del pasillo en busca de hielo o de un refresco se convirtió en una ocasión especial que los que compartían habitación organizaban por turnos. Aumentaba palpablemente el hastío.

A ambos extremos del pasillo, dos soldados custodiaban la oscuridad y la soledad, solo interrumpidas por la aparición sistemática de los miembros del jurado con cambio para la máquina de refrescos.

Se acostaban temprano y, cuando los centinelas llamaban a las puertas a las seis de la mañana, todos estaban despiertos y algunos incluso vestidos. Devoraron el desayuno del jueves, salchichas con tortilla, y a las ocho subieron ávidamente al autobús para regresar a su ciudad.

Por cuarto día consecutivo, la rotonda estaba abarrotada a las ocho de la mañana. Los espectadores habían descubierto que todos los asientos estaban ocupados a las ocho y media. Prather abrió la puerta y el público pasó lentamente por el detector de metales, estrechamente vigilado por los agentes de guardia, antes de entrar en la sala, donde los negros ocupaban el lado izquierdo y los blancos el derecho. Hastings reservó de nuevo el primer banco para Gwen, Lester, los niños y otros familiares. Agee y varios miembros del consejo estaban sentados en el segundo banco, junto a algunos parientes que no cabían en el primero. Agee era el encargado de distribuir las guardias de los pastores dentro y fuera del juzgado. Personalmente, prefería estar de guardia en la sala, donde se sentía más seguro, pero echaba de menos las cámaras y los periodistas que tanto abundaban en el jardín. A su derecha, al otro lado del pasillo, se encontraban los parientes y amigos de las víctimas. Hasta el momento, su conducta había sido impecable.

Poco antes de las nueve, Carl Lee llegó esposado del calabozo. Uno de los muchos agentes que lo rodeaban le quitó las esposas. Brindó una radiante sonrisa a su familia y ocupó su lugar. Los abogados se dirigieron a sus respectivos lugares y descendió el ruido de la sala. El alguacil asomó la cabeza por la puerta situada junto al palco del jurado y, satisfecho con lo que vio, la abrió para permitir que los miembros del jurado ocuparan sus asientos. El señor Pate observaba la operación desde la puerta del despacho de su señoría y, cuando todo le pareció correcto, dio un paso al frente y exclamó:

—¡Levántense!

Ichabod, con su toga negra predilecta, arrugada y descolorida, ocupó su lugar en el estrado y ordenó al público que se sentara. Saludó al jurado y les preguntó sobre lo que había ocurrido o dejado de ocurrir desde el día anterior.

—¿Dónde está el señor Musgrove? —preguntó después de mirar a los abogados.

—Con la venia de su señoría —respondió Buckley—, llegará un poco tarde. Pero estamos listos para proseguir.

—Llame a su próximo testigo —ordenó Noose.

El forense del laboratorio estatal fue localizado en la rotonda y acompañado a la sala. Normalmente, habría estado demasiado ocupado para asistir a un juicio sencillo, mandando, por lo tanto, a uno de sus subordinados para explicar al jurado las causas exactas de la muerte de Cobb y de Willard. Pero tratándose del caso Hailey se sintió obligado a asistir personalmente. A decir verdad, era el caso más sencillo que había visto en mucho tiempo: los cuerpos fueron hallados moribundos, el arma utilizada estaba junto a los mismos, y habían recibido suficientes balazos para morir una docena de veces. Todo el mundo sabía cómo fallecieron aquellos muchachos. Pero el fiscal había insistido en una meticulosa exploración científica, de modo que cuando el forense subió al estrado el jueves por la mañana iba cargado de fotografías de la autopsia y láminas anatómicas a todo color.

En el despacho de su señoría, Jake se había mostrado dispuesto a convenir las causas de la defunción, pero Buckley se negó rotundamente a ello. No, señor: quería que los miembros del jurado oyeran y comprendieran cómo habían fallecido.

—Aceptaremos que murieron de varios impactos de bala disparados con el M-16 —declaró Jake con precisión.

—No, señor —insistió tercamente Buckley—. Tengo derecho a demostrarlo.

—Pero le ofrece estipular la causa de la muerte —añadió Noose con incredulidad.

—Tengo derecho a demostrarlo —insistió Buckley.

De modo que lo demostró. En un caso típico de celo excesivo por parte de la acusación, Buckley lo demostró. Durante tres horas, el forense habló de la cantidad de impactos de bala recibidos por Cobb, de los recibidos por Willard, del daño perpetrado por cada bala al penetrar en los cuerpos y de los terribles daños causados en el interior de los mismos. Colocaron las láminas anatómicas sobre atriles frente al jurado, el técnico cogió unos proyectiles de plástico numerados que representaban las balas y los desplazó con mucha lentitud sobre los diagramas. Catorce para Cobb y once para Willard. Buckley formulaba una pregunta, recibía una respuesta e interrumpía para insistir en algún punto.

—Con la venia de su señoría, no tenemos ningún inconveniente en acordar las causas de la muerte —decía Jake, lleno de frustración, cada treinta minutos.

—Nosotros sí lo tenemos —replicaba categóricamente Buckley antes de pasar al próximo proyectil.

Jake se dejaba caer en su silla, movía negativamente la cabeza y miraba a los miembros del jurado, es decir: a los que seguían despiertos.

El médico terminó a las doce y Noose, hastiado y entumecido, ordenó un descanso de dos horas para el almuerzo. El alguacil despertó a los miembros del jurado y los condujo a la sala de deliberación, donde, después de comer carne asada en platos de plástico, se dedicaron a jugar a los naipes. No se les permitía abandonar el juzgado.

En todas las pequeñas ciudades del sur hay un muchacho que ha nacido para ganar dinero. Es aquel que a los cinco años instala el primer tenderete de refrescos en su calle y cobra veinticinco centavos por un vaso de agua con aromatizante artificial. Sabe que lo que vende tiene un sabor horrible, pero también sabe que los adultos lo consideran adorable. Es el primero en comprar un cortador de césped a plazos en Western Auto y en ir de puerta en puerta en febrero en busca de trabajos de jardinería para el verano. Es el primero en comprarse su propia bicicleta, que utiliza por la mañana y por la noche para repartir periódicos. En agosto vende postales de Navidad a las ancianas. En noviembre, pasteles de fruta de puerta en puerta. Los sábados por la mañana, cuando sus amigos están en casa viendo dibujos animados por televisión, él está en el mercado de la plaza del juzgado vendiendo cacahuetes y palomitas de maíz. A los doce, adquiere su primer bono de ahorro. Tiene su propio banquero. A los quince compra al contado una camioneta nueva, el mismo día en que obtiene su permiso de conducir. A continuación, adquiere un remolque y lo llena de herramientas de jardinería. Vende camisetas en los partidos de fútbol del instituto. Es un negociante: un futuro millonario.

En Clanton se llamaba Hinky Myrick y tenía dieciséis años. Esperaba intranquilo en la rotonda hasta que Noose levantó la sesión, y, entonces, pasó entre los agentes de policía y entró en la sala. Tal era la demanda de asientos que casi nadie los abandonaba para ir a almorzar. Algunos se levantaban, miraban fijamente al vecino, señalaban el asiento y, después de asegurarse de que todo el mundo había comprendido que era suyo para todo el día, se ausentaban para ir al servicio. Pero la mayoría permanecía en sus preciados bancos durante la hora del almuerzo, a pesar del natural sufrimiento.

Hinky olía las oportunidades. Intuía las necesidades de la gente. El jueves, al igual que el miércoles, entró por el pasillo central con un carrito de la compra hasta el frente de la sala cargado de bocadillos diversos y platos combinados en recipientes de plástico. Empezó a dar voces hacia los bancos y a suministrar comida a sus clientes, avanzando lentamente hasta el fondo de la sala. No tenía ningún escrúpulo. Vendía los bocadillos de ensaladilla de atún con pan blanco a dos dólares, cuando su coste era de ochenta centavos. El plato de pollo frío con unos pocos guisantes a tres dólares, aunque su coste era de un dólar y cuarto. La lata de bebida refrescante, a un dólar cincuenta. Pero los clientes pagaban gustosos sus precios para poder conservar el asiento. Se quedó sin existencias antes de llegar a la cuarta fila y empezó a apuntar pedidos del resto de la sala. Hinky era el hombre del momento.

Con un puñado de pedidos, salió corriendo del juzgado, cruzó los jardines entre grupos de negros hasta Caffey Street y entró en Claude's. Se dirigió inmediatamente a la cocina, le dio un billete de veinte dólares al cocinero y todos los pedidos que llevaba. Esperó sin dejar de mirar el reloj. El cocinero trabajaba con lentitud. Hinky le dio otros veinte.

El juicio generó una prosperidad con la que Claude ni siquiera había soñado. El desayuno y el almuerzo en su pequeño café se convirtieron en verdaderos acontecimientos, puesto que la demanda excedía en mucho al número de sillas disponibles y los hambrientos hacían cola en la acera, aguantando el sofocante sol a la espera de una mesa. Después del almuerzo del lunes, había recorrido todo Clanton en busca de todas las mesitas y sillas plegables que pudo encontrar. A la hora del almuerzo desaparecían los pasillos y las camareras se veían obligadas a desplazarse estratégicamente entre múltiples hileras de clientes, la mayoría de los cuales eran negros.

El juicio era lo único de lo que se hablaba. El miércoles, la composición del jurado había recibido duras críticas. El jueves se hablaba del desagrado creciente que inspiraba el fiscal.

—He oído decir que quiere presentarse para gobernador.

—¿Demócrata o republicano?

—Demócrata.

—No podrá ganar sin el voto negro; no en este estado.

—Desde luego, y no habrá muchos negros que le voten después de este juicio.

—Ojalá lo intente.

—Su conducta es más bien la de un republicano.

En Clanton, antes del juicio, la hora del almuerzo empezaba a las doce menos diez, cuando las jóvenes, morenas y atractivas secretarias elegantemente vestidas abandonaban sus escritorios en los bancos, bufetes, compañías de seguros y el juzgado para lanzarse a la calle. Durante el descanso hacían recados por la plaza. Iban a correos. Realizaban sus operaciones bancarias. Iban de compras. Casi todas compraban algo de comer en el restaurante chino y comían en los bancos de los jardines del juzgado, a la sombra de los árboles. Formaban grupos y charlaban. A las doce del mediodía, había más mujeres hermosas en la glorieta de los jardines que en el concurso de Miss Mississippi. Según la tradición, las oficinistas de Clanton tenían prioridad a la hora del almuerzo en la plaza y no tenían que regresar hasta la una. Los hombres salían a las doce y admiraban a las mujeres.

Pero el juicio cambió las cosas. Los árboles de la plaza estaban en zona de combate. Los cafés, desde las once hasta la una, estaban abarrotados de soldados y forasteros que no habían podido entrar en el juzgado. Las oficinistas hacían sus recados y comían en el despacho.

En el Tea Shoppe, empleados de banca y otros administrativos hablaban del juicio en términos de publicidad y de su repercusión en la urbe. Les preocupaba particularmente el Klan. Nadie conocía a un solo miembro de la siniestra organización y, en el norte de Mississippi, hacía mucho tiempo que lo tenían olvidado. Pero a los buitres les encantaban las túnicas blancas y, de cara al mundo exterior, Clanton, Mississippi, era el hogar del Ku Klux Klan. Detestaban la presencia del Klan y maldecían a la prensa por mantenerlo en su ciudad.

Para el almuerzo del jueves, el Coffee Shop ofrecía su especialidad cotidiana de costillas de cerdo a la paisana acompañadas de hojas de remolacha y ñames al caramelo, maíz con bechamel o abelmosco frito. Dell servía la especialidad en un local abarrotado por partes iguales de clientes del lugar, forasteros y soldados. La norma, oficiosa pero firmemente establecida, de no hablar con nadie que llevara barba o hablase con un acento extraño, se aplicaba al pie de la letra, y a las personas amables les resultaba difícil no relacionarse con los forasteros y no sonreírles. Hacía mucho tiempo que la calurosa acogida que recibieron los forasteros a los pocos días del tiroteo había sido sustituida por una silenciosa arrogancia. Eran demasiados los sabuesos de la prensa que habían traicionado a sus anfitriones publicando artículos poco halagadores e injustos sobre el condado y sus habitantes. Era asombroso que pudieran llegar a manadas de todos los confines del país y, en veinticuatro horas, se convirtiesen en expertos sobre un lugar del que nunca habían oído hablar y acerca de una gente a la que jamás habían conocido.

La gente de la ciudad los había visto circular por la plaza como imbéciles, persiguiendo al sheriff, al fiscal, al abogado defensor o a cualquiera que pudiese saber algo. Los veía junto a la puerta posterior del juzgado como lobos hambrientos dispuestos a lanzarse sobre el acusado, que invariablemente iba rodeado de policías e invariablemente hacía caso omiso de las absurdas preguntas que le repetían. La gente de la región los contemplaba con desdén cuando enfocaban sus objetivos a los miembros del Klan y a los negros vociferantes, siempre en busca de los elementos más radicales, que los buitres presentaban como normales.

Los observaban y los odiaban.

—¿Qué es esa porquería naranja que lleva en la cara? —preguntó Tim Nunley refiriéndose a una presentadora sentada en una mesa junto a la ventana.

Jack Jones dio un mordisco a su abelmosco y observó el rostro anaranjado.

—Creo que es maquillaje para las cámaras. Hace que su rostro parezca blanco por televisión.

—Pero ya es blanca.

—Sí, pero no lo parecería por televisión si no se pintara la cara color naranja.

—Entonces ¿qué utilizan los negros en la televisión? —preguntó Nunley, que no estaba convencido.

Nadie respondió.

—¿La viste anoche por televisión? —preguntó Jack Jones.

—No. ¿De dónde es?

—Del canal cuatro, de Memphis. Anoche entrevistó a la madre de Cobb y, evidentemente, no dejó de presionarla hasta que se echó a llorar. Lo único que mostraron por televisión fue su llanto. Daba asco. La noche anterior habló con unos miembros del Klan de Ohio, que explicaron lo que necesitamos aquí en Mississippi. Es la peor de todos.

El fiscal concluyó la acusación contra Carl Lee el jueves por la tarde. Después del almuerzo, Buckley llamó a Murphy a declarar. El testimonio de aquel pobre hombrecillo tartamudeando incontrolablemente durante una hora fue una experiencia crispante y agobiante.

—Tranquilícese, señor Murphy —repetía Buckley un centenar de veces.

Él, entonces, asentía y tomaba un sorbo de agua. En la medida de lo posible, procuraba responder moviendo afirmativa o negativamente la cabeza, pero a la taquígrafa le resultaba enormemente difícil interpretar sus respuestas.

—No he oído la respuesta —decía con frecuencia, de espaldas al testigo.

Entonces, él intentaba vocalizar la respuesta, pero solía trabarse en alguna consonante dura como la «p» o la «t». Emitía algún sonido y, luego, tartamudeaba de forma incoherente.

—No le he entendido —decía la taquígrafa, desesperada, cuando el testigo concluía.

Buckley suspiraba. Los miembros del jurado se movían, nerviosos, en sus asientos. La mitad de los presentes se mordían las uñas.

—¿Le importaría repetir la respuesta? —preguntaba Buckley con toda la paciencia de la que era capaz.

—Lo s-s-s-s-s-s-s-siento —solía responder.

Daba lástima.

A lo largo de todo el interrogatorio, se pudo saber que él tomaba una Coca-Cola en la escalera posterior, de cara a los peldaños, cuando los muchachos fueron tiroteados. Se había percatado de la presencia de un negro que asomaba la cabeza por la puerta de un trastero, a unos doce metros de donde se encontraba. Pero no le prestó atención. Sin embargo, cuando empezaron a descender los muchachos, el negro salió y empezó a disparar entre gritos y carcajadas. Cuando cesaron los disparos, arrojó el arma al suelo y huyó. Sí, era él, sentado allí. El negro.

Noose estuvo a punto de agujerear las gafas escuchando a Murphy. Cuando Buckley se sentó, su señoría miró angustiado a Jake.

—¿Desea interrogar al testigo? —preguntó, intranquilo.

—No lo hagas —susurró categóricamente Carl Lee.

—No, su señoría, la defensa no desea formular ninguna pregunta.

El siguiente testigo era el agente Rady, investigador del departamento del sheriff. Informó al jurado de que encontró una lata de Royal Crown Cola en el trastero situado junto a la escalera, y las huellas dactilares de la misma coincidían con las de Carl Lee.

—¿Estaba llena o vacía? —preguntó Buckley con mucho dramatismo.

—Completamente vacía.

Vaya descubrimiento: tenía sed, pensó Jake. Oswald comió un cuarto de pollo mientras esperaba a Kennedy. No, no tenía ninguna pregunta para el testigo.

—Tenemos un último testigo, su señoría —afirmó Buckley a las cuatro en punto—. El agente DeWayne Looney.

Looney entró cojeando en la sala con la ayuda de un bastón, subió al estrado, desenfundó su arma y se la entregó al señor Pate.

—¿Puede decirnos su nombre? —preguntó Buckley, que lo miraba con orgullo.

—DeWayne Looney.

—¿Y su dirección?

—Catorce sesenta y ocho de Bennington Street, Clanton, Mississippi.

—¿Qué edad tiene usted?

—Treinta y nueve años.

—¿Dónde trabaja usted?

—En el departamento del sheriff de Ford County.

—¿Qué cargo desempeña?

—Recepcionista.

—¿Qué cargo desempeñaba el lunes, veinte de mayo?

—Agente de policía.

—¿Estaba de servicio?

—Sí. Se me ordenó custodiar a dos detenidos de la cárcel al juzgado y viceversa.

—¿Quiénes eran los detenidos?

—Billy Ray Cobb y Pete Willard.

—¿A qué hora salió del juzgado con los detenidos?

—Supongo que alrededor de la una y media.

—¿Quién estaba de servicio con usted?

—El agente Prather. Él y yo éramos responsables de los dos detenidos. Contábamos con la ayuda de otros agentes en la sala y había otros dos o tres agentes en la calle. Pero el agente Prather y yo éramos los responsables.

—¿Qué ocurrió cuando concluyó la vista?

—Esposamos inmediatamente a Cobb y a Willard y salimos de aquí. Los llevamos a ese pequeño calabozo, esperamos un par de segundos y Prather bajó por la escalera.

—¿Qué ocurrió entonces?

—Empezamos a bajar. Cobb iba primero, seguido de Willard, y yo en último lugar. Como ya he dicho, Prather bajó antes que nosotros. Había salido ya por la puerta.

—Bien. ¿Qué ocurrió a continuación?

—Cuando Cobb había llegado casi a la planta baja empezaron los disparos. Yo estaba en el rellano, a punto de bajar. Al principio no vi a nadie, pero luego vi al señor Hailey que disparaba con el fusil ametrallador. Cobb cayó de espaldas contra Willard, ambos gritaron amontonados sobre los peldaños e intentaron regresar al rellano donde yo me encontraba.

—Bien. Descríbanos lo que vio.

—Se oían las balas que rebotaban de las paredes en todas direcciones. Era el arma más ruidosa que he oído en mi vida, y parecía disparar eternamente. Los muchachos se doblaban y contorsionaban entre gritos y gemidos. Recuerde que estaban esposados.

—Claro. ¿Qué le ocurrió a usted?

—Como ya le he dicho, no pasé del rellano. Creo que una de las balas que rebotó de la pared me alcanzó en la pierna. Intentaba subir de nuevo por la escalera cuando sentí el ardor en la pierna.

—¿Y qué ha ocurrido con su pierna?

—Me la han amputado por debajo de la rodilla —respondió tranquilamente Looney, como si perder una extremidad fuera algo que se diese todos los días.

—¿Pudo distinguir claramente al hombre que efectuaba los disparos?

—Sí, señor.

—¿Puede identificarlo para el jurado?

—Sí, señor. Es el señor Hailey, que está ahí sentado.

Después de aquella respuesta, habría sido lógico concluir el interrogatorio de Looney. Había sido breve, preciso y compasivo; y había identificado positivamente al acusado. El jurado lo había escuchado palabra por palabra. Pero Buckley y Musgrove sacaron de nuevo los planos del juzgado y los colocaron delante del jurado para obligar a Looney a exhibir un poco más su cojera al aproximarse a ellos. A instancias de Buckley, reconstruyó con exactitud todos los movimientos anteriores a los disparos.

Jake se frotó la frente y se pellizcó el puente de la nariz. Noose limpió repetidamente sus gafas. Los miembros del jurado estaban nerviosos.

—¿Desea interrogar al testigo, señor Brigance? —preguntó finalmente Noose.

—Solo unas preguntas —respondió Jake mientras Musgrove retiraba los diagramas—. Agente Looney, ¿a quién miraba Carl Lee cuando disparaba?

—A esos chicos, creo.

—¿Le miró a usted en algún momento?

—Dadas las circunstancias, no me dediqué a analizar su mirada. A decir verdad, intentaba huir en dirección contraria.

—¿De modo que no le apuntaba a usted?

—Claro que no. Apuntaba solo a esos chicos. Y les dio.

—¿Qué hacía mientras disparaba?

—Chillaba y reía a carcajadas como un loco. Fue lo más extraño que he oído en mi vida, como si estuviera endemoniado o algo por el estilo. Y lo que nunca olvidaré fue que, a pesar de tanto ruido, el silbido de las balas, las explosiones y los gritos de los chicos al recibir los disparos, por encima de todo se oía esa risa endemoniada.

La respuesta fue tan perfecta que Jake tuvo que hacer un esfuerzo para no sonreír. Él y Looney lo habían preparado un centenar de veces y había salido a la perfección. Una maravilla. Jake hojeó afanosamente su cuaderno y echó una mirada al jurado. Todos contemplaban a Looney, cautivados por su respuesta. Jake escribió algo, cualquier cosa, nada, con el único propósito de matar unos segundos antes de formular las preguntas más importantes del juicio.

—Sin embargo, agente Looney, Carl Lee Hailey alcanzó su pierna con un disparo.

—Sí, señor, así fue.

—¿Cree que lo hizo intencionadamente?

—Desde luego que no. Fue un accidente.

—¿Desea usted que se le castigue por haberle disparado?

—No, señor. No tengo absolutamente nada contra él. Hizo lo mismo que habría hecho yo.

A Buckley se le cayó la pluma de la mano y se hundió en su silla. Miró con tristeza a su mejor testigo.

—¿Qué quiere decir con eso?

—Quiero decir que no le reprocho lo que hizo. Esos chicos habían violado a su hijita. Yo también tengo una hija menor. Si alguien la viola, puede darse por muerto. Le volaré los sesos, como lo hizo Carl Lee. Deberíamos darle un trofeo.

—¿Desea que el jurado condene a Carl Lee?

—¡Protesto! ¡Protesto! —exclamó Buckley levantándose—. ¡Pregunta improcedente!

—¡No! —gritó Looney—. No quiero que lo condenen. Es un héroe. Ha…

—¡No responda, señor Looney! —decía Noose levantando la voz—. ¡No responda!

—¡Protesto! ¡Protesto! —vociferaba Buckley de puntillas.

—¡Orden en la sala! ¡Orden en la sala! —ordenaba Noose.

Buckley guardaba silencio. Looney no decía nada. Jake regresó a su asiento y dijo:

—Retiro la pregunta.

—Les ruego no tengan en cuenta la última pregunta —ordenó Noose a los miembros del jurado.

Looney miró al jurado con una sonrisa y abandonó cojeando la sala.

—Llame a su próximo testigo —dijo Noose, después de quitarse las gafas.

—Con la venia de su señoría —respondió Buckley mientras se ponía lentamente de pie, con el mayor dramatismo del que fue capaz—. La acusación ha concluido.

—Bien —dijo Noose mirando a Jake—. Supongo, señor Brigance, que tiene usted una o dos mociones para presentar ante la sala.

—Sí, señoría.

—Muy bien, hablaremos de ello en mi despacho.

Noose dio permiso al jurado para que se retirara hasta el viernes a las nueve de la mañana con las instrucciones de siempre.

37

Jake despertó en la oscuridad con un poco de resaca, una jaqueca debida a la fatiga y a la cerveza, y el lejano pero inconfundible sonido del timbre de la puerta, que parecía pulsar un
decidido y firme pulgar. Fue a abrir en pijama e intentó enfocar la mirada en dos figuras de pie, en el umbral. Ozzie y Nesbit, decidió finalmente.

—¿En qué puedo serviros? —preguntó mientras lo seguían
hacia el salón.

—Hoy van a matarte —respondió Ozzie.

—Puede que lo logren —dijo Jake después de sentarse en
el sofá y frotarse las sienes.

—Jake, va en serio. Se proponen asesinarte.

—¿Quién?

—El Klan.

—¿El ratón Mickey?

—Sí. Llamó anoche y dijo que se preparaba algo. Ha vuelto a llamar hace un par de horas para anunciar que tú eras el
afortunado. Hoy es el gran día. Ha llegado el momento de
la emoción. Esta mañana tendrá lugar el entierro de Stupm
Sisson en Loydsville y es hora del ojo por ojo y diente por
diente.

—¿Por qué yo? ¿Por qué no asesinan a Buckley, a Noose
o a alguien que se lo merezca más que yo?

—No hemos tenido oportunidad de hablar de ello.

—¿Qué método de ejecución piensan utilizar? —preguntó Jake, quien, de pronto, se sintió incómodo en pijama.

—No me lo ha dicho.

—¿Lo sabe?

—No es muy pródigo con los detalles. Se ha limitado a decirme que lo intentarían hoy.

—¿Qué se supone que debo hacer? ¿Rendirme?

—¿A qué hora vas al despacho?

—¿Qué hora es?

—Casi las cinco.

—Cuando me haya duchado y vestido.

—Esperaremos.

A las cinco y media lo llevaron a toda prisa a su despacho y cerraron la puerta con llave. A las ocho, un pelotón de soldados se reunió en la acera bajo su balcón, a la espera del objetivo. Harry Rex y Ellen observaban desde el segundo piso del juzgado. Jake se apretujó entre Ozzie y Nesbit, los tres se agacharon en el centro del pelotón, y empezaron a cruzar Washington Street en dirección al juzgado. Los buitres olieron algo y rodearon la comitiva.

El molino abandonado se encontraba junto a las vías también abandonadas, en la ladera de la mayor colina de Clanton, a dos manzanas de la plaza en dirección nordeste. Junto al mismo, había una descuidada calle de gravilla y asfalto que, después de cruzar Cedar Street, era mucho más ancha y mejor asfaltada hasta desembocar en Quincy Street, en el extremo este de la plaza.

En dicho lugar, desde el interior de un silo abandonado, el francotirador veía, a lo lejos pero con claridad, la fachada posterior del juzgado. Agachado en la oscuridad y apuntando por un pequeño agujero estaba seguro de que nadie en el mundo podía verle. El whisky contribuía a que se sintiera seguro de sí mismo y a afinar la puntería, que había practicado miles de veces entre las siete y media y las ocho, cuando detectó movimientos alrededor del despacho del abogado del negro.

Un compañero lo esperaba en una camioneta oculta en un almacén desmedrado, junto al silo. El conductor fumaba un Lucky Strike tras otro con el motor en marcha, esperando oír de un momento a otro los disparos del rifle de caza.

Cuando el grupo armado cruzó Washington Street, el tirador se asustó. Por la mirilla del rifle solo veía la cabeza del abogado del negro que se movía torpemente entre una masa verde rodeada de una docena de periodistas. Adelante, decía el whisky, se ha creado un poco de animación. Calculó el ritmo de la cabeza lo mejor que pudo y apretó el gatillo cuando el objetivo se acercaba a la puerta posterior del juzgado.

El disparo del rifle fue claro e inconfundible.

La mitad de los soldados se echaron al suelo rodando y la otra mitad agarraron a Jake para arrojarlo violentamente bajo la terraza. Uno de los soldados emitió un agonizante quejido. Los periodistas y cámaras de televisión se agacharon y tropezaron entre sí, pero siguieron filmando valerosamente los acontecimientos. El soldado se llevó la mano a la garganta y gritó de nuevo. Se oyó otro disparo. Luego, otro.

—¡Le han dado! —gritó alguien.

Los soldados se acercaron a rastras al herido. Jake cruzó la puerta y se refugió en el juzgado. Se desplomó cerca de la puerta y hundió la cabeza entre sus manos. Ozzie, a su lado, miraba por la puerta a los soldados.

El francotirador abandonó el silo, arrojó el arma al asiento trasero del vehículo y desapareció con su compañero. Tenían que asistir a un entierro en el sur de Mississippi.

—¡Le han dado en el cuello! —exclamó alguien mientras sus compañeros se abrían paso entre los periodistas.

Levantaron al herido y lo colocaron en un jeep.

—¿A quién han herido? —preguntó Jake sin retirar las palmas de las manos de sus ojos.

—A uno de los soldados —respondió Ozzie—. ¿Estás bien?

—Supongo que sí —dijo Jake con las manos en la nuca y la mirada fija en el suelo—. ¿Dónde está mi maletín?

—Ahí, en la calle. Iré a por él dentro de un momento.

Ozzie cogió la radio que llevaba sujeta al cinturón y ordenó que todos los agentes se dirigieran al juzgado.

Cuando era evidente que el tiroteo había terminado, el sheriff se reunió con los soldados en la calle. Nesbit seguía junto a Jake.

—¿Estás bien? —preguntó.

El coronel apareció por una esquina, dando voces y maldiciendo.

—¿Qué diablos ha ocurrido? —preguntó—. He oído disparos.

—Mackenvale está herido.

—¿Dónde está? —preguntó el coronel.

—Lo han llevado al hospital —respondió un sargento al tiempo que señalaba un jeep que se alejaba a toda velocidad.

—¿Es grave?

—Parece bastante grave. Le han dado en el cuello.

—¡El cuello! ¿Por qué lo han movido?

Nadie respondió.

—¿Alguien ha visto algo? —preguntó el coronel.

—Parecía que los disparos procedían de la colina —respondió Ozzie, que miraba más allá de Ceder Street—. ¿Por qué no manda a alguien que eche una ojeada?

—Buena idea.

El coronel dio a sus ansiosos subordinados una serie de órdenes tajantes, generosamente sazonadas con blasfemias. Los soldados se dispersaron, fusil en mano y listos para entrar en combate, en busca de un asesino al que no podían identificar y que, en realidad, se encontraba ya en otro condado cuando los soldados empezaron a inspeccionar el viejo molino.

Ozzie dejó el maletín en el suelo, junto a Jake.

—¿Está bien Jake? —susurró a Nesbit.

Harry Rex y Ellen estaban en la escalera, donde Cobb y Willard habían caído.

—No lo sé —respondió Nesbit—. Hace diez minutos que no se mueve.

—Jake, ¿estás bien? —preguntó el sheriff.

—Sí —respondió lentamente, sin abrir los ojos.

El soldado herido iba pegado a su hombro izquierdo. «Todo esto parece una bobada», acababa de decirle cuando una bala le penetró en el cuello. Cayó sobre Jake con la mano en la garganta, gritando y escupiendo sangre. Jake también se cayó y lo empujaron a un lugar seguro.

—Está muerto, ¿verdad? —preguntó Jake en voz baja.

—Todavía no lo sabemos —respondió Ozzie—. Lo han llevado al hospital.

—Está muerto. Lo sé. He oído cómo le estallaba la garganta.

Ozzie miró a Nesbit y luego a Harry Rex. Había cuatro o cinco manchas de sangre, del tamaño de una moneda, en el traje gris claro de Jake. Él no las había visto, pero eran evidentes para todos los demás.

—Jake, tu traje está manchado de sangre —dijo finalmente Ozzie—. Vamos a tu despacho para que puedas cambiarte de ropa.

—¿Qué importancia tiene eso? —susurró Jake sin levantar la mirada del suelo.

Los demás se miraron entre sí.

Dell y el resto del personal del Coffee Shop miraban desde la acera mientras sacaban a Jake del juzgado y cruzaban la calle para acompañarlo a su despacho sin prestar atención a las absurdas preguntas de los periodistas. Harry Rex cerró la puerta con llave, dejando a los guardaespaldas en la acera. Jake subió al primer piso y se quitó la chaqueta.

—Row Ark, ¿por qué no preparas unas margaritas? —sugirió Harry Rex—. Yo subiré para hacerle compañía.

—Señor juez, hemos tenido jolgorio —explicó Ozzie a Noose cuando este abría su maletín y se quitaba la chaqueta.

—¿Qué ha ocurrido? —preguntó Buckley.

—Esta mañana han intentado asesinar a Jake.

—¡Cómo!

—¿Cuándo? —preguntó Buckley.

—Hace aproximadamente una hora alguien le disparó con un rifle de largo alcance cuando venía hacia el juzgado. No tenemos ni idea de quién lo ha hecho. No han alcanzado a Jake, pero le han dado a un soldado. Ahora está en el quirófano.

—¿Dónde está Jake? —preguntó su señoría.

—En su despacho. Está bastante afectado.

—Yo también lo estaría —comentó compasivamente Noose.

—Quiere que usted lo llame.

—Desde luego.

Ozzie marcó el número y entregó el teléfono al juez.

—Es Noose —dijo Harry Rex al tiempo que pasaba el auricular a Jake.

—Diga.

—¿Está bien, Jake?

—En realidad, no. Hoy no iré al juzgado.

—¿Cómo? —exclamó Noose, sin saber cómo reaccionar.

—Le he dicho que hoy no me presentaré en la sala. No me siento con fuerza para ello.

—Bien, Jake, ¿qué se supone que debemos hacer nosotros?

—A decir verdad, no me importa —respondió Jake mientras tomaba su segunda margarita.

—Discúlpeme, ¿cómo ha dicho?

—He dicho que no me importa, señor juez. No me importa lo que hagan ustedes. Yo no estaré en la sala.

Noose movió la cabeza y contempló el auricular.

—¿Está usted herido? —preguntó, preocupado.

—¿Le han disparado a usted alguna vez, señor juez?

—No, Jake.

—¿Ha visto alguna vez cuando le disparaban a alguien y ha oído su gemido?

—No, Jake.

—¿Le ha quedado alguna vez el traje salpicado con la sangre de otra persona?

—No, Jake.

—No estaré en la sala.

—Oiga, Jake, venga y hablaremos —dijo Noose, después de reflexionar unos instantes.

—No. No pienso salir de mi despacho. La calle es peligrosa.

—Suponga que aplazamos la vista hasta la una. ¿Se sentirá mejor entonces?

—Entonces estaré borracho.

—¡Cómo!

—He dicho que para entonces estaré borracho.

Harry Rex se tapó los ojos. Ellen se dirigió a la cocina.

—¿Cuándo cree que estará sobrio? —preguntó severamente Noose.

Ozzie y Buckley intercambiaron una mirada.

—El lunes.

—¿Por qué no mañana?

—Mañana es sábado.

—Sí, lo sé; y me proponía seguir con el juicio. No olvide que tenemos a un jurado secuestrado.

—De acuerdo, estaré listo por la mañana.

—Me alegra oírlo. ¿Qué le digo ahora al jurado? Están en la sala de deliberación a la espera de que prosiga la vista. La sala está abarrotada de gente. Su defendido está ahí solo, esperándole. ¿Qué digo a toda esa gente?

—Algo se le ocurrirá, señor juez. Tengo fe en usted —dijo Jake. Y colgó el teléfono.

Noose quedó estupefacto al darse cuenta de que, realmente, le había colgado el teléfono, y entregó el auricular a Ozzie, a la defensiva.

—¿Ha estado bebiendo?

—No, Jake no bebe —respondió Ozzie—. Solo está afligido por el muchacho al que han disparado. Este estaba a su lado y ha recibido la bala destinada a Jake. Eso trastornaría a cualquiera, señor juez.

—Quiere que aplacemos la vista hasta mañana por la mañana —dijo Noose dirigiéndose a Buckley, quien se limitó a encogerse de hombros sin decir nada.

Cuando corrió la voz, se formó un auténtico carnaval en la acera, frente al despacho de Jake. Los periodistas acamparon junto a las ventanas con la esperanza de ver algo o a alguien digno de las noticias. Sus amigos acudían para ver cómo estaba Jake, pero los periodistas les comunicaban que se había encerrado en la casa y se negaba a salir. No, no estaba herido.

Estaba previsto que el doctor Bass declarara el viernes por la mañana. Él y Lucien entraron por la puerta trasera del despacho poco después de las diez y Harry Rex salió para dirigirse a la tienda de licores.

Debido al llanto, la conversación con Carla había sido difícil.

Jake llamó después de haber tomado tres copas y las cosas no salieron a pedir de boca. Acabó hablando con su padre, le dijo que estaba a salvo, que no había sufrido ningún daño y que habían destinado la mitad de la Guardia Nacional de Mississippi a protegerlo. Procure tranquilizarla, le dijo, y la llamaré más tarde.

Lucien estaba furioso. Había luchado con Bass para mantenerlo sobrio el jueves por la noche a fin de que pudiera declarar el viernes. Ahora que no lo haría hasta el sábado le parecía imposible impedirle que bebiera durante dos días consecutivos. Pensaba en todo lo que habían dejado de beber el jueves y estaba furioso.

Harry Rex regresó con cinco litros de alcohol. Él y Ellen se dedicaron a mezclar bebidas y a discutir sobre los ingredientes. Ella vació la cafetera y la llenó de Bloody Mary, con una cantidad desproporcionada de vodka sueco. Harry Rex añadió un buen chorro de Tabasco. En la sala de conferencias, llenó las copas de todos los presentes.

El doctor Bass bebió ávidamente y pidió una segunda copa. Lucien y Harry Rex discutían acerca de la probable identidad del francotirador. Ellen observaba en silencio a Jake, que estaba sentado en un rincón con la mirada fija en la biblioteca.

Sonó el teléfono. Harry Rex lo descolgó y escuchó atentamente.

—Era Ozzie —dijo después de colgar—. El soldado ha salido del quirófano. Tiene la bala incrustada en la columna vertebral. Creen que quedará paralítico.

Tomaron todos un sorbo al unísono, sin decir palabra. Se esforzaban por no prestar atención a Jake, que se frotaba la frente con una mano mientras movía la copa con la otra. Una suave llamada a la puerta trasera interrumpió el breve duelo.

—Ve a ver quién es —ordenó Lucien a Ellen, que le obedeció inmediatamente.

—Es Lester Hailey —anunció al cabo de un momento.

—Dile que pase —susurró Jake, casi imperceptiblemente.

Tras presentar a Lester le ofrecieron un Bloody Mary. Lo rechazó y pidió algo con whisky.

—Buena idea —dijo Lucien—. Estoy harto de bebidas ligeras. Bebamos Jack Daniel's.

—Me parece muy bien —añadió Bass mientras vaciaba el resto de su copa.

Jake brindó a Lester una pequeña sonrisa antes de concentrarse de nuevo en los libros. Lucien arrojó un billete de cien dólares sobre la mesa y Harry Rex salió hacia la tienda de bebidas.

Cuando despertó al cabo de unas horas, Ellen estaba en el sofá del despacho de Jake. La sala, impregnada de un olor ácido y tóxico, estaba oscura y desierta. Empezó a caminar con cautela y encontró a su jefe roncando pacíficamente en el suelo de la sala de guerra, con medio cuerpo bajo la mesa. Todas las luces estaban apagadas y bajó cuidadosamente por la escalera. La sala de conferencias estaba llena de botellas vacías, latas de cerveza, vasos de plástico y envoltorios de pollo. Eran las nueve y media de la noche. Había dormido cinco horas.

Podía pasar la noche en casa de Lucien, pero necesitaba cambiarse de ropa. Su amigo Nesbit la llevaría a Oxford, aunque no le hacía falta porque estaba sobria. Además, Jake necesitaba toda la protección posible. Cerró la puerta con llave y se dirigió a su coche.

Casi había llegado a Oxford cuando vio unas luces azules por el retrovisor. Como de costumbre, conducía a ciento treinta. Paró en el arcén, se dirigió a la parte posterior del vehículo y empezó a buscar en su bolso a la espera del policía de tráfico.

Se le acercaron dos individuos de paisano procedentes del coche que llevaba las luces azules.

—¿Está usted bebida, señora? —preguntó uno de ellos mientras escupía zumo de tabaco.

—No, señor. Busco mi permiso de conducir.

Se agachó junto a las luces de posición para mirar en el bolso. De pronto, la empujaron al suelo, arrojaron un grueso edredón sobre su cabeza y, entre ambos, la sujetaron. Rodearon su pecho y cintura con una cuerda. Ellen gritaba y pataleaba, pero podía ofrecer poca resistencia. El edredón le cubría la cabeza y le sujetaba los brazos. Ataron con fuerza la cuerda.

—¡Deja de patalear, mala pécora! ¡No te muevas!

Uno de ellos retiró las llaves del contacto y abrió el maletero. La metieron en su interior y lo cerraron. Retiraron las luces azules del viejo Lincoln, que se puso en marcha seguido del BMW. Cogieron un camino de gravilla que se adentraba en el bosque. Más adelante se convirtió en una pista forestal que conducía a un pequeño prado donde un puñado de miembros del Klan quemaba una enorme cruz.

Los agresores se pusieron rápidamente sus túnicas y capirotes y la sacaron del maletero. La arrojaron al suelo y retiraron el edredón. Después de atarla y amordazarla, la arrastraron hasta una gruesa estaca a pocos metros de la cruz en llamas y la sujetaron de espaldas a los miembros del Klan y de cara a la estaca.

Veía las túnicas blancas y los capirotes e intentaba desesperadamente escupir el trapo aceitoso que le habían metido en la boca. Lo único que logró fue toser y atragantarse.

La cruz ardiente iluminaba el pequeño prado y desprendía un fuerte calor que empezó a sentir que la abrasaba mientras se contorsionaba junto a la estaca y emitía extraños sonidos guturales.

Una figura encapuchada se separó de los demás y se le acercó. Ellen oía sus pasos y su respiración.

—Eres una puta amante de los negros —declaró con un fuerte acento del Medio Oeste.

Agarró el cuello de su blusa blanca de seda y tiró de él hasta hacerlo colgar a jirones de sus hombros. Ellen tenía las manos firmemente atadas a la estaca. El encapuchado sacó una daga de debajo de la túnica y rasgó el resto de su blusa para desnudarla.

—Eres una puta amante de los negros. Eres una puta amante de los negros.

Ellen lo maldecía, pero sus palabras no eran más que gruñidos apagados.

Le bajó la cremallera del costado derecho de su falda azul marino. Ellen intentaba patalear, pero una gruesa cuerda sujetaba firmemente sus tobillos a la estaca. Colocó la punta de la daga donde terminaba la cremallera y rajó la falda de arriba abajo. La cogió por la cintura y retiró la prenda como un mago. Los demás se acercaron.

—Muy bonito, sí, señor, muy bonito —dijo, después de darle una palmada en el trasero.

Se retiró para admirar la obra. Ellen gruñía y se contorsionaba, pero no podía ofrecer resistencia. Le bajaron las bragas hasta medio muslo. Con gran ceremonia cortó los costados, las retiró lentamente y las arrojó al pie de la cruz en llamas. A continuación, cortó las tiras del sujetador y se lo quitó. Sus gritos apagados crecieron de volumen. Se acercó el semicírculo silencioso para detenerse a tres metros.

Ahora la hoguera desprendía mucho calor. Su espalda y sus piernas estaban empapadas de sudor. Su cabello pelirrojo claro estaba pegado a su cuello y hombros. Entonces el individuo se sacó un látigo de debajo de la túnica, lo hizo chasquear sonoramente y Ellen cerró los ojos. Retrocedió unos pasos, midiendo cuidadosamente la distancia.

Levantó el látigo apuntando a su espalda desnuda. Pero, de pronto, se acercó el más alto, de espaldas a Ellen, y movió negativamente la cabeza. Nadie dijo palabra, y el látigo desapareció.

El individuo se le acercó, la agarró por la cabeza y empezó a cortarle el cabello con la daga. Agarraba puñados de cabello y los cortaba, y así hasta dejarle el cráneo rapado. El cabello cortado se amontonaba a sus pies. Ellen emitía quejidos sin moverse.

Regresaron a sus coches. Vaciaron cinco litros de gasolina en el interior del BMW con matrícula de Massachusetts y alguien arrojó un fósforo.

Cuando se aseguró de que los demás habían desaparecido, el ratón Mickey salió de los matorrales. La desató y la llevó a un pequeño claro lejos del prado. Recogió lo que quedaba de su ropa e intentó cubrirla. Cuando el coche dejó de arder junto al camino, se marchó. Condujo hasta Oxford, buscó una cabina telefónica y llamó al sheriff del condado de Lafayette.

38

Era inusual que se celebrara una vista el sábado, pero no inaudito, especialmente en casos de asesinato, en los que se mantenía aislado al jurado. A los participantes no les importaba, porque eso suponía que faltaba un día menos para la conclusión del juicio.

A los habitantes de Ford County tampoco les importaba. Era su día libre y, para la mayoría, su única oportunidad de presenciar el juicio, y si no lograban entrar en la sala podían, por lo menos, deambular por la plaza y verlo todo con sus propios ojos. Quién sabía, puede que incluso hubiera otro tiroteo.

A las siete, los cafés del centro estaban abarrotados de forasteros. Por cada cliente que conseguía una silla, dos se veían obligados a circular por la plaza con la esperanza de poder entrar en la sala. Muchos de ellos paraban momentáneamente frente al despacho del abogado, por si lograban vislumbrar al individuo al que habían intentado asesinar. Los bocazas se jactaban de ser clientes de aquel famoso sujeto.

A pocos metros de altura, el sujeto en cuestión tomaba junto a su escritorio una extraña mezcolanza sobrante de la noche anterior. Fumaba un Roi Tan, ingería polvos para el dolor de cabeza y procuraba despejar las telarañas de su mente. Olvida lo del soldado, se había repetido a lo largo de las tres últimas horas. Olvida lo del Klan, las amenazas, todo lo relacionado con el juicio y, especialmente, al doctor W. T. Bass. Pronunció una breve oración con el ferviente deseo de que Bass estuviera sobrio en el momento de declarar. El perito y Lucien habían estado allí toda la tarde sin dejar de beber y discutir, acusándose mutuamente de alcoholismo y de haber sido deshonrosamente expulsados de sus respectivas profesiones. Hubo un conato de violencia entre ellos junto al escritorio de Ethel, cuando se marchaban. Intervino Nesbit y lo llevó a su casa en el coche patrulla. Los periodistas se morían de curiosidad al ver a los dos borrachos que el agente conducía del despacho de Jake al coche de policía, donde siguieron discutiendo e intercambiando insultos, Lucien desde el asiento posterior y Bass junto al conductor.

Repasó la obra maestra de Ellen sobre la defensa basada en la enajenación mental. Las preguntas para Bass necesitaban solo pequeños retoques. Estudió el currículo de su perito y, aunque poco impresionante, bastaría para Ford County. El psiquiatra más próximo estaba a ciento treinta kilómetros.

El juez Noose echó una ojeada al fiscal y miró con compasión a Jake, que estaba sentado junto a la puerta y contemplaba, por encima de los hombros de Buckley, el retrato descolorido de algún juez de otros tiempos.

—¿Cómo se siente esta mañana? —preguntó Noose amablemente.

—Muy bien.

—¿Cómo está el soldado? —preguntó Buckley.

—Paralítico.

Noose, Lucien, Musgrove y el señor Pate miraron al mismo punto de la alfombra y movieron la cabeza con tristeza, en expresión silenciosa de su respeto.

—¿Dónde está su pasante? —preguntó Noose después de echar una ojeada al reloj de la pared.

—No lo sé —respondió Jake, al tiempo que consultaba su reloj—. Esperaba que ya estuviera aquí.

—¿Está usted listo para empezar?

—Desde luego.

—¿Está lista la sala, señor Pate?

—Sí, señor.

—Muy bien. Prosigamos.

Noose ordenó al público de la sala que se sentara y, durante diez minutos, pidió disculpas a los miembros del jurado por el aplazamiento del día anterior. Eran las únicas catorce personas del condado que desconocían lo ocurrido el viernes por la mañana, y podía ser perjudicial contárselo. Noose divagó sobre emergencias y el modo en que a veces los acontecimientos conspiraban durante el juicio para causar retrasos. Cuando por fin terminó, los miembros del jurado estaban completamente perplejos y deseaban que alguien llamara a un testigo cuanto antes.

—Puede llamar a su primer testigo —dijo Noose en dirección a Jake.

—El doctor W. T. Bass —anunció Jake conforme se dirigía al estrado.

Buckley y Musgrove intercambiaron sonrisitas estúpidas y se guiñaron el ojo.

Bass estaba sentado junto a Lucien en el segundo banco, en medio de la familia. Se puso ruidosamente en pie y se abrió paso a pisotones y empujones con su enorme cartera de cuero vacía para dirigirse al pasillo. Jake oyó el alboroto a su espalda y siguió mirando al jurado con una sonrisa.

—Lo juro, lo juro —respondió rápidamente a Jean Gillespie cuando le tomó juramento.

El señor Pate lo acompañó al estrado y le dio las instrucciones habituales sobre hablar alto y cerca del micrófono. Aunque mortificado y con resaca, el perito parecía eminentemente sobrio y arrogante. Vestía su mejor traje de lana gris oscura cosido a mano, camisa blanca perfectamente almidonada y una elegante pajarita roja estampada que le daba cierto aire de intelectual. Parecía un experto, en algo. A pesar de las objeciones de Jake, llevaba también unas botas grises de vaquero de piel de avestruz por las que había pagado más de mil dólares y usado apenas una docena de veces. Lucien había insistido en que se las pusiera hacía once años para un caso de enajenación mental. Bass lo hizo y el acusado, que estaba perfectamente cuerdo, acabó en Parchman. Se las puso de nuevo para un segundo caso de enajenación mental, también a instancias de Lucien, y una vez más el acusado acabó en Parchman. Lucien se refería a las mismas como amuleto de la buena suerte.

Jake no quería saber nada de esas malditas botas, pero Lucien insistía en que el jurado podía identificarse con ellas. No con unas botas de lujo de piel de avestruz, replicaba Jake. Son demasiado imbéciles para darse cuenta, respondió Lucien. Jake se mantenía inflexible. Los fanáticos sureños confiarán en alguien que use botas, aclaraba Lucien. En tal caso, puntualizaba Jake, dile que se ponga unas botas de caza con barro en las suelas y en los talones para que realmente puedan identificarse con ellas. No harían juego con mi traje, concluyó Bass.

Se cruzó de piernas, con la bota derecha sobre la rodilla izquierda para que no pasara desapercibida. La miró satisfecho antes de sonreír al jurado. El avestruz se habría sentido orgulloso.

Jake levantó la cabeza y se percató de la bota, perfectamente visible por encima de la baranda del estrado. Bass la contemplaba con admiración y los miembros del jurado con ponderación. Se le formó un nudo en la garganta y volvió a concentrarse en sus notas.

—Dígame su nombre, por favor.

Bass dejó de contemplar la bota para mirar con expresión concentrada y grave a Jake.

—Doctor W. T. Bass —respondió.

—¿Dónde vive?

—En el nueve cero ocho de West Canterbury, Jackson, Mississippi.

—¿Cuál es su profesión?

—Soy médico.

—¿Tiene permiso para ejercer en Mississippi?

—Sí.

—¿Cuándo ingresó en el Colegio de Médicos?

—El ocho de febrero de 1963.

—¿Está autorizado a ejercer como médico en algún otro estado?

—Sí.

—¿Cuál?

—Texas.

—¿Cuándo se colegió en dicho estado?

—El tres de noviembre de 1962.

—¿Dónde realizó sus estudios?

—Obtuve mi licenciatura en la Universidad de Millsaps en 1956 y mi doctorado en medicina en el Health Science Center, Dallas, de la Universidad de Texas, en 1960.

—¿Está homologada dicha facultad de medicina?

—Sí.

—¿Por quién?

—Por el Consejo de Formación Médica y Hospitales de la Asociación Médica de Norteamérica, que es la organización acreditativa en nuestra profesión, y por el departamento de educación del estado de Texas.

Bass se relajó ligeramente, cruzó de nuevo las piernas en sentido contrario y exhibió la bota izquierda. Se meció ligeramente en la cómoda silla giratoria y se colocó en parte de cara al jurado.

—¿Dónde hizo su internado y durante cuánto tiempo?

—Cuando salí de la facultad de medicina pasé doce meses como interno en el centro médico de Rocky Mountain, en Denver.

—¿Cuál es su especialidad médica?

—Psiquiatría.

—Explíquenos lo que eso significa.

—La psiquiatría es la rama de la medicina que se ocupa de tratar los trastornos mentales. Habitualmente, aunque no siempre, se ocupa del funcionamiento defectuoso de la mente, cuyas bases orgánicas son desconocidas.

Jake respiró por primera vez desde que Bass subió al estrado. Su testigo se portaba como era debido.

—Y ahora, doctor —dijo tranquilamente Jake, después de acercarse a menos de un metro del palco del jurado—, descríbale al jurado la formación especializada que usted recibió en el campo de la psiquiatría.

—Mi formación especializada en psiquiatría consistió en dos años como residente en el Hospital Psiquiátrico Estatal de Texas. Desempeñé trabajos clínicos con pacientes psiconeuróticos y psicóticos. Estudié psicología, psicopatología, psicoterapia y terapias fisiológicas. Dicha formación, supervisada por competentes profesores de psiquiatría, incluía los aspectos psiquiátricos de la medicina general y los aspectos relacionados con la conducta de niños, adolescentes y adultos.

Era dudoso que alguien en la sala comprendiera nada de lo que Bass acababa de decir, pero emergía de la boca de un hombre que, de pronto, parecía un genio, un experto, puesto que debía poseer gran inteligencia y sabiduría para pronunciar aquellas palabras. Entre la pajarita y su vocabulario, y a pesar de las botas, Bass ganaba credibilidad con cada respuesta.

—¿Es usted diplomado del Colegio Norteamericano de Psiquiatría?

—Por supuesto —afirmó categóricamente.

—¿En qué especialidad?

—Psiquiatría.

—¿Cuándo recibió su diploma?

—En abril de 1967.

—¿Qué requisitos hay que cumplir para recibir el diploma del Colegio Norteamericano de Psiquiatría?

—El solicitante debe someterse a un examen oral y unos

exámenes prácticos, además de una prueba escrita a discreción del tribunal.

Jake consultó sus notas y se percató de que Musgrove le guiñaba el ojo a Buckley.

—Doctor, ¿pertenece usted a alguna organización profesional?

—Sí, a varias.

—¿Puede enumerarlas?

—Pertenezco a la Asociación Médica de Norteamérica, la Asociación Psiquiátrica de Norteamérica y la Asociación Médica de Mississippi.

—¿Desde cuándo ejerce usted la psiquiatría?

—Hace veintidós años.

Jake se acercó al estrado y miró a Noose, que observaba atentamente.

—Con la venia de su señoría, la defensa presenta al doctor Bass como perito en el campo de la psiquiatría.

—Muy bien —respondió Noose—. ¿Desea interrogar al testigo, señor Buckley?

El fiscal se puso en pie, con un cuaderno en la mano.

—Sí, su señoría; solo unas preguntas.

Sorprendido, pero no preocupado, Jake se sentó junto a Carl Lee. Ellen no estaba todavía en la sala.

—Doctor Bass, en su opinión, ¿es usted un experto en psiquiatría? —preguntó Buckley.

—Sí.

—¿Ha sido alguna vez profesor de psiquiatría?

—No.

—¿Ha publicado algún artículo de carácter psiquiátrico?

—No.

—¿Ha publicado algún libro sobre psiquiatría?

—No.

—Ahora bien, tengo entendido que ha declarado que pertenece a la AMN, la AMM y la Asociación Psiquiátrica de Norteamérica.

—Efectivamente.

—¿Ha ocupado alguna vez algún cargo en alguna de dichas organizaciones?

—No.

—¿Qué cargos hospitalarios desempeña usted en la actualidad?

—Ninguno.

—¿Incluye su experiencia como psiquiatra algún trabajo bajo los auspicios del gobierno federal o de algún gobierno estatal?

—No.

La arrogancia comenzaba a esfumarse de su rostro y la confianza de su voz. Echó una ojeada a Jake, que consultaba el sumario.

—Doctor Bass, ¿se dedica usted en la actualidad a trabajar plenamente como psiquiatra?

El perito titubeó y miró brevemente a Lucien, sentado en la segunda fila.

—Recibo pacientes con regularidad.

—¿Cuántos pacientes y con cuánta regularidad? —replicó Buckley con una enorme seguridad en sí mismo.

—Recibo de cinco a diez pacientes semanales.

—¿Uno o dos por día?

—Más o menos.

—¿Y a eso lo llama usted ejercer plenamente como psiquiatra?

—Estoy todo lo ocupado que deseo estar.

Buckley arrojó el cuaderno sobre la mesa y miró a Noose.

—Con la venia de su señoría, la acusación se opone a que este hombre declare como perito en el campo de la psiquiatría. Es evidente que no está debidamente formado.

Jake estaba de pie con la boca abierta.

—Solicitud denegada, señor Buckley. Puede proseguir, señor Brigance.

Jake recogió sus papeles y regresó junto al estrado, perfectamente consciente de las dudas que el fiscal había logrado despertar con mucha habilidad respecto a su principal testigo. Bass cambió las botas de lugar.

—Dígame, doctor Bass, ¿ha examinado usted al acusado, Carl Lee Hailey?

—Sí.

—¿Cuántas veces?

—Tres.

—¿Cuándo lo examinó por primera vez?

—El diez de junio.

—¿Cuál fue el propósito de dicho reconocimiento?

—El de determinar su estado mental en aquel momento, así como el del veinte de mayo, cuando presuntamente disparó contra el señor Cobb y el señor Willard.

—¿Dónde tuvo lugar el reconocimiento?

—En la cárcel de Ford County.

—¿Efectuó dicho reconocimiento a solas?

—Sí. Solo estábamos presentes el señor Hailey y yo.

—¿Cuánto duró el reconocimiento?

—Tres horas.

—¿Estudió usted el historial médico del señor Hailey?

—Indirectamente puede decirse que sí. Hablamos mucho de su pasado.

—¿Qué descubrió?

—Nada destacable, a excepción de Vietnam.

—¿Qué descubrió respecto a Vietnam?

Bass cruzó las manos sobre su estómago ligeramente abultado y miró al defensor con el entrecejo fruncido.

—El caso es, señor Brigance, que, al igual que muchos veteranos de Vietnam con los que he trabajado, el señor Hailey tuvo unas experiencias horribles.

La guerra era horrible, pensaba Carl Lee, que escuchaba atentamente. Vietnam había sido espantoso. Le habían disparado y alcanzado. Había perdido amigos. Había matado a personas, muchas personas. Había matado a niños, niños vietnamitas con fusiles y granadas. Había sido espantoso. Habría preferido no haber visto nunca aquel lugar. Lo veía en sueños, tenía recuerdos y pesadillas de vez en cuando. Pero no sentía que le hubiera perturbado o enajenado. Como tampoco lo habían hecho Cobb y Willard. A decir verdad, se sentía satisfecho de que estuvieran muertos. Al igual que los de Vietnam.

En una ocasión se lo había explicado todo a Bass, en la cárcel, y no parecía haberle impresionado. Además, solo habían hablado dos veces y durante una hora como máximo.

Carl Lee miraba al jurado y escuchaba con incertidumbre al perito, que hablaba extensamente de las terribles experiencias de Carl Lee en la guerra. El tono de la voz de Bass subió varias octavas al describir con abundantes tecnicismos a un público lego los efectos de Vietnam en Carl Lee. Sonaba bien. Había tenido pesadillas a lo largo de los años, sueños que nunca habían perturbado excesivamente a Carl Lee, pero que, en boca de Bass, parecían sucesos enormemente significativos.

—¿Le habló sin dificultad de Vietnam?

—A decir verdad, no —respondió Bass, antes de explicar con mucho detalle el enorme esfuerzo que había supuesto extraer las experiencias bélicas de aquella mente compleja, agobiada y probablemente desequilibrada.

No era así como Carl Lee lo recordaba. Pero escuchó atentamente con expresión dolorida, al tiempo que se preguntaba por primera vez en su vida si no estaría ligeramente desequilibrado.

Al cabo de una hora, cuando la guerra había sido revivida y sus efectos ampliamente detallados, Jake decidió proseguir.

—Dígame, doctor Bass —preguntó entonces mientras se rascaba la cabeza—, aparte de Vietnam, ¿qué otros elementos significativos le llamaron la atención en su historial mental?

—Ninguno, a excepción de la violación de su hija.

—¿Le habló Carl Lee de la violación?

—Largo y tendido, en cada uno de los tres reconocimientos.

—Explíquele al jurado qué efecto tuvo la violación en Carl Lee.

—Con toda franqueza, señor Brigance —respondió Bass con aspecto perplejo mientras se rascaba la barbilla—, necesitaríamos muchísimo tiempo para describir cómo la violación afectó al señor Hailey.

Jake reflexionó unos instantes, durante los cuales parecía analizar a fondo la última respuesta del perito.

—¿No podría resumirlo para el jurado?

—Lo intentaré —asintió Bass gravemente.

Harto de escuchar a Bass, Lucien empezó a contemplar al jurado con la esperanza de llamar la atención de Clyde Sisco, quien también había dejado de interesarse por la declaración pero admiraba las botas del psiquiatra. Lucien lo miraba fijamente de reojo, a la espera de que Sisco pasase la mirada por la sala.

Por último, mientras Bass seguía charlando, Sisco dejó de concentrarse en el testigo para mirar a Carl Lee, luego a Buckley y, a continuación, a uno de los periodistas de la primera fila. Acto seguido, su mirada se cruzó con la de un anciano barbudo de ojos desorbitados que, en cierta ocasión, le había abonado ochenta mil dólares al contado por cumplir con su obligación ciudadana y votar un veredicto justo. Se entrelazaron inconfundiblemente sus miradas e intercambiaron una leve sonrisa. ¿Cuánto?, le preguntaba Lucien con la mirada. Sisco volvió a mirar al testigo, pero, al cabo de unos segundos, se fijó nuevamente en Lucien. ¿Cuánto?, preguntó Lucien moviendo los labios pero sin producir sonido alguno.

Sisco desvió la mirada para concentrarse en Bass mientras pensaba en un precio justo. Entonces, volvió a mirar a Lucien, se rascó la barba y, de pronto, con la mirada fija en Bass, levantó cinco dedos frente a la cara y tosió. Tosió de nuevo y se concentró en el perito.

Lucien se preguntaba si habría querido decir quinientos o cinco mil. Conociendo a Sisco, debía de tratarse de cinco mil, o quizá de cincuenta mil. No importaba, él lo pagaría. Era inmensamente rico.

A las diez y media, Noose se había limpiado las gafas un centenar de veces y había consumido una docena de tazas de café. Su vejiga estaba a punto de reventar.

—Vamos a tomar un descanso. Se levanta la sesión hasta las once —declaró antes de desaparecer.

—¿Cómo lo estoy haciendo? —preguntó Bass, nervioso, mientras acompañaba a Jake y a Lucien a la biblioteca jurídica del tercer piso.

—Muy bien —respondió Jake—. Pero procura no exhibir esas botas.

—Las botas son fundamentales —protestó Lucien.

—Necesito tomar algo —dijo Bass desesperadamente.

—Olvídalo —respondió Jake.

—Yo también —añadió Lucien—. Vamos un momento a tu despacho para tomar algo.

—¡Buena idea! —exclamó Bass.

—Ni soñarlo —insistió Jake—. Estás sobrio y lo haces de maravilla.

—Tenemos treinta minutos —dijo Bass mientras abandonaba la biblioteca en compañía de Lucien para dirigirse a la escalera.

—¡No! ¡No lo hagas, Lucien! —ordenó Jake.

—Solo un pequeño trago —respondió Lucien, al tiempo que señalaba con el dedo a Jake—. Solo uno.

—Nunca te has limitado a tomar un trago.

—Ven con nosotros, Jake. Te calmará los nervios.

—Solo un trago —declaró Bass mientras desaparecía por la escalera.

A las once, Bass subió al estrado y miró al jurado con los ojos empañados. Sonrió y estuvo a punto de soltar una carcajada. Consciente de la presencia de los dibujantes en primera fila, procuró aparentar una gran respetabilidad. Sin duda, el trago le había calmado los nervios.

—Doctor Bass, ¿está usted familiarizado con la prueba de responsabilidad penal con relación a las normas de M'Naghten? —preguntó Jake.

—¡Por supuesto! —respondió Bass, de pronto con aire de superioridad.

—¿Tendría la bondad de explicársela al jurado?

—Desde luego. Las normas de M'Naghten establecen el nivel de responsabilidad penal en Mississippi, así como en otros quince estados. Tienen sus orígenes en Inglaterra, en el año 1843, cuando un hombre llamado Daniel M'Naghten intentó asesinar al primer ministro, sir Robert Peel, pero, por error, mató a su secretario, Edward Drummond. Durante el juicio, quedó perfectamente claro que M'Naghten padecía algo que denominamos esquizofrenia paranoica. El jurado lo declaró inocente a causa de su enajenación mental. De ahí se establecieron las normas de M'Naghten. Todavía se siguen en Inglaterra y en dieciséis estados.

—¿Qué significan las normas de M'Naghten?

—Es bastante sencillo. A todo hombre se le supone cuerdo y, para basar su defensa en la enajenación mental, hay que aportar pruebas irrefutables de que cuando cometió el delito que se le imputa su mente estaba alterada de tal forma que, debido a alguna enfermedad mental, no era capaz de comprender la naturaleza y calidad del acto que cometía, o, si sabía lo que hacía, no comprendía que estuviera mal.

—¿Podría simplificarlo un poco?

—Sí. Si un acusado es incapaz de distinguir entre el bien y el mal, está legalmente enajenado.

—Le ruego que defina el término enajenado.

—No tiene ningún significado médico. Es un término estrictamente jurídico para definir el estado o condición mental de una persona.

Jake respiró hondo antes de proseguir.

—Dígame, doctor, basándose en su reconocimiento del acusado, ¿se ha formado alguna opinión respecto a la condición mental de Carl Lee Hailey el veinte de mayo de este año, cuando tuvo lugar el tiroteo?

—Sí.

—¿Y cuál es su opinión?

—A mi parecer —respondió Bass lentamente—, el acusado perdió completamente el contacto con la realidad a raíz de la violación de su hija. Cuando la vio inmediatamente después de la violación, no la reconoció, y, cuando alguien le contó que había sido repetidamente violada, apaleada y casi ahorcada, algo se desconectó en la mente de Carl Lee. Esta es una forma muy elemental de expresarlo, pero así ocurrió. Algo se desconectó. Rompió su contacto con la realidad.

»Tenían que morir. En una ocasión me contó que, cuando los vio al principio en el juzgado, no comprendía por qué la policía los protegía. Esperaba que algún agente desenfundara su arma y les volara los sesos. Transcurrieron varios días y nadie los mataba, de lo cual dedujo que debía hacerlo él. Lo que quiero decir es que, a su parecer, algún funcionario debía ejecutarlos por haber violado a su hija.

»Le estoy diciendo, señor Brigance, que mentalmente nos había abandonado. Estaba en otro mundo. Tenía alucinaciones. Padecía una crisis.

Bass sabía que lo estaba haciendo bien. Ahora ya no se dirigía al abogado, sino directamente al jurado.

—Al día siguiente de la violación —prosiguió— habló con su hija en el hospital. Con la mandíbula fracturada y todas sus demás lesiones, apenas podía hablar, pero la niña le dijo lo que había visto en el bosque cuando corría a salvarla y le preguntó por qué había desaparecido. ¿Pueden imaginar lo que eso supone para un padre? Luego le contó que había suplicado que llegara su papá, y aquellos dos individuos se habían reído de ella y le habían dicho que no tenía padre.

Jake dejó que el jurado digiriera aquellas palabras. Examinó el cuestionario preparado por Ellen y solo vio otras dos preguntas.

—Dígame, doctor Bass, basándose en sus reconocimientos de Carl Lee Hailey y en su diagnóstico acerca de su estado mental cuando tuvo lugar el tiroteo, ¿se ha formado una opinión, con un grado razonable de certeza médica, en cuanto a si Carl Lee Hailey era o no capaz de distinguir entre el bien y el mal cuando efectuó los disparos?

—Sí, me la he formado.

—¿Y cuál es su opinión?

—Que, debido a su condición mental, era totalmente incapaz de distinguir entre el bien y el mal.

—¿Se ha formado alguna opinión, basada en los mismos factores, sobre si Carl Lee Hailey era capaz de comprender la naturaleza y calidad de sus actos?

—Sí, me la he formado.

—¿Y cuál es su opinión?

—A mi parecer, como experto en psiquiatría, el señor Hailey era totalmente incapaz de comprender y apreciar la naturaleza y la calidad de lo que hacía.

—Muchas gracias, doctor. He terminado con este testigo.

Jake recogió sus papeles y regresó satisfecho a su mesa. Miró a Lucien y vio que sonreía y asentía. Echó una ojeada al jurado. Todos observaban a Bass y reflexionaban sobre su testimonio. Wanda Womack, una joven de aspecto compasivo, miró a Jake con una ligerísima sonrisa. Aquel fue el primer signo positivo que recibió del jurado desde el comienzo del juicio.

—De momento funciona —susurró Carl Lee.

—Eres un verdadero psicópata, hombretón —dijo Jake sonriendo a su defendido.

—¿Desea interrogar al testigo? —preguntó Noose a Buckley.

—Solo unas preguntas —respondió el fiscal acercándose al estrado.

Jake no imaginaba a Buckley discutiendo sobre psiquiatría

con un experto, aunque se tratara de W. T. Bass. Pero eso no era lo que el fiscal se proponía.

—Doctor Bass, ¿cuál es su nombre completo?

Jake se quedó de una pieza. Había algo de siniestro en la pregunta, que Buckley formuló con sumo recelo.

—William Tyler Bass.

—¿Cómo lo expresa habitualmente?

—W. T. Bass.

—¿En algún momento se le ha conocido como Tyler Bass?

—No —respondió humildemente el perito, después de titubear.

Jake se sintió invadido por una enorme sensación de angustia, que parecía desgarrarle el vientre como una daga al rojo vivo. La pregunta solo podía significar problemas.

—¿Está usted seguro? —preguntó Buckley con las cejas levantadas y una inmensa desconfianza en la voz.

—Tal vez cuando era joven —respondió Bass, al tiempo que se encogía de hombros.

—Comprendo. Si mal no recuerdo, usted ha declarado que se doctoró en medicina en el Health Science Center de la Universidad de Texas.

—Exactamente.

—¿Y dónde está situado dicho centro?

—En Dallas.

—¿Cuál fue su época de estudiante en el mismo?

—Desde 1956 hasta 1960.

—¿Con qué nombre estaba matriculado?

—William T. Bass.

Jake estaba paralizado de terror. Buckley había descubierto algo, algún secreto sucio del pasado que solo Bass y él conocían.

—¿Utilizó en algún momento el nombre de Tyler Bass cuando estudiaba medicina?

—No.

—¿Está usted seguro?

—Desde luego.

—¿Cuál es su número de la seguridad social?

—410-96-8585.

Buckley hizo una marca en su cuaderno.

—¿Cuál es la fecha de su nacimiento?

—El catorce de septiembre de 1934.

—¿Puede decirnos el nombre de su madre?

—Jonnie Elizabeth Bass.

—¿Y su nombre de soltera?

—Skidmore.

Otra marca en el cuaderno. Bass miró nervioso a Jake.

—¿Su lugar de nacimiento?

—Carbondale, Illinois.

Otra marca.

Una protesta sobre el desatino de aquellas preguntas habría sido perfectamente justificable y aceptable, pero las rodillas de Jake parecían de goma y el contenido de sus intestinos puro líquido. Temía la posibilidad de un accidente si se levantaba para hablar.

Buckley hojeó sus papeles y esperó unos segundos. Todos los oídos de la sala estaban pendientes de la siguiente pregunta, conscientes de que sería devastadora. Bass miraba al fiscal como un reo ante el pelotón de ejecución, con la esperanza y el deseo de que, de algún modo, se trabaran las armas.

Por fin, Buckley sonrió al perito.

—Doctor Bass, ¿le han condenado a usted alguna vez por algún delito?

La pregunta retumbó en el silencio y cayó de todos los confines de la sala sobre los hombros temblorosos de Tyler Bass. Bastaba una breve ojeada a su rostro para adivinar la respuesta.

Carl Lee miró a su abogado con los ojos entornados.

—¡Claro que no! —respondió Bass desesperadamente, levantando la voz.

Buckley se limitó a asentir y se dirigió lentamente a su mesa donde, con gran ceremonia, Musgrove le entregó unos documentos de aspecto importante.

—¿Está usted seguro? —preguntó Buckley.

—Claro que estoy seguro —protestó Bass mientras observaba los documentos de aspecto importante.

Jake sabía que debía levantarse y decir y hacer algo para impedir la catástrofe que estaba a punto de suceder, pero su mente estaba paralizada.

—¿Está completamente seguro? —insistió Buckley.

—Sí —respondió Bass entre dientes.

—¿Nunca ha sido condenado por ningún delito?

—Claro que no.

—¿Está tan seguro de ello como del resto de su declaración ante este jurado?

Había caído en la trampa. Aquel era el tiro de gracia, la más fulminante de todas las preguntas. Jake la había utilizado en muchas ocasiones y, al oírla, comprendió que Bass estaba acabado. Y también Carl Lee.

—Por supuesto —respondió Bass con fingida ignorancia.

Buckley entró a matar.

—¿Le está diciendo a este jurado que el diecisiete de octubre de 1956, en Dallas, Texas, no fue condenado por un delito bajo el nombre de Tyler Bass?

Buckley formuló la pregunta de cara al jurado mientras consultaba sus documentos de aspecto importante.

—Es una calumnia —respondió Bass sin levantar la voz y con escaso convencimiento.

—¿Está usted seguro de que es una calumnia? —preguntó Buckley.

—Una calumnia mal intencionada.

—¿Es usted capaz de distinguir entre la verdad y la mentira, doctor Bass?

—Desde luego.

Noose se colocó las gafas sobre la nariz y se inclinó sobre el estrado. Los miembros del jurado dejaron de moverse en sus sillas. Los periodistas dejaron de escribir. Los agentes del fondo de la sala permanecieron inmóviles y prestaron atención.

Buckley separó uno de los documentos de aspecto importante y lo examinó.

—¿Le está diciendo a este jurado que el diecisiete de octubre de 1956 no le declararon culpable de violación?

Jake era consciente de que, incluso en el seno de una enorme crisis como aquella, era importante parecer imperturbable. Era importante que los miembros del jurado, que no se perdían detalle, vieran que el abogado defensor se sentía seguro de sí mismo. Había practicado ese aspecto positivo, de que todo era maravilloso y estaba bajo control, en muchos juicios y ante abundantes sorpresas, pero, al oír lo de la violación, su apariencia de certeza y de seguridad cedió inmediatamente a una expresión pálida y dolorosa que examinaban por lo menos media docena de los miembros del jurado.

La otra mitad miraba al testigo con el ceño fruncido.

—¿Se le declaró culpable de violación, doctor? —preguntó de nuevo Buckley tras un prolongado silencio.

No respondió.

Noose se irguió para dirigirse al testigo.

—Le ruego que responda, doctor Bass.

—Se ha confundido de sujeto —respondió Bass dirigiéndose al fiscal sin prestar atención a su señoría.

Buckley refunfuñó y se acercó a Musgrove, que tenía más documentos de aspecto importante en las manos. Abrió un gran sobre blanco y sacó algo que parecía una fotografía de veinte por veinticinco.

—Pues bien, doctor Bass, aquí tengo unas fotografías suyas tomadas por el Departamento de Policía de Dallas el once de septiembre de 1956. ¿Desea verlas?

Silencio.

Buckley las levantó para que las viera el testigo.

—¿Quiere ver estas fotos, doctor Bass? Puede que le refresquen la memoria.

Bass movió lentamente la cabeza, la agachó y se quedó con la mirada perdida en sus botas.

—Con la venia de su señoría, la acusación presenta estas copias debidamente certificadas del juicio y sentencia del caso denominado «el estado de Texas contra Tyler Bass» obtenidas por la acusación de las autoridades competentes de Dallas, Texas, en las que se demuestra que el diecisiete de octubre de 1956 un hombre llamado Tyler Bass se declaró culpable del cargo de violación, lo cual constituye un delito según las leyes vigentes en el estado de Texas. La acusación puede demostrar que Tyler Bass y este testigo, el doctor W. T. Bass, son una misma persona.

Musgrove entregó copias a Jake de todos los documentos que Buckley tenía en la mano.

—¿Tiene algo que objetar ante la presentación de esta prueba? —preguntó Noose, dirigiéndose a Jake.

Un discurso era necesario. Una explicación lúcida y conmovedora que llegara al corazón de los miembros del jurado y les hiciera llorar de compasión por Bass y su paciente. Evidentemente, la prueba era admisible. Incapaz de levantarse, Jake indicó con la mano que no tenía nada que objetar.

—Nuestro interrogatorio ha concluido —declaró Buckley.

—¿Desea formular alguna otra pregunta al testigo, señor Brigance? —preguntó Noose.

En el poco tiempo disponible, a Jake no se le ocurrió nada que pudiera preguntar a Bass para mejorar la situación. El jurado ya había oído bastante al perito de la defensa.

—No —respondió Jake con un susurro.

—Muy bien, doctor Bass, puede retirarse.

Bass cruzó inmediatamente la portezuela de la baranda, se alejó por el pasillo central y salió de la sala. Jake lo observó atentamente, proyectando el mayor odio posible. Era importante que los miembros del jurado se dieran cuenta de lo estupefactos que estaban el acusado y su abogado. El jurado debía creer que no había llamado a declarar a un convicto conscientemente de que lo era.

Cuando se cerró la puerta después de que Bass abandonara la sala, Jake miró a su alrededor con la esperanza de encontrar algún rostro alentador. No lo había. Lucien se frotaba la barba con la mirada fija en el suelo. Lester tenía los brazos cruzados y una expresión de asco en la cara. Gwen lloraba.

—Llame a su siguiente testigo —dijo Noose.

Jake seguía buscando. En la tercera fila, entre el reverendo Ollie Agee y el reverendo Luther Roosevelt, se encontraba Norman Reinfeld. Cuando se cruzaron sus miradas, Reinfeld frunció el entrecejo y movió la cabeza como para indicar «ya te lo advertí». Al otro lado de la sala, la mayoría de los blancos parecían relajados y algunos incluso sonreían a Jake.

—Señor Brigance, puede llamar a su próximo testigo.

A pesar de que su instinto le indicaba que no lo hiciera, Jake intentó ponerse en pie. Le flaquearon las rodillas y apoyó las palmas de las manos sobre la mesa.

—Con la venia de su señoría —dijo en tono agudo y derrotado—, ¿podría aplazarse la vista hasta la una?

—Señor Brigance, son solo las once y media.

—Lo sé, su señoría —le pareció apropiado mentir—, pero nuestro siguiente testigo no ha llegado y no lo hará hasta la una.

—Muy bien. Se suspende la vista hasta la una. Quiero que los letrados se personen en mi despacho.

Junto al despacho de su señoría había una sala frecuentada por abogados para tomar café y chismorrear, y, al lado de la misma, unos pequeños servicios. Jake cerró la puerta con llave, se quitó la chaqueta, la arrojó al suelo, se agachó junto al retrete y, al cabo de un momento, vomitó.

Ozzie intentaba entretener al juez con una charla superficial mientras Musgrove y el fiscal intercambiaban sonrisas. Esperaban a Jake, que por fin entró en el despacho y pidió disculpas.

—Jake, tengo malas noticias —dijo Ozzie.

—Deja que me siente.

—Hace una hora recibí una llamada del sheriff del condado de Lafayette. Tu pasante, Ellen Roark, está en el hospital.

—¿Qué ha ocurrido?

—El Klan la apresó anoche. En algún lugar entre aquí y Oxford. La ataron a un árbol y la apalearon.

—¿Cómo está?

—En estado estacionario, pero grave.

—¿Qué ha ocurrido? —preguntó Buckley.

—No estamos seguros. De algún modo detuvieron su coche y se la llevaron al bosque. Le arrancaron la ropa y le cortaron el cabello. Suponen que la apalearon, porque tiene contusiones y heridas en la cabeza.

Jake quería volver a vomitar. No podía hablar. Se frotó las sienes y pensó en lo agradable que sería atar a Bass a un árbol y darle una paliza.

Noose miró al defensor con compasión.

—Señor Brigance, ¿está usted bien?

No respondió.

—Suspendamos la vista hasta las dos. Creo que a todos nos conviene un descanso —declaró el juez.

Jake subió lentamente por los peldaños que conducían a la puerta principal con una botella de cerveza vacía en la mano y, momentáneamente, pensó con toda seriedad en arrojársela a Lucien a la cabeza. Pero se percató de que no le haría efecto alguno.

Lucien movía los cubitos de hielo en el vaso, con la mirada perdida en la lejanía en dirección a la plaza, que todo el mundo había abandonado hacía mucho rato a excepción de los soldados y del grupo habitual de adolescentes que acudían a la doble sesión de cine del sábado por la noche.

Guardaban silencio. Lucien miraba hacia el horizonte. Jake lo miraba fijamente, con la botella vacía en las manos. Bass se encontraba a centenares de kilómetros.

—¿Dónde está Bass? —preguntó Jake al cabo de aproximadamente un minuto.

—Se ha marchado.

—¿Adónde?

—A su casa.

—¿Dónde está su casa?

—¿Por qué quieres saberlo?

—Me gustaría verla. Querría verlo a él en su casa. Me gustaría apalearlo hasta la muerte con un bate de béisbol en su propia casa.

—No te lo reprocho —comentó Lucien mientras movía el hielo en el vaso.

—¿Lo sabías?

—¿Qué?

—Lo de la condena.

—Claro que no. Nadie lo sabía. El expediente había sido abolido.

—No lo comprendo.

—Bass me contó que el expediente de su condena en Texas había sido abolido tres años después de la misma.

Jake dejó la botella vacía en el suelo de la terraza, junto a su silla. Cogió un vaso sucio, sopló en el mismo, le puso unos cubitos de hielo y lo llenó de Jack Daniel's.

—¿Te importaría explicarte, Lucien?

—Según Bass, la chica tenía diecisiete años y era hija de un destacado juez de Dallas. Se enamoraron perdidamente el uno del otro y el juez los descubrió haciendo el amor en el sofá. Decidió presentar cargos y Bass llevaba todas las de perder. Se declaró culpable de violación. Pero la chica seguía enamorada. Siguieron viéndose y quedó embarazada. Bass se casó con ella y obsequiaron al juez con un hermoso niño como nieto. Al viejo se le ablandó el corazón y abolió el expediente.

Lucien tomó un trago y contempló las luces de la plaza.

—¿Qué ocurrió con la chica?

—Según Bass, una semana antes de acabar sus estudios de medicina, su esposa, que estaba de nuevo embarazada, y su hijo perecieron en un accidente de ferrocarril en Fort Worth. Fue entonces cuando empezó a beber y perdió el entusiasmo por la vida.

—¿Y te lo ha contado ahora por primera vez?

—No me interrogues. Ya te he dicho que no sabía nada sobre el tema. No olvides que yo mismo le he utilizado en dos ocasiones como testigo. Si lo hubiera sabido, no se me habría ocurrido llamarle.

—¿Por qué no te lo había contado?

—Supongo que porque él creía que el expediente había sido abolido. No lo sé. Técnicamente tiene razón. El expediente no existe después de su abolición. Pero fue condenado.

Jake tomó un prolongado y amargo trago de whisky. Era horrible.

Permanecieron diez minutos en silencio. Era de noche y los grillos cantaban a coro. Sallie se asomó a la puerta y preguntó a Jake si deseaba cenar. Rehusó agradecido.

—¿Qué ha ocurrido esta tarde? —preguntó Lucien.

—Carl Lee ha declarado y se ha levantado la sesión a las cuatro. El psiquiatra de Buckley no estaba disponible. Declarará el lunes.

—¿Qué impresión ha causado?

—Razonable. Ha subido al estrado a continuación de Bass y se detectaba el odio de los miembros del jurado. Estaba tenso y sus respuestas parecían ensayadas. No creo que haya ganado muchos puntos.

—¿Qué ha hecho Buckley?

—Parecía un loco. No ha dejado de gritar a Carl Lee durante una hora. Carl Lee se hacía el listo con él y se gritaban mutuamente. Creo que ambos han salido perjudicados. En mi segundo turno, lo ha levantado un poco y ha inspirado compasión y simpatía. Ha acabado casi llorando.

—Eso está bien.

—Sí, muy bien. Pero ¿no crees que lo condenarán?

—Supongo.

—Después de que se levantara la sesión, ha intentado despedirme. Me ha dicho que yo había estropeado el caso y que quería un nuevo abogado.

Lucien se dirigió al borde de la terraza y se desabrochó la bragueta. Apoyado en una columna, roció los matorrales. Iba descalzo y parecía un refugiado. Sallie le trajo una nueva copa.

—¿Cómo está Row Ark? —preguntó.

—Estable, según dicen. La he llamado por teléfono y una enfermera me ha dicho que no podía ponerse. Iré a verla mañana.

—Espero que se recupere. Es una buena chica.

—Es una zorra radical, pero muy inteligente. Me siento responsable, Lucien.

—No es culpa tuya. Vivimos en un mundo de locos, Jake. Está lleno de dementes. En estos momentos, creo que la mitad de ellos están en Ford County.

—Hace dos semanas colocaron dinamita junto a la ventana de mi dormitorio. Mataron de una paliza al marido de mi secretaria. Ayer dispararon contra mí y le dieron a un soldado. Ahora han capturado a mi pasante, la han atado a una estaca, le han arrancado la ropa del cuerpo, le han cortado el cabello y está en el hospital con contusiones. Me pregunto qué ocurrirá a continuación.

—Creo que debes rendirte.

—Lo haría. Me presentaría en este mismo momento en el juzgado, entregaría mi maletín, depondría las armas y me rendiría. Pero ¿a quién? El enemigo es invisible.

—No puedes darte por vencido, Jake. Tu cliente te necesita.

—Al diablo con mi cliente. Hoy ha intentado despedirme.

—Te necesita. Esto todavía no ha terminado.

La cabeza de Nesbit colgaba parcialmente por la ventana abierta y la saliva que emergía de su boca descendía por su barbilla hasta el costado de la puerta, formando un pequeño charco sobre la «o» de Ford en la insignia del coche de policía. Una lata de cerveza vacía le humedecía la entrepierna. Después de dos semanas de servicio como guardaespaldas, se había acostumbrado a dormir en el coche con los mosquitos mientras protegía al abogado del negro.

A los pocos momentos de que el sábado se convirtiera en domingo, la radio violó su descanso. Cogió el micrófono mientras se secaba la barbilla con la manga izquierda.

—Ese cero ocho —respondió.

—¿Cuál es tu diez veinte?

—La misma que hace un par de horas.

—¿La casa de Wilbank?

—Diez cuatro.

—¿Sigue ahí Brigance?

—Diez cuatro.

—Acompáñalo inmediatamente a su casa en Adams. Es una emergencia.

Nesbit cruzó la terraza entre botellas vacías, entró por la puerta, que no estaba cerrada con llave, y se encontró a Jake tumbado sobre el sofá del vestíbulo.

—¡Levántate, Jake! ¡Tienes que ir a tu casa! ¡Es una emergencia!

Jake se incorporó de un brinco y siguió a Nesbit. Se detuvieron frente a los peldaños y miraron más allá de la bóveda del juzgado. A lo lejos, se distinguía una espesa columna de humo negro que emergía de un resplandor anaranjado y se elevaba pacíficamente hacia la media luna.

Adams Street estaba llena de una gran variedad de vehículos de voluntarios, particularmente camionetas. Todos llevaban luces de emergencia, rojas y amarillas, que sumaban por lo menos un millar. Sus destellos surcaban la oscuridad, formando un coro silencioso que iluminaba la calle.

Los coches de los bomberos estaban aparcados irregularmente frente a la casa. Bomberos y voluntarios trabajaban frenéticamente tendiendo mangueras, organizando grupos y, ocasionalmente, obedeciendo las órdenes de su jefe. Ozzie,

Prather y Hastings estaban junto a uno de los camiones. Algunos soldados permanecían a la expectativa cerca de un jeep.

El fuego era espectacular. Las llamas emergían de todas las ventanas de la fachada, de la planta baja y del primer piso. El garaje estaba completamente envuelto por las llamas. El Cutlass de Carla estaba carbonizado por dentro y por fuera, con un oscuro resplandor que radiaba de los neumáticos. Curiosamente, otro pequeño coche, no el Saab, ardía junto al Cutlass.

El retumbar y crujidos de la hoguera, además del ronroneo de los coches de bomberos y el vocerío, habían atraído a los vecinos de varias manzanas, que contemplaban el espectáculo desde los jardines del otro lado de la calle.

Jake y Nesbit llegaron corriendo. El jefe los vio y se les acercó a toda prisa.

—¡Jake! ¿Hay alguien en la casa?

—¡No!

—Me alegro. Eso suponía.

—Solo un perro.

—¡Un perro!

Jake asintió, mientras contemplaba la casa.

—Lo siento —dijo el jefe.

Se reunieron en el coche de Ozzie frente a la casa de la señora Pickle, y Jake respondió a algunas preguntas.

—Aquel Volkswagen no es tuyo, ¿verdad, Jake?

Jake movió negativamente la cabeza, con la mirada fija en el monumento de Carla.

—Eso suponía. Parece que es ahí donde ha empezado.

—No lo comprendo —dijo Jake.

—Si no es tu coche, alguien lo ha aparcado ahí, ¿no te parece? ¿Te has dado cuenta cómo arde el suelo del garaje? Normalmente, el hormigón no arde. Es gasolina. Alguien llenó el VW de gasolina, lo aparcó ahí y echó a correr. Probablemente lleva algún dispositivo que lo ha encendido.

Prather y dos voluntarios estaban de acuerdo.

—¿Cuánto hace que arde? —preguntó Jake.

—Hemos llegado hace diez minutos —respondió el jefe de bomberos— y ya estaba todo envuelto en llamas. Yo diría que una media hora. Es un buen fuego. Alguien sabía lo que se hacía.

—¿Es posible sacar algo de ahí? —preguntó Jake, aunque ya conocía la respuesta.

—Imposible, Jake. El incendio es demasiado virulento. Mis hombres no podrían entrar aunque hubiera alguien atrapado. Es un buen fuego.

—¿Qué quieres decir?

—Fíjate en él. Arde con regularidad en todas las partes de la casa. Se ven llamas en todas las ventanas. En la planta y en el primer piso. Es muy extraño. En pocos minutos, arderá hasta el tejado.

Se acercaron dos grupos con mangueras, que lanzaban agua en dirección a las ventanas junto al garaje. Una manguera más pequeña lanzaba un chorro a una ventana del primer piso. Después de observar durante un par de minutos cómo el agua era absorbida por las llamas sin ningún efecto detectable, el jefe escupió y dijo:

—Arderá hasta el último ladrillo.

Dicho esto, desapareció tras un camión y empezó a dar órdenes.

—¿Puedes hacerme un favor? —preguntó Jake a Nesbit.

—Por supuesto, Jake.

—Acércate en tu coche a la casa de Harry Rex y tráelo aquí. No quiero que se lo pierda.

—Desde luego.

Durante dos horas, Jake, Ozzie, Harry Rex y Nesbit vieron desde el coche patrulla cómo se cumplía el pronóstico del jefe de bomberos. De vez en cuando pasaba algún vecino que ofrecía sus condolencias y se interesaba por la familia. La señora Pickle, la encantadora anciana de la casa contigua, lloró desconsoladamente cuando Jake le comunicó que Max había sido devorado por las llamas.

A las tres, los policías y los curiosos se habían retirado, y a las cuatro la hermosa casita victoriana se había convertido en un montón de escombros. Los últimos bomberos sofocaban cualquier vestigio de humo entre las ruinas. Solo la chimenea y los esqueletos de dos coches permanecían de pie mientras las pesadas botas de los bomberos circulaban entre la ruina, en busca de alguna chispa oculta que pudiera resucitar de la muerte y acabar de destruir los escombros.

Recogieron las últimas mangueras cuando empezaba a salir el sol. Jake les dio las gracias y se despidieron. Él y Harry Rex cruzaron el jardín trasero para estudiar los desperfectos.

—Qué le vamos a hacer —exclamó Harry Rex—. No es más que una casa.

—¿Te atreverías a decírselo a Carla?

—No. Creo que debes hacerlo tú.

—Me parece que esperaré un rato.

—¿No es más o menos la hora del desayuno? —dijo Harry Rex después de consultar su reloj.

—Hoy es domingo, Harry Rex. Está todo cerrado.

—Por Dios, Jake, no eres más que un aficionado, pero yo soy un profesional. Puedo encontrar comida caliente a cualquier hora y cualquier día.

—¿En el parador de camiones?

—¡En el parador de camiones!

—De acuerdo. Y, cuando terminemos, iremos a Oxford para ver a Row Ark.

—Magnífico. Me muero de impaciencia por ver su corte de pelo en plan hombruno.

Sallie cogió el teléfono y se lo arrojó a Lucien, que lo manipuló hasta colocárselo debidamente junto a la cara.

—Diga, ¿quién es?

—¿Hablo con Lucien Wilbank?

—Sí, ¿quién es usted?

—¿Conoce a Clyde Sisco?

—Sí.

—Son cincuenta mil.

—Llámeme por la mañana.

39

Sheldon Roark estaba sentado junto a la ventana, con los pies
sobre otra silla, mientras leía la versión del dominical de Memphis del juicio de Hailey. Al fondo de la primera plana había
una fotografía de su hija y un artículo sobre su tropiezo con el
Klan. Ellen descansaba a pocos metros, en cama. Le habían
afeitado el costado izquierdo de la cabeza, que llevaba cubierto
con un grueso vendaje. Le habían suturado la oreja izquierda con veintiocho puntos. Sus contusiones ya no eran graves,
sino leves, y los médicos habían prometido que podría abandonar el hospital el miércoles.

No la habían violado ni azotado. Cuando recibió la llamada
de los médicos, no le facilitaron muchos detalles. Durante siete
horas de vuelo no sabía con qué se encontraría, pero temía lo
peor. El sábado por la noche le hicieron más radiografías y le
dijeron que se tranquilizara. Las cicatrices desaparecerían y
le volvería a crecer el cabello. La habían asustado y maltrata-
do, pero podría haber sido mucho peor.

Oyó ruido en el pasillo. Alguien discutía con una enfermera.
Dejó el periódico sobre la cama de su hija y abrió la puerta.

Una enfermera había descubierto a Jake y a Harry Rex
cuando avanzaban sigilosamente por el pasillo. Les había explicado que la hora de visita empezaba a las dos, para lo cual
faltaban todavía seis horas, que solo podían entrar los parientes,

y que llamaría al servicio de seguridad si no se marchaban. Harry Rex respondió que le importaba un comino la hora de visita ni cualquier otra estúpida norma del hospital, que deseaba ver por última vez a su novia antes de que falleciera, y que, si no dejaba de molestarlos, la denunciaría por hostigamiento, porque él era abogado y, después de una semana sin procesar a nadie, tenía los nervios de punta.

—¿Qué ocurre ahí? —preguntó Sheldon.

—Usted debe de ser Sheldon Roark —dijo Jake al ver a aquel hombre bajito y pelirrojo de ojos verdes.

—Efectivamente.

—Yo soy Jake Brigance. El que...

—Sí, he leído acerca de usted. No se preocupe, enfermera, están conmigo.

—Claro —añadió Harry Rex—. No se preocupe. Estamos con él. Y ahora tenga la bondad de dejarnos tranquilos antes de que le embargue el sueldo.

La enfermera se alejó airada por el pasillo con la promesa de llamar al servicio de seguridad.

—Me llamo Harry Rex Vonner —dijo, al tiempo que estrechaba la mano de Sheldon Roark.

—Pasen.

Entraron con él en una pequeña habitación, donde vieron a Ellen dormida.

—¿Cómo está? —preguntó Jake.

—Contusión leve. Veintiocho puntos en la oreja y once en la cabeza. Se repondrá. El médico dice que probablemente podrá abandonar el hospital el miércoles. Anoche estaba despierta y charlamos un buen rato.

—Su cabello tiene un aspecto horrible —observó Harry Rex.

—Me contó que tiraron de él y se lo cortaron con una navaja poco afilada. También la desnudaron y, en un momento dado, le dijeron que la azotarían. Ella misma se produjo las heridas de la cabeza. Estaba convencida de que la matarían, la violarían, o ambas cosas. Por consiguiente, la emprendió a cabezazos contra la estaca a la que estaba atada. Debieron de asustarse.

—¿Es decir que no la apalearon?

—No. No la lastimaron. Solo le dieron un susto de muerte.

—¿Qué vio?

—Poca cosa. Una cruz en llamas, túnicas blancas, unos doce individuos. El sheriff dice que ocurrió en un prado, a unos diecinueve kilómetros de aquí. Pertenece a alguna empresa papelera.

—¿Quién la encontró? —preguntó Harry Rex.

—El sheriff recibió una llamada telefónica de un individuo que se identificó como ratón Mickey.

—Claro. Mi viejo amigo.

Ellen gimió ligeramente y cambió de posición.

—Salgamos de la habitación —dijo Sheldon.

—¿Hay alguna cafetería en este lugar? —preguntó Harry Rex—. Me entra hambre cuando estoy cerca de algún hospital.

—Por supuesto. Vamos a tomar un café.

La cafetería del primer piso estaba vacía. Jake y el señor Roark tomaron café solo. Harry Rex empezó con tres bollos y medio litro de leche.

—Según el periódico, las cosas no van muy bien —dijo Sheldon.

—El periódico es muy indulgente —comentó Harry Rex con la boca llena—. A Jake le están dando una paliza en la sala. Y, fuera del juzgado, las cosas no van mejor. Cuando no le disparan o secuestran a su pasante, incendian su casa.

—¿Han incendiado su casa?

—Anoche —asintió Jake—. Todavía no se han enfriado las cenizas.

—Me había parecido sentir olor a humo.

—La hemos visto arder hasta que se ha reducido a escombros. Ha tardado cuatro horas.

—Cuánto lo siento. Yo he recibido amenazas semejantes,

pero lo peor que me ha ocurrido ha sido que me cortaron los neumáticos. Tampoco me han disparado.

—A mí me han disparado un par de veces.

—¿Está presente el Klan en Boston? —preguntó Harry Rex.

—No, que yo sepa.

—Qué pena. Esos muchachos añaden una nueva dimensión a la práctica de la abogacía.

—Eso parece. Vimos el informe por televisión de los disturbios de la semana pasada, alrededor del juzgado. Lo he seguido con mucho interés desde que Ellen se involucró en el caso. Es famoso. Incluso en el norte. Ojalá fuera mío.

—Se lo regalo —dijo Jake—. Creo que mi cliente está buscando a un nuevo abogado.

—¿A cuántos psiquiatras llamará la acusación?

—Solo uno. Declarará por la mañana y, a continuación, pronunciaremos los discursos de clausura. El jurado empezará a deliberar seguramente mañana por la tarde.

—Siento mucho que Ellen se lo pierda. Me ha llamado todos los días para hablarme del caso.

—¿Dónde ha metido la pata Jake? —preguntó Harry Rex.

—No hables con la boca llena —dijo Jake.

—Creo que ha hecho un buen trabajo. Las circunstancias son fatales como punto de partida. Hailey cometió los asesinatos, los proyectó meticulosamente y basa sus esperanzas en una alegación bastante endeble de enajenación mental. En Bastan no contaría con la compasión del jurado.

—Tampoco en Ford County —dijo Harry Rex.

—Espero que pueda sacarse de la manga un conmovedor discurso de clausura —comentó Sheldon.

—No le queda ninguna manga —añadió Harry Rex—. Han sido pasto de las llamas, junto con su pantalón y su ropa interior.

—¿Por qué no nos acompaña mañana? —sugirió Jake—. Le presentaré al juez y pediré que le otorgue los privilegios habituales.

—No ha querido hacerlo por mí —dijo Harry Rex.

—No me sorprende —replicó Sheldon sonriendo—. Puede que lo haga. De todos modos, pensaba quedarme hasta el martes. ¿Estaré a salvo en ese lugar?

—No lo creo.

La esposa de Woody Mackenvale estaba sentada en un banco de plástico del vestíbulo, junto a la habitación, y lloraba discretamente al tiempo que procuraba ser valiente para sus dos hijos menores sentados junto a ella. Cada uno de los niños tenía en la mano un paquete de pañuelos de papel usados, con los que de vez en cuando se secaban las mejillas y sonaban la nariz. Jake estaba agachado frente a ella y escuchaba atentamente lo que le habían contado los médicos. La bala se había incrustado en la columna vertebral, y la parálisis era grave y permanente. Trabajaba como encargado en una fábrica de Booneville. Un buen empleo. Vida agradable. Ella no trabajaba, por lo menos hasta ahora. De algún modo saldrían adelante, aunque no estaba segura de cómo lo lograrían. Preparaba a sus hijos para la liga juvenil. Era un hombre muy activo.

Creció su llanto y los niños le secaron las mejillas.

—Me salvó la vida —dijo Jake, mirando a los niños.

—Cumplía con su obligación —respondió ella con los ojos cerrados—. Saldremos adelante.

Jake cogió un pañuelo de papel, de la caja situada sobre el banco, y se secó los ojos. Cerca había un grupo de parientes que observaban. Harry Rex paseaba nervioso por el fondo del pasillo.

Jake dio un abrazo a la señora Mackenvale y acarició las cabezas de los niños. A continuación, le entregó el número de teléfono de su despacho y le dijo que llamara si podía hacer algo por ellos. Prometió visitar a Woody después del juicio.

Los domingos, las cervecerías abrían a las doce, para permitir a los feligreses que se abastecieran a la salida de la iglesia, cuando se dirigían a almorzar a casa de la abuela y a pasar la tarde de juerga. Curiosamente, cerraban de nuevo a las seis de la tarde, para negar el suministro a los mismos feligreses que regresaban a la iglesia para las ceremonias vespertinas. Durante los demás días de la semana, se vendía cerveza desde las seis de la mañana hasta la medianoche. Pero los domingos limitaban su venta en honor al Todopoderoso.

Jake compró un paquete de media docena en la tienda de ultramarinos de Bates y dirigió al chófer hacia el lago. El viejo Bronco de Harry Rex llevaba cinco centímetros de barro incrustado en las puertas y parachoques. Los neumáticos eran imperceptibles. El parabrisas, con millares de insectos aplastados, estaba quebrado y resultaba peligroso. El permiso de circulación, invisible desde el exterior, hacía cuatro años que había caducado. El suelo estaba cubierto de docenas de latas vacías y botellas rotas. Hacía seis años que no funcionaba el aire acondicionado. Jake había sugerido que usaran el Saab, pero a Harry Rex le pareció una estupidez; el Saab rojo ofrecía un blanco fácil para los francotiradores. Nadie prestaría atención al Bronco.

Conducían despacio en la dirección general del lago, sin rumbo fijo. Willie Nelson aullaba por los altavoces. Harry Rex marcaba el ritmo sobre el volante y canturreaba. El tono de su voz, cuando hablaba, era ronco y basto. Cuando cantaba, era atroz. Jake tomaba su cerveza y miraba por el parabrisas, a la espera del amanecer.

La ola de calor estaba a punto de acabar. Unos oscuros nubarrones se asomaban por el sudeste y, al pasar frente a Huey's Lounge, la lluvia empezó a empapar la árida tierra. Limpió y eliminó el polvo de la puerraria que crecía en las cunetas y que colgaba como hiedra de los árboles. Refrescó el cálido pavimento y creó una espesa niebla, un metro por encima de la carretera. Las rojas alcantarillas empezaron a engullir el agua y, cuando se saturaron, se formaron riachuelos hacia las cunetas y desagües. La lluvia empapó los campos de algodón y soja hasta formar charcos entre las plantas.

Asombrosamente, los limpiaparabrisas funcionaban. Se movían furiosamente de un lado para otro, eliminando el barro y la colección de insectos. Creció la tormenta. Harry Rex subió el volumen de la música.

Los negros, con sus cañas de pescar y sombreros de paja, se habían refugiado bajo los puentes a la espera de que amainara la tormenta. A sus pies, los apacibles desfiladeros cobraron vida. El agua cenagosa de los campos y desagües descendía para engrosar el caudal de los pequeños torrentes y riachuelos. El caudal crecía conforme avanzaba. Los negros comían embutido con galletas y contaban anécdotas de pescadores.

Harry Rex tenía hambre. Paró frente a una tienda Treadway cerca del lago y compró más cerveza, dos raciones de siluro y una enorme bolsa de cortezas picantes, que entregó a Jake.

Llovía a cántaros cuando cruzaron el pantano. Harry Rex aparcó cerca de un pequeño edificio, en una zona de picnic. Se sentaron sobre una mesa de hormigón para contemplar la lluvia que azotaba el lago Chatulla. Jake bebía mientras Harry Rex devoraba las dos raciones de siluro.

—¿Cuándo vas a contárselo a Carla? —preguntó mientras tomaba un trago de cerveza.

—¿A qué te refieres?

El agua retumbaba sobre el tejado de cinc.

—A la casa.

—No voy a contárselo. Creo que podré reconstruirla antes de que regrese.

—¿Antes del próximo fin de semana?

—Sí.

—Estás perdiendo el juicio, Jake. Bebes demasiado y divagas.

—Me lo merezco. Me lo he ganado. Estoy a dos semanas de la bancarrota. Estoy a punto de perder el mayor caso de mi carrera, por el que me han pagado novecientos dólares. Mi hermosa casa que los turistas fotografiaban y que las ancianas del Club de Jardinería querían que se incluyera en *Southern Living* ha quedado reducida a escombros. Mi esposa me ha abandonado y, cuando se entere de lo de la casa, se divorciará de mí. De eso no cabe la menor duda. De modo que perderé a mi esposa, y cuando mi hija se entere de que su maldito perro murió en el incendio me odiará para siempre. Alguien ha puesto precio a mi cabeza. Los pistoleros del Klan me andan buscando. Francotiradores disparan contra mí. Hay un soldado en el hospital, con mi bala incrustada en su columna vertebral, que quedará paralítico para siempre y en quien pensaré todos los días durante el resto de mi vida. Por mi culpa asesinaron al marido de mi secretaria. Mi última empleada está en el hospital con un corte de cabello estilo *punk* y contusiones por haber trabajado para mí. El jurado me cree un farsante y un estafador a causa de mi perito. Mi defendido quiere despedirme. Cuando lo condenen, todo el mundo me culpará a mí. El acusado contratará a otro abogado para la apelación, uno de esos individuos del ACLU, y me procesarán a mí por representación inadecuada. Y tendrán razón. De modo que acabaré ante los tribunales. No tendré esposa, ni hija, ni casa, ni despacho, ni clientes ni dinero. Nada.

—Lo que tú necesitas, Jake, es un psiquiatra. Creo que deberías entrevistarte con el doctor Bass. Toma una cerveza.

—Supongo que me instalaré en casa de Lucien y me quedaré todo el día en la terraza.

—¿Puedo quedarme con tu despacho?

—¿Crees que me pedirá el divorcio?

—Probablemente. Yo he pasado por cuatro divorcios y te aseguro que lo solicitan por cualquier bobada.

—No en el caso de Carla. Adoro el suelo por donde pisa y ella lo sabe.

—En el suelo será donde dormirá cuando regrese a Clanton.

—No. Conseguiremos un buen remolque, ancho y acogedor. Nos servirá hasta que nos recuperemos de la bancarrota. Luego conseguiremos otra casa antigua y empezaremos de nuevo.

—Probablemente encontrarás a otra esposa para empezar de nuevo. ¿Qué te hace suponer que abandonará una hermosa casa en la costa para trasladarse a un remolque en Clanton?

—El hecho de que yo estaré en el remolque.

—Con eso no basta, Jake. Tú serás un abogado borracho, arruinado y expulsado del Colegio, que vive en un remolque. Serás una vergüenza pública. Todos tus amigos, a excepción de Lucien y yo, se olvidarán de ti. Nunca volverá junto a ti. Todo ha terminado, Jake. Como amigo y abogado especializado en divorcios te aconsejo que seas tú quien lo solicite. Hazlo ahora, mañana mismo, para cogerla desprevenida.

—¿Por qué iba a pedirle yo el divorcio?

—Porque de lo contrario ella te lo pedirá a ti. Podemos tomar la iniciativa y alegar que te abandonó cuando más la necesitabas.

—¿Constituye eso base para el divorcio?

—No. Pero también alegaremos que estás loco, enajenación temporal. Deja que yo me ocupe de todo. Las normas de M'Naghten. Recuerda que yo soy el experto en divorcios.

—¡Cómo podría olvidarlo!

Jake vertió la cerveza caliente de su botella olvidada y abrió otra. Amainó la lluvia y empezó a aclararse el firmamento. Soplaba una fresca brisa procedente del lago.

—Le condenarán, ¿no es cierto, Harry Rex? —preguntó Jake con la mirada perdida en la lejanía.

Harry Rex dejó de masticar y se secó los labios. Dejó el plato de cartón sobre la mesa y tomó un largo trago de cerveza. El viento transportaba gotas de agua que le salpicaban el rostro. Se lo secó con una manga.

—Sí, Jake. Tu defendido está a punto de ser sentenciado. Puedo verlo en su mirada. Lo de la enajenación no ha funcionado. Desde el primer momento se resistían a creer a Bass y cuando Buckley le bajó los pantalones todo acabó. Carl Lee tampoco se ha ayudado a sí mismo. Sus respuestas parecían ensayadas y excesivamente sinceras. Como si suplicara la compasión del jurado. Su testimonio ha sido desastroso. Yo observaba al jurado mientras declaraba y no detecté su apoyo. Lo condenarán, Jake. Y con rapidez.

—Gracias por tu sinceridad.

—Soy tu amigo y creo que deberías empezar a prepararte para la condena y una prolongada apelación.

—¿Sabes lo que te digo, Harry Rex?, ojalá nunca hubiera oído hablar de Carl Lee.

—Creo que es demasiado tarde, Jake.

Sallie abrió la puerta y dijo que lamentaba lo de la casa. Lucien estaba arriba en su estudio, sobrio y trabajando. Ofreció a Jake una silla y le ordenó que se sentara. Tenía la mesa cubierta de papeles.

—He pasado toda la tarde trabajando en el discurso de clausura —dijo, al tiempo que mostraba con un ademán todo lo que tenía delante—. Tu única esperanza de salvar a Hailey es con una actuación embelesadora en tu discurso de clausura. Estoy hablando del más magnífico discurso de la historia de la jurisprudencia. Ni más ni menos.

—Y supongo que tú has creado esa obra maestra.

—Pues sí, así es. Es mucho mejor de lo que tú serías capaz de hacer. Y he supuesto, acertadamente, que pasarías la tarde del domingo lamentando la pérdida de tu casa y ahogando tus penas en cerveza. Sabía que no habrías preparado nada. De modo que lo he hecho por ti.

—Ojalá pudiera mantenerme sobrio como tú, Lucien.

—Yo era mejor abogado borracho que tú sobrio.

—Por lo menos yo todavía soy abogado.

—Aquí lo tienes —dijo Lucien, después de arrojarle un cuaderno a Jake—. Una recopilación de mis mejores discursos de clausura. Lo mejor de Lucien Wilbank, unificado para ti y tu defendido. Sugiero que te lo aprendas de memoria y lo repitas palabra por palabra. Es muy bueno. No intentes modificarlo ni improvisar. Meterás la pata.

—Me lo pensaré. No olvides que no es la primera vez.

—Lo parece.

—¡Maldita sea, Lucien! ¡No me atosigues!

—Tranquilízate, Jake. Tomemos una copa. ¡Sallie! ¡Sallie!

Jake arrojó la obra maestra al sofá y se acercó a la ventana que daba al jardín trasero. Sallie subió corriendo por la escalera y Lucien le pidió un whisky y una cerveza.

—¿Has pasado la noche en blanco? —preguntó Lucien.

—No. He dormido de once a doce.

—Tienes un aspecto terrible. Necesitas un buen descanso.

—Me siento fatal y dormir no me servirá de nada. Lo único positivo será el fin de este juicio. No lo comprendo, Lucien. No comprendo cómo puede haber ido todo tan mal. Tenemos derecho a un poco de buena suerte. El juicio ni siquiera tenía que haberse celebrado en Clanton. Nos ha tocado el peor jurado, un jurado manipulado. Pero no puedo probarlo. Nuestro testigo principal quedó totalmente desacreditado. La declaración del procesado ha sido un desastre. Y el jurado desconfía de mí. No sé qué otra cosa puede fracasar.

—Todavía puedes ganar el caso, Jake. Será preciso que ocurra un milagro, pero esas cosas a veces suceden. Muchas veces he arrancado la victoria de las fauces de la derrota con un convincente discurso de clausura. Dirígete a uno o dos miembros del jurado. Actúa para ellos. Háblales. No olvides que con uno basta para impedir que haya unanimidad en el veredicto.

—¿Debería hacerlos llorar?

—Si puedes. No es tan fácil. Pero yo creo en las lágrimas del jurado. Son muy eficaces.

Sallie trajo las bebidas y la siguieron a la terraza. Cuando oscureció, les sirvió bocadillos y patatas fritas. A las diez, Jake se disculpó y se retiró a su habitación. Llamó a Carla y habló con ella durante una hora. No mencionó la casa. Se le revolvió el estómago al oír su voz, consciente de que algún día, pronto, tendría que revelarle que la casa, su casa, había dejado de existir. Colgó con la esperanza de que no se enterara por los periódicos.

40

Clanton volvió a la normalidad el lunes por la mañana, con la reaparición de las barricadas alrededor de la plaza y la numerosa presencia de soldados para preservar la paz. Los pelotones, medianamente formados, contemplaban a los miembros del Klan que ocupaban el lugar que se les había asignado a un lado de la plaza, y los negros al otro lado. El día de descanso había permitido a ambos grupos recuperar sus energías y a las ocho y media vociferaban todos a pleno pulmón. Se había divulgado la noticia de la humillación del doctor Bass y los componentes del Klan olían la victoria. Además, habían hecho blanco en Adams Street. Parecían más chillones que de costumbre.

A las nueve, Noose llamó a los letrados a su despacho.

—Solo quería asegurarme de que estaban sanos y a salvo —dijo sonriendo y mirando a Jake.

—¿Por qué no me besa el culo, juez? —dijo Jake entre dientes pero lo suficientemente fuerte para ser oído.

Los acusadores quedaron paralizados. El señor Pate se aclaró la garganta.

Noose ladeó la cabeza, como si fuera duro de oído.

—¿Qué ha dicho usted, señor Brigance?

—He dicho: «¿Por qué no empezamos, señor juez?».

—Eso me había parecido. ¿Cómo está su pasante, la señorita Roark?

—Se recuperará.

—¿Fue el Klan?

—Sí, señor juez. El mismo Klan que intentó asesinarme. El mismo Klan que decoró el paisaje con cruces en llamas y quién sabe con qué otras cosas obsequió a los miembros de nuestro jurado. El mismo Klan que probablemente ha intimidado a la mayoría de los que están sentados ahora en el palco del jurado. Sí, señor, el mismo Klan.

—¿Puede probarlo? —preguntó Noose, después de quitarse las gafas.

—¿Quiere decir si tengo confesiones firmadas y certificadas ante un notario de los componentes del Klan? No, señor. No están muy dispuestos a cooperar.

—Si no puede probarlo, señor Brigance, olvídelo.

—Sí, señoría.

Jake salió del despacho y dio un manotazo. A los pocos segundos, el señor Pate ordenó silencio en la sala y todo el mundo se puso de pie. Noose dio la bienvenida al jurado y prometió que las molestias ya casi habían terminado. Nadie le sonrió. El fin de semana había sido terriblemente aburrido en el Temple Inn.

—¿Le queda algún otro testigo a la acusación? —preguntó Noose.

—Uno, su señoría.

Llamaron al doctor Rodeheaver, que estaba en la sala de los testigos. Subió cuidadosamente al estrado y saludó atentamente al jurado con la cabeza. Tenía aspecto de psiquiatra. Traje oscuro y sin botas.

Buckley se acercó al estrado y sonrió al jurado.

—¿Es usted el doctor Wilbert Rodeheaver? —exclamó sin dejar de mirar al jurado, como para decirles «he ahí un auténtico psiquiatra».

—Sí, señor.

Buckley formuló preguntas, un millón de preguntas, sobre su formación y experiencia profesional. Rodeheaver se sentía seguro de sí mismo, relajado, preparado y acostumbrado a declarar. Habló extensamente de su amplia formación, de su vasta experiencia como médico y, últimamente, de la enorme magnitud de su cargo como jefe de personal del hospital psiquiátrico estatal. Buckley le preguntó si había escrito artículos sobre su especialidad. Respondió afirmativamente y, durante media hora, hablaron de los escritos de aquel hombre tan erudito. Había recibido becas para la investigación del gobierno federal y de diversos estados. Era socio de todas las organizaciones a las que Bass pertenecía, y algunas más. Estaba diplomado por todas las asociaciones relacionadas, aunque solo fuera remotamente, con el estudio de la mente humana. Era sofisticado, y estaba sobrio.

Buckley le propuso como perito y Jake no tuvo nada que objetar.

—Doctor Rodeheaver —prosiguió Buckley—, ¿cuándo examinó usted por primera vez a Carl Lee Hailey?

—El diecinueve de junio —respondió el perito después de consultar sus notas.

—¿Dónde tuvo lugar el reconocimiento?

—En mi despacho, en Whitfield.

—¿Cuánto duró el reconocimiento?

—Un par de horas.

—¿Cuál era el propósito de dicho reconocimiento?

—El de determinar su condición mental en aquellos momentos y también en el momento de matar al señor Cobb y al señor Willard.

—¿Tuvo usted acceso a su historial médico?

—La mayor parte de la información fue recopilada por un colaborador en el hospital. Yo la repasé con el señor Hailey.

—¿Qué reveló su historial?

—Nada destacable. Habló mucho sobre Vietnam, pero nada destacable.

—¿Habló libremente sobre Vietnam?

—Desde luego. Quería hablar de ello. Casi parecía que le hubieran aconsejado que lo hiciera.

—¿De qué más hablaron en su primera entrevista?

—Cubrimos una amplia variedad de temas: su infancia, familia, educación, diversos trabajos, prácticamente todo.

—¿Habló de la violación de su hija?

—Sí, en gran detalle. Era doloroso para él hablar del tema, como lo habría sido para mí de tratarse de mi hija.

—¿Le habló de los acontecimientos que precedieron a la matanza de Cobb y de Willard?

—Sí, hablamos de ello durante un buen rato. Procuré averiguar el nivel de conocimiento y comprensión que poseía acerca de dichos sucesos.

—¿Qué le contó?

—Inicialmente, poca cosa. Pero con el tiempo se abrió y contó cómo había inspeccionado el juzgado tres días antes del tiroteo y elegido el lugar del ataque.

—¿Y acerca del tiroteo?

—No dijo gran cosa sobre la matanza propiamente dicha. Aseguró que no lo recordaba con mucha claridad, pero sospecho lo contrario.

—¡Protesto! —exclamó Jake después de levantarse—. El testigo solo puede declarar lo que conoce. No debe especular.

—Se admite la protesta. Le ruego que prosiga, señor Buckley.

—¿Qué más observó respecto a su estado de ánimo, actitud y forma de expresarse?

Rodeheaver se cruzó de piernas y se meció suavemente. Bajó las cejas en actitud meditabunda.

—Al principio desconfiaba de mí y le resultaba difícil mirarme a los ojos. Respondía en forma escueta a mis preguntas. Le molestaba estar custodiado, y a veces esposado, en nuestras dependencias. Se quejó de las paredes acolchadas. Pero, con el tiempo, se tranquilizó y habló libremente de casi todo. Se negó rotundamente a responder a ciertas preguntas, pero, en general, cabe afirmar que fue bastante cooperativo.

—¿Dónde y cuándo lo reconoció de nuevo?

—El siguiente día y en el mismo lugar.

—¿Cuál era su estado de ánimo y su actitud?

—Semejante al día anterior. Reservado al principio, pero luego más abierto. Hablamos básicamente de los mismos temas que el día anterior.

—¿Cuánto duró dicho reconocimiento?

—Aproximadamente cuatro horas.

Buckley consultó sus notas y susurró algo a Musgrove.

—Díganos, doctor Rodeheaver: como consecuencia de sus entrevistas con el señor Hailey los días diecinueve y veinte de junio, ¿logró usted formular un diagnóstico médico de la condición mental del acusado en dichas fechas?

—Sí, señor.

—¿Y cuál es dicho diagnóstico?

—Los días diecinueve y veinte de junio, el señor Hailey parecía estar en plena posesión de sus facultades mentales. A mi parecer, perfectamente normal.

—Gracias. Basándose en sus reconocimientos, ¿logró establecer un diagnóstico de la condición mental del señor Hailey el día en que disparó contra Billy Ray Cobb y Pete Willard?

—Sí.

—¿Y cuál es dicho diagnóstico?

—En aquel momento su condición mental era satisfactoria. No padecía defecto alguno.

—¿En qué factores basa dicha afirmación?

Rodeheaver se dirigió al jurado y adoptó una actitud didáctica.

—Hay que considerar el nivel de premeditación de este crimen. El motivo es un elemento de la premeditación. Sin duda, tenía un motivo para sus actos y su condición mental en aquellos momentos no impidió su alevosía. Es decir, el señor Hailey proyectó meticulosamente lo que hizo.

—Doctor, ¿está usted familiarizado con las normas de M'Naghten para determinar la responsabilidad penal?

—Por supuesto.

—Y es usted consciente de que otro psiquiatra, el doctor

T. Bass, ha declarado ante este jurado que el señor Hailey era incapaz de reconocer la diferencia entre el bien y el mal, y que, además, era incapaz de comprender y apreciar la naturaleza y calidad de sus actos.

—Sí, soy consciente de ello.

—¿Está de acuerdo con dicha afirmación?

—No. Me parece absurda y ofensiva. El propio señor Hailey ha declarado que premeditó los asesinatos. En realidad, ha admitido que su condición mental en aquellos momentos no le privó de su capacidad de proyectar. En cualquier texto médico o jurídico, esto se denomina premeditación. Nunca he oído que alguien trame un asesinato y admita haberlo proyectado, y luego alegue que no sabía lo que hacía. Es absurdo.

En aquel momento, a Jake también le pareció absurdo y, conforme las palabras retumbaban en la sala, resultaba una soberana incongruencia. La declaración de Rodeheaver tenía sentido y parecía sumamente convincente. Jake pensó en Bass y lo maldijo para sus adentros.

Lucien, sentado entre los negros, estaba de acuerdo con la declaración de Rodeheaver, palabra por palabra. Comparado con Bass, el perito de la acusación era sumamente convincente. Lucien no miraba a los miembros del jurado. De vez en cuando, echaba una ojeada sin volver la cabeza y veía que Clyde Sisco lo miraba fijamente y sin disimulo. Pero Lucien no permitía que se cruzaran sus miradas. El mensajero no había llamado el lunes por la mañana, como se le había indicado. Un movimiento afirmativo de la cabeza y un guiño por parte de Lucien cerraría el trato, que se saldaría después del veredicto. Sisco conocía las normas y esperaba una respuesta. No la hubo. Lucien quería discutirlo con Jake.

—Díganos, doctor: basándose en los factores mencionados y en su diagnóstico de la condición mental del acusado el veinte de mayo, ¿se ha formado una opinión, con un grado razonable de certeza médica, en cuanto a la capacidad del señor Hailey para distinguir entre el bien y el mal cuando disparó contra

Billy Ray Cobb, Pete Willard y el agente DeWayne Looney?

—Sí, señor.

—¿Y cuál es dicha opinión?

—Estaba en posesión de sus facultades mentales y era perfectamente capaz de distinguir entre el bien y el mal.

—¿Y se ha formado una opinión, basada en los mismos factores, en cuanto a la capacidad del señor Hailey para comprender y apreciar la naturaleza y calidad de sus actos?

—Sí, señor.

—¿Y cuál es dicha opinión?

—Que era perfectamente consciente de lo que hacía.

Buckley recogió sus papeles e inclinó respetuosamente la cabeza.

—Muchas gracias, doctor. No hay más preguntas.

—¿Desea interrogar al testigo, señor Brigance? —preguntó Noose.

—Solo unas preguntas.

—Lo suponía. Quince minutos de descanso.

Jake salió de la sala sin prestar atención alguna a Carl Lee, para dirigirse apresuradamente a la biblioteca jurídica del tercer piso, donde Harry Rex lo esperaba sonriente.

—Tranquilízate, Jake. He llamado a todos los periódicos de Carolina del Norte y no han publicado nada acerca de la casa. Tampoco hay ningún artículo relacionado con Row Ark. El matutino de Raleigh ha publicado un artículo sobre el juicio, pero en términos generales. Eso es todo. Carla no lo sabe, Jake. Cree que su hermoso monumento sigue en su lugar. ¿No es maravilloso?

—Fantástico. Estupendo. Gracias, Harry Rex.

—No hay de qué. Escúchame, Jake, siento sacar esto a relucir.

—Me muero de impaciencia.

—Sabes cuánto odio a Buckley. Lo detesto más que tú. Pero Musgrove y yo nos llevamos bien. Puedo hablar con él. Anoche se me ocurrió que tal vez sería una buena idea hablar con ellos, a través de mí y de Musgrove, para explorar la posibilidad de un convenio.

—¡No!

—Sé razonable, Jake. ¿Qué puede haber de malo en ello? ¡Nada! Si se declara culpable a condición de que no pidan la pena de muerte, sabrás que le has salvado la vida.

—¡No!

—Escúchame, Jake. Tu defendido está a unas cuarenta y ocho horas de que lo condenen a la pena de muerte. Si no lo crees, es que estás ciego, Jake. Mi ciego amigo.

—¿Qué podría impulsar a Buckley a hacer tratos? Nos tiene acorralados.

—Puede que no lo haga. Pero permíteme por lo menos que lo intente.

—No, Harry Rex. Olvídalo.

Después del descanso, Rodeheaver subió de nuevo al estrado y Jake lo miró fijamente. Durante su breve carrera profesional, nunca había vencido en una discusión a un perito, dentro o fuera del juzgado. Y ahora, con lo poco que le sonreía la suerte, decidió no discutir con el de turno.

—Doctor Rodeheaver, ¿no es cierto que la psiquiatría es el estudio de la mente humana?

—Así es.

—¿Y que, en el mejor de los casos, es una ciencia inexacta?

—Efectivamente.

—¿Cabe la posibilidad de que usted formule un diagnóstico después de examinar a una persona, y otro psiquiatra formule otro diagnóstico completamente distinto?

—Sí, es posible.

—A decir verdad, podría darse el caso de que diez psiquiatras examinaran a un mismo paciente y se formaran diez opiniones distintas en cuanto a la dolencia del mismo.

—Es improbable.

—Pero podría ocurrir, ¿no es cierto, doctor?

—Sí, podría ocurrir. Al igual que con opiniones jurídicas, supongo.

—Pero lo que nos ocupa ahora no son opiniones jurídicas, ¿no es cierto, doctor?

—No.

—A decir verdad, doctor, ¿no es cierto que en muchos casos la psiquiatría es incapaz de revelarnos cuál es el problema mental de una persona determinada?

—Es cierto.

—Y los psiquiatras discrepan permanentemente, ¿no es cierto, doctor?

—Desde luego.

—Dígame, doctor, ¿para quién trabaja usted?

—Para el estado de Mississippi.

—¿Desde cuándo?

—Hace once años.

—¿Y quién acusa al señor Hailey?

—El estado de Mississippi.

—Durante esos once años de funcionario del Estado, ¿cuántas veces ha declarado en juicios en los que se utilizara la enajenación mental como defensa?

—Creo que con esta son cuarenta y tres —respondió Rodeheaver, después de reflexionar unos instantes.

Jake consultó su sumario y miró al doctor con una perversa sonrisa.

—¿Está seguro de que no son cuarenta y seis?

—Sí, podría ser. No estoy seguro.

Se impuso un silencio en la sala. Buckley y Musgrove consultaron sus notas, sin dejar de observar atentamente al testigo.

—¿Ha declarado cuarenta y seis veces como testigo para la acusación en juicios relacionados con la enajenación mental?

—Si usted lo dice...

—Se lo pondré más fácil. Usted ha declarado cuarenta y seis

veces, y en cuarenta y seis ocasiones ha afirmado que el acusado no estaba legalmente enajenado. ¿Correcto, doctor?

Rodeheaver hizo una pequeña mueca y manifestó cierto descontento en su mirada.

—No estoy seguro.

—Nunca ha visto a un acusado que estuviera legalmente enajenado, ¿no es cierto, doctor?

—Claro que lo he visto.

—Estupendo. ¿Tendría la bondad de darnos el nombre de dicho acusado y el del lugar donde fue juzgado?

—Con la venia de su señoría —dijo Buckley después de levantarse y abrocharse la chaqueta—, la acusación se opone a este tipo de preguntas. No se puede exigir al doctor Rodeheaver que recuerde los nombres y los lugares de los juicios en los que ha declarado.

—No se admite la protesta. Siéntese. Responda, doctor.

Rodeheaver respiró hondo y miró al techo. Jake miró a los miembros del jurado. Estaban atentos y a la espera de una respuesta.

—No lo recuerdo —respondió por fin.

Jake levantó un montón de documentos y los agitó ante el testigo.

—¿Podría ser, doctor, que la razón por la que no lo recuerda se deba a que, en once años y cuarenta y seis juicios, usted no ha declarado nunca a favor del acusado?

—Sinceramente no lo recuerdo.

—¿Puede citar con toda honradez un solo juicio en el que haya encontrado al acusado legalmente enajenado?

—Estoy seguro de que hay alguno.

—Sí o no, doctor. ¿Un solo juicio?

El perito miró brevemente al fiscal.

—No. Me falla la memoria. En este momento no puedo citarle ninguno.

Jake se dirigió lentamente a la mesa de la defensa y cogió un grueso sumario.

sola en un rincón, sollozaba y cerraba los ojos con cada grito de «libertad para Carl Lee» procedente de la calle.

—No me importa lo que hagamos —dijo—. Realmente no me importa, pero ya no puedo soportarlo. No he visto a mi familia desde hace ocho días y ahora esto es una locura. Anoche no pegué ojo —añadió al tiempo que crecía su llanto—. Creo que estoy a punto de tener un ataque de nervios. Salgamos de aquí.

Clyde le ofreció un pañuelo de papel y le dio unas palmadas en el hombro.

Jo Ann Gates, tímidamente partidaria de la culpabilidad del acusado, estaba a punto de desmoronarse.

—Anoche tampoco pude dormir —dijo—. Soy incapaz de soportar otro día como el de ayer. Quiero regresar a mi casa con mis hijos.

Barry Acker se acercó a la ventana y pensó en los disturbios que provocarían un veredicto de culpabilidad. No quedaría edificio en pie en la ciudad, incluido el palacio de Justicia. Se preguntó si alguien protegería a los miembros del jurado después de un veredicto adverso. Probablemente no lograrían llegar al autobús. Afortunadamente, su esposa e hijos estaban a salvo en Arkansas.

—Me siento como un rehén —dijo Bernice Toole, firmemente partidaria de la culpabilidad del acusado—. Esa chusma invadiría el juzgado en una fracción de segundo si lo declaráramos culpable. Me siento intimidada.

Clyde le ofreció una caja de pañuelos de papel.

—No me importa lo que hagamos —gimió desesperadamente Eula Dell—. Salgamos de aquí. Sinceramente no me importa que lo condenemos o lo declaremos inocente, pero hagamos algo. Mis nervios ya no lo aguantan.

Wanda Womack se acercó a la cabeza de la mesa y se aclaró nerviosamente la garganta.

—Quiero proponer algo —dijo después de pedir que le prestaran atención—, que tal vez resuelva esta situación.

Cesó el llanto y Barry Acker regresó a su asiento. Todos estaban pendientes de ella.

—Pensé en algo anoche cuando no podía dormir y quiero que reflexionemos sobre ello. Puede ser doloroso. Tal vez nos obligue a hurgar en nuestro corazón y examinar detenidamente nuestra alma. Y, si cada uno es sincero consigo mismo, creo que podremos cerrar el caso antes del mediodía.

El único ruido era el que procedía de la calle.

—Actualmente estamos divididos por la mitad, voto más o menos. Podríamos decirle al juez Noose que somos incapaces de ponernos de acuerdo. Declararía el juicio nulo y regresaríamos a nuestras casas. Pero dentro de unos meses este circo volvería a empezar. El señor Hailey sería sometido de nuevo a juicio en este mismo juzgado, pero con otro jurado, un jurado compuesto por nuestros amigos, maridos, esposas y padres. Personas como las que estamos reunidas ahora en esta sala. Dicho jurado tendría que enfrentarse a los mismos dilemas que tenemos ahora ante nosotros, y sus componentes no serían más listos que nosotros.

»El momento de decidir el veredicto es ahora. No sería ético eximirnos de nuestras responsabilidades y pasarle la pelota al nuevo jurado. ¿Estamos todos de acuerdo?

Manifestaron silenciosamente su acuerdo.

—Estupendo. He aquí lo que quiero que hagan. Deseo que se dejen llevar momentáneamente conmigo. Quiero que utilicen su imaginación. Cierren los ojos y concéntrense solo en mi voz.

Cerraron obedientemente los ojos. Valía la pena probar cualquier cosa.

Tumbado en el sofá de su despacho, Jake escuchaba las anécdotas de Lucien sobre sus prestigiosos padre y abuelo, su respetable bufete y toda la gente a la que habían desposeído de tierras y dinero.

—¡Mis promiscuos antepasados reunieron la fortuna que ahora poseo! —exclamó—. ¡Timaron tanto como pudieron!

Harry Rex reía a carcajada limpia. Jake había oído antes aquellas anécdotas, pero siempre eran graciosas y diferentes.

—¿Qué nos dices del hijo retrasado de Ethel? —preguntó Jake.

—No hables mal de mi hermano —protestó Lucien—. Es el más listo de la familia. Claro que es mi hermano. Mi padre la contrató cuando tenía diecisiete años y, aunque te cueste creerlo, no estaba mal en aquella época. Ethel Twitty era la chica más deseable de Ford County. Mi padre fue incapaz de mantenerse alejado de ella. Ahora da náuseas pensar en ello, pero es cierto.

—¡Qué asco! —exclamó Jake.

—Tenía la casa llena de críos, y dos de ellos eran idénticos a mí, especialmente el bobo. En aquella época era muy embarazoso.

—¿Qué decía tu madre? —preguntó Harry Rex.

—Era una de esas altaneras damas sureñas cuya preocupación principal consistía en saber quién tenía sangre azul y quién no la tenía. No abunda la sangre azul por estos contornos, de modo que pasaba la mayor parte del tiempo en Memphis procurando impresionar a las familias algodoneras con la esperanza de que la aceptaran. Pasé una buena parte de mi infancia en el hotel Peabody, con trajes impecablemente almidonados y una pequeña pajarita roja, intentando actuar con sofisticación entre los niños ricos de Memphis. Lo odiaba, y tampoco me importaba mucho mi madre. Sabía lo de Ethel pero lo aceptaba. Le dijo al viejo que actuara con discreción y no avergonzara a la familia. Fue discreto y yo acabé con un hermanastro anormal.

—¿Cuándo murió?

—Seis meses antes de que mi padre falleciera en un accidente de aviación.

—¿Cómo murió? —preguntó Harry Rex.

—De una infección de gonorrea que le contagió el jardinero.

—¡Lucien! ¿Hablas en serio?

—Cáncer. Lo padeció durante tres años, pero lo llevó con mucha dignidad hasta el último momento.

—¿Qué falló contigo? —preguntó Jake.

—Creo que empezó en el primer curso de primaria. Mi tío era propietario de una gran plantación al sur de la ciudad y era dueño de varias familias negras. Esto ocurría durante la depresión. Pasé allí la mayor parte de mi infancia, porque mi padre estaba demasiado ocupado aquí, en este mismo despacho, y mi madre con sus clubes de damas. Todos mis compañeros eran negros. Me crié entre criados negros. Mi mejor amigo era Willie Ray Wilbank. En serio. Mi abuelo había comprado a su abuelo, y cuando los esclavos fueron liberados, la mayoría conservaron el apellido de sus antiguos propietarios. ¿Qué otra cosa podían hacer? De ahí que en esta región haya tantos negros llamados Wilbank. Éramos propietarios de todos los esclavos de Ford County y la mayoría adoptaron el apellido Wilbank.

—Probablemente estás emparentado con algunos de ellos —dijo Jake.

—Dadas las tendencias de mis antepasados, probablemente estoy emparentado con todos ellos.

Sonó el teléfono. Lo contemplaron paralizados. Jake se incorporó y contuvo el aliento. Harry Rex levantó el auricular y lo colgó de nuevo.

—Número equivocado —dijo.

Se miraron el uno al otro con una sonrisa.

—Volvamos a la primera clase —dijo Jake.

—Cuando llegó el momento de empezar el curso, Willie Ray y el resto de mis amiguitos se subieron al autobús, que se dirigía a la escuela negra. Yo los seguí y el conductor me cogió cuidadosamente de la mano para obligarme a que me apeara. Lloré, pataleé, y mi tío me llevó a mi casa y contó a mi madre que me había subido al autobús de los negros. Ella estaba horrorizada y me puso el culín maduro. El viejo también me azotó, pero al cabo de unos años confesó que le hizo gracia. Por consiguiente, fui a la escuela de los blancos, donde siempre fui el niño rico. Todo el mundo odiaba a ese pequeño ricachón, especialmente en una ciudad tan pobre como Clanton. Tampoco voy a pretender que fuera un niño adorable, pero a todo el mundo le gustaba odiarme solo porque éramos ricos. De ahí que nunca me haya importado el dinero. Entonces fue cuando empezó la disconformidad. En el primer curso de primaria. Decidí no ser como mi madre, porque miraba siempre con ceño y despectivamente a los demás. Y mi viejo estaba siempre demasiado ocupado para divertirse. Al carajo, me dije. Voy a pasármelo bien.

Jake se desperezó y cerró los ojos.

—¿Nervioso? —preguntó Lucien.

—Solo quiero que todo termine.

Sonó de nuevo el teléfono. Lucien lo levantó, escuchó y volvió a colgarlo.

—¿Qué ocurre? —preguntó Harry Rex.

Jake se incorporó y miró fijamente a Lucien. Había llegado el momento.

—Jean Gillespie. El jurado está listo.

—Dios mío —exclamó Jake mientras se frotaba las sienes.

—Escúchame, Jake —dijo Lucien—. Millones de personas verán lo que está a punto de ocurrir. Conserva la calma. Ten cuidado con lo que dices.

—¿Y qué hago yo? —gimió Harry Rex—. Tengo ganas de vomitar.

—Es curioso que seas precisamente tú, Lucien, quien me da ese consejo —respondió Jake mientras se abrochaba la chaqueta.

—He aprendido mucho. Demuestra tu elegancia. Si ganas, ten cuidado con lo que declares a la prensa. Habla con seguridad y dale las gracias al jurado. Si pierdes…

—Si pierdes —interrumpió Harry Rex—, echa a correr como el diablo, porque esos negros invadirán el palacio de Justicia.

—Me siento desfallecido —dijo Jake.

Agee subió a la tarima levantada ante los peldaños del juzgado y anunció que el jurado estaba listo. Pidió silencio, e, inmediatamente, cesó el ruido de la muchedumbre. Los manifestantes se acercaron a las columnas de la fachada. Agee les pidió que se arrodillaran y rezasen. Obedecieron y oraron de todo corazón. Todos y cada uno de los hombres, mujeres y niños presentes se postraron ante Dios para suplicarle que pusiera en libertad a su hombre.

Los soldados, también agrupados, rogaban a su vez para que lo declararan inocente.

Ozzie y Moss Junior pusieron orden en la sala y colocaron agentes y ayudantes a lo largo del pasillo y junto a las paredes. Jake entró por la puerta de los calabozos y miró fijamente a Carl Lee, sentado a la mesa de la defensa. Echó una ojeada a los espectadores, muchos de los cuales rezaban, mientras otros se mordían los dedos. Gwen se secaba las lágrimas. Lester miró a Jake atemorizado. Los niños estaban confusos y asustados.

En el momento en que Noose subió al estrado, se hizo un silencio electrizante en la sala. No se oía ningún ruido del exterior. Veinte mil negros se habían arrodillado en el suelo como musulmanes. La calma era absoluta, tanto dentro como fuera de la sala.

—Se me ha comunicado que el jurado ha alcanzado un veredicto, ¿es eso cierto, señor alguacil? Muy bien. Pronto le pediremos al jurado que ocupe su lugar, pero antes debo dar ciertas instrucciones. No toleraré ningún exabrupto ni manifestación emotiva. Ordenaré al sheriff que expulse de la sala a cualquier persona que alborote. Si es necesario, desalojaré la sala. Señor alguacil, haga pasar al jurado.

Se abrió la puerta y pareció transcurrir una hora antes de que apareciera Eula Dell Yates con lágrimas en los ojos. Jake agachó la cabeza. Carl Lee se entretenía contemplando el retrato de Robert E. Lee por encima de la cabeza de Noose. Los

—Doctor Rodeheaver, ¿recuerda usted haber declarado en el juicio de un hombre llamado Danny Booker, en el condado de McMurphy, en diciembre de 1975? ¿Un doble homicidio bastante horrible?

—Sí, recuerdo el juicio.

—Y usted declaró que el acusado no estaba legalmente enajenado, ¿no es cierto?

—Exactamente.

—¿Recuerda cuántos psiquiatras declararon a favor del acusado?

—No con exactitud. Eran varios.

—¿Le dicen algo los nombres de Noel McClacky, doctor en medicina, O. G. McGuire, doctor en medicina, y Lou Watson, doctor en medicina?

—Sí.

—Son todos psiquiatras, ¿no es cierto?

—Sí.

—Todos titulados, ¿no es cierto?

—Sí.

—¿Y todos examinaron al señor Booker y declararon en el juicio que, en su opinión, el pobre hombre estaba legalmente enajenado?

—Es cierto.

—¿Y usted declaró que no estaba legalmente enajenado?

—Así es.

—¿Qué otros médicos compartían su opinión?

—Ninguno, que recuerde.

—¿De modo que eran tres contra uno?

—Sí, pero todavía hoy considero que tenía razón.

—Comprendo. ¿Qué decidió el jurado, doctor?

—Pues… lo declararon inocente por enajenación mental.

—Gracias. Y, ahora, dígame, doctor Rodeheaver: usted es el director médico de Whitfield, ¿no es cierto?

—Sí, en cierto modo.

—¿Es usted directa o indirectamente responsable del tratamiento que reciben todos los pacientes en Whitfield?

—Soy directamente responsable, señor Brigance. Puede que no vea personalmente a todos los pacientes, pero sus médicos están bajo mi supervisión.

—Gracias. Dígame, doctor, ¿dónde está Danny Booker en la actualidad?

Rodeheaver lanzó una desesperada mirada a Buckley, que disimuló inmediatamente con una sonrisa cálida y relajada al jurado. Titubeó unos segundos y su incertidumbre se prolongó en demasía.

—Está en Whitfield, ¿no es cierto? —preguntó Jake, en un tono que no dejaba lugar a dudas en cuanto a que la respuesta era afirmativa.

—Eso creo —respondió Rodeheaver.

—Entonces, doctor, ¿está directamente bajo su responsabilidad?

—Supongo.

—¿Y cuál es su diagnóstico, doctor?

—A decir verdad no lo sé. Tengo muchos pacientes y…

—¿Esquizofrénico paranoico?

—Sí, es posible.

Jake retrocedió unos pasos, se sentó en la baranda y subió el volumen de su voz.

—Escúcheme, doctor, quiero que el jurado comprenda esto con claridad. En 1975 usted declaró que Danny Booker estaba en posesión de sus facultades mentales y que sabía exactamente lo que hacía cuando cometió el crimen, el jurado no estuvo de acuerdo con usted, lo declaró inocente, y, desde entonces, ha residido como paciente en su hospital bajo su supervisión, donde recibe tratamiento como esquizofrénico paranoico. ¿Es eso cierto?

La mueca en el rostro de Rodeheaver indicaba al jurado que lo era.

Jake levantó otro documento y pareció examinarlo.

—¿Recuerda haber declarado en el juicio de un hombre llamado Adam Couch, en Dupree County, en mayo de 1977?

—Recuerdo el caso.

—Era un caso de violación, ¿no es cierto?

—Efectivamente.

—¿Y usted declaró como testigo de la acusación contra el señor Couch?

—Correcto.

—¿Y le dijo al jurado que no estaba legalmente enajenado?

—Eso declaré.

—¿Recuerda cuántos médicos declararon a favor del acusado y afirmaron que estaba muy enfermo y legalmente enajenado?

—Varios.

—¿Ha oído hablar de los siguientes médicos: Felix Perry, Gener Shumate y Hobny Wicker?

—Sí.

—¿Son todos ellos psiquiatras diplomados?

—Lo son.

—¿Y todos declararon a favor del señor Couch?

—Sí.

—¿Y todos afirmaron que el acusado estaba legalmente enajenado?

—Efectivamente.

—¿Y usted fue el único en el juicio que afirmó lo contrario?

—Así fue, si mal no recuerdo.

—¿Y cómo reaccionó el jurado, doctor?

—Declaró inocente al acusado.

—¿Por enajenación mental?

—Sí.

—¿Y dónde está el señor Couch en la actualidad, doctor?

—Creo que está en Whitfield.

—¿Desde cuándo está allí?

—Desde el juicio, según tengo entendido.

—Comprendo. ¿Suele usted ingresar pacientes y retenerlos durante varios años cuando están en plena posesión de sus facultades mentales?

Rodeheaver redistribuyó el peso de su cuerpo sobre la silla y empezó a sentirse realmente molesto. Miró a su abogado, el abogado del pueblo, para indicarle que estaba harto y que hiciera algo para poner fin a la situación.

Jake cogió otros documentos.

—Doctor, ¿recuerda usted el juicio de un hombre llamado Buddy Wooddall en Cleburne County, en mayo de 1979?

—Sí, lo recuerdo perfectamente.

—Asesinato, ¿no es cierto?

—Sí.

—¿Y usted declaró como experto en psiquiatría y afirmó ante el jurado que el señor Wooddall no estaba enajenado?

—Efectivamente.

—¿Recuerda cuántos psiquiatras declararon a favor del acusado y afirmaron ante el jurado que el pobre hombre estaba legalmente enajenado?

—Creo que fueron cinco, señor Brigance.

—Está usted en lo cierto, doctor. Cinco contra uno. ¿Recuerda la decisión del jurado?

La ira y la frustración se acumulaban en el testigo. El sabio y anciano profesor, poseedor de todas las respuestas, empezaba a inquietarse.

—Sí, lo recuerdo. Le declaró inocente por no hallarse en posesión de sus facultades mentales.

—¿Cómo se lo explica, doctor Rodeheaver? ¿Cinco contra uno y el jurado no concuerda con usted?

—No se puede confiar en los jurados —declaró espontáneamente. Se movió en su silla y sonrió con torpeza a los miembros del jurado.

Jake lo miró fijamente con una perversa sonrisa y, a continuación, miró al jurado con incredulidad. Se cruzó de brazos y dejó que digirieran sus últimas palabras. Esperó, sin dejar de mirar al testigo con una sonrisa.

—Prosiga, señor Brigance —dijo finalmente Noose.

Con movimientos lentos y muy animados, Jake recogió sus papeles y documentos sin dejar de mirar fijamente a Rodeheaver.

—Con la venia de su señoría, creo que hemos oído bastante a este testigo.

—¿Alguna pregunta adicional, señor Buckley?

—No, señoría. La acusación ha terminado.

—Damas y caballeros —dijo Noose, dirigiéndose al jurado—, este juicio ya casi ha terminado. No habrá más testigos. Ahora me reuniré con los letrados para discutir algunos aspectos técnicos, y a continuación presentarán sus conclusiones finales. Esto comenzará a las dos y durará un par de horas. Podrán empezar a deliberar aproximadamente a las cuatro, hasta las seis de la tarde. Si no deciden hoy el veredicto, les llevarán a sus habitaciones hasta mañana. Ahora son casi las once y se levantará la sesión hasta las dos. Quiero que los abogados vengan a mi despacho.

Carl Lee se acercó y habló por primera vez a su abogado desde que se había levantado la sesión del sábado.

—Lo has dejado para el arrastre, Jake.

—Ya verás cuando oigas las conclusiones finales.

Jake eludió a Harry Rex y cogió el coche para dirigirse a Karaway. El hogar de su infancia era una antigua casa rural en el centro de la ciudad, rodeada de viejos robles, arces y olmos, que la mantenían fresca a pesar del calor veraniego. En la parte posterior, más allá de los árboles, había un prado que se extendía a lo largo de doscientos metros y se perdía en una colina. En uno de los costados, una tela metálica servía de frontera a los hierbajos. Aquí, Jake había dado sus primeros pasos, montado sobre su primera bicicleta, jugado por primera vez al fútbol y al béisbol. Bajo uno de los robles, junto al prado, había enterrado tres perros, un mapache, un conejo y varios patos. El neumático de un Buick del 54 colgaba de una rama, cerca del pequeño cementerio.

Hacía dos meses que la casa estaba cerrada y abandonada. El hijo de unos vecinos cortaba el césped y cuidaba del jardín. Jake pasaba por la casa una vez por semana. Sus padres estaban en algún lugar de Canadá con una caravana, como todos los veranos. Le habría gustado estar con ellos.

Abrió la puerta y subió a su habitación. Nunca cambiaría. Las paredes estaban cubiertas de fotos de equipos, trofeos, gorras de béisbol y pósters de Pete Rose, Archie Manning y Hank Aaron. Una colección de guantes de béisbol colgaba de la puerta del armario. Sobre la cómoda había una fotografía con toga y birrete. Su madre la limpiaba todas las semanas. En una ocasión le había dicho que, cuando iba a su habitación, a menudo esperaba encontrárselo haciendo sus deberes u ordenando sus cromos de béisbol. Repasaba sus libros de recortes y se le humedecían los ojos.

Pensó en la habitación de Hanna, con sus animales de peluche y el papel de Mother Goose en las paredes. Se le formó un nudo en la garganta.

Miró por la ventana, más allá de los árboles, y se vio a sí mismo columpiándose en el neumático, cerca de las tres cruces blancas donde había enterrado a sus perros. Recordó cada uno de los funerales y las promesas de su padre de conseguirle otro perro. Pensó en Hanna y en su perro, y se le humedecieron los ojos.

La cama era ahora mucho más pequeña. Se quitó los zapatos y se acostó. Del techo colgaba un casco de fútbol americano. Octavo curso, Karaway Mustangs. Había marcado siete goles en cinco partidos. Estaba todo filmado en las películas que se guardaban en la planta baja, debajo de la biblioteca. Las mariposas volaban a sus anchas por su estómago.

Colocó cuidadosamente sus notas, no las de Lucien, sobre la cómoda, y se observó en el espejo.

Empezó su discurso al jurado. Habló en primer lugar de su mayor problema, el doctor W. T. Bass. Se disculpó. Cuando un abogado entra en la sala y se dirige a un grupo de desconocidos que constituyen el jurado, lo único que puede ofrecer es su credibilidad. Y, si hace cualquier cosa que perjudique su credibilidad, habrá perjudicado su causa y a su defendido. Les suplicó que creyeran que jamás llamaría a un delincuente a declarar como perito en ningún juicio. No sabía lo de su condena, lo juró con la mano levantada. El mundo estaba lleno de psiquiatras y habría encontrado fácilmente a otro de haber sabido que Bass tenía antecedentes, pero, simplemente, no lo sabía. Y lo lamentaba.

Pero ¿y su testimonio? Hacía treinta años que se había acostado con una chica menor de dieciocho años en Texas. ¿Significaba eso que mentía ahora en este juicio? ¿Significaba que no se podía confiar en su opinión profesional? Por favor, pensemos en Bass el psiquiatra, no en Bass como persona. Por favor, seamos justos con su paciente, Carl Lee Hailey. Él no sabía nada sobre el pasado del doctor.

Había algo acerca de Bass que tal vez les interesaría saber. Algo que no había mencionado el señor Buckley cuando atacaba al doctor. La chica con la que se había acostado tenía diecisiete años. Más adelante se convirtió en su esposa, le dio un hijo y estaba nuevamente embarazada cuando ella y su hijo fallecieron en un accidente ferroviario…

—¡Protesto! —exclamó Buckley—. Protesto, su señoría. ¡Esto no consta en la memoria del juicio!

—Se acepta la protesta. Señor Brigance, no puede referirse a hechos que no hayan sido presentados como prueba. El jurado no tendrá en cuenta los últimos comentarios del señor Brigance.

Jake hizo caso omiso de Noose y de Buckley, y miró al jurado con expresión dolorida.

Cuando cesaron las voces, prosiguió con su discurso. ¿Y qué sabemos de Rodeheaver? Jake se preguntó si el psiquiatra de la acusación se habría acostado alguna vez con una chica de menos de dieciocho años. Parecía absurdo pensar en esas cosas. Bass y Rodeheaver durante su juventud; ¿qué importancia podía tener eso ahora, en la sala, después de treinta años?

El doctor de la acusación era evidentemente parcial. Un gran especialista que trata a miles de pacientes con todo género de enfermedades mentales, pero que cuando existe un delito es incapaz de reconocer la enajenación mental. Su testimonio debía ser evaluado cuidadosamente.

Lo miraban, estaban pendientes de sus palabras. No era un predicador judicial, como su rival. Era discreto, sincero. Parecía cansado, casi afligido.

Lucien, que estaba sobrio, permanecía sentado con los brazos cruzados y observaba a los miembros del jurado a excepción de Sisco. No era lo que él había escrito, pero era bueno. Salía del corazón.

Jake se disculpó por su falta de experiencia. No había participado, ni mucho menos, en tantos juicios como el señor Buckley. Y, si parecía un poco novato, o cometía errores, les suplicó que no culparan a Carl Lee. No era culpa suya. Él era un simple novato que hacía todo lo que podía contra un adversario experimentado que se ocupaba de casos de asesinato todos los meses. Había cometido un error con Bass y también había cometido otras equivocaciones, por las que pidió disculpas al jurado.

Tenía una hija, la única que deseaba tener. Contaba con cuatro años, casi cinco, y para él el mundo giraba a su alrededor. Era una persona especial, una niña, y su responsabilidad era la de protegerla. Existía un vínculo que no era capaz de explicar. Habló de las hijas menores.

Carl Lee tenía una hija. Se llamaba Tonya. Estaba en la primera fila, junto a su madre y a sus hermanos. Era una niña hermosa, de diez años de edad. Y nunca podría tener hijos. Nunca podría tener una hija, porque...

—Protesto —dijo Buckley sin levantar la voz.

—Se admite la protesta —respondió Noose.

Jake ignoró la interrupción. Habló durante algún tiempo de la violación y explicó que era mucho peor que el asesinato. En los asesinatos, la víctima ha desaparecido y no tiene que enfrentarse a lo sucedido. Los parientes deben hacerlo, pero no la víctima. Pero la violación es mucho peor. La víctima dispone de toda una vida para digerirla, intentar comprenderla, formularse preguntas y, lo peor del caso, saber que el violador sigue vivo y que algún día puede fugarse o ser puesto en libertad. Todas las horas de todos los días la víctima piensa en la violación y se formula un sinfín de preguntas. La revive paso a paso, minuto a minuto, y duele siempre como la primera vez.

Tal vez el peor de todos los crímenes sea la monstruosa violación de una menor. Cuando le ocurre a una mujer adulta, esta puede entender el porqué de lo sucedido. Un animal lleno de odio, ira y violencia. Pero ¿una niña? ¿Una niña de diez años? Pónganse en el lugar de los padres. Intenten explicarle a su hija por qué la han violado. Intenten explicarle por qué no podrá tener hijos.

—Protesto.

—Se admite la protesta. Les ruego que hagan caso omiso de las últimas palabras, damas y caballeros.

Jake no se perdía ninguna oportunidad. Supongamos, decía, que su hija de diez años ha sido violada y que usted es un veterano de Vietnam, muy familiarizado con el M-16, y que logra agenciarse uno de dichos fusiles cuando su hija yace en un hospital entre la vida y la muerte. Supongamos que el violador es capturado y que, al cabo de seis días, logra acercarse a un par de metros de él cuando sale del juzgado. Y tiene consigo su M-16.

¿Qué hará?

El señor Buckley nos ha dicho lo que él haría. Lloraría por su hija, ofrecería la otra mejilla, y depositaría sus esperanzas en el sistema judicial. Esperaría que se hiciera justicia para con el violador, que se le mandara a Parchman y, a ser posible, que permaneciera allí el resto de su vida. Eso sería lo que haría el señor Buckley y merecía su admiración por ser tan amable, compasivo y misericordioso. Pero ¿qué haría cualquier padre razonable?

¿Qué haría Jake si tuviera un M-16? ¡Volarle los sesos a ese cabrón!

Era sencillo. Era justo.

Jake hizo una pausa para tomar un vaso de agua y cambió de ritmo. Su aspecto compungido y humilde se convirtió en aire de indignación. Hablemos de Cobb y de Willard. Ellos iniciaron esta trágica situación. Eran sus vidas las que la acusación intentaba justificar. ¿Quién les echaría de menos, a excepción de sus respectivas madres? Violadores de menores. Traficantes de drogas. ¿Echaría la sociedad de menos a ciudadanos de tal calaña? ¿No estaba el condado más seguro sin ellos? ¿No correrían los menores del condado menos peligro, ahora que esos dos violadores y narcotraficantes habían dejado de existir? Todos los padres se sentirían más seguros. Carl Lee merecía una medalla, o, por lo menos, un aplauso. Era un héroe. Eso era lo que Looney había dicho. Denle a ese hombre un galardón. Mándenlo a casa con su familia.

Habló de Looney. También tenía una hija. Y una sola pierna, a causa de Carl Lee Hailey. Si alguien tenía derecho a sentirse agraviado, a anhelar venganza, era DeWayne Looney. Y había dicho que mandaran a Carl Lee a su casa con su familia.

Les incitó a que lo perdonaran, como lo había hecho Looney. Les suplicó que accedieran a los deseos de Looney.

Bajó de tono y anunció que casi había terminado. Quería dejarles con un pensamiento. Que pensaran en ello si podían. Cuando la niña estaba en el bosque, apaleada, sangrienta, con las piernas abiertas y atadas a unos árboles, miró a su alrededor. Semiconsciente y alucinando, vio a alguien que corría hacia ella. Era su padre, que corría desesperadamente para salvarla. En sus sueños, lo vio cuando más le necesitaba. Lo llamó entre lágrimas y él desapareció. Se lo arrebataron.

Ahora lo necesitaba tanto como entonces. Por favor, no se lo arrebaten. La niña espera en el primer banco el regreso de su papá.

Permitan que regrese a su casa para reunirse con su familia.

La sala estaba silenciosa cuando Jake se sentó junto a su defendido. Miró al jurado y vio que Wanda Womack se secaba una lágrima con el dedo. Por primera vez en dos días, sintió un vestigio de esperanza.

A las cuatro, Noose deseó buena suerte al jurado. Les ordenó que eligieran a un capataz, se organizaran y empezasen a trabajar. Les dijo que podían deliberar hasta las seis, tal vez las siete, y, si no habían alcanzado un veredicto, se levantaría la sesión hasta el martes a las nueve de la mañana. Se pusieron de pie y salieron lentamente de la sala. Después de que se retirara el jurado, Noose levantó la sesión hasta las seis y ordenó a los abogados que no se alejaran del juzgado o que comunicaran a la secretaria dónde podía localizarlos.

Los espectadores permanecieron en sus asientos, charlando discretamente. Permitieron a Carl Lee que se sentara en la primera fila con su familia. Buckley y Musgrove se reunieron con Noose en su despacho. Harry Rex, Lucien y Jake se dirigieron a la oficina de este para tomar una cena a base de líquidos. Nadie esperaba que el veredicto fuera rápido.

El alguacil encerró a los miembros del jurado en la sala de deliberación y ordenó a los dos suplentes que tomaran asiento en un estrecho pasillo. En la sala, eligieron como capataz a Barry Acker por mayoría absoluta, y este colocó las instrucciones para el jurado y las pruebas materiales sobre una pequeña mesa en un rincón. A continuación, se instalaron alrededor de dos mesas plegables.

—Sugiero que hagamos un sondeo informal —dijo—. Solo para aclarar el punto de partida. ¿Alguna objeción?

No hubo ninguna. Tenía una lista con doce nombres.

—Voten culpable, inocente, o indeciso. O pasen si lo prefieren.

—Reba Betts.

—Indecisa.

—Bernice Toole.

—Culpable.

—Carol Corman.

—Culpable.

—Donna Lou Peck.

—Indecisa.

—Sue Williams.

—Paso.

—Jo Ann Gates.

—Culpable.

—Rita Mae Plunk.

—Culpable.

—Frances McGowan.

—Culpable.

—Wanda Womack.

—Indecisa.

—Eula Dell Yates.

—Indecisa por ahora. Quiero que lo hablemos.

—Lo haremos. Clyde Sisco.

—Indeciso.

—Eso son once. Me llamo Barry Acker y voto inocente.

Contó durante unos segundos y dijo:

—Cinco culpables, cinco indecisos, uno que pasa y uno inocente. Parece que tenemos trabajo que hacer.

Estudiaron las pruebas materiales, las fotografías, las huellas y los informes balísticos. A las seis, comunicaron al juez que no habían alcanzado ningún veredicto. Tenían hambre y querían marcharse. Se levantó la sesión hasta el martes por la mañana.

41

Permanecieron sentados durante varias horas en la terraza sin decir gran cosa, contemplando la oscuridad que envolvía la ciudad a sus pies y ahuyentando los mosquitos. Había vuelto la ola de calor. El aire caliente se les pegaba a la piel y humedecía sus camisas. Los sonidos de una calurosa noche veraniega impregnaban suavemente el jardín. Sallie les había ofrecido algo de comer. Lucien prefería tomar whisky. Jake no tenía hambre, pero la cerveza le llenaba el estómago y calmaba los tirones de su aparato digestivo. Al amparo de la dulce oscuridad, Nesbit se apeó de su coche, cruzó la terraza, abrió la puerta y entró en la casa. Al cabo de un momento, dio un portazo, pasó frente a ellos con una cerveza fresca en la mano y regresó a su vehículo. No dijo palabra.

Sallie asomó la cabeza por la puerta y se ofreció por última vez a prepararles algo de comer. Rechazaron ambos su oferta.

—Jake, esta tarde he recibido una llamada. Clyde Sisco quiere veinticinco mil para garantizar la disconformidad del jurado y cincuenta mil para declararlo inocente.

Jake empezó a mover la cabeza.

—Antes de rechazar la propuesta, quiero que me escuches. Sabe que no puede garantizar que se le declare inocente, pero sí la disconformidad del jurado. Basta con uno. Costaría veinticinco mil. Soy consciente de que es mucho dinero, pero sabes que lo tengo. Estoy dispuesto a pagarlo y puedes devolvérmelo a la larga. No me importa cuándo. Si no me lo devuelves, tampoco me importa. Tengo muchos fondos en el banco. Sabes que el dinero no significa nada para mí. Si estuviera en tu lugar, no me lo pensaría dos veces.

—Lucien, estás loco.

—Claro que estoy loco. Tu conducta tampoco es la de alguien que esté muy cuerdo. Los juicios enloquecen a cualquiera. Fíjate en cómo te ha afectado este. No duermes, no comes, no tienes horario y te has quedado sin casa. Pero no te falta la bebida.

—Sin embargo, todavía tengo ética.

—Yo no tengo ninguna. Ninguna ética, ninguna moral, ninguna conciencia. Pero gano, amigo mío. Gano más que cualquier otro de la región, y tú lo sabes.

—Esto es corrupción, Lucien.

—Y tal vez supones que Buckley no es corrupto. Estaría dispuesto a mentir, hacer trampas, sobornar y robar para ganar este caso. No le preocupan la ética, las normas ni las opiniones. No le importa la moralidad. Le importa una sola cosa: ¡ganar!, y tienes una oportunidad maravillosa de ganarle en su propio juego. Yo lo haría, Jake.

—Olvídalo, Lucien. Por favor, olvídalo.

Transcurrió una hora sin que intercambiaran palabra. Se apagaron lentamente las luces de la ciudad a sus pies. Los ronquidos de Nesbit se oían en la oscuridad. Sallie les trajo una última copa y les dio las buenas noches.

—Esta es la parte más difícil —dijo Lucien—. Esperar a que doce personas perfectamente corrientes le encuentren algún sentido a todo esto.

—¿No te parece que este sistema es una locura?

—Sí, lo es. Pero generalmente funciona. Los jurados aciertan en un noventa por ciento de los casos.

—No me siento afortunado. Espero que se produzca un milagro.

—Jake, amigo mío, el milagro se producirá mañana.

—¿Mañana?

—Sí. A primera hora de la mañana.

—¿Te importaría explicarte?

—A las doce del mediodía. Jake, diez mil negros furiosos rodearán el palacio de Justicia de Ford County como hormigas. Tal vez más.

—¡Diez mil! ¿Por qué?

—Para gritar, cantar y proclamar «libertad para Carl Lee, libertad para Carl Lee». Para crear caos, asustar a todo el mundo e intimidar al jurado. Para ponerlo todo patas arriba. Habrá tantos negros que los blancos huirán en busca de refugio. El gobernador mandará más tropas.

—¿Y cómo lo sabes?

—Porque yo lo he organizado, Jake.

—¿Tú?

—Escúchame, Jake, en mis mejores tiempos conocía a todos los predicadores negros de quince condados. He visitado sus iglesias. He rezado con ellos, he cantado con ellos y me he manifestado con ellos. Ellos me han mandado clientes y yo les he mandado dinero. Yo era el único abogado blanco radical del NAACP en el norte de Mississippi. He iniciado más procesos por discriminación racial que cualquier grupo de diez bufetes de Washington. Esta era mi gente. Solo he tenido que hacer unas llamadas telefónicas. Empezarán a llegar por la mañana y, al mediodía, los negros no cabrán en el centro de Clanton.

—¿De dónde vendrán?

—De todas partes. Ya sabes cuánto les gusta a los negros protestar y manifestarse. Será maravilloso para ellos. Lo esperan con ilusión.

—Estás loco, Lucien. Mi loco compañero.

—Yo gano, amigo mío.

En la habitación ciento sesenta y tres, Barry Acker y Clyde Sisco acabaron su última partida de naipes y se dispusieron a acostarse. Acker cogió unas monedas y dijo que le apetecía un refresco. Sisco no tenía sed.

Acker pasó de puntillas junto al centinela que dormía en el pasillo. Llegó hasta la máquina y se encontró con un letrero de que no funcionaba, entonces abrió silenciosamente la puerta para subir al segundo piso, donde encontró otra máquina junto al frigorífico. Introdujo unas monedas, apareció una Coca-Cola Light y se agachó para cogerla.

De la oscuridad emergieron dos personajes que le atacaron. Lo derribaron al suelo, le dieron unas patadas y lo empujaron contra una puerta con una cadena y un candado, junto al frigorífico. El más corpulento lo agarró por el cuello y lo arrojó contra la pared. Su acompañante, de menor estatura, vigilaba el oscuro pasillo junto a la máquina de Coca-Cola.

—¡Tú eres Barry Acker! —dijo entre dientes el más corpulento.

—¡Sí! ¡Suélteme!

Acker intentaba librarse de su agresor, pero este lo levantó por el cuello y lo retuvo junto a la pared con una sola mano. Con la otra desenfundó un reluciente cuchillo de caza que colocó junto a la nariz de Acker. Dejó de moverse.

—Escúchame —susurró en tono autoritario— y presta mucha atención. Sabemos que estás casado y que vives en el número mil ciento sesenta y uno de Forrest Drive. Sabemos que tienes tres hijos, dónde juegan y adónde van a la escuela. Tu mujer trabaja en el banco.

Acker se quedó de piedra.

—Si ese negro sale en libertad, lo lamentarás. Tu familia lo lamentará. Puede que transcurran años, pero lo lamentarás muchísimo.

Lo dejó caer al suelo y le agarró el cabello.

—Si mencionas una palabra de esto a alguien, perderás un

hijo. ¿Comprendido? —dijo antes de que ambos desaparecieran.

Acker respiró hondo; le faltaba el aliento. Se frotó el cuello y la nuca y permaneció sentado en la oscuridad, demasiado asustado para moverse.

42

En centenares de pequeñas iglesias, a lo largo y ancho del norte de Mississippi, los fieles se reunieron antes del amanecer y cargaron cestas de comida, neveras portátiles, sillas plegables y recipientes llenos de agua en autobuses escolares convertidos y furgonetas de las iglesias. Saludaban a sus amigos y comentaban con nerviosismo sobre el juicio. Hacía varias semanas que leían acerca de él y hablaban de Carl Lee Hailey; ahora había llegado el momento de echar una mano. Muchos eran ancianos y jubilados, pero había también familias enteras con niños y cochecitos. Cuando se llenaron los autobuses, subieron a sus vehículos y siguieron a sus pastores. Cantaban y rezaban. Los pastores se reunieron con otros pastores en los pueblos y pequeñas ciudades, y juntos emprendieron la ruta por las oscuras carreteras. A la primera luz del alba, los caminos y carreteras que conducían a Ford County estaban abarrotados de peregrinos.

El tráfico quedó completamente paralizado en muchas manzanas alrededor de la plaza. Ahí abandonaron sus vehículos y los descargaron.

El obeso coronel acababa de desayunar y observaba atentamente desde la glorieta. De todas partes llegaban coches y autobuses, muchos de ellos tocando la bocina. Las barricadas permanecían firmes en su lugar. Dio algunas órdenes y todos los soldados se pusieron en movimiento. Más emoción. A las siete y media, llamó a Ozzie para informarle acerca de la invasión. Ozzie llegó inmediatamente y habló con Agee, que le aseguró que se trataba de una manifestación pacífica. Una especie de ocupación pasiva. Ozzie quiso saber cuántos eran. Varios miles, respondió Agee. Varios miles.

Se instalaron bajo los soberbios robles y deambularon por los jardines inspeccionándolo todo. Prepararon sus mesas, sillas y parques infantiles. Su conducta era realmente pacífica, hasta que un grupo empezó a vocear la familiar consigna:

—¡Libertad para Carl Lee!

Los demás se aclararon la garganta y se unieron a ellos. No eran todavía las ocho de la mañana.

Una emisora de radio negra de Memphis llenó las ondas el martes por la mañana, con una llamada de socorro. Se necesitaba la presencia de negros para manifestarse en Clanton, Mississippi, a una hora de camino. Centenares de coches se reunieron en una avenida y se encaminaron hacia el sur. Todos los activistas negros de derechos civiles y políticos se pusieron en camino.

Agee parecía un poseso. Utilizaba un megáfono para dar órdenes de un lado a otro. La presencia de túnicas blancas era algo nuevo para muchos de los negros y reaccionaron con griterío. Se les acercaron con gritos y abucheos. Los soldados rodearon a las túnicas blancas para protegerlas. Los miembros del Klan, perplejos y asustados, no respondieron.

A las ocho y media, las calles de Clanton estaban totalmente paralizadas. Coches, furgonetas y autobuses abandonados sin ton ni son llenaban los aparcamientos y las tranquilas calles residenciales. De todas partes fluía hacia la plaza una ola permanente de negros. El tráfico había quedado interrumpido. Los caminos estaban cerrados. El alcalde se frotaba nerviosamente las manos en la glorieta y suplicaba a Ozzie que hiciera algo. A su alrededor, circulaban millares de negros que cantaban al unísono. Ozzie le preguntó si quería que detuviera a todos los presentes en los jardines.

Noose aparcó en una gasolinera a un kilómetro de la cárcel y caminó con un grupo de negros hasta el juzgado. Lo miraron con curiosidad, pero no dijeron nada. Nadie sospechaba que se tratase de una autoridad. Buckley y Musgrove aparcaron en Adams Street y caminaron de mala gana hasta la plaza. Vieron el montón de escombros que había sido la casa de Jake, pero no hicieron ningún comentario. Estaban demasiado enojados. Escoltado por la policía estatal, el Greyhound de Temple llegó a la plaza a las nueve y veinte. Sus catorce pasajeros contemplaban con incredulidad el espectáculo a través de las ventanas ahumadas.

El señor Pate ordenó que se hiciera silencio en la abigarrada sala y Noose saludó al jurado. Se disculpó por las molestias en la calle, pero no podía hacer nada para evitarlas. Si no tenían ningún problema que comunicarle, podían seguir deliberando.

—Muy bien, pueden retirarse a la sala de deliberación y proseguir con su trabajo. Volveremos a reunirnos antes del almuerzo.

Los miembros del jurado se retiraron a deliberar. Los hijos de Carl Lee estaban sentados con su padre, junto a la mesa de la defensa. Los espectadores, ahora predominantemente negros, permanecían sentados y charlaban entre sí. Jake regresó a su despacho.

Acker, el capataz, presidía una larga y polvorienta mesa, y pensaba en los centenares, tal vez miles, de habitantes de Ford County que habían prestado sus servicios en aquella sala y se habían sentado alrededor de aquella larga mesa a lo largo de más de un siglo para hablar de justicia. Todo el orgullo que hubiera podido sentir por formar parte del jurado del más famoso de los casos quedaba enormemente ensombrecido por lo ocurrido la noche anterior. Se preguntaba cuántos de sus predecesores habrían recibido amenazas de muerte. Probablemente pocos, pensó.

Los demás se sirvieron café y ocuparon lentamente sus asientos alrededor de la mesa. El lugar traía a Clyde Sisco recuerdos agradables. La ocasión anterior en que había prestado sus servicios como miembro de un jurado había sido muy lucrativa para él y le encantaba la idea de otra hermosa suma a cambio de un veredicto justo y ecuánime. Su mensajero no se había puesto en contacto con él.

—¿Cómo desean que prosigamos? —preguntó el capataz.

La expresión de Rita Mae Plunk era particularmente severa y rigurosa. Era una mujer tosca que vivía en un remolque, sin marido y con dos hijos delincuentes que habían expresado su odio por Carl Lee Hailey. Le apetecía desahogarse.

—Yo tengo algunas cosas que decir —declaró.

—De acuerdo. Empecemos por usted, señorita Plunk, e iremos dando la vuelta a la mesa.

—Yo voté culpable ayer en el primer sondeo y votaré culpable en la próxima ocasión. No comprendo cómo alguien puede votar inocente y me gustaría que alguien me explicara cómo se puede votar a favor de ese negro.

—¡No vuelva a llamarle negro! —exclamó Wanda Womack.

—Le llamaré «negro» si me apetece llamarle «negro» y no puede hacer nada para impedírmelo —respondió Rita Mae.

—Le ruego que no utilice ese término —dijo Frances McGowan.

—Personalmente, me resulta ofensivo —añadió Wanda Womack.

—Negro, negro, negro, negro, negro, negro —gritó Rita Mae.

—Ya está bien —dijo Clyde Sisco.

—Válgame Dios —exclamó el capataz—. Señorita Plunk, seamos sinceros. La mayoría utilizamos ese término de vez en cuando. Estoy seguro de que unos más que otros. Pero a mucha gente le resulta ofensivo y creo que sería una buena idea que no lo utilizáramos durante la deliberación. Ya tenemos bastante de que preocuparnos. ¿Podemos ponernos todos de acuerdo en no utilizar ese término?

Todos asintieron, menos Rita Mae.

Sue Williams decidió responder. Era una cuarentona atractiva, que vestía con elegancia y que trabajaba en el departamento de bienestar social del condado.

—Ayer no voté, opté por pasar. Pero me inclino a simpatizar con el señor Hailey. Tengo una hija y, si la violaran, alteraría enormemente mi estabilidad mental. Comprendo que un padre pueda desmoronarse en tal situación y creo que es injusto que pretendamos juzgar al señor Hailey como si hubiera actuado de un modo completamente racional.

—¿Cree que no estaba en posesión de sus facultades mentales? —preguntó Reba Betts, una de las indecisas.

—No estoy segura. Pero sé que estaba desequilibrado. Tenía que estarlo.

—¿De modo que cree en ese médico chiflado que ha declarado a su favor? —preguntó Rita Mae.

—Sí. Su declaración me ha parecido tan plausible como la del doctor de la acusación.

—A mí me han gustado sus botas —dijo Clyde Sisco sin provocar ninguna carcajada.

—Pero tiene antecedentes —insistió Rita Mae—. Ha mentido para intentar ocultarlos. No podemos creer una palabra de lo que ha dicho.

—Se acostó con una chica menor de dieciocho años —dijo Clyde Sisco—. Si esto es un delito, la mayoría de nosotros deberíamos haber sido procesados.

Una vez más, nadie apreció su sentido del humor y Clyde decidió guardar silencio durante un rato.

—Más adelante se casó con la chica en cuestión —añadió Donna Peck, una de las indecisas.

Uno por uno, expresaron su opinión y respondieron a ciertas preguntas. Los que deseaban condenarlo evitaron cuidadosamente la palabra «negro». Se definieron los bandos. Al parecer, la mayoría de los indecisos se inclinaban hacia la culpabilidad del acusado. La cuidadosa planificación por parte de Carl Lee, su conocimiento de los movimientos exactos de los chicos y el M-16, parecía todo sumamente premeditado. Si los hubiera descubierto con las manos en la masa y les hubiera matado en aquel mismo momento, no le habrían considerado responsable de sus actos. Pero su planificación meticulosa durante seis días no parecía indicio de una mente perturbada.

Wanda Womack, Sue Williams y Clyde Sisco se inclinaban por la inocencia y el resto por la culpabilidad. Barry Acker se manifestaba palpablemente neutral.

Agee desplegó un gran estandarte blanco y azul con las palabras LIBERTAD PARA CARL LEE. Detrás del mismo se colocaron los pastores en hileras de quince de anchura, a la espera de que se organizara la procesión a sus espaldas. Estaban en el centro de Jackson Street, frente al juzgado, mientras Agee daba instrucciones a las masas. Después de que se reunieran tras ellos miles de negros, emprendieron la marcha. Avanzaron lentamente por Jackson, doblaron a la izquierda por Caffey y siguieron por el lado oeste de la plaza. Agee encabezaba la procesión con su ya familiar consigna: «¡Libertad para Carl Lee! ¡Libertad para Carl Lee!». Un coro ensordecedor repetía constantemente el mismo grito. Conforme la procesión avanzaba por la plaza, crecía en número y volumen.

Los comerciantes, que intuían el peligro, cerraron sus tiendas y corrieron a refugiarse en sus casas. Consultaron sus pólizas para asegurarse de que estaban asegurados contra daños producidos por disturbios. Los uniformes verdes de los soldados se perdían en un océano de negrura. El coronel, nervioso y sudoroso, ordenó a la tropa que rodeara el palacio de Justicia y se mantuviera firme en su posición. Cuando la procesión encabezada por Agee entraba en Washington Street, Ozzie se reunió con un puñado de miembros del Klan. Con sinceridad y diplomacia, les convenció de que los acontecimientos podían escapársele de las manos y no estaba ya en condiciones de garantizar su seguridad. Reconoció su derecho a manifestarse, dijo que habían expresado su punto de vista y les pidió que se retiraran de la plaza antes de que hubiera problemas. Se reunieron apresuradamente y desaparecieron.

Cuando pasó el pendón bajo la ventana de la sala de deliberación, los doce miembros del jurado se asomaron a ella. El potente vocerío hacía temblar las ventanas. El megáfono parecía un altavoz que colgara del techo. Los miembros del jurado contemplaban estupefactos a la enorme muchedumbre negra, que se perdía por Caffey a la vuelta de la esquina. Por encima de sus cabezas, una serie de carteles de fabricación casera exigían la libertad del acusado.

—No sabía que hubiera tantos negros en Ford County —dijo Rita Mae Plunk.

En aquel momento, los demás pensaban exactamente lo mismo.

Buckley, que en compañía de Musgrove observaba desde una ventana del tercer piso, estaba furioso. El jolgorio de la calle había interrumpido su tranquila charla.

—No sabía que hubiera tantos negros en Ford County —dijo Musgrove.

—No los hay. Alguien los ha traído. Me pregunto quién habrá sido el instigador.

—Probablemente Brigance.

—Sí, probablemente. Es muy oportuno empezar ese jolgorio cuando el jurado está deliberando. Ahí debe de haber unos cinco mil negros.

—Por lo menos.

Noose y el señor Pate miraban y escuchaban desde una ventana del despacho de su señoría en el segundo piso. Su señoría no se sentía feliz. Le preocupaba su jurado.

—No sé cómo podrán concentrarse con tanto ruido.

—Han elegido el momento exacto, ¿no le parece, señor juez? —comentó el señor Pate.

—Ciertamente.

—No sabía que hubiera tantos negros en el condado.

El señor Pate y Jean Gillespie tardaron veinte minutos en encontrar a los abogados y lograr que se hiciera el silencio en la sala. Por fin, los miembros del jurado ocuparon sus asientos. Nadie sonreía.

—Damas y caballeros —dijo Noose, después de aclararse la garganta—, es hora de comer. Supongo que no tienen nada que decirnos.

Barry Acker movió la cabeza.

—Lo imaginaba. Se levanta la sesión hasta la una y media. Comprendo que no pueden abandonar el juzgado, pero me gustaría que se tomaran un descanso para almorzar sin trabajar en el caso. Lamento los trastornos callejeros pero, francamente, no puedo hacer nada al respecto. Nos reuniremos de nuevo a la una y media.

En el despacho de su señoría, Buckley se puso furioso.

—¡Es una locura, señor juez! El jurado no puede concentrarse en el caso con tanto ruido en la calle. Esto es un intento deliberado de intimidar al jurado.

—No me gusta —dijo Noose.

—¡Ha sido organizado, señor juez! ¡Es deliberado! —exclamó Buckley.

—No tiene buen aspecto —añadió Noose.

—¡Estoy pensando en solicitar la anulación del juicio!

—No la concederé. ¿Usted qué opina, Jake?

—Libertad para Carl Lee —dijo Jake sonriendo al cabo de unos instantes.

—Muy gracioso —refunfuñó Buckley—. Probablemente ha sido usted quien lo ha organizado.

—No. Permítame que le recuerde, señor Buckley, que he intentado impedirlo. He solicitado repetidamente que el juicio se celebrara en otra localidad. Usted, señor Buckley, quería que se celebrara aquí y así lo dispuso el juez Noose. Resulta ridículo que ahora se quejen.

Jake se asombraba de su propia soberbia. Buckley refunfuñó y miró por la ventana.

—Fíjense. Negros salvajes. Parece que haya unos diez mil.

Durante el almuerzo, pasaron de diez mil a quince mil. Coches que habían recorrido centenares de kilómetros, algunos con matrícula de Tennessee, aparcaban en el arcén de las autopistas cerca de la ciudad. La gente caminaba de tres a cuatro kilómetros bajo un ardiente sol para participar en los festejos junto al juzgado. Agee se tomó un descanso para el almuerzo y se tranquilizó el ambiente en la plaza.

Los negros eran pacíficos. Abrieron sus cestas y neveras portátiles y compartieron lo que tenían. Se agruparon a la sombra, pero no había bastantes árboles para todos. Muchos se congregaron en el juzgado, en busca de agua fresca y para utilizar los servicios. Deambulaban por las aceras y miraban los escaparates de las tiendas cerradas. Por miedo a las masas, el Coffee Shop y el Tea Shoppe cerraron a la hora del almuerzo. La cola para llegar a Claude's daba la vuelta a la manzana.

Jake, Harry Rex y Lucien se relajaron en la terraza, desde donde contemplaban el espectáculo callejero. El jarro de margaritas frescas que había sobre la mesa se vació paulatinamente. A veces participaban con alguna voz de «Libertad para Carl Lee», o uniéndose a «Venceremos». Solo Lucien sabía la letra. La había aprendido durante la época gloriosa de los años sesenta, cuando luchaban por los derechos civiles, y todavía insistía en que era el único blanco de Ford County que conocía la letra de cabo a rabo. Incluso se había afiliado a una iglesia negra en aquellos tiempos, explicó entre copas, después de que su iglesia decidiera excluir a los feligreses negros. Había desistido después de dislocarse una vértebra al final de una ceremonia de tres horas de duración. Decidió que los blancos no estaban hechos para esos trotes, pero todavía hacía donativos.

De vez en cuando, se acercaba algún equipo de televisión al despacho de Jake y formulaba alguna pregunta. Jake fingía no oírlos y, por último, exclamaba:

—Libertad para Carl Lee.

A la una y media en punto, Agee cogió su megáfono, levantó su estandarte, formó a los pastores y reunió a los manifestantes. Empezó con un himno que cantaba directamente por el megáfono, y la procesión avanzó lentamente por Jackson, luego Caffey, y vuelta tras vuelta a la plaza. Con cada vuelta, crecía el número de manifestantes y el ruido.

La sala del jurado se sumió en un silencio de quince minutos después de que Reba Betts abandonara su indecisión para optar por inocente. Si alguien la violara, era posible que, dada la oportunidad, le volara al violador la tapa de los sesos. Eran las cinco menos cinco con dos indecisos, y el consenso parecía inimaginable. El capataz mantenía su imparcialidad. La pobre anciana de Eula Dell Yates se había manifestado en ambos sentidos y todo el mundo sabía que acabaría por seguir a la mayoría. Se había echado a llorar junto a la ventana y Clyde Sisco la acompañó a su asiento. Quería irse a su casa. Decía que se sentía como un preso.

Los gritos y la manifestación habían surtido su efecto. Cuando se acercaba el megáfono, el frenesí en la pequeña estancia llegaba al máximo. Acker pedía silencio y esperaban con impaciencia a que se alejara el vocerío. Nunca desaparecía por completo. Carol Corman fue la primera en interesarse por su seguridad. Por primera vez en la semana, el tranquilo motel les parecía muy atractivo.

Tres horas de continuo vocerío habían acabado por desatar todos los nervios. El capataz sugirió que hablaran de sus familias, a la espera de que Noose los llamara a las cinco.

Bernice Toole, que se inclinaba tímidamente por la culpabilidad del acusado, sugirió algo que a todo el mundo se le había ocurrido pero que nadie había mencionado.

—¿Por qué no nos limitamos a decirle al juez que discordamos irremediablemente?

—¿No es cierto que, en tal caso, declararía el juicio nulo? —preguntó Joe Ann Gates.

—Sí —respondió el capataz—. Y se celebraría otro juicio dentro de unos meses. ¿Por qué no lo dejamos por hoy y volvemos a intentarlo mañana?

Todos estuvieron de acuerdo. No estaban dispuestos a darse por vencidos. Eula Dell sollozaba.

A las cuatro, Carl Lee y sus hijos se acercaron a una de las altas ventanas que cubrían cada una de las fachadas laterales del palacio de Justicia. Vio una pequeña manecilla, la hizo girar y se abrió la ventana, que daba a una pequeña plataforma sobre los jardines. Hizo una seña con la cabeza a un agente y salió a la plataforma con Tonya en brazos para contemplar a la muchedumbre.

Los manifestantes no tardaron en verle y se acercaron al edificio diciendo su nombre a gritos. Agee condujo a los manifestantes a través de los jardines y pronto se formó una masa negra de seres humanos que se empujaban entre sí para estar más cerca de su héroe.

—¡Libertad para Carl Lee!

—¡Libertad para Carl Lee!

—¡Libertad para Carl Lee!

Saludó con la mano a sus admiradores, le dio un beso a su hija y un abrazo a sus hijos. Volvió a saludar con la mano y dijo a sus hijos que también lo hicieran.

Jake y sus compañeros aprovecharon la oportunidad para cruzar la calle hasta el juzgado. Jean Gillespie había llamado. Noose deseaba ver a los letrados en su despacho. Estaba trastornado. Buckley estaba furioso.

—¡Exijo que se anule el juicio! ¡Exijo que se anule el juicio! —exclamaba ante el juez en el momento en que Jake entró en el despacho.

—La anulación se solicita, gobernador, no se exige —dijo Jake con los ojos empañados.

—¡Vete al diablo, Brigance! Has sido tú quien ha planeado todo esto. Tú has organizado esta insurrección. Esos negros de la calle son tu gentuza.

—¿Dónde está la taquígrafa? —preguntó Jake—. Quiero que esto conste en acta.

—Caballeros, caballeros —dijo Noose—. Seamos profesionales.

—Señor juez, la acusación solicita la anulación del juicio —dijo Buckley con cierta formalidad.

—Denegada.

—En tal caso, la acusación solicita que se permita al jurado deliberar en otro lugar que no sea el juzgado.

—La idea me parece interesante —dijo Noose.

—No veo ninguna razón para que no deliberen en el motel —añadió Buckley, muy seguro de sí mismo—. Es un lugar tranquilo y poca gente conoce su paradero.

—¿Jake? —preguntó Noose.

—No funcionará. No está previsto en el reglamento que su señoría pueda autorizar que se delibere fuera del juzgado —dijo Jake al tiempo que hurgaba en su bolsillo y sacaba unos papeles doblados que dejó sobre la mesa—. «El Estado contra Dubose», caso juzgado en Linwood County, en 1963. El aire acondicionado dejó de funcionar en el juzgado de Linwood County durante una ola de calor. El juez que presidía el caso permitió que el jurado deliberara en una biblioteca cercana. La defensa protestó. El jurado condenó al acusado. En la apelación, el Tribunal Supremo falló que la decisión del juez había sido inapropiada y que constituía un abuso de su discreción. Dicho tribunal falló también que las deliberaciones del jurado deben celebrarse en las dependencias del juzgado, donde se encuentre detenido el acusado. No se pueden trasladar.

Noose estudió el caso y se lo entregó a Musgrove.

—Prepare la sala —dijo el juez al señor Pate.

A excepción de los periodistas, todos los espectadores eran negros. Los miembros del jurado parecían nerviosos y agotados.

—Supongo que no han alcanzado todavía un veredicto —dijo Noose.

—No, señor —respondió el capataz.

—Permítame que les formule una pregunta. Sin indicar ninguna división numérica, ¿han alcanzado un punto a partir del cual no puedan proseguir?

—Hemos hablado de ello, su señoría, y lo que deseamos es retirarnos, dormir bien esta noche e intentarlo de nuevo mañana. No queremos darnos por vencidos.

—Me encanta oírles decir esto. De nuevo les ruego disculpen los trastornos, pero no puedo hacer nada al respecto. Lo siento. Tendrán que arreglárselas lo mejor que puedan. ¿Algo más?

—No, señor.

—Muy bien. Se levanta la sesión hasta mañana a las nueve de la mañana.

—¿Qué significa todo eso? —preguntó Carl Lee, con la mano sobre el hombro de Jake.

—Significa que no hay consenso. Pueden estar seis a seis, u once a uno contra ti, u once a uno a tu favor. De modo que no te hagas ilusiones.

Barry Acker se acercó al alguacil y le dio un papel doblado que decía así:

Luann:
Coge a los niños y vete a casa de tu madre. No se lo digas a nadie. Quédate allí hasta que todo haya terminado. Haz lo que te digo. Es muy peligroso.

BARRY

—¿Puede hacerle llegar esto hoy a mi esposa? Nuestro número es el ocho ocho uno, cero siete, siete cuatro.

—No se preocupe —respondió el alguacil.

Tim Nunley, mecánico del garaje Chevrolet, ex cliente de Jake Brigance y cliente habitual del Coffee Shop, estaba sentado en un sofá del fondo de la cabaña, en las profundidades del bosque, con una cerveza en la mano. Escuchaba las maldiciones que sus hermanos del Klan proferían contra los negros mientras se emborrachaban. De vez en cuando, él también los maldecía. Desde hacía un par de noches, oía rumores e intuía que algo se tramaba. Escuchaba atentamente.

Se puso en pie para coger otra cerveza. De pronto, se le echaron encima. Tres de sus compañeros lo empujaron contra la pared y empezaron a darle puñetazos y patadas. Después de darle una buena paliza, amordazarlo y atarlo, lo sacaron a rastras por el camino de gravilla hasta el campo donde había sido iniciado como miembro de la cofradía. Encendieron una cruz mientras lo ataban a una estaca y lo desnudaban. Lo azotaron con un látigo hasta que sus hombros, espalda y piernas eran de color carmesí.

Dos docenas de ex hermanos contemplaban horrorizados en silencio mientras empapaban la estaca y su desfallecido cuerpo con petróleo. El jefe, con el látigo en la mano, permaneció junto a él una eternidad. Después de pronunciar la sentencia de muerte, arrojó un fósforo.

El ratón Mickey había sido silenciado.

Guardaron sus túnicas y demás pertenencias y volvieron a sus casas. La mayoría para no regresar jamás a Ford County.

43

Miércoles. Por primera vez en muchas semanas, Jake había dormido más de ocho horas. Se había quedado dormido en el sofá de su despacho y despertó con los ruidos de la tropa, que se preparaba para lo peor. Estaba descansado, pero volvieron a alterársele los nervios al pensar que aquel día sería, probablemente, el definitivo. Después de ducharse y afeitarse en la planta baja, abrió un paquete de Fruit of the Looms que había comprado el día anterior. Se puso un excelente traje Stan Ateavage's azul marino de medio tiempo, que le iba un poco corto y holgado pero impecable, dadas las circunstancias. Pensó en los escombros de Adams Street, luego en Carla, y se le formó de nuevo un nudo en el estómago. Fue inmediatamente en busca de los periódicos.

En primera página de los periódicos de Memphis, Jackson y Tupelo, aparecían fotos idénticas de Carl Lee en la plataforma por encima de la muchedumbre, que saludaba con su hija en brazos. No había mención alguna a la casa de Jake. Se sintió aliviado y, de pronto, le entró hambre.

Dell le abrazó como a un hijo pródigo. Se quitó el delantal y se sentó junto a él, a la mesa de un rincón. Cuando llegaron los clientes habituales y lo vieron, todos le saludaron con unas palmadas en la espalda. Se alegraban de verle de nuevo. Le habían echado de menos y estaban con él. Puesto que Dell le dijo que tenía aspecto desvaído, pidió casi todo lo que figuraba en la carta.

—Dime, Jake ¿van a volver hoy todos esos negros? —preguntó Bert West.

—Probablemente —respondió, al tiempo que ensartaba un montón de tortas con el tenedor.

—He oído decir que traerían más gente esta mañana —dijo Andy Rennick—. Todas las emisoras negras del norte de Mississippi piden a la gente que venga a Clanton.

Estupendo, pensó Jake mientras añadía tabasco a sus huevos revueltos.

—¿Oyen los miembros del jurado todo ese jolgorio? —preguntó Bert.

—Por supuesto —respondió Jake—. Por eso lo hacen. No están sordos.

—Deben de estar asustados.

En eso confiaba Jake.

—¿Cómo está la familia? —preguntó Dell discretamente.

—Bien, supongo. Hablo con Carla todas las noches.

—¿Tiene miedo?

—Está aterrada.

—¿Qué te han hecho últimamente?

—Nada desde el domingo por la mañana.

—¿Lo sabe Carla?

Jake movió la cabeza sin dejar de masticar.

—Eso suponía. Pobre chico.

—Me repondré. ¿Qué se dice por aquí?

—Ayer cerramos a la hora del almuerzo. Había muchos negros en la calle y temimos que hubiera algún altercado. Según como lo veamos esta mañana, volveremos a cerrar. ¿Qué ocurrirá, Jake, si lo condenan?

—Podría ser terrible.

Se quedó una hora respondiendo a sus preguntas. Cuando empezaron a llegar desconocidos, pidió disculpas y se marchó.

No había nada que hacer más que esperar, y se sentó en el

balcón a tomar café, fumar un cigarro y contemplar a los soldados. Pensó en los clientes que solían acudir a su tranquilo bufete sureño de antaño, con su correspondiente secretaria. En las llamadas del juzgado y entrevistas en la cárcel, en las cosas normales, como la familia, la casa y la iglesia de los domingos. No estaba hecho para la fama.

El primer autobús de feligreses llegó a las siete y media, y lo pararon los soldados. Se abrieron las puertas de par en par, y una interminable procesión de negros con sillas plegables y cestas de comida se dirigió hacia los jardines. Durante una hora, Jake se dedicó a soltar bocanadas de humo al aire pesado, mientras contemplaba con satisfacción cómo se abarrotaba la plaza de ruidosos aunque pacíficos manifestantes. Los pastores habían acudido en masa para dirigir a sus feligreses, y aseguraban a Ozzie y al coronel que su gente no era violenta. Ozzie estaba convencido de ello. El coronel, sin embargo, estaba muy nervioso. A las nueve, las calles estaban abarrotadas de manifestantes. Alguien detectó el autobús de Greyhound.

—¡Ahí vienen! —exclamó Agee por el megáfono.

La multitud empujó hacia la esquina de Jackson y Quincy, donde los soldados, la policía estatal y los agentes del sheriff formaban una barrera móvil alrededor del autobús para que pudiera avanzar entre la gente hasta la parte posterior del juzgado.

Eula Dell Yates no dejaba de llorar. Clyde Sisco estaba junto a ella y le sostenía la mano. Los demás miraban aterrorizados mientras el vehículo cruzaba lentamente la plaza. Se formó un espeso pasadizo de agentes armados del autobús al juzgado, y Ozzie subió al vehículo. Por encima del griterío, les aseguró que todo estaba bajo control. Les indicó que lo siguieran y que caminaran lo más rápido posible.

El alguacil cerró la puerta con llave cuando los miembros del jurado se reunían alrededor de la cafetera. Eula Dell, sentada

miembros del jurado ocuparon torpemente sus lugares. Parecían nerviosos, tensos y asustados. La mayoría habían estado llorando. Jake se sintió enfermo. Barry Acker llevaba un papel en las manos que llamaba la atención de todo el mundo.

—Damas y caballeros, ¿han alcanzado ustedes un veredicto?

—Sí, señoría —respondió el capataz en un tono agudo y nervioso.

—Le ruego se lo entregue a la secretaria.

Jean Gillespie lo cogió y se lo entregó a su señoría, que lo estudió durante lo que pareció una eternidad.

—Técnicamente está correcto —dijo por fin.

Eula Dell sollozaba y su llanto era lo único que se oía en la sala. Jo Ann Gates y Bernice Toole se secaban los ojos con un pañuelo. El llanto solo podía significar una cosa. Jake se había prometido no mirar al jurado antes de la lectura del veredicto, pero le resultaba imposible. En su primer juicio penal, los miembros del jurado sonreían al ocupar sus lugares. En aquel momento, Jake se sintió seguro de que lo declararían inocente. Al cabo de unos segundos, descubrió que la sonrisa obedecía a que un delincuente sería retirado de la circulación. Desde aquel juicio, había prometido no volver a mirar al jurado. Pero siempre lo hacía. Sería agradable que alguien le guiñara el ojo o le hiciera alguna seña, pero nunca ocurría.

—Levántese el acusado —dijo Noose, mirando a Carl Lee.

Jake era consciente de que probablemente había órdenes más aterradoras en el lenguaje, pero, para un abogado penalista, aquella orden en particular, en aquel preciso momento, tenía horribles implicaciones. Su cliente se levantó con torpeza, lastimosamente. Jake cerró los ojos y contuvo el aliento. Le temblaban las manos y le dolía el estómago.

Noose entregó el veredicto a Jean Gillespie.

—Señora secretaria, le ruego que lo lea.

Ella lo abrió y se colocó cara al acusado.

—En cuanto a todos los cargos imputados, nosotros, el

jurado, declaramos al acusado inocente por enajenación mental.

Carl Lee dio media vuelta y se acercó inmediatamente a la barandilla. Tonya y los niños lo abrazaron. Se alborotó la sala. Gwen dio un grito y se echó a llorar con la cabeza oculta en los brazos de Lester. Los pastores se pusieron en pie, levantaron la mirada al cielo y exclamaron:

—¡Aleluya!

—¡Alabado sea el Señor!

—¡Señor! ¡Señor! ¡Señor!

Las advertencias de Noose no servían de nada.

—Orden, orden, orden en la sala —decía sin excesiva convicción.

Su voz era inaudible con tanto vocerío y parecía dispuesto a permitir una pequeña celebración.

Jake estaba aturdido, embelesado, paralizado. Su único movimiento consistió en una leve sonrisa en dirección al jurado. Se le humedecían los ojos y le temblaban los labios, pero no quiso ponerse en ridículo. Saludó con la cabeza a Jean Gillespie, que estaba llorando, e intentó sonreír sentado a la mesa, incapaz de hacer otra cosa. De reojo, vio que Musgrove y Buckley recogían sus documentos, cuadernos y sumarios para guardarlos en sus respectivos maletines. Sé elegante, se dijo a sí mismo.

Un adolescente salió corriendo entre un par de agentes para dirigirse a la glorieta, chillando:

—¡Inocente! ¡Inocente!

Corrió a un pequeño balcón de la fachada y exclamó:

—¡Inocente! ¡Inocente!

Estalló el bullicio.

—Orden, orden en la sala —decía Noose cuando se recibió a través de las ventanas el impacto del exterior—. Orden, orden en la sala.

Toleró un minuto más de jolgorio y ordenó al sheriff que instaurara el orden. Ozzie levantó las manos y habló. Pronto cesaron los abrazos y felicitaciones. Carl Lee se separó de sus hijos y regresó junto a la mesa. Se sentó cerca de su abogado, a quien abrazó mientras sonreía y lloraba simultáneamente.

Noose sonrió al acusado.

—Señor Hailey, le ha juzgado un jurado de su propia región y le ha declarado inocente. No recuerdo ningún testimonio pericial que le declarara actualmente peligroso ni indicara la necesidad de tratamiento psiquiátrico. Queda usted en libertad.

»Si no tienen nada que añadir —dijo entonces el juez, mirando a los letrados—, se levanta la sesión hasta el quince de agosto.

Carl Lee se vio inmediatamente rodeado de parientes y amigos. Lo abrazaban, se abrazaban entre sí y abrazaban a Jake. Lloraban sin disimulo y daban las gracias al Señor. Le dijeron a Jake cuánto le querían.

Los periodistas se acercaron al estrado y empezaron a formular preguntas a Jake. Levantó las manos y anunció que no haría ningún comentario, pero que a las dos de la tarde celebraría una conferencia de prensa en su despacho.

Buckley y Musgrove salieron por una puerta lateral. Los miembros del jurado estaban encerrados en la sala de deliberación, a la espera de su último desplazamiento al motel. Barry Acker solicitó hablar con el sheriff. Ozzie se reunió con él en el pasillo, le escuchó atentamente y prometió facilitarle una escolta y protegerlo día y noche.

Los periodistas atacaron a Carl Lee.

—Lo único que quiero es regresar a mi casa —repetía una y otra vez—. Solo quiero regresar a mi casa.

Empezó la fiesta en los jardines frente al juzgado. Había baile, canciones, llanto, palmadas en la espalda, abrazos, agradecimientos, felicitaciones, carcajadas, gritos de alegría, cánticos, quintas altas, quintas bajas y cantos espirituales. Se alababan los cielos en un glorioso, tumultuoso e irreverente jolgorio. Se acercaron aún más a la puerta del juzgado, a la espera de que apareciera su héroe para cubrirlo de merecidos halagos.

Empezaron a impacientarse. Después de media hora reclamando su presencia, su héroe apareció en la puerta para ser recibido con un ensordecedor vocerío. Avanzó lentamente entre la muchedumbre, acompañado de su familia y de su abogado, hasta llegar a la tarima de madera con miles de micrófonos. El griterío de veinte mil personas era ensordecedor. Abrazó a su abogado y saludó con la mano al océano de rostros vociferantes.

Los gritos de multitud de periodistas eran completamente inaudibles. De vez en cuando, Jake dejaba de saludar para exclamar algo acerca de una conferencia de prensa a las dos en su despacho.

Carl Lee abrazó a su esposa e hijos y todos saludaron con la mano. El público estaba entusiasmado. Jake entró discretamente en el juzgado, donde se reunió con Lucien y Harry Rex que esperaban en un rincón, lejos de la alocada muchedumbre.

—Larguémonos de aquí —exclamó Jake.

Se abrieron paso entre el gentío a lo largo del pasillo y salieron por la puerta trasera. Jake vio un montón de periodistas en la acera, junto a su despacho.

—¿Dónde has aparcado el coche? —preguntó a Lucien.

Indicó una calle lateral y desaparecieron detrás del Coffee Shop.

Sallie preparó unas chuletas fritas con tomates verdes y las sirvió en la terraza. Lucien sacó una botella de buen champán y juró que la había guardado especialmente para aquella ocasión. Harry Rex comía con las manos y roía los huesos, como si no hubiera comido en un mes. Jake jugaba con la comida y saboreaba el fresco champán. Después de un par de copas, sonreía con la mirada perdida en la lejanía. Disfrutaba del momento.

—Pareces un bobo —dijo Harry Rex con la boca llena de carne.

—Cierra el pico, Harry Rex —replicó Lucien—. Déjale saborear el triunfo.

—Lo disfruta. Fíjate en su sonrisa.

—¿Qué debería decirles a los periodistas? —preguntó Jake.

—Diles que necesitas clientes —respondió Harry Rex.

—No te faltarán clientes —dijo Lucien—. Harán cola en la acera para coger hora.

—¿Por qué no has hablado con los periodistas en el juzgado? —preguntó Harry Rex—. Tenían las cámaras listas y todo lo demás. Yo he empezado a decirles algo.

—Estoy seguro de que les habrías impresionado —dijo Lucien.

—Los tengo en la palma de la mano —respondió Jake—. No van a ninguna parte. Podríamos vender entradas para la conferencia de prensa y ganar una fortuna.

—Te lo ruego, Jake, me permitirás que venga a observar, por favor —dijo Harry Rex.

44

Discutieron sobre si utilizar el viejo Bronco o el nefasto pequeño Porsche. Jake había dicho que no conduciría. Harry Rex fue quien más levantó la voz y se subieron al Bronco. Lucien se instaló en el asiento trasero. Jake iba delante y daba instrucciones. Circularon por calles secundarias y se ahorraron la mayor parte del tráfico de la plaza. Había mucha aglomeración de coches en la autopista y Jake dirigió al conductor por un sinfín de caminos sin asfaltar. Cuando llegaron a una carretera alquitranada, Harry Rex aceleró en dirección al lago.

—Tengo una duda, Lucien —dijo Jake.

—¿De qué se trata?

—Y quiero una respuesta clara.

—Pregunta.

—¿Hiciste un trato con Sisco?

—No, amigo mío, lo has ganado solito.

—¿Me lo juras?

—Te lo juro ante Dios. Sobre un montón de biblias.

Jake quería creerle y no insistió. Condujeron en silencio bajo un ardiente sol mientras escuchaban a Harry Rex, que seguía la música de la radio. De pronto, Jake señaló con el dedo y dio un grito. Harry Rex dio un frenazo, giró violentamente a la izquierda y aceleró por otro camino sin asfaltar.

—¿Adónde vamos? —preguntó Lucien.

—Pronto lo verás —respondió Jake, mientras miraba una hilera de casas que se acercaban por la derecha.

Señaló la segunda, Harry Rex paró frente a la misma y aparcó a la sombra de un árbol. Jake se apeó, miró a su alrededor y se acercó a la puerta de la casa. Llamó.

Apareció un hombre, un desconocido.

—Diga, ¿qué desea?

—Me llamo Jake Brigance y...

La puerta se abrió de par en par y el individuo estrechó efusivamente la mano de Jake.

—Encantado de conocerle, Jake. Me llamo Mack Loyd Crowell. Formé parte del gran jurado que estuvo a punto de no dictar auto de procesamiento. Ha hecho un excelente trabajo. Me siento orgulloso de usted.

Jake le estrechó la mano y repitió su nombre. Luego lo recordó. Mack Loyd Crowell, el individuo que le había dicho a Buckley que se sentara y cerrara el pico en el gran jurado.

—Claro, Mack Loyd, ahora lo recuerdo. Gracias.

Jake miró discretamente por la puerta.

—¿Busca a Wanda? —preguntó Crowell.

—Pues, sí. Pasaba por aquí y he recordado su dirección, de cuando investigamos al jurado.

—Ha dado con el lugar. Ella vive aquí y yo también, la mayor parte del tiempo. No estamos casados ni nada por el estilo, pero somos compañeros. Está acostada haciendo una siesta. Se encuentra muy agitada.

—No la despertaré —dijo Jake.

—Me ha contado lo ocurrido. Ella ha ganado el caso para usted.

—¿Cómo? ¿Qué ha ocurrido?

—Les obligó a todos a cerrar los ojos y escuchar su voz. Les dijo que imaginaran que la niña tenía el pelo rubio y los ojos azules, que los dos violadores eran negros, que habían atado la pierna derecha de la niña a un árbol y la izquierda a una estaca, que la habían violado repetidamente e insultado por ser blanca. Les dijo que imaginaran a la niña allí tumbada, rogando para que su papá acudiera en su ayuda mientras le daban patadas en la boca y le rompían los dientes, la mandíbula y la nariz. Les dijo que imaginaran a dos negros borrachos que arrojaban cerveza sobre la niña y meaban sobre su rostro sin dejar de reírse como unos imbéciles. Y entonces les dijo que se imaginasen que la niña era suya, su hija. Les dijo que fueran sinceros consigo mismos y que escribieran en un papel si, dada la oportunidad, matarían a esos negros hijos de puta. Votaron en secreto. Los doce dijeron que los matarían. El capataz contó los votos. Doce a cero. Wanda dijo que permanecería en la sala de deliberaciones hasta las navidades antes que votar culpable y, si eran sinceros consigo mismos, seguirían su ejemplo. Diez estuvieron de acuerdo con ella y una anciana se resistió. Todos empezaron a llorar y a atosigarla de tal modo que, por último, accedió. Ha sido muy duro, Jake.

Jake escuchó palabra por palabra aguantándose la respiración. Oyó un ruido. Wanda Womack se acercó a la puerta, le sonrió y se echó a llorar. Él la miró sin poder hablar. Se mordió el labio y asintió.

—Gracias —logró decir débilmente.

Wanda se secó los ojos y asintió.

En Craft Road había un centenar de coches aparcados a ambos lados de la calle, frente a la casa de los Hailey. El prolongado jardín estaba lleno de vehículos, niños que jugaban y padres sentados a la sombra de los árboles o sobre el capó de los coches. Harry Rex aparcó en una cuneta, junto al buzón de correos. Se acercó un grupo de gente para saludar al abogado de Carl Lee.

—Lo has hecho otra vez —dijo Lester, quien acudió a rescatarlo—. Lo has hecho otra vez.

Estrecharon manos y recibieron palmadas en la espalda

mientras cruzaban el jardín en dirección a la casa. Agee le dio un abrazo y se encomendó al Señor. Carl Lee se levantó del columpio y bajó por los peldaños, seguido de parientes y admiradores. Formaron un corro a su alrededor cuando los dos hombres se encontraron cara a cara. Se dieron sonrientes la mano, ambos en busca de las palabras adecuadas. Se abrazaron. Todos los presentes aplaudieron y los vitorearon.

—Gracias, Jake —dijo Carl Lee en un tono muy suave.

El abogado y su cliente se sentaron en la mecedora, y respondieron preguntas sobre el juicio. Lucien y Harry Rex se reunieron con Lester y unos amigos a la sombra de un árbol para tomar una copa. Tonya correteaba por el jardín con un centenar de chiquillos.

A las dos y media, Jake hablaba con Carla desde su despacho. Harry Rex y Lucien se tomaron las últimas margaritas y no tardaron en emborracharse. Jake tomaba café y dijo a su esposa que saldría de Memphis dentro de tres horas para llegar a Carolina del Norte a las diez. Sí, estaba bien. No había ningún problema y todo había terminado. Había docenas de periodistas en su sala de conferencias, de modo que no debía perderse las noticias de la noche. Dentro de poco, se reuniría con la prensa y luego cogería el coche para ir a Memphis. Le dijo que la quería, que echaba de menos su cuerpo y que pronto estaría con ella. Colgó.

Al día siguiente llamaría a Ellen.

—¿Por qué te marchas hoy? —preguntó Lucien.

—Eres un imbécil, Jake, simplemente un imbécil. Tienes a miles de periodistas en la palma de la mano y abandonas la ciudad. Estúpido, sencillamente estúpido —exclamó Harry Rex.

—¿Qué aspecto tengo, compañeros? —preguntó Jake después de ponerse en pie.

—El de un mequetrefe si abandonas la ciudad —contestó Harry Rex.

—Quédate un par de días —suplicó Lucien—. Nunca volverás a tener una oportunidad como esta. Por favor, Jake.

—Tranquilizaos, amigos. Voy a reunirme con ellos ahora, dejaré que me fotografíen, contestaré unas cuantas de sus estúpidas preguntas y luego abandonaré la ciudad.

—Estás loco, Jake —dijo Harry Rex.

—Estoy de acuerdo —añadió Lucien.

Jake se miró al espejo, se ajustó la corbata y brindó una sonrisa a sus amigos.

—Os lo agradezco. En serio. He cobrado novecientos dólares por este juicio y me propongo repartirlos con vosotros.

Sirvieron el resto de las margaritas, vaciaron las copas y siguieron a Jake Brigance por la escalera para reunirse con los periodistas.

Tiempo de Matar
de John Grisham
se terminó de imprimir en **Octubre** 2008 en
Comercializadora y Maquiladora Tucef, S.A. de C.V.
Venado N° 104, Col. Los Olivos
C.P. 13210, México, D. F.